KB260736

한국인을 위한

일본문학 감상

김순전·박경수 공저

제이앤씨
Publishing Company

머리말

　본『한국인을 위한 일본문학 감상』은 한국인의 일본문학에 대한 올바른 이해와 감상에 목적을 두고 집필한 책이다.

　한국인이 일본문학을 대할 때 가장 먼저 느끼는 것은 언어적 접근성보다는 문화의 차이이다. 일본은 우리나라와 지리적으로 동아시아의 가까운 곳에 인접해 있는데다 동일한 한문문화권역에 위치하고 있어, 고래로부터 역사적으로나 정치, 경제, 사회, 문화 등 여러 면에서 동질성의 공유를 발견할 수 있다. 그러나 우리가 '가깝고도 먼 나라'로 인식하고 있듯이 그 실상을 자세히 들여다보면 이질적인 면이 상당하다는 것도 부인할 수 없다. 이런 까닭에 일본인의 심상(心象)과 문화의 바탕이라 할 수 있는 일본문학을 통하여 문화적 특성과 본질을 파악하는 것도 '일본 이해'를 위한 좋은 방법의 하나가 될 수 있을 것이다.

　우리는 문학이 사회와 인간에게 끼친 역할이 지대하다는 이야기를 할 때, 대부분 영국 빅토리아시대의 문학자 토마스 칼라일(*T·Carlyle*)의 명문장을 떠올린다. 그는 저서『영웅숭배론(*On Heros, Hero-Worship and the Heroic in History*)』에서 "…인도제국이 있건 없건 셰익스피어가 없다면 아무것도 아니다! 인도제국은 어떻게든 언젠가는 떠 나갈 것이다. 그러나 셰익스피어는 떠나지 않을 것이다. 그는 영원히 우리(영국·영국인)와 함께할 것이다. 우리(영국·영국인)는 우리의 셰익스피어를 포기할 수 없다!(*Indian Empire, or no Indian Empire, we cannot do without Shakespeare! Indian Empire will go, at any rate, some day; but this Shakespeare does not go, he lasts forever with us; we cannot give-up our Shakespeare!*)"고 기술함으로써, 영국인의 문학에 대한 자존감을 한껏 드높인바 있는데, 이는 '문학의 힘'에 더하여, '문학과 문학자의 사회적 역할'에 대한 중요성을 이야기하고자 함이었을 것이다.

　그 '문학의 힘'과, '문학과 문학자의 사회적 역할'을 '일본문학'에서 탐색해 보는 일은 일본문화의 특성과 본질은 물론 한일 간의 동질성과 이질성을 파악하는데도 크게 도움이 될 것으로 본다. 문학이란 한 시대의 정치와 사회와 문화를 배경으로 그 시대를 살았던 선조들의 다양한 삶의 모습이 투영되어 있어, 현재를 살아가는 우리에게 시공간의 제약 없이 간접 경험할 수 있도록 할 뿐만 아니라, 작품 속 인물들을 통해 자신의 삶을 반추하게 함으로써 내면을 성장시켜주기 때문이다.

　본서는 이러한 점을 염두에 두고, 문학에 대한 이론적 지식보다는 일본·일본인의 심상(心象)과 문화를 탐색할 수 있는 문학작품의 이해와 감상에 중점을 두었다. 먼저 각 시대를 대표하는 특징적인 작품을 선정하여, 먼저 줄거리를 제시하여 전체내용을 파악하게 한 후, 작품의 포인트가 되는 부분은 원문으로 감상할 수 있도록 원문(번역문 첨부)을 제시하여 작가의 심경에 직접 접근할 수 있도록 하였다. 작품선정에 있어서도 사회와 문화적 관점을 통합적으로 수용할 수 있는 작품을 선정하여 일본·일본인에 대한 전반적인 이해는 물론, 스스로 비평할 수 있는 능력을 배양하고자 하였다.

　본서는 크게 '제1부 총론(總論)', '제2부 운문부(韻文部)', '제3부 산문부(散文部)', '제4부 희곡부(戲曲部)'의 4부 체제로 구성하였다.

　'제1부 총론(總論)'에서는 문학의 개념과 일본문학의 전반을 총괄하였고, 아울러 본격적인 일본문학 감상을 위한 선행지식과 감상 포인트를 제시하는 등 기초사항 습득에 중점을 두었다.

　'제2부 운문(韻文)부'에서는 일본 운문문학을 다시 '전근대(상대~근세)의 시가(詩歌)'와 '근현대(근대~현대)의 시가(詩歌)'로 대별하여 시대적 흐름과 시대를 대표하는 작품을 감상하고 이해하도록 하였다. 특히 '근현대의 시가'에서는 이전의 일본문학 관련 서적에서 전혀 다루지 않았던 일본의 가요(歌謠)부문, 즉 창가(唱歌) 군가(軍歌) 엔카(演歌)까지 포함하여 한국인의 일본문학 이해와 감상에 대한 범위를 확장하였다.

　‘제3부 산문(散文)부’에서는 일본 산문문학의 전반을 다루었다. 산문문학은 운문문학에 비해 방대하므로, 먼저 ‘제1장 수필(隨筆)부’, ‘제2장 소설(小說)부’로 나누고, 이를 다시 전근대와 근현대로 나누어 기술하는 방식을 취하였다.

　‘제4부 희곡(戲曲)부’에서는 먼저 ‘극문학의 구성 원칙’을 제시한 후, 이어서 ‘전근대 극문학’과 ‘근현대 극문학’의 흐름과 각 시대를 대표하는 작품을 줄거리와 원문으로 제시하였다. 그리고 특정 작품을 들어 위의 구성 원칙에 대입함으로써 극문학의 이해를 돕고자 하였다.

　아무쪼록 본서를 통하여 일본문학을 처음 대하는 한국인 학습자들이 일본문학으로의 접근이 보다 용이해 질 것과, 이로써 일본·일본인에 대한 올바른 이해와 더불어 인문학적 소양과 국제적 감각을 연마함으로써 한일 간의 원활한 통섭에 일조하기를 바란다.

　끝으로 근래 출판업계의 어려운 상황에서도 흔쾌히 출판에 응해주신 제이앤씨 윤석현 사장님과 편집실 여러분께 감사드린다.

2018년 2월
김순전

일러두기

1. 본『한국인을 위한 일본문학 감상』은 크게 4부 체제로 구성되어 있다. 제1부는 '총론(總論)'을, 제2부~제4부는 3분법 장르론에 '제2부 운문(韻文)부', '제3부 산문(散文)부', '제4부 희곡(戲曲)부'로 구성하고, 제2부~제4부의 3분법 장르는 다시 '전근대' '근현대'로 나누어 서술하였다.

2. 작품의 원문(原文)에는 가능한 독음(讀音)을 달아 초보자도 쉽게 읽을 수 있도록 하였다.

3. 스타일에 사용하는 기호는 다음 각 항에 따른다.

   ① 모든 문학작품, 작품집 : 『　』

   ② 잡지, 작품집 안의 소품 : 「　」

   ③ 신문, 단체명, 법령 : < >

   ④ 원문병기 혹은 설명이 필요할 경우 : (　)

   ⑤ 본문 중의 인용문은 " "으로, 강조문은 ' '로 하였다.

4. 위 3항에서 학습자의 이해가 필요한 부분은 초출 용어에 번역을 병기하였다.

   ex) 잡지 : 「아라라기(アララギ, 탑)」

       문학작품명 : 『우키구모(浮雲, 뜬구름)』, 『시세이(刺青, 문신)』

5. 인명, 작품명, 잡지명 등 고유명사의 표기는 교육부에서 제시한 '일본어 한글표기'에 원문을 병기하는 방식으로 통일하였다.

   ex) 인명 : 무라사키 시키부(紫式部), 오에 겐자부로(大江健三郎)

       작품집명, 문학작품명 : 『만요슈(万葉集)』, 『안야코로(暗夜行路)』

       잡지명 : 「시라카바(白樺)」, 「분게이센센(文芸戦線)」

6. 각 작품의 이해와 감상을 위해 전체줄거리를 제시한 후, 작품의 포인트가 되는 부분은 원문으로 감상할 수 있도록 하였다.

7. 일본문학의 전반적인 이해를 돕기 위해, <부록 1>에 '日本文學의 人名·作品·事項 해설'을, <부록 2>에 '日本文學의 장르별·시대별 흐름'을 제시하였다.

목 차

제1부

총론(總論)

한국인을 위한
일본문학 감상

1. 문학(文學)이란?

문학(文學, *literature*)[1]이란 동서양을 막론하고 예로부터 학문(學文)이라는 뜻으로 사용하는 경우가 많았다. 그러나 학문이 발달함에 따라 자연과학이나 정치, 법률, 경제 등 학문 이외의 학문, 이를테면 순수문학, 철학, 역사학, 사회학, 심리학, 교육학, 신문학 등을 총칭하는 언어로 의미가 한정지어지게 되었다.

문학(文學)이란 용어는 크게 두 가지 개념, 즉 광의적 개념과 협의적 개념을 포함하고 있다. 광의적 개념이라 함은 '표현매체를 언어로 한 모든 글'의 개념으로, 고대 이집트나 중국의 모든 기록물, 역사서는 물론 현대의 신문기사 등도 문학에 포함된다. 그러나 근대 이후의 문학이란 기록물이나 역사서와 같은 사실 전달의 성격보다는 상상력의 표출에 의거한다는 단서가 붙어 있으며, '현대사회의 유의성을 지니는 문학'으로만 한정하고 있어 전자에 비해 협의적이다. 이러한 개념으로 보면 언어 또는 문자에 의한 예술작품, 즉 시(詩), 소설(小說), 희곡(戲曲), 평론(評論), 수필(隨筆), 일기(日記), 르포르타주 등을 문학으로 정의할 수 있을 것이다.

문학(文學)의 계보

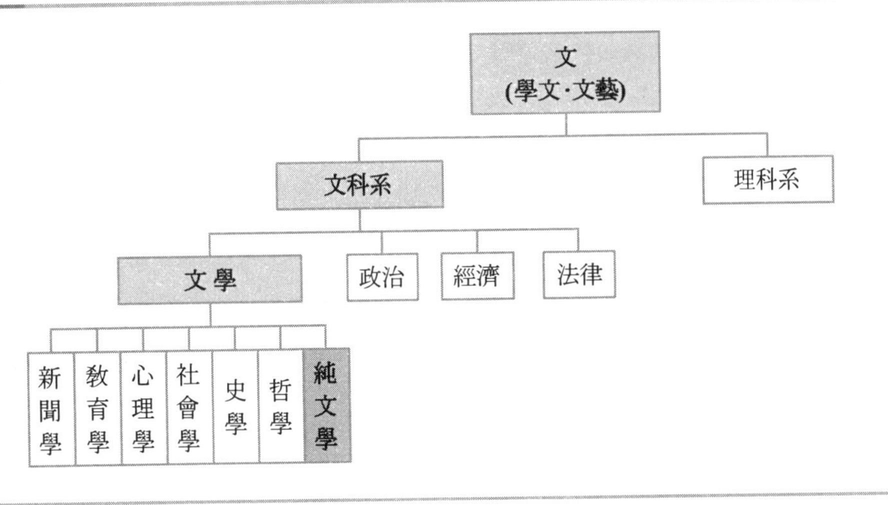

---

1 文學 : 영어의 '*literature*'는 '기록'을 의미하는 라틴어 '*litteratura*'에서 기원한다.

위에서 보듯 현대의 문학이란 역사라든가 철학 등 다른 분야에 속하는 인간의 지적인 작업과는 구별되는 양식이다. 이 경우 예술이라는 상위개념에 포괄되는 무용, 음악, 조형, 예술 등과도 구분되는 독자성을 지닌다. 프랑스의 실존주의 사상가이자 문학자인 장 폴 사르트르(*Sartre, Jean Paul*)가, "문학이 다른 예술과 구분되는 점은 단지 형식뿐만이 아니라 소재에 있어서도 그렇다. 색이나 음을 써서 표현하는 것은 언어를 사용해 표현하는 것과 전혀 다르다."라 했듯이 음악이 선율로, 미술이 색과 선으로 그 표현매체를 삼는데 비해 문학작품은 언어를 그 표현매체로 삼고 있다는 점에서 오늘날의 문학은 무용, 음악, 조형, 예술 등과 크게 구분되고 있다.

문학의 소재는 언어이며 그 언어를 조합해 조직화하는 것이 문학의 본질을 결정짓는다. 즉 우리들이 일상생활에서 의지나 감정을 전달하는 수단인 언어가 그대로 문학에 이용되는 것이다. 회화(繪畫)의 색이나 모양, 또는 음악의 음표와 달리 언어는 생활에 밀착해 있으므로 사회에 있어 필요불가결한 요소이다.

그러므로 문학은 조형미술이나 음악이 표현할 수 있는 범위를 훨씬 넘어선 광범함을 지닐 수 있는 것이다. 감상의 표현만이 아니라 지식을 가르치고 사상을 전달하며 교훈을 주는 것이 될 수도 있다. 그러나 이들 일상어가 그대로 문학의 언어가 되는 것은 아니며, 그렇다고 문학을 위한 언어라는 것이 따로 존재하는 것도 아니다. 누구나가 사용하는 일상어를 정교하게 다듬고 독자적인 생명을 불어넣어 새롭게 조직할 때 비로소 문학 언어가 되므로, 작가는 언어라는 소재로서 내면의 사상과 감정을 표현해 내는 기술이 필요하다.

프랑스의 사상가이자 문학자인 폴·발레리(*P·Valéry*)[2]는 이러한 문학적 표현을 함축하여 "사상은 과일 속의 자양분처럼 시구(詩句) 속에 감추어져 있어야 한다. 과일은 영양물이지만 단맛밖에 없다. 사람은 즐거움만을 생각하지만 양분을 취한다. 황홀하게 하는 맛속에 우리가 잘 느낄 수 없는 영양이 듬뿍 감추어져 있다."고 정의하고 있다. 이는 문학이 '정서나 사상 등을 상상력을 발휘하여 언어나 문자로써 표현한 예술작품'임을 말해준다.

이러한 문학의 특성은 역사의 진행과정에서 더욱 뚜렷하게 나타난다. 원시종합예술단

---

2 폴 발레리(*P·Valéry*, 1871~1945) : 프랑스 상징파 시인이자 비평가 사상가이다. 프랑스 남부 지중해 연안에서 태어나 몽펠리에 대학을 졸업했다. 주요 작품으로 시집 『구시첩(舊詩帖, *Album de Vers anciens*)』(1890~1900, 1920)과 「젊은 파르크(*La Jeune Pargue*)」(1917), 「매혹(*Charmes*)」(1922) 등의 詩가 있으며, 그 외에도 「레오나르도 다빈치의 방법서설(*Introduction de la méthode Léonard de Vinci*)」(1895), 「테스트씨와의 하루저녁(*La Soirée avec M. Teste*)」(1896), 「외팔리노스 또는 건축가와 영혼과 무용(*Eupalinos ou l'Architecte et l'Ame et la Danse*)」(1923), 『바리에테(*Variétés*)』(1924~1944, 5권) 등이 있다.

계에서는 음악이나 민속무용이 문학적 요소와 혼합되어 있었는데, 먼저 음악과 무용이 분화 독립되었고, 음악에서 언어적 부분이 분리되어 음송시(吟誦詩)의 형태로 분화하게 된 것이다. 이렇게 분화되고 독립된 문학은 단 한 번도 그 언어예술로서의 특성을 포기한 적이 없었다. 때문에 언어를 떠나서 문학을 이해한다는 것은 거의 불가한 일이라 할 수 있다. 문학이란 이처럼 언어를 매체로 성립되는 예술의 한 장르로, 인간이 빚어낸 정신적 노작 가운데서도 가장 미묘하고 복합적인 조직체에 속한다고 볼 수 있다.

2. 문학의 기원과 일본문학 변천사

2.1 문학의 기원

문학의 기원은 대개 인류의 진보과정에서 찾아볼 수 있다. 알타미라 동굴 속에 그려진 선사시대의 동물벽화 그림이나, 나일강 및 유프라테스강 근처에서 발견된 그들만의 그림문자를 살펴보면 그 옛날 인류의 진보 과정에서 많은 수렵(狩獵)을 기원하며 새긴 동물벽화나 풍요를 기원하는 일종의 의식이 있었음을 추측해 볼 수 있다. 여기서 자연에의 경외심이나 풍요를 기원하는 주문이나 기도 등을 엿볼 수 있는데, 동물벽화가 미술(繪畫)의, 손이나 발장단이 음악(音樂)의 기원이 되었듯이, 주문이나 기도 등은 음송시(吟誦詩)로서 문학의 기원이 된 것이다.

문학을 인간정신을 표현하는 예술의 한 형태로 볼 때, 그 기원에 관한 학설은 실로 다양하다. 그중에서 심리적인 욕구에 의해 예술이 창작되었다고 보는 '심리학(心理學)적 기원설'[3] 예술본능이기 보다는 삶과 관련된 실용성에 따른 '사회학적 기원설'[4] 실용성과 심미성의 결

---

3 심리학적 기원설 : 모방충동설(模倣衝動說), 유희충동설(遊戲衝動說), 흡인본능설(吸引本能說), 자기표현본능설(自己表現本能說)이 있다. 첫째, '모방충동설'이란, 인간은 모방을 통해 희열을 느끼는 본성이 있고, 이러한 심리가 문학을 발생시킨 요인이 되었다는 관점으로, 이 관점의 최초 주창자는 플라톤이며, 아리스토텔레스에 의해 체계화 되어, 17~18세기 신고전주의 시대에 이르기까지 서구문학론의 핵심을 이루어 왔다. 둘째, '유희충동설'이란, 칸트의 '인간은 본능적으로 유희적 본능을 가졌다'는 주장에서 시작되었으며, 여러 문학사상가들에 의해 발전을 이루어 근대미학의 토대가 되었다. 셋째, '흡인본능설'이란 인간에게는 남을 끌어 들이려는 흡인본능이 있으며, 그러한 본능이 예술작품 창조한다는 설로, 다윈 등 진화론자들 주장하였다. 넷째, '자기표현본능설'이란 인간은 자신의 사상과 감정을 남에게 이야기하고 싶어 하는 강한 욕구를 지니는데, 그 자기표현의 욕구가 작품을 쓰게 하는 동기가 된다는 설이다.

4 사회학적 기원설 : 문학예술의 발생이 실제 활동과 관련된 실용성에서 비롯된다는 설로, 주로 고고학, 인류학적 입장에서 예술현상을 설명하고 있다. 이를테면, 일상생활의 사냥하는 행동, 짐승을 활로 쏘

합이라 할 수 있는 '발라드 댄스(*Ballad Dance*, 민요무용)설'[5] 등이 대표적이라 할 것이다.

주지하듯 이는 문자의 발명보다 훨씬 이전의 일이었기에 문학은 오랜 세월동안 구비문학의 형태로 전승되다가, 문자가 발명되어 상용화된 이후에 비로소 기록문학으로서 면모를 갖추게 되었다. 대표적인 것으로 바빌로니아의 『길가메시(*Gilgamesh*)』, 호메로스의 고대서사시 「일리아드(*Iliad*)」, 「오디세이(*Odyssey*)」 외에도, 중세의 「니벨른겐의 노래(*Nibelungenlied*)」나 「롤랑의 노래(*Chanson de Roland*)」 등을 들 수 있다. 이로 보아 현재 아무런 단편(斷片)조차 남아 있지 않다 하더라도 선사시대에도 분명 문학이 존재하였음을 충분히 상상할 수 있다.

이는 일본에서도 마찬가지이다. 선사시대로부터 소규모 집단생활을 하던 고대인들은, 정착하여 농경생활을 시작하면서부터 계절을 잘 파악하여 일정한 시기에 씨앗을 뿌리고, 그 농작물의 성장과 수확을 위해 생산신령(生産靈)의 은혜를 구하였다. 그 과정에서 태양신과 토지신에 대한 기원을 종교의례화 하여 매년 규칙적으로 행하게 되었는데, 이러한 제례의식에서 특별히 마련된 '장(場, 空間, 자리)'에서 행해지는 춤(舞)과 노래(歌) 등이 구승(口承)되어 집단 공동체문화를 이루고, 그것이 역사와 정치와도 뒤섞여 진행되다가 점차 문학으로써 자립하게 된 것이다. 이처럼 일본문학 역시 원시시대 무용이나 음악과 일체되어 나타난 것을 시작으로, 점차 무용과 음악이 분리되는 분화과정을 거치게 되었고, 그것이 구승되어 오다가 문자가 전해지고 상용화될 즈음 기록문학으로 자리하게 되었다.

2.2 일본문학의 변천사

대개의 나라가 그렇듯이 일본에서도 가장 먼저 문학으로 여겨졌던 것은 시문(詩文)이었다. 그러나 일본에서 문학이란 나라(奈良)시대 이래, 에도(江戶)시대를 거쳐 메이지(明治) 후기에 이르기까지도 문학(文學)은 곧 한시(漢詩), 한문(漢文)이라는 생각이 지배적이었다. 그 가운데 일본 고유의 것을 찾으려는 학자들에 의해 몇 차례 일본 전통문예, 즉 국풍(國風)에 대한 재조명이 시도되었다. 그리고 그 대상은 일본 전통시라 할 수 있는 와

아 넘어뜨리는 연습 등이 실제적인 의미를 띤다거나, 원시인의 장식물은 실제적 의미의 표상이지 단순한 장식물은 아니리는 것이다.

5 발라드 댄스(*Ballad Dance*, 민요무용)설 : 제천의식을 비롯한 원시종합예술에 근거를 둔 설로, 문학이란 실용적인 목적과 예술적인 충동에 의하여 실용성과 심미성이 결합된 것으로 보고 있다. 고대 희랍의 제사나, 각국의 고대 제천의식에는 음주가무를 곁들인 발라드댄스가 있었는데, 여기서 신을 향한 몸짓은 무용과 연극, 소리는 음악, 말은 시로 분화되어 문학과 예술로 발전하였다는 설이다.

카(和歌)와『겐지모노가타리(源氏物語)』에서 찾았던 것도 주지의 사실일 것이다.

대륙의 선진문예가 급격히 유입되던 나라(奈良)시대부터 헤이안(平安)시대 중기까지는 일반적으로 한시(漢詩)가 와카(和歌)보다 격이 높은 문학으로 인정되었다. 그러나 이후 와카의 가치를 자각한 인사들에 의해 국풍의 분위기가 만연해짐에 따라 와카부흥운동이 일어나게 되었고, 급기야 10세기 초에는 천황의 명에 따라『고킨와카슈(古今和歌集)』가 칙찬(勅撰)되게 되었다. 그 칙찬집의 서문에 와카의 역사와 이론을 체계적으로 정리한 기노쓰라유키(紀寬之)는 "와카는 인간(특히 일본인)의 마음을 근본으로 하는 것으로, 인간의 마음이 여러가지 말로 표현된 것"이라 정의하였다. 그것이 중세에 칙찬된『신고킨와카슈(新古今和歌集)』에 이르면『고킨와카슈』의 가풍(歌風)에 여정요염(餘情妖艶)을 가미해 감상적인 화려함이 중시되기도 하였다.

이후 시대의 변화에 따라 와카를 대신해서 나온 새로운 문학은 렌가(連歌)였다. 렌가는 일본의 가장 오래된 문헌인『고지키(古事記)』에도 등장하지만, 당시에는 문학적 가치가 부여되지 않았고, 무로마치(室町)시대가 되어서야 'ひえ(冷)'와 'さび(寂)'의 미적이념을 내세워 전성기를 맞게 된 것이다. 그러나 이후 렌가도 구상적이고 일상적인 것과는 거리가 먼 비애(悲哀), 감상(感想), 회고(回顧)적인 자위나 염세(厭世)적 매너리즘에 빠지게 되자, 와카나 렌가가 상실한 현실성을 찾으려는 노력 속에서 새로이 하이쿠(俳句)라는 장르가 생성되게 되었다. 원래 비속(卑俗)한 일상성을 소재로 한 경묘신선(經妙新鮮)한 작품으로, 에도(江戸)시대 초기에 서민들의 자기표현을 위한 형식의 하이쿠였지만, 마쓰오 바쇼(松尾芭蕉)라는 걸출한 문인에 의해 하이쿠는 와카나 렌가 이상으로 상행되게 되었고, 요사 부손(興謝蕪村)이 등장하면서 새로운 발전의 토대를 쌓게 되었다. 부손은 바쇼의 고아(古雅)함으로 돌아갈 것을 주장하는 한편, 회화나 우수한 고전에 속정(俗情, 속세의 인정)을 탈피하려는 이른바 이속론(離俗論)을 주장하여 높은 미의식으로 하이쿠를 순화하고자 하였다. 이러한 시문(詩文) 위주의 문학이 일본문학으로서의 지위를 굳건히 하고 있었기에, 메이지 중·후기까지도 모노가타리(物語)나 소설(小說), 수필(隨筆) 등은 문학으로서의 지위를 확보 받지 못했고, 따라서 이에 대한 논의도 흔하지 않았다.

실로 모노가타리, 소설, 수필 등이 문학으로 논의되기 시작한 것은 에도시대 후기 국학자 모토오리 노리나가(本居宣長)에서 비롯된다. 당시 노리나가는『겐지모노가타리(源始物語)』와 와카(和歌)의 역사적인 연구를 통하여 일본문학의 독자적인 목적과 기능을 재조명하였다. 그는 중세이후의 공리적이고 교훈적인 문학관을 배제하고 그 본질을 'もの

のあわれ'에서 찾았으며, 선악의 판단을 초월하여 감정본위를 추수하였던 일본문학만의 독자성을 주장하였다.

메이지(明治) 40년대(1900년대)에 이르러서야 일본문학은 유교적인 문학관에서 벗어나게 되었고, 이때부터 모노가타리, 일기, 소설, 수필 등의 산문이나, 희곡(戲曲) 등도 비로소 시문(詩文)으로 인정받음으로써 그 지위와 가치향상이 거론되었다. 이때부터 일본문학은 서구의 문학론에 따라 장르를 구분하고 문학관, 문예사조, 문학론 등을 정립해가기 시작하였고, 발전에 발전을 거듭하여 현재에 이르게 되었다.

3. 일본문학의 장르론

문학에서 장르란 여러 형태의 문학을 작품적 질서에 따라서 구분할 때 등장하는 개념으로, 문학작품에 대한 탐구를 위해서나, 문학사의 이론 정립을 위해서도 장르 구분은 필연적이다.

문학의 장르는 BC5세기 무렵부터 그리스의 유랑시인 호메로스(*Homerēs*)의 「일리아드(*Iliad*)」와 「오디세이아(*Odysseia*)」로 대표되는 서사시(敍事詩), 여류시인 사포(*Sappho*)의 서정시(敍情詩), 3대 비극작가라 할 수 있는 아이스킬로스(*Aeschylos*), 소포클레스(*Sophoklēs*), 에우리피데스(*Euripidēs*)의 비극(悲劇), 아리스토파네스(*Aristophanes*)[6]에 의한 희극(喜劇)으로 확립되어 있었다. 이후 철학, 윤리, 역사 등의 산문이 생성되었고 그것이 발전하여 18세기에 이르러 전통적인 희·비극 대신 드라마가 성립되었으며, 비로소 소설(Novel)이 탄생하게 된 것이다.

일본에서는 각 시대별로 발생한 모든 문학형태를 망라하면 100여종이나 되지만, 19세기 중반까지도 이를 일정한 기준에 의해 분류하고 체계화하려는 노력이 이루어지지 않았다. 실상 고대에도 산문(散文)과 운문(韻文)을 구분하려는 의식이 존재했었고, 『만요슈(萬葉集)』에서 또한 시가(詩歌)의 분류로서 소몬카(相聞歌), 반가(挽歌), 잣카(雜歌)라는 명칭으로 사용된바 있었다. 그러나 근세까지는 문학의 연구대상이나 관심이 시가를 중

---

6 아리스토파네스(*Aristophanes*, 그리스어 ; Αριστοφάνης, BC446~BC385) : 고대 그리스 아테네의 대표적 희극작가. 아테네 부근 부유한 가정에서 출생한 그는 젊어서부터 극작을 시작하여 BC427년 처음으로 연극 경연에 참가한 이래, 총44편의 희극을 쓴 것으로 기록되고 있는데, 그중 11편이 오늘날까지 전해지고 있다.

심으로 고대의 정신을 파악하려는데 집중되어 있었던 까닭에, 19세기 후반 서양문학이 유입되고 어느 정도 이론화가 이루어지기까지 이러한 문제는 관심을 끌지 못했던 것 같다. 메이지유신(明治維新) 이후 급격히 서양문학과 문학사조가 유입되고 장르론이 소개되면서 그때까지 무시되던 작품들까지 문학으로서의 자격을 얻게 되었고, 이후 장르 체계에 대한 고찰이 이루어지기에 이른다.

3.1 2분법 장르론

일본문학의 형태를 '운문(韻文)'과 '산문(散文)'으로 구분하는 분류법이다. 이는 운문이 서정시(敍情詩), 서사시(敍事詩), 극시(劇詩)로 분류되는 서양의 3분법이 일본의 운문에는 적합하지 않다고 하여 일본문학의 특수성을 강조한 것이다. 그러나 이러한 2분법으로는 군키모노(軍記物), 요쿄쿠(謠曲), 조루리(浄瑠璃), 요미혼(讀本)과 같은 중간적 형태의 문학은 처리하기 어렵다는 문제를 남겼다.

3.2 3분법 장르론

일본문학의 형태를 서정문학(敍情文學, 와카, 렌가, 하이쿠 등), 서사문학(敍事文學, 모노가타리, 모노가타리 형식의 일기, 고지키, 니혼쇼키, 군키모노 등), 극문학(劇文學, 요쿄쿠, 교겐, 가부키 및 근대 희곡 등)의 셋으로 나누는 분류법이다. 그러나 이것도 희곡을 세태시(世態詩), 요코쿠(謠曲)를 순정서정시(純情敍事詩)라고 하는 등 무리가 있다.

3.3 4분법 장르론

일본문학을 시가(詩歌)형태, 소설(小說)형태, 희곡(戲曲)형태, 자조문학(自照文學, 수필)형태로 분류한 분류법이다. 이는 형태에 대한 분류이든, 양식에 의한 분류이든 3분법으로는 분류하기 어려운 장르(일기, 기행문, 수필 등)를 따로 구분해서 자조문학형태로 분류한 분류법이다.

3.4 5분법 장르론 및 장르교체이론

일본의 국학자인 도이 고지(土居光知, 1886~1979)에 의해 제기된 분류방법이다. 文學장르는 진화 발전한다는 생각을 지닌 도이 고지는, 서사문학, 서정문학, 모노가타리(物

語)문학, 철학(哲學)·종교(宗敎)적 문학, 극문학(劇文學)으로 분류하였고, 이의 순서로 5개 양식이 주기적으로 성쇠(盛衰)한다는 장르교체이론을 제기하였다. 이 이론에 촉발되어 사이고 노부쓰나(四鄕信網, 1916~2008)는 일본 고대의 문학은 서사문학, 서정문학, 모노카타리(物語)로 분류하고, 고대를 제외한 시대의 문학은 서사문학, 서정문학, 극문학, 소설로 분류하기도 하였다.

일본문학의 장르분류법은 서정문학(敍情文學), 서사문학(敍事文學), 극문학(劇文學)의 '3분법 장르론'이 대세이다. 이는 고대 그리스시대로부터 서정시, 서사시, 극시로 구분하였던 3분법 장르론을 추수한 것으로 보이며, 근대에 이르러서도 시(詩), 소설(小說), 희곡(戲曲)등으로 명칭만 바뀌었을 뿐 동일한 맥락으로 이어지고 있다.

4. 일본문학 감상법

세계 어느 나라이건 문학이 지닌 특질은 그 나라가 사용하는 언어적 특성과 그 나라의 문학이 처한 구체적 상황, 즉 시대적, 사회적 상황 내지는 종교적, 철학적인 의식의 변모나 자연과학의 발전 등과의 유기적 관련 속에서 유동적으로 나타난다. 문학의 관점의 차이에 따라, 문학의 윤리적 측면 등을 더 강조하는 경우도 있고, 관념적 성격과 사실적 성격을 더 높이 평가하기도 하므로, 각각의 영역에서 각국 문학의 현저한 특징이 발견되기도 한다.

일본문학도 마찬가지이다. 문학이 사회를 묘사하고 인생을 그리고 있는 이상, 문학이란 사회적 산물임은 말할 나위도 없다. 문학형태의 변천으로 보나 작품에 내재된 작가의 개성을 보더라도, 작가 자신이 영위했던 시대와 사회가 그대로 반영되어 있음을 알 수 있다. 이는 문학의 수요층인 독자들의 요구와 일치하는 점이기도 하다. 동시대를 살아가는 작가와 독자들은 어찌 보면 상호 역학적 구도를 이루며 그 시대의 특징적인 문학을 만들어가고 있었다고도 볼 수 있다. 이러한 일본문학의 전반을 이해하고 감상하기 위해서는 먼저 일본사회 및 역사의 흐름이라는 큰 줄기를 파악하고, 이를 크게 전근대와 근현대로 나누어 문학사와 연결하여 보는 작업이 필요하다.

일본역사와 문학사 대조표

일 본 역 사				일 본 문 학 사		
전근대	선사	조몬(繩紋)	~ BC300	상대문학 (상고문학, 고대문학)	~ 794	전근대문학
		야요이(彌生)	BC300~300			
	고대	고분(古墳)	300~593			
		아스카(飛鳥)	593~710			
		나라(奈良)	710~794			
		헤이안(平安)	794~1192	중고문학	794~1192	
	중세	가마쿠라(鎌倉)	1192~1338	중세문학	1192~1603	
		무로마치(室町)	1338~1573			
		아즈치모모야마(安土桃山)	1573~1603			
	근세	에도(江戶)	1603~1868	근세문학	1603~1868	
근현대	근대	메이지(明治)	1868~1912	근대문학	1868~1945	근현대문학
		다이쇼(大正)	1912~1926			
	현대	쇼와(昭和)	1926~1989	현대문학	1945~	
		헤이세이(平成)	1989~			

다음으로, 자연환경과 문예적 환경을 고려할 필요가 있다. 주지하듯 일본문예란 초기 발달단계부터(문자는 말할 것도 없고 표현의 기법이나 사고(思考) 혹은 발상의 형태에 이르기까지) 외국적인 것이 첨가되어 발전해 왔다. 일본의 자연환경이 유라시아대륙의 동쪽 끝 바다건너 섬으로 이루어졌기에, 예로부터 외국의 문물을 받아들이기만 할 뿐, 받아들인 문물을 다른 나라로 전파하는 예는 극히 드물었다. 근대이전에는 주로 중국을 비롯한 동양권, 근대를 전후한 시기에는 특히 일본과 통상을 시도하였던 서양권의 영향에 의하여 발전해온 것이다. 이처럼 외국적인 것과 유기적 관계 속에서 융화되고 결합된 독특한 일본문예로서 발달해 왔지만, 그 가운데서도 일본 고유의 것이 전혀 소멸되지 않고, 거의 모든 시대에 걸쳐 존속되어 왔다는 점에서 일본문예의 특질을 엿볼 수 있다. 이를 구체적으로 살펴보는 것도 좋을 듯하다.

4.1 일본문학은 단편성을 지향한다.

일본문예는 중국문예나 한국문예에 비해 외형적인 면에서 매우 단편적이다. 일본 시가(詩歌) 중 하이쿠(俳句, 俳諧の発句)는 5·7·5의 3句 17음절로 세계에서 가장 짧은 정형시이다. 고대의 와카(和歌, 大和の歌)는 조카(長歌)도 번성했지만, 대다수가 5·7·5·7·7의 5句 31음절의 단카(短歌)로 정형화 되면서 쇠퇴일로를 걷게 되었고, 9세기 말엽에는 거의 자취를 감추게 되었다. 이후 가요(歌謠)의 세계에서 엔쿄쿠(宴曲)[7]로 대표되는 조카(長歌)의 부활이 있었지만, 독자를 감동시킬 만한 작품이 나타나지 않아 그다지 번성하지 못했다.

이러한 현상은 산문계통에서도 두드러진다. 『겐지모노가타리(源氏物語)』와『난소사토미핫켄덴(南総理見八犬伝)』은 분량 면에서 장편소설에 해당지만, 이 두 작품은 단편 또는 중편이 합성되어 있는 구성을 취하고 있다. 이는 웨레이 역의『겐지 이야기(*The Tale of Genji*)』가「스즈무시(鈴蟲, 방울벌레)」에 해당되는 부분을 생략했음에도 불구하고 줄거리 진행에 있어서 전혀 지장이 없을 뿐만 아니라, 오히려「요코부에(橫笛, 통소)」에서「유기리(夕霧, 저녁안개)」로의 이동이 원활해졌다는 데서도 명확해진다.『난소사토미핫켄덴』의 경우도 그렇다. 많은 줄거리로 구성된 이 작품 역시 어떤 작은 줄거리를 생략한다 해도 전체적인 구성에는 별다른 지장이 없다. 이러한 점은 일본문학의 단편성을 잘 보여주는 예라 하겠다.

4.2 일본문학은 대립성이 결여되어 있다.

① 구성 면에서의 대립성

먼저 모노가타리(物語)나 우키요조시(浮世草子)의 경우를 보면, 구성의 긴밀함보다는 주역의 행동을 쫓아가기만 하는 경향이 있다. 그것이 근대 일본의 사소설(私小説)에까지 영향을 미치고 있는데, 이는 서양의 근대소설에서 보이는 구성의 긴밀함과는 사뭇 대조적이다. 희곡(能, 淨瑠璃, 歌舞伎)의 경우도 그렇다. 서양에서는 흔히 주역(主役, *protagonist*)과 대립하면서 주제를 연기하는 역할의 적대자인 조역(助役, *antagonist*)이 존재하는 것이 보통이다. 그런데, 일본의 노(能)에 있어서 와키(ワキ)는 시테(シテ)의 대립

---

7 엔쿄쿠(宴曲) : 중세가요의 하나로 귀족·무사·승려 계층에서 불린 7·5조의 우타로 부채로 장단을 맞춰 불렸으나 이후 통소 등의 악기에 맞춰 불러졌다. 내용은 주로 같은 종류의 물건을 열거하는 모노즈쿠시(物尽くし)나 여행 과정을 노래한 미치유키노우타(道行きの歌)를 담고 있다.

자가 아니라, 오히려 주역을 돋보이게 하는 단순한 보조자(*byplayer*)의 역할에 그친다. 이 것은 노(能)에서 특히 현저하지만, 조루리(淨瑠璃)나 가부키(歌舞伎)에서도 주역을 돋보 이게 하는 보조자로서 관찰되는 경우가 허다하다.

이러한 현상은 중국이나 한국에서도 발견되고 있어 동아시아권의 특징으로 나타난다. 원나라의 잡극(雜劇)의 경우도 주역인 '正生(남주인공)'[8] 및 '正旦(여주인공)'만이 노래 를 부르고 나머지 배역들은 모두 대사로 제한되는데, 극중 요점이 되는 시구를 노래에 담 아내고 있기 때문에, 잡극의 구성이 '시테(シテ)' 일인주의(一人主義)인 노(能)와 공통된 다고 볼 수 있다.

② 자연과 인간과의 대립성

자연과 인간과의 관계에 있어서 중국문예는 기본적으로 대립성을 갖는다. 그 구체적인 현상으로 중국 북방계의 민족에게서는 고대시(詩)에서 자연을 자연으로서 읊은 작품이 드물다는 사실이다. 농업에 의존했던 고대 중국에서 자연과 어우러져 생활할 수밖에 없었 음에도 자연의 미(美)를 대상으로 하는 시는 거의 찾아볼 수 없고, 대다수가 서정시로 제 한되어 있다. 남방계통의 초족(楚族)의 경우 자연과 친밀감을 지닌 면이 있어, 굴원(屈原) 의 『초사(楚辭)』에는 자연신화나 향초 및 향목을 제재로 하는 시가 상당하지만, 전체적인 흐름은 역시 유교적인 경향이 전반적이다. 한국의 시(詩) 역시 인사(人事)가 주가 되어 있 어, 자연 그 자체를 읊는 시는 많지 않다. 12개월에 걸친 계절의 행사나 풍물을 노래하는 월령체[9] 형식의 『동동』(고려가요)에서도 계절의 제재를 노래하고는 있지만, 그 주제가 여 성에 대한 연정으로, 계절의 행사나 풍물은 그 주제를 강조하기 위한 것에 지나지 않는다.

그러나 고대 일본인에게 있어 깊은 친근함과 두려워할 엄숙함의 양면성을 지닌 자연은 인간과는 분리될 수 없는 존재였다. 때문에 「俗」[10]의 문예에서는 원시시대의 자연이 인간 과 함께 존재하고 있었고, 현대의식의 상층에서도 역시 자연과 항상 함께하고 있는 일면 을 엿볼 수 있다. 이러한 예는 애니메이션으로 제작되어 한국에 소개된 『미라이쇼넨 코난 (未來少年コナン, 미래소년 코난)』, 『가제노타니노나우시카(風の谷のナウシカ, 바람계

---

8 중국 전통극에서 남자주역(主役). 주로 충신이나 현상(賢相) 따위의 역할로 등장하는데, 여자주인공인 '正旦'과는 대립적 관계가 됨

9 월령체 : 우선 서사로 주제를 제시하고, 1월부터 12월까지 순서로 그 달과 관계있는 행사나 습속 혹은 풍물을 문제 삼고, 그것에 따라 연인의 행복을 빌고 자신의 사랑을 노래하는 것이다.

10 「俗」: 일본의 서민층에서 생겨나 토착화된 미의식으로 진취적이고 진보적임.

곡의 나우시카)』, 『모노노케 히메(もののけ姫, 원령공주)』 등에서 묘사되는 자연이 매우 친화적이라는 점에서 쉽게 이해할 수 있을 것이다. 게다가 이들 작품은 모든 자연만물에 인격을 부여하는 언령신앙적 측면이 가미되어 있어 인간과의 간격이 거의 없음을 발견할 수 있는데, 이야말로 개인의 유아기에 작용하는 원시심성(*primitive mentality*)[11]과 동질적인 심성이 민족단위의 문예에도 침투한 까닭으로 볼 수 있다.

③ 집단과 개인의 대립성

일본에서 개인은 집단에 귀속하려는 경향이 유독 강하기 때문에 개인과 집단과의 대립의 여지는 극히 드물다. 이에 비해 중국의 경우는 집단속에 귀속되어 있으면서도 개인의 개성을 드러내는데 크게 지장이 없는 편이다. 당대(唐代) 중기부터는 개성이 뚜렷한 시(詩)가 나타나게 되고, 송대(宋代)에는 누구는 누구의 문하생(門下生)이라고 하는 사제(師弟)관계가 의식되어 정쟁까지 얽히게 되면서 집단에의 귀속이라는 현상이 드러나기도 하지만, 그럼에도 집단속에서 각각의 개성을 나타내는 데는 지장이 없었다. 이러한 의식은 한국에서도 크게 다를 바 없었다.

실로 일본인은 단체 속에서 통용되는 표현이야말로 가장 아름다운 것이라는 집단적 정신구조를 지니고 있다. 스포츠(특히 스모), 와카(和歌), 하이카이(俳諧), 분라쿠(文楽), 가부키(歌舞伎) 외에도 각종 문학예술 등에서 유파에 소속되어 성장한 사례가 이를 대변한다. 이러한 정신구조가 유파 안에서는 절대적이며 유파의 구성원은 이에 복종해야 하는 이에모토(家元)제도의 기반이 되었고, 작품 안에서도 국민성의 한 단면으로 나타나게 된다.

④ 장르의 대립성

일본문예에서는 중국이나 한국문예에 비해 신분이나 계급을 초월한 장르의 발전이 현저하다.

중국에서 가치 있는 문예는 「사(士)」, 즉 고전과 통하고 그 정신을 생활이념으로 하는 계급밖에 만들 수 없다는 의식이 강해서, 만약 「사」가 아닌 계급의 사람이 새로운 장르를

---

11 원시심성(*primitive mentality*) : 심리학에서 ① 지각과 표상(인식의 대상)의 미분화된 복합성 ② 부분이 전체의 속에서 분절적으로 취해지지 않는 혼동성 ③ 감정적 인자가 강하게 작용하는 주정성 등을 그 특질로 한다.

만들어 낸다 하더라도 그것은 가치 없는 문예, 혹은 문예 이외의 무엇인가에 지나지 않았다. 간혹 관계(官界)에서 뜻을 이루지 못한 선비가 일부러 방종한 태도를 취하고, 그 표현으로서 하위 장르의 것을 취한다 하더라도 그 때문에 장르의 가치가 높아진 적도 없었고, 인정된 적도 없었다. 또 가치 있는 장르에서의 제작은 정치나 도의에 대해 사회적 책임을 갖는「관(官)」이 될 수 있는「사(士)」류에만 한정되고, 정치적 책임이 없는「리(吏)」의 계층, 혹은 서민들의 경우, 창작활동을 하는 일이 거의 없었다. 남송(南宋) 말기에 이르러 상인이나 지주 가운데 시단(詩壇)에 등장하는 사람도 있었지만 일본에 비하여 시기적으로 늦었고, 이러한 의식도 문화혁명까지 건재하고 있었다. 이것은 한국에 있어서도 마찬가지였다.

그러나 일본에서는 사정을 달리한다. 고전에 기초한 표현만을 본격적인 문예로 여기는 의식은 중국에서 유입되어, 중세에도 건재했었다. 와카, 렌가, 하이카이 등이 작자의 이름을 명기하는 것에 대해서, 모노가타리(物語)나 일본어일기(和文日記)의 경우, 비록 작자가 명확한 경우라도 이름을 밝히지 않는 관습이 이와 같은 의식을 반영한다. 그럼에도 중국과 현저하게 다른 것은, 지식층에 속해 있지 않은 사람이 지은 노래이거나 더 하위계급일지도 모르는 작자미상(詠人不知)의 작품까지도 칙찬집(勅選集)에 채용되어 있다는 사실이다. 게다가 여성작가에 유녀까지 문인에 포함하고 있다는 것은 중국에서는 생각할 수 없는 일이었다. 그러나 헤이안시대 여성작가에 의해 쓰인『겐지모노가타리(源氏物語)』도 일본문학에서 빼놓을 수 없는 고전으로 가치를 인정받았으며, 귀족들에게도『겐지모노가타리』를 읽고 해석하는 것이야 말로 가치 있는 일로 의식되고 있었다. 이처럼 일본에서는 계급적인 대립관계가 문예의 장르에까지 진입하는 일은 거의 없었으며, 오히려 다른 장르에서도 보편적인 현상으로 나타난다. 와카(和歌)나 렌가(連歌)의 경우를 보면, 원래 저속한 언어유희에서 생긴 렌가가 귀족적인「가(雅)」[12]의 문예로 승화되면서, 이전 렌가의 위치를 하이카이렌가(俳諧連歌)가 차지하였다. 이후 하이카이렌가를 무사계급까지 더불어 즐기게 되자, 그 자리는 센류(川柳) 등 잣파이(雜俳)[13]가 계승하였다. 지방의 속요(俗謠)의 경우도 그렇다. 속요는 유녀나 기생을 매개로 귀족에게까지 애호되다가 불교가요의 영향을 받아 이마요(今樣)에까지「가(雅)」화 하였고, 그 위치는 고우타(小歌)로 교체되었다.

---

12 가(雅、が) : 고상하고 우아함. 시경(詩經)의 육의(六義)의 한 가지
13 잣파이(雜俳、ざっぱい) : 본격적인 하이카이(俳諧)에서 유희화 되어 잡다한 형식과 내용의 통속적인 하이카이의 총칭. 마에쿠즈케(前句付), 간무리즈케(冠付), 오리쿠(折句) 등. 센류(川柳)를 포함하는 경우도 있음.

사루가쿠(猿楽)의 경우는, 원래 비속한 소극에 지나지 않았던 사루가쿠가 노(能)를 끌어들여 '사루가쿠노'로서 쇼군가(将軍家)의 애호아래 꽃피우게 되자, 본래 사루가쿠의 위치는 교겐(狂言)이 자리잡게 된 것도 마찬가지 사례일 것이다. 이러한 현상은 모두 계급에 의한 단절이 없었던 점에서 가능하게 된 것이다.

4.3 작품의 전반적인 분위기가 주정적이고 내향적이다.

중국문예가 주의적·주지적이며 외향적인데 비해, 일본문예는 주정적·내향적인 측면이 강하다. 특히 시가(詩歌)의 분위기는 내향(内向)적인 감정이 주가 된다. 전 세계의 수많은 민족이 문예형성기에 영웅시(英雄詩)를 가지는 것이 보통이지만, 일본(大和)계의 문예에는 영웅시가 거의 없다. 이는 양성(陽性)적인 적극성이 즐겨 사용되지 않았다는데 있다고 볼 수 있다.

일본에 비극(悲劇, *tragedy*)이 그리 발달하지 않았던 점도 같은 이유일 것이다. 예를 들면, 노(能)에 있어서는 웃는 행위가 천하다고 의식되어 거의 연기되고 있지 않는다. 반면 웃음을 본위로 하는 교겐(狂言)은 노(能)보다 격이 낮은 예능, 혹은 노의 부속물처럼 취급되는데, 이러한 현상은 일본문예의 작조(作操)[14]가 전반적으로 음성적이고 내향적인 성질을 지니고 있음을 말해준다.

소설의 경우도 그렇다. 이는 다이라가문(平家)의 멸망에 대한 반카(挽歌)[15]의 취향이 주도적인 『헤이케모노가타리(平家物語)』에서도 찾아볼 수 있는데, 정치적인 사건의 추이나 그에 관련된 신화가 전체의 흐름을 주도하는 가운데 여성의 우아한 춤이 삽입된 것은 명확한 내향적 작조(作操)일 것이다. 또한 고요하고 쓸쓸함을 의미하는 「さび」, 한랭을 의미하는 「ひえ」, 간소나 검소를 의미하는 「わび」 등의 미의식은 지극히 예술성이 높은 내향적 아름다움으로 여겨진다.

그렇다면, 일본문학 감상의 포인트는 어디에 두어야 할까?

먼저 일본의 역사와 문학사를 대략적으로 파악한 후, 각 시대적 특징과 시대를 대표하는 문학에 접근하는 것이 일본문학의 줄기를 찾거나 그들의 정서를 이해하는데 도움이 되

---

14 작조(作操) : 작품의 정서가 더욱 발달되면서 일어나는 고차원적인 복잡한 감정.
15 반카(挽歌) : ① 상여 메고 갈 때 부르는 노래 ② 죽은 사람을 애도하는 시가(詩歌)라는 의미로, 한국의 만가(輓歌)와 동일한 의미이다.

리라고 본다. 그리고 각각의 작품을 감상하면서 일본문학의 전체적인 특성을 찾는데 포커스를 맞춰보는 것도 부분에서 전체를 조망해 볼 수 있는 좋은 방법이 될 것이다.

다음으로 중층적 문화구조 가운데 일본만의 독자성을 파악해 보는 것도 좋을듯하다. 일본의 사상가 와쓰지 데쓰로(和辻哲郎)가 "일본인처럼 민감하게 새로운 것을 받아들이는 민족이 따로 없고 또 일본인처럼 충실하게 옛 것을 보존하는 민족도 없을 것이다."라고 하였는데, 그도 그럴 듯이 일본은 정치, 경제, 사회, 종교, 문화는 물론 생활양식에 이르기까지 중층적이지 않은 부분이 거의 없다. 일찍이 무사계급이 지배계급이 되었을 때 부정되었던 옛 지배계급은 구게(公家, 조정귀족) 계급으로 보존되었고, 게다가 옛 전통을 간직한 사람들이 문화적 귀족으로 존경받았다. 또 일본의 토착세계관인 신도(神道), 신불습합(神仏習合), 일본적 주자학의 발달, 근대의 일본적 기독교, 일본적 사회주의 등이 오늘날에도 공존하고 있는 것도 중층성에 대한 좋은 예이다.

문예구조는 말할 것도 없다. 일본은 예로부터 대륙문물을 받아들이기만 할 뿐, 받아들인 문물을 타 지역으로 전파하는 예는 극히 드물었기에 일단 유입된 문예는 일본열도 안에서 차곡차곡 쌓여 덧붙여지는 중층적 문예구조를 이루게 되었다. 1000년 전에 유행하였던 와카(和歌, 5·7·5·7·7의 정형시)는 근세 하이쿠(俳句, 5·7·5의 정형시)가 유행할 때도 소멸되지 않았고, 근대를 거쳐, 현대에 이르기까지 와카·하이쿠·자유시가 공존하는 가운데 독자적인 발전을 보이고 있는 것도 중층적 일본문화의 좋은 사례가 될 것이다.

간과할 수 없는 것은 일본문학은 추상적인 개념보다는 본 대로 느낀 대로의 감정을 살린 사실적인 표현을 우선시한다는 것이다. 풀 한포기 나무 한그루를 표현하는데도 그 내면에 대한 인위적인 표현보다는, 자연이 준 원래의 모습을 사실적으로 표현하는 것을 좋아한다는 말이다. 이러한 점에 감상의 포인트를 두고 일본문학에 접근해보면 좋을 것 같다.

한국인을 위한
일본문학 감상

제2부

운문(詩歌)부

한국인을 위한
일본문학 감상

I 전근대의 시가(詩歌)

1. 상대의 시가(詩歌)

'상대(上代)의 시가(詩歌)'라 함은 문학이 발생한 때로부터 나라(奈良)시대 까지, 즉 정치 및 문화의 중심이 야마토(大和, 지금의 나라(奈良)지역)에 있었던 시대의 시가(詩歌)중심의 문학을 말한다.

대륙으로부터 문학이 도래하기 이전부터 일본에는 많은 민요적인 가요(歌謠)가 있었다. 우타가키(歌垣)[16]를 비롯한 대부분이 생산과 신앙생활에 관련된 축제의 장소에서 투박한 악기나 춤을 곁들여 불린 노래이다. 이러한 고대가요는 구승되어 전해오다가 문자시대에 들어서『고지키(古事記)』,『니혼쇼키(日本書紀)』,『후도키(風土記)』,『긴카후(琴歌譜)』,『붓소쿠세키카히(仏足石歌碑)』등에 기록되어 오늘날까지 약 300수(首)가 전해지고 있다.

이윽고 대륙문학이 도래하고 되어 점차 보급됨에 따라 이러한 가요(歌謠)는 더욱 발전되어 일본만의 특질을 살린 와카(和歌)로서 만들어지게 되었다. 이시기의 대표적인 와카는 '기키가요(記紀歌謠)'[17]로서, 또『만요슈(万葉集)』[18]에 수록되어 있다. 그 대표적인 와카 3편을 감상해보자.

〈우타가키(歌垣) –『万葉集』– 卷十二より〉

海柘榴市の 八十の衢に 立ち平し 結びし紐を 解かまく惜しも。
(쓰바이치의 여든 갈래로 갈라진 길을 밟으며 묶은 속옷 끈 풀기란 아쉬워라.)
* 쓰바이치(海石榴市)[19]에서의 우타가키이다.『만요슈(万葉集)』에 수록된 것은 남녀가

---

16 우타가키(歌垣) : 구송(口誦)에 의해 전해내려 온 구비문학(口碑文学) 형태로, 다수의 남녀가 산이나 언덕위에 모여 신(神)을 제사하고 음식과 가무(歌舞)를 즐기는 농사와 관련된 행사에서 시작되었다가, 남녀가 서로 노래를 부르며 사랑을 나누는 집단행사로 발전하였다.

17 기키가요(記紀歌謠) : 구송(口誦)에 의해 전해내려 온 고대의 가요 중『고지키(古事記)』와『니혼쇼키(日本書紀)』에 채록된 가요를 말하는데, 여기에 수록된 가요는 중복된 50수를 포함하여 약 240수에 달한다.

18 『만요슈(万葉集)』: 8세기 말경 성립된 상대(上代)의 대표적인 와카집으로, 모두 20권에 천황을 비롯하여 귀족, 농민, 천민에 이르기까지 다양한 계층이 만든 우타(歌) 4,500여수가 수록되어 있다. 여러 차례에 걸쳐 정리되었기에 편자는 확실치 않으나 오늘날의 형태로 정비한 사람은 당대 최고의 가인 오토모노야카모치(大伴家持)라는 설이 유력하며, 표기는 한자의 음(音)과 훈(訓)을 적당히 혼용한 만요가나(万葉仮名)로 되어 있다.

가무를 할 때, 남자가 묶어준 속옷의 끈을 다른 남자를 위해 푸는 것을 아쉬워한다는 여성의 노래이다. 『니혼쇼키(日本書紀)』에 기록된 것은 25대 부레쓰(武烈) 천황이 황태자 시절 우타가키를 하는 사람들 틈에서 가게히메(影媛)의 소매를 잡았지만, 가게히메가 이미 신하인 시비(鮪)와 관계를 맺은 사이였음을 알고 실망한다는 내용으로 되어 있다.

〈『古事記』より〉

狭井河よ 雲立ちわたり / 畝火山 木の葉さやぎて 風吹かむとす。
(사이강에 구름이 일고, 우네비산의 나뭇잎이 흔들리니 바람이 불려나.)
* '니쿠기레(二句切れ)' 형식이다. 여기서 '바람이 불어대니 나뭇잎이 흔들리네!'라 하지 않고, '나뭇잎이 흔들리니 바람이 불려나보다!'라는 역발상이 돋보인다.

〈『万葉集』より〉

春待つと わが恋ひをれば / わがやどの 簾うごかし 秋の風吹く。 額田王
(봄을 기다리며 연인을 꿈꾸는 사이에 가을바람이 드리운 발을 흔들며 지나가네.)
* 만요시대 대표 여류가인 누카다노오키미(額田王)의 단카(短歌)로, 겨울이 끝나가는 시점에서, 그 옛날의 사랑하는 연인을 생각하다보니, 어느새 가을바람이 문 앞에 걸어놓은 발을 흔들며 지나간다는 내용이다. 옛 생각에 젖어 시간가는 줄 몰랐다는 것과 그 정도로 세월이 빠르다는 것을 노래하고 있다.

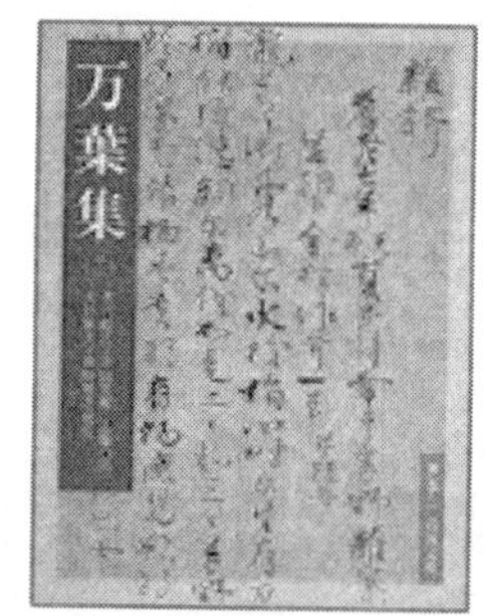

『万葉集』

상대(上代)의 대표적인 와카의 대부분은 『만요슈(万葉集)』에 집대성되어 있다. 모두 20권에 4,500여수가 수록되어 있는데, 천황을 비롯하여 귀족, 농민, 천민에 이르기까지 다양한 계층이 만든 우타(歌)인 만큼 문학적 가치가 상당하다. 『만요슈』의 특징은 대개 4시기로 구분 정리되고 있다.

① 제1기(발생기) ; 만요(万葉)시대의 여명기(~672, 大化改新~壬申亂)
② 제2기(확립기) ; 표현기법의 획기적 발전기(672~710, 壬申亂~奈良朝 以前)
③ 제3기(성숙기) ; 가풍과 기교의 확립기(710~733, 奈良朝 前期)
④ 제4기(쇠퇴기) ; 万葉風~古今風으로의 이행기(734~759, 奈良朝 中期)

---

19 쓰바이치(海石榴市) : 나라현(奈良縣)에 소재한 '쓰바이치'는 우타가키의 대표적인 지명으로 '쓰바기치'로도 불린다.

각 시기별로 대표작 1편씩 감상해보자.

〈제1기─발생기〉

海神の　豊旗雲に　入日さし　今夜の月夜　さやけかりこそ。(卷一, 天智天皇)
(해신의 자태처럼 펄럭이는 구름에 석양이 비치니 오늘밤 달빛 더할 나위 없겠네.)

〈제2기─확립기〉

東の　野にかぎろひの　立つ見えて　かへり見すれば　月傾きぬ。柿本人麻呂
(동쪽 들판에 아지랑이 피어오르는 것이 보여, 뒤돌아보니 달이 서쪽으로 기우네)

〈제3기─성숙기〉

しるしなき　ものを思はずは　ひとつきの　にごれる酒を　のむべくあるらし。大伴旅人
(쓸데없는 생각은 해서 뭣하랴, 차라리 탁주 한 사발 들이키는 것이 낫겠네.)

〈제4기─쇠퇴기〉

新しき　年の初めの　初春の　今日降る雪の　いやしけ吉事。　大伴家持
(새해의 시작인 신년, 오늘 내리는 눈처럼 좋은 일만 쌓여라.)

2. 중고의 시가(詩歌)

헤이안(平安)시대에 들어 중국문학의 유입으로 와카는 일시적으로 침체하다가, 귀족 사회의 융성과 국풍(國風)의 확산을 배경으로 점차 성장하게 된다. 이 시기의 와카는 이전의 소박하고 솔직담백함과는 달리, 풍아(風雅)함을 이상으로 날로 세련되어갔으며, 급기야 천황의 칙명(勅命)에 의해『고킨와카슈(古今和歌集)』[20]가 칙찬되기에 이른다. 편자는

---

20 『고킨와카슈(古今和歌集)』:『고킨슈(古今集)』라고도 함. 엔기(延喜) 5년(905)에 제60대 다이고(醍醐)천황의 칙명(勅命)으로 편찬된 최초의 조쿠센와카슈(勅撰和歌集)이다. 편자는 기노쓰라유키(紀貫之), 기노토모노리(紀友則), 오시코우치노미쓰네(凡河内躬恒), 미부노타다미네(壬生忠岑) 등 4인으로 알려져 있다. 전 20권에 수록된 약 1,100수의 노래 중 조카(長歌) 5수와 세도카(旋頭歌) 4수를 제외하고 모두 단카(短歌)이다. 서문으로 '가나조(仮名序)'와 '마나조(真名序)'가 있으며, 전체의 구성은 사계절을 노래한 것과 연가(戀歌), 즉 춘(春), 하(夏), 추(秋), 동(冬), 축하(賀), 이별(離別), 여행(羈旅), 사물의 이름(物名), 사랑(恋), 애상(哀傷), 잡가(雜歌)와 잡체(雜體) 등으로 세분된 부다테(部立)로 구성되어 있다.

기노쓰라유키(紀貫之), 기노토모노리(紀友則), 오시코우치노미쓰네(凡河內躬恒), 미부노타다미네(壬生忠岑) 4인으로 알려져 있다. 전 20권에 수록된 약 1,100수 중, 조카(長歌) 5수와 세도카(旋頭歌) 4수를 제외하고 모두 단카(短歌)이며, 전체적인 가풍은 우미(優美)와 풍아(風雅)이다. 이 역시 3시기로 구분 정리된다.

『古今和歌集』

① 제1기(작자미상 시대) ; 『만요슈』에서 『고킨슈』로의 이행기(万葉集 ~ 850년경까지)
② 제2기(롯카센 시대) ; 롯카센(六歌仙)[21]의 활동기(약 850년 ~ 890년까지)
③ 제3기(찬자의 시대) ; 찬자(撰者) 중심의 가풍의 완성기(약 890년~『고킨슈』가 성립되기까지)

각 시기별로 대표작 1편씩을 감상해보자.

〈제1기ㅏ작자미상의 시대〉

春霞 たてるやいづこ みよしのの 吉野の山に 雪はふりつつ。 詠み人知らず
(봄 안개 잔뜩 끼어있는 저곳은 어디뇨? 여기 미요시노의 요시노산은 눈이 내리는데)

〈제2기ㅏ롯카센(六歌仙) 시대〉

さくら花 散りかひくもれ 老いらくの 来むといふなる 道まがふがに。 在原業平
(벚꽃이여 흩날려 어두워져라. 노년이 찾아오는 길을 알 수 없도록)

〈제3기ㅏ찬자(撰者)의 시대〉

梅の花 にほふ春べは くらぶ山 闇にこゆれど しるくぞありける。　　紀貫之
(매화꽃 향기 나는 봄이면, 어둠속에서 구라부산을 넘어간다 해도 그 향기만으로 매화인 줄 확실히 알겠네.)

---

21 롯카센(六歌仙) : 일정 수의 뛰어난 가인을 가선(歌仙)이라 하여 와카의 선각자로 존경하며 규범으로 삼는다. 롯카센은 『고킨슈』의 「가나조(仮名序)」에 등장한 6인의 가선 소조헨죠(僧正遍昭), 아리와라노나리히라(在原業平), 오노노코마치(小野小町), 훈야노야스히데(文屋康秀), 기센호시(喜撰法師), 오토모노구로누시(大半黒主)를 말한다.

『고킨와카슈(古今和歌集)』는 사계절을 노래한 것과 연가(戀歌), 즉 춘(春), 하(夏), 추(秋), 동(冬), 축하(賀), 이별(離別), 여행(羈旅), 사물의 이름(物名), 사랑(恋), 애상(哀傷), 잡가(雜歌)와 잡체(雜體) 등으로 구성되어 있다. 특히 사계절의 구성은 절기나 자연의 풍경에 따른 계절의 추이, 변화를 돌아볼 수 있도록 되어있다. 계절별로 각 1수씩 감상해 보자.

野邊ちかく 家ゐしせれば 鶯の 鳴くなる聲は 朝な朝なきく。　(春上, 未詳)
(들판 근처에 집을 지으니 아침마다 휘파람새 울음소리 들리네.)

五月まつ 花橘の 香をかげば 昔の人の 袖の香ぞする。　(夏, 未詳)
(음력 오월을 기다리는 홍귤나무꽃 향내 맡으니 옛 연인의 소매 향낭의 향기가 나는구나.)

もみぢ葉の 流れて止まる 水門には 紅深き 波や立つらむ。　(秋下, 素性)
(단풍잎이 흘러가다 멈춘 포구에는 진홍색 물결이 일렁이네.)

山里は 冬ぞさびしさ まさりける 人目も草も 枯れぬと思へば。　(冬, 源宗于)
(겨울 산골은 적막함만 더해가네, 찾아오는 이도 없고 풀들도 말라버릴 것을 생각하니)

이처럼 계절이 변해가는 모습을 마치 한 폭의 그림과도 같이 노래하고 있다. 이러한 구성은 이후 조쿠센와카슈(勅撰和歌集)[22]의 규범이 되었다.

3. 중세의 시가(詩歌)

3.1 와카(和歌)

중세에 이르면 귀족계급이 몰락하고 무사계급이 정치권에 대두하면서 왕조의 우미함과 세속적인 것의 대립 혹은 융합되는 양상을 드러낸다.

---

22 조쿠센와카슈(勅撰和歌集, ちょうくせんわかしゅう) : 천황이나 상황의 명령에 의해 편집된 가집(歌集)이다. 고킨와카슈(古今和歌集, 905년 성립)에서 시작하여, 신조쿠고킨와카슈(新続古今和歌集, 1439년 성립)까지의 534년간에 21개가 있어서, 총칭하여 '二十一代集'이라고도 한다.

중세시대 초기 귀족들은 실권(實權)을 잃었지만 가마쿠라 초기, 82대 고토바(後鳥羽)천황의 와카 장려에 힘입어 궁정귀족을 중심으로 와카가 크게 융성하게 되어 『신고킨와카슈(新古今和歌集)』[23]가 칙찬되기에 이른다.

『新古今和歌集』

『신고킨와카슈(新古今和歌集)』의 가풍은 와카의 전통을 지키면서도 상징적 '요조(餘情)'와 '유엔(優艶)'의 세계를 드러내고 있다. 표현과 기교도 중시되어 '조코토바(序詞)[24], 엔고(緣語)[25], 가케코토바(掛詞)[26], 혼카도리(本歌取り)[27], 쇼쿠기레(初句切れ)[28], 산쿠기레(三句切れ)[29], 다이겐도메(体言止め)[30]' 등의 수사법을 사용하고 있다.

'혼카도리(本歌取り)'란 이전시대의 와카의 표현을 빌려 새로운 작품세계를 창출하는 기업을 말하는데, 그 실례(實例)로, 『만요슈(万葉集)』에 소개된 작자미상(詠み人知らず)의 작품과, 후지와라노토시나리의 딸(藤原俊成のむすめ)의 노래를 비교 감상해 보자.

---

23 『신고킨와카슈(新古今和歌集)』: 『신고킨슈(新古今集)』라고도 함. 겐큐(元久) 2년(1205), 고토바인(後鳥羽院)천황의 칙명에 따라 편찬된 칙찬집으로, 전 20권에 약 1980수의 노래가 실려 있다. 편자는 미나모토노미치토모(源通具), 후지와라 아리이에(藤原有家), 후지와라 마사쓰네(藤原雅経), 후지와라 데이카(藤原定家), 후지와라 이에타카(藤原家隆), 자쿠렌(寂蓮) 등 6명이다. 대표 가인과 작품 수를 살펴보면, 사이교(西行) 94수, 지엔(慈円) 92수, 후지와라 요시쓰네(藤原良経) 79수, 후지와라 슌제이(藤原俊成) 72수, 시키시 나이신노(式子内親王) 49수, 후지와라노사다이에 46수, 후지와라 이에타카 43수, 자쿠렌 35수, 고토바인 33수, 기노쓰라유키 32수, 후지와라노슌제이노무스메(藤原俊成女) 29수, 이즈미 시키부 25수, 가키노모토 히토마로(柿本人麻呂) 23수, 후지와라 마사쓰네 22수, 후지와라노아리이에와 미나모토노쓰네노부(源経信)가 각각 19수, 미나모토노미치토모와 후지와라노히데요시(藤原秀能)가 각각 17수를 수록하고 있다. 구성은 권두에 서문으로 '마나조(真名序)', '가나조(仮名序)'가 있으며, 배열은 춘(春), 하(夏), 추(秋), 동(冬), 축하(賀), 애상(哀傷), 이별(離別), 여행(羈旅), 사랑(恋, 一~五), 잡가(雑, 上中下), 진기(神祇), 불교(釋教) 순으로, 나름대로의 기준에 입각하여 질서정연하게 배열되어 있다.
24 조코토바(序詞) : 마쿠라코토바와 쓰임이 같으며, 주로 7음 이상임.
25 엔고(緣語) : 의미상 관련 있는 표현을 사용하는 수사법.
26 가케코토바(掛詞) : ① 두 가지 이상의 의미를 한 단어에 겹쳐서 표현하는 수사법. ② 동음이의(同音異義)를 이용하여 한 개의 단어에 두개 이상의 의미를 갖게 하는, 즉 「待つ;まつ」와 「松;まつ」라는 같은 음에 두개의 의미를 넣어 「秋の野に人まつ虫の声すなり」라고 하는 식의 주로 운문에 사용하는 수사법.
27 혼카도리(本歌取り) : 이전시대 와카의 표현을 빌려와서 새로운 작품세계를 창출해내는 기법.
28 쇼쿠기레(初句切れ) : 5 / 7·5·7·7의 첫 번째 구를 끊어주는 기법.
29 산쿠기레(三句切れ) : 5·7·5 / 7·7의 5·7·5에서 끊어주는 기법.
30 다이겐도메(体言止め) : 와카의 끝을 체언으로 끝맺어, 여운(餘韻), 정취(情趣)의 취향을 느끼는 기법.

ⓐ 五月まつ 花橘の 香をかげば、昔の人の 袖の香ぞする。 詠み人知らず
(음력 오월을 기다리는 홍귤나무꽃 향내 맡으니, 옛 연인의 소매 향낭의 향기가 나는구나.)

ⓑ 橘の にほふあたりの うたたねは、夢もむかしの 袖の香ぞする。藤原俊成のむすめ
(홍귤나무꽃 향내 나는 담벼락 선잠, 꿈에서도 옛 연인의 소매향낭 향기가 나는구나.)

가마쿠라(鎌倉) 전기의 가인(歌人)인 후지와라노도시나리의 딸이, 헤이안시대의 작품인 ⓐ의 "袖の香ぞする(연인생각)" 부분을 혼카도리(本歌取り)하여 "橘のにほふあたりのうたたねは、夢もむかしの袖の香ぞする。"로 표현한 것이다. 이러한 혼카도리기법은 미나모토노사네토모(源実朝)의 작품에서도 찾아볼 수 있다.

ⓐ 伊勢の海の 磯もとどろに 寄する波、かしこき人に 恋ひわたるかも。 笠女郎
(이세바다의 제방마저도 우르르 쿵쿵 울릴 정도로 밀려오는 파도여! 이 파도처럼 격정적인 사랑이 그님에게 전해졌으면!)

ⓑ 大海の 磯もとどろに 寄する波、われてくだけて さけて散るかも。 源実朝
(넓고 넓은 바다를 막는 제방 둑도 우르르 쿵쿵하고 울릴 정도로 밀려오는 파도가! 갈라지고 부딪치고 밀려나서 흩어지누나!)

이 역시 헤이안시대에 가사노이라쓰메(笠女郎)가 노래한 "磯もとどろに寄する波" 부분을 미나모토노사네토모가 "大海の磯もとどろに寄する波、われてくだけてさけて散るかも(제방 둑이 울릴 정도의 거센 파도 → 격정적인 사랑)"로 승화시킨 것이다. 파도치는 장면 한 컷트의 묘사를, '갈라지고, 부딪치고, 밀려나서, 흩어진다.'는 네 컷트의 순간포착 묘사기법을 채용한 혼카도리의 전형을 보여준 작품이다.

이어서 쇼쿠기레(初句切れ), 산쿠기레(三句切れ), 다이겐도메(体言止め) 등 수사법을 염두에 두고 다음 와카를 감상해보자.

〈쇼쿠기레(初句切れ)〉

志賀の浦や / 遠ざかりゆく 波間より 氷りて出づる 有明の月。 藤原家隆
(시가포구여! 밤이 깊어가니 물가에서 시작하여 점차 바다멀리까지 파도사이로 차디차게

얼어가는 새벽녘의 달빛이여!)

〈산쿠기레(三句切れ)〉

見渡せば　山もとかすむ　水無瀬川 / 夕べは秋と　なに思ひけむ。　　後鳥羽院
(바라다보니 산기슭 안개 낀 미나세강 석양은 어찌 가을뿐이라 했나.)

〈산쿠기레(三句切れ)와 다이겐도메(体言止め)〉

見渡せば　花も紅葉も　なかりけり / 浦のとま屋の　秋の夕暮。　　藤原定家
(바라다보니 벚꽃도 단풍잎도 없구나. 포구 초가집의 가을 해질녘.)

暮れて行く　春の湊は　知らねども / 霞に落つる　宇治の柴舟。　　寂蓮法師
(저물어가는 봄 항구는 알 수 없어도, 우지강 안개 속을 미끄러져 가는 섶나무 실은 배.)

『신고킨와카슈(新古今和歌集)』의 이러한 가풍은 정치적으로 무력해진 귀족들이 와카의 미적 세계에 열중한 결과라 하겠다.

이후의 가단은 후지와라노사다이에(藤原定家, '후지와라노테이카'라고도 함)가 주도하였다. 그는 제38대 덴지(天智)천황으로부터 준토쿠인(順德院)까지 600여년에 걸쳐 활약한 가인 100명의 와카 한 수씩을 선정하여 『오구라햐쿠닌잇슈(小倉百人一首)』[31]를 편찬하여 와카의 부흥을 꾀하였다. 그러나 이후의 와카는 대체적으로 『고킨와카슈』의 흉내를 내면서 쇠퇴하였고, 오히려 중세적인 집단성을 반영한 렌가(連歌) 쪽이 더 왕성해졌다.

3.2 렌가(連歌)

단카(短歌)에서 파생된 렌가(連歌)는 헤이안 중기 이후 가인(歌人)들 사이에서 여흥으

---

31 『오구라햐쿠닌잇슈(小倉百人一首)』 : 후지와라노사다이에(藤原定家)의 산장이 있었던 교토의 오쿄쿠(右京區) 사가(嵯峨)에 있는 오구라(小倉)산장의 장지문에 100수의 와카가 시키시(色紙 ; 네모난 판종이)에 쓰여 붙어 있었던 것에서 연유한 이름이다. 찬자(撰者)와 성립에 대해서는 여러 설이 있으나 사다이에가 선정한 100수에 후세사람의 수정이 가해진 것으로 추정하고 있다. 수록된 와카는 모두 칙찬집에서 직접 선정하였다. 출처는 『고킨슈(古今集)』에서 24수, 『고센슈(後撰集)』에서 7수, 『슈이슈(拾遺集)』에서 11수, 『고슈이슈(後拾遺集)』에서 14수, 『긴요슈(金葉集)』에서 5수, 『시카슈(詞花集)』에서 5수, 『센자이슈(千載集)』에서 14수, 『신고킨슈(新古今集)』에서 14수, 『신초쿠센슈(新勅撰集)』에서 4수, 『쇼쿠고센슈(續後撰集)』에서 2수를 선정 수록하였다. 종류별로는 봄(春) 6수, 여름(夏) 4수, 가을(秋) 16수, 겨울(冬) 6수, 사랑(恋) 43수, 잡가(雜歌) 20수, 여행(旅) 4수, 이별(離別) 1수로, 전체적으로는 사랑을 노래한 와카가 압도적이며, 계절로는 가을이 많다. 가인별로는 남자가인의 것이 79편, 여자가인의 것이 21이며, 그 배열은 작자의 연대순으로 되어 있다.

로 읊어졌다. 초기에는 5·7·5의 상구(上句、長句)와 7·7의 하구(下句、短句)를 각각 읊는 식의 단렌가(短連歌)였는데, 유희와 해학을 주 내용으로 하고 있어 그다지 주목 받지 못하다가 헤이안 말기에 이르러 5·7·5의 상구(上句)와 7·7의 하구(下句)를 번갈아서 길게 이어가는 조렌가(長連歌) 형식으로 읊어지기 시작했다.

그것이 가마쿠라 초기에는 해학을 주로 하는 '무신렌가(無心連歌)'와 우아한 작품세계를 지향하는 '우신렌가(有心連歌)'로 분리되었고, 작자층도 승려나 신흥무사, 일반민중으로 확산되어갔다. 니조 요시모토(二条良基)[32]를 비롯하여 이마카와 료슌(今川了俊), 소제이(宗砌), 신케이(心敬)[33] 등의 활약이 두드러진다. 이후 렌가를 크게 혁신하여 완성의 경지에 이르게 한 인물이 소기(宗祇)[34]로, 니조 요시모토 이후 좋은 작품을 모아『신센쓰쿠바슈(新撰菟玖波集)』(1495)를 펴냈으며, 특히 제자 소초(宗長), 쇼하쿠(肖柏)와 함께 엮은『미나세산긴햐쿠인(水無瀬三吟百韻)』은 유명하다.

雪ながら　やまもとかすむ　夕べかな　　　　　　　　　宗祇
(잔설이 있긴 하나 산기슭에 안개 낀 석양이로다.)

行く水とほく　梅にほふ里　　　　　　　　　　　　　肖柏
(아득히 물 흐르고 매화향기 감도는 마을)

川かぜに　一むら柳　春見えて　　　　　　　　　　　宗長
(강바람에 한 무리 버드나무 봄이 보이네)

舟さすおとは　しるきあけがた　　　　　　　　　　　宗祇
(배 젓는 소리가 선명한 새벽 무렵)

---

32 니조 요시모토(二条良基, 1320~1388) : 렌가 최초의 작품집인『쓰쿠바슈(菟玖波集)』를 펴냈고, 렌가 이론서인『쓰쿠바몬도(菟玖波問答)』와 규칙을 조목별로 쓴 시키모쿠(式目)를 정리한『오안신시키(應安新式)』를 남겨 렌가를 문학으로 대성시키는 데 공헌하였다.

33 신케이(心敬) :『사사메고토(ささめごと)』를 비롯한 렌가 이론서를 다수 집필하여 렌가의 예술성을 높이는 데 진력했다.

34 소기(宗祇) : 니조 요시모토 이후 렌가를 크게 혁신하여 완성의 경지에 이르게 한 인물로,『신센쓰쿠바슈(新撰菟玖波集)』와 제자 소초(宗長), 쇼하쿠(肖柏)와 함께 엮은『미나세산긴햐쿠인(水無瀬三吟百韻)』이 유명하다.

月や猶霧　わたる夜に　のこらん　　　　肖柏
(달빛은 여전히 안개 건너 저편에 남아있겠지)

霜おく野はら　秋はくれけり　　　　宗長
(서리 내린 들판에 가을은 깊어가네)

なく虫の　心ともなく　草かれて　　　　宗祇
(울어대는 풀벌레 마음과는 달리 풀은 마르고)

垣根をとへば　あらはなる道　　　　肖柏
(담장을 넘으니 황량한 길이로다)

이후 렌가는 작법(式目、しきもく)[35]이 더욱 복잡해지면서 점차 쇠퇴의 길로 접어들었다. 이에 따라 작법(式目)에 구애받지 않고 자유롭게 읊을 수 있는 해학적인 내용의 하이카이렌가(俳諧連歌)[36]가 유행하게 되었다.

4. 근세의 시가(詩歌)

근세 초기의 와카는 니조파(二条波) 계통의 호소카와 유사이(細川幽齊)의 전통적인 가학(歌学)을 집대성하여 많은 당상관(堂上官) 가인(歌人)을 배출하는 등의 노력에도 불구하고 새로운 가풍은 발생하지 않았다. 와카 혁신의 기운은 중기에 이르러서야 무사 출신의 당하관(堂下官)들에 의해 활발해졌다.

근세 후기에는 교토(京都)에서도 와카 혁신의 움직임이 일어났다. 오자와 로안(小沢蘆庵)은 청신한 감정을 평이한 언어로 자연스럽게 표현하는 '다다코토우타(ただこと歌)'의 실천을 주장하였고, 가가와 가게키(香川景樹)는 사물에 접했을 때의 참마음이 저절로 노

---

35 시키모쿠(式目) : ① 무가(武家)시대에 법규나 제도를 조목별로 써놓은 것. ② 렌가(連歌)나 하이카이(俳諧) 따위의 규칙.

36 하이카이렌가(俳諧連歌) : 와카의 장구(長句、5·7·5)와 단구(短句、7·7)를 두 사람이 번갈아서 읊어, 한 수의 노래로서 창화(唱和)한 것. 먼저 장구(長句)를 읊는 경우도 있고, 단구(短句)를 먼저 읊는 경우도 있다. 본래 렌가(連歌)라고 하면 이 단렌가(短連歌)를 지칭한 것이다.

래가 된다는 '시라베세쓰(しらべ設)'를 제창하였는데, 이들 일파는 게이엔파(桂園派)로 불리며 근세 가단(歌壇)의 일대 세력을 형성하였다. 이 두 파는 이론상으로는 활발한 논쟁을 보였지만, 실제적인 작품 활동은 저조한 편이었다.

4.1 하이카이(俳諧)

전통 시가(詩歌) 중에서 와카(和歌)와 렌가(連歌)가 우아함을 추구하는 상류층의 전유물이었던데 반해, 하이카이(俳諧)[37]는 해학이 깃든 소박함을 추구하여 서민들에게 널리 보급되었다. 초기에는 문학성보다는 하나의 '놀이'로서 출발하였던 하이카이는 널리 보급되면서 맨 첫 구인 홋쿠(発句)만이 단독으로 읊어지는 경우도 많아지게 되었다. 이 '하이카이의 홋쿠(俳諧の発句)'에서 '하이쿠(俳句)'가 나왔고, 오늘날의 하이쿠(俳句)가 되었다. 이것이 에도 초기의 데이몬(貞門), 단린(談林)을 거쳐 마쓰오 바쇼(松尾芭蕉)[38]의 문하인 쇼몬(蕉門)으로 계승되면서 전성기를 맞게 된다.

1) 데이몬 하이카이(貞門俳諧)

풍부한 고전 지식을 바탕으로 하이카이 규칙을 확립한 마쓰나가 데이토쿠(松永貞徳) 일파의 하이카이를 '데이몬하이카이(貞門俳諧)'라고 한다. 단어의 표현으로 느끼는 재미를 목표로 하여 전통적인 운문 와카의 기교를 많이 사용하고 있는 점이 특징이다.

松永貞徳

花よりも　団子やありて　帰る雁　　　松永貞徳

---

37 하이카이(俳諧) : 무로마치(室町)시대 말기에 유행한 '하이카이노렌가(俳諧の連歌)'에서 유래된 말로서 골계(滑稽), 해학(諧謔)을 의미하는 한자어이다. 이 희극적 렌가는 처음 렌가의 여흥, 즉 가벼운 놀이로 행해졌던 것인데, 에도(江戸)시대에 들어서면서 그 골계성에 대한 흥미로 서민에게 널리 보급되어 '하이카이(俳諧)'라는 이름으로 정착되었다.

38 마쓰오 바쇼(松尾芭蕉, 1644~1694) : 이가노구니(伊賀国, 현 미에현 伊賀市)에서 태어나 젊은 시절 출사하였으나, 자신이 섬기던 주군의 죽음을 계기로 23세 때 교토로 진출하여 데이몬파의 한 사람에게 하이카이를 사사받았다. 에도로 거처를 옮긴 후 단린파의 하이진(俳人)들과 교류를 통해 새로운 기풍을 접하여 하이카이를 예술로 발전시켜나갔다. 사이교(西行)와 소기(宗祇) 등 일본 가인(歌人)들의 작품에 많은 영향을 받았다. 이를 통해 한적하면서도 우아한 하이카이의 풍조를 만들어내고 쇼몬파를 형성하여 후학들을 이끌었으며, 무엇보다도 여행을 통해 자신의 하이카이를 예술적 경지로 이끌었다. 1694년 나가사키(長崎)로 가던 도중 오사카(大阪)에서 객사하였다.

(꽃구경보다도 먹거리가 좋아서 돌아가는 저 기러기여)

姥桜　さくや老後の　思ひ出　　　　　松尾芭蕉
(피안벚나무 피었구나 노후의 추억거리로)

2) 단린 하이카이(談林俳諧)

데이몬 하이카이가 쇠퇴하자 니시야마 소인(西山宗因)을 중심
으로 하는 단린파(談林派)의 하이카이가 등장하였다. 오사카의
신흥 서민(町人)을 대상으로 발흥한 이들은 하이카이(俳諧)를 와
카(和歌)나 렌가(連歌)와 같은 고전적 속박에서 해방시키고 소재
와 용어의 자유를 추구했다.

西山宗因

眺むとて　花にも痛し　頸の骨　　　　西山宗因
(벚꽃을 바라보는데도 목뼈가 아프구나)

天秤や　京江戸かけて　千代の春　　　松尾芭蕉
(저울질하네 교토 에도를 놓고 천년의 봄을)

3) 쇼몬 하이카이(蕉門俳諧)

독자적인 하이후(俳風)를 내세우며 하이카이를 예술적 경지로
끌어올린 사람이 마쓰오 바쇼(松尾芭蕉)이다. 바쇼의 문하를 '쇼
몬(蕉門)'이라 하며, 바쇼풍의 하이카이를 '쇼후(松風)' 또는 '쇼
후하이카이(蕉風俳諧)'라 한다.

松尾芭蕉

枯枝に　烏のとまりけり　秋の夕暮　　松尾芭蕉
(마른 가지에 까마귀 앉았구나, 가을 해질녘)

静かさや　岩に染入る　蝉の声　　　　松尾芭蕉
(고요함이여 바위에 스며드는 매미우는 소리)

‘静かさや’로 시작되는 이 하이쿠는 한 여름의 매우 더운 날, 깊고 깊은 산속에 들어가니 이따금 바람이 불어 시원해진다. 그러는 사이에 점점 깊은 산속으로 들어감에 따라 조용해지는데 나무에서 매미가 울어댄다. 너무 조용하여 귀로 들려오던 그 매미소리가 너무 강하여, 앞에 보이는 바위를 뚫고 들어가는 느낌을 받는다. 즉 귀로 들리는 매미소리의 ‘청각작용’에서, 바위를 뚫고 스며들어 눈으로 보이는 ‘시각작용’으로 변용시킨 것이다.

古池や　蛙飛込む　水の音　　　　　　　　　　　　　松尾芭蕉
(오래된 연못이여!　개구리 뛰어드는　물소리)

‘古池や’는 마쓰오 바쇼 하면 바로 떠올릴 정도로 널리 알려진 하이쿠이다. 우수 경칩이 지나 봄이 시작될 무렵, 인적이 드문 깊은 산속에 연못가 바위에 초봄을 알리는 개구리 한 마리가 아래턱을 움직이며 앉아 있다가 힘차게 뒷다리를 박차고 연못위로 비상하다가 그 절정에서 연못 한가운데로 떨어진다. 그 자리에 동그란 물결이 왕관현상을 일으킴과 동시에 ‘퐁당’ 하는 소리가 난다. 자세히 보면 처음의 왕관보다는 조금 낮지만 더 넓은 파문이 계속해서 연못의 가장자리까지 생긴다. 이는 소리의 크기는 더 작아지지만 소리의 범위는 더 넓어지는 현상으로, 연못 반대쪽으로 초당 340미터씩 이동한다면, 개구리가 떨어지는 ‘퐁당’ 소리는 미세하게나마 계속 공유할 수 있다는 가설(假說)도 가능할 것이다.

　이어서 바쇼의 완숙기의 작품 2편을 더 감상해 보자.

梅が香　のつと日の出る　山路かな　　　　　　　　　松尾芭蕉
(매화향기에 불쑥 해가 나오는 산길이로구나)

初しぐれ　猿も小蓑を　ほしげなり　　　　　　　　　松尾芭蕉
(찬비 내리니 도롱이가 아쉬운 원숭이 눈빛)

4) 덴메이 하이카이(天明俳諧)

바쇼의 사후 점차 예술성을 상실해가던 하이카이를 쇄신하고 쇼후하이카이(蕉風俳諧)의 모습을 되찾기 위한 움직임이 나타났다. 이를 대표하는 하이진(俳人)이 덴메이(天明, 1781~1788)기 하이카이 부흥운동에 힘쓴 요사 부손(与謝蕪村)이다. 부손의 하이카이는 바쇼가 갖는 서민성이나 현실성과는 달리, 고전적이며 탈 속세적인 경향이 있으며 낭만적이고 유미적(唯美的)이다.

花の香や　嵯峨の燈火　きゆる時　　　　　与謝蕪村
(벚꽃 향기여! 사가의 등불이 꺼질 때)

春風や　堤長うして　家遠し　　　　　　与謝蕪村
(봄바람이여 제방(둑)은 길고 집은 멀어라)

与謝蕪村

'春風や'로 시작되는 하이쿠는, 봄바람이 살랑살랑 부는 날 그리운 고향집에 가기 위해 제방(둑)길을 지나가는데, 고향은 아직 멀고 희미하여 안타까운 심정을 낭만적으로 표현하고 있다.

五月雨や　大河を前に　家二軒　　　　　与謝蕪村
(오월장마여 큰물이 흐르는 강 너머에 덩그러니 집 두 채)

'五月雨や'는, 겨울과 봄에 메말랐던 크나큰 냇가(강)에 내리는 여름장맛비로 큰물이 지고, 그로 인해 물불은 강(큰 내) 건너편 기슭은 보일 듯 말 듯 희미하다. 그 강 건너편에 '덩그러니 서 있는 집 두 채(家二軒)'에 이 노래의 방점이 있다. 집 한 채는 너무 외로울 것이고, 세 채는 즐겁게 어울릴 수 있을 것이다. 외로운 한 채도 아니고, 즐겁게 어울리는 세 채도 아닌, 딱 '두 채(家二軒)'에 이 노래의 기막힌 절제미가 있다고 할 수 있다. 이와 같은 표현에서 '사비(さび)' 또는 '와비(わび)'의 미의식을 엿볼 수 있다.

5) 근세말기의 하이카이

덴메이(天明)기에 잠시 중흥되었던 하이카이는 이후 신선함을 잃고 저속한 내용의 작품이 양산되는 시대를 맞이하게 된다. 그 가운데 두각을 드러낸 작가가 고바야시 잇사(小林一茶)이다.

昼の蚊や　だまりこくつて　後から　　　　　　　　　小林一茶

(한낮의 모기여 잠자코 있어다오, 나중에)

やせ蛙　まけるな一茶　これにあり。　　　小林一茶
(야윈 개구리야! 지지말아라. (고아인)잇사가 여기 있으니)

小林一茶

　더운 여름날 모기(蚊)의 활동을 자제하게 하는 구(句)와, 고바야시 잇사(小林一茶)의 고아근성이 강하게 투영된 개구리의 싸움을 묘사한 구(句)는 매우 흥미롭다. 고바야시 잇사는 이처럼 당시의 구(句)로 거의 사용하지 않는 속어와 방언을 대담하게 사용함으로써 인간미 풍부한 생활 하이쿠를 확립시켰다.

4.2 센류(川柳)·교카(狂歌)

1) 센류(川柳)

　하이카이가 비속화된 형태인 센류(川柳)[39]는 '기고(季語)'[40]나 '기레지(切字)'[41]와 같은 형식에서 탈피한 5·7·5의 정형시이다. 마에쿠즈케(前句付)가 연결의 묘미보다는 한 구 자체의 기발함을 추구하며 독립한 형태로, 내용면에서는 인생의 한 단면을 직관적으로 파악하여 예리하게 묘사하고 있다.

役人の　子はにぎにぎを　能く覺え
(관리의 자식은 쥐엄쥐엄하며 손가락셈을 잘도 배우네.)

女でも　男でもよし　町といい
(여자라도 남자라도 좋고 도시도 좋다)

---

39 센류(川柳、せんりゅう) : 일본 에도시대(江戶時代) 중기 이후 에도를 중심으로 유행한 5·7·5조의 17음 정형시. 마에쿠즈케(前句付)의 텐자(点者, 점수를 매겨 그 우열을 판정하는 사람)였던 가라이 **센류**(柄井川柳)의 이름에서 유래한다.

40 기고(季語、きご) : 하이쿠(俳句)나 렌가(連歌) 등에서 춘하추동(春夏秋冬) 사계절의 느낌을 나타내기 위하여 반드시 삽입하도록 '정해진 말'. 이 '정해진 말'의 계절을 '기다이(季題)'라고 한다.

41 기레지(切地、きれじ) : 하이쿠(俳句)나 하이카이(俳諧)의 한 구는 너무 짧기 때문에, 5·7·5 음률의 한 단락에서 끊어 줌으로써 강한 여운을 주게 되는데, 이 때 쓰이는 조사나 조동사를 일컫는 기레지(切字)는 단절된 여백과 논리의 애매함을 독자의 상상력으로 메꾸어 완성도를 극대화한다. 'や'、'かな'、'けり'나 命令形 등.

이처럼 형식미를 벗어난 센류는 단순한 표현을 구사하면서도, 그 소재를 인간의 생활에서 찾고 있어 인간의 본심과 약점, 비속함과 어리석음 등을 사실적이고 노골적으로 표현하고 있어 예리한 풍자성이 드러나고 있다.

특히 두 번째 작품은 니혼바시(日本橋) 부근의 환락가 요시마치(芳町 ; 良し町와 동음으로, 중의(重義)적 의미를 지님)를 배경으로 하고 있어 흥미롭다. 남색(男色)을 전문으로 하는 환락가의 주 고객이 대게 스님과 과부였던 까닭에 유사한 내용의 센류(川柳)가 파생되기도 한 것이다. 이같은 센류는 에도(江戸) 조닌(町人)들의 기질과 부합되어 크게 유행하였다.

2) 교카(狂歌)

교카(狂歌)는 속어를 사용하여 사회를 해학적으로 풍자한 5·7·5·7·7 단카(短歌) 형식의 정형시이다. 오사카를 중심으로 한 '가미가타(上方)교카'와 에도를 중심으로 널리 확산된 '에도(江戸)교카'의 두 흐름이 있다. 가미가타교카는 18세기 전반 다이야 데이류(鯛屋貞柳)를 중심으로 오사카에서 유행하였는데, 대부분 와카의 패러디에 그친 것이 많았다. 반면 에도교카는 무사, 학자 등을 중심으로 18세기 중반부터 유행하기 시작하여 덴메이(天明, 1781~1789)기에 덴메이초(天明調)라 불리면서 일대 전성기를 구가하였다. 덴메이교카의 대표작을 감상해보자.

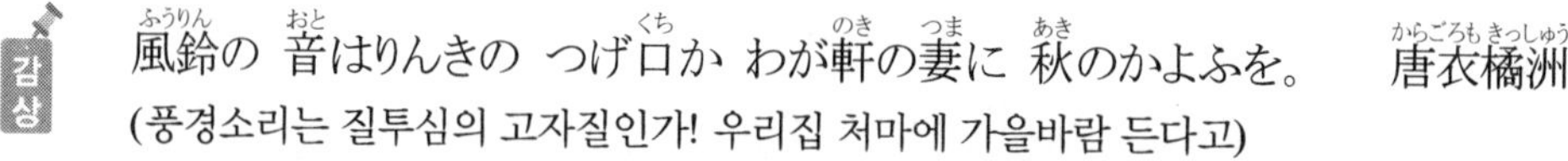

風鈴の　音はりんきの　つげ口か　わが軒の妻に　秋のかよふを。　　唐衣橘洲
(풍경소리는 질투심의 고자질인가! 우리집 처마에 가을바람 든다고)

처마(軒)에 매달려 있는 풍경(風磬)이란 바람에 의해 움직이고 소리 나는 것에서 착안한 기지와 골계를 엿보게 하는 작품이다. 여기서 처마(軒)는 아내(妻)와 같은 의미임을 암시하며, 풍경소리를 내는 가을바람을 샛서방으로 의인화하고 있다.

다음은 19세기 중반 미국의 구로후네(黒船)가 내항(來航)하여 통상을 요구하던 당시 민중 사이에서 읊어진 교카이다.

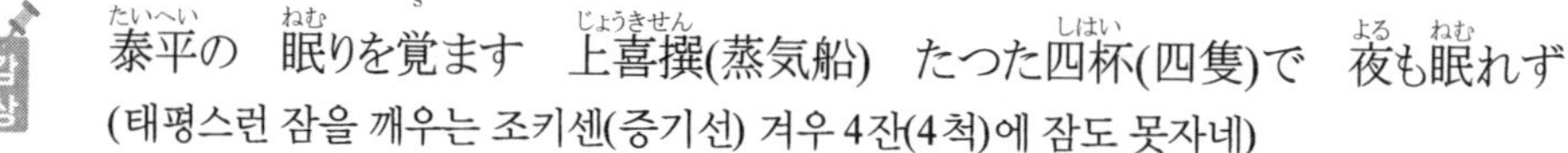

泰平の　眠りを覚ます　上喜撰(蒸気船)　たつた四杯(四隻)で　夜も眠れず
(태평스런 잠을 깨우는 조키센(증기선) 겨우 4잔(4척)에 잠도 못자네)

여기서 흥미로운 것은 동음이어의 절묘한 사회풍자이다. '조키센(上喜撰)'이란 녹차 상품 '키센(喜撰)'의 상등품과 증기선의 중의적 표현이다. 따라서 위의 교카는 '최상품의 차를 4잔 마셔서(카페인 작용으로) 밤잠을 못 이룬다.'는 의미와, '불과 4척의 증기선(蒸氣船=黑船, '杯'는 당시 배를 세는 단위임) 때문에 온 나라가 소란하여 밤잠을 이루지 못한다.'는 중의(重義)적 의미를 담아 무능한 정부를 야유하고 있는 것이다.

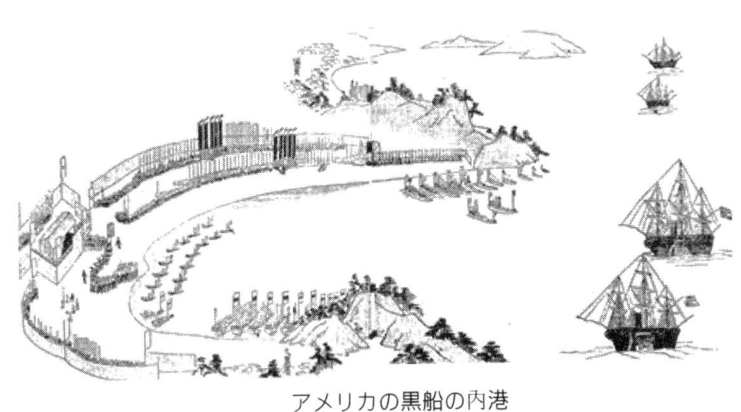

アメリカの黒船の內港

Ⅱ 근현대의 시가(詩歌)

1. 단카(短歌)·하이쿠(俳句)

1.1 단카(短歌)

와카(和歌)는 메이지유신 이후에도 오랜 전통에 따라 면면히 그 맥을 이어갔다. 그러나 메이지 초기 거의 무비판적이라 할 만큼 서양문학이 유입되자 이에 대한 비판과 반성이 싹트게 되면서 고전문학의 재검토 및 와카문학의 개량이 시도되었다. 초기의 가단(歌壇)은 근세 와카의 전통을 고수하는 구파(舊派), 즉 '게이엔파(桂園派)', '도조파(堂上派)', '마부치파(眞淵派)' 등의 잔존세력에 의해 지배되었다. 그러나 이들 잔존세력의 노래는 대체로 『고킨슈(古今集)』이래 전통적인 풍아(風雅)의 세계를 중시하고 있었기에, 와카를 지을 때의 전통적 규범에 따른 제약은 현실과는 거리가 멀었다. 이즈음 문명개화와 더불어 급격히 유입된 물건이나 신풍속 신제도 등을 제재(題材)로 한 신제와카(新題和歌)가 등장하게 되었고, 이를 수록한 『가이카신에이카슈(開花新詠歌集)』(1878) 초편(初編)이 간행되게 되었다.

이에 따라 단카(短歌) 혁신에 대한 논의도 거세지게 되었다. 마사오카 시키(正岡子規)는 사생(寫生)을 도모하는 하이카이혁신(俳諧革新)에 성공하여 '아라라기파(アララギ派)'의 기초를 열었으며, 일찍이 와카의 혁신을 제창하였던 요사노 뎃칸(與謝野鉄幹)은 오치아이 나오부미(落合直文)에 의해 결성된 <아사카샤(浅香社)>의 중심인물이 되어 『도자이난보쿠(東西南北, 동서남북)』(1896), 『덴치겐코(天地玄黃, 천지현황)』를 출판함으로써 자신의 주장을 구체화하였다. 이후 뎃칸은 아내 요사노 아키코(与謝野晶子)와 함께 주정적(主情的) 낭만주의를 펼쳐나갔다.

與謝野鉄幹と与謝野晶子

1) 메이지(明治)기의 단카(短歌)

① 낭만주의(浪漫主義)의 단카

요사노 뎃칸(與謝野鉄幹)은 이후 도쿄신시사(東京新詩社)를 창립(1899)하여 이제까지의 와카의 여성적인 가풍인 다오야메부리(たをやめぶり)를 부정하고, 남성적인 마스라오부리(ますらをぶり)의 가풍을 전개하였다. 그리고 아내 요사노 아키코(与謝野晶子)와 함께 기관지「묘조(明星)」를 창간하여 젊고 재능이 많은 신진작가와 시인을 참여하게 하여 낭만주의 단카의 전성시대를 열어갔다.

마사오카 시키(正岡子規)는 이런 묘조파에도 대항하며 단카의 혁신을 역설하였다. 그는『만요슈』의 가풍을 존중하여 있는 그대로를 표현하는 사생(寫生)을 주장하였다. 두 가인의 성격을 잘 표현한 단카를 감상해 보자.

韓にして、いかでか死なむ、われ死なば、をのこの歌ぞ、また廃れなむ。 与謝野鉄幹
(한반도에서 내 어찌 죽을쏘냐, 내가 죽으면 사나이 노래 또한 사라질텐데.)

くれなゐの 二尺伸びたる 薔薇の芽の 針やはらかに 春雨のふる。 正岡子規
(다홍빛 가지가 두 자나 늘어난 장미가시에 부드럽게 봄비가 내리네.)

② 자연주의(自然主義)의 단카(短歌)

자연주의가 일본문학계를 움직이던 1900년대에는 가단(歌壇)에도 일대전환이 이루어졌다. 와카야마 보쿠스이(若山牧水)가 근대인의 비애를 띠고 자연과 인생을 노래하는가 하면, 보쿠스이와 동문인 마에다 유구레(前田夕暮)는 자연주의 묘사방법의 하나였던 평면묘사(平面描寫)를 단카(短歌)에 적용시키기도 하였다.

한편 도키 아이카(土岐哀果)는 인간과 사회와의 관계에 관심을 두고 노동자의 생활에 천착하였고, 로마자 삼행서(三行書)라는 새로운 형식을 주장하였다. 그 영향으로 이시카와 다쿠보쿠(石川啄木)도 구어시(口語詩)에 가까운 삼행서 형식으로 독자적인 경지를 개척하였다. 이러한 형식을 그의 첫 번째 가집『이치아쿠노스나(一握の砂, 한 줌의 모래)』(1910)에 수록된 단카 4수에서 살펴보자.

いのちなき　砂のかなしさよ

さらさらと

握れば指のあひだより落つ。　　　　　　　　石川啄木

(생명이 없는 모래의 슬픔이여

사르르르 하고

움켜쥐니 손가락 사이로 떨어지네)

はたらけど

はたらけど猶　わが生活　樂にならざり

ぢつと手を見る。　　　　　　　　　　　　石川啄木

(일을 하여도

아무리 일을 하여도 생활은 조금도 나아지지 않아

물끄러미 손을 들어다본다)

友がみな　われよりえたく　見ゆる日よ

花を買ひ来て

妻としたしむ　　　　　　　　　　　　　　石川啄木

(친구들 모두가 나보다 훌륭하게 보이는 날

꽃을 사들고 와서

아내와 친구한다)

病のこと

思郷のこころ　湧く日なり

目にあをぞらの　煙かなしも　　　　　　　石川啄木

(병이라도 난 것처럼

망향의 그리움이 솟구치는 날

눈에 보이는 파란하늘 연기가 슬프구나)

2) 다이쇼(大正)기의 단카(短歌)

① 아라라기파(アララギ派)의 단카(短歌)

마사오카 시키(正岡子規) 문하의 이토 사치오(伊藤左千夫)는 잡지 「아시비(馬醉木)」

가 폐간되자, 같은 해 「아라라기(アララギ)」를 창간(1908)하여 다이쇼(大正) 단카의 세계를 열었고, 이후 시마키 아카히코(島木赤彦)와 사이토 모키치(斎藤茂吉) 등이 가단(歌壇)의 중심세력이 되었다. 아카히코는 마사오카 시키가 주장한 사생묘사설(寫生描寫説)을 심화하였고, 사이토 모키치는 정신과의사를 본업으로 하면서도 18,000수나 되는 단카를 창작하면서 실상관입(実相觀入)[42]의 사생이론을 완성시켰다. 쓰치야 분메이(土屋文明)와 나카무라 겐키치(中村憲吉), 샤쿠 조쿠(釋迢空) 등도 아라라기파에서 활동하였다.

みづうみの　氷は解けて　なほ寒し　三日月の影　波にうつろふ。島木赤彦
(호수의 얼음은 녹았는데도 추위는 여전하고, 초승달 그림자는 물결에 비치네)

たち上がる　白雲のなかに　あはれなる　山鳩鳴けり　白くものなかに。斎藤茂吉
(피어오르는 흰구름 속에서 애잔하게도 산비둘기 우는구나 흰구름 속에서)

② 반아라라기파(反アララギ派)의 단카(短歌)

한편 아라라기파가 전성기를 구가하던 다이쇼(大正)의 가단에서 잡지 「고쿠민분가쿠(国民文学)」를 창간(1914)하여 독자적인 세계를 수립한 가인 구보타 우쓰보(窪田空穂)와 기노시타 리겐(木下利玄), 오타 미즈호(太田水穂) 등은 1924년(T13) 잡지 「닛코(日光)」를 창간하여 반아라라기(反アララギ) 세력을 결집하였다. 아라라기파의 샤쿠 조쿠(釋迢空)도 이 그룹에 가담하여 쇼와(昭和)시대 단카(短歌)로의 분기점을 형성하였다.

言はんこと　一つあらず　まじまじと　眺めてありぬ　見なれたる顔。　窪田空穂
(한마디도 말하려하지 않고 물끄러미 바라보고만 있네, 낯익은 얼굴이여.)

3) 쇼와(昭和)기의 단카(短歌)

다이쇼(大正)말기부터 진행되던 구어단카운동(口語短歌運動)과 구어자유율단카운동(口語自由律短歌運動)에, 생활과 단카(短歌)의 연장선에서 프롤레타리아단카운동이 일어남에 따라 가단(歌壇)에서도 신문화가 전개되었다. 이에 대한 반동으로 기타하라 하쿠슈(北原白秋)가 낭만주의 부흥을 외치며 잡지 「다마(多磨)」를 창간(1935)하였지만,

---

42 실상관입(実相觀入) : 대상의 진실상에 관입하여 자연과 자기를 일원화 한 생을 묘사하려는 태도를 말함.

가단의 중심세력은 여전히 아라라기파가 주도하고 있었다. 1930년대 후반 본격적인 전시체제로 접어들게 되자 프롤레타리아계열의 단카는 궤멸되었다.

전후(戰後)의 가단은 전통문화에 대한 반성과 비판의식이 심화되면서, 단시형 문학의 비근대성을 예리하게 지적하는 논의가 거세게 일어났다. 이에 새로운 단카의 과제 제시와 그 해결을 목표로 기마타 오사무(木俣修) 등이 「야쿠모(八雲)」(1946)를 창간하여 활동한데 이어, 제2차 전후파 그룹의 쓰카모토 구니오(塚元邦雄)와 오카이 다카시(岡井隆) 등이 단카의 혁신에 가담하였다.

1950년대 중반은 노대가(老大家)들이 활동을 재개하고 신인들이 등장함에 따라 가단이 활기를 띠게 되었다. 1956년(S31)에는 쓰카모토와 오카이 외에도 데라야마 슈지(寺山修司), 바바 아키코(馬場あき子) 등에 의해 <청년가인회(青年歌人会)>가 결성되어 새로운 경향의 단카를 모색한 이래, 구어에 의한 현대적 감각을 담아내려는 참신한 시도도 나타났다. 창간 이후 오랜 전통을 유지하던 「아라라기」는 1997년(H9)에 종간되었다.

1.2 하이쿠(俳句)

1) 메이지(明治)기의 하이쿠(俳句)

메이지기 초기는 근세 말기의 평범한 하이카이가 이어지다가 메이지 20년대에 이르러 마사오카 시키(正岡子規)가 구파(舊派) 하이카이의 진부함을 비판하며 자연이나 인간의 있는 그대로의 대상을 선명하게 묘사하는 사생(写生)을 기치로 하이쿠의 혁신을 도모하였다. 마사오카 시키는 병중에도 하이쿠 혁신 활동을 이어가며 잡지 「호토토기스(ホトトギス)」를 주재하여 나이토 메이세쓰(内藤鳴雪), 가와히가시 헤키고토(河東碧梧桐), 다카하마 교시(高濱虛子) 등과 함께 메이지 후기 하이단(俳壇)의 중추적 역할을 하였다. 세 작가의 특징을 잘 드러낸 하이쿠를 각 1수씩 감상해보자.

柿くえば　鐘がなるなり　法隆寺　　　　　　正岡子規
(감을 먹으니 종소리가 나는구나, 호류지)

赤い椿　白い椿と　落ちにけり　　　　　　河東碧梧桐
(붉은 동백꽃잎도 하얀 동백꽃잎도 떨어지는구나)

春風や　闘志いだきて　丘に立つ　　　　　　　高濱虛子
(봄바람이여, 투지를 품고 언덕위에 섰네)

마사오카 시키의 사후(死後), 헤키고토는 자연주의 영향을 받아 정형(定型)에 제약받지 않는 새로운 경향(傾向)의 하이쿠(俳句)를 시도하였고, 그의 문하였던 오기와라 세이센스이(荻原井泉水), 나카쓰카 잇페키로(中塚一碧樓)는 다이쇼(大正)기에 접어들면서 기존의 정형을 무시하고 구어자유율(口語自由律)에 의한 하이쿠를 추진하였으나 쇠퇴하였다.

2) 다이쇼(大正)기의 하이쿠(俳句)

마사오카 시키의 사후「호토토기스(ホトトギス)」를 주재하던 다카하마 교시(高濱虛子)는 산문에 몰두하여 잠시 하이쿠를 멀리하다가 다시 복귀하였다. 신경향 하이쿠에 불만을 품었던 다카하마 교시는 마사오카 시키의 객관적 사생을 중시하여 하이쿠를 화조풍영(花鳥諷詠)[43]의 문학이라 규정하였다. 다카하마 교시가 전통적인 기다이(季題)와 정형을 고수함에 따라 하이쿠의 정형을 선호하는 사람들의 호응을 얻게 되었고, 그가 주재하는「호토토기스」는 하이단의 주류가 되었다. 다카하마 교시(高濱虛子)의 하이쿠를 계절별로 각 한수씩 감상해보자.

花の雨　強くなりつつ　明るさよ　　　　　　　高濱虛子
(꽃비가 세차게 내리면서 밝아짐이여.)

顔かくし　行過ぎたりし　日傘かな　　　　　　高濱虛子
(얼굴을 감추고 지나쳐가네 양산일까!)

秋雨や　身をちぢめたる　傘の下　　　　　　　高濱虛子
(가을비여 몸을 움츠리게 하누나 우산 속에서)

満開に　して淋しさや　寒桜　　　　　　　　　高濱虛子
(만개하고도 외롭구나 겨울에 피는 벚꽃)

---

43 화조풍영(花鳥諷詠) : 계절변화에 따른 자연현상과 이에 따른 인간사와 현상에 접하여 일어나는 감동을 읊는 것.

3) 쇼와(昭和)기의 하이쿠(俳句)

쇼와기 들어서도 하이단(俳壇)의 중심세력은 호토토기스파가 유지하는 가운데, 반발의 움직임이 내부에서 일어났다. 다카하마 교시의 하이쿠풍(俳句風)에 반발하여 미즈하라 슈오시(水原秋櫻子)가 개인의 해방과 서정성의 회복을 주장하는가 하면, 야마구치 세이시(山口誓子)는 도회적이고 인공적인 것에서 소재를 구하여 현실주의적 측면을 드러내기도 하였다. 이 외에도 나카무라 구사타오(中村草田男), 다카노 스주(高野素十), 사이토 산키(西東三鬼) 등의 활약이 두드러졌다.

전후의 동향은 하이쿠잡지의 복간에 따라 새로운 출발이 시도되었다. 1946년 구와바라 다케오(桑原武夫)가 하이쿠의 「제2예술론」[44]을 주장함에 따라 하이단(俳壇)은 심하게 흔들리게 되었고, 하이쿠의 본질과 작자 각자의 위치에 대한 반성이 야기되었다. 그 가운데 전통파 하이진(俳人) 사이토 산키(西東三鬼)의 활약이 있었으며, 이시다 하쿄(石田波鄕) 등 신흥 하이진의 활약도 두드러졌다. 가네코 도타(金子兜太)는 하이쿠에 사회성을 도입하는 등 새로운 방향을 지향하기도 하였다.

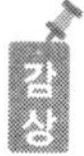

みな大き　袋を負へり　雁渡る　　　　　　　　　　　　西東三鬼
(모두에게 큰 보자기 씌어주네 북풍이 부니)

樫の木の　真顔と冬の　光かな　　　　　　　　　　　　金子兜太
(떡갈나무의 참 얼굴이란 겨울 빛인가)

2. 시(詩)

2.1 메이지(明治)기의 시(詩)

1) 신체시(新體詩)

메이지기에 들어 기존의 전통시에 만족할 수 없는 정신적 요구에서 근대시의 새로운 모색이 시도되었다. 서양시의 형식을 모방하여 이전시대의 시가(詩歌), 즉 와카(和歌), 하이

---

44 제2예술론 : "하이쿠는 유희이지 예술이 아니다."라는 설.

카이(俳諧), 한시(漢詩) 등과는 확연히 구분되는 일종의 신체시(新體詩) 형식이 창안된 것이다.

일본문학사에서는 일본근대시의 출발점을 위와 같은 형식의 신체시를 지향하는『신타이시쇼(新体詩抄)』(M15, 1882)[45]에 두고 있다. 물론 이전에도 문명개화의 신지식을 운문(韻文)형태로 기술한 계몽서적이 있었고, 에도시대 유일하게 교류하던 네덜란드 시(詩)의 번역시, 1873년 기독교신앙의

『新体詩抄』

해금 이후 속속 간행된 찬미가집, 이후 문부성에서 발간한『쇼가쿠쇼카슈(小學唱歌集, 소학창가집) 初編』등에서 유사한 형식을 발견할 수 있지만, 새로운 문학형식으로서의 시를 추구한 것은 아니었기 때문이다. 신체시의 의미는『신타이시쇼(新体詩抄)』(1882)의 서문에 올린 이노우에 데쓰지로(井上哲次郎)의 글에 잘 나타나 있다.

夫レ明治ノ歌ハ、明治ノ歌ナルベシ、古歌ナルベカラズ、日本ノ詩ハ日本ノ詩ナルベシ、漢詩ナルベカラズ、是レ新体ノ詩ノ作ル所以ナリ。
(무릇 메이지의 노래는 메이지의 노래다워야지, 옛날 노래다워서는 안 된다. 일본의 시(詩)는 일본시(日本詩)다워야지, 한시(漢詩)다워서는 안 된다. 이것이 곧 신체시를 지은 이유이다.)

신체시는 형식면에서 일본의 조카(長歌)가 5·7조(調)인 것에 대하여, 7·5조의 율격으로 표현했기 때문에 전통적인 시정(詩情)에서 벗어날 수 없었고, 예술적 가치 또한 미흡하다는 평가가 대부분이었다. 그러나 이같은 부정적인 시각에도 불구하고 근대시의 새로운 개막이라는 점에서, 근대에 걸맞은 시 형태로서 그 존재성을 확립하였다는 점에서 문학사적 의의가 크다. 신체시는 이후 개인시집이나 선집(選集), 창가집 등으로 이어져 일본근대문학의 한 장르로서 당당히 자리 잡게 되었다.

45『신타이시쇼(新体詩抄、しんたいししょう)』: 1882년 이노우에 데쓰지로(井上哲次郎), 야타베 료키치(矢田部良吉), 도야마 마사카즈(外山正一) 3인에 의해 발간된 근대 최초의 시집이다. 창작시 5편과 번역시 14편으로 구성된 근대시형의 변혁을 추구하여 근대시의 선구적 원류가 되었다.

2) 번역시(翻譯詩)

메이지 초기 근대시의 특징은 창작시보다는 오히려 번역시에서 근대시의 완성도를 드러내고 있었다. 모리 오가이(森鴎外)가 중심이 되어 간행한『오모카게(於母影)』(1889)는 셰익스피어, 바이런, 괴테, 하이네 등과 같은 서양 근대시인의 "아득한 서양시의 모습(おもかげ)"을 전하려는 계몽적 의도를 담고 있다. 번역자들은 원작시를 그 언어적 성격에 따라 의역(意譯), 구역(口譯) 등 몇 가지 형태로 분류하여 언어적 성격이 다른 외국의 근대시를 체

『於母影』

계적으로 정리하였는데, 무엇보다도 예술성을 겸비한 문학작품으로 옮기려는 번역문학에 대한 자각을 담고 있음이 주목된다.

1890년대 말부터 1900년대 초에 걸친 10여 년 동안의 괄목할 만한 성과는 프랑스 상징주의의 감화를 받은 상징파 시인의 등장이다. 그 선두의 성과로 우에다 빈(上田敏)의 명 번역시집『가이초온(海潮音)』을 들 수 있다.『가이초온』에는 영국, 프랑스, 독일, 이탈리아의 시 57편이 번역 수록되어 있는데, 우에다는 이 역시집의 서문에 "축어역이 반드시 충실한 번역은 아니다(逐語譯は必ずしも充實譯にあらず)"고 기록함으로써 이른바 재창작으로

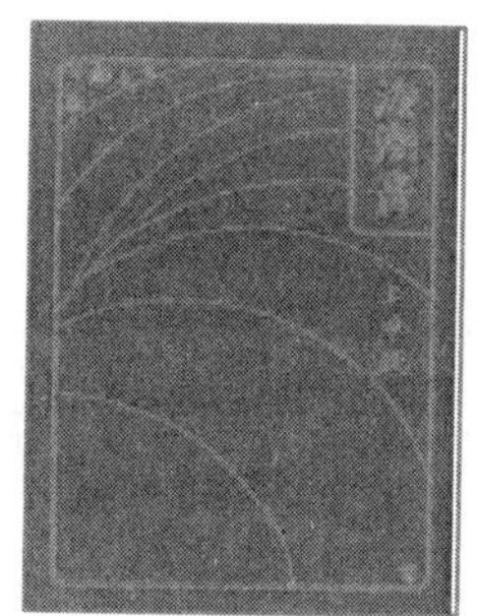

『海潮音』

서 번역문학의 가능성을 제시함으로써 이후 상징시운동의 전기를 마련하였다.

3) 낭만시·상징시

서양시의 외형적 모방인 신체시(新体詩)를 예술적으로 발전시킨 것이 모리 오가이(森鴎外)를 중심으로 하는 <신세이샤(新声社)>[46] 동인에 의해 발간된 시집『오모카게(於母影)』(1889)이다.『오모카게』는 영국과 독일의 낭만파 시를 번역 소개하여 당시 젊은이들의 호응을 얻었다.

메이지기 낭만시를 대표하는 시인 시마자키 도손(島崎藤村)은 그의 첫 번째 시집『와카나슈(若菜集)』(1879)에서 인간감정을 솔직하고 아름답게 노래한 이래, 뒤이어『히토

---

46 신세이샤(新聲社) : 1889(M22)에 결성된 문예결사(文芸結社). 모리 오가이(森鴎外)와 그 여동생 고가네이 기미코(古金井きみ子) 등이 동인으로 참여하였다. 신세이샤의 <S·S·S>로 첫 머리글자를 이니셜로 표기하였다.

하부네(一葉舟)』, 『나쓰쿠사(夏草)』, 『라쿠바이슈(落梅集)』를 간행함으로써 일본근대시사(日本近代詩史)에 불멸의 이름을 새겼다. 그의 대표작「하쓰코이(初恋, 첫사랑)」를 감상해 보자.

『一葉舟』『夏草』『落梅集』

<「初恋(첫사랑)」 － 島崎藤村>

まだあげ初めし前髪の
林檎のもとに見えしとき
前にさしたる花櫛の
花ある君と思ひけり

やさしく白き手をのべて
林檎をわれにあたへしは
薄紅の秋の実に
人こひ初めしはじめなり

わがこゝろなきためいきの
その髪の毛にかゝるとき
たのしき恋の盃を
君が情に酌みしかな

林檎畠の樹の下に
おのづからなる細道は
誰がふみそめしかたみぞと
問ひたまふこそこひしけれ

(이제 갓 말아 올린 앞머리가
사과나무 아래로 보였을 제에

앞머리에 꽂으신 꽃 장식 빗을
꽃이 핀 당신이라 생각했지요.

정답게 새하얀 손을 내밀어
내게 사과를 건네준 것이
연분홍빛 물든 가을 열매로
난생 처음 사랑을 나누었다오.

어찌할 수 없어 내쉰 한숨이
그대의 머릿결에 닿았을 제에
희열로 벅차오른 사랑의 잔을
그대와의 연정에 기울였다오.

과수원 사과나무 아래에
저절로 만들어진 이 오솔길은
누가 밟기 시작한 흔적인가고
물으시는 것조차 그리웠다오.)

    한편 감정이나 사상을 직접 표현하지 않고 날카로운 감각에 의한 언어조작에 의해 암시적으로 표현하는 상징시가 우에다 빈(上田敏)에 의해 소개되었다. 상징시는 유럽에서 고전파에 대한 저항으로 생겨난 새로운 시풍으로, 그의 번역시집『가이초온(海潮音)』은 번역시의 최고봉을 자랑하며 일본에서 상징시 형성에 크게 기여하였다. 이후 스스키다 규킨(薄田泣菫)[47]과 간바라 아리아케(蒲原有明)[48]에 의해 상징시의 시대가 열리게 된다. 스스

키다 규킨은 시집『하쿠요큐(白羊宮)』(1906)에서 상징시적 수법으로 낭만적이고 고전적인 시풍을 드러내었으며, 간바라 아리아케는『슌초슈(春鳥集)』(1905)와『아리아케슈(有明集)』(1908)에서 일본의 상

左로부터『白羊宮』『春鳥集』『有明集』

---

47 스스키다 규킨(薄田泣菫) : 기존의 낭만주의를 독자적인 고전적 낭만시풍으로 만든 작가이다. 작품으로는『니주고겐(二十五絃)』,『하쿠요큐(白洋宮)』(1906) 등이 있다. 이 시집들은 풍부한 구어(口語)를 자유로이 구사하며, 고대 일본을 동경하고 있다.

48 간바라 아리아케(蒲原有明) : 상징주의에 의한 일본의 근대시를 확립하였다. 작품으로는『슌초슈(春鳥集)』,『아리아케슈(有明集)』(1908) 등이 있다.

징시를 완성하였다.

그중 간바라 아리아케(蒲原有明)의『슌초슈(春鳥集)』에 실린「아사나리(朝なり, 아침이다)」를 감상해 보자.

< 「朝なり(아침이다)」 – 蒲原有明 >

朝なり、やがて濁川

ぬるくにほひて、夜の胞を

ながすに似たり。しら壁に――

いちばの河岸の並み藏の――

朝なり、濕める川の靄。

<略>

朝なり、影は色めきて、

かくて日もさせにごり川、――

なり、すでにかがやきぬ、

市ばの河岸かしの並みぐらの

白壁――これやわが胸か。

(아침이다, 이윽고 흐린 강
미지근히 풍겨 밤의 포의를 씻어 내는 듯
하얀 벽에 ―
시장 강변의 늘어선 창고의 ―
아침이다. 습한 강의 연무.

<중략>

아침이다, 그림자는 물들고,
그래서 햇살비치는 흐린 강 ―
아침이다, 벌써 빛난다,
시장의 강변의 늘어선 창고의
하얀 벽― 이것이 내 가슴인가.)

4) 구어자유시(口語自由詩)

자연주의 사조가 시단에 끼친 영향은 상당하다. 무엇보다도 형식에 구애받지 않고, 알기 쉽고 명료한 일상의 구어(口語)로 표현하고자 하는 움직임으로 확산되어, 구어자유시가 시도되었다.

구어자유시는 1890년 야마다 비묘(山田美妙)의 시작(試作)에서 비롯되어 1900년대에 크게 유행하였다. 구어자유시의 확립에 크게 영향을 끼친 작가는 다카무라 고타로(高村光太郎)와 하기와라 사쿠타로(萩原朔太郎)이다. 이 두 사람의 특징을 살펴보자.

高村光太郎와 萩原朔太郎의 특징

구분	다카무라 고타로(高村光太郎)	하기와라 사쿠타로(萩原朔太郎)
본질	이상파 시인	상징파 시인
특색	의지적, 사상적	감각적, 환상적
표현	사상중시적	음악적
공적	구어자유시의 확립자	구어자유시의 완성자

구어자유시의 전형은 다카무라 고타로의 대표작 「도테이(道程, 노정)」에 잘 나타나 있다. 그 전문(全文)을 감상해보자.

〈「道程(노정)」全文 – 高村光太郎〉

どこかに通じてゐる大道を僕は歩いてゐるのぢやない

僕の前に道はない

僕の後ろに道は出来る

道は僕のふみしだいて来た足あとだ

だから

道の最端にいつでも僕は立つてゐる

何といふ曲りくねり

迷ひまよつた道だらう自堕落に消え滅びかけたあの道

絶望に閉ぢ込められかけたあの道

幼い苦悩にもみつぶれたあの道
ふり返つてみると
自分の道は戦慄に値ひする
四離滅裂な
又むざんな此の光景を見て
誰がこれを
生命(いのち)の道と信ずるだらう
それだのに
やつぱり此が生命に導く道だつた
そして僕は此処まで来てしまつた
此のさんたんたる自分の道を見て
僕は自然の広大ないつくしみに涙を流すのだ
あのやくざに見えた道の中から
生命の意味をはつきり見せてくれたのは自然だ
これこそ厳格な父の愛だ
子供になり切つたありがたさを僕はしみじみと思つた
たうとう自分をつかまへたのだ
恰度そのとき事態は一変した
俄かに眼前にあるものは光を放出し
空も地面も沸く様に動き出した
そのまに
自然は微笑をのこして僕の手から
永遠の地平線へ姿をかくした
そしてその気魄が宇宙に充ちみちた
驚いてゐる僕の魂は
いきなり「歩け」といふ声につらぬかれた
僕は武者ぶるひをした
僕は子供の使命を全身に感じた
子供の使命！

僕の肩は重くなつた

そして僕はもうたよる手が無くなつた

無意識にたよつていた手が無くなつた

ただ此の宇宙に充ちみちてゐる父を信じて

自分の全身をなげうつのだ

僕ははじめ一歩も歩けない事を経験した

かなり長い間

冷たい油の汗を流しながら

一つところにたちつくして居た

僕は心を集めて父の胸にふれた

すると

僕の足はひとりでに動き出した

不思議に僕は或る自憑の境を得た

僕はどう行かうとも思はない

どの道をとらうとも思はない

僕の前には広漠とした岩畳な一面の風景がひろがつてゐる

その間に花が咲き水が流れてゐる

石があり絶壁がある

それがみないきいきとしてゐる

僕はただあの不思議な自憑の督促のままに歩いてゆく

しかし四方は気味の悪い程静かだ

恐ろしい世界の果へ行つてしまふのかと思ふ時もある

寂しさはつんぼのように苦しいものだ

僕はその時又父にいのる

父はその風景の間に僅かながら勇ましく同じ方へ歩いてゆく人間を僕に見せ
てくれる

同属を喜ぶ人間の性に僕はふるへ立つ

声をあげて祝福を伝へる

そしてあの永遠の地平線を前にして胸のすく程深い呼吸をするのだ

僕の眼が開けるに従つて

四方の風景は其の部分を明らかに僕に示す

生育のいい草の陰に小さい人間のうぢやうぢや這ひまはつて居るのもみえる

彼等も僕も

大きな人類といふものの一部分だ

しかし人類は無駄なものを棄て腐らしても惜しまない

人間は鮭の卵だ

千万人の中で百人も残れば

人類は永久に絶えやしない

棄て腐らすのを見越して

自然は人類の為め人間を沢山つくるのだ

腐るものは腐れ

自然に背いたものはみな腐る

僕は今のところ彼等にかまつてゐられない

もつと此の風景に養はれ育まれて

自分を自分らしく伸ばさねばならぬ

子供は父のいつくしみに報いたい気を燃やしてゐるのだ

ああ

人類の道程は遠い

そして其の大道はない

自然の子供等が全身の力で拓いて行かねばならないのだ

歩け、歩け

どんなものが出て来ても乗り越して歩け

この光り輝く風景の中に踏み込んでゆけ

僕の前に道はない

僕の後ろに道は出来る

ああ、父よ

僕を一人立ちにさせた父よ

僕から目を離さないで守ることをせよ

常に父の気魄を僕に充たせよ
この遠い道程のため。

(어딘가로 통해 있는 대로를 나는 걷고 있는 것이 아니다.
내 앞에 길은 없다
내 뒤에 길은 있다.
길은 내가 밟은 대로 온 발자국이다
　　　　　：
　　　　　：
아아 아버지여
나를 홀로 서게 하신 아버지여
내게서 눈을 떼지 말고 지켜주소서
언제나 아버지의 은혜가 내게 충만케 하여주소서.
이 머나먼 노정을 위해.)

2.2 다이쇼(大正)기의 시(詩)

1) 이상주의(理想主義)의 시

다이쇼(大正)기에 접어들면서 자유시는 일반화되었고, 초기와 중기에는 시라카바파(白樺派)를 중심으로 한 인도주의적, 이상주의적 경향의 시인들이 활약하였다. 무로 사이세이(室生犀星), 센게 모토마로(千家元麿), 다카무라 고타로(高村光太郎) 등이 활약이 돋보인다.

무로 사이세이는『아이노시슈(愛の詩集, 사랑의 시집)』에서 현실긍정적인 밝은 시풍으로 소박함과 감상(感傷)을 노래하였고, 무샤노코지 사네아쓰(武者小路実篤)의 영향을 받은 센게 모토마로는 인간과 자연에 대한 찬미를 소박하게 노래한『지분와미타(自分は見た, 나는 보았다)』와『신세이노요로코비(新生の悦び, 신생의 환희)』등을 내놓았다. 가장 두각을 나타낸 시인은 단연 다카무라 고타로이다. 생명의 충동과 이상을 향한 의지를 평이하고 힘찬 용어와 어법으로 노래한 시집『도테이(道程, 노정)』(1914)는 구어자유시를 확립한 다이쇼기 대표적 시집으로 평가받고 있다.

2) 민중시파(民衆詩派), 예술시파(藝術詩派)의 시(詩)

제1차 세계대전(1914~1918) 직후 데모크라시 사조의 영향을 배경으로 창간된 잡지

「민슈(民衆)」(1918)를 중심으로 활동한 민중시파(民衆詩派) 작가들의 시는 자유와 평등을 슬로건으로 내세워 평이한 어조로, 그들의 사상을 담아냈다. 도미타 사이카(富田砕花), 모모타 소지(百田宗治), 시로토리 세이고(白鳥省吾) 등이 대표적이다.

이들과는 달리 예술지상주의적 입장에서 상징시의 흐름을 계승한 예술시파(藝術詩派) 시인으로는 내면적인 음악성을 부여하여 구어자유시의 실질적인 완성을 이룬 하기와라 사쿠타로(萩原朔太郎), 문어정형시에 근대적 서정을 노래한 사토 하루오(左藤春夫), 또 초현실주의 시운동에 영향을 끼친 호리구치 다이가쿠(堀口大学) 등을 들 수 있다.

2.3 쇼와(昭和)기의 시(詩)

1) 프롤레타리아의 시

다이쇼(大正)말기부터 프롤레타리아 문학이 성행함에 따라 이전의 서정성이나 낭만성을 부정하고 농촌이나 공장 노동자 등 무산계급의 실상을 노래한 시인이 등장하였다. 나카노 시게하루(中野重治)가 대표적이며, 오쿠마 히데오(小熊秀雄), 오노 도자부로(小野十三郎), 하기와라 교지로(萩原恭次郎) 등도 주목받았다. 이들의 시는 대부분 완고한 사상표현이나 격렬한 슬로건의 나열에 치우쳐 예술성은 희박했다. 나카노 시게하루의 「아메노후루시나가와에키(雨の降る品川駅, 비내리는 시나가와역)」를 감상해 보자.

〈「雨の降る品川駅(비내리는 시나가와역)」 – 中野重治〉

辛よ　さようなら
金よ　さようなら
君らは雨の降る品川駅から乗車する

李よ　さようなら
もう一人の李よ　さようなら
君らは君らの父母の国にかえる

君らの国の川はさむい冬に凍る
君らの叛逆する心はわかれの一瞬に凍る

中野重治

海は夕ぐれのなかに海鳴りの声をたかめる
鳩は雨にぬれて車庫の屋根からまいおりる

君らは雨にぬれて君らを追う日本天皇を思い出す
君らは雨にぬれて 髭 眼鏡 猫背の彼を思い出す

<略>

君らは出発する
君らは去る

さようなら 辛
さようなら 金
さようなら 李
さようなら 女の李

行ってあのかたい 厚い なめらかな氷をたたきわれ
ながく堰かれていた水をしてほとばらしめよ
日本プロレタリアートのうしろ盾まえ盾
さようなら
報復の歓喜に泣きわらう日まで

(신(辛)이여 잘 가시게.
김(金)이여 잘 가시게.
그대들은 비나리는 가나가와역에서 차에 오른다.

이(李)여 잘 가시게.
또 한분의 이(李)여 잘 가시게.
그대들은 그대들 부모의 나라로 돌아간다.

그대들 나라의 강은 겨울 추위에 얼어붙고
그대들의 반항하는 마음은 떠나는 순간 얼어붙는다.

바다는 석양 속에 파도소리 거세고
비둘기는 비에 젖어서 차고 지붕에서 내려오네.

그대들은 비에 젖어 그대들을 쫓아내는 일본천황을 떠올린다.
그대들은 비에 젖어 그의 수염, 안경, 곱사등을 떠올린다.

< 중략>

그대들은 출발한다.
그대들은 떠난다.

잘 가시게 신(辛)
잘 가시게 김(金)
잘 가시게 이(李)
잘 가시게 여자 이(李)

가서 그 단단하고 두꺼운 미끄러운 얼음을 깨부수고
오랫동안 막혀 있던 물꼬를 트고 맘껏 내뿜으시게.
일본 프롤레타리아를 후원하고 앞장서서
잘 가시게
보복의 환희에 울고 웃는 날까지.)

2) 초현실주의파(超現實主義派)의 시

시단의 초현실주의[49] 운동은 호리구치 다이가쿠(堀口大学)의 번역시집 『겟카노이치군(月下の一群, 달빛아래 한 무리)』(1925)으로 소개되었으며, 1928년 창간된 잡지 「시토시론(詩と詩論)」을 통해 추진되었다. 기타가와 후유히코(北川冬彦), 니시와키 준자부로(西脇順三郞), 하루야마 유키오(春山行夫), 미요시 다쓰지(三好達治) 등을 대표시인으로 들 수 있는데, 이들은 새로운 시작법(詩作法)을 자각하고 시의 순수성과 시적인 긴장감을 되찾아 침체된 시단에 새바람을 일으키고자 하였다.

3) 「시키(四季)」와 「레키테이(歷程)」

1934년(S9) 창간된 잡지 「시키(四季)」는 잡지 「시토시론(詩と詩論)」이 폐간되고 프롤

---

[49] 초현실주의(*surrealism*) : 1924년 프랑스 시인 앙드레 프르톤이 주창한 예술론으로, 현실의 틀을 극복한 자유스런 상상을 표현하고 극히 주관적인 경향을 갖는다. 일본의 시와 소설, 회화에도 큰 영향을 끼쳤다.

레타리아문학이 쇠퇴한 이후 구어자유시가 상실한 음악성의 회복과 새로운 서정성을 추구하였다. 다치하라 미치조(立原道造)는 풍부한 음악성으로 소네트형식(14행의 詩形)으로 섬세한 서정을 노래하였으며, 호리 다쓰오(堀辰雄)와 마루야마 가오루(丸山薰) 등은 지성과 감성이 조화된 고전주의적 경향의 시를 다수 남겼다.

한편 구사노 신페이(草野心平)가 중심이 되어 창간한 잡지 「레키테이(歷程)」는 다카하시 신키치(高橋新吉), 가네코 미쓰하루(金子光晴), 그리고 「시키」에서도 활약하던 나카하라 주야(中原中也) 등 여러 동인들과 함께 당시의 시단과는 다른 독자적 길을 걸었다.

상징파 시인으로 출발했던 가네코 미쓰하루는 시집『사메(鮫, 상어)』(1937)를 발표하여 침략전쟁과 천황제 및 국가권력을 날카롭게 풍자 비판하였으며, 나카하라 주야는 시집『야기노우타(山羊の歌, 산양의 노래)』(1934)와『아리시히노우타(在りし日の歌, 지나간 날의 노래)』(1938)에서 우울과 권태, 상처받은 영혼의 고백을 읊었다.

『山羊の歌』と『在りし日の歌』

〈「凄じき黄昏(처연한 황혼)」 － 中原中也(『山羊の歌』より)〉

捲き起る、風も物憂き頃ながら、

草は靡きぬ、我はみぬ、

遐き昔の隼人等を。

　　　＜略＞

吹く風誘はず、地の上の

敷きある屍――

空、演壇に立ちあがる。

家々は、賢き陪臣、

ニコチンに、汚れたる歯を押匿す。

(회오리치는 바람도 나른한 때인데
풀은 나부낀다, 우리는 본다.
먼 옛날 용맹한 사람들을.

　　　< 중략>

부는 바람 아랑곳 않고 땅 위에
깔려 있는 시체 -
허공, 연단에 올라선다.

집집마다 현명한 가신,
니코틴에 얼룩진 이(齒)를 감춘다.)

4) 전후(戰後)의 시

태평양전쟁 종전 이후의 시단은 그간의 공백을 메우기라도 하는 듯, 기존 잡지의 복간과 새로운 잡지의 창간으로 이어졌다. 가장 대표적인 시집은 아유카와 노부오(鮎川信夫), 다무라 류이치(田村隆一), 요시모토 다카아키(吉本隆明) 등이 동인이 되어 출간한 『아레치(荒地, 황무지)』(1947)였는데, 이들은 현실이 황무지라는 인식하에서 인간성 회복을 추구하였다. 또 같은 시기에 「레키테이」가 복간되면서 구사노 신페이(草野心平)를 중심으로 야마모토 다로(山本太郎) 등이 개성적인 시(詩)의 세계를 구축해나갔다.

1952년 좌익계 시인들이 중심이 되어 창간한 잡지 「렛토(列島)」는 사회주의 리얼리즘을 지향하며 전전(戰前)의 프롤레타리아시를 비판적으로 계승하여 사회변혁과 연관한 새로운 시(詩) 세계를 펼쳐나갔다. 이어서 가와사키 히로시(川崎洋), 이바라기 노리코(茨木のり子) 등에 의해 창간된 잡지 「가이(櫂)」에는 오오카 마코토(大岡信), 다니카와 슌타로(谷川俊太郎) 등이 참여하여 스스로의 감수성을 마음껏 표현해내었다.

이후 고도성장기에 접어들면서 일본의 시단은 어느 특정유파나 그룹이 주도하기보다는 제각각 개성을 발휘하는 추세로 나아갔다.

3. 가요(歌謠)

메이지 초기의 가요(歌謠)는 국가 차원에서 보급된 '창가(唱歌)'와 '군가(軍歌)' 그리고 민간적 차원에서 자생 보급된 '엔카(演歌)'가 주류를 이루었다. 이들 가요는 시대에 적

확하게 대응하기 보다는 어느 시기에는 수요층에 따라 둘 이상의 장르가 공존하기도 하였고, 또 어느 시기가 되면 한 장르가 우세해진 반면 다른 장르는 쇠퇴해 가거나 혹은 약간 변형된 장르로 전환하면서 나름의 발전을 거듭하였다.

3.1 창가(唱歌)

'창가'는 근대 일본의 국민교육의 장(場)이었던 초등교육기관을 통해 보급되었기에 가장 먼저 대중화되었던 장르였다. 일본근대시와 가요의 성격을 두루 지닌 창가(唱歌)는 1878년 일본 문부성음악계(文部省音樂取調掛)에서 발간한『쇼가쿠쇼카슈(小學唱歌集)』가 학교에 보급되어 교육됨으로써 전 국민에게 알려지게 되었다. 일본전통시 와카(和歌)에 연접한 7·5조 운율의 창가는 그 형식면에서나 내용면에서도 근대일본의 '국민 만들기'에 크게 관여하였다.

1) 의식창가(儀式唱歌)

일본에 있어 근대국민국가의 성립이란 천황 혹은 천황가와 분리하여 생각할 수 없을 만큼 유기적인 관계성을 지니고 있었다. 메이지 신정부의 근대국민으로의 교화(敎化)를 위한 요구는 특히 학교를 통하여 직접적으로 이루어지고 있었다. <교육칙어(敎育勅語)>(1890)에 의한 '의식교육'과 학교행사에서 행해지는 의례·의식[50]이 그것이다. 학교에서 행해지는 의례·의식은 '①기미가요 합창 ②교육칙어 봉독 ③칙어성지의 취지 회고 ④축제일 해당 창가의 합창'의 순으로 진행하도록 되어 있었는데, 여기서 빼놓을 수 없는 것이 바로 거국적 이데올로기를 창출해내는 교화(敎化)의 장치인 '의식창가(儀式唱歌)'였다. 「기미가요(君がよ)」「오쇼가쓰(一月一日, 설날)」「기간세쓰(紀元節, 기원절)」「덴초세쓰(天長節, 천장절)」「조쿠고호토(勅語奉答, 칙어봉답)」 등이 그것인데, 그중 3곡을 감상해 보자.

---

50 학교의식(學校儀式) : <소학교령(小學校令)>(1890) 제15조에 근거하며, 뒤이어 <문부성령(文部省令)>제4호(1891.6)의 <小學校祝日大祭日儀式規定> 제1조에 "紀元節, 天長節, 神嘗祭 및 新嘗祭의 날에는 학교장, 교원 및 생도 일동이 식장에 참가해서 의식을 행할 것"이라 명시되어 있으며, 의식창가'에 관해서는 "학교장, 교원 및 생도는 축일대제일(祝日大祭日)에 상응하는 창가를 합창한다."고 명시되어 있다.

「君がよ」

〈「君がよ(기미가요)」 – 『みくにのうた』より〉

君が代は　ちよにやちよに

さざれいしの　巌となりて　こけのむすまで。
(천황의 치세는 영원무궁하소서!
작은 돌이 큰 바위 되고 이끼가 낄 때까지)

〈「天長節(천장절)」 – 『みくにのうた』より〉

今日の吉き日は　大君の、うまれたまひし　吉き日なり。

今日の吉き日は　御ひかりの、さし出たまひし　吉き日なり。

ひかり遍ねき　君が代を、いはへ諸人　もろともに。

めぐみ遍ねき　君が代を、いはへ諸人　もろともに。
(오늘같이 좋은날은 천황폐하가 이 세상에 태어나신 좋은날이라
오늘같이 좋은날은 천황 위광이 우리 앞에 비추인 좋은날이라
널리 비추어라 천황 치세를 다 같이 경축하라 모두 다함께
두루두루 비추어라 천황 치세를 다 같이 경축하라 모두 다함께)

〈「勅語奉答(칙어봉답)」 – 『みくにのうた』より〉

あな、たふとしな、大勅語。みことの趣旨を　心に刻りて、

露も　そむかじ、朝夕に、あな　尊しな、大勅語。
(오오 존귀하다 대칙어. 말씀의 취지를 마음에 새겨
언제 어디서나 받들어 지키리, 오오 존귀하다 대칙어.)

　　만세일계 천황가에 대한 정통성과 정당성이 함축된 이러한 '의식창가'는 '근대국민국가'를 추구하는 메이지정부의 국민통합을 위한 교화의 장치로 크게 작용하였다.

　　그러나 쇼와기 들어 의식창가의 의미는 국민통합에 더하여 세계와의 전쟁을 위하여 국민의 희생을 요구하는 내적장치로 확장 변용되었다. 기존의 의식창가 가사내용이 시대에 맞게 개사되는가 하면, 새로 제작된 의식창가는 중일전쟁과 태평양전쟁을 승리로 이끌기 위한 내용이 담긴 군가적 성향의 창가, 또 천황을 위하여 기꺼이 희생을 다짐하는 내용의 창가도 의식창가 대열에 합류하게 되었다. 청일전쟁(1894~5)과 러일전쟁(1904~5)의 승

리로 이끈 메이지천황을 기리는 내용의 「메이지세쓰(明治節, 메이지절)」, 천황가를 제신으로 하는 신사에 참배함으로써 천황가에 충성을 다짐하게 하는 「진쟈산빠이쇼카(神社參拜唱歌, 신사참배창가)」, 이에 더하여 중일전쟁시기의 군가인 「아이코쿠고신쿄쿠(愛國行進曲, 애국행진곡)」, 마침내 천황(=국가)을 위해서 기꺼이 죽음의 길을 택하겠다는 각오가 담긴 「우미유카바(海ゆかば, 바다에 가니)」 등이 그것이다. 그중 3곡을 감상해 보자.

〈「神社參拜唱歌(신사참배창가)」 – 『みくにのうた』 より〉

一、この静宮に　鎮まりて、すめらみかどの　みさかえを
　　常磐堅磐に　守ります　神のみいつの　たふとしや。
　　(이 고요한 神社에 진좌하시어 천황 치세의 번영을
　　영원무궁토록 변함없이 지켜주신 신의 위광 존엄하여라.)

二、おほみたからと　名におへる　大和島根の國民を
　　千代萬代　めぐみます　みたまのふゆの　かしこしや。
　　(천황의 신민이라 불리는 일본의 국민에게
　　천대만대 베풀어주신 천황의 은혜 고마워라.)

三、この大前に　ぬかづきて、君と民とに　さちあれと、
　　ただ　一すぢに　祈るなる　わが真心を　きこしめせ。
　　(이 신 앞에 공손히 참배하네 천황과 백성에게 평안하라고
　　일편단심으로 기원하는 우리의 진심을 들어주세요.)

〈「愛國行進曲(애국행진곡)」 – 『みくにのうた』 より〉

一、見よ、東海の　空明けて　旭日 高く 輝けば、
　　天地の正気　溌剌と、　希望は躍る　大八州
　　おお、晴朗の　朝雲に　聳ゆる　富士の姿こそ
　　金甌無缺、揺ぎなき、　我が日本の　誇なれ。
　　(보라, 태평양의 하늘 밝아오고 아침 해 높이 빛나니
　　천지의 정기 발랄하고 희망은 약동한다 대일본
　　오- 청명한 아침 구름에 우뚝 솟은 후지산(富士山) 자태야말로

금구무결 흔들림 없는 우리일본의 자랑이어라.)

二、起て、一系の　大君を　光と　永久に戴きて、
　　臣民我等、　皆共に、　御稜威に副はん　大使命。
　　往け、八紘を　宇となし　四海の人を　導きて、
　　正しき平和　うち建てん　理想は、花と　咲き薫る。
　　(일어나라! 만세일계의 천황을 서광으로 영원히 받들어
　　우리들 신민 모두 다 함께 천황의 위광에 부응하는 큰 사명.
　　나아가라! 온 우주를 내집삼아 온 세계 사람을 이끌어
　　온전한 평화 건설하세 理想은 꽃피워 향기나리라.)

三、いま、幾度か我が上に　試練の嵐　哮るとも、
　　断乎と守れ　その正義、　進まん道は　一つのみ。
　　ああ、悠遠の　神代より　轟く歩調うけつぎて、
　　大行進の　往く彼方、　皇国つねに　栄あれ。
　　(앞으로 수 없이 우리들에게 시련의 폭풍우 몰아친다 해도
　　단호히 사수하라 그 정의 나아갈 길은 오직 하나 뿐.
　　아 유구한 신대(神代)로부터 울려 퍼지는 발걸음 이어받아
　　대행진해 가는 그 곳까지 황국이여 영원히 번영할지라.)

〈「海ゆかば(바다에 가니)」 - 『みくにのうた』より〉

海ゆかば　水漬く　屍　山ゆかば　草むす　屍
大君の　へにこそ死なめ　かへりみはせじ。
(바다에 가니 물에 잠긴 시체 산에 가니 풀이 우거진 시체

천황 곁에서 죽을 수만 있다면 후회하지 않으리.)

실로 제국시절 일본에서 이러한 의식창가는 국가적인 의례나 의식에서부터 학교에서의 의식과 행사, 그 밖의 모든 행사나 회합에 이르기까지 반드시 제창하도록 의무규정화되어 있었다. 특히 태평양전쟁 시기에 '제2의 國歌'로서 국민의례 다음 또는 해산 직전에 반드시 제창하게 하였던 「바다에 가니(海ゆかば)」는 천황을 위해 죽음도 불사하겠다는 내용으로 되어 있어 당시 의식창가의 실상을 엿보게 한다. 경건한 마음으로 가사내용에 담긴 의미를 생각하면서 모든 행사에 모두 함께 제창한다는 점에서 당시 의식창가의 파장과 영향력은 대단히 컸다.

2) 지리교육창가(地理敎育唱歌)

청일전쟁이 일본의 승리로 종결되고 사회가 다소 안정을 찾게 되면서 일본정부의 국민교육 방향은 이전의 '국민교화'에 더하여 '유희(노래)에 의한 지식 얻기'를 지향하며, '노래 부르기'라는 일종의 유희 안에 학습할 내용을 접목시켜나갔다. 이러한 교육방향은 국내는 물론, 인접국과 세계 각지의 지리, 역사, 자연에 관한 내용을 암기하기 쉽도록 노랫말로 엮어낸, 이른바 '지리교육창가'의 양산을 가져왔다.

(1) 지리교육철도창가(地理敎育鐵道唱歌)

청일전쟁 이후 일본사회는 본격적인 철도운송 시대를 맞이하게 된다. 당시의 철도는 여행은 물론, 각종 정보의 전달과 소통 및 지리교육의 장치였다. 이시기 만들어진 일련의 '지리교육철도창가(地理敎育鐵道唱歌)'는 배움 중에 있는 학생은 물론이려니와, 일반인에게까지 일대 붐을 일으켰다. 그 요인을 집약해보면, 첫째, 7·5조로 정형화된 '여행체 기술'인데, 이러한 율격을 지닌 '여행체 기술'은 그 문언에 멜로디를 붙이기만 하면 바로 창가 형식으로 발전할 수 있었다. 둘째, 청일전쟁을 전후하여 교육현장에서 시행되었던 군가(軍歌) 교육의 영향도 빼놓을 수 없

『地理敎育鉄道唱歌』一卷～五卷

다. 상당수의 '지리교육창가'가 이전의 군가의 선율을 그대로 차용하여 가사만 바꾸어 부르는 개사곡 형식이었으므로, 이미 익숙해진 선율덕분에 더욱 쉽게 받아들여졌다.

　'지리교육철도창가' 하면 가장 먼저 떠오르는 작가가 바로 오와다 다케키(大和田建樹)[51]이다. 그는 1900년 5월『지리교이쿠테쓰도쇼카(地理敎育鐵道唱歌, 지리교육철도창가)』-도카이도선편(東海道篇)을 시작으로 각 노선별로 철도창가를 제작 발표하였다.

오와다 다케키(大和田建樹)의 『地理敎育鐵道唱歌』

순	발표시기	편	노선	절수	작곡자
1	1900. 5.	東海道篇	東京～岐阜 大垣～神戸	66	多梅稚・上真行
2	1900. 9.	山陽道・九州篇	神戸～長崎	68	多梅稚・上真行
3	1900. 10.	奥州・磐城篇	上野(東北線)～青森～ (常磐線)上野	64	多梅稚・田村虎蔵
4	1900. 10.	北陸篇	上野～長野～新潟～金沢	72	納所辨次郎・吉田信太
5	1900. 11.	関西・参宮・南海篇	大阪～伊勢～和歌山	64	多梅稚

그 역사적인 도카이도선편(東海道篇) 일부를 감상해 보자.

〈『地理敎育鐵道唱歌』 － 大和田建樹〉

一、汽笛一声 新橋を　はや我汽車は 離れたり
　　愛宕の山に 入りのこる　月を旅路の 友として
　　(기적소리 울리며 신바시를　벌써 우리기차는 멀어져가네
　　아타고산에 걸려있는　달을 여행길 동무 삼아서)

二、右は高輪 泉岳寺　四十七士の 墓どころ
　　雪は消えても 消えのこる　名は千載の 後までも

---

51 오와다 다케키(大和田建樹, 1857.5~1910.12) : 일본문학자이자 歌人이자 唱歌의 작사가이다. 도쿄대학(東京大學) 문과대학 고전과 강사와 東京高等師範學校 교수를 역임하였으며, 1888년부터 교육용 창가를 작사 보급하였다. 『地理敎育鐵道唱歌』(전5집) 이외에도 『明治唱歌』, 『尋常小學帝國唱歌』(1888), 『高等小學帝國唱歌』(1892), 1900년『地理敎育世界唱歌』, 『海士敎育航海唱歌』(전3권), 1901년『地理唱歌海國少年』『春夏秋冬花鳥唱歌』『春夏秋冬散步唱歌』 등 수많은 창가를 작사한바 있다.

(오른쪽은 다카나와의 센가쿠지 47인 용사의 무덤있는 곳
눈녹아 사라져도 끝끝내 남을 그 이름 영원히 훗날까지도
:

六、横須賀行きは乗替と　呼ばれて降るる大船の
　次は鎌倉鶴が岡　源氏の古跡や尋ねみん
（요코스카행은 환승이라고 해서 내리는 오후나역
다음엔 가마쿠라 쓰루가오카 겐지의 유적이나 찾아가볼까.
:

五六、おくり迎ふる程もなく　茨木吹田うちすぎて
　はや大阪につきにけり　梅田は我をむかへたり
（보내고 맞을 참도 없이 이바라키 스이타 지나가고
벌써 오사카에 다다르니 우메다가 나를 맞아주누나.)
:

六五、おもへば夢か時のまに　五十三次はしりきて
　神戸のやどに身をおくも　人に翼の汽車の恩
（생각하니 꿈인가 순식간에 도카이도 53개 역참 달려왔구나
고베여관에 몸을 푼 것도 사람에게 날개 된 기차의 은혜.)
:

六六、明けなば更に乗りかへて　山陽道を進ままし
　天気は明日も望あり　柳にかすむ月の影
（날 밝으면 다시 환승하여 산요도로 나아가보세
날씨는 내일도 희망있으리 버드나무에 흐려진 달그림자)

이렇듯 철도창가는 인류 최고의 과학문명이라 할 수 있는 철도를 노래하는 중에 지리교육은 물론이려니와 근대국민국가 일본의 아이덴티티 형성에도 크게 영향을 끼쳤다.

　개화된 근대지식의 보급을 위한 문자행위 중에서 이러한 노래체 형식의 글이 주목되는 것은 그 안에 본질적으로 내재되어 있는 반복성에 있다. 서양 행진곡풍의 용장쾌활한 리듬에 일본전통의 7·5조 율격을 접합시킨 일련의 '지리교육창가'는 학교와 가정을 오가는 아동의 입을 통하여, 혹은 근대문명의 메신저였던 '철도'를 통하여 일파만파 확산되었다.

(2) 세계지리창가(世界地理唱歌)

　철도창가가 만들어지고 급속히 파급되던 1900년 첫 선을 보인 '세계지리창가'의 지적기반은 단연 후쿠자와 유기치(福沢諭吉, 이하 후쿠자와)의 세계지리 입문서 「세카이구니즈쿠시(世界國盡, せかいぐにづくし)」(1869)이다.

　실로 일본 내에서 서구세계를 안다는 것, 서구세계로 떠나는 것만이 인식의 지평을 넓힐 수 있다는 신념을 가진 최초의 인간이 탄생한 것은 에도막부(江戸幕府) 말엽 미국과의 <개국조약

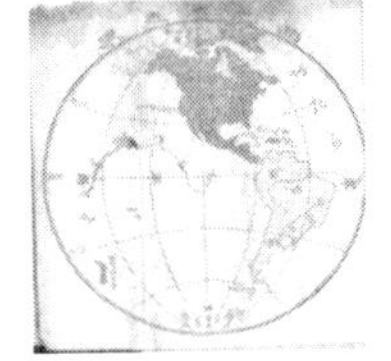

福沢諭吉の『世界國盡』

(開國條約)>(1854)을 전후한 시기였다. 당시 일본사회에서는 서구세계에 대한 호기심이 생성되기 시작하였지만 막부의 정책이 지극히 제한적이었던 탓에 서양에 대한 경험은 커녕 이를 충족시킬만한 자료조차 없었다. 이러한 상황에서 발간된 후쿠자와의 「세카이구니즈쿠시(世界國盡)」는 세계 사정을 교육하는 것이 필연적 사항임을 강조하고 있어 주목된다.

〈「世界國盡」發端 – 福沢諭吉〉

世界は広し万国は、おほしといへど大凡、五に分けし名目は、亜細亜(アジア)、阿弗利加(アフリカ)、欧羅巴(ヨーロツパ)、北と南の亜米利加(アメリカ)に、堺かぎりて五大洲、太洋洲は別にまた、南の島の名称なり。土地の風俗人情も處變はれば品變春。基様々を知らざるは人のひとたる甲斐藻亡し。学びて得べきことなれば文字に遊ぶ童子へ庭の訓の事がはじめ、

(세계는 넓고 만국은 많다 해도 대략 다섯으로 나뉘고 그 이름은 아시아, 아프리카, 유럽, 남·북아메리카의 5대주, 또 별도의 대양주(大洋州)는 남쪽 섬들의 명칭이다. 토지의 풍속이나 인정도 지역이 바뀜에 따라 변한다. 그 갖가지 지식을 알지 못한다면 인간된 보람도 없다. 배워서 얻어야 할 것이라면 뛰노는 아이들에게 배움터에서 문자로 가르치는 것이 첫째라.)

세계를 크게 5대주 다섯 지역(아시아, 아프리카, 유럽, 남·북아메리카)과 大洋州(호주를 비롯한 주변의 섬)로 구분하여 각지의 사정을 기술한 「세카이구니즈쿠시(世界國盡)」(1869)는 일본 전통시가의 음수율인 7·5 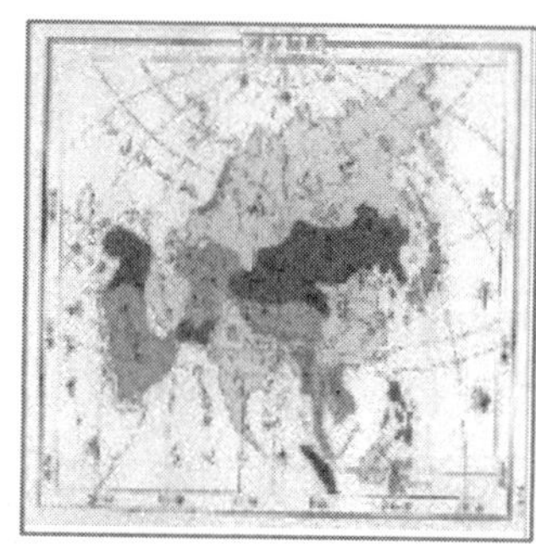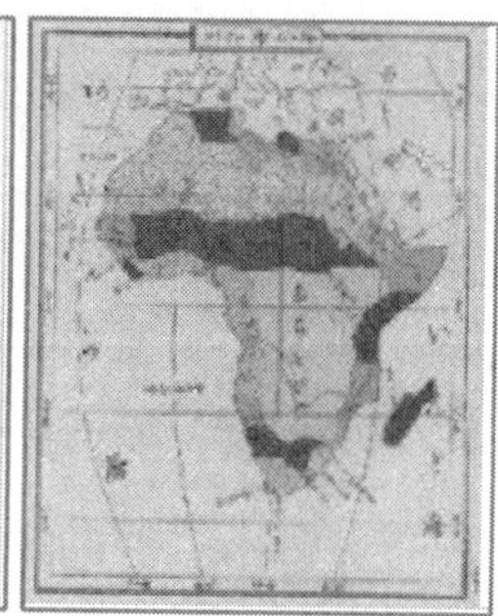 조 율격을 취하고 있어 운율에 따라 쉽고 재미있게 암기할 수 있도록 구성되어 있는데, 이는 1880년대 후반 일본 지리교과서에 사용된 '여행체 기술'보다도 훨씬 앞선 것으로, 형식면에서나 내용면에서도 당시 '세계지리창가'의 원천이 되었다. 오와다 다케키(大和田建樹)의 『지리교이쿠세카이쇼카(地理教育世界唱歌, 지리교육세계창가)』(1900.10), 오타 라쿠카이(太田樂海)의 『지리교이쿠세카이만유쇼카(地理教育世界漫遊唱歌, 지리교육세계만유창가)』(1900.12), 이케베 요시카타(池辺義象)의 『세카이잇슈쇼카(世界一周唱歌, 세계일주창가)』(1901.8), 신보 이와지(新保磐次)의 『가이코쿠치리쇼카(外國地理唱歌, 외국지리창가)』(1902.1) 등이 그것이다.

세계지리창가의 발행사항

곡 명 (발행년월)	절/행		작사 / 작곡	발행처
『地理教育世界唱歌』 (1900.10)	上卷	67/268	大和田建樹/納所弁次郎, 多梅稚	東京賣捌所 (東京)
	下卷	66/264	大和田建樹/山田原一郎, 田村虎藏	
『地理教育世界漫遊唱歌』 (1900.12)	53/232 (부록:6/24)		太田樂海/山田武城	正文堂(東京)
『世界一周唱歌』(1901. 8)			池辺義象/田村虎藏	金港堂(東京)
『外國地理唱歌』(1902. 1)	44/176		新保磐次/田村虎藏	金港堂(東京)

左로부터『地理敎育世界唱歌』上·下,『地理敎育世界漫遊唱歌』,『外國地理唱歌』

　　세계지리창가는 후쿠자와 이래 수많은 선각자들이 선망하였던 서양열강, 즉 러시아, 독일, 프랑스, 영국, 미국에 상당분량을 할애하고 있으며, 그 외의 선진국이라 여겨지는 나라의 모든 문명적 요소를 두루 살핀 후, 태평양을 건너 고국 일본으로 돌아오는 감개를 서사하는 형식으로 되어 있다. 그중 일부를 감상해보자.

〈『地理敎育世界唱歌(지리교육세계창가)』 － 大和田建樹〉

　五、獨逸の東、露西亞の國　入りて先づ訪ふ莫斯科府

　　　さすがは國の舊都とて　名所遺物もいと多し
　　　(독일의 동쪽은 러시아　입국하여 먼저 방문한 모스크바
　　　과연 나라의 옛 도읍인지라　명소와 유물이 많기도 하다)

　三九、ボストン出でゝ八時間　西へ走れば紐育

　　　ハドスン河の河口を　占めて栄ゆる大都會
　　　(보스턴을 나서서 여덟 시간　서쪽으로 달리니 뉴욕
　　　허드슨강의 어귀를　차지하여 번영하는 대도시)

　四〇、海には世界各國の　汽船の出入絶え間なく

　　　陸には內地にゆきかよう　汽車の煙はいと繁し
　　　(바다로는 세계각국의　기선의 출입 그치지 않고
　　　육지로는 일본으로 통하는　기차 연기 더욱 자욱하네.)

〈『**外國地理唱歌**(외국지리창가)』 – **新保磐次**〉

二四、佛の東は獨逸國　文武兼備の國柄にて

醫學兵學、其の外に　獨逸子亦有名なり
(프랑스 동쪽은 독일　문무겸비한 나라로서
의학 병학 그밖에 '독일어린이' 또한 유명하다네)

三四、英吉利國の勢力は　埃及地方と喜望峰
南北かけて盛んにて　縱貫鐵道計劃中
(영국의 세력은　이집트 지방과 희망봉까지
남북에 걸쳐 번창하여　종관철도 계획중이네)

근대철도는 근대 이전엔 상상조차 할 수 없었던 서구세계를 상상 가능케 하였으며, '세계지리창가'는 그 구체적인 길을 안내해준 길잡이가 된 셈이다. 그럼에도 '세계지리창가'가 국내지리를 노래한 '철도창가'에 비해 그다지 어필되지 못했던 것은 일부 특권층을 제외한 민중들의 세계를 바라보는 시선의 확충이 요원했기 때문이다.

3) 그 외의 교육용 창가

이 외에도 당시 창가의 대다수는 국가적 교육사조를 담고 있었다. 일본의 음악교육자 도모다 다케카쓰(供田武嘉津)는 이러한 현상을 메이지신정부의 국가적 목적이었던 '국민통합'과 '부국강병'에 바탕을 두었던 까닭으로 보고 있다.

> 메이지기에 발표된 창가(唱歌)나 노래집(曲集)을 보면, 우선 주목되는 것은 무엇보다도 수많은 군국창가(軍國唱歌)일 것이다. <중략> 그 종류는 군국을 칭송하는 것, 사기를 고무시키는 것, 충군애국(忠君愛國)의 성심을 나타내는 것 등 여러 방면에 걸쳐 있는데, 그 기조를 일관하는 것은 말할 것도 없이 부국강병이라는 국책에 바탕을 둔 국가주의적 교육사조이다.

이는 메이지기 외부와의 전쟁을 도모하고, 또 그 전쟁을 수행하기 위해 학교교육에 '국가주의적 국민교육사조(國民敎育思潮)'가 담긴 '**군국창가(軍國唱歌)**'로서 음악교육을 하고 있었음을 말해준다. 이러한 사조가 담긴 창가 3편을 감상해 보자.

감상

〈「桃太郎(모모타로)」–『教科適用幼年唱歌』より〉

一、桃カラウマレタ　桃太郎、キハヤサシクテ　力モチ、
　　オニガ島ヲバ　ウタントテ、イサンデ家ヲ　デカケタリ。
　　(복숭아에서 태어났다네,　모모타로는 마음은 상냥하고　힘은 장사,
　　도깨비섬 쳐부수려,　용감하게 집을 나섰다네.)

二、日本一ノ　キビダンゴ、ナサケニツキクル　犬ト猿、
　　雉モモロウテ　オトモスル。イソゲモノドモ　オクルナヨ。
　　(일본에서 제일 맛난　수수경단,　인정에 끌려 따라나선　개와 원숭이
　　꿩도 경단 받고　동행하였네,　모두모두 서두르자　늦지 않도록.)

三、ハゲシイイクサニ　大ショウリ。オニガ島ヲバ　セメフセテ、
　　トッタタカラハ　ナニナニゾ。キンギンサンゴ　アヤニシキ。
　　(격렬한 싸움에서 크게 이겼네.　도깨비섬을 항복시키고,
　　빼앗은 보물이 무엇 무엇이더냐 금, 은, 산호에 온갖 비단.)

〈「軍旗(군기)」–『初等唱歌』より〉

一　かしこくも、天皇陛下、御手づから、
　　授け給うた　尊い軍旗、尊い軍旗。
　　(황송하옵게도　천황폐하, 친히
　　하사하신 존귀한 군기, 존귀한 군기.)

二　身をすてて、皇國のために　まつしくら、
　　進む兵士のしるしの軍旗、しるしの軍旗。

(이 한 몸 바쳐서 황국(皇国)을 위해 힘차게
전진하는 상징인 군기, 상징인 군기.)

〈「かぞへ歌(숫자노래)」 ― 『尋常小學唱歌』より〉

一つとや、人々忠義を　第一に　あふげや高き　君の恩　国の恩。
(하나 하면, 사람들 충의를 제일로 우러르세 드높은 천황의 은혜 나라의 은혜.)

二つとや、二人のおや御を　大切に　思へやふかき　父の愛　母の愛。
(둘 하면, 두 분 부모님을 소중하게 새겨두세 깊은 아버지 사랑 어머니 사랑.)

三つとや、みきは一つの　枝と枝　仲よく暮せよ　兄弟　姉妹。
(셋 하면, 뿌리는 하나 줄기와 줄기, 사이좋게 살아보세 형제자매여.)

四つとや、善き事たがひに　すゝめあひ　惡しきをいさめよ　友と友　人と人。
(넷 하면, 좋은 일은 서로 권하고, 나쁜 일은 충고하세 친구끼리 사람끼리.)

五つとや、いつはりいはぬが　子供らの　學びのはじめぞ　慎めよ　いましめよ。
(다섯 하면, 거짓말은 하지 않는 것이 아이들의 배움의 시작이라. 삼가세 훈계하세.)

六つとや、昔を考へ　今を知り　學びの光を　身にそへよ　身につけよ。
(여섯 하면, 옛 것을 생각하여 현실을 알고 형설지공 갖추어 몸에 익히세.)

七つとや、難儀をする人　見るときは　力のかぎり　いたはれよ　あはれめよ。
(일곱 하면, 어려움에 처한 사람을 볼 때는 힘닿는 대로 돌보세 긍휼히 여기세.)

八つとや、病は口より　入るといふ。飲物　食物　気を附けよ　心せよ。
(여덟 하면, 만병은 입으로 들어온다네, 먹을 것 마실 것 주의하세 마음에 두세.)

九つとや、心はかならず　高くもて　たとひ身分は　ひくゝとも　軽くとも。
(아홉 하면, 포부는 최대한 높게 가지세, 비록 신분은 낮더라도 천할지라도.)

十とや、遠き祖先の　をしへをも　守りてつくせ　家のため　国のため。
(열 하면, 옛 조상의 가르침도 지켜나가세 가문을 위해 나라를 위해.)

이러한 '군국창가'는 학교 교육용 창가로서 보급되었고, 그것이 아동의 입을 거쳐 일반
인에게 전파되면서, 전국적으로 확산되게 되었다.

3.2 군가(軍歌)

일본군가의 기원에 대한 공식적인 견해는, 1868(M1)년 유신전쟁(維新戰爭) 때 관군
(東征軍)이 에도로 진군하던 중에 불렀던 행진가 「돈야레부시(トンヤレ節, 일명 宮さん宮
さん)」[52]로 보는 견해와, 군사제도가 확립된 후 도야마 마사카즈(外山正一)가 작사한 「밧
토타이(拔刀隊, 발도대)」[53]를 일본 최초의 군가로 보는 견해 두 가지이다. 군사제도가 확
립된 시점(1882.1)과 제도상 군가가 처음으로 확립된 시점(1885.12)으로 본다면 후자의
견해가 설득력이 있으나, 『니혼다이햣카젠쇼(日本大百科全書)』에서 일본군가(日本軍
歌)의 범위를 메이지 이후로 정의하였고, 또 「돈야레부시(トンヤレ節)」의 작곡자가 일본
육군의 창설자 오무라 마스지로(大村益二郎)였다는 점에서 전자도 배재할 수는 없다.

1) 메이지(明治)기의 군가

메이지기 외부와의 전쟁을 위한 군가는 청일전쟁 조짐이 보이면서부터 점진적으로 만
들어지기 시작하였다. 일본정부는 도야마 마사카즈(外山正一), 야마다 비묘(山田美妙),
이자와 슈지(伊沢修二), 나가이 겐시(永井建子) 등 당시 톱클래스의 일본문학자와 음악
가를 동원하여 청일전쟁의 당위성과 적개심을 유발할 수 있는 군가제작을 의뢰하였다.
「기타래야기타래(来れや来れ, 올테면 오너라)」(1888), 「데키와이쿠만(敵は幾萬, 적은
몇만)」(1891), 「미치와롯퍄쿠하치주리(道は六百八十里, 길은 육천팔백리)」 등은 이들
에 의해 만들어진 대표적인 군가이다.

군가(軍歌) 역시 와카의 7·5조 운율에, 적개심을 환기시키는 과격하고 절실한 내용을
담아낸 까닭에 내용면에서는 신체시(新體詩)의 흐름에, 음악적 형식면에서는 창가(唱

---

52 「돈야레부시(トンヤレ節)」 : 1868(M1)년 유신전쟁(維新戰爭) 때 관군(東征軍)이 에도로 진군하던 중
에 불렀던 행진가로, 당시 조슈(長州)번의 번사(藩士)였던 시나가와 야지로(品川彌二郎)가 작사하고,
일본육군 창설자였던 오무라 마스지로(大村益二郎)가 작곡하여 군대 내에서 부르게 하였던 관제軍歌
이다. 「宮さん宮さんお馬の前でヒラヒラするのはなんぢやいな あれは朝敵征伐せよとの錦のみ旗だ知らな
いかトコトンヤレナー」를 가사내용으로 하고 있어, 「미야상 미야상(宮さん宮さん)」이라고도 한다.
53 「밧토타이(拔刀隊, 발도대)」 : 교육자이자 시인이었던 도야마 마사카즈(外山正一)가 도쿄대학 문학부
장 시절인 1882년(M15) 「東洋學藝雜誌」 第8號(5月25日發行)에 발표했던 것으로, 한시(漢詩)나 와카
(和歌), 하이카이(俳諧)와는 다른 새로운 신체시 형식을 띠고 있다.

歌)에 연접해 있다. 이 당시 전쟁과 연동하여 국가 차원에서 제작 보급된 군가(軍歌)는 군가 본연의 목적, 즉 '군인들의 단결이나 사기진작' 혹은 '전쟁 중 적개심 고취' 보다는 '전쟁참여형 황국신민(皇國臣民) 만들기'에 더 큰 목적을 두고 있었으므로, 군가의 보급 역시 폐쇄된 군대보다는 오히려 초등교육을 통한 보급이 더 활성화되어 있었다. 그 대표적인 것이 청일전쟁 발발 직후 발간된 군가집 『다이쇼군카(大捷軍歌, 대첩군가)』[54]와 러일전쟁 시기 문부성에 의해 발간된 군가집 『센소쇼카(戰爭唱歌, 전쟁창가)』이다.

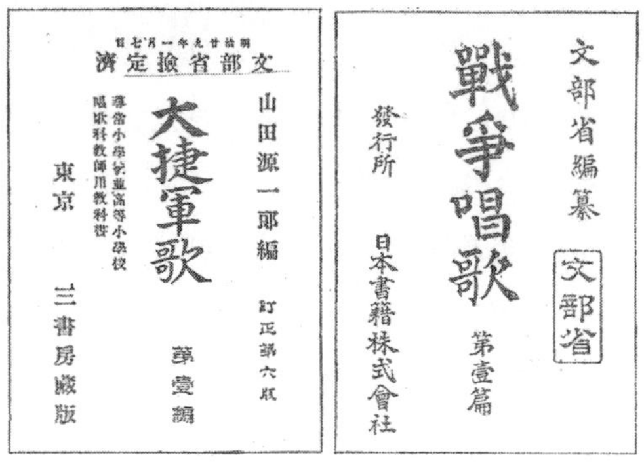

『大捷軍歌』と『戰爭唱歌』

먼저 청일전쟁 시기 아동용 군가인「세이칸노타타카이(成歡の戰, 성환전투)」일부를 감상해 보자.

〈「成歡の戰(성환전투)」－『大捷軍歌』より〉

一、知らずや日に々々々文は進み　武も亦かゞやく日本海
　　隔つる隣の國を救ふ　仁義の軍の勇ましさを
　　(어느새 나날이 문명은 진보하고 무용 또한 찬란하다 일본해
　　뒤떨어진 이웃나라를 구하려는 의로운 군대의 용맹함이여)

二、韓廷ちからを我れに仰　いざ先牙山の敵を逐へ
　　七月二十七まだ夜深く　三軍肅々枚をふくむ
　　(한국조정 힘을 우리에게 요청하니 자, 우선 아산의 적군을 물리치려네
　　7월 27일 아직 밤은 깊어 삼군 엄숙히 숨을 삼키네)

七、弱きを扶けて暴きをうち　幼きからくに導き行(ゆ)く
　　仁義にいでたる我がいくさの　捷ちしはまことに天の心
　　(약자를 돕고 난폭한자 쳐부수려 어리석은 조선 이끌어가려고

---

54 『다이쇼군카(大捷軍歌、だいしょうぐんか)』: 청일전쟁 시기 도쿄음악학교(東京音樂學敎) 교수였던 야마다 겐이치로(山田源一郎, 1870~1927, 후에 私立女子音樂學敎 校長, 日本音樂學校 校長을 역임함)가 1894(M27)년 11월 제1편을 펴낸 이후 1897(M30)년 1월의 제7편까지 약 40여곡의 軍歌를 수록하여 초등학교 고학년 아동에게 교육한 일본 최초의 군가집이다.

인의로 나선 우리군대의 승리는 진정 하늘의 뜻일세)

야마다 겐이치로(山田源一郎)가 이 군가집의 서언(序言)에 "용감무쌍한 국민의 상속
자가 되는 제2국민을 교육할 책임"과 "아동들 스스로 의용봉공의 장한 뜻(壯志)을 깨닫
고 적개심을 환기할 수 있는 방안"임을 밝히고 있듯이,『다이쇼군카(大捷軍歌)』에 수록
된 모든 군가는 청일전쟁의 필연성과 당위성을 주요 내용으로 하고 있다. 이 또한 아동은
물론 아동을 통해 일반 가정에까지 전파될 것을 염두에 두고 있어 창가와 유사한 목적을
지니고 있다.

이어서 문부성에 의해 동일한 목적으로 발간된 군가집『센소쇼카(戰爭唱歌)』의 첫 곡
「러시아세이토노우타(ロシヤ征討の歌, 러시아정벌의 노래)」의 일부를 감상해 보자.

〈「ロシヤ征討の歌(러시아정벌의 노래)」 － 『戰爭唱歌』より〉

一、討てや討て討て　ロシヤを討てや　わが東洋の平和を亂す
　　敵ロシヤを討て討て討てや　わが帝國の國利を侵す
　　敵ロシヤを討て討て討てや
　　(쳐부수자 쳐부쉬 러시아를 쳐부수자　우리 동양 평화를 어지럽히는
　　적 러시아를 쳐부수자 쳐부쉬　우리 제국의 이익을 침해하는
　　적 러시아를 쳐부수자 쳐부쉬)

四、交渉重ぬる半歳ばかり　柱げず讓らぬそれのみならず
　　韓の境をはやくも侵し　軍備いや增す陸に海に
　　あーこれが平和を愛する所爲か
　　(교섭을 거듭하기를 반년 남짓　굴하지 않고 양보치 않을 뿐 아니라
　　한국 국경을 이미 침범하고　군비를 증강하여 육지로 바다로
　　아아 이것이 평화를 사랑하는 소행인가)

청일전쟁(1894~95)에 이어 10년 만에 다시 러일전쟁(1904~05)을 일으킨 일본은, 국
가의 사활을 걸고 수행하는 이 두 번의 전쟁에 전 국민의 적개심을 환기시키고자 이러한
내용의 군가를 만들어 초등교육과정에 투입하였다. 위의 군가를 필두로 일본 정부는 주요
해전(海戰) 및 육전(陸戰)에서 분전하는 과정과 승리의 개가를 서사하는 군가도 상당수

제작 보급하였다.

　러일전쟁의 승리로 동북아 패권을 장악하였다고 여긴 일본은 이후 승전기념용 군가집 제작을 시도하였다. 그 대표적인 것 중 하나가, 전쟁의 승리를 통하여 해외진출로 이어가기 위한 목적으로 제작한 오와다 다케키(大和田建樹)의 『만칸테쓰도쇼카(滿韓鉄道唱歌, 만한철도창가)』이다. 출발점은 일본이며, 그 노정은 시모노세키(下関)에서 '관부연락선(関釜連絡船)'으로 현해탄을 건너 부산에 도착하여, 부산에서 경부선열차로 경성까지, 또 경성에서 경의선열차로 압록강철교를 건너, 만주를 거쳐 뤼순(旅順)까지이다. 그 감개를 노래하는 첫 절과, 주요부분을 감상해보자.

〈『滿韓鐵道唱歌(만한철도창가)』 － 大和田建樹〉

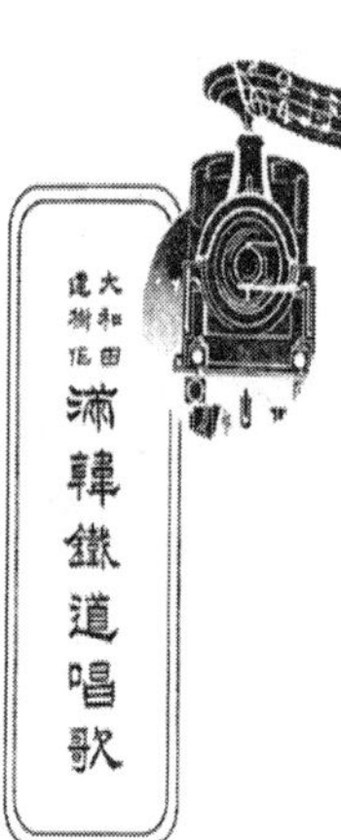

一、汽笛の響　いさましく　　馬関を跡に　漕ぎ出でて
　　蹴破る荒波　百海里　　鶏林八道　いづかたぞ
　　(뱃고동 힘차게 울리며　시모노세키 뒤로하고 저어나와
　　박차고 온 거친파도 100해리　계림팔도 어디라드냐)

二、日本海の　海戦に　　大捷得たりし　対馬沖
　　あれよと指さす　程もなく　　船は釜山に　着きにけり
　　(일본해(동해) 해전에서　크게 승리하였네 대마도 앞바다
　　여기라 가리킬 겨를도 없이　배는 부산에 다다랐다네)
　　　　　　　　　：

五、三百尺の　山上に　　築き棄てたる　残塁は
　　小西行長　千載の　　雄図を示す　好記念
　　(삼백 척 산위에 쌓아 버려둔 잔루(残塁)는
　　고니시 유키나가 오랜 세월의　웅도(雄図)를 표하는 좋은 기념일세)
　　　　　　　　　：

七、勿禁駅の　甑城は　　威風草木を　靡かせて
　　鬼と呼ばれし　清正が　　敵を防ぎし　蹟とかや
　　(물금역의 증성(甑城)은　위엄있는 초목을 복종케 하네
　　귀신이라 불린 기요마사가　적을 물리친 자취이런가)
　　　　　　　　　：

十、豊太閤の　征韓軍　暫くここに　留まりて
其名を残す　倭館駅　偉志千年に　朽ちもせず
(도요토미 각하의 정한군　잠시 여기에 머물며
그 이름 남긴 왜관역　위대한 뜻 천년 되도 썩지 않으리)

:

十七、かしこに見ゆる　牙山まで　過ぎし日清　戦役の
面影みゆる　苦戦の地　思へば夢か　夢ならず
(저기 보이는 아산까지　지난날 청일전쟁의
모습 선하다 분전의 땅　생각하면 꿈인가 꿈은 아니지)

:

五五、乃木将軍が　苦戦し　名誉の陸は　ここなるぞ
広瀬中佐が　戦死せし　名誉の海は　ここなるぞ
(노기장군[55] 분전하던　명예의 땅은 이곳이라네
히로세중령[56] 전사케 했던　명예의 바다는 이곳이라네)

:

六十、ああ清国も　韓国も　共に親しき　隣国ぞ
互いに近く　行きかひて　研かん問題　数多し
(아아 청국도 한국도　모두 친근한 이웃 나라라네
서로 가까이 왕래하여서　풀어갈 문제 많고 많도다)

　러일전쟁의 승리로 만주를 손에 넣은 일본에 있어 만주와 한국을 경영하는 일은 당면한 필수과제였다. 때문에『만칸테쓰도쇼카(滿韓鉄道唱歌)』총60절 분량의 서사체계는 침략전쟁에 대한 기억과 이의 재현을 통한 기념비 구축에 집중되어 있다. 이의 편자 와타나베 간조(渡辺官造)가 "만주와 한국의 지리(滿韓地理)를 잘 알게 하여 만주와 한국의 경영에 대한 포부를 품게 하고자 한다."고 서문에 명기하였듯이, 장차 일본 제국을 이끌어 갈 일본소년들에게 국가적 목적에 대한 비전을 심어주고자 한 미래지향적 군가인 것이다.

---

55 노기 마레스케(乃木希典, 1849.12~1912.9) : 육군대장. 러일전쟁 때 관동주(귀순)공격을 지휘한 사령관으로, 러시아 장군 '스테셀'과 단독으로 면담하여 조약을 성사시킨 업적과, 메이지천황이 사망하자 장례식 당일 부인과 함께 할복자살함으로써 충군애국의 표본이 된 인물이다.

56 히로세 다케오(広瀬武夫, 1868.7~1904.3.27.) : 러일전쟁 때 2회 뤼순항 폐쇄전에서 군함 후쿠이마루(福井丸)를 지휘한 해군장교. 부하들의 안위를 살피고 자신은 순직하여 군인정신을 드높인 인물.

2) 쇼와(昭和)기의 군가

다이쇼(大正)기의 일본은 대체로 평화로운 시기였기 때문에 군대 자체에서 군가가 만들어졌을 뿐, 전쟁을 소재로 한 군가는 거의 만들어지지 않았다. 그러나 쇼와기 들어 만주사변(1931)을 기점으로 군가제작이 다시 활성화되었고, 그것이 중일전쟁기 (1937~1940)에 급격히 양산 보급되게 되었다. 이 시기의 군가는 관제(官製)군가보다는 민간인에 의한 사제(私製)군가가 라디오나 레코드 등 대중매체를 통하여 일반인에게까지 널리 전파되고 애창되었다. 그중 육군성이 선정한 「아이바신군카(愛馬進軍歌, 애마진 군가)」이다.

감상

〈「愛馬進軍歌(애마진군가)」－『初等唱歌』より〉

一、くにを出てから　幾月ぞ、共に死ぬ気で　この馬と、
　　攻めて進んだ、山や河、執つた手綱に　血が通ふ。
　　(고향을 떠나온 지 몇 해이던가! 이 말과 함께 죽을 각오로,
　　공격해 나아갔네, 산 넘고 물 건너, 움켜쥔 말고삐에 피가 서린다.)

二、昨日陷した　トーチカで、今日は假寝の　たかいびき、
　　馬よぐつすり　眠れたか、明日の戰は　手強いぞ。
　　(어저께 함락한 토치카에서 오늘은 선잠에 심한 코골이,
　　애마여 푹 잤느냐? 내일 전투는 힘들 거야.)

六、お前の脊に　日の丸を、立てて入城、この凱歌。
　　兵に劣らぬ　天晴の　勳は、永く　忘れぬぞ。
　　(너의 등에 일장기를, 세우고 입성, 이 개가.
　　병사에 못지않은 눈부신 공훈은, 영원히 잊을 수 없어라.)

이어서 태평양전쟁 시기에 이르면 기존의 군가도 이 시기에 맞는 내용으로 개사(改詞)되어 보급되게 되었고, 새로 제작되는 군가도 황실찬양, 출전용사의 각오, 혹은 전쟁

의기를 고취시킬 수 있는 군가만이 허용되었다. 황군으로서 전의를 불태우는 내용의「센유(戰友, 전우)」, 비행기와 함께 산화한 무명의 아홉 용사의 무공을 소재로 한「구유시(九勇士, 아홉 용사)」, 앞서간 선열들을 뒤따라 전사하리라는 맹세로 일관하는「주레이토(忠靈塔, 충령탑)」가 대표적이다.

〈「戰友(전우)」－『初等音樂』より〉

一、草むすかばね大君の　しこのみたてと出でたちて、
　　鐵火のあらし、弾の雨、くぐりて進むきみとわれ。
　　(풀로 덮인 시체, 천황을 지키는 방패 되려고 나섰네,
　　포화의 폭풍 빗발치는 총탄 뚫고 전진하는 너와 나.)

二、死なば同じ日、おなじ時。おくれさきだつことあらば、
　　骨ひつさげて突撃と、ちかひかはししきみとわれ。
　　(죽는다면 같은 날 같은 시간에 앞서거니 뒤서거니 하여도,
　　목숨 걸고 돌격하겠노라고 맹세를 주고받던 너와 나.)

三、御稜威あまねき大東亜、朝日の御旗行くところ、
　　あたなす敵のあるかぎり、　撃ちてしやまん、きみとわれ。
　　(천황의 위광 두루 미치는 대동아 일장기 가는 곳마다,
　　원수의 적군이 있는 한 쳐부수고 말리라 너와 나.)

〈「九勇士(아홉 용사)」－『初等音樂』より〉

一、生きてかへらぬ決心を、うたや言葉にかきのこし、
　　六千キロの海こえて　襲ふハワイの　真珠湾。
　　(살아서 돌아오지 않을 결심을 노래와 말로 남고 놓고서,
　　육천킬로 바다 건너 공습하네 하와이 진주만.)

二、月の光も青い夜、われ襲撃に成功の
　　がいかを送り、二度とまた　かへらぬ、特別攻撃隊。
　　(달빛도 푸른 밤 아군 습격으로 성공의
　　개가를 보내고, 끝끝내 돌아오지 못한 특별공격대.)

三、花とその身は散つたけど、もゆるまことは、いつまでも
　　われらの胸にいきかへり、み國をまもる　九勇士。
　　(몸은 비록 꽃으로 산화되었어도 불타는 충성심은 언제까지나
　　우리들 가슴에 되살아나리 나라를 지킨 아홉 용사.)

〈「忠靈塔(충령탑)」 − 『初等音樂』より〉

一、勇士らは、生命をささげたり。勇士らは、戦にうち勝てり。
　　そのみたま、ほほ笑みてここにあり。いま仰ぐ忠霊の塔高し。
　　(용사들은 목숨을 바쳤노라 용사들은 전쟁에 승리하였노라
　　그 영혼 미소지며 여기있노라 지금 우러르는 충령탑 드높아라!)

二、勇士らのあとをつぐわれらなり。勇士らのいさをしをしのびつつ、
　　ふるひたち、戦に戦はん。いまちかふ、忠霊の塔の前。
　　(용사들의 뒤를 잇는 우리들이라 용사들의 무공을 기리면서
　　분기하여 전투에 임하리라 지금 맹세하네 충령탑 앞에서.)

　　1945년 패전과 더불어 일본 정부의 공식적인 군가의 제작은 중단되었다. 헌법상 군대 보유가 금지되었기 때문이다. 그럼에도 자국 방위를 위해 창설된 '자위대'의 공식행사에

서 기존의 군가나 군악이 그대로 사용되거나, 가사를 자위대 사양으로 바꾸어[57] 가창해 왔는데, 이러한 '자위대'의 노래는 '대가(隊歌)'로 지칭되었다.

『다이닛폰군카슈(大日本軍歌集)』 홈페이지 첫 면의 "현대 일본에서 군가의 존재의의를 묻는다면, 오늘날 평화의 초석을 구축하였던 영령에 대한 진혼가"라는 글이 말해주듯 일본군가는 현재까지도 '평화의 초석을 구축하였던 영령에 대한 진혼가'로서 막중한 의미부여와 함께 끈질긴 생명력을 유지하고 있다.

3.3 엔카(演歌)

1) 메이지(明治)기의 엔카(演歌)

초창기의 엔카는 현실정치를 풍자하는 노래, 다시 말하면 조슈(長州)번의 파벌정치에 대한 비판을 반영한 프로테스트송(*Protest Song*, プロテストソング)[58]이었는가 하면, 국민의 안위보다는 전쟁수행에 총력을 기울인 정부가 쏟아낸 갖가지 정책으로 인한 사회적 불안과 주장을 담아낸 일종의 '운동가'로, 이른바 '자유민권운동'의 산물이었다. 당시 정치인들의 가두연설에 대한 단속이 강화되면서 자신의 연설내용을 패러디한 노래를 만들어 소시(壯士)[59]나 엔카시(演歌師)[60]에 의해 전파하

壯 士

였는데, 이들 노래는 연설과 함께 불린데다 강한 주의(主義)·주장(主張)을 담았다는 점에서 '연설가(演說歌)'에서 연가(演歌)를 따서, 일본어 발음으로 '엔카(演歌)'로 정착되기 시작하였다.

연설가(演說歌)시대의 엔카(演歌)는 메이지 신정부의 '국민 만들기' 일환으로 보급되었던 '창가(唱歌)'나 제국으로의 확장을 위하여 보급하였던 '군가(軍歌, 軍國歌謠)'에서는 찾아볼 수 없는 재야정치인들의 주장을 담아내고 있어 상반된 의미를 지닌다. 이를 내

---

57 자위대의 공식적인 의전 행사 등에서 「軍艦行進曲」이나 「敵は幾万」 「愛馬進軍歌」 「月月火水木金金」 등 기존 군가가 연주됨은 물론, 직종에 따라 군가를 계승하고 있는 경우(보통과의 「步兵の本領」, 야전특과의 「砲兵の歌」, 空挺의 「空の神兵」)도 허다하다.

58 프로테스트송(*Protest Song*, プロテストソング) : 사회나 체제에 대한 항의, 즉 반체제의 의미를 가사에 담은 노래. 저항의 노래, 선전 선동의 노래, 연설의 노래, 민권의 노래, 운동의 노래, 민주의 노래 등.

59 소시(壯士) : 1880년대 '자유민권운동' 시기에 정당에 소속되어 가두(街頭)나 연설회(演說會) 및 조직에서 활동한 직업적인 정치운동가로, 주로 몰락한 사족이나 자작농의 자제가 많았다.

60 엔카시(演歌師) : 메이지시대 말기에서 쇼와시대 초기까지) 거리에서 바이올린에 맞추어 노래를 부르며 노래책을 팔던 사람.

용면에서 보면 시국에 분개하는 난폭하고 격심한 비분강개 스타일이 대부분이었으며, 제목도 없는 경우가 많았다. 때문에 초창기의 엔카(演歌)는 음악적 요소보다는 문학적 요소에 치중한, 민중의 현실자각에 대한 거친 음조(音調)의 문학적 표출이었다.

アフガニスタンやビルジスタン　安南ビルマ印度國
其他無數の小邦　皆是れ佛英の植民地
詮じ來れば東洋は　泰西諸國の權勢に
蹂躙せられて對等の　地位を保てる国はなし
悲憤慷慨胸に滿つ。

(아프가니스탄과 파키스탄　베트남 버마 인도국
기타 무수한 작은 나라들　이 모두가 프랑스와 영국의 식민지
요컨대 동양은　서양 여러 나라의 권세에
유린당하여, 대등한　지위를 보전하는 나라는 없다네.
비분강개함이 가슴에 차오르네.)

청일전쟁 이후 독보적인 엔카시(演歌師)는 단연 소에다 아젠보(添田啞蟬坊)[61]이다. 그는 1899년 공창폐지운동을 계기로 요코에 뎃세키(横江鉄石)와 공동으로 만들어 발표한 「스트라이키부시(ストライキ節, 동맹파업의 노래)」는 하루아침에 일자리를 잃은 창기(娼妓)들의 애환에, 기생지주(寄生地主)들이 다액납세의 원이 되어 정계에 진출하는 세태를 날카롭게 비판하고 있어 크게 이슈가 되었다. 이후 사회운동을 주제로 한 엔카 중 몇 차례 개사되는 과정에서 엄청난 파급력을 드러낸 「샤카이도랏파부시(社會黨ラッパ節, 사회당 랏파부시)」(1904)[62]이다.

添田啞蟬坊

---

61 소에다 아젠보(添田啞蟬坊, 1872~1944) : 본명 히라기치(平吉), 가나가와(神奈川)현의 한 농가에서 차남으로 태어난 소에다 아젠보는 14세 되던 해 아버지를 따라 숙부집이 있는 도쿄로 상경하여 요코스카(横須賀)에서 노무자 생활을 하면서 살아가고 있던 중, 당시 청춘의 비분강개를 노래하던 엔카시(演歌師)에 감격하여 스스로 엔카의 세계에 빠져든 이후, 모순된 사회와 실생활에서 소재를 얻은 「스트라이키節」를 비롯하여 180여곡에 가까운 수많은 엔카를 만들어 보급하였다. 「社會黨ラッパ節」를 계기로 사회주의에 천착하게 되나, 정치에 염증을 느끼고 '노래하는 언론인'으로서 독자적인 길을 가게 된 당시 독보적인 엔카시(演歌師)이다.

62 샤카이도랏파부시(社會黨ラッパ節, 사회당 랏파부시) : 원래 「랏파부시」는 비교적 평범한 내용이었는데, 도쿄 소재 세 電車회사가 담합하여 요금을 인상한 것에 시민반대운동이 일어난 것을 계기로 개사한 「ラッパ節(電車問題·市民と會社)」는 '시민이 이르기를(市民日く)', '사회가 이르기를(會社日く)' 이라

〈「社會黨ラッパ節(사회당 랏파부시)」 – 添田啞蟬坊〉

一、華族の妾のかざしに　ピカピカ光るは何ですえ
　　ダイヤモンドか違います　可愛い百姓の膏汗　トコトットット
　　(화족의 애첩의 머리장식에　반짝반짝 빛나는게 무엇이드냐?
　　다이아몬드일까? 아니라오 가련한 농민의 피땀이라오 뚜두둑 뚝뚝)

二、當世紳士のさかづきに　ピカピカ光るは何ですえ
　　シャンーペンか違います　可愛い工女の血の涙　トコトットット
　　(요즘 신사의 술잔에　반짝반짝 빛나는게 무엇이드냐?
　　샴페인일까? 아니라오 가련한 여공들의 피눈물이라오 뚜두둑 뚝뚝)

三、大臣大將の胸先に　ピカピカ光るは何ですえ
　　金鵄勳章か違います　可愛い兵士のしゃれこうべ　トコトットット
　　(대신 대장 가슴팍에　반짝반짝 빛나는게 무엇이드냐?
　　금치훈장일까? 아니라오 불쌍한 병사 깡마른 모가지 뚜두둑 뚝뚝)
　　　　　　　　　　　　　：

九、あはれ掌車や運轉手　十五時間の勞動に
　　車のきしるそのたんび　我と我身をそいでゆく　トコトットット
　　(불쌍한 차장과 운전수　열다섯 시간 중노동으로
　　차가 삐걱거릴 때마다 저와 제 몸을 깎아간다오 뚜두둑 뚝뚝)

　　러일전쟁 이후 아젠보는 전쟁특수에 의한 모순적 자본주의에 대항하기라도 하듯, 이에 소외되어 전락해가는 민중들의 현실을 고발하기라도 하듯, 사회주의적 시각이 충일한 엔카(演歌)로 일관하였다. 「아! 금권 세상(ああ金の世)」에서는 전쟁특수로 자본축적에 성공한 자본가들의 황금만능주의를 신랄하게 꼬집었으며, 「아ー와카라나이(ああわからない, 아ー모르겠네)」에서는 서민들의 궁핍한 생활은 아랑곳없이 문명개화를 부르짖는 지식층을 호되게 비판하였다.

는 대화체형식의 내용으로 삽시간에 확산되어 큰 반향을 일으켰다. 이를 계기로 사회주의 지도자 사카이 도시히코(堺利彦)의 주목을 받게 되었고, 사카이로부터 사회당 당가(黨歌)를 의뢰받게 되어 「사카이도랏파부시(社會黨ラッパ節)」로 개사 발표되었다.

〈「ああわからない(아ー 모르겠네)」ー 添田啞蟬坊〉

ああわからないわからない　今の浮世はわからない

文明開化というけれど　表面ばかりじゃわからない

瓦斯や電気は立派でも　蒸汽の力は便利でも

メッキ細工か天ぷらか　見かけ倒しの夏玉子

(아 모르겠네 모르겠어 요즘 세상은 모르겠네

문명개화라고는 해도 겉만 봐서는 모르겠네

가스와 전기는 훌륭해도 증기의 힘은 편리하여도

도금이드냐 덴푸라드냐 외관만 번지르르 썩은 계란.)

2) 다이쇼(大正)기의 엔카(演歌)

'부국강병'의 기치 아래 대내외적으로 강력한 정치력을 행사해 왔던 메이지시대가 종식되면서 부여된 모종의 해방감은 요시노 사쿠조(吉野作造)[63]의 민본주의(民本主義)와 어우러져 다이쇼기는 민중의 힘이 정치권을 흔드는 광경이 속출했다. 지방 중소도시 중간 계층을 중심으로 일어난 군비축소운동이 전국적으로 확산되는가 하면, 제1차 세계대전 (1914~1918)의 참전 결정, 러시아혁명(1917) 간섭을 위한 시베리아 출병 선언(1918. 8.2)을 빌미로 또다시 전쟁분위기를 조성하는 정부에 대해 민중들은 일제히 반기를 들었다. 이같은 파병결정은 쌀 수요급증을 겨냥한 매점매석으로 이어졌고, 급기야 유례없는 쌀소동(米騷動)[64]으로 이어졌다. 애써 농사를 지어도 쌀밥 한 끼 제대로 먹을 수 없는 상황에서 민중들의 분노를 더욱 치닫게 한 사건은 도쿄시장 다이나 지로(田稲次郎)의 콩지게미(豆粕)식사의 권장이었다. 「마메카스송(豆粕ソング, 콩지게미 노래)」은 이를 배경으로 만든 엔카이다.

---

63 요시노 사쿠조(吉野作造) : 일찍이 서양의 민주주의(*Democracy*)에 심취하였던 요시노 사쿠조는 1901년 도쿄제국대학 법과에 입학, 1904년 졸업 후 바로 동 대학원에 진학하여 학업과 연구, 강의를 병행하였다.(1915년 박사학위 취득) 그 동안에 3년간 구미유학을 마치고 귀국하여 「中央公論」에 정치평론을 발표하던 중, 1916년 「中央公論」에 논문 「헌정의 참뜻을 주창하여, 유종의 미를 거둘 것을 논함(憲政の本義を説いて其有終の美を済すの途を論ず)」을 발표한 이후 다이쇼데모크라시(大正デモクラシー)의 대표적 이론가로 부상하였다.

64 쌀소동(米騷動) : 1918년 7월 7일 도야마(富山)현 여성들이 쌀의 현외(県外) 유출과 쌀 선적 중지를 요구하였던 것이 발단이 되어, 8월 2일 시베리아 출병 선언이 도화선이 되었다. 8월 3일~5일에 걸쳐 도야마만 일대에 수백 명의 여성들이 모여 "쌀을 달라"며 외치고 나선 것을 시작으로 순식간에 전국으로 확산되었다. 이에 당황한 정부는 신문보도를 금지하고 군대를 동원하여 진압하려 했지만, 참가자만도 100만 명이 넘는 자연발생적인 쌀소동은 9월 17일까지 계속되었다.

〈「豆粕ソング(콩지게미 노래)」 – 添田啞蟬坊〉

一、高い日本米はおいらにゃ食へぬ　おいらそんなもの食はずとも、よ

　　どんなへんなもの食はされたとても　生きていられりゃそれでよい
　　(비싼 일본쌀 우리들은 못먹네 우리들은 그런 것 먹을 수 없죠, 예
　　아무리 이상한 것 먹으라 하여도 살아갈 수만 있다면 그걸로 감지덕지지요)

四、食へるものでさへありゃ文句いはぬ　どうせ好いたもの食へやせず

　　うまいまづいは申さぬときめて　今日も豆の粕、明日も粕
　　(먹을 것만 있다면 불평마세요 어차피 좋은 것 먹을 수 없으니
　　맛있다 맛없다 말하지 말기로 해요 오늘도 콩 지게미, 내일도 지게미)

이 외에 당시의 미곡정책을 풍자하는 「오쿠니부시(お国節)」와 「신와카라나이부시(新わからない節)」 등을 비롯한 몇몇 엔카(演歌)도 민중들의 호응을 얻으며 삽시간에 전파되어 정치권을 뒤흔들었다.

다이쇼데모크라시(大正デモクラシー)의 가장 큰 이슈는 말할 것도 없이 사회적 경제적 평등을 강조하는 사회민주주의의 지향, 즉 민중이 정치에 참여할 수 있는 보통선거권의 획득이었다. 이는 요시노 사쿠조의 민본주의 취지였던 '어떻게 하면 국민이 좋은 정치주체가 될 것인가?' 보다는 '어떻게 좋은 정치인을 선택하고 감독하는가?' 와도 상통한다. 요시노의 이같은 이론에 힘입어 민중들의 언론과 집회, 결사의 자유에 대한 요구가 확산되어 갔으며, 이에 호응하여 보통선거에 대한 운동도 활기를 띠었다. 여기에 엔카가 더욱 상승작용을 하였는데, 다음은 도쿄·오사카 등 대도시에서 유행하였던 「데모크라시부시(デモクラシー節, 민주주의 노래)」이다.

〈「デモクラシー節(민주주의 노래)」 – 倉持愚禪〉

一、労働神聖と口にはいへど　おらに選挙権をなぜくれぬ

　　ヨーイヨーイ　デモクラシー

　　(노동은 신성하다고 말은 하면서 왜 우리에겐 선거권을 안주나요?
　　요-이 요-이 민주주의여)

二、稲は誰が刈る　木は誰が樵る　おらに選挙権なぜくれぬ

ヨーイヨーイ　デモクラシー

(벼는 누가 베고 나무는 누가 하나요?
왜 우리에겐 선거권을 안주나요?
요-이 요-이 민주주의여)

〈「デモクラシー節(민주주의 노래)」 − 添田啞蟬坊〉

近ごろはやりのデモクラシー　近ごろはやりのデモクラシー

高い敎壇で反(そ)りかへり　口角泡をふきとばす

それが學者の飯の種　ナンダイ飯の種　デモクラシー
(요즘 유행하는 민주주의는 요즘 유행하는 민주주의는
높은 단상에서 거드름피우며 입에 거품 물고 논쟁하는 것
그것이 학자의 밥줄이라네 까다로운 밥줄 민주주의)

이처럼 러일전쟁 직후부터 엔카의 추이는 민중들의 사회적 이슈나 민중운동 성향의 엔카가 주류를 이루었다. 러시아와의 강화조약 체결을 반대하는 시민운동, 군비확장반대운동, 악세폐지운동, 군비축소운동, 보통선거 요구, 쌀 파동, 노동문제 등이 엔카의 주요 소재로 부상하여 다이쇼데모크라시(大正デモクラシー)와 상호 연동한 발전양상을 드러내고 있었다.

그러는 한편, 새로이 신형유행가가 등장함으로써 엔카 발전의 새로운 국면을 보여주기도 하였다. 아사쿠사(浅草)의 오페라가 대중의 인기를 모으면서 오페라 삽입곡과, 문학작품을 무대에 올리면서 운문화가 이루어짐에 따라 그것이 새로이 유행가의 대열에 합류하게 된 것이다. 「카츄샤노우타(カチューシャの歌, 카츄사의 노래)」(1914)는 그동안 창가와 엔카 밖에 몰랐던 대중을 완전히 매료시키며 큰 호응을 얻었는가 하면, 「곤지키야샤노우타(金色夜叉の歌, 금색야차 노래)」도 기존 엔카의 판도를 바꿔놓을 정도로 붐을 일으켰다.

〈「カチューシャの歌(카츄사의 노래)」 − 島村抱月·相馬御風 詞　中山晋平 曲〉

一、カチューシャかわいや　わかれのつらさせめて淡雪

　　とけぬ間と神に願いを　(ララ)かけましょうか
　　(사랑스런 카츄사 이별의 괴로움 못이긴 엷은 눈
　　녹기 전에 신에게 소원을 (라라) 빌어볼까요?)

二、カチューシャかわいや　わかれのつらさ今宵ひと夜に
　　降る雪のあすは野山の　(ララ)路かくせ
　　(사랑스런 카츄-사　이별의 괴로움 오늘저녁 하룻밤에
　　내린 눈 내일은 산과 들판의　(라라) 길을 덮겠지요.)

三、カチューシャかわいや　わかれのつらさつらいわかれの
　　涙のひまに風は野を吹く　(ララ)日はくれる
　　(사랑스런 카츄-사　이별의 괴로움 쓰라린 이별의
　　눈물 사이에 바람은 들판을 불고　(라라) 해가 저무네)

四、カチューシャかわいや　わかれのつらさせめて又逢う
　　それまでは同じ姿で　(ララ)いてたもれ
　　(사랑스런 카츄-사 이별의 괴로움 그래도 또 만날
　　그때까지 이 모습으로 (라라) 있어주세요.)

五、カチューシャかわいや　わかれのつらさひろい野原を
　　とぼとぼと独り出て行く　(ララ)あすの旅
　　(사랑스런 카츄-사　이별의 괴로움 넓은 들판을
　　혼자서 터벅터벅 가야 하는 (라라) 내일의 여정)

〈「金色夜叉の歌(금색야차 노래)」 − 宮島郁芳 詞′ 後藤紫雲 曲〉

一、熱海の海岸散歩する　貫一お宮の二人連
　　共に歩むも今日限り　共に語るも今日限り
　　(아타미의 해변을 산책하는　간이치 오미야 둘이서 나란히
　　함께 걷는 것도 오늘 뿐이요　이야기하는 것도 오늘 뿐이리)

二、僕が学校 終えるまで　何故に宮さん待たなんだ
　　夫に不足が出来たのか　さもなきゃお金が欲しいのか
　　(내가 학교를 마칠 때까지　어째서 미야는 기다리지 않았소?
　　남편감으로 부족하오?　아니면 돈이 탐이 났소?)

三、夫に不足はないけれど　あなたを洋行さすが為
　　父母の教えに従いて　富山一家に嫁しずかん
　　(남편감으로 부족함은 없지만　당신을 유학길 열어주려고
　　부모님 말씀 따라 도미야마 집안으로 시집갔다오.)

四、如何に宮さん貫一は　これでも吾れも一個の男子なり
　　理想の妻を金に替え　洋行するよな僕(者)じゃない
　　(어쨌든 미야여 간이치는　이래뵈도 일개 남자로서
　　마음에 둔 여자를 돈으로 바꾸어　유학 갈 놈은 아니라오)

五、宮さん必ず来年の　今月今夜のこの月は
　　僕の涙でくもらして　見せるよ男子の意気地から
　　(미야여 반드시 내년의　이달 오늘 밤의 이 달을
　　내 눈물로 흐리게 해　보이겠소.　남자의 자존심으로)

六、ダイヤモンドに目がくれて　乗ってはならぬ玉の輿
　　人は身持ちが第一よ　お金はこの世のまわりもの
　　(다이아몬드에 눈이 어두워　타서는 안 되는 가마를 탔네요
　　사람은 몸가짐이 으뜸이지요.　돈이란 이 세상에 돌고 도는 것)

七、戀に破れし貫一は　すがるお宮をつきはなし
　　無念の涙はらはらと　殘る渚に月淋し
　　(사랑에 실패한 간이치는　매달리는 미야를 뿌리치고
　　통한의 눈물 뚝뚝 흘리니 홀로 남은 물가에 달빛 서러워)

다이쇼기는 이렇듯 기존스타일의 엔카와 신형유행가가 혼재한 시대였다.

3) 쇼와(昭和)기의 엔카(演歌)

쇼와(昭和)기에 접어들면서 소시(壯士)들이 직접 불러 전파하는 '엔카(演歌)'는 사양길로 접어들었다. 라디오방송과 레코드보급이 확산되면서 음악적 성분(작곡)과 문학적 성분(작사)의 분업화가 현저해진데다가, 노래 또한 그 곡을 가장 잘 소화할 수 있는 특정

가수에 의해 불려 보급되었다. 내용면에서도 남녀간의 사랑이나 이별을 주제로 하였으므로, 그 의미도 점차 동음의 '엔카(戀歌)'나 '엔카(艶歌)'로 변용되어갔다. 이러한 의미가 잘 드러난「마로니에고카게(マロニエの木陰, 마로니에 그늘)」(1937)를 감상해 보자.

〈「マロニエの木陰(마로니에 그늘)」 - 坂口淳 詞´ 細川潤一 曲´ 松島詩子 歌〉

一、空は暮れて　丘の涯に　かがやくは　星の瞳よ

　なつかしの　マロニエの木陰に　風は想い出の　夢をゆすりて

　今日も返らぬ　唄を歌うよ。
　(하늘은 저물고 언덕 저 편에 빛나는 건 별의 눈동자여
　그리운 마로니에 그늘에 바람은 추억의 꿈을 흔들고
　오늘도 돌아오지 않아 노래를 불러보네.)

二、彼方遠く　君は去りて　わが胸に　残るいたみよ

　想い出の　マロニエの木蔭に　ひとり佇めば　つきぬ想いに

　今日も溢るる　あつき涙よ。
　(저 멀리 당신은 떠나고 내게 남은 아픔이여
　추억의 마로니에 그늘에 홀로 서성거리니 못다한 사랑에
　오늘도 넘쳐나는 뜨거운 눈물이여.)

三、空は暮れて　丘の涯に　またたくは　星の瞳よ

　なつかしの　マロニエの木蔭に　あわれ若き日の　夢の面影

　きょうもはかなく　偲ぶ心よ。
　(하늘은 저물고 언덕 저 편에 깜박이는 건 별의 눈동자여
　그리운 마로니에 그늘에 애잔한 젊은 날의 꿈 이련가
　오늘도 하릴없이 연모하는 마음이여.)

　　태평양전쟁 패전 직후 미군정이 실시되면서 미군에 의해 팝송이 유입되면서, 인상적인 팝의 선율에 일본인의 정서가 융합된 새로운 스타일의 엔카가 보급 확산되었다. 그 가운데 일본인 고유의 정서를 엔카에서 찾고자 하는 사람들에 의해 명칭(名稱)문제가 제기되었고, 그들의 의지에 따라 '남녀간의 농염한 사랑 노래'라는 의미의 '엔카(艶歌)'는 다시 일본인

고유의 정서를 담은 의미의 '엔카(演歌)'라는 명칭으로 환원되어 오늘에 이르게 되었다.

다음은 1970년대에 만들어져 일본인에게 크게 애창된 엔카 「시키노우타(四季の歌, 사계절의 노래)」와, 「가와노나가레노요니(川の流れのように, 강물이 흘러가듯이)」이다. 원문을 음미하며 감상해 보자.

〈「四季の歌(사계절의 노래)」－ 荒木とよひさ 詞·曲´ 芹洋子 歌〉

一、春を愛する人は　心清き人
　　すみれの花のような　ぼくの友だち

二、夏を愛する人は　心強き人
　　岩をくだく波のような　ぼくの父親

三、秋を愛する人は　心深き人
　　愛を語るハイネのような　ぼくの恋人

四、冬を愛する人は　心広き人
　　根雪を溶かす大地のような　ぼくの母親

ラ-ラララララ　ラララ　ラ-ラララララララ
ラ-ララララ　ラララララララ　ラ-ラ- ラララララ

〈「川の流れのように(강물이 흘러가듯이)」－ 秋元康 詞´ 見岳章 曲´ 美空ひばり 唄〉

一、知らず知らず　歩いてきた　細く長い　この道
　　振り返れば　遥か遠く　故郷が見える
　　でこぼこ道や　曲がりくねった道
　　地図さえない　それもまた人生
　　ああ　川の流れのように　ゆるやかに　いくつも　時代は過ぎて

　　ああ　川の流れのように　とめどなく　空が黄昏に　染まるだけ

二、生きることは　旅すること　終わりのない　この道
　　愛する人　そばに連れて　夢探しながら
　　雨に降られて　ぬかるんだ道でも
　　いつかは　また　晴れる日が来るから
　　ああ　川の流れのように　おだやかに　この身を　まかせていたい
　　ああ　川の流れのように　移り行く季節　雪どけを待ちながら

　　ああ　川の流れのように　おだやかに この身を　まかせていたい
　　ああ　川の流れのように　いつまでも　青いせせらぎを　聞きながら

한국인을 위한

일본문학 감상

산문(散文)부

제1장 수필(隨筆)부

I 전근대의 수필(隨筆)

'수필(隨筆)'이란, '마음이 흘러가는 바를 붓 가는대로 써가는 장르의 글', 즉 '붓 가는 대로 쓰는 글'이란 의미를 지닌다.

전근대의 수필, 특히 가나(仮名)문자의 보급으로 여성의 참여가 두드러졌던 중고시대의 수필이나, 정치의 중심이 막부(幕府)에 있었던 중세의 수필은 상호연계성 측면에서 볼 때 일기(日記)와 기행문(紀行文)을 포함시키는 것이 보편적이다. 이시기의 일기나 수필이 대개 일상적인 감흥보다는 일상을 떠나있던 시기의 기행적 요소가 가미된 것이 많아 기행(紀行)과도 연계성이 농후한 까닭이다.

1. 중고시대의 일기·수필

헤이안 중기 가나(仮名)가 보급되면서 공적인 자리에서 쓰였던 일기는 점차 사적인 색채를 띠면서 문예작품으로서의 일기가 처음 등장했다. 기노쓰라유키(紀貫之)가 여성으로 가탁(假託)하여 가나로 쓴 『도사닛키(土佐日記)』가 그것이다.

그로부터 40여년 후 왕조문화가 최고조에 달할 무렵, 최초로 여성에 의해 쓰여진 『가게로닛키(蜻蛉日記)』가 등장했다. 『가게로닛키』는 종래의 사건본위의 일기와 달리, 개인의 내면이나 심리를 추구하는 문학성을 지니고 있어 후속 일기 및 산문문학에 크게 영향을 끼쳤다. 이후 『이즈미시키부닛키(和泉式部日記)』, 『무라사키시키부닛키(紫式部日記)』, 『사라시나닛키(更級日記)』 등이 궁정의 뇨보(女房)[65]를 중심으로 쓰이기도 하였다.

---

[65] 뇨보(女房、にょうぼう) : 옛날, 일본의 궁중에서 한 직책을 부여받은 고위의 여성 관리 또는 귀족에 시중들던 여성. 『겐지모노가타리(源氏物語)』를 쓴 무라사키시키부(紫式部), 『마쿠라노소시(枕草子)』를 쓴 세이 쇼나곤(清少納言)도 '뇨보(女房)'였다. 궁녀이면서 '튜터(tutor)'의 개념이 강함.

1.1 일기(日記)

1)『도사닛키(土佐日記)』

가나로 쓰인 자전적인 일기문학은 천재 가인(歌人) 기노쓰라유키(紀貫之)의『도사닛키(土佐日記)』에서 시작된다.『도사닛키』는 도사(土佐)지방 지방관의 임기를 마친 기노쓰라유키(紀貫之)가 쇼헤이(承平) 4년(934) 12월 임지였던 도사(土佐)를 출발하여 이듬해 2월 교토(京都)에 도착하기까지 55일간의 해로(海路)여행을 자세히 기록하고 있다.

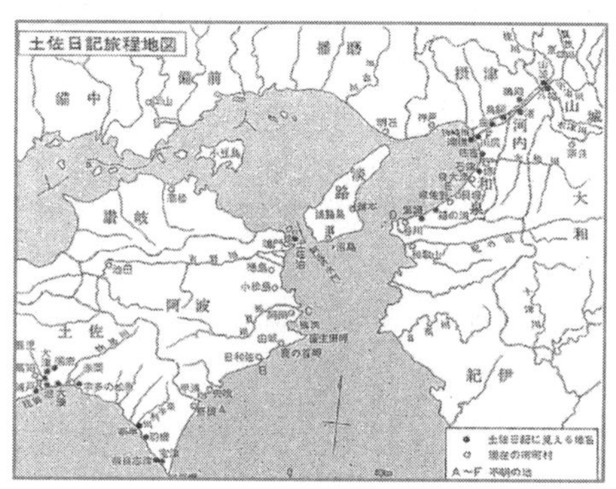

『土左日記』旅程地圖

『土左日記』航海記

그 서두는 "남자가 쓴다는 일기란 것을 여자인 나도 써 볼까 한다. 그 해 12월 21일 오후 8시에 출발하였다. 그 때의 자잘한 이야기를 써둘까 한다.(男もすなる日記といふものを、女もしてみむとてするなり。それの年の十二月の二十日あまり一日の、戌の時に門出す。そのよしいささかにものに書きつく。)"로 시작되는데, 이와 같이 마치 여자가 쓰는 것과 같은 형식으로 시작되는『도사닛키』의 중심내용은 기노쓰라유키(紀貫之)가 60대의 늙은 몸으로 도사에서 급사한 딸을 남겨 두고 온 심경, 불편한 해로여행의 공포와 괴로움으로 이어지는데, 이러한 감흥을 여성의 입장에서 간결하고 호소력 있는 필체로 묘사하고 있다. 다음은 기노쓰라유키가 기나긴 여행을 마치고 교토로 귀경한 소감을 묘사한 부분이다.

원문 임기를 마치고 교토의 집으로 돌아온 소감

京に入り立ちてうれし。家に至りて、門に入るに、月明かければ、いとよくあり
さま見ゆ。聞きしよりもまして、言ふかひなくぞこぼれ破れたる。家に預けたり
つる人の心も、荒れたるなりけり。中垣こそあれ、一つ家のやうなれば、望み
て預かれるなり。さるは、便りごとに物も絶えず得させたり。

번역

교토에 들어서니 기쁘다. 집에 다다라 대문으로 들어가니 달빛이 밝아서 우리집 모습이
잘 보인다. 전해 듣던 대로, 어떻게 할 수 없을 정도로 손상되어 있다. 우리 집 관리를 맡겼
던 사람의 마음도 거칠어진 모양이다. 울타리는 있다 해도 (옆집과 우리 집은) 한 집 같았
기에, (이웃이)원하였기에 관리를 맡기게 되었다. 그렇게 된 것이라 기회 있을 때마다 인
편에 고마움을 표시하기도 하였건만.

『도사닛키』는 가나로 쓴 최초의 일기라는 점, 남성이 여성의 입장에서 썼다는 점, 인간
의 내면세계를 자유롭게 표현하는 바탕을 구축했다는 점에서 상당한 문학적 가치가 부여
되고 있다.

2)『가게로닛키(蜻蛉日記)』

현존하는 일본최초의 여성일기라
할 수 있는『가게로닛키(蜻蛉日記)』는
上(15년간), 中(3년간), 下(3년간) 3권
으로 되어 있으며, 저자는 헤이안시대
우다이쇼(右大将) 후지와라노미치쓰
나(藤原道綱)의 어머니(藤原道綱母)
이자 후지와라노가네이에(藤原兼家)
의 둘째 부인인 후지와라노미치쓰나
노하하(藤原道綱母)이다. '가게로닛키

『蜻蛉日記』

(蜻蛉日記)'라는 표제는 상권 말미에 기록된 대로 "세상사의 덧없음을 생각하면 살아도
살아 있는 것 같지 않은 심정"으로 글을 쓴 데서 유래한다. 그 모두(冒頭) 부분을 감상해
보자.

[원문] 『蜻蛉日記(가게로닛키)』의 모두(冒頭) 부분

かくありし時過ぎて、世の中にいともものはかなく、とにもかくにもつかで、世に経る人ありけり。かたちとても人にも似ず、心魂もあるにもあらで、かうものの要にもあらであるも、ことわりと思ひつつ、ただ臥し起き明かし暮らすままに、世の中に多かる古物語のはしなどを見れば、世に多かるそらごとだにあり、人にもあらぬ身の上まで書き日記にして、めづらしきさまにもありなむ、天下の人の品高きやと問はむためしにもせよかし、とおぼゆるも、過ぎにし年月ごろのこともおぼつかなかりければ、さてもありぬべきことなむ多かりける。

[번역]

반생을 허무하게 지내오면서, 세상에서 너무도 덧없이 어쨌든 애매한 느낌으로 살아가는 여자가 있었다. 외모도 남들 같지 않고, 분별도 있는 듯 없는 듯, 이런 사람은 세상에서 필요로 하지 않는다는 것도 당연하다 생각하면서 그저 매일 자고 일어나고, 날이 새고 저무는 대로 사는 사람이다. 세상에 허다한 옛날이야기 중 소소한 이야기를 보면, 수많은 허구조차 있다. 나처럼 평범하지 않은 경험을 가진 사람이 일기를 쓰면, 필시 귀중한 보물이 되는 것은 아닐까. 세상에서 신분 높은 남성과의 결혼생활이 어떨 것인가? 그것으로도 좋다고 생각했는데, 지나간 일은 희미해진다. 허나 불완전한 것이라도 쓰지 않는 것보다는 나을 것이라는 심정으로 썼기에 모호하게 쓴 부분도 많아졌다.

고대의 여성이 만족스럽지 못한 결혼생활 20여 년에 대한 고뇌를 일기문학 형식으로 진솔하게 토로하였다는 데서 문학적 가치를 엿볼 수 있다.

3) 『이즈미시키부닛키(和泉式部日記)』

『이즈미시키부닛키(和泉式部日記)』의 저자는 연애편력이 화려한 정열적인 여류 가인(歌人) 이즈미 시키부(和泉式部)로 보는 것이 보편적이지만, 다른 사람이 썼다고 주장하는 설도 있다. 조호(長保) 5년(1003) 아쓰미치(敦道)왕자를 만나 주위의 반대를 무릅쓰고 하나가 될 때까지의 10개월간의 이야기를 담은 『이즈미시키부닛키』는 두 사람의 정열적인 사랑이 내용의 중심을 이루고 있다. 신분을 뛰어 넘는 두 사람의 사랑 이야기가 3인칭으로 표현된 증답가(贈答歌)를 중심으로 서술되고 있다.

4) 『무라사키시키부닛키(紫式部日記)』

『무라사키시키부닛키(紫式部日記)』는 『겐지모노가타리
(源氏物語)』의 저자 무라사키 시키부(紫式部)가 이치조(一
条)천황의 중궁(中宮) 쇼시(彰子)를 모시던 무렵의 궁정생
활을 상세하게 기록하고 있다. 상류 귀족들의 행동과 의식,
남녀 복장 등을 자세히 묘사하고 있으며, 당시 궁녀들의 인
물평과 감상 등이 재미있게 표현되어 있다. 그런가 하면 곳
곳에 저자의 내성적인 성격으로 인해 궁정생활의 화려함에
적응하지 못하는 고독을 드러내고 있기도 하다. 와카노미야
(若宮)의 출산장면 일부를 감상해 보자.

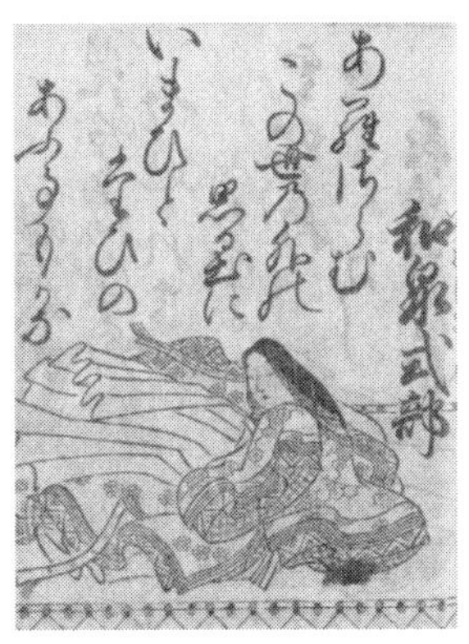

『和泉式部日記』

[원문] 중궁의 출산에 후지와라노미치나가가 기뻐하는 부분

十月十余日とおあまりのひまでも、御帳出させ給はず。西のそばなる御座
に、夜も昼も候ふ。

殿の、夜中にも暁にも、参り給ひつつ、御乳母の懐をひき捜せ給ふに、うち
とけて寝たる時などは、何心もなくおぼほれておどろくも、いといとほしく見
ゆ。心もとなき御ほどを、わが心をやりてささげうつくしみ給ふも、ことわりにめ
でたし。あるときは、わりなきわざしかけ奉り給へるを、御紐ひき解きて、御
几帳の後にてあぶらせ給ふ。

「あはれ、この宮の御尿に濡るるは、うれしきわざかな。この濡れたる、あぶる
こそ、思ふやうなる心地すれ。」と、喜ばせ給ふ。

[번역]

음력 10월 10일이 지나기까지도 (중궁 쇼시님은)휴식처에서 나오시지 않는다.
(뇨보들은) 서쪽 인근거처에서 밤낮없이 시중들고 있다. 미치나가님이 한밤중이나 새벽
에도 납시어 유모의 품을 찾으셨지만, (유모가)너무 곤하게 자고 있을 때나 긴장을 풀고 자
고 있을 때는, 아무런 마음의 준비도 없이 멍하니 깨어있는 모습도 안쓰럽다.
(와카노미야는)아직 아무것도 모르는 모습인데, (미치나가님)혼자 기분이 좋아서 안아 올
리며 사랑스러워하시는 것도 마땅히 훌륭하다. 어떤 때는, (와카노미야가) 막무가내로 오줌
을 싸서 옷이 젖게 되자, 미치나가님은 옷의 끈을 풀어, 휘장 뒤에서 불을 피워 말려주신다.

(미치나가님은) "아아, 와카노미야의 오줌에 (옷이) 젖는 것도 기쁘구나. 이 젖은 옷을 말리고 있다니, 내가 바라는 대로 이루어지는 기분이다." 라며 기뻐하신다.

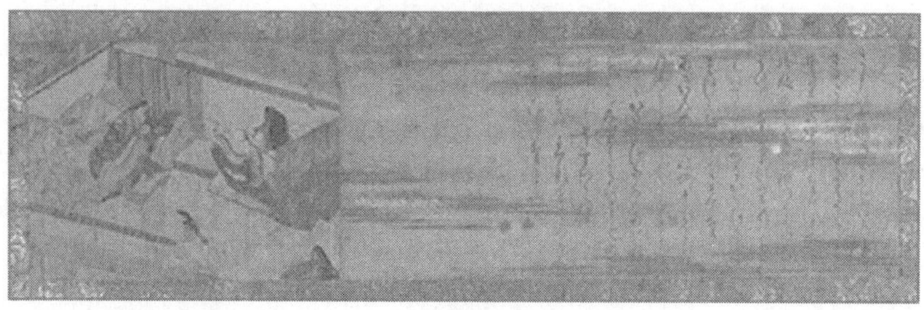

『紫式部日記』

5) 『사라시나닛키(更級日記)』

『사라시나닛키(更級日記)』는 모노가타리를 동경하면서 자라 온 스가와라노다카스에(菅原孝標)의 딸 스가와라노다카스에노무스메(菅原孝標女)가 쓴 회상기이다. 고호(康保) 2년(1059)경에 성립된 이 일기는 작자가 13세의 가을부터 약 40여 년 동안의 인생을 회상적으로 담아 1권에 서술하고 있다.

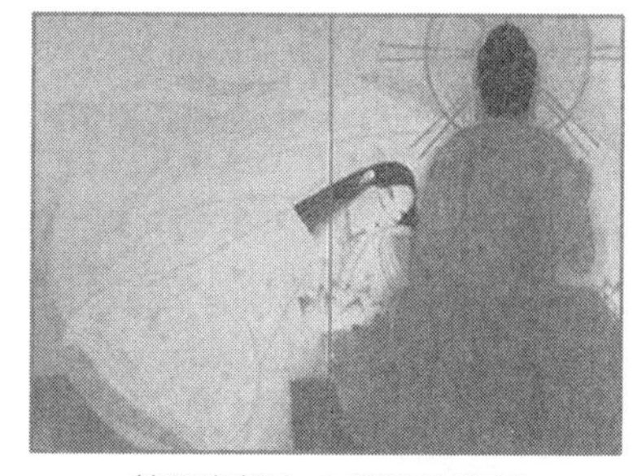

菅原孝標女の佛教歸意部

『사라시나닛키』는 궁중생활, 결혼생활 외에도 수도 교토(京都)에 도착하여 이야기책을 읽는 즐거움, 언니의 죽음, 먼 타향으로 전임한 아버지의 이야기 등, 헤이안시대의 꿈 많았던 문학소녀가 인생의 온갖 쓰라림을 겪으면서 불교에 귀의하기로 마음먹기까지의 과정을 낭만적으로 기록하고 있는데, 꿈과 환상이 현실 속에서 교차하고 있는 점이 특징이다.

6) 『조진아자리노하하노슈(成尋阿闍梨母集)』

『조진아자리노하하노슈』는 1073년 이후 조진아자리(成尋阿闍梨)의 어머니 조진아자리노하하(成尋阿闍梨母)에 의해 성립되었다. 1072년 83세의 노모가 중국 송(宋)나라로 떠나는 61세의 아들 조진아자리(成尋阿闍梨)와 이별하는 심정을 묘사하고 있다. 어머니의 아들에 대한 사랑의 노래를 중심으로 그려낸 가

『成尋阿闍梨母集』

집풍의 일기로, 당시 만연했던 국풍(國風)의 기운이 곳곳에 드러나 있다. 조진아자리노하하의 나라사랑과 머나먼 장도에 나서는 아들을 격려하는 마음이 함축된 와카(和歌) 타입의 짧은 단문을 감상해보자.

원문 조진아자리노하하의 애국심이 강조된 부분

もろこしも、天の、下にぞ　有りと聞く　照る日の本を　忘れざらなむ。

번역

중국(송) 또한 틀림없이 하늘아래 존재하겠지요, 그곳에 가더라도 빛나는 해 뜨는 나라 대일본을 잊어서는 안 됩니다.

1.2 수필(隨筆)

수필(隨筆)은 시간의 흐름이나 장소의 한정 등 서술상의 제약을 갖는 일기(日記)에 비해, 이러한 제약으로부터 벗어나 자신의 견문, 체험, 감상 등을 마음가는대로 자유롭게 표현하는 글로, 일본문학사에서는 서기 1000년경 성립된『마쿠라노소시(枕草子)』를 그 효시로 한다.

『枕草子』

'베갯머리 책'이라는 의미를 지닌『마쿠라노소시(枕草子)』의 저자 세이 쇼나곤(清少納言)은 66대 이치조천황(一条天皇)의 황후인 데이시(定子)의 총애를 받던 궁녀였기에,『마쿠라노소시』에는 귀족계급의 사교생활을 비롯한 자연과 인사(人事)에 관한 일들이 예리하고 섬세하고 명확하게 서사하고 있는 데다, 일본 최초의 수필문학이라는 점에서 문학적 가치도 상당하다.

『마쿠라노소시(枕草子)』는 300여 장단(章段)으로 구성되어 있다. 내용에 따라서는 소재나 미적 심상 등을 갈래에 따라 나열하고 거기에 감상을 덧붙인 '유취적장단(類聚的章段)', 궁정생활을 중심으로 황후 데이시(定子)에 대한 찬미나 여러 궁녀들과의 교류 외에도 궁중행사 등이 쓰인 '일기적장단(日記的章段)', 자연이나 인생에 대한 감상을 서술한 가장 수필적이라 할 수 있는 '수상적장단(隨想的章段)'으로 분류된다. 봄, 여름, 가을, 겨울의 사계절을 소재로 자연계와 인간사회에서 볼 수 있는 정취(情趣)를 예민한 감수성으로 포착해 낸 제1단과 제278단을 감상해보자.

원문 『枕草子(마쿠라노소시)』第一段

春はあけぼの。やうやう白くなりゆく山際、少しあかりて、紫だちたる雲の細く
たなびきたる。

夏は夜。月の頃はさらなり。闇もなほ、蛍のおほく飛びちがひたる。また、た
だ一つ二つなど、ほのかにうち光りて行くもをかし。雨など降るもをかし。

秋は夕暮れ。夕日のさして山の端いと近うなりたるに、烏の寝どころへ行くと
て、三つ四つ、二つ三つなど飛び急ぐさへあはれなり。まいて、雁などのつ
らねたるが、いと小さく見ゆるは、いとをかし。日入り果てて、風の音、虫の
音など、はた言ふべきにあらず。

冬はつとめて。雪の降りたるは言ふべきにもあらず、霜のいと白きも、またさ
らでもいと寒きに、火など急ぎおこして、炭持てわたるも、いとつきづきし。昼
になりて、ぬるくゆるびもていけば、火桶の火も、白い灰がちになりてわろ
し。

번역

봄은 새벽이 멋있다. 점점 희어지는 산등성이가 조금씩 환해지
며 보랏빛을 띤 구름이 가느다랗게 깔려있는 모습이 멋있다.

여름은 밤이 멋있다. 달 밝은 밤은 더욱 멋있다. 캄캄할지라도
많은 반딧불이가 이리저리 날고 있는 밤도 멋있다. 단지 한 두
마리일지라도, 희미한 불빛을 내며 나는 것도 멋지다. 비 내리
는 밤도 멋스럽다.

가을은 해질 무렵이 멋있다. 석양이 산등성이로 다가갈 때 까마
귀가 잠자리를 찾아 삼삼오오 날아가는 것도 정취가 있다. 게다
가 기러기가 나란히 한 무리를 이루어 그 모습이 아주 작게 보
이는 것은 정말 재미있다. 해가 떨어진 후의 바람소리 벌레소리
는 말할 나위도 없다.

겨울은 이른 아침이 가장 멋있다. 눈 내리는 아침의 정경은 말할 나위도 없다. 하얗게 서리
가 내린 아침도 멋있다. 그런 정경이 아니라도 몹시 추운 이른 아침에 서둘러 불을 지펴서
가지고 가는 모습도 정취가 있다. 낮이 되어 추위가 누그러지면 화롯불도 하얀 재가 되어
정취가 사라진다.

 『枕草子(마쿠라노소시)』第二七八段

雪いと高く降りたるを、例ならず御格子まゐらせて、炭櫃に火起して、物語などして集り侍ふに、「少納言よ、香爐峯の雪はいかならん」と仰せられければ、御格子あげさせて、御簾高く卷き上げたれば、笑はせたまふ。人々も「皆さる事は知り、歌などにさへうたへど、思ひこそよらざりつれ。なほこの宮の人には、さるべきなめり」といふ。

번역

눈이 아주 많이 쌓였다. 여느 때와 달리 격자문을 닫게 하고 화로에 불을 피우고 모여서 이야기하고 있었는데, 중궁께서 "쇼나곤아, 향로봉의 눈은 어떠할까?"라 말씀하시니, 격자문을 열게 하고, 발을 높이 말아 올렸더니 웃으신다. 다른 사람들도 "모두 그것을 알고 있고 와카로도 읊고 있었지만 (거기까지는) 생각하지 못했다. 역시 이 중궁을 모시는 사람으로 적격이다."라고 말한다.

서두에서부터 일본인의 전통적인 자연관을 엿볼 수 있는 『마쿠라노소시』는 수필이라는 새로운 문학양식을 탄생시켰다는 점, 예리하고 뛰어난 관찰력과 미적 감각의 돋보임, 자연이나 인간의 단면을 간결하고 명쾌하게 표현한 점에서 헤이안시대 수필의 진수를 엿볼 수 있다.

『마쿠라노소시』의 미적인 아름다움은 '오카시(をかし)'[66]라는 미의식에서 배가된다. '오카시(をかし)'가 특히 부각된 부분은 '여름(夏)'과 '가을(秋)'이다. 여름밤, 희미한 빛을 흘리며 날아다니는 반딧불이의 모습이 멋스럽고, 여기에 비가 내리는 것도 운치가 있는 것이다. 또 가을 해질녘 한 무리를 이루며 날아가는 기러기가 점점 작게 보이는 것은 더욱 멋스러운 것이다. 제278단에서 보이는 작가의 재치 있는 행동도 '오카시(をかし)'에 대한 감상을 극대화하고 있다.

이러한 경쾌함, 명랑함, 발랄함으로 '오카시(をかし)'를 완성한 세이 쇼나곤(清少納言)은 『겐지모노가타리(源氏物語)』를 쓴 무라사키 시키부(紫式部)와 함께 헤이안 왕조 여류문학의 쌍벽을 이룬 걸출한 여성문인으로 불린다.

---

66 오카시(をかし) : 지적인 흥미를 일으키는 감각적, 직관적 정취로 대상을 관조하는 미의식, 말하자면 어떤 대상에 숨겨진 미를 발견할 때 느끼는 지적인 흥미나 유쾌한 흥분을 일컫는 것으로, 『겐지모노가타리』의 전편에 흐르는 차분한 정취인 '모노노아와레(もののあはれ)'와는 달리, 간결하고 시원스런 문장 속에서 대상을 지적으로 취하는 명랑함을 일컫는다.

清少納言과 紫式部의 비교

人物	仕えた人	作品	理念	文章	性格
清少納言	一条天皇の中宮 定子	枕草子	をかし	簡潔·感覚的	明朗, 開放的·理知的
紫式部	一条天皇の中宮 彰子	源氏物語, 紫式部日記	あはれ	優美·情緒的	静的, 内向的·意志的

2. 중세의 일기·기행·수필

헤이안 귀족사회가 쇠퇴하고 가마쿠라(鎌倉)에 막부가 개설되면서 궁중여성들의 문학 활동도 미미해졌다. 그러나 그 가운데서도 일기와 기행문학은 여전히 성행하였다. 난세를 피해 은둔생활을 하면서 자신의 체험과 세상에 대한 감회를 형식에 구애받지 않고 자유롭게 기술한 은자의 수필도 빼놓을 수 없다.

2.1 일기·기행

1)『이자요이닛키(十六夜日記)』

1280년 경 성립된 『이자요이닛키(十六夜日記)』의 작자는 아부쓰니(阿佛尼)이며, 표제의 '이자요이(十六夜)'는 아부쓰니가 소송을 위해 가마쿠라로 출발하는 날이 '음력 16일 밤(十六夜)'이라는 데서 기인한다.

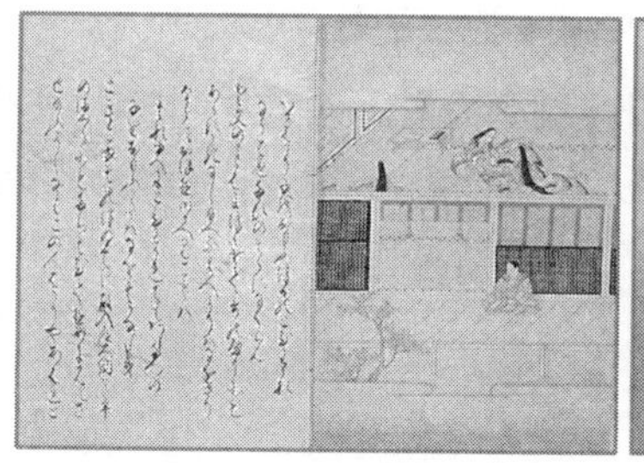 

『十六夜日記』

후지와라노다메이에(藤原為家)의 후처인 아부쓰니는 남편이 사망한 후 전처소생인 장남 다메우지(為氏)가 남편의 토지상속에 대한 유언을 지키지 않자, 친자 다메스케(為相)의 상속분을 찾아주기 위해 소송을 하게 되면서 쓴 기행일기이다. 『이자요이닛키』는 여행에 이르기까지의 여러 가지 사정을 적은 '여행전기', 여행 도중의 풍물을 묘사한 '14일

동안의 여행기', 막부의 판결을 기다리며 4년간을 가마쿠라에 머문 '가마쿠라 체재기(滯在記)' 등 3부로 구성되어있다. 늙은 몸으로 힘든 여행길에 나서는 장면을 감상해보자.

원문 『十六夜日記(이자요이닛키)』 「旅路の章(여로의 장)」

粟田口といふ所より、車は返しつ。ほどなく逢坂の関越ゆるほども、さだめなき命は知らぬ旅なれどまたあふ坂と頼めてぞゆく　野路といふ所は、来しかた行くさき人も見えず。日は暮れかゝりて、いと物がなしと思ふに、時雨さへうちそゝぐ。うちしぐれふるさと思ふ袖ぬれて行くさき遠き野路の篠原。こよひは鏡といふ所に着くべしと定めつれど、暮れはてゝ行き着かず。守山といふ所にとゞまりぬ。こゝにも、時雨なほ慕ひ来にけり。<略> 今日は十六日の夜なりけり。いと苦しくてうち臥しぬ。

번역

아와타구치(粟田口)라는 곳에서 가마는 되돌아왔다. 머잖아 오사카(逢坂, あふさか) 관문을 넘게 될는지 무상한 목숨은 알 수 없는 여행일지라도, 다시 오사카에 의지하고 가는 들길이라는 곳은 오가는 사람 하나 보이지 않는다. 날은 저물어가고 왠지 서글픈 생각에 젖어있는데 가을비마저 내린다. 가을비에 고향생각에 소맷부리 젖어가고, 갈 곳은 아득한데 조릿대 우거진 들길. 오늘밤은 가가미(鏡)라는 곳에 도착하리라 다짐해보지만 해가 지도록 도달하지 못하고. 모리야마(守山)라는 곳에서 머문다. 이곳에도 가을비는 쫓아와 내리는구나. <중략> 오늘은 16일 밤. 너무나 괴로워서 엎어져 눕는다.

『이자요이닛키』의 작자 아부쓰니는 늙은 몸으로 힘겨운 여행을 하면서도 아들에 대한 모성애, 소송에 대한 걱정 등을 세세하게 기록하고 있다. 이 과정에서 강한 의지력을 보여주고 있었으나 끝내 소송의 결말은 보지 못하고 사망하였다.

2) 『도와즈가타리(とはずがたり)』

1306년 경 성립된 『도와즈가타리』는 89대 고후카쿠사(後深草)천황의 궁녀인 니조(二条)의 4세부터 49세까지의 일을 기록한 5권의 자전적 일기이다. 표제로 사용한 '도와즈가타리(問わず語り)'란 '묻지 않아도 얘기하지 않고서는 못 배길 충동 때문에

『とはずがたり』

털어놓는다.'는 의미이다. 총 5권으로 되어 있는데 전반부인 1권, 2권, 3권은 니조(二条)의 궁정에서의 애욕생활이, 후반부인 4권, 5권에서는 출가하여 여승이 된 니조(二条)가 각지를 여행하는 모습이 그려져 있어, 전반부를 궁정편, 후반부를 수행편이라고도 한다.

전반부에서는 일찍 어머니를 여읜 니조가 4세 때부터 고후카쿠사인(後深草院) 밑에서 성장하다 14세 때 사랑하는 유키노아케보노(雪の曙)를 두고 고후카쿠사인(後深草院)의 측실로 들어가게 된 경위, 황자를 잃고 슬픔에 빠져 있을 때 유키노아케보노(雪の曙)와의 관계, 남편 고후카쿠사인(後深草院)의 동생이자 정적인 가메야마인(龜山院)과의 관계 외에도 다른 궁정인과의 애욕생활을, 후반부에서는 니조가 온나가쿠(女楽)사건[67]과 가메야마인과의 소문[68]으로 인해 26세에 궁에서 추방당한 후 각 지방을 여행하면서 종교를 통해 내적으로 정화되어 가는 과정을 서사하고 있다. 비록 출궁을 당하기는 하였지만 니조(二条)에게 있어 고후카쿠사인과 교토는 언제나 번뇌의 원인이며 그리움의 대상이었다. 그래서 출가 후에도 고후카쿠사인에 대한 미련과 집착을 버리지 못했다. 그 모습이 잘 나타나 있는 대목을 감상해보자.

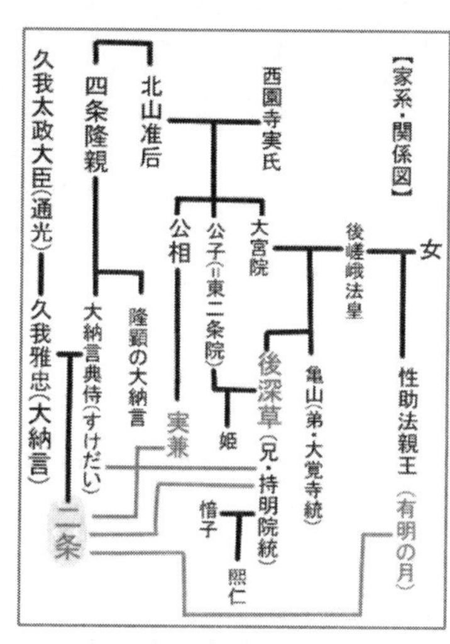

二条の家系·關係圖

원문 巻五, 출궁당한 니조(二条)가 고후카쿠사인의 장례식을 지켜보는 부분

「御棺を、遠なりとも、いま一度見せ給へ」と申ししかども、かなひがたきよし申ししかば、…… 試みに、女房の衣をかづきて日暮らし御所にたたすめどもかなはぬに、…… いかにして死出の山路を尋ねみむもしなき魂の影やとまると、

---

67 온나가쿠(女楽)사건 : 겐지(建治) 3年(1277) 궁중에서 『겐지모노가타리(源氏物語)』의 온나가쿠(女楽) 공연이 있었는데, 이 공연에서 니조(二條)는 '아카시노우에(明石の上)' 역을 배정받는다. 그런데 공연 당일 외조부가 니조를 밀어내고 그 자리에 자신의 후처의 딸을 앉힌다. 자존심에 상처를 입은 니조는 고후카쿠사인에게 아무런 말도 없이 궁을 나와 행방을 감춰버린다. 이 일로 외조부가 크게 노하여 다시는 궁에 발을 들여놓지 못하게 한 사건이다.

68 가메야마인(龜山院) : 고후카쿠사인(後深草院)의 동생으로 고후카쿠사인과는 정치적 대립관계에 있었다. 고후카쿠사인은 가메야마인에게 여러가지 면에서 열등감을 가지고 있었는데, 그러한 가메야마인과 자신의 측실인 니조(二條)가 추문에 휩싸이게 되니 고후카쿠사인은 참지 못하고 니조를 추방시킨다.

"관(棺)이나마 멀리서라도 한 번 보게 해 주세요." 라고 부탁하여도 그리 할 수 없다 하므로…… 시험 삼아 궁녀의 옷을 뒤집어쓰고 하루 종일 어소(御所)에 우두커니 서 있었으나 헛일이었다. …… 어떻게든 저승 가는 산길을 찾아보련다. 혹여 망혼(亡魂)의 그림자라도 머물러있을까 하고,

『도와즈가타리』는 자신의 애욕생활과 신앙의 편력을 대담하게 고백하는 가운데 자조성과 구도성이 잘 어우러진다는 점에서 중세의 대표적 일기문학으로 평가되고 있다.

3) 『가이도키(海道記)』와 『도칸키코(東関紀行)』

1223년 경 성립된 『가이도키(海道記)』는 교토(京都)를 출발하여 가마쿠라(鎌倉)에 10일 정도 머문 뒤 귀경할 때까지를 기록한 기행문이며, 1242년 경 성립된 『도칸키코(東関紀行)』 역시 가마쿠라에 가서 보고 들은 견문과 여행도중의 풍경을 그린 기행문이다. 두 작품 공히 작자미상으로, 은둔자의 시선으로 기록되어 불교사상이 드러나 있다. 중세(中世) 특유의 기교적이고 화려한 와칸콘코분(和漢混淆文)으로 기록되어 있으며, 여행길의 풍물(風物)과 고사(古事) 외에도 당시 가마쿠라의 실상을 엿볼 수 있어 문학적으로도 뛰어난 작품으로 평가받고 있다.

2.2 수필

1) 『호조키(方丈記)』

1212년 성립된 『호조키(方丈記)』는 은자문학(隱者文學)을 대표하는 작품 중 하나로, 작자는 가모노초메이(鴨長鳴, 1155~1216)이다. 신관(神官)의 아들로 태어나 문예에 뛰어난 재주를 갖추었음에도 신

『方丈記』

분이 낮은 탓에 세상일이 뜻대로 풀리지 않게 되자 출가하였고, 50세에 오하라산(大原山)에 은둔하였다.

　작자가 60세가 되던 해에 완성한 수필『호조키』는 인생 평론서이며 사색서이자 회상록의 성격을 띠고 있다. 전반부는 사회적 변화와 천재지변(天災地變)으로 인한 사회의 급격한 변동과 변화무상(變化無常)한 인생에 대한 한탄이며, 후반부는 자신의 불우함과 은둔생활을 토로하는 가운데, 홀로 지내는 한가로운 암자생활이 풍성하게 서술되어 있다.『호조키』의 서두는 특히 작자의 무상관(無常觀)이 잘 드러나 있어 은자문학의 전형을 보여주고 있다. 그 서두부분을 감상해보자.

원문 작자의 무상관을 예시한 서두부분

ゆく河の流れは絶えずして、しかももとの水にあらず。よどみに浮かぶうたかたは、かつ消えかつ結びて、久しくとどまりたるためしなし。世の中にある人とすみかと、またかくの如し。玉しきの都の中に棟を並べ甍を争へる、高き卑しき人のすまひは、代々を經て盡きせぬものなれど、これをまことかと尋ぬれば、昔ありし家はまれなり。或はこぞ焼けて今年は造り、あるは大家ほろびて小家となる。住む人もこれに同じ。所もかはらず、人も多かれど、いにしへ見し人は、二三十人が中に、わづかにひとりふたりなり。朝に死し、夕べに生るゝならひ、たゞ水の泡にぞ似たりける。知らず、生れ死ぬる人、いづかたより來りて、いづかたへか去る。又知らず、かりのやどり、誰が爲に心を惱まし、何によりてか目をよろこばしむる。

번역

흘러가는 냇물은 끊임없지만, 그렇다고 해서 같은 물은 아니다. 웅덩이에 떠있는 물거품은 사라졌는가 하면 다시 생겨나고, 생겨났는가 하면 다시 사라져 잠시도 머무는 일이 없다. 이 세상에 살고 있는 사람이나 거처도 또한 이와 같으리니. 아름다운 교토에 빽빽이 들어선 기와집들, 신분이 높은 이의 집이건 낮은 이의 집이건 대대로 이어져 사는 것 같아도, 자세히 알아보면 옛날의 집은 거의 없다. 어떤 것은 불에 타서 금년에 새로 지었고, 또 어떤 것은 크나큰 집이 사라지고 오두막집이 되어 있다. 살고 있는 사람도 그렇다. 장소도 그대로이고, 사람도 여전히 많아도 안면이 있는 사람은 2, 30명 가운데 불과 1, 2명뿐이다. 아침에 죽고, 저녁에 태어나는 인간사는 단지 물거품과 같다. 알 수 없어라! 태어나고 죽는 사람은 어디에서 와서 어디로 떠나가는지. 또한 알 수 없도다! 임시 거처에 살면서 누구를 위해 번민하는지, 무엇을 위해 기뻐하는지.

이 서두부분에는 우주 삼라만상(森羅萬象)가운데 인간이란 지극히 미미한 존재임을 깨닫게 하는, 무상관에 근거한 작가의 인생관이 구체적으로 표현되어 있다.

또한 Ⓐゆく河の Ⓑ流れは Ⓒ絶えずして、しかももとの水にあらず。(흘러가는 냇물은 끊임없지만, 그렇다고 해서 같은 물은 아니다.)와, ⓐよどみに浮かぶ ⓑうたかたは、ⓒかつ消えかつ結びて、久しくとどまりたるためしなし。(웅덩이에 떠있는 물거품은 사라졌는가 하면 다시 생겨나고, 생겨났는가 하면 다시 사라져 잠시도 머무는 일이 없다.)에서, Ⓐ / ⓐ, Ⓑ / ⓑ, Ⓒ / ⓒ는 수사법(修辭法)에 있어서, 각각 쓰이쿠(對句)로 구성되어 있는데, 간결하면서도 긴장감이 감도는 문장과, 대구(対句, ついく)나 비유(比喩) 등에서 높은 격조가 느껴진다.

2) 『쓰레즈레쿠사(徒然草)』

『호조키』와 더불어 중세의 은자문학을 대표하는 수필『쓰레즈레쿠사(徒然草)』는 가마쿠라 말기인 1330년경 성립되었으며 작자는 요시다 겐코(吉田兼好)[69]이다.

아무 할 일도 없는 무

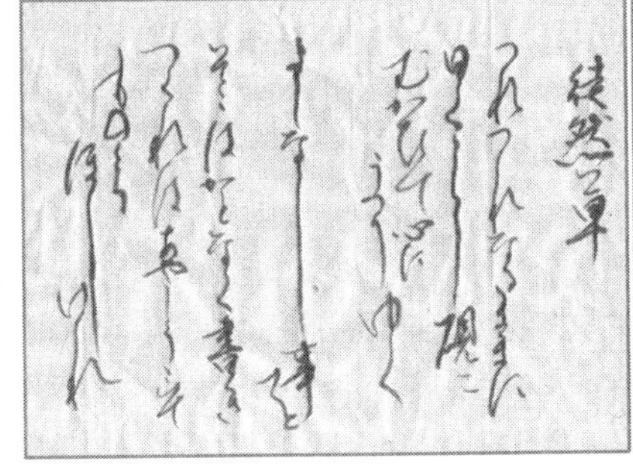 

『徒然草』

료함을 뜻하는 'つれづれ'로 시작되는 서단(序段)에서 유래한『쓰레즈레쿠사』는 각각 독립된 주제를 가지고 있는 243단(段)으로 이루어져 있다. 각각의 단(段)은 관점도 흥미도 모두 제각각이지만 작품전체에 흐르고 있는 것은 역시 무상관(無常觀)이다. 집필배경을 서술한 서단(序段)과 마지막 단(段)인 243단을 감상해 보자.

감상

[원문] 『徒然草(쓰레즈레쿠사)』序段

つれづれなるまゝに、日暮らし、硯に向ひて、心に移り行くよしなしごとを、
そこはかとなく書きつくれば、怪しうこそ物狂ほしけれ。

---

69 요시다 겐코(吉田兼好, 1282~1350) : 본명은 우라베 가네요시(卜部兼好、うらべかねよし)이다. 우라베(卜部)가문이 훗날 요시다(吉田)가문, 히라노(平野)가문으로 나뉘게 됨에 따라, 에도시대 이후 요시다 겐코(吉田兼好)로 통칭되게 되었다. 또 출가였기 때문에 겐코법사(兼好法師)로 불리기도 한다.

[번역]

이야기 상대도 없이 무료하고 적적하여 온종일 책상을 마주한 채, 마음속에 떠올랐다가 사라져가는 부질없는 것들을 적고 있자니 왠지 마음이 심란하구나.

[원문] 『徒然草(쓰레즈레쿠사)』第二百四十三段

八つになりし年、父に問ひて云はく、「佛はいかなるものにか候らん」といふ。父が云はく、「佛には人のなりたるなり」と。また問ふ、「人は何として佛にはなり候やらん」と。父また、「佛のをしへによりてなるなり」とこたふ。また問ふ、「教へ候ひける佛をば、何がをしへ候ひける」と。また答ふ、「それもまた、さきの佛のをしへによりてなり給ふなり」と。又問ふ、「その教へはじめ候ひける第一の佛は、いかなる佛にか候ひける」といふとき、父、「空よりや降りけん、土よりやわきけん」といひて、笑ふ。

「問ひつめられて、え答へずなり侍りつ」と諸人にかたりて興じき。

[번역]

여덟 살 되던 해에 아버지께 "부처님은 어떤 분입니까?"라고 물었다. 아버지가 말씀하기를 "부처는 사람이 깨달음을 얻어야 되는 것"이라 하셨다. (나는)다시 물었다. "사람은 어떻게 해서 부처가 되는 것입니까?"라고. 아버지는 다시 "부처님의 가르침에 의해 부처가 되는 것이다."고 대답했다. (나는)또다시 물었다. "그 길을 가르쳐주는 부처님 자신은 무엇에서 배웁니까?"라고. 아버지는 또다시 대답하셨다. "그 부처도 이전 부처님의 가르침에 의해 부처가 된 것이다."라고. (나는)또다시 물었다. "그 가르침을 시작한 첫 번째 부처님은 어디계신 부처님이십니까?"라고 묻자, 아버지는 "하늘에서 내려오셨나? 땅에서 솟아오르셨나?"하고는 웃으신다.

아버지는 "아무리 추궁해도, 부처님의 근원에 대해서는 대답할 수 없다."고 모두에게 말하시며 재미있어하셨다.

　『쓰레즈레쿠사』는 "つれづれなるままに…" 즉, 무료하고 적적하여 붓 가는대로 부질없는 것들을 적는다고 하지만, 내용면에서 보면 자연에 대한 흥미, 사람에 관한 이야기, 무상론, 취미, 훈계, 고증 등 다방면에 걸친 화제(話題)를 취급하고 있어, 요시다 겐코(吉田兼好)의 풍성한 지식과 교양을 유추해 볼 수 있다.

3. 근세의 기행·수필

근세는 다양한 문화가 공존하는 시대상을 반영하듯 각양각색의 주제와 내용의 기행과 수필로 뛰어난 개성을 드러내고 있다. 문학자 요시다 세이이치(吉田精一)는 근세의 수필을 고전모방, 자전, 사상, 고정, 예도, 문예, 일기, 기행, 견문잡기, 해학 등으로 분류하고 있는데, 그 작품에 접근해보자.

3.1 마쓰오 바쇼(松尾芭蕉)의 기행수필

근세의 기행 수필에서 가히 독보적이라 할 수 있는 마쓰오 바쇼(松尾芭蕉)는 5차례의 여행을 통하여 5편의 기행수필을 남겼다. 『노자라시키코(野ざらし紀行, 노자라시기행)』(1684~1685), 『가시마키코(鹿島紀行, 기시마 기행)』(1687), 『오이노코부미(笈の小文)』(1688), 『사라시나키코(更科紀行, 시라시나 기행)』(1688), 『오쿠노호소미치(奥の細道)』(1689)가 그것이다. 정적 속의 자연미를 추구하는 바쇼의 기행수필은 그의 자연관이나 인생관을 오롯이 하이쿠(俳句)에 담아냄으로써 그 품격을 더하였다.

1) 『노자라시키코(野ざらし紀行)』

『노자라시키코』는 마쓰오 바쇼가 돈과 명성에 대한 욕망이 가득 차있는 에도(江戸)의 하이단(俳壇)을 떠나 제자들의 도움으로 바쇼암자(芭蕉庵)에 은거하던 중 어머니가 타계하자 1684년(40세)에 나라(奈良), 교토(京都), 나고야(名古屋), 기소(木曽) 등을 반년 간 순

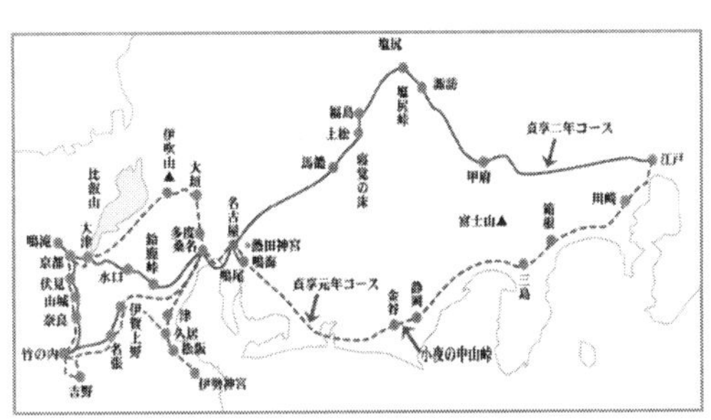

『野ざらし紀行』의 旅路

회하면서 쓴 기행문이다. 『노자라시키코(野ざらし紀行)』라는 제목은 이 여행의 출발 때 읊은 「野ざらしを心に風のしむ身かな」에서 취한 것이다. 그 부분을 감상해보자.

【원문】 첫 여행에 대한 각오가 담긴 부분

行き倒れて骨を野辺に晒す覚悟をしての旅だが、風の冷たさがこたえるこの

身だなぁ

번역

가다 쓰러지면 들판에 뼈를 묻을 각오로 떠난 여행이었지만, 바람의 냉기가 사무치는 이 몸뚱이로구나.

출발 전의 각오와는 달리 만만치 않은 고통이 수반된 여행임을 토로하고 있다. 그러나 에도를 지나면서 하코네(箱根)에서 늦가을 안개비에 가려져 있는 후지산에 깊은 정취를 느끼는가 하면, 스루가(駿河)에서는 후지강 유역에서 버려진 아이를 보고서 두보(杜甫)의 심경에 다가가기도 하였다.

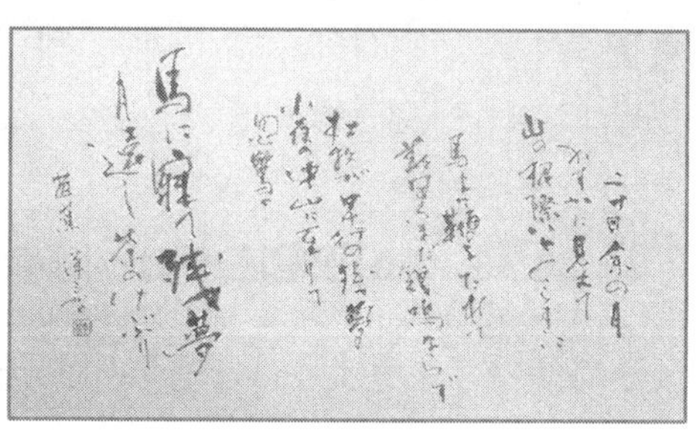

『野ざらし紀行』より

한편 도카이도(東海道)에 올라 이세신궁(伊勢神宮)을 참배한 후 고향 이가(伊賀)의 우에노에서 어머니 무덤에 성묘를 한 후, 비와호(琵琶湖)를 바라보며 하이쿠 한 수를 읊었고, 도카이도를 내려와 오와리(尾張)에 머물다 4월 10일에 기소(木曽)를 거쳐 바쇼암자로 되돌아오기까지의 심정과 정취를 고스란히 담아냈다.

2)『오쿠노호소미치(奥の細道)』

『오쿠노호소미치』는 마쓰오 바쇼가 1689년 3월 27일에 제자 가와이 소라(河合曽良)를 데리고 에도를 떠나 닛코(日光), 마쓰시마(松島), 히라이즈미(平泉), 류샤쿠지(立石寺) 등을 돌아보

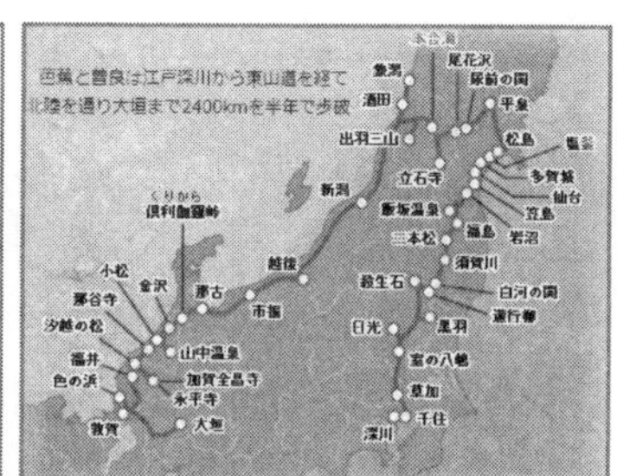

『奥の細道』の旅路

고, 해변을 따라 에치고(越後) 길을 거쳐 호쿠리쿠(北陸) 길을 통해 오가키(大垣)에 이르기까지 약 150일 동안 6,000리길 여행의 전 과정과 감회가 오롯이 담겨 있다. 바쇼의 인생관이 담겨 있는 서문을 감상해 보자.

[원문] 바쇼의 인생관이 담겨 있는 서문

月日は百代の過客にして、行かふ年も又旅人也。舟の上に生涯をうかべ、
馬の口とらえて老をむかふる物は、日々旅にして旅を栖とす。

[번역]

해와 달은 영원한 나그네이고, 덧없이 오고가는 세월 또한 나그네이다. 배위에서 평생을 보내는 사공이나, 나그네, 그리고 짐을 지는 말을 이끌며 늙어가는 마부는 매일 매일이 여행이기에 여행을 삶으로 여기고 있다.

[원문] 바쇼암자를 떠나는 심정을 담은 부분

この芭蕉庵も主が代わることになった。越してくる一家は女児がいると聞く。
殺風景な男所帯からお雛様を飾る家に変わるのだなぁ

[번역]

이 바쇼암자도 주인이 바뀌게 된다. 이사 들어오는 집안은 여아가 있다고 들었는데. 살풍경한 홀아비살림에서 히나인형을 장식하는 집으로 바뀌는구나!

『奥の細道』の絵巻

바쇼암자를 떠나는 심정을 담은 부분에서는 특히 와비(侘び), 사비(さび), 호소미(細み), 가루미(軽み)의 정신이 담긴 문장표현 등이 돋보인다.

바쇼의 인생관과 사상은 여행을 통해 폭을 넓히고 깊이를 더해갔다. 한적한 것을 즐기며 고담한 분위기를 사랑한 바쇼의 마음은 사물의 깊은 뜻과 의미를 끌어내는 부드럽고 섬세한 시정으로 나타났으며, 자연 속에 드러나는 조용하고 적막한 정취 또한 그대로 그의 글에 표현되었다.

바쇼는 사망하기 4일 전에 다음 글을 남겼다.

[원문] 죽음을 앞둔 바쇼의 심경

旅先で死の床に伏しながら、私はなおも夢の中で見知らぬ枯野を駆け廻っている。

[번역]

여행지에서 죽음의 문턱에 엎어지면서도 나는 개의치 않고 여전히 꿈속에서 미지의 마른 들판을 돌아다니고 있다.

이 글을 끝으로 바쇼는 50세를 일기로 그가 경모하였던 선인 사이교(西行), 이백(李白), 두보(杜甫) 등과 마찬가지로 여행 도중에 생을 마감하였다. 바쇼의 기행문은 모두 사후에 출간되었다.

3.2 근세의 수필

1)『오리타쿠시바노키(折たく柴の記)』

『오리타쿠시바노키(折たく柴の記)』 는 에도시대 뛰어난 학자이자 정치가 였던 아라이 하쿠세키(新井白石, 1657~ 1716)가 1716년경 자신의 정치적 생 애를 회상하며 쓴 3권으로 된 자서전풍 의 수필이다. 서명은 고토바천황(後鳥 羽天皇)의 시 「おもひ出づる**折たく柴 の**夕煙むせぶもうれし忘れがたみに」

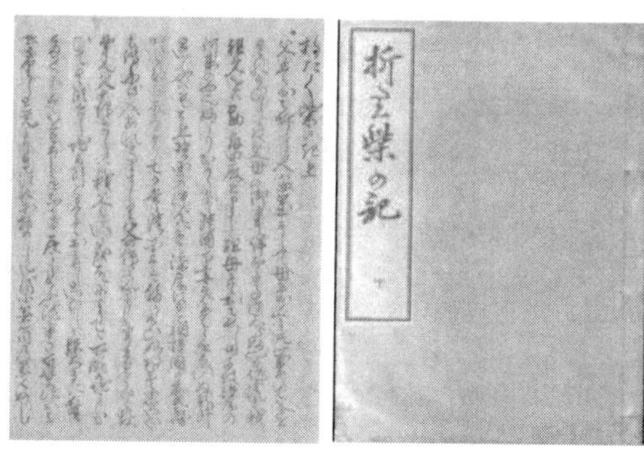

『折たく柴の記』

(『新古今和歌集』巻第八「哀傷歌」)에서 취한 것이다. 이 책은 상·중·하 3권으로 구성되 어 있는데, 상권은 조부모에 관한 일에서 시작하여 양친에 관한 내용과 자신의 성장과정 이며, 중·하권에서는 자신의 행적과 더불어 쇼군(将軍)과 막부와의 관계, 특히 막부의 정 치와 외교에 관한 일화를 다루고 있는데, 설득력이 강하여 자전문학(自伝文学)으로 주목 되는 수필이다. 그 서문의 일부를 감상해 보자.

[원문] 『折たく柴の記(오리타쿠시바노키)』 序文 一部

むかし人は、いふべき事あればうちいひて、その余はみだりにものいはず、

いふべき事をも、いかにもことば多からで、其の義を尽したりけり。我父母に
てありし人々もかくぞおはしける。

번역

옛날사람들은 말하지 않으면 안 되는 것이 있다 해도, 그 여지는 함부로 말하지 않았다. 말하지 않으면 안 되는 것도 어떻게든 말수를 적게 하여 자신의 생각을 표현한 것이다. 우리 부모들도 모두 다 그러하셨다.

2) 『슨다이자쓰와(駿台雜話)』

『슨다이자쓰와(駿台雜話)』는 1732년(享保17)경 의사의 아들로 태어나 오랜 내적 갈등 끝에 주자학을 받아들인 무로 규소(室鳩巢)가 말년에 쓴 수필집으로, 인(仁), 의(義), 예(礼), 지(智), 신(信) 총 5권으로 되어 있다. 부모에 대한 효(孝)와 쇼군(將軍)에 대한 충(忠)과, 인간으로서 마땅히 지켜야 할 도리를 강조하였던 무로 규소는

『駿台雜話』

이로써 정통사상을 확립하고자 하였는데,『슨다이자쓰와』는 이러한 사상을 바탕으로 도덕과 학문을 권장하는 교훈적인 내용을 담아내고 있다

3) 『가게쓰소시(花月草子)』

『가게쓰소시(花月草子)』는 1796년부터 1803년경 로추(老中)[70]로서 도쿠가와 이에나리(德川家齊)를 보좌하고 에도막부에 개혁을 단행한 마쓰다이라 사다노부(松平定信)가 정계를 은퇴한 후 저술한 수필이다. 총 6권으로 되어있으며 꽃, 달 등 자연의 풍물부터 정치, 경제, 학문, 사회와 예능, 전반에 걸쳐 자신의 견문과 감상을 156장에 담아내었다. 주자학에 기반을 둔 유교윤리에 근거한 기지와 유머가 넘치는 내용은 그의 높은 견식과 다양한 취미성을 드러내고 있다.『가게쓰소시』는 교훈적 성향도 강하지만 높은 교양에서 우러나오는 날카로운 비판이 돋보인다는 평가를 받고 있다.

---

70 로추(老中) : 쇼군(将軍)의 직속으로 정무를 총괄하고 다이묘를 감독하는 직책.

4)『다마카쓰마(玉勝間)』

『다마카쓰마』는 1794년부터 1812년경 국학(国学)[71]을 대성시킨 모토오리 노리나가(本居宣長)의 수상집이다. '모노노아와레(もののあはれ)論'을 비롯하여 고도(古道), 문학, 언어, 유소쿠코지쓰(有職故実)[72], 국학, 민족, 고전 지식 등에 관한 내용을 평이한 문

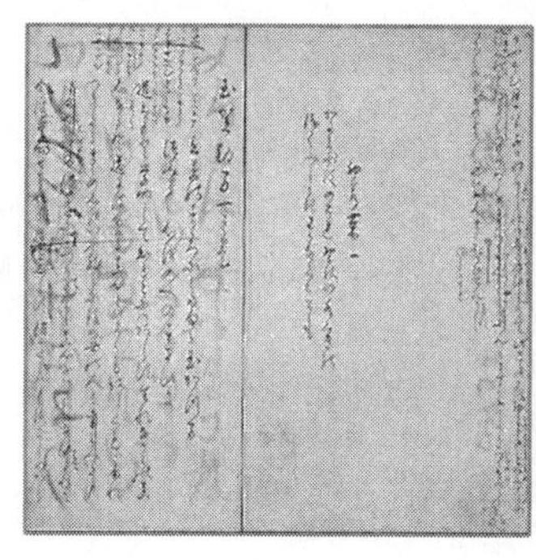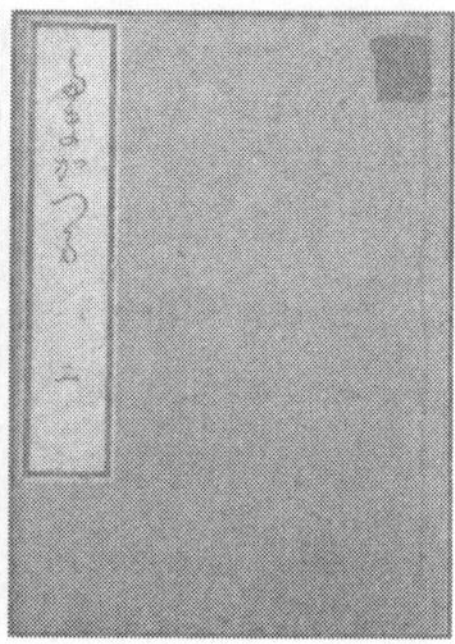

『玉勝間』

체로 1,000여 개 항목에 걸쳐 기술하고 있다. 그중 국학자로서 노리나가의 일면을 엿볼 수 있는 대목을 감상해보자.

감상

[원문] 학통의 중요성을 강조한 부분

ものまなびに心ざしたらむには、まづ師をよくえらびて、その立てたるやう、教へのさまをよくかむがへて、したがひそむべきわざなり、さとりにぶき人は、さらにもいはず、もとよりさとりとき人といへども、おほかたはじめにしたがひそめたるかたに、をのづから心はひかるるわざにて、その道のすぢわろけれどわろきことをえさとらず、また後にはさとりながらも、としごろのならひはさすがにすてがたきわざなるに、我といふ禍神さへ立ちそひて、とにかくにしひごとして、なほそのすぢをたすけむとするほどに、終によき事はえ物せで、よのかぎりひがごとのみして、身ををふるたぐひなど、世におほし。かかるたぐひの人は、つとめて深くまなべばまなぶまにまに、いよいよわろきことのみさかりになりて、おのれまどへるのみならず、世の人をさへにまどはすことぞかし。かへすがへすはじめより、師をよくえらぶべきわざになむ。

---

71 국학(国学) :『古事記』『日本書紀』『万葉集』 등의 고전을 문헌학적으로 연구하여 불교와 유교 도래 이전의 일본고유의 정신을 분명하게 하기 위하여 근세에 발흥한 학문.
72 유소쿠코지쓰(有職故実, ゆうそくこじつ) : 옛날 조정이나 무가(武家)의 관직·법령·의식·의상·집기 등을 연구하는 학문.

번역

학문에 마음을 둔 사람은, 우선 스승을 잘 선택하여, 그 스승이 세운 학문의 방향이나 학풍을 깊이 생각한 후에 문하에 들어가는 것을 결정해야 한다. 이해력이 떨어진 사람은 말할 것도 없고, 태생적으로 이해력이 있는 사람이라 하더라도 대개 처음 만난 스승에 자연스럽게 마음이 끌리기 때문에 (만약 좋지 않은 스승을 만났다면)학문의 방향이 나쁘다 해도, 그것이 나쁘다는 것을 깨닫지 못하고, 또 나중에 그것이 좋지않다고 깨달았다 하더라도, 오랫동안 친숙한 사람의 사고방식은 쉽사리 버리기 어려운 것이다. 게다가 아집(我執)이라는 마물(魔物)도 따라붙기 때문에 무언가에 잘못된 것을, 더욱 그 잘못된 쪽으로 보충강화하려고 억지를 부린다. 때문에 결국 바른 학문을 할 수 없는 채로, 평생 잘못된 것을 관철시키다가 죽은 자들이 세상에는 많다. 이런 사람들은 열심히 깊게 연구하면 할수록, 더더욱 잘못된 학설만 펼쳐가는 것만으로 완고하게 응축되어, 자기 스스로가 잘못될 뿐만 아니라, 세상 사람들까지도 현혹시켜버리는 것이다. 아무쪼록 (학문 하려는 사람은)처음부터 스승을 잘 선택하지 않으면 안 된다.

이처럼 알기 쉬운 문장에 명료한 기코분(擬古文)으로 되어있는『다마카쓰마』는 모토오리 노리나가의 진지한 연구태도와 인생관, 학문관, 문학관을 알 수 있는 학문적 수필의 걸작이라 할 수 있다.

5)『단다이쇼신로쿠(膽大小心録)』

『단다이쇼신로쿠』는 1808년(文化5)경『우게쓰모노카타리(雨月物語)』로 유명한 요미혼(讀本) 작가인 우에다 아키나리(上田秋成)[73]가 만년의 심사(心事)를 자유자재로 엮은 수필집으로, 163조의 단문으로 되어 있다. 와카, 하이카이에 관한 의견, 학문적 고증, 역사에 대한 감상, 유불(儒仏)의 가르침, 친구에 대한 비판, 자전적 회상, 세상의 견문 등 세상사 전반에 대한 작자의 견해가 평이한 구어체로 기술되어 있다. 아키나리의 인품과 만년의 심정, 관심 등을 후세에 전하는 자료로서 가치를 지니고 있다.

6)『란가쿠코토하지메(蘭学事始)』

2권으로 구성된『란가쿠고토하지메』는 1815년경 '난학(蘭学, 서양학문)'[74]의 선구자

---

73 우에다 아키나리(上田秋成) : 18세기 후반 일본의 뛰어난 소설가이자 시인, 어렸을 때 장사꾼인 우에다 집안의 양자가 되었는데 젊은 시절 하이카이(俳諧)를 배웠으며, 양부의 죽음으로 학문과 문학에만 집중하였다. 요미혼의 대표작인『우게쓰모노카타리(雨月物語)』를 출판하였고 이후 화재로 파산을 당한 후에는 의술을 배워 의사로 개업하면서 국학 연구를 계속하였다.
74 난학(蘭学) : 에도 중기 이후, 네덜란드어를 공부하고, 네덜란드 서적을 통한 서양의 학술을 연구하려

인 스기타 겐파쿠(杉田玄白)
가 그의 나이 83세에 완성한
수필이다. 이 책의 원제는『란
토코토하지메』(蘭東事始) 였
으나 1869년(M2) 후쿠자와
유키치(福澤諭吉)를 비롯한 뜻
있는 사람들이『란가쿠코토하
지메(蘭学事始)』라는 제목으

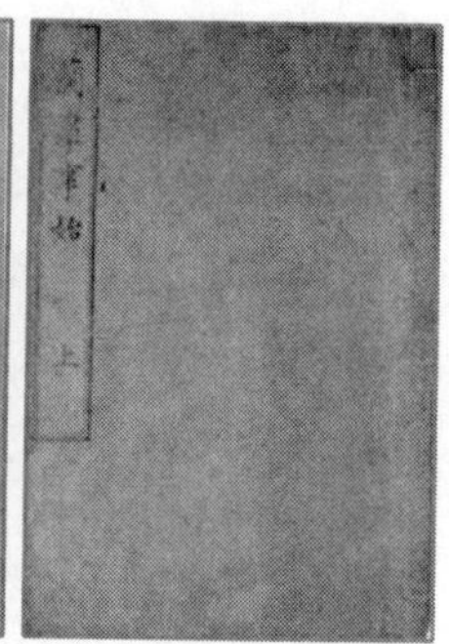

『蘭学事始』

로 재발간하여 오늘에 이른다. 현재 원본은 사라지고 사본만이 전해지고 있는데, 그 서두
부분을 감상해 보자.

원문 『蘭学事始(란가쿠고토하지메)』上之巻

今時、世間に蘭学といふこと専ら行はれ、志を立つる人は篤く学び、無識な
る者はみだりにこれを誇張す。その初めをかえりみ思ふに、昔、翁が輩(はら
から)二三人、ふとこの業に志を興せしことなるが、はや五十年に近し。今頃
かくまでに至るべしとはつゆ思はざりしに、不思議にも盛んになりしことなり。
漢学は中古、遣唐使といふものを異朝へ遣はされ、或は英邁の僧侶などを
渡され、ただちにかの国の人に従ひ学ばせ、帰朝の後貴賤上下へ教導のた
めになし給ひしことなれば、ようやく盛んになりしは尤もことなり。この蘭学
ばかりはさようのことにもあらず。しかるにかく成り行きしはいかにと思ふに、そ
れ医家のことはその数へかたすべて集に就くを以て先とすることうゆゑ、却っ
て領解すること速かなるか、または事の新奇にして異方妙術もあることのやう
に世人も覚え居ることゆゑ、奸猾の徒、これを名として、名を釣り利を射るた
めに流布するものなるか。
つらつら古今の形勢を考ふるに、天正の頃、西洋の人漸々わが西部に船を
渡せしは、陽には交易によせ、陰には欲するところありてなるべし。故にその

했던 학문을 말한다.

災ひ起りしを国初以来甚だ厳禁なし給へりと見えたり。これ世に知るところなり。その邪教のことは知らざるところの他事なれば論なし。但し、その頃の船に乗り来りし医者の伝来を受けたる外科の流法は世に残れるもあり。これ世に南蛮流とはいふなり。その前後より和蘭船は御免ありて、肥前平戸へ船を寄せぬ。異船御禁止になりし頃も、この国はその党類にはあらざる次第ありて、引続き渡来を許させ給ひぬ。それより三十三ケ年目にて、長崎出島の南蛮人を逐ひ払ひて、その跡へ居を移せしよし。それよりは年々長崎の津に船を来たすこととはなりぬ。これは寛永十八年のことなるよし。

その後、その船に随従し来れる医師に、またかの外治の療法を伝へし者も多しとなり。これを和蘭流外科とは称するなり。これもとより横文字の書籍を読みて習ひ覚えしことにはあらず、たゞその手術を見習ひ、その薬方を聞き、書き留めたるまでなり。尤も、こなたになきところの薬品多ければ、代薬がちにてぞ病者も取扱ひしことと知らる。

번역

요즘 세상에 난학(蘭学)이라는 것이 널리 행해져, 뜻을 세운 사람은 열심히 배우고, 무식한 사람들은 무분별하게 이를 과장한다. 그 시작을 돌이켜 보면, 옛날에 내가 동료들 2, 3명과 우연히 뜻을 세운 것이었는데, 벌써 50년에 가깝다. 요즘 이렇게까지 활발해지리라고는 생각지 못했는데, 이상하게도 널리 확산되게 되었다. 한학(漢學)은 그 옛날 견당사라는 것을 중국으로 파견하거나, 혹은 영민한 승려들이 건너가서 직접 그 나라 사람에게 전수받고, 귀국한 후에 귀천상하(貴賤上下)의 교화를 위해 행했던 것이, 점차 왕성해지게 된 것은 당연한 일이다.

이 난학(蘭学)은 그런 방식이 아니다. 그런데도 이렇게 확산되어 가는 것은 왜일까 생각해 보니, 의료의 경우는 그 수가 모두 실무를 우선시하는 까닭에, 오히려 터득하는 일이 빨랐거나, 또는 일이 신기하게도 색다른 묘기라도 있는 것같이 세상 사람들도 깨닫고 있었던 까닭에, 심지어 교활한 일파는 이것을 내세워 이익을 도모하기 위해 유포한 일도 있지 않았을까.

곰곰이 고금(古今)의 형세를 생각하니, 덴쇼(天正) 게이초(慶長)시절 서양인들의 배가 점차 일본 서쪽으로 건너와서는, 표면적으로는 교역하자 하면서 내심으로는 다른 욕심이 있었던 것이다. 때문에 그 화근을 개국 이래 엄금하는 것으로 하였다. 이것이 세상에 알려지게 되었다. 그 사교(邪教)는 알게 하지도 않았고, 일체 논의되지도 않았다. 다만 그즈음 배에 타고 오는 의사의 전래를 받아들인 외과처치법은 세상에 남아있는 것도 있다. 이를 세상에서 남만류(南蛮流)라 했던 것이다. 그 전후로부터 네덜란드 배는 염치없게도 히젠(肥前)의 히라도(平戸)에 배를 댔다. 이국선금지의 시절에도 이 나라는 그 무리에는 포함되지 않았고, 계속해서 도항을 허가받았다. 그로부터 33년째 되던 해 나가사키(長崎) 데지마(出島)의 남만인을 쫓아내고 그 자리에 이주할 수 있었다. 그때부터는 매년 나가사키 포구에 배가 들어올 수 있었다. 이것은 간에이(寛永) 18년의 일이다.

그 후, 그 배를 타고 온 의사에게, 또 그 외과치료법을 전해 받은 사람도 많아졌다. 이를 네덜란드식 외과수술이라 칭하게 되었다. 이것도 원래부터 가로쓰기 서적을 읽고 학습하는 일에 그치지 않고, 오직 그 수술을 견습하고, 그 처방을 듣고, 기록하기까지이다. 물론 이곳에 없는 약품이 많으니 대신할 수 있는 약으로 병자를 취급하는 것도 알려주었다.

『란가쿠코토하지메』는 이렇듯 난학(蘭学, 서양학문)의 성립, 고심담(苦心談) 등이 기록되어 있어, 난학이 일본에 들어온 시대상황을 이해하는 귀중한 자료로서 일본의 서양사상과 의학 분야에 지대한 영향을 끼쳤다.

Ⅱ 근현대의 수필(隨筆)

일본의 근대는 수필이 하나의 문학형태를 이루며 가장 광범위하게 필자와 독자층을 확보한 이른바 수필의 시대라 할 수 있다. 이와 같은 현상은 문학적 관심의 확산과 저널리즘의 발달로 전문적인 작가 이외에도 사회인의 집필기회가 많아졌기 때문이다. 각 시기별로 특징적인 수필에 접근해보자.

1. 근대 수필(隨筆)

1.1 메이지(明治)기의 수필

메이지시대는 계몽주의 시대로 수필에 있어서도 계몽적 성격의 수필이 많았다. 메이지 초기 계몽사상가로 유명한 후쿠자와 유키치(福沢諭吉)는 서양문명을 적극적으로 받아들여 기존의 중화사상(中華思想)과 유교정

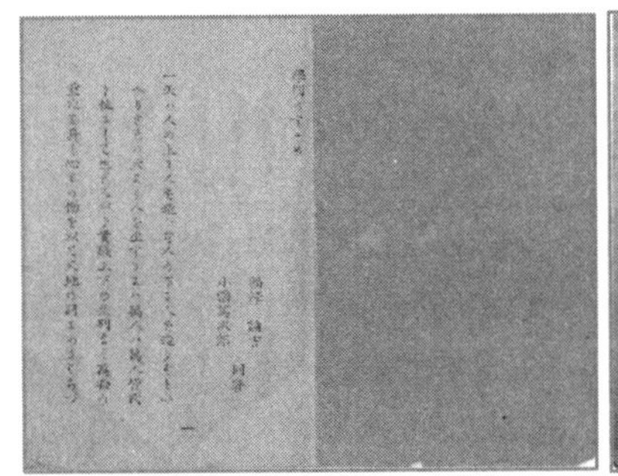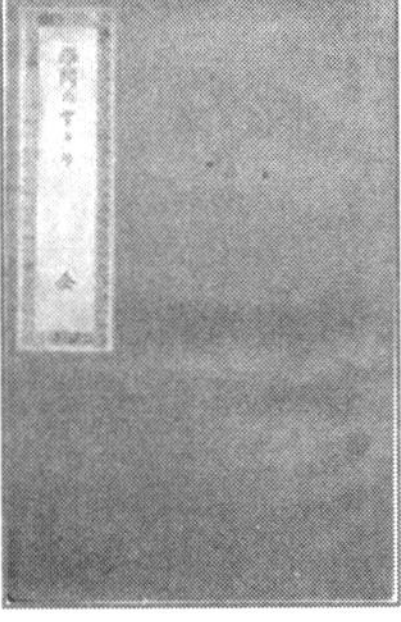

『学問のすすめ』

신에서 탈피한 문명개화를 일깨웠다.『세이요지조(西洋事情, 서양사정)』,『가쿠몬노스스메(学問のすすめ, 학문의 권장)』,『분메이론노가이랴쿠(文明論之概略, 문명론의 개략)』는 후쿠자와 3부작으로 유명하다.

특히 제퍼슨의 인권선언문에서 참고하여 "하늘은 사람위에 사람을 낳지 않고, 사람 아래 사람을 낳지 않았다고 한다(天は人の上に人を造らず、人の下に人を造らずといへり。)."로 시작되는『가쿠몬노스스메』는 만민평등, 남녀동등을 일깨워 큰 반향을 불러 일으켰다. 또한『후쿠오지덴(福翁自傳, 후쿠자와 자서전)』에는 오사카 하급무사 집안의 막내로 태어나 서구문물을 접한 후 일본근대화와 '탈아론(脱亞論)'을 주장하기까지 사고의 확장이 특유의 독특한 문장으로 표현되어 있다. 후쿠자와는 교육사업에도 힘써, 게이오

의숙(慶應義塾, 현 慶應大學)을 설립하여 그의 계몽사상을 후학에게 전수하였다.

한편 쓰보우치 쇼요(坪内逍遥)의 『분가쿠소노오리(文学その折, 문학 그 때)』, 모리 오가이(森鴎外)의 『지에부쿠로(知恵袋, 지혜보자기)』, 『쓰키쿠사(月草)』, 『가게쿠사(かげくさ)』도 문학성 높은 수필로 평가 받고 있다.

나쓰메 소세키(夏目漱石)의 『가라스토노나카(硝子戸の中, 유리창 안)』, 『만칸토코로도코로(満韓ところどころ, 만한여기저기)』, 『에이지쓰쇼힌(永日小品, 영일소품)』 등의 수필도 주목되는 작품이다. 『가라스토노나카』는 인간의 허위와 추악한 면을 경멸하고 자비를 호소하는 심경을 리얼하게 표현하고 있으며, 『에이지쓰쇼힌』은 「간지쓰(元日, 설날)」, 「헤비(蛇, 뱀)」, 「네코노하카(猫の墓, 고양이 무덤)」, 「닌겐(人間, 인간)」, 「가케모노(懸物, 족자)」, 「아타타가이유메(暖かい夢, 따뜻한 꿈)」, 「모케구치(儲口, 돈벌이)」, 「무카시(昔, 지난날)」, 「고코로(心, 마음)」, 「헨카(変化, 변화)」, 「그레이그센세이(クレイグ先生, 그레이그선생님)」 등이 수록되어 있어, 소세키 특유의 사상을 엿볼 수 있다. 그중 첫 번째 장에 수록된 「간지쓰(元日, 설날)」를 감상해 보자.

감상

원문 『永日小品(영일소품)』中 「元日(설날)」

雑煮を食って、書斎に引き取ると、しばらくして三四人来た。いずれも若い男である。そのうちの一人がフロックを着ている。着なれないせいか、メルトンに対して妙に遠慮する傾かたむきがある。あとのものは皆和服で、かつ不断着のままだからとんと正月らしくない。この連中がフロックを眺めて、やあ――やあと一ツずつ云った。みんな驚いた証拠である。自分も一番あとで、やあと云った。

フロックは白い手巾を出して、用もない顔を拭いた。そうして、しきりに屠蘇を飲んだ。ほかの連中も大いに膳のものを突ついている。ところへ虚子が車で来た。これは黒い羽織に黒い紋付を着て、極めて旧式にきまっている。あなたは黒紋付を持っていますが、やはり能をやるからその必要があるんでしょう

と聞いたら、虚子が、ええそうですと答えた。そうして、一つ謡いませんかと云い出した。自分は謡ってもようござんすと応じた。<略>

自分は虚子がこう猛烈に来ようとは夢にも予期していなかった。元来が優美な悠長なものとばかり考えていた掛声は、まるで真剣勝負のそれのように自分の鼓膜を動かした。自分の謡はこの掛声で二三度波を打った。それがようやく静まりかけた時に、虚子がまた腹いっぱいに横合から威嚇した。自分の声は威嚇されるたびによろよろする。そうして小さくなる。しばらくすると聞いているものがくすくす笑い出した。自分も内心から馬鹿馬鹿しくなった。その時フロックが真先に立って、どっと吹き出した。自分も調子につれて、いっしょに吹き出した。

それからさんざんな批評を受けた。中にもフロックのはもっとも皮肉であった。虚子は微笑しながら、仕方なしに自分の鼓に、自分の謡を合せて、めでたく謡い納めた。やがて、まだ廻らなければならない所があると云って車に乗って帰って行った。あとからまたいろいろ若いものに冷かされた。細君までいっしょになって夫を貶した末、高浜さんが鼓を御打ちなさる時、襦袢の袖がぴらぴら見えたが、大変好い色だったと賞めている。フロックはたちまち賛成した。自分は虚子の襦袢の袖の色も、袖の色のぴらぴらするところもけっして好いとは思わない。

번역

설날 떡국을 먹고 서재에 돌아와 있으려니, 잠시 후 서너 명이 들이닥친다. 모두가 젊은 남자들이다. 그중의 한 사람이 프록코트를 입고 있다. 익숙하지 않은 탓인지 이상하게 멜턴(모직물)에 불편해하는 기색이 역력하다. 다른 사내들은 모두 평상복을 입고 있다. 도무지 설날 기분이 나지 않는 옷차림이다. 평상복 사내들은 프록코트에게 "야아. 이거. 정말 굉장한데."라고 한마디씩 건넨다. 모두들 놀란 증거이다. 나 역시 나중에, "야아ㅡ"라고 한마디 했다.

프록코트는 흰 손수건을 꺼내 하릴없이 얼굴을 훔친다. 그리고 연이어 신년소주를 마셔댄다. 다른 사내들도 시끌벅적 음식을 먹어대기 시작했다. 그때 다카하마 교시(高濱虛子)가 인력거를 타고 왔다. 교시는 검은 하오리(羽織)에 검정 문양이 그려진 예복을 입고, 지독

히도 구식 차림이다. 내가 "자넨 그런 구식 옷을 입고 있는데, 역시 노(能)를 하기 위해 필요해서겠지?"라고 묻자, 교시는 "그렇습니다."라고 대답한다. 그리고는 "한 곡 부르시지요."라 말을 꺼냈다. 나는 "노래 불러도 좋겠지요."라며 응했다. <중략>
나는 교시가 이렇게 맹렬하게 나오리라고는 꿈에도 예상치 못했다. (장단이란)원래가 우미(優美)하고 유장(悠長)한 것으로만 알고 있었는데, 마치 진검승부(真剣勝負)라도 하는 것처럼 내 고막을 뒤흔들었다. 내 노래는 교시의 장단에 2~3번 요동쳤다. 그것이 겨우 진정되기 시작하자 교시는 또 우렁찬 소리로 양 방향에서 내 소리를 위협했다. 내 소리는 교시의 위협이 있을 때마다 휘청거린다. 그리고 기어들어가게 된다. 잠시 시간이 흐르자 듣고 있던 작자들이 쿡쿡 웃기 시작한다. 나 역시 내심 내 노래가 형편없다는 생각을 했다. 그때 프록코트가 먼저 일어나서 하하 웃음을 터뜨렸다. 나도 그 분위기에 따라 웃음을 터뜨렸다. 그러고 나서 실컷 비판 받았다. 그중에서도 프록코트가 가장 비아냥댔다. 교시는 웃으면서 어쩔 수없이 자신의 북장단에 맞춰 자신의 노래를 멋지게 마무리했다. 그리고는 아직 돌아보아야 할 곳이 있다며 인력거를 타고 돌아갔다. 이후 또 여러 젊은이들이 비웃어댔다. 아내까지 합세하여 나를 비방하더니, 그 끝에 다카하마 교시가 북을 두드릴 때, 적삼 소매가 팔랑거리는 것이 보였는데 매우 좋아하는 색이었다고 칭찬까지 했다. 프록코트는 즉각 찬성했다. 나는 교시의 적삼 소매 색깔도, 소매의 색이 팔랑거리는 것도 결코 좋다고 생각지는 않는다.

1.2 다이쇼(大正)기의 수필

다이쇼시대의 수필은 제1차 세계대전을 계기로 저널리즘이 발달함에 따라 가벼운 터치의 수필이 상당수 발표되었고, 그 대다수가 전문적인 작가나 시인 등에 의해 쓰였다. 그중 나가이 가후(永井荷風)의 도쿄 시가지 산책기로 불리는『히요리게타(日和下駄)』와 신변잡기인『야하즈구사(矢筈草)』등이 특기할 만하다.

소설보다 수필이 더 흥미가 있다는 구메 마사오(久米雅夫)의『닌겐자쓰와(人間雑話, 인간잡화)』는 수필의 명저로 통한다. 이외에도 스스키다 규킨(薄田泣菫), 기타하라 하쿠슈(北原白秋), 무로 사이세이(室生犀星),

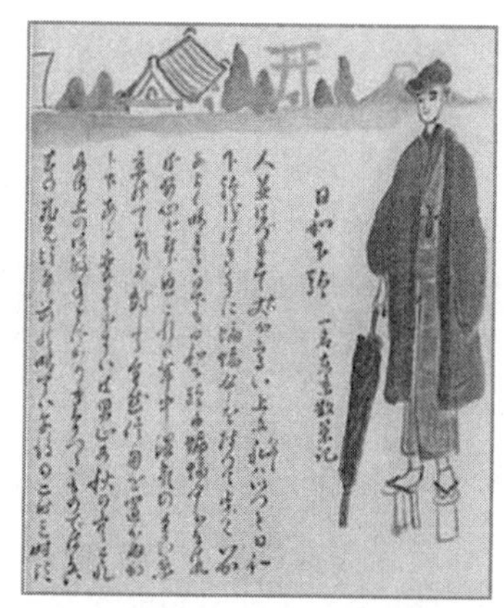

永井荷風の挿畵と『日和下駄』

하기와라 사쿠타로(萩原朔太郎) 등 시인들도 다수의 수필을 남겼다.

한편 아쿠타가와 류노스케(芥川竜之介)는 1923년 1월에 창간된 수필 전문잡지「분게이슌주(文芸春秋)」에 매 호마다 수필을 연재하였다. 그중『슈주노고토바(侏儒の言葉,

난장이의 말)』에서는 당시 사회 현실에 대해 일본군국주의나 제국주의가 거짓 이데올로기로 민중을 속이고 있고, 폭력으로 민중 및 다른 민족을 지배하고 있다는 인식을 명쾌한 논리와 역설적인 수사로 토로하는가 하면, 거짓된 신념이나 폭력에 맞서 대항하지 못하는 문학적 실천의 소극적인 면을 드러내고 있기도 한다. 당시 아쿠타가와의 문학적 사상을 엿볼 수 있는 「슈주노이노리(侏儒の祈り, 난장이의 기도)」 부분을 감상해보자.

芥川竜之介の『侏儒の言葉』

원문 「侏儒の祈り(난장이의 기도)」의 일부

わたしはこの綵衣を纏い、この筋斗の戯を献じ、この太平を楽しんでいれば不足のない侏儒でございます。どうかわたしの願いをおかなえ下さいまし。どうか一粒の米すらない程、貧乏にして下さいますな。どうか又熊掌にさえ飽き足りる程、富裕にもして下さいますな。どうか採桑の農婦すら嫌うようにして下さいますな。どうか又後宮の麗人さえ愛するようにもして下さいますな。どうか菽麦すら弁ぜぬ程、愚昧にして下さいますな。どうか又雲気さえ察する程、聡明にもして下さいますな。

とりわけどうか勇ましい英雄にして下さいますな。わたしは現に時とすると、攀じ難い峯の頂を窮め、越え難い海の浪を渡り——云わば不可能を可能にする夢を見ることがございます。そう云う夢を見ている時程、空恐しいことはございません。わたしは竜と闘うように、この夢と闘うのに苦しんで居ります。どうか英雄とならぬように——英雄の志を起さぬように力のないわたしをお守り下さいまし。わたしはこの春酒に酔い、この金鏤の歌を誦し、この好日を喜んでいれば不足のない侏儒でございます。

번역

저는 이 비단옷을 걸치고, 이 공중제비 익살을 올리고, 이런 태평스러움을 즐기고 있으면 부족함 없는 난장이입니다. 어쨌든 내 소원을 이루어 주셨습니다. 아무튼 한 톨의 쌀조차 없을 만큼 가난하게 해 주셨습니다. 또한 곰발바닥만큼만이나마 만족해 할만큼의 부유함

도 주셨습니다. 어쨌든 뽕잎 따는 농부조차 싫어하게 해 주셨습니다. 또 후궁 미인까지 사랑하게도 해 주셨습니다. 어쨌든 숙맥조차 구분하지 못할 정도로 우매하게 해 주셨습니다. 또 흘러가는 구름도 헤아릴 만큼 총명함도 주셨습니다. 그런 중에서도 어쩌다 용감한 영웅이 되게 해 주셨습니다. 저는 실제로 때가되면 따라 오르기 힘든 봉우리 정상을 끝까지 기어오르게 하고, 건너기 힘든 바다의 파도를 넘는 ─ 말하자면 불가능을 가능하게 하는 꿈을 꾸게 하였습니다. 그런 꿈을 꾸고 있을 때만큼은 무서울 게 없습니다. 저는 용과 싸우듯, 이 꿈과의 싸움에 고통스러워하고 있습니다. 어쨌든 영웅이 되지 않도록─ 영웅의 뜻을 세울 힘이 없는 저를 지켜 주셨습니다. 저는 이 술(春酒, 봄에 양조한 술)에 취해 노래(金鏤の歌)를 부르고, 이 좋은 날을 기뻐하고 있으니 아무런 부족함이 없는 난장이입니다.

1.3 쇼와(昭和)초기의 수필

쇼와(昭和) 초기에 활동한 수필가는 셀 수없이 많다. 그중 활발히 활동하고 있는 문인가운데서 프롤레타리아 시인으로 알려진 나카노 시게하루(中野重治)는『야마네코(山猫, 삵)』(1930)을 발표하였는데,『야마네코(山猫)』는 기존의 프롤레타리아적 이미지와는 다소 거리가 있는 아름다운 윤리감이 넘쳐 있는 매력적인 수필이다.

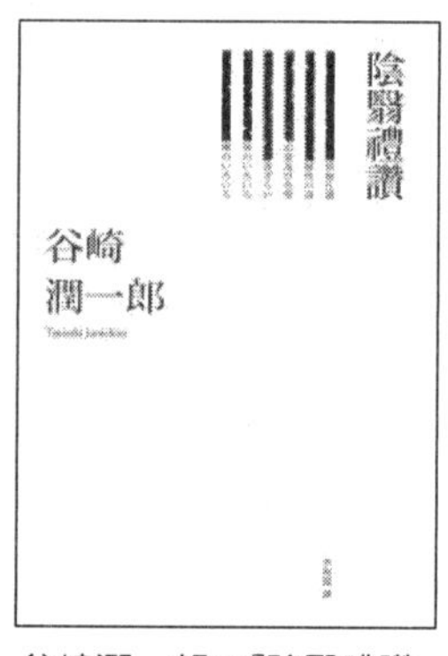

소설가 중에서도 뛰어난 수필을 남긴 작가가 많았다. 다니자키 준이치로(谷崎潤一郎)의 『인에이라이산(陰翳禮讚, 그림자 예찬)』(1933, 1934)도 주목되는 수필이다. 일본의 전통가

谷崎潤一郎의『陰翳禮讚』

옥, 음식, 가부키 등 옛것 속에 내재한 어둠의 미학을 다룬『인에이라이산(陰翳禮讚)』은 사물 하나하나에 담긴 미학을 작가의 감성과 이론과 행동으로 관철시키고 있다. 그 서두 부분을 감상해 보자.

원문 『陰翳禮讚(그림자 예찬)』의 서두 부분

今日、普請道楽の人が純日本風の家屋を建てて住まおうとすると、電気や瓦斯や水道等の取附け方に苦心を払い、何とかしてそれらの施設が日本座敷と調和するように工夫を凝らす風があるのは、自分で家を建てた経験のない者でも、待合料理屋旅館等の座敷へ這入ってみれば常に気が付くことであろう。独りよがりの茶人などが科学文明の恩沢を度外視して、辺鄙な田舎に

でも草庵を営むなら格別、いやしくも相当の家族を擁して都会に住居する以
上、いくら日本風にするからと云って、近代生活に必要な煖房や照明や衛生
の設備を斥ける訳には行かない。

번역

오늘날 건축에 대한 취미를 가진 사람이 순수 일본풍의 가옥을 짓고 살려고 하면 전기나 가스 및 수도 등의 시설에 고심한다. 어떻게든 그 시설이 일본 다다미방과 조화되도록 궁리를 거듭한다는 것은 스스로 집을 지은 경험이 없는 사람이라도 대합실, 식당, 여관 등의 다다미방에 들어가 보면 통상 깨달을 수 있을 것이다. 독선적 다인(茶人)이 과학문명의 혜택을 도외시하고, 외진 시골에서도 초암을 영위한다면 각별한, 적어도 상당한 가족을 거느리고 도시에 거주하는 이상, 아무리 일본풍으로 지은다고 해도 현대생활에 필요한 난방과 조명과 위생 설비를 배제할 리가 없다.

　여성수필가의 등장도 특기할만하다. 모리타 다마(森田たま)는 『모멘즈이히쓰(木綿随筆, 목면수필)』(1936)로, 고보리 안네(小堀あんね)는 『반넨노치치(晩年の父, 만년의 아버지)』(1936)로 문단의 주목받았다.

　중일전쟁이 시작되어 또다시 전쟁분위기에 휩싸이던 1938년 다자이 오사무(太宰治)가 발표한 『이치니치노쿠로(一日の労苦, 하루의 수고)』(1938)도 빼놓을 수 없는 수필이다. 시대의 요구에 적응하지 못하고 외로운 인생을 살다간 다자이 오사무의 삶을 엿볼 수 있는 『이치니치노로쿠(一日の労苦)』의 일부를 감상해 보자.

『一日の労苦』

원문 자신의 전망의 부재를 토로하는 부분

一月二十二日。

日々の告白という題にしようつもりであったが、ふと、一日の労苦は一日にて

足れり、という言葉を思い出し、そのまま、一日の労苦、と書きしたためた。あたりまえの生活をしているのである。かくべつ報告したいこともないのである。舞台のない役者は存在しない。それは、滑稽である。<略>
ロマンスの洪水の中に生育して来た私たちは、ただそのまま歩けばいいのである。一日の労苦は、そのまま一日の収穫である。「思い煩うな。空飛ぶ鳥を見よ。播かず。刈らず。蔵に収めず。」…… 無性格、よし。卑屈、結構。女性的、そうか。復讐心、よし。お調子もの、またよし。怠惰、よし。変人、よし。化物、よし。古典的秩序へのあこがれやら、訣別やら、何もかも、みんなもらって、ひっくるめて、そのまま歩く。ここに生長がある。ここに発展の路がある。称して浪曼的完成、浪曼的秩序。これは、まったく新しい。鎖につながれたら、鎖のまま歩く。十字架に張りつけられたら、十字架のまま歩く。牢屋にいれられても、牢屋を破らず、牢屋のまま歩く。笑ってはいけない。私たち、これより他に生きるみちがなくなっている。

번역

1월 22일.

일상의 고백이라는 제목으로 할 작정이었는데, 문득 하루의 수고는 하루로서 족하다는 말씀을 기억하고, 그대로 '하루의 수고'로 쓰기로 했다. 당연한 생활을 하고 있는 것이다. 특별히 보고하고 싶은 것도 없다. 무대 없는 연기자는 존재하지 않는다. 그것은 웃기는 일이다. <중략>

로맨스의 홍수 속에서 성장한 우리들은 그저 그대로 걸으면 된다. 하루의 노고는 그대로 하루의 수확인 것이다. "괴로워하지 말아라. 하늘을 나는 새를 보아라. (씨를)뿌리지도, (벼를)베지도, (창고에)저장하지도 않는다." …… 무성격? 좋다. 비굴함? 좋다. 여성적? 그건가? 복수심? 좋다. 줏대 없이 휩쓸리는 것 또한 좋다. 나태? 좋다. 괴짜?, 좋다. 도깨비? 좋다. 고전적 질서에 대한 동경이건, 결별이건, 무엇이든 모두 다 그대로 걸는다. 여기에 생장이 있다. 여기에 발전의 길이 있다. 이름하여 낭만적 완성이자 낭만적 질서이다. 이것은 전혀 새롭다. 쇠사슬에 묶인다면, 쇠사슬에 묶인 채로 걸는다. 십자가에 박혔다면, 십자가에 박힌 채로 걸는다. 감옥에 수감되어도, 감옥을 부수지 않고 감옥에 수감된 채로 걸는다. 웃어서는 안 된다. 우리들은 이 길 외에는 살 길이 없어졌다.

2. 현대 수필(隨筆)

전쟁이 종결되고 언론표현의 자유가 주어지게 되자, 문학계는
예전 것의 부활과 새로운 것의 생성이 두드러진 경향으로 나타난
다. 패전이라는 유례없는 생소한 경험과 미군정(美軍政)의 급진
적인 개혁에 따른 사회 환경의 변화로 사회구조는 더욱 복잡해져
감에 따라, 문예에 대한 흥미가 사회 곳곳으로 확산되어 수필의
전성기를 맞게 되는데, 이러한 현상은 기존의 전문작가 이외의
일반인에게도 집필의 기회가 많아졌기 때문으로 볼 수 있다.

『父 その死』

전후 주목되는 수필가로는 여성작가 고다 아야(幸田文)를 꼽
을 수 있다. 고다 아야는 자전적 작품으로부터 여성의 눈으로 바라본 사회에 대한 문제의
식을 담아낸 다수의 작품을 남겼는데, 그녀의 자전적 수필『지치소노시(父 その死, 아버
지 그 죽음)』(1949)는 아버지 고다 로한(幸田露伴)과의 추억이 오롯이 담겨 있어 주목된
다. 그 일부를 원문으로 감상해보자.

[원문] 시시각각 다가오는 아버지의 죽음을 대하는 부분

昭和22年7月11日、歯茎からの最初の大出血。枕と敷布をべったり染めた血
は、文には死が示した残酷な挨拶に思えました。目前に突きつけられた父親
の死の予告、そして父露伴もまるで死がゆっくりと膝から背中から体を覆って
いくように意識の混濁が訪れてくるのです。7月12日、13日、14 日、15日、
16日と、毎晩一時すぎに歯と歯茎から血があふれてきます。糖尿のためか止
血剤も効かず、綿の圧迫が唯一の処方でした。主治医である武見医師の高
価な薬やリンゲルも弱っていく露伴を再起させることはできません。何も喉を
通らず、氷だけを口に入れながら(その氷を手にいれるために家族が炎暑の
中を走り回るのです)それでも意識のしっかりした時は鋭いまなざしを辺りに放
ちます。娘はそんな時に父の痩せた手を握りながらやさしく話しかけるので
す。吸い飲みに入れた氷がガラスにあたってからからと音を立てると、二人と
も期せずして風鈴の音を思いおこします。

懐かしい毎年の夏の思い出、風呂上がりの露伴は酒焼きのした首を団扇であおぎながら好物の豆をつまみに冷えたビールを飲んでいます。娘は薮蚊を追い払うために庭の隅で松葉をいぶしています。＜略＞　吸い飲みを持つ娘の手は震え、父は娘のその心を察知します。

번역

1947년 7월 11일, 잇몸에서 처음으로 큰 출혈이 있었다. 베개와 침대 시트를 온통 물들인 피가 딸 아야(文)에게는 죽음이 보이는듯하여 잔인한 인사(挨拶)로 여겨졌다. 눈앞에 닥친 아버지의 죽음의 예고, 그리고 아버지 로한(露伴)도 마치 죽음이 천천히 무릎과 허리로부터 몸을 뒤덮어가는 의식의 혼탁을 맞게 됩니다. 7월 12일, 13일, 14일, 15일, 16일……매일 밤 1시가 넘도록 치아와 잇몸에서 피가 쏟아집니다. 당뇨병 때문인지 지혈제도 듣지 않아, 솜으로 압박하는 것이 유일한 처방이었습니다. 주치의 다케미(武見)가 투여한 비싼 약이나 링거도 약해져가는 아버지를 재기시킬 수 없습니다. 어떤 음식도 목을 넘기지 못하고, 얼음만을 입에 넣으면서(그 얼음을 구하기 위해 가족이 폭염 속을 돌아다닙니다.) 그래도 의식의 있을 때는 날카로운 눈빛으로 주변을 쏘아보십니다. 딸은 그럴 때 아버지의 야윈 손을 잡으며 부드럽게 말을 붙입니다. 주전자에 넣은 얼음이 유리에 부딪혀 자그락자그락 소리를 내면, 우리 둘은 우연히 풍경소리를 떠올립니다.
그리운 매년 여름의 추억, 목욕을 마치고 나온 아버지는 주독이 오른 목에 부채질하면서 좋아하는 콩을 안주삼아 시원한 맥주를 마십니다. 딸은 각다귀(薮蚊)를 쫓기 위해 정원 구석에 솔잎을 태워 연기를 피웁니다. ＜중략＞ 주전자를 쥔 딸의 손은 떨리고 아버지는 딸의 마음을 감지합니다.

전후는 실로 수필의 시대로 여겨질 만큼 수필은 융성기를 맞게 된다. 이전의 강력한 군국체제가 무너지고 민주적 개량이 시도되면서 문학적 표현의 자유가 주어지자, 기존의 문인은 말할 것도 없고 전후 새롭게 등장한 신진이나 각계각층의 전문가에 이어 일반인들까지도 각 저널을 통해 수필을 발표하는 양상이 전개되었다. 이에 따라 수필은 더욱 일반화되었고 이러한 현상이 현재까지 이어지고 있다.

제2장 소설(小說)부

I 전근대의 모노가타리(物語)

일본소설의 기원은 무라사키 시키부(紫式部)가『겐지모노가타리(源氏物語)』에서 "『다케토리모노가타리(竹取物語)』를 모노가타리(物語)[75]의 시초"라 서술한데서『다케토리모노가타리』를 소설의 시작으로 보고 있다. 전근대의 소설은 사실성에 기반한 '소설(*Novel*)'이기보다는, 가상이나 허구적 요소가 강한 '로망스(*Romance*)', 즉 '유메모노가타리(夢物語)'에 가까웠다. 그것이 일본에서 전근대의 소설이 '모노가타리(物語)'로 통칭되는 까닭이다.

1. 중고 모노가타리(物語)

중고(中古)시대의 모노가타리는 덴키모노가타리(伝奇物語)와 우타모노가타리(歌物語)의 두 축으로 발전해 오다가 헤이안시대『겐지모노가타리(源氏物語)』에서 집대성된다.『겐지모노가타리』이후로도 다수의 모노가타리가 성립되었지만, 대부분이『겐지모노가타리』의 아류로, 문학성 면에서 이를 능가하는 작품은 찾아볼 수 없다.

1.1『겐지모노가타리(源氏物語)』이전의 모노가타리

1) 덴키모노가타리(伝奇物語)

덴키모노가타리(伝奇物語)는 신화, 전설, 설화를 계통으로 고대 전승의 전기적인 요소가 다분한 공상세계와 허구를 그리고 있다. 달세계의 선녀가 죄를 지어 속죄기간 동안 인간세상에서 생활하다가 다시 승천한다는『다케토리모노가타리(竹取物語)』, 거문고 명

---

[75] 여기서 '모노가타리(物語)'란 순서에 따라 정리해서 내용을 이야기 한다는 의미의 동사인 '모노가타루'(物語る)를 '모노가타리'로 명사화한 것이다.

가의 음악 전수에 관한 이야기에, 현실감 있는 구혼담으로 이어지는『우쓰호모노가타리(宇津保物語)』, 서양의 신데렐라 이야기와 유사한『오치쿠보모노가타리(落窪物語)』등이 이에 해당된다.

그중 덴키모노가타리의 특징을 가장 잘 드러내고 있는『다케토리모노가타리』는 헤이안 초기를 대표하는 산문으로 작자미상이며 현존하는 모노가타리 중 가장 오래 된 작품이다. 구성은 ㉮가구야히메(かぐや姫)의 출생과 성장과정, ㉯다섯 명의 귀족과 대제(大帝)의 구혼, ㉰가구야히메의 승천 등 세 부분으로 되어 있다. 먼저 대략의 줄거리를 살펴보고, 결말 부분을 원문으로 감상해보자.

[줄거리]

대나무를 캐서 살아가는 할아버지가 있었다. 그 이름은 '사누키노미야쓰코(さぬきの造)'라 한다. 어느 날 할아버지는 빛이 나는 대나무를 발견하고 다가가보니 그 속에서 세 치정도의 작은 여자아이가 있었다. 할아버지는 그 아이를 집으로 데려와 '가구야히메(かぐや姫)'라고 이름 짓고 애지중지 양육하였다. 이후 할아버지는 대나무를 벨 때, 가끔 황금이 가득 들어있는 대나무를 발견하여 부자가 되었다. '가구야히메'는 불과 석 달 만에 매우 아름다운 성인으로 성장하였다. 가구야히메의 소문이 널리 퍼져나가자 방방곡곡에서 수많은 남자들의 구혼이 있었는데, 그중 가장 적극적으로 구혼한 사람이 다섯 명의 귀공자였다. 그러나 죄를 짓고 인간 세상에 내려온 달세계의 선녀인 가구야히메로서는 이들의 구혼을 받아들일 수 없었기에 해결할 수 없는 어려운 난제[76]를 내어 구혼을 거절하고 달세계로 승천할 날을 기다리고 있었다. 그중에는 대제(大帝)도 있었다. 어느덧 속죄기간이 끝나자, 가구야히메는 자기를 데리러 온 선녀들과 함께 중추의 보름날 밤에 승천하게 되었다. 천황은 "가구야히메가 없는 이 땅에서 불사약이 무슨 소용이랴!"라는 와카를 읊고 난 후, 가구야히메가 보내온 편지와 불사약을 하늘에 가장 가까운 후지산에서 태우도록 명하여, 그 연기를 하늘로 올려 보낸다.

[원문] 「十。ふじの山(후지산)」의 후미 부분

……大臣上達を召して、「いづれの山か天に近き」と問はせ給ふに、ある人奏す。「駿河の国にあるなる山なん、この都も近く、天も近く侍る」と奏す。こ

---

76 다섯 명의 귀공자에게 주어진 문제 : ⓐ 이시쓰쿠리노미코(石作皇子)에게는 부처의 사발을, ⓑ 구라모치노미코(車持皇子)에게는 봉래산(蓬萊山)에 있는 옥으로 된 가지를, ⓒ 우대신(右大臣) 아베노미우시(阿倍御主人)에게는 불쥐(火鼠)의 가죽옷을, ⓓ 다이나곤(大納言) 오토모노미유키(大伴御行)에게는 용머리에 있는 오색구슬을, ⓔ 주나곤(中納言) 이소노카미노마로타리(石上麻呂足)에게는 안산(安産)을 돕는다는 고야스가이(子安貝)를 가져오라는 과제를 주었다.

れを聞かせ給ひて、

　逢ことも　涙にうかぶ　我身には　死なぬくすりも　何にかはせむ

かの奉る不死の薬に、又、壺具して、御使に賜はす。勅使には、つきのい
はかさといふ人を召して、駿河の国にあなる山の頂にもてつくべきよし仰せ給
ふ。嶺にてすべきやう教へさせ給ふ。御文、不死の薬の壺ならべて、火を
つけて燃やすべきよし仰せ給ふ。そのよしうけたまはりて、つはものどもあま
た具して山へ登りけるよりなん、その山をふじの山とは名づけゝる。その煙い
まだ雲のなかへたち上るとぞ言ひ傳へたる。

번역

대신들을 불러 "어느 산이 하늘에 가까운가?"하고 물으시니 한 사람이 진언하였다. "스루
가에 있는 산입니다. 궁궐에서 가깝고 하늘에도 가깝습니다."라 진언하였다. 그 말을 들으
시고,

　사무치는 그리움 눈물어리네. 이내몸이야 죽지 않는다는 불사약이 무슨 소용이랴!

라 읊으시고, 바쳐진 그 불사약(不死の藥)을 단지에 넣어 시종에게 주었다. 칙사 쓰키노이
와카사(つきのいはかさ)를 청하여 스루가노쿠니(駿河の国)에 있다는 산 정상으로 가지고
가서 그곳에서 해야 할 일을 분부하셨다. 칙사는 그 명을 받고 많은 무사들을 거느리고 산
으로 올라가 명령대로 행한 까닭에 그 산을 '후지산(ふじのやま=富士山=不死山)'이라
고 하였다. 그 연기는 지금도 구름 속에서 피어오른다고 전해진다.

2) 우타모노가타리(歌物語)

우타모노가타리(歌物語)는 가요(歌謠)나 와카(和歌)에 얽힌 구승설화를 중심으로 엮
은 모노가타리이다. 대표작으로는 '아리와라노나리히라(在原業平)'로 여겨지는 주인공
'한 남자(昔男)'의 일대기를 묘사한 『이세모노가타리(伊勢物語)』[77], 실재 인물에 관한 전
승이나 설화를 모아 구성한 『야마토모노가타리(大和物語)』, 당대의 풍류남 다이라노사
다부미(平貞文)를 패러디한 헤이추(平中)의 해학적이고 우스꽝스러운 연애이야기를 엮
은 『헤이추모노가타리(平中物語)』등이 있다.

---

[77] 『이세모노가타리(伊勢物語)』: 10세기 중엽에 성립된 작자미상의 『이세모노가타리』는 와카(和歌)가
　읊어지게 된 사정을 확대 재생산하여 이야기로 꾸민 우타모노가타리(歌物語)의 대표작으로, 처음에는
　아리와라노나리히라(在原業平)의 가집(歌集)을 모태로 하는 작은 규모의 작품이었는데, 차츰 증보되
　어 오늘날에 이르는 복잡한 성립과정을 거치고 있다. 작품 전체가 와카를 포함한 125단(段)의 장(章)
　으로 구성되어 있으며, 스토리의 핵심부분이 노래(歌)로 서사된 뛰어난 서정의 세계가 형성되어 있다.

그중 우타모노가타리(歌物語)의 대표작으로 일컬어지는 『이세모노가타리』는 125단의 장(章)으로 구성된 여러 방면의 여성을 좋아하는 '한 남자(昔男)'의 일대기 풍의 이야기로, '아리와라노나리히라(在原業平)'로 여겨지는 한 남자의 애정행각을 현실적인 인간관계 안에서 이루어가고 있다. 그 시작부분과 마지막 부분을 감상해 보자.

春日野の若く美しい姉妹と男

감상

원문 一段「しのぶみだれ」

昔、男初冠して、平城の京春日の里に、しるよしして、狩にいにけり。その里に、いとなまめいたる女はらから住みけり。この男かいまみてけり。おもほえずふるさとにいとはしたなくてありければ、心地まどひにけり。男の着たりける狩衣の裾を切りて、歌を書きてやる。その男、しのぶ摺の狩衣をなむ着たりける。

　　春日野の　若紫の　すり衣　しのぶのみだれ　かぎり知られず

となむ、おひつきていひやりける。ついで、おもしろきこととともや思ひけむ。

　　みちのくの　しのぶもじずり　誰ゆゑに　乱れそめにし　われならなくに

といふ歌の心ばへなり。昔人は、かく、いちはやきみやびをなむしける。

번역

옛날, 어떤 남자가 성년식을 치루고 영지(領地)가 있는 연고로 나라(平城, なら)의 수도 가스가(春日)지방으로 사냥을 나갔다. 그 지역에 매우 우아하고 아름다운 자매가 살고 있었다. 그 남자는 이 여성들을 몰래 훔쳐보았다. 의외로 오래되고 한적한 마을에 어울리지 않는 아름다운 자매여서 마음이 흔들렸다. 남자는 자신이 입고 있던 사냥복의 옷자락을 잘라, 사랑의 노래를 적어서 여자에게 보냈다. 그 남자는 시노부즈리[78]무늬의 사냥복을 입고 있었다.

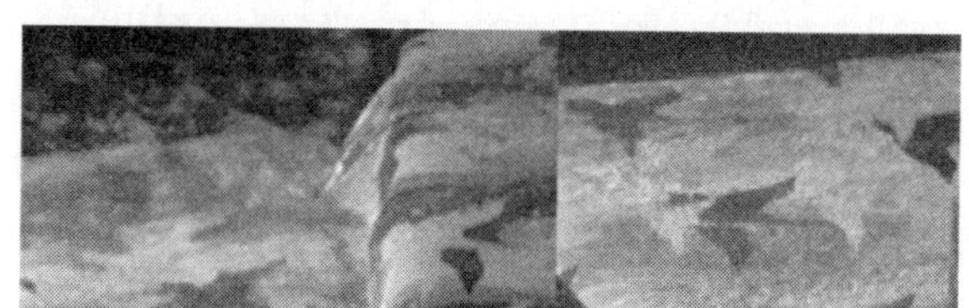
信夫摺(しのぶずり)りの紋様

---

78 시노부즈리(信夫摺り) : 넉줄고사리의 잎과 줄기를 천에 문질러 꼬인 것 같은 무늬를 낸 문양.

가스가의 연 보랏빛으로 염색한 옷인 '넉줄고사리 염색'의 무늬는 더할 나위없을 만
큼 흐트러져 있습니다. (속뜻 : 가스가의 젊고 아름다운 두 자매의 모습을 보고 저의
마음은 이 사냥복의 무늬처럼 흐트러져 있습니다.)
라고 점잖은 투로 읊었다. 때마침 적절하게 정취 깊은 것이라 생각했던 것인지!
　　미치노쿠(陸奧)의 시노부군(信夫郡)의 넉줄 고사리 염색의 무늬가 누구 때문에 흐트
러져 있는 것일까요? 제 탓은 아닙니다. (속뜻 : '넉줄고사리 염색'과 같이 저의 마음
을 흐트러뜨리고 있는 것은 당신입니다.)
라는 풍정(風情)의 노래를 읊었다. 옛사람들은 이처럼 풍류를 즐겼던 것이다.

[원문] 一二五段「つひにゆく」

むかし、男、わづらひて、心持死ぬべくおぼえければ、

　　つひにゆく　道とはかねて　聞きしかど　昨日今日とは　思業利子を。

[번역]
옛날에 한 남자가 병이 들어 죽을 것 같아 깊은 생각에 잠겼는데,
　　언젠가 떠날 길이라고 예부터 들어왔지만 (그것이)어제 오늘이라곤 상상도 못했네

1.2 『겐지모노가타리(源氏物語)』의 세계

11세기 초 무라사키 시키부(紫式部)에 의해 성
립된 『겐지모노가타리(源氏物語)』는 전 54첩
(帖)으로 구성된 장편 역사소설로, 여기에 그려진
시대는 천황 4대조 74년여에 이르며, 등장인물만
도 490여명이 등장할 정도로 방대한 작품이다. 그
럼에도 각 인물의 설정과 각각의 성격이 주도면밀
하고 다채롭게 그려져 있으며, 스토리 또한 전혀
파탄이 없이 자연스럽게 전개되고 있다.

紫式部

　헤이안 귀족사회의 장대한 로망으로 평가되는 『겐지모노가타리』는 히카루겐지(光源
氏)의 일생을 그린 전편과 그의 아들인 '가오루(薰)'를 중심으로 그린 속편으로 나누기
도 하지만, 주제의 전개에 따라 전반부를 2부로 나누고 있어 3부작으로 보는 것이 보편적
이다.

『겐지모노가타리(源氏物語)』의 구성

부	첩	제 목	시 기
一部	1	기리쓰보(桐壺)	源氏誕生-12歲
	2	하하키기(帚木)	源氏17歲 夏
	3	우쓰세미(空蟬)	源氏17歲 夏, 하하키기(卷)
	4	유가오(夕顔)	源氏17歲 秋-冬, 하하키기(卷)
	5	와카무라사키(若紫)	源氏18歲
	6	스에쓰무하나(末摘花)	源氏18歲 春-19歲 春, 무라사키(卷)
	7	모미지노가(紅葉賀)	源氏18歲秋-19歲 秋
	8	하나노엔(花宴)	源氏20歲 春
	9	아오이(葵)	源氏22歲-23歲 春
	10	사카키(賢木)	源氏23歲秋-25歲 夏
	11	하나치루사토(花散里)	源氏25歲 夏
	12	스마(須磨)	源氏26歲春-27歲 春
	13	아카시(明石)	源氏27歲春-28歲 秋
	14	미오쓰쿠시(澪標)	源氏28歲冬-29歲
二部	15	요모기우(蓬生)	源氏28歲-29歲, 미오쓰쿠시(卷)
	16	세키야(関屋)	源氏29歲 秋, 미오쓰쿠시(卷)
	17	에아와세(絵合)	源氏31歲 春
	18	마쓰카제(松風)	源氏31歲 秋
	19	우스구모(薄雲)	源氏31歲 冬-32歲 秋
	20	아사가오(朝顔)	源氏32歲 秋-冬
	21	오토메(少女)	源氏33歲-35歲
	22	다마카즈라(玉鬘)	源氏35歲 以下, 다마카즈라十帖
	23	하쓰네(初音)	源氏36歲 正月, 다마카즈라(卷)
	24	고초(胡蝶)	源氏36歲 春-夏, 다마카즈라(卷)
	25	호타루(蛍)	源氏36歲 夏, 다마카즈라(卷)
	26	도코나쓰(常夏)	源氏36歲 夏, 다마카즈라(卷)
	27	가가리비(篝火)	源氏36歲 秋, 다마카즈라(卷)
	28	노와키(野分)	源氏36歲 秋, 다마카즈라(卷)
	29	미유키(行幸)	源氏36歲 冬-37歲 春, 다마카즈라(卷)
	30	후지바카마(藤袴)	源氏37歲 秋, 다마카즈라(卷)
	31	마키바시라(真木柱)	源氏37歲 冬-38歲 冬
	32	우메가에(梅枝)	源氏39歲 春
	33	후지노우라바(藤裏葉)	源氏39歲 春-冬
二部	34	와카나(若菜)上·下	源氏39歲 冬-41歲 春/41歲 春-47歲 冬
	35	가시와기(柏木)	源氏48歲 正月-秋
	36	요코부에(横笛)	源氏49歲
	37	스즈무시(鈴虫)	源氏50歲 夏-秋, 요코부에(卷)
	38	유기리(夕霧)	源氏50歲 秋-冬
	39	미노리(御法)	源氏51歲
	40	마보로시(幻)	源氏52歲
	41	구모가쿠레(雲隠)	光源氏の死を暗示。

부	첩	제목	시 기
三部	42	니오노미야(匂宮)	薫14歲-20歲
	43	고바이(紅梅)	薫24歲 春, 니오노미야(巻)
	44	다케카와(竹河)	薫14,5歲-23歲, 니오노미야(巻)
	45	하시히메(橋姫)	薫20歲-22歲, 이하 우지주조(宇治十帖)
	46	시이가모토(椎本)	薫23歲 春-24歲 夏
	47	아게마키(総角)	薫24歲 秋-冬
	48	사와라비(早蕨)	薫25歲 春
	49	야도리기(宿木)	薫25歲 春-26歲 夏
	50	아즈마야(東屋)	薫26歲 秋
	51	우키후네(浮舟)	薫27歲 春
	52	가게로(蜻蛉)	薫27歲
	53	데나라이(手習)	薫27歲-28歲 夏
	54	유메노우키하시(夢浮橋)	薫28歲,

　<제1부>는 제1첩 '기리쓰보(桐壺)'장에서부터 제33첩 '후지노우라바(藤裏葉)'장까지로, 주인공 히카루겐지의 출생에서 여러 가지 사랑의 편력을 거쳐 준다이조(準太上)천황에 이르기까지의 과정을 담고 있다. 히카루겐지는 기리쓰보천황의 황자로 태어나 유례없는 자질을 가졌으나 어머니 쪽 집안의 신분이 낮아 신하로 강등된다. 그 후 돌아가신 어머니와 닮은 기리쓰보천황의 후궁 후지쓰보(藤壺)와 허락되지 않은 사랑에 빠지게 되고, 이후 이상향의 여성으로 여긴 그 조카딸인 무라사키노우에(紫の上)와 순애보에 빠지고, 유가오(夕顔)와 아카시노우에(明石の上) 등과 교섭하게 되고, 이후 스마(須磨)로 좌천되는 실의를 겪고 난 후 권세와 부귀의 정점에 이르게 되는 장면을 담고 있다. 그 대략의 줄거리를 감상해보자.

줄거리 『源氏物語(겐지모노가타리)』 제1부

기리쓰보(桐壺)천황의 재위시절이다. 신분이 그리 높지 않은 고이(更衣)가 천황의 총애를 받아 미모와 재능을 갖춘 아들을 낳는데, 그가 바로 '히카루 겐지(光 源氏)'이다. 겐지의 어머니는 겐지가 3세 되던 해에 죽고, 아버지인 천황은 뛰어난 자질을 보이는 겐지가 권력암투에 희생되지 않도록 '겐지(源氏)'라는 성을 하사하여 신하로 만든다.

겐지는 12세에 사다이진(左大臣)의 딸 아오이노우에(葵の上)와 결혼하여 아들 유기리(夕霧)를 낳는다. 그러나 정부(正婦)와의 관계는 소원하고, 그는 오로지 어머니를 닮은 까닭에, 천황의 후궁이 된 후지쓰보노미야(藤壺の宮)만을 그리워한다. 방황하는 겐지는 당대의 풍류 귀족 자제들과 함께 어느 비오는 날 밤에 궁중에서 연애담을 이야기하면서 처음으로 중류 및 하류계급의 여성들에게도 눈을 뜨게 된다. 이후 우쓰세미(空蝉), 유가오(夕

顔)를 비롯한 중류 및 하류계급 여자들은 물론 나이 든 여자와도 교류한다. 그 가운데 금지된 상대인 계모 후지쓰보노미야(藤壺の宮)와도 관계하여 황자를 낳게 된다(그 황자가 훗날 레이제이(冷泉)천황이다). 후지쓰보는 황자가 겐지와 너무도 닮았다는 사실에 두려움을 느낀다. 그러나 기리쓰보천황은 매우 기뻐하며 황자를 동궁으로 책봉하고, 겐지를 후견인으로 정한다.

기리쓰보(桐壺)천황이 사망하고, 겐지의 형 스자크(朱雀)가 황위에 오르자, 스자크천황의 어머니(고기덴)와 외할아버지인 우다이진(右大臣)이 겐지를 압박한다. 이를 눈치 챈 후지쓰보는 황자의 앞날을 생각하여 겐지를 피해 출가함으로써 겐지에게 슬픔을 안겨준다. 한편 정적(政敵)인 우다이진파는 겐지가 우다이진의 딸 오보로쓰키요(朧月夜)와 관계한 사실을 알고, 겐지에게 모반죄를 덮어씌우려 하자, 겐지는 스마(須磨)로 피신하여 귀양을 피한다. 스마에서 다시 아카시(明石)로 피신해 있던 겐지는 그곳에서 아카시노기미를 만나 딸을 낳는다.

스자크천황이 겐지를 다시 불러들이고, 황자 레이제이가 천황에 즉위하게 되면서 겐지는 천황의 후견인이 된다. 그 때 그를 사랑했던 로쿠조미야순도코로의 딸인 아키 고노무를 양녀로 삼아 레이제이의 후궁으로 입궐시켜 섭관정치의 발판을 마련하지만, 겐지가 친아버지라는 사실을 알게 된 레이제이천황의 후원으로 겐지는 무소불위의 권력을 보장받는다. 뿐만 아니라 자식이 없는 겐지의 아내 무라사키노우에가 아카시노기미의 딸 아카시노히메기미의 양어머니가 되어, 겐지 권력의 지속을 위하여 다음 황위를 이어갈 천황의 중궁으로 키우게 된다. 겐지는 로쿠조인(六条院)이라는 대저택을 마련하여 수많은 여인을 거느리는 등 천황의 권위를 뛰어넘는 영화를 누린다.

5帖 : 와카무라사키(若紫)
겐지가 어린 무라사키를 만나고, 동시에 후지씨보와의 만남도 이루어진다.

15帖 : 요모기우(蓬生)
겐지가 달밤에 등꽃에 이끌려 어느 저택을 방문한다. 그곳은 스에쓰무하나(末摘花)의 저택이다.

16帖 : 세키야(関屋)
9월, 오사카관문에서 귀경하는 우쓰세미(空蟬) 일행이 이시야마지(石山寺) 참배길의 겐지일행과 스친다.

20帖 : 아사가오(朝顔)
아사가오는 겐지의 구애를 끝까지 거부하고 불도에만 전념한다.

<제2부>는 제34첩 '와카나(若菜)' 장에서부터 제41첩 '마보로시(幻)' 장까지로, 부귀영화의 정점에 다다른 히카루겐지의 어둡고 숙명적인 죄의 자각으로 고뇌하는 만년의 모습이 서사되어 있다. 온나산노미야(女三の宮)가 시집을 가게 됨에 따라 제1부에서 쌓아올린 이상세계의 모순이 점차 폭로되고 붕괴된다.

줄거리 『源氏物語(겐지모노가타리)』 제2부

어느덧 마흔이 된 겐지는 사랑하는 아내 무라사키노우에(紫の上)가 있음에도 불구하고 더 고귀한 혈통을 가진 아내를 탐내어, 스자쿠천황의 나이어린 딸 온나산노미야(女三の宮)를 정처로 맞이한다. 당시 마흔의 나이는 노년으로 여겨졌으므로, 나이어린 온나산노미야와의 결혼은 당사자는 물론 겐지를 둘러싼 여인들의 질서를 무너뜨리고, 지상낙원으로 불리던 로쿠조인의 붕괴를 초래하게 된다. 특히 사랑하는 아내 무라사키노우에에게 마음의 벽이 생긴 겐지는 많은 상처를 받게 되며, 그녀의 죽음으로 슬픈 말년을 보내게 된다. 히카루겐지 자신의 후지쓰보와의 허락되지 않는 사랑을 재현하듯 가시와기(柏木)와 온나산노미야의 비극이 연출되는 동안 무라사키노우에가 죽음을 맞이하게 되고 히카루겐지도 불안과 고뇌 속에 세상을 떠나게 된다.

35帖 : 가시와기(柏木)
가시와키느느 겐지의 전처 온나산노미야와의 밀통 사건 후 중병으로 누워있다.

36帖 : 요코부에(橫笛)
유기리(夕霧)는 죽은 치구 가시와기 꿈을 꾸다 놀라 잠에서 깨어난다.

37帖 : 스즈무시(鈴虫)
겐지가 레이제이인의 달맞이 잔치에 초대외어 레이제이인과 마주하고 있다.

38帖 : 유기리(夕霧)
유기린에게 온 편지를 아내가 연애편지라 의심하고 뺏으려고 한다.

<제3부>는 제42첩 '니오노미야(匂宮)' 장에서부터 제54첩 '유메노우키하시(夢浮橋)' 장까지로, 히카루겐지가 죽은 후 우지(宇治)를 무대로 하여 가오루나 니오노미야 등 겐지의 자손과 우지노하치노미야(宇治の八宮)의 공주들이나 우키후네(浮舟)와의 이루지 못할 사랑 등이 묘사되어 있다. 사랑의 메마름과 인간불신 등이 냉엄하게 추구되어 벗어날 수 없는 존재의 부조리와 불교에 의해서조차 구원받지 못하는 숙명적인 세계를 그려내고 있다.

줄거리 『源氏物語(겐지모노가타리)』 제3부

겐지가 사망한 후 그의 뒤를 이을 만한 귀공자는 현 천황의 아들 니오노미야(匂宮)와 가오루(薰)였다. 두 사람 모두 외모가 뛰어나지만, 호색적이며 호방한 성격의 니오노미야에 비해 염세적이고 구도적인 가오루는 여성에게 관심을 보이지 않는다. 가오루는 우지(宇治)에서 생활하는 하치노미야(八の宮)를 찾아가 구도자로서의 공감대를 느끼고 그의 두 딸의 후견을 부탁받는다. 가오루는 그 중 언니 오이기미(大君)에게 관심을 두었지만 그녀는 마음을 열지 못한 채 사망해버리고, 그 동생 나카노기미(中君)는 니오노미야와 인연을 맺게 된다. 관념적이기만 한 가오루는 그녀들에 대한 미련 때문에 오이기미를 닮은 그녀의 이복동생 우키후네(浮舟)를 만나게 된다. 그러나 가오루의 우유부단한 성격 때문에 우키후네는 니오노미야를 만나 사랑하게 되고, 이를 의심하는 가오루는 그녀를 압박한다. 우키후네는 니오노미야와 가오루 사이에서 해결책을 찾지 못하고 고민하다가 물에 뛰어들어 자살을 기도한다. 모두들 우키후네가 죽은 줄 알고, 사람들은 당대의 명문 귀족인 가오루가 오이기미(大君)에 이어 우키후네와도 사별했다는 사실에 동정한다. 그러나 죽은 줄로만 알았던 우키후네가 승려의 도움으로 살아나, 여승들과 지내면서, 만류를 무릅쓰고 출가를 결심한다. 그 후 소문을 듣고 찾아온 가오루와도 대면하지 않고 오직 불도에만 정진한다.

44帖 : 다케카와(竹河)
춘삼월, 다마카즈라(玉鬘)의 저택, 딸 오이키미와 나카노키미를 구로토소쇼(藏人少将)가 엿보고 있다.

45帖 : 하시히메(橋姫)
만추의 밤 하치노미야 저택, 거문고와 비파를 합주하는 하치노미야의 딸들을 가오루(薰)가 보고 있다.

49帖 : 야도리기(宿木)
좌대신 유기리의 저택, 오른쪽은 니모니야와 유기리의 딸 왼쪽은 부인들이다.

50帖 : 아즈마야(東屋)
가을에 가오루(薰)가 산조에 있는 우키후네(浮舟)의 은신처를 방문한다.

1.3 『겐지모노가타리(源氏物語)』 이후의 모노가타리

『겐지모노가타리』 이후에도 다수의 모노가타리가 쓰였으나 대부분 『겐지모노가타리』의 영향권에 있었고 그 수준에 미치지는 못했다. 『겐지모노가타리』 3부의 가오루(薰)를 닮은 사고로모(狭衣)를 주인공으로 하는 『사고로모모노가타리(狭衣物語)』를 비롯하여 『요와노네자메(夜の寝覚)』, 『하마마쓰추나곤모노가타리(浜松中納言物語)』, 『도리카에바야모노가타리(とりかへばや物語)』, 『쓰쓰미추나곤모노가타리(堤中納言物語)』 등이 있는데, 이들 작가는 대부분 궁중생활을 경험한 뇨보(女房)로 추정된다.

1) 『사고로모모노가타리(狭衣物語)』

11세기 후반에 성립한 전 4권으로 구성된 장편 모노가타리이다. 작자는 헤이안시대 여류가인(女流歌人)인 로쿠조사이인노센지(六条斎院宣旨)[79]이다.

사가인(嵯峨院)의 동생 호리카와(堀河) 대신의 아들 사고로모 주조(狭衣中将)의 연애

---

79 로쿠조사이인노센지(六条斎院宣旨) : 제69대 고스자쿠천황(後朱雀天皇)의 네 번째 황녀인 바이시나이신노(禖子内親王)의 궁녀.

편력을 서사한 것으로, 전반부는 외모와 재능이 뛰어난 사고로모의 이룰 수 없는 사랑의 번뇌를, 후반부는 절망적으로 끝나버린 사랑의 추억과 번민을 담고 있다. 주제나 구성의 통일성은 있으나, 『겐지모노가타리』의 영향이 현저하다.

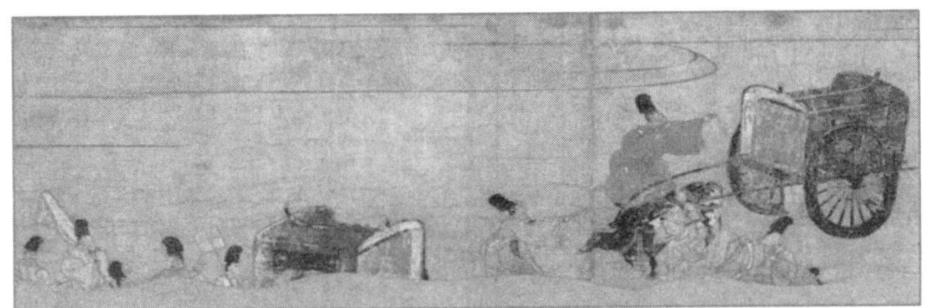

『狭衣物語』絵卷

2) 『요와노네자메(夜半の寝覺)』

『요루노네자메(夜の寝覚)』 또는 『네자메모노가타리(寝覚物語)』, 『네자메(寝覚)』라고도 한다. 작자는 스가와라노다카스에(菅原孝標)의 딸 스가와라노다카스에노무스메(菅原孝標女)이며, 전생의 인연을 숙명적으로 받아들이고 살아가는 여인의 일생을 그려내고 있다. 대략의 줄거리를 감상해보자.

줄거리

일찍이 아내를 잃은 태정대신(太政大臣)은 혼자서 네 아이를 양육하는데, 그 중 나카노키미(中の君)는 유독 음악에 재능이 뛰어난 까닭에, 13세 때 중추에 하늘나라에서 내려온 선녀에게 비파의 비곡을 전수받는다. 그리고 이듬해 중추 보름날 그 선녀로부터 장차 기구한 운명에 처할 것이라는 예언을 듣게 된다.

대신의 큰딸 오키미(大君)는 사다이진(左大臣)의 장남 주나곤(中納言)과 약혼한 사이이다. 어느 날 주나곤은 유모의 문병 차 방문하였다가, 잠시 방황하던 나카노키미와 관계를 맺게 된다. 다른 사람으로 오인하고 맺었던 관계인지라 주나곤은 아무것도 모른 채 오키미와 결혼하였고, 하룻밤의 관계로 아이를 잉태하게 된 나카노키미는 그 상대가 누구인지도 모르고 고뇌한다. 이후 그 사실을 알게 된 주나곤은 나카노키미가 낳은 딸을 몰래 데려다가 아버지 사다이진 밑에서 자라게 하지만, 그 비밀은 오래 가지 못하고 급기야 결혼이 파탄에 이르게 된다.

한편 나카노키미(中の君)는 나이든 관백(関白)과 결혼하게 되었는데, 결혼직전에 주나곤과 관계를 맺고 또다시 잉태하여 아들을 낳게 된다. 관백은 그 사실을 알면서도 아들을 사

랑했고, 마침내 나카노키미는 관백에게 사실을 털어놓게 된다.

주나곤은 자신을 멀리하는 나카노기미로 인해 실의에 빠져 있다가 천황의 여동생 이치노미야(一宮)와 결혼하게 된다. 이로 인해 오키미는 비탄에 빠진 나머지 딸을 낳고 바로 사망하였고, 곧 관백도 사망하게 되자 나카노키미는 과부가 된다.

26세가 되어 다시 주나곤을 향한 그리움을 깨달은 나카노키미는 또다시 주나곤을 만나 서로 관계를 맺는다. 이치노미야의 병상에 나카노키미의 생령이 나타났다는 소문이 돌고, 이에 타격을 입은 나카노키미는는 아버지가 있는 곳으로 도망가 출가를 원하지만, 이에 당황한 주나곤이 아버지에게 과거의 모든 일을 털어 놓는다. 때마침 나카노키미의 임신이 밝혀지게 되고, 주나곤의 염원은 실현되지만 이후로도 그녀의 사색은 끊이지 않는다.

『요와노네자메』는 예언과 숙명적인 인생을 살아간다는 점에서『겐지모노가타리』의 영향이 엿보이지만 등장인물의 심리묘사가 뛰어난 작품이다.

3)『하마마쓰추나곤모노가타리(浜松中納言物語)』

『하마마쓰추나곤모노가타리(浜松中納言物語)』는 헤이안 말기에 성립한 후기 왕조모노가타리(王朝物語)의 하나로, 제목은 주인공을 칭하는 이름 '하마마쓰추나곤(浜松中納言)'에서 유래한다. 작자는 『요루노네자메』와 사라시나닛키(更級日記)의 저자 스가와라노다카스에노무스메(菅原孝標女)로 추정되나 확실치는 않다. 총 5 권으로 되어

『浜松中納言物語』

있으며, 내용은 주인공 하마마쓰추나곤(浜松中納言)의 일본과 당나라를 배경으로 펼쳐지는 연애담이다. 대략의 내용은 다음과 같다.

감상

줄거리

외모와 재능이 뛰어나 주위사람들로부터 기대를 한 몸에 받은 하마마쓰(浜松)는 아버지 시키부쿄노미야(式部卿宮)가 사망하자 출가하려 하지만, 어머니가 염려되어 출가를 단념하고 실의에 빠져있다. 그런데 어머니가 아버지와 살았던 집에 사다이쇼(左大將)를 맞아 재혼하자 돌아가신 아버지를 더욱 그리워한다. 두 명의 딸을 데

리고 들어온 의부 사다이쇼는 자신의 큰딸 오키미(大君)와 하마마쓰를 맺어주려 했지만 하마마쓰는 마음이 끌렸음에도 상대하지 않는다.

이윽고 주나곤(中納言)이 된 주인공은 아버지가 당나라의 태자로 환생했다는 소문을 듣게 되고, 또 그런 꿈을 꾸게 된다. 꼭 한번만이라도 아버지를 만나고 싶었던 주나곤은 고위신분으로서 외국에 가는 일이 여의치 않아 처음엔 체념했다가 굳은 결심으로 천황께 청원한다. 숱한 어려움과 반대를 극복하고 드디어 견당사 자격으로 3년 동안 당나라에 가게 된 주나곤은 출발 직전에 황태자와 약혼한 오키미와 관계를 맺게 된다. 주나곤이 당나라로 떠난 후 오키미의 임신이 알려지면서 약혼이 취소되고, 그 자리를 여동생 나카노키미(中君)가 대신하게 된다. 오키미는 주나곤의 어머니 저택에서 삭발하고 주나곤의 딸을 출산한다.

당나라에 도착한 주나곤은 드디어 아버지의 환생인 당나라 태자를 만나게 되고, 두 사람이 만나는 동안 태자의 어머니인 당나라 황후와 주나곤은 서로 눈이 맞아 급기야 관계를 맺게 되고, 결국 황후는 몰래 딸을 낳게 된다. 이윽고 3년이 지나 귀국하게 된 주나곤의 이야기로 이어진다.

이러한 내용의『하마마쓰추나곤모노가타리』는 꿈의 예언과 계시에 윤회와 같은 몽환적(夢幻的)이고도 초자연적인 사상이 깔려있으며, 무대가 당나라까지 확대된 점이 특색이다.

4)『도리카에바야모노가타리(とりかへばや物語)』

11세기 말에 성립되었으며 작자미상이다. 전 4권으로 구성되어 있는『도리카에바야모노가타리』는 남성과 여성이 바뀌는 비현실적인 설정을 특징으로 하고 있다. 곤다이나곤(權大納言)의 여성적 성향을 지닌 아들은 여자로, 남성적 성격을 지닌 딸은 아들로 자라면서 겪게 되는 다소 퇴폐적이고 변태적인 사건을 그리고 있는데, 특히 남장한 딸이 재

『とりかへばや物語』

상(宰相) 주조(中將)에게 자신의 성을 들킨 후 몸을 허락하는 장면은 엽기적이고 퇴폐적이라는 평가를 받기도 한다. 결국은 원래의 남녀로 돌아가 행복한 결말을 맞는다는 내용으로 진행된다. 그 대략을 줄거리로 감상해보자.

줄거리

관백 사다이진(左大臣)에게는 2명의 자식이 있었다. 수줍어하고 여성적인 남자아이와 쾌활하고 남성적인 여자아이였는데, 아버지는 이 둘의 타고난 성격 때문에 서로 바뀌었으면 좋았을텐데 하며 한탄한다. 이 두 아이의 부모는 이들의 타고난 성격 때문에, 남자아이는

히메키미(姫君)라는 여자로, 여자아이는 와카노키미(若君)라는 남자로 양육하게 된다. 어느덧 남장한 와카노키미가 남성으로서 궁중에 출사하여 넘치는 재기로 젊은 나이에 출세가도를 달리게 되고, 여장한 히메키미 또한 여성으로서 후궁으로 출사하는 뜻을 이루게 되지만, 끔찍한 일이 이들을 기다리고 있다.

와카노키미는 우대신의 딸과 결혼하지만 부부관계가 이루어지지 못하게 되자, 속사정을 모르는 아내는 와카노키미의 친구와 간통하여 마침내 부부사이가 파탄이 이른다. 히메키미 역시 남자로서 궁정의 여인(궁녀)을 연모하여 몰래 관계를 맺게 된다. 그러는 가운데 와카노키미가 재상 주조(中将)에게 자신의 성(性)을 들키는 바람에 사태는 더욱 악화된다. 진퇴양난에 빠진 와카노키미는 급기야 재상 주조의 아이를 임신하게 되고, 주조에게 이끌려 비밀리에 아이를 출산하게 된다.

천성 때문에 성이 바뀌어 자라게 된 것에 대해 크게 고뇌하던 히메키미는 자신의 본성인 남성으로 돌아오려 하고, 행방불명 상태인 와카노키미를 찾아, 주조에게서 도망나올 수 있도록 도와준다. 이후 본래의 성으로 돌아온 두 사람은 각각 자신의 미래를 개척하고 관백과 중궁이라는 최고위 관직에 오르게 된다.

5)『쓰쓰미추나곤모노가타리(堤中納言物語)』

『쓰쓰미추나곤모노가타리(堤中納言物語)』는 후기모노가타리 중 가장 문학성이 뛰어난 작품으로 평가되고 있다. 여기에 수록된 10편의 단편은 섬뜩한 송충이 같은 벌레 수집을 취미로 하는 희한한 아가씨 이야기인「무시메즈루히메기미(虫めづる姫君)」, 젊은 미녀를 보쌈하려다가 잘못하여 늙은 비구니를 데리고 나온다는「하나자쿠라오루쇼쇼(花桜折る少将)」, 갑자기 남자가 온다는 연락에 당황한 나머지 얼굴에 분가루 대신 먹가루를 발라 관계가 파탄난다는「하이즈미(はいずみ)」 등으로, 권태기에 들어선 헤이안 귀족들에 대한 풍자와 해학을 담아내고 있다. 그중「무시메즈루히메기미(虫めづる姫君)」와「하이즈미(はいずみ)」의 일부를 감상해 보자.

[원문] 三話「蟲めづる姫君」 – 아가씨의 벌레사랑을 서술한 서두부분

蝶めづる姫君の住み給ふかたはらに、按察使の
大納言の御むすめ、心にくゝなべてならぬさまに、親
たちかしづき給ふ事かぎりなし。この姫君のの給ふ
事、「人々の花蝶やとめづるこそ、はかなくあやしけ
れ。人はまことあり、本地たづねたるこそ、心ばへを
かしけれ」とて、よろづの蟲のおそろしげなるをとり集

めて、これが成らむさまを見むとて、さまざまなる籠箱どもに入れさせ給ふ。
中にも、「かはむしの心ふかきさましたるこそ心にくけれ」とて、明暮は耳はさ
みをして、手のうらにそへふせてまぼり給ふ。若き人々は、怖ぢまどひけれ
ば、男の童の物怖ぢせず、いふかひなきを召しよせて、箱の蟲どもを取ら
せ、名を問ひ聞き、いま新しきには、名をつけて、興じ給ふ。「人はすべてつ
くろふところあるはわろし」とて、眉さらに抜き給はず、齒ぐろめさらに、うるさ
し、きたなし、とてつけ給はず、いと白らかに笑みつゝ、この蟲どもを朝夕に
愛し給ふ。人々怖ぢわびて逃ぐれば、その御方は、いとあやしくなむのゝしり
ける。かく怖づる人をば、「けしからず、はうぞくなり」とて、いと眉黑にてなむ
にらみ給ひけるに、いとゞ心ちなむまどひける。

번역

나비를 사랑하는 공주가 사시는 집의 옆에 아제치(按察使, 안찰사)[80] 다이나곤의 따님이
살고 있었는데, 그 따님은 기품 있고 예사롭지 않은 모습으로, 부모님이 더없이 애지중지
사랑하며 기르신 분이다. 이 따님이 나와서 "사람들이 꽃과 나비를 사랑하는 것은 부질없
고 이상한 일이지요. 사람에겐 성실한 마음이 있어 본질을 탐구하는 것이야말로 마음상태
도 운치가 있어요."라 하더니, 온갖 벌레를 가지고와서 "이것들이 성장하고 변화하는 모
습을 보자."라 하고, 그 벌레를 여러 상자에 넣게 하신다. 그 중에서도 "애벌레가 정취 깊
은 모습을 하고 있는 것이 기품 있다."하면서 낮이나 밤이나 앞머리를 귀 뒤로 넘기고 손바
닥 위에 기어가게 하시며 지긋이 응시한다. 젊은 여인들은 무서워하며 당황하기에, 겁 없
고 신분이 낮은 남자를 시종으로 가까이 두고, 상자의 벌레들을 건네며, (벌레의)이름을
묻거나 듣기도 하고, 처음대하는 새로운 벌레에게는 이름을 붙여주고는 재미있어 한다.
"사람들은 모두 체면치레하는 점이 좋지 않다."며, 눈썹을 전혀 뽑지 않은데다, 하구로(齒
黑)도 "번거롭다, 지저분하다."며, 전혀 치장하지 않고, 하얗고 하얀 이를 드러내고 웃으
면서 이 벌레들을 아침저녁으로 예뻐한다. (모시는)사람들이 무서워 도망가면, 따님은 더
욱 이상한 태도로 큰 소리 내며 꾸짖는다. 이렇듯 무서워하는 사람들을 "어이없다. 저속하
다."며 눈썹을 찌푸리며 노려보는 까닭에 점점 더 황당해지는 것이다.

원문 七話「はいずみ」 - 갑작스런 남자의 방문에 당황하는 부분

この男、いとひきゝりなりける心にて、「あからさまに」とて、今の人のもとに、
晝間に入り來るを見て、女、「にはかに殿おはすや」と言へば、うちとけて居

 아제치(按察使, 안찰사) : 헤이안(平安)시대에 지방관의 행정 상황을 시찰하던 관직.

たりけるほどに、心騒ぎて、「いづら、いづこにぞ」と言ひて、櫛の箱を取り寄せて、白きものをつくると思ひたれば、取りたがへて、掃墨入りたる畳紙を取り出でて、鏡も待たず、うちさうぞきて、女は、「『そこにて、しばし。な入りたまひそ』と言へ」とて、是非も知らず。きしつくるほどに、男、「いちちくも疎みたまふかな」とて、簾をかきあげて入りぬれば、畳紙を隠して、おろおろにならして、うち口おほひて、優まぐれに、したてたりと思ひて、まだらに指形につけて、目のきろきろとしてまたたき居たり。男、見るに、あさましう、めづらかに思ひて、いかにせむと恐ろしければ、近くも寄らで、「よし、今しばしありて参らむ」とて、しばし見るも、むくつけければ、往ぬ。

번역

이 남자 매우 급한 성격인지라, "잠시 가보자."며, 대낮에 그 여자의 집에 들어갔다. 이를 본 시녀가 "별안간 나리가 오셨어요."라 했다. 여자는 편히 쉬고 있었던지라, 당황해하면서 "어디? 어디 있어"라며 빗 상자를 가져오게 하여 분을 바르려 했는데, 실수로 먹가루가 든 종이를 꺼냈다. 거울도 보지 않고 얼굴에 바르더니, 시녀에게 "거기서 잠시 기다려주세요. 들어오지 마세요."라 전하라 하고, 몸단장에 정신이 없었다. 남자는 "너무 빨리 정나미가 떨어졌나 보군요."라며, 발을 걷어 올리더니 여자의 방으로 들어가니, 여자는 먹가루 종이를 감추고 적당히 얼굴을 문지르고는 소매로 입을 가리고 있었다. (속으로)우아하게 화장을 잘 했다고 생각했다. 그런데 실제로 얼굴은 얼룩덜룩 손자국에 눈만 깜박거리고 있었다. 남자는 보자마자 질린데다가 이상하단 생각이 들어 무서웠는지 가까이 다가가지도 못하고, "좋아요, 말씀대로 조금 있다가 다시 오겠소."라 하고서, 잠간 보는 것도 기분이 나빴는지 돌아가 버렸다.

『쓰쓰미추나곤모노가타리(堤中納言物語)』는 여러 사람의 작품을 모아 엮어낸 작품집인 만큼, 각 편마다 귀족사회의 일상생활을 배경으로 일어난 진기한 희비극을 제재(題材)로 인생의 단면을 보여주고 있다.

1.4 레키시모노가타리(歷史物語)

헤이안시대 말기 셋칸(摂関)정치[81]가 무너지고 무사가 권력의 중심에 서게 되자, 후지

---

[81] 셋칸(摂関)정치 : 헤이안시대에 후지와라가문(藤原北家)의 후지와라노요시후사(藤原良房) 일족이, 천황의 외척으로서 섭정(攝政)이나 관백(關白) 혹은 내람(內覽)이란 요직(要職)을 차지하여, 정치실권을 대대로 계속하여 독점한 정치형태이다.

와라 가문(藤原氏)을 대표로 하는 귀족들은 급격히 힘을 잃어갔다. 몰락한 귀족들은 그들이 권력의 중심에 있었던 화려하고 영화로웠던 시절을 그리워하며, 그 화려했던 역사를 기록해 두고자 하였는데, 이러한 과정에서 탄생한 것이 '레키시모노가타리(歷史物語)'이다.

1)『에이가모노가타리(栄華物語)』

전후(前後) 2편(전편 30권, 속편 10권)으로 구성된『에이가모노가타리(栄華物語)』는 관(官)에서 편찬한 릿코쿠시(六国史, 육국사)[82]의 뒤를 잇는다는 의도를 분명히 하고 있다. 887년 59대 우다(宇多)천황에서부터 1092년 73대 호리카와(堀河)천황 때까지 15대 200여 년에 걸친 역사를 편년체로 기술하고 있다.

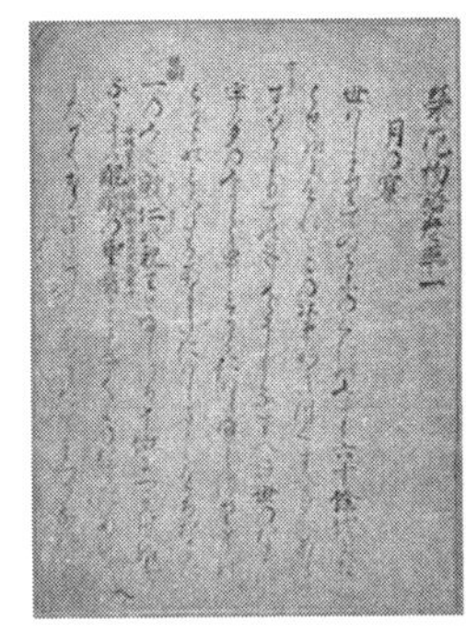

『栄華物語』

전편에서는 후지와라노미치나가(藤原道長)의 영화(榮華)에 대한 찬미를, 속편(續編)에서는 미치나가 사후 자녀들의 이야기를 다루고 있다.『겐지모노가타리』식의 정서와 감상으로 궁정과 귀족의 일상을 묘사하는 데 치중하여 역사소설로서의 비판의식은 결여되어 있지만, 레키시모노가타리는 새로운 장르를 구축했다는 점에서 의의가 있다.

2)『오카가미(大鏡)』

12세기 초에 성립된 것으로 보이는『오카가미(大鏡)』는, '역사를 확실하게 반영하는 뛰어난 거울'이라는 의미를 지닌 만큼, 단순한 구성과 찬미로 일관된『에이가모노가타리』에 비해 주제의 다양성과 입체적 구성을 취하고 있다. 190살의 오야케노요쓰기(大宅世継), 180살의 나쓰야마노시게키(夏山繁樹)라는 두 노인의 옛날이야기로 진행된다. 그중 나이 많은 부인과 젊은 무사가 참가한 4인의 좌담에서 드러나는 비판정신이 돋보인다.

『大鏡』

---

82 릿코쿠시(六国史, 육국사) : 일본의 나라(奈良)시대부터 헤이안(平安)시대에 걸쳐 엮은 여섯 가지의 관(官)에서 편찬한 역사책. 한문으로 쓰인 편년체 역사책. 릿코쿠시의 마지막은『니혼산다이지쓰로쿠(日本三代実録)』으로 고코(光孝)천황으로 끝맺음 된다.

3) 『이마카가미(今鏡)』

『이마카가미(今鏡)』의 성립은 1170년 혹은 1178년 전후로 추정되며, 작자는 후지와라 다메쓰네(藤原為経)란 설이 유력하지만 확실하지 않다. 『오카가미』의 뒤를 이어 1025년 제68대 고이치조(後一条) 천황대부터 1170년 제80대 다카쿠라(高倉) 천황대까지 13대에 걸친 146년간의 역사를 기전체로 서술하고 있다. 역사소설이면서도 역사의 기술보다는 오히려 궁정의 풍류와 관련된 학문이나 예능을 중심으로 진행되고 있는 것이 특징이라 하겠다.

1.5 설화(説話)

중고시대의 설화는 크게 불교의 교의(教義)를 설파하기 위한 '불교설화'와 민간에 전승되는 갖가지 이야기를 기록한 '세속설화'로 구분된다. 대표적인 불교설화로는 『니혼료이키(日本霊異記)』, 『산보에코토바(三宝絵詞)』, 『우치기키슈(打聞集)』를 들 수 있으며, 12세기 후반 불교설화와 세속설화를 모은 『곤자쿠모노가타리슈(今昔物語集)』는 이 시대의 대표 설화집이라 할 수 있다.

1) 『니혼료이키(日本霊異記)』

헤이안 초기 야쿠시지(薬師寺)의 승려 교카이(景戒)가 쓴 『니혼료이키(日本霊異記)』는 설화문학의 효시로 여겨지고 있다. 상·중·하 3권에 약 116화의 설화가 수록되어 있는데, 서민, 관리, 귀족, 황족에 이어 유명한 고승에서부터 가난한 승려에 이르기까지 다양한 계층의 인물이 등장하여 인과응보의 원리와 신앙의 공덕을 이야기하고 있다.

2) 『산보에코토바(三宝絵詞)』

불교설화집 『산보에코토바(三宝絵詞)』는 헤이안 중기인 984년 미나모토노타메노리(源爲憲)에 의해 편찬되었다. 부처, 경전, 승려를 일컬어 세 가지 보물, 즉 '산보(三宝)'라 하는데, 이의 공덕을 기록하고 있기에 『산보에(三宝絵)』라고도 한다. 『니혼료이키』의 불교설화를 바탕으로 귀족사회의 불교사상과 민간신앙을 동시에 수용하고 있다.

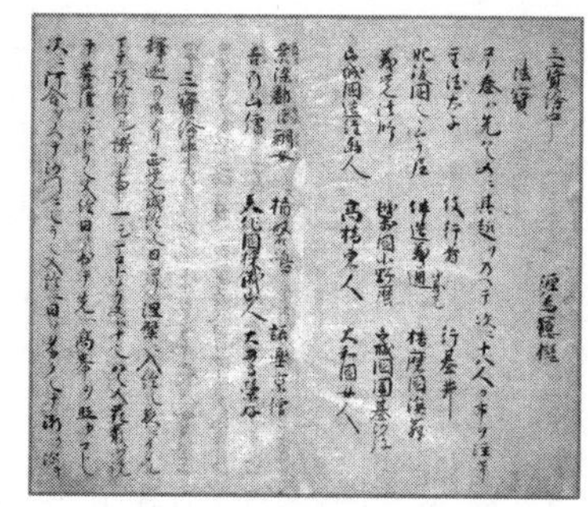

『三宝絵』

3) 『곤자쿠모노가타리슈(今昔物語集)』

12세기 초에 성립된 것으로 추정되는 『곤자쿠모노가타리슈 (今昔物語集)』는 편자미상으로, 인도, 중국, 일본 삼국의 불교 설화와 세속설화가 31권 약 1,100여 편 수록되어 있다. 구성은 인도(天竺: 1~5권), 중국(震旦: 6~10권), 일본(本朝: 11~31권) 의 불교설화와 세속설화 3부로 되어 있다.

『今昔物語集(一)』

각 부의 내용을 보면 인도편은 석가의 탄생에서부터 입멸 후 제자들의 활동 등을 포함한 석가의 불교설화이며, 중국편은 중 국으로의 불교전파 역사, 법화경의 공덕, 효자이야기, 중국의 사서(四書)[83]에서 전해지는 기이한 이야기 등을 담고 있다. 일본편은 11권부터 20권까지 는 불교전파의 역사, 법회의 기원 및 공덕, 법화경 통독과 영험담, 승려의 극락왕생, 관세 음보살이나 지장보살의 영험담 등이며, 21권부터 31권까지는 후지와라 열전, 예능담 및 무용담, 기이한 이야기, 우스운 이야기, 도둑이야기, 동물이야기, 연애이야기 등 세속설화 를 담고 있다.

그중 제18화 '도둑이야기'을 감상해 보자.

---

[83] 사서(四書) : 유교의 경전인 논어(論語), 맹자(孟子), 중용(中庸), 대학(大學)을 총칭함.

[원문] 『今昔物語集(곤쟈쿠모노가타리슈)』 卷29 第18話

今は昔、摂津の国の辺りより盗みせむがために、京に上りける男の、日のいまだ暮れざりければ、羅生門の下に立ち隠れて立てりけるに、朱雀の方に人しげく行きければ、人の静まるまでと思ひて、門の下に待ち立てりけるに、山城の方より人どものあまた来たる音のしければ、それに見えじと思ひて、門の上層に、やはらかきつき登りたりけるに、見れば火ほのかにともしたり。

盗人、怪しと思ひて、連子よりのぞきければ、若き女の死にて臥したるあり。その枕上に火をともして、年いみじく老いたる嫗の白髪白きが、その死人の枕上に居て、死人の髪をかなぐり抜き取るなりけり。

盗人これを見るに、心も得ねば、これはもし鬼にやあらむと思ひて恐ろしけれども、もし死人にてもぞある、おどして試みむと思ひて、やはら戸を開けて刀を抜きて、「おのれは、おのれは」と言ひて、走り寄りければ、嫗、手まどひをして、手をすりてまどへば、盗人、「こは何ぞの嫗の、かくはし居たるぞ」と問ひければ、嫗、「おのれが主にておはしましつる人の失せ給へるを、あつかふ人のなければ、かくて置き奉りたるなり。その御髪の丈に余りて長ければ、それを抜き取りて鬘にせむとて抜くなり。助け給へ」と言ひければ、盗人、死人の着たる衣と嫗の着たる衣と、抜き取りてある髪とを奪ひ取りて、下り走りて逃げて去にけり。

さて、その上の層には、死人の骸ぞ多かりける。死にたる人の葬などえせざるをば、この門の上にぞ置きける。

このことは、その盗人の人に語りけるを聞き継ぎて、かく語り伝へたるとや。

[번역]

지금은 옛날이야기로, 셋쓰지방 부근에서, 도둑질을 하기 위해 상경한 남자가 아직 날이 저물지 않았기에 라쇼몬(羅生門) 아래에 숨어 있었다. 라쇼몬에 이어진 헤이안쿄의 스자쿠(朱雀)대로에는 아직 인적이 많았다. 그래서 조용해질 때까지 기다리려고 생각하여 라쇼몬 아래에서 기다리고 있으려니, 산성 쪽에서 많은 사람들이 다가오는 소리가 들렸다. 들키지 않으려고 성문2층으로 기어 올라가니 희미한 불빛이 보였다. 도둑은 이상하게 여기고, 창문으로 들여다보니 젊은 여자의 시체가 눕혀져 있었다. 그 시체 베갯머리에 불을 밝히고, 백발의 늙은 노파가 쭈그리고 앉아서, 죽은 사람의 머리카락을 거칠게 뽑고 있는 것이었다.

훔쳐보던 남자는 이 광경을 보고 아무래도 그 상황이 이해가 되지 않아서, 혹시나 귀신이 아닌가 생각이 들어 무서웠지만 어쩌면 이미 죽은 사람일지도 모른다. 한번 시험 삼아 놀래켜 볼까나 하고 마음을 다잡고 살짝 문을 열고 칼을 빼어들고 "너는 누구냐? 너는 누구냐?"라 소리치며 달려들자, 놀란 노파가 당황한 나머지 두 손을 맞잡고 문지르며 낭패해 하였다. 그러자 도둑은, "이봐, 노인네! 도대체 당신 누구야? 뭐하고 있는 것이야?"라고 묻자, 노파는 "실은 이 분은 나의 주인이신데, 돌아가셔서 장례 치러줄 사람도 없어 이렇게 여기에 둔 것이오. 머리가 키를 넘길 정도로 길어서, 가발로 만들려고 뽑고 있는 것이라오. 제발 눈감아주시오."라며 간청했다. 이 말을 듣고, 도둑은 죽은 사람이 입고 있던 옷과 노파의 옷, 그리고 뽑아 놓은 머리카락까지 낚아채더니 라쇼몬 2층에서 뛰어내려 어디론가 도망쳐 사라졌다.

헌데 라쇼몬의 이층에는 죽은 사람의 해골이 수없이 많이 흩어져 있었다. 장례도 치르지 못한 사체를 이 라쇼몬 2층에 버려둔 것이었다.

이 일은, 그 도둑이 사람들에게 말한 것이 전해져 이렇게 널리 퍼지게 된 것이다.

2. 중세 모노가타리(物語)

중세의 모노가타리는 크게 기코모노가타리(擬古物語), 레키시모노가타리(歷史物語), 설화(説話) 등 전대(前代)의 전통을 계승한 모노가타리와 군키모노가타리(軍記物語), 오토기조시(御伽草子) 등 새로이 등장한 모노가타리로 분류된다.

2.1 기코모노가타리(擬古物語)

중세초기인 가마쿠라(鎌倉)시대에 들어와서도 귀족들은 자신들의 약해진 위세를 한탄하며 지난날의 영화와 왕조시대의 화려했던 문화를 동경하는 기코모노가타리(擬古物語) 계통의 모노가타리를 다수 창작하였다. 그러나 이 시기 역시 주제나 구성면에서『겐지모노가타리』의 모방에 지나지 않았고, 내용도 참신한 것은 드물었다. 그중에서 작품성이 인정되는 것은『스미요시모노가타리(住吉物語)』,『마쓰라노미야모노가타리(松浦宮物語)』,『고케노고로모(苔の衣)』정도이다.

1)『스미요시모노가타리(住吉物語)』

『스미요시모노가타리』는 헤이안시대에 유포되던 이야기를 새롭게 편집한 것으로, 작자는 미상이다.

내용은 어느 귀족의 딸이, 어머니가 죽고나서 새로 들어온 계모의 계략으로 번번이 결혼이 성사되지 않자 스미요시(住吉)로 가게 되었는데, 그 곳에까지 찾아온 구혼자를 만나 결혼하여 마침내 행복한 생활을 하게 된다는 이야기다. 중고시대의『오치쿠보모노가타리(落窪物語)』의 영향을 받은 의붓자식학대 형식의 모노가타리라는 점에서 기코모노가타리로 분류되고 있다.

『住吉物語』

2)『마쓰라노미야모노가타리(松浦宮物語)』

『마쓰라노미야모노가타리』는 다치바나노우지타다(橘氏忠)의 일대기를 다룬 것이다. 작자는 후지와라노사다이에(藤原定家)라는 설도 있지만 확실하지는 않다. 간나비(神奈備)공주와 사랑에 실패한 주인공 우지타다가 견당부사(遣唐副使)로 중국에 건너가서 악기의 비법을 전수받고, 당나라공주와 사랑에 빠졌다가 다시 귀국하여 출세한다는 내용으로 되어 있다. 이 역시 악기의 비법을 전수받는 장면은 헤이안시대의『우쓰호모노가타리』의 모방인데다, 또 나라를 이동하며 다른 형태의 삶을 표현하고 있다는 점에서『하마마쓰추나곤모노가타리』의 영향이 짙어 기코모노가타리로 분류된다.

3)『고케노고로모(苔の衣)』

『고케노고로모(苔の衣)』는 이름 그대로 출가 및 은둔을 주제로 한 장편 모노가타리이다. 내용이나 구성면에서 중고시대 모노가타리의 영향을 받았지만, 전체적으로 어둡고 슬픈 분위기가 지배적이다. 속세를 떠나 은둔한다거나 부처님의 가호로 병이 낫는다는 점에서 중세적 요소를 찾아볼 수 있다.

2.2 군키모노가타리(軍記物語)

군키모노가타리(軍記物語)는 중고시대에도『쇼몬키(将門記)』,『무쓰와키(陸奥話記)』

등 몇 편이 있었지만, 중고(中古)의 것은 한문체의 기록적 성격이 강했다. 군키모노가타리는 중세(中世)에 들어 독자적인 세계를 구축하였으며, 중세를 대표하는 문학 장르로 자리 잡게 되었다. 이시기 군키모노가타리는 전란에 대한 기록이기보다는 전란을 경험한 무사들의 체험담과 일기 등을 기초로 문학적으로 재구성한 모노가타리이다.

1)『호겐모노가타리(保元物語)』

가마쿠라 초기에 성립된 것으로 추정되는『호겐모노가타리(保元物語)』는 상·중·하 3권으로 구성되어 있으며 정확한 성립연대나 작자는 미상이다.

호겐(保元) 원년(1156)에 왕위계승을 둘러싸고 일어난 '호겐의 난'[84]을 중심으로 전후 28년간 전란의 비애와 비참함을 담고 있는『호겐모노가타리』는 미나모토노다메토모(源爲朝)를 중심으로 골육간의 항쟁을 그리고 있다는 점이 특징이다.

『保元物語』卷六 最期の事

2)『헤이지모노가타리(平治物語)』

『헤이지모노가타리(平治物語)』역시『호겐모노가타리』와 마찬가지로 상·중·하 3권으로 구성되어 있으며 정확한 성립연대나 작자는 미상이다.

1159년에 일어난 '헤이지의 난(平治の乱)'[85]을 중심으로 40여 년에 걸친 쟁란의 과정을 그린『헤이지모노가타리』는 그의 아들 미나모토노요시히라(源義平)의 무사적인 모습과 죽음을 비극적으로 묘사하고 있다.

---

84 호겐의 난(保元の乱) : 헤이안시대 호겐(保元) 원년인 1156년 천황(天皇)파와 상황(上皇)파가 교토(京都)에서 벌인 내전.
85 헤이지의 난(平治の乱) : 헤이지(平治) 원년인 1159년 천황파와 상황파가 교토에서 벌인 내전.

3) 『헤이케모노가타리(平家物語)』

군키모노가타리의 대표적인 걸작이라 할 수 있는 『헤이케모노가타리(平家物語)』는 당초 1220년경 이전에 만들어지긴 하였으나 그 후 많은 사람들에 의해 보완 개정되어 13세기 후반 완성된 것으로 추정되며 작자는 미상이다. 무사계급의 거두인 다이라 가문(平家)의 번영과 몰락을 중심으로 90년에 걸친 비극적인 역사를 3부 체제로 나누어 구성하고 있다.

제1부(1권~5권) : 다이라노기요모리(平淸盛)를 중심으로 다이라 가문(平氏) 일족의 부흥 및 영화를 다룸.

제2부(6권~8권) : 다이라 가문 일족의 쇠퇴과정과 미나모토노요시나카(源義仲)가 중심인물로 등장함.

제3부(9권~12권) : 다이라 가문(平家)이 야시마(屋島) 전투에 이어 단노우라(檀の浦) 전투에서 패하여 멸망하는 과정.

『平家物語』の戦闘場面

『헤이케모노가타리(平家物語)』는 작품 전체에 불교적 무상관과 유교사상이 짙게 흐르는 가운데, 신구(新舊)의 대립과 교체, 의지적인 것과 우미적인 것의 대립이 조화를 이루고 있다. 그 서두부분을 원문으로 감상해 보자.

[원문] 인생무상을 설교하는 서두부분

ⓐ 祇園精舎の鐘の声、諸行無常の響あり。

ⓑ 沙羅双樹の花の色、盛者必衰の理をあらはす。

ⓒ おごれる人も久しからず、ただ春の夜の夢の如し。

ⓓ たけき者も遂にはほろびぬ、ひとへに風の前の塵に同じ。

遠く異朝をとぶらへば、秦の趙高、漢の王莽、梁の朱昇、唐の禄山、これらは皆旧主先皇の政にもしたがはず、楽しみをきはめ、諫めをも思ひ入れず、天下の乱れん事を悟らずして、民間の愁ふるところを知らざりしかば、久しからずして、亡じにし者どもなり。

近く本朝をうかがふに、承平の将門、天慶の純友、康和の義親、平治の信頼、奢れる心も、猛き事も、取々に社(こそ)有りしかども、親(まぢかく)は六波羅之入道、前の太政大臣平朝臣清盛公と申せし人の消息、伝え承る社(こそ)心も詞も及ばれね。

번역

ⓐ 기원정사의 종소리, 제행무상의 울림이어라.

ⓑ 사라쌍수의 꽃 색, 성자필쇠의 이치로다.

ⓒ 잘나가는 사람도 오래가지는 못한다. 단지 짧은 봄날 밤의 꿈과 같은 것.

ⓓ 운 좋은 사람도 결국엔 망하는 법, 오로지 바람 앞의 먼지와 같나니!

멀리 다른 나라의 예를 보면, 진(秦)나라의 조고(趙高), 한(漢)나라의 왕망(王莽), 양(梁)나라의 주승(朱昇), 당(唐)나라의 안록산(安禄山) 같은 사람들도 모두 섬기던 옛 주군인 선황의 정치도의에 따르지 않고, 오직 쾌락만 추구하여 진실한 간언도 귀담아 듣지 않아, 천하가 혼란해 지는 것을 깨닫지 못하고, 민중의 어려움을 돌아보지 않았기에 오래가지 못하고 망해버린 자들이다.

근간의 일본의 예를 보아도 쇼헤이(承平)기의 다이라노마사카도(平将門), 덴교(天慶)기의 후지와라노스미토모(藤原純友), 고와(康和)기의 미나모토노요시치카(源義親), 헤이지(平治)기의 후지와라노노부요리(藤原信頼), 이들은 하나같이 부유한 마음도 세력이 번창한 일도 드물었다. 그러나 최근 로쿠바라(六波羅)로 들어오는 전 태정대신 다이라노키요모리(平清盛)의 모습은 전해들은 것만으로도, 말로나 글로도 형언하기 어렵다.

ⓐ는 병든 사람들을 모아두는 기원정사(祇園精舍)! 이 기원정사에 있는 환자가 죽어나갈 때마다 지붕 네 귀퉁이에 매달려있는 종이 울리게 되어있다. 때문에 기원정사의 종이 울리면 사람이 죽어나가는 무상함을 의미한다. ⓑ는 석가모니가 열반할 때 사라나무 두 그루가 꽃을 피웠던 것을 언급한 것으로, 세상의 모든 일이 번창하지만 반드시 쇠퇴함을 일컫는 무상함을 표상하는 구절이다. ⓒ는 세상살이가 운 좋게 잘 맞아, 잘나가던 사람도

길게 가지는 못한다는 것을 단지 봄날의 짧은 밤의 꿈, 즉 일장춘몽에 비유하고 있다. ⓓ는 존귀한 사람도 결국에는 쇠락하는 이치를 오로지 바람 앞에 먼지처럼 하잘것없음에 비유하고 있다. ⓐ↔ⓑ, ⓒ↔ⓓ는 서로 대구(対句, ついく)를 이루고 있다.

4)『다이헤이키(太平記)』

남북조(南北朝)의 쟁란을 중심으로 한『다이헤이키(太平記)』는 1372년 전후에 성립된 것으로 보이며, 작자는 고지마호시(小島法師)로 추측된다.

난세를 살아가는 인간의 사욕에 찬 모습, 정치 사회의 부패, 하극상의 세태 등을 유교적인 입장에서 비판하고 있는 가운데, 유교의 도덕관과 불교의 인과론(因果論)이 짙게 깔려 있다.

5)『기케이키(義経記)』

긴 세월에 걸쳐 형성된『기케이키(義経記)』는 미나모토노요시쓰네(源義経)의 일생을 비극적으로 묘사하고 있으며,『헤이케모노가타리』를 원류로 한다. 성립 연대는『다이헤이키』이후인 무로마치 초기에 성립된 것으로 보이며, 작자는 미상이다.『기케이키』는 약자에게 동정적이라는 소위 '호간비이키(判官贔屓)'[86]라는 유행어를 탄생시키기도 하였다.

『義経記』

2.3 레키시모노가타리(歴史物語)

전란의 격동 속에서 정권이 어지러워지는 가운데, 사실(史實)에 대한 기록과 역사에 대한 비판의식이 높아지게 되어, 레키시모노가타리(歴史物語)와 새로운 형태의 사론(史論)이 탄생하게 되었다.

---

86 호간비이키(判官贔屓、ほうがんびいき) :『기케이키(義経記)』의 주인공인 미나모토노요시쓰네(源義経)같은 불우한 영웅을 동정한데서 나온 말로, 약자나 패자를 동정하는 심리를 일컬음.

1) 『미즈카가미(水鏡)』

가마쿠라 초기인 1195년경에 성립된 것으로 보이는 『미즈카가미(水鏡)』는 『오카가미(大鏡)』와 『이마카가미(今鏡)』에 이은 세 번째 가가미모노(鏡物)이다. 작자는 나카야마 다다치카(中山忠親)가 유력하다는 설과 미나모토노마사요리(源雅頼)라는 설이 있으나 확실하지는 않다. 모두 3권으로 이루어져있으며 『오카가미』에 기록된 것보다 이전시대인 1대 진무(神武) 천황에서부터 54대 닌묘(仁明) 천황에 이르기까지의 역사를 편년체로 서술하고 있다. 『오카가미』의 내용을 보완하기 위해 만들어 진 것으로 불교설화, 전설 등이 많다.

2) 『마스카가미(增鏡)』

남북조시대인 1368년에서 1375년 사이에 성립된 것으로, 작자는 니조 요시모토(二条良基) 등의 인물이 거론되지만 확실하지 않다. 1180년 82대 고토바(後鳥羽) 천황에서 1333년 96대 고다이고(後醍醐) 천황이 유배지인 오키(隱岐)에서 귀경할 때까지 15대에 걸친 약 150년간의 역사가 편년체로 기록되어 있다.

연로한 비구니의 이야기형식으로 진행되는 『마스카가미(增鏡)』는 무가(武家)의 횡포에 분개하면서 귀족이 몰락해 가는 것을 한탄하는 내용과 함께 조정과 무가와의 싸움도 상세하게 기술되어 있다. 『겐지모노가타리』와 『에이가모노가타리』의 영향을 받은 듯 각 편에 우아한 제목을 붙여놓았으며, 늙은 비구니가 이야기하는(내레이터, 語り部) 형식의, 회고적이고 유려한 문체로 씌어있다. 역사적 사실이 정확하고 미적인 문장을 구사하여 '시쿄(四鏡)'[87] 중 『오카가미(大鏡)』에 버금가는 문학적 가치를 인정받고 있다.

2.4 설화(說話)

헤이안 말기부터 왕성하게 쓰였던 설화는 가마쿠라 전기에 황금시대를 맞이하였다. 세속설화집과 불교설화집이 연이어 발간되었다.

---

[87] 시쿄(四鏡) : 역사적 사실에 바탕을 둔 이야기 중에서 '鏡' 자가 붙은 네 작품인 『오카가미(大鏡)』, 『이마카가미(今鏡)』, 『미즈카가미(水鏡)』, 『마스카가미(增鏡)』를 총칭함.

1)『홋신슈(発心集)』

『홋신슈(発心集)』는 가마쿠라 초기인 1216
년경 가모노초메이(鴨長明)가 만년에 편찬한
설화집으로『조메이홋신슈(長明発心集)』라고
도 한다.

불도(佛道)를 추구한 은둔자의 입장에서 인
도나 중국보다는 일본에 중심을 둔 갖가지 불
교와 관련된 설화를 수록하고 있는데, 대부분
불전(佛典)에서 차용한 이야기가 많다. 주로

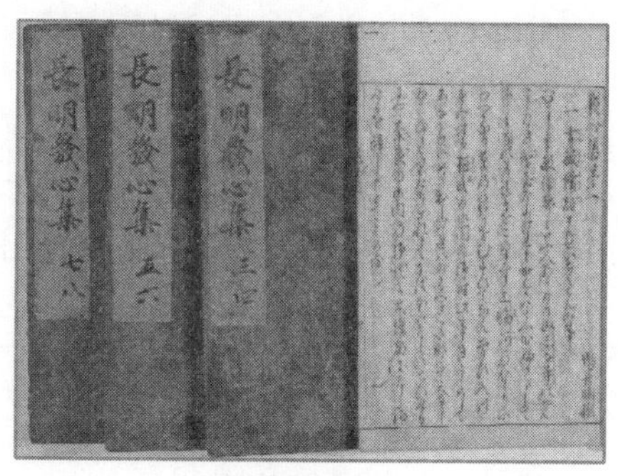

『長明発心集』

은둔을 선택한 승려, 심적 방황으로 왕생하지 못한 성인, 기예연마의 험난한 과정을 거쳐
무아의 경지에 도달한 기인의 삶 등을 그리고 있으며, 여기에 편자의 감상이 덧붙여 서술
되고 있다.

2)『우지슈이모노가타리(宇治拾遺物語)』

『우지슈이모노가타리(宇治拾遺
物語)』는 1221년경 성립된 것으로
추정되며 작자는 미상이다. 전 15권
으로 되어 있으며, 인도와 중국과 일
본을 배경으로 한 흥미 있는 설화가
약 197편정도 수록되어 있다.

『우지슈이모노가타리』는 크게 불교설화, 세속설화, 민간전승설화 등으로 나뉘는데,
특히 불교설화와 민간전승설화가 많이 수록되어 있다. 불교설화의 경우 대체적으로 신앙
심을 유도하는 의도는 보이지 않고 난잡하고 유머러스한 소재를 다루고 있으며, 민간전승
설화 중에서는『시타기리스즈메(舌切り雀, 혀 잘린 참새)』나『오니니고부토라루루코토
(鬼に瘤取らるる事, 혹부리영감)』등이 지금까지 회자(膾炙)되는 유명한 이야기로 남아
있다. 그중『시타기리스즈메(舌切り雀, 혀 잘린 참새)』를 감상해 보자.

감상

줄거리

옛날 옛날에, 어느 곳에 마음씨 착한 할아버지와 욕심쟁이 할머니가 살고 있었다.

어느 날, 할아버지는 외출하였다가 다친 참새를 발견하고 집에 데려와 치료를 해 주었다. 치료를 마친 할아버지가 참새를 산으로 돌려보내 주려고 하자 참새가 할아버지 품에서 떨어지지 않아 그냥 집에서 기르기로 했다.

할머니는 할아버지가 참새를 귀여워하는 것을 마땅찮게 생각했다. 어느 날, 할아버지가 외출한 사이에 참새는 할머니가 장지문을 바르기 위해 쑤어 놓은 풀을 먹어 버렸다. 화가 난 할머니는 참새의 혓바닥을 잘라버린 후, 내쫓아 버렸다.

집에 돌아와 그런 사실을 알게 된 할아버지는 산으로 참새를 찾아다니다 대나무 숲 속에서 참새들의 거처를 발견했다. 그 속에서 혀 잘린 참새가 나와서 할아버지를 맞아주었다. 참새는 할아버지에게 맛있는 음식과 노래와 춤으로 대접하였고, 돌아가려는 할아버지에게 선물로 큰 고리짝과 작은 고리짝을 내놓으며 그중 하나를 가져가라고 하자, 할아버지는 작은 고리짝을 받아가지고 집으로 돌아왔다. 집에 돌아온 할아버지가 고리짝을 열어 보니, 그 속에서 많은 보물이 나왔다.

자초지종을 들은 할머니는 큰 고리짝에는 분명 더 많은 보물이 들었을 것이라며 할아버지를 책망하더니, 곧바로 참새들의 거처로 향했다. 혀 잘린 참새는 할머니에게도 고리짝 두 개를 내놓으며 하나를 골라 가져가라고 하였다. 할머니는 당연히 큰 고리짝을 선택했다. 집에 도착할 때까지 절대로 열어보지 말라는 참새의 당부에도 불구하고 마음이 성급해진 할머니는 돌아오는 길에서 고리짝을 열었다. 그러나 그 고리짝 안에서 보물은커녕 뱀, 귀신, 요괴 등이 나왔다. 너무도 놀란 할머니는 도망치듯 허겁지겁 집으로 돌아왔다.

원문 욕심쟁이 할머니가 참새를 찾아가서 큰 고리짝을 받아오는 부분

もう外はまっ暗になっていましたが、おばあさんは欲ばった一心でむちゃくちゃにつえをつき立てながら、

「舌切りすずめ、お宿はどこだ、チュウ、チュウ、チュウ。」

と言い言いたずねて行きました。野を越え、山を越えて、また野のを越えて、山を越えて、大きな竹やぶのある所へ来ますと、やぶの中から、

「舌切りすずめ、お宿はここよ。チュウ、チュウ、チュウ。」

という声がしました。おばあさんは「しめた。」と思って、声のする方へ歩いて行

きますと、舌を切られたすずめがこんども門をあけて出てきました。そしてやさしく、
「まあ、おばあさんでしたか。よくいらっしゃいました。」
と言って、うちの中へ案内をしました。そして、
「さあ、どうぞお上がり下さいまし。」
とおばあさんの手を取っておざしきへ上げようとしましたが、おばあさんは何だかせわしそうにきょときょと見まわしてばかりいて、おちついて座ろうともしませんでした。
「いいえ、お前さんのぶじな顔を見ればそれで用はすんだのだから、もうかまっておくれでない。それよりか早くおみやげをもらって、おいとましましょう。」
いきなりおみやげのさいそくをされたので、すずめはまあ欲の深いおばあさんだとあきれてしまいましたが、おばあさんはへいきな顔で、
「さあ、早くして下さいよ。」と、じれったそうに言うものですから、
「はい、はい、それではしばらくお待ち下さいまし。今おみやげを持ってまいりますから。」と言って、奥からつづらを二つ出してきました。
「さあ、それでは重い方と軽い方と二つありますから、どちらでもよろしい方をお持ち下さい。」
「それはむろん、重い方をもらっていきますよ。」と言うなりおばあさんは、重いつづらを背中にしょい上げてあいさつもそこそこに出ていきました。

이미 밖은 어두워져버렸는데도, 욕심이 솟구친 할머니는 지팡이를 내두르면서,
"혀 잘린 참새야, 네 거처가 어디냐? 쥬, 쥬, 쥬."
라 물어가며 찾아갔습니다. 산을 넘고 들을 건너, 또 들판을 지나고 산을 넘어서 커다란 대나무 숲이 있는 곳으로 오자, 덤불 속에서
"혀 잘린 참새, 거처는 여기 있지요. 쥬, 쥬, 쥬."
라는 소리가 났습니다. 할머니는 "됐다" 생각하며, 소리 나는 쪽으로 걸어가 보니, 혀를 잘린 참새가 이번에도 문을 열고 나왔습니다. 그리고는 부드러운 목소리로,
"아아, 할머니셨습니까? 잘 오셨습니다."

라며, 둥지 안으로 안내했습니다. 그리고는,

"자, 어서 들어오십시오."

하며 할머니의 손을 잡고 자리에 올라오시게 하였습니다만, 할머니는 왠지 번거로운 듯이 주저주저 하며 차분히 앉으려고 하지도 않았습니다.

"아니다, 무사한 참새 얼굴을 보았으니 그것으로 용무는 끝났으니, 이제 마음 쓰지 않겠다. 그보다 빨리 선물을 받고 돌아가야겠다."

갑자기 선물을 재촉했기 때문에, 참새는 정말 욕심 많은 할머니로구나 하며 질려버렸는데, 할머니는 태연한 얼굴로

"자, 빨리 주게나."라며 초조한 듯이 말하였으므로,

"예, 예, 그럼 잠시만 기다려 주십시오. 지금 선물을 가지고 올 테니까요."라 말하고, 안에서 고리짝 두 개를 꺼내왔습니다.

"자, 그럼 무거운 것과 가벼운 것 두 개 있으니, 어느 쪽이라도 좋은 것을 가지고 가십시오."

"그야 물론 무거운 것을 받아 가겠네."라 말하자마자 할머니는 무거운 고리짝을 등에 지고 인사도 하는 둥 마는 둥 그길로 나와서 집으로 향했습니다.

3) 『짓킨쇼(十訓抄)』

가마쿠라 중기인 1252년 성립된 것으로 보이는 『짓킨쇼(十訓抄)』는 총 10개의 항목으로 된 교훈서로, 각 항의 주제는 다음과 같다.

第一　人に恵を施すべき事 (사람에게 은혜를 베풀 것)

第二　傲慢を離るべき事 (오만을 버릴 것)

第三　人倫を侮らざる事＝人を馬鹿にしないこと (타인을 멸시하지 않을 것)

第四　人の上を誡むべき事 (사람을 경계할 것)

第五　朋友を選ぶべき事 (친구를 가려서 사귈 것)

第六　忠直を存ずべき事 (충의와 정직을 갖출 것)

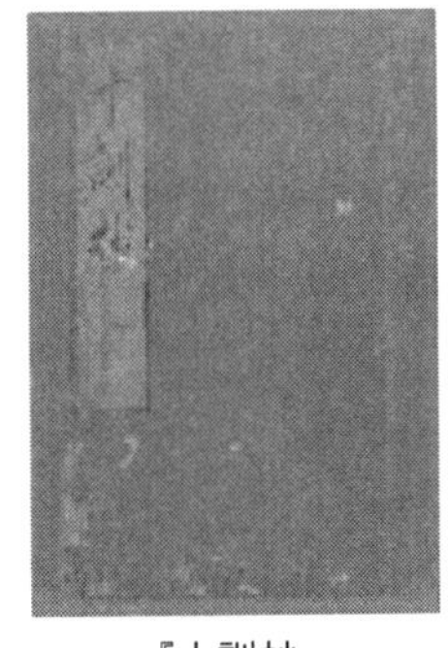

『十訓抄』

第七　思慮を専らにすべき事 (사려를 깊게 할 것)

第八　諸事を堪忍すべき事　＝もっとよく考えて生きること (모든 일을 깊이 생각하고 행할 것)

第九　懇望を停むべき事 (갈망을 멈출 것)

第十　才芸を庶幾(しょき)すべき事 (재능과 예기를 기를 것)

전 3권에 인도, 중국, 일본 3국의 설화 282화(話)가 수록되어 있는『짓킨쇼』는 계몽과 교훈의 목적으로 만들어진 만큼 유교적 사상이 근저에 흐르고 있으며, 각각의 교훈을 지킨 사례와 지키지 않은 사례를 여러 가지 예증과 예화를 들어 설명하고 있다.

4)『샤세키슈(沙石集)』

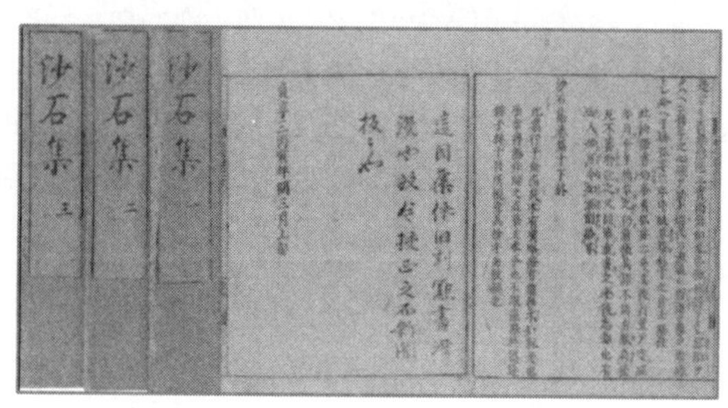

『샤세키슈(沙石集)』는 1283년경 성립되었으며 작자는 무주 도교(無住 道曉) 법사이다. 전체 125편의 이야기를 10개 항목으로 나누어서 서술한『샤세키슈』는 대중들을 불교에 귀의시킬 목적으로 만든 만큼『논어(論語)』, 『백씨문집(白氏文集)』,『법화경(法華 経)』등에서 취재한 내용 중에서 불교와 처세훈 등을 예로 들어 평이하게 설명하고 있다.

『沙石集』

2.5 오토기조시(御伽草子)

무로마치시대에 들어 기코모노가타리(擬古物語)의 형태를 빌어 민간적인 설화나 전승 등을 소재로 하는 단편작품을 내놓았는데, 이를 오토기조시(御伽草子)라 한다. 기코모노가타리가 귀족을 중심으로 하고 있는데 반해, 오토기조시는 귀족은 물론, 서민, 무사, 상인 등 다양한 계층의 인물이 등장한 까닭에 다양한 독자층을 확보하였다. 포교하는 승려를 매체로 문학화 되었기 때문에 불교사상을 전하는 것이 많고, 작품 수도 대략 300여 편에 이른다. 이 시기의 오토기조시는 대략 ⓐ 왕조시대의 귀족을 소재로 한 것, ⓑ 포교하는 스님들을 다룬 것, ⓒ 무사를 다룬 것, ⓓ 서민의 일상을 다룬 것, ⓔ 일본이 아닌 다른 세계를 다룬 것, ⓕ 인간과 조수(鳥獸)들의 관계를 다룬 것 등 여섯 유형으로 분류된다. 그 중 ⓓ 유형의『잇슨보시(一寸法師)』와 ⓕ 유형의『우라시마타로(浦島太郎)』를 감상해 보자.

줄거리 『一寸法師(잇슨보시)』

옛날 옛적 어느 마을에 노부부가 살고 있었는데, 노부부는 자식이 없어 신에게 아이를 얻게 해달라고 간절히 기도하였고, 마침내 아들을 얻게 된다. 그런데 그 아이는 3cm 정도밖에 안 되는 너무도 작은 아이였기에, 노부부는 '잇슨보시(一寸法師)'라 이름 짓는다. 노부부는 어렵게 얻은 아들을 애지중지 양육하지만 세월이 흘러도 아이의 키가 자라지 않아 근심한다.

그러던 어느 날, 잇슨보시는 무사가 되기 위해 교토에 가고 싶다는 말을 한다. 처음에는 만류하던 노부부는 잇슨보시의 결심이 확고한 것을 알고 허락한다.

잇슨보시는 그릇(대접)을 배로, 젓가락을 노(櫂)로, 칼 대신 바늘을, 칼집 대신 지푸라기를 지니고 집을 나섰고, 여러 날이 지나서야 교토에 도착한다.

잇슨보시는 교토에서 가장 크고 훌륭한 집을 찾아가 일하게 해달라고 하여, 대신(大臣)의 집에서 일하게 되었는데, 대신의 신임을 얻어 아가씨의 일을 돕게 된다.

어느 날, 대신의 딸과 함께 기요미즈데라(清水寺) 참배 길에 나섰는데, 그 길에서 도깨비를 만나게 된다. 도깨비가 아가씨를 위협하자 잇슨보시는 도깨비에게 정면으로 대적한다. 도깨비는 너무도 조그마한 잇슨보시를 깔보더니 단숨에 삼켜버린다. 도깨비에게 삼켜진 잇슨보시는 가지고 있던 바늘 칼로 도깨비의 몸속을 헤집고 다니면서 여기저기 마구 찔러댄다. 따끔거리다 못해 심한 통증을 느낀 도깨비는 제발 멈추어달라며 애원하다가 크게 재채기를 하여 잇슨보시를 토해낸다. 그리고는 혼비백산하여 그만 요술방망이(打出の小槌)까지 내팽개치고 도망가 버린다.

도깨비의 방망이가 신통력이 있다는 것을 안 아가씨는 잇슨보시에게 소원을 말하게 하였고, 그 방망이를 흔들어서 키가 크고 싶다고 하는 잇슨보시의 소원을 이루게 해준다. 그 방망이로 많은 금은보화까지 얻어내어 교토에 돌아온 잇슨보시는 아가씨와 결혼하여 노부모님을 모시고 행복하게 살았다.

원문 잇슨보시가 도깨비를 퇴치하고 소원을 말하는 부분

ある時、一寸法師がお姫様と出かけました。

すると、どつぜん鬼が姫様を襲いました。

「やい、お姫様を離せ。」と、一寸法師は言いました。

鬼は、「ふん、ちび、お前になにができる。」と言って、一寸法師をつまみあげて飲みこんでしまいました。

鬼のおなかの中で一寸法師は、針の刀を突き刺しはじめました。

「痛い！痛い！」刺された鬼はたまりませんでした。

一寸法師は針であっちこっちを刺しながら、鬼の鼻から出て来ました。

鬼はうちでの小づちを落として、逃げてしまいました。

「これをふれば、願いがかないますよ。」と、お姫様が言うと、一寸法師は

「それでは、大きくなりたいです。」と言いました。

번역

어느 날, 잇슨보시는 아가씨와 함께 외출하게 되었습니다.

그러자, 갑자기 도깨비가 나타나 아가씨를 덮쳤습니다.

"야잇, 우리아가씨에게서 떨어져라." 하고, 잇슨보시가 말했습니다.

도깨비는 "흥, 쪼그만 녀석이, 네가 뭘 할 수 있는데?"라 하더니, 잇슨보시를 집어 들고는 단숨에 삼켜버렸습니다.

도깨비 뱃속에서 잇슨보시는 바늘 칼로 찌르기 시작했습니다.

"아파! 아프단 말야!" 찔린 도깨비는 참을 수 없었습니다.

잇슨보시는 바늘로 여기저기를 찌르면서, 도깨비 코에서 나왔습니다.

도깨비는 품에서 뿅망치를 떨어뜨리고, 도망가 버렸습니다.

"이걸 흔들면 소원이 이루어진대요."라고 아가씨가 말하자, 잇슨보시는 "그럼, 키가 커지고 싶습니다."라 말했습니다.

줄거리 『浦島太郎(우라시마타로)』

우라시마타로(浦島太郎)라 하는 어부가 늙은 어머니와 둘이서 살고 있었다.

어느 날, 우라시마타로는 바닷가에서 노는 아이들이 새끼거북이 한 마리를 괴롭히고 있는 것을 보고, 거북이를 구해내어 바다로 보내 주게 된다.

세월이 흐른 후, 다로(太郎)가 바다에서 낚시를 하고 있는데, 큰 거북이가 나타나, 그 옛날 구해준 답례로 바다 속 용궁으로 데려가게 되었다. 다로는 용궁에서 아름다운 용녀님의 환대를 받으며, 물고기들의 춤과, 훌륭한 진수성찬으로 대접받고, 즐거운 나날을 보낸다. 그렇게 며칠이 지나자, 다로는 마을에 두고 온 어머니가 걱정이 되어 견딜 수가 없어 용녀님께 고향에 가고 싶다고 말했다. 처음엔 말리던 용녀님도 어쩔 수 없이 다로를 보내기로 한다. 그리고 보석함을 건네주면서 곤란한 일이 생길 경우 외에는 절대 열어보지 말라고 당부한다.

다로는 거북이 등에 타고 용궁을 빠져나와 드디어 고향마을로 돌아오지만, 고향마을은 간 데없고, 다로를 아는 사람이라곤 하나도 없었다. 난처해진 다로는 용녀님이 준 보석함을 떠올리고 궁금하여 뚜껑을 열어보았다. 그러자, 속에서 하얀 연기가 뭉게뭉게 피어나오고, 순식간에 다로는 할아버지로 변해버린다.

원문 우라시마타로가 할아버지로 변해버린 부분

何日か経つと太郎は村に残してきたおっかさんのことが気になって、だんだん元気がなくなってきた。それを察した乙姫さまは「村に帰って、もし困ったことがあったら、この玉手箱を開けなさい。」と言って、太郎を送り出した。

太郎が亀の背に乗って村に帰ると、自分の家はおろか村の様子がすっかり変わっていて、太郎の知っている人が一人もいなくなっていた。太郎が竜宮で過ごしているうちに、地上では何十年も経っていたのだった。困った太郎は、乙姫さまに貰った玉手箱のことを思い出した。蓋を開けると、中から白い煙がもくもくと出て、たちまち太郎は白いひげのお爺さんになってしまった。

번역

며칠인가 지나자, 다로(太郎)는 마을에 남겨두고 온 어머니가 걱정이 되어, 점점 시무룩해졌다. 그것을 알아차린 용녀님은 "마을로 돌아가십시오. 혹시라도 곤란한 일이 생기면 이 보석함을 여십시오."라 말하고, 다로를 보내주었다.

다로가 거북이의 등에 타고 마을로 돌아오니, 자기 집은커녕, 마을 모습이 완전히 바뀌어 있었고, 다로를 아는 사람이 단 한사람도 없었다. 다로가 용궁에서 지내는 동안, 지상에서는 수십 년이나 흘러버렸던 것이었다. 난처해진 다로는 용녀님이 준 보석함을 떠올렸다. 뚜껑을 열자, 속에서 하얀 연기가 뭉게뭉게 나오더니, 순식간에 다로는 수염이 하얀 할아버지가 되어버렸다.

3. 근세 모노가타리(物語)

근세의 소설은 '오토기조시(お伽草子)'의 계통을 잇는 계몽적이고 교훈적인 내용을 담은 '가나조시(仮名草子)'를 비롯하여, 조닌(町人)계층의 풍속을 사실적으로 묘사한 '우키요조시(浮世草子)', 장편역사나 전설을 소재로 한 전기적이고 교훈적인 작품 '요미혼(読本)', 유곽을 배경으로 하여 회화체 문장의 수법을 사용한 '샤레본(洒落本)', 서민의 생활을 익살스럽게 풍자한 '곳케이본(滑稽本)', 남녀간의 사랑을 주제로 한 '닌조본(人情本)', 그리고 '구사조시(草双紙)' 등의 이름으로 다양하게 전개되어 간다. 이같은 흐름에서 근세소설은 크게 전기(前期)의 '가미가타문학(上方文学)'과 후기(後期)의 '에도문학(江戸文学)'으로 나누어 보는 것이 보편적이다.

3.1 가미가타(上方) 모노가타리(物語)

1) 가나조시(仮名草子)

오토기조시(御伽草子)의 계통을 이어 근세 초기에 교토(京都)나 오사카(大阪) 지역에서 유행한 소설류를 중심으로 한 산문작품을 총칭하여 '가나조시(仮名草子)'라고 한다. 가나로 쓰인 책이라는 의미에서 '가나조시'라고 하였는데, 문학적으로는 미숙하지만 친근한 문체와 계몽성을 지닌 데다 인쇄술의 발달에 의해 널리 보급됨으로써 많은 독자층을 형성하였다. 작자는 주로 귀족이나 승려, 무사 등 지식계급이며, 작품 성격에 따라 ① 교훈적인 것, ② 오락적인 것, ③ 실용적인 것 등 세 부류로 나누어 볼 수 있다.

교훈적인 것으로는 교훈적 수필인『가쇼키(可笑記)』, 불교의 가르침에 입각한『니닌비구니(二人比丘尼)』, 번역물인『이소호모노가타리(伊曾保物語)』가 있는데, 그 중『가쇼키』는 수신(修身)과 경국(經國)에 관한 교훈을 중심으로 위정자의 자세나 세상사를 비판한 내용으로 되어 있어, 아사이 료이(淺井了意)의『가쇼키효반(可笑記評判)』과 이하라 사이카쿠(井原西鶴)의『신카쇼키(新可笑記)』라는 후속 작품의 바탕이 되었다.

오락적인 것으로는 우스운 이야기를 담고 있는『세이스이쇼(醒睡笑)』, 번안 괴담인『오토기보코(伽婢子)』등이 있으며, 실용적인 것으로는 명소안내적인『도카이도메이쇼키(東海道名所記)』, 돌팔이의사 지쿠사이(竹齋)의 우스꽝스런 처방을 다룬『지쿠사이(竹齋)』(1635) 등을 들 수 있다.

이외에도『우라미노스케(恨之介)』와『우스유키모노가타리(薄雪物語)』등의 연애물과, 중고모노가타리인『이세모노가타리(伊勢物語)』를 패러디한『니세모노가타리(仁勢物語)』가 있다. 그중『이세모노가타리』9단을 근세 서민사회의 취향에 맞게 패러디한『니세모노가타리(仁勢物語)』의 일부를 먼저 감상해보자.

> 원문 『仁勢物語(니세모노가타리)』
> ⓐをかし、男ありけり。その男、身を要なき物に思ひなして、「京にはあらじ。東の方に住むべき」とて行きけり。連れとする人、一人二人行きけり。道知れる人もなくて、問ふて行きけり。三河国ⓑ岡崎といふ所に至りぬ。そこを岡崎とは、茶売あるによりてなむ、岡崎と思ひける。その宿の家に立寄りて、ⓒ旅籠飯食ひけり。その棚に、柿つ蔕いと多くありけり。それを見て、連れ人、「ⓓ『かきつへた』といふ五文字を、句の上に据へて、旅の心を詠め」と云

ひければ、詠める。

　　徒歩道を 昨日も今日も 連れ立ちて 経巡りまわる 旅をしぞ思ふ

と詠めりければ、皆人笑ひにけり。

[번역]

ⓐ <u>재미있는 남자가 있었다.</u> 그 남자는 자신을 쓸모없는 인간이라고 단정 짓고는 "교토에는 없다. 동쪽으로 가서 살자"고 길을 떠난 것이다. 길벗 한두 사람과 함께 갔다고 한다. 길을 아는 사람도 없어 물어물어 갔다고 한다. 미카와노구니의 ⓑ <u>오카자키</u>라는 곳에 도착했다. 그곳을 오카자키라는 곳은 차시장이 있어서 그렇게 부르는 것이라고 생각했다. 여관에 들어가 ⓒ <u>여관밥</u>을 먹었다. 그곳 선반에 감꼭지(かきつへた)가 상당히 많이 있었다. 그것을 보고 일행 중 한 사람이 "「ⓓ <u>かきつへた</u>」라는 다섯 글자를 각 구의 머리에 놓아 여행의 심정을 노래로 읊어보게나" 하니 읊는다.

　　도보 길을 어제도 오늘도 함께 나서서 여기저기 돌아보는 여행을 떠올리네.

라 읊으니 모두가 웃어댄다.

다음은 이와 비교해 볼 수 있는 『이세모노가타리(伊勢物語)』 9단의 일부분이다.

[원문] 『伊勢物語(이세모노가타리)』 九段

ⓐ<u>むかし、**男ありけり。**</u> その男、身を要なき物に思なして、京にはあらじ、東の方に住むべき国求めにとて行きけり。もとより友とする人ひとりふたりして行きけり。道知れる人もなくて、まどひいきけり。三河の国、ⓑ<u>**八橋**</u>といふ所にいたりぬ。そこを**八橋**といひけるは、水ゆく河の蜘蛛手なれば、橋を八つわたせるによりてなむ、**八橋**といひける。その沢のほとりの木のかげに下りゐて、ⓒ<u>**乾飯食**</u>ひけり。その沢にかきつばたいとおもしろく咲きたり。それを見て、ある人のいはく、「ⓓ<u>**かきつばた**</u>といふ五文字を句の上にすへて、旅の心をよめ」といひければ、よめる。

　　<u>か</u>らごろも <u>き</u>つつなれにし <u>つ</u>ましあれば <u>は</u>るばるきぬる 旅をしぞ思ふ

とよめりければ、皆人、乾飯のうへに涙落してほどびにけり。

[번역]

ⓐ<u>**옛날 한 남자가 있었다.**</u> 그 남자 자신을 쓸모없는 인간이라고 단정 짓고, 교토에는 없다 하여 동쪽으로 살 만한 나라를 찾아 떠났다고 한다. 원래부터 벗으로 하던 사람 한두 명을 데리고 갔다. 길을 아는 사람도 없어 헤매며 갔다고 한다. 미카와노쿠니 ⓑ**야쓰하시(八橋)** 라는 곳에 이르렀다. 그곳을 **야쓰하시**라고 부르는 이유는 물이 거미발처럼 여러 갈래로 흐르는 강이므로, 다리를 여덟개 걸어놓았다 하여 **야쓰하시**라고 칭한 것이다. 그 연못가 의 나무 그늘에 앉아 ⓒ**주먹밥**을 먹었다. 그 연못에 제비붓꽃이 무척 흥미롭게 피어 있었 다고 한다. 그것을 보고 어느 사람이 말하기를 "「ⓓ**かきつばた**」라는 다섯 글자를 구의 머 리에 두고 여행의 심정을 읊어라"고 말하므로 읊었다.

아름다운 옷을 입고서 정든 아내가 있으니 멀리 떠나온 여정을 떠올린다

라 읊으니, 모두가 마른 밥 위에 눈물을 떨어뜨려 밥이 불어버렸다.

ⓐ의 'むかし、男ありけり'가 → 'をかし、男ありけり'로, ⓑ의 '야쓰하시(八橋)'가 → '오카 자키(岡崎)'로, ⓒ의 '주먹밥(乾飯)'이 → '여관밥(旅籠飯)'으로, 그리고 ⓓ의 'かきつばた' 는 → 'かきつへた'로 바뀌면서, 그저 먹고 즐기는 비속한 분위기를 연출하고 있는 것이다.

2) 우키요조시(浮世草子)

우키요조시(浮世草子)는 이하라 사이카쿠(井原西鶴)의『고쇼쿠이치다이오토코(好 色一代男, 호색한 일대기)』(1682)를 시작으로 약 100년간 가미가타(上方, 교토 오사 카)를 중심으로 유행하였던 풍속소설을 말한다. 서민(町人)의 현실적 에너지를 그대로 반영한 사이카쿠의 우키요조시는 작품의 내용 및 성격에 따라 고쇼쿠모노(好色物), 부 케모노(武家物), 조닌모노(町人物), 자쓰와모노(雑話物) 등 넷으로 분류하여 보는 것이 보편적이다.

우키요조시의 작품에 따른 분류

구분	대 표 작	내 용
好色物	『好色一代男』,『好色五人女』,『好色一代女』등	남녀의 성욕이나 애욕의 세계를 묘사함.
武家物	『武道傳來記』,『武家義理物語』등	무사사회의 생활상이나 의리를 다룸.
町人物	『日本永代蔵』,『世間胸算用』등	서민의 경제생활을 중심으로 세태 묘사.
雜話物	『西鶴諸国噺』,『本朝二十不孝』등	그 외

우키요조시의 출발이라 할 수 있는 사이카쿠의 대표작 『고쇼쿠 이치다이오토코(好色一代男)』는 1682년 오사카의 아라토야(荒砥屋)에서 출간되었다. 부호 '유메스케(夢介)'와 유녀 사이에서 태어난 '요노스케(世之介)'의 일대기를 총 8권 8책 54장에 담고 있는데, 전반 4권은 여행을 통한 호색 수업, 후반 4권은 유녀들의 이야기를 중심으로 장대하게 펼쳐진다.

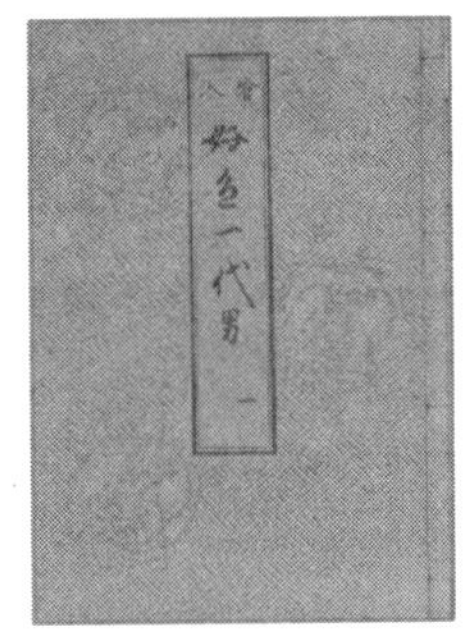

『好色一代男』

줄거리

부호 '유메스케(夢介)'와 유녀의 사이에서 태어난 주인공 '요노스케(世之介)'는 7세 어린 나이에 하녀에게 정을 품기 시작한 이래 여러 계층의 여자들과 어울려 방탕한 생활을 하게 되고, 20세 이후에는 전국 각지를 돌아다니며 호색행각을 벌인다. 그러던 중 34세에 아버지의 사망소식을 접하고서 방랑생활을 접고 집으로 돌아와 막대한 유산을 상속받게 된다. 당대 제일의 호색가가 되기에 거리낄 것이 없어진 요노스케는 전대미문의 유녀 '요시노(吉野)'를 기적에서 빼내어 정처로 삼았으며, 요시노 이외에도 이름난 수많은 유녀들과 어울리며 호색을 즐긴다. 그러던 '요노스케'도 어느덧 60세가 되자 몸이 허약해져 점차 세상에 미련이 없어져버린다. 그간의 행위가 마음에 걸려 죽으면 지옥에 떨어질 것이라 느낀 '요노스케'는 남은 돈 6천냥을 산 속에 묻어두고, 친구 7명과 함께 배를 타고 뇨고지마(女護島)로 떠난다. 이후 요노스케의 행방은 아무도 모른다.

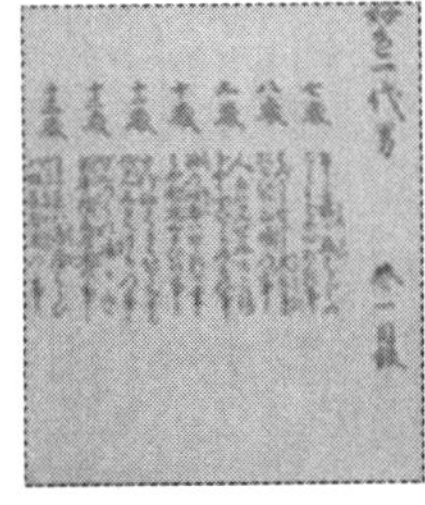   

주인공 '유메스케'의 출생부분은 원문으로 감상해 보자

[원문] 七歳　けした所が恋はじめ(일곱살, 불 꺼진 곳이 사랑의 시작)

桜もちるに嘆き、月はかぎりありて入佐山、ここに但馬の国かねほる里の辺に、浮世の事を外になして、色道ふたつに寝ても覚めても夢介と替名呼ばれて、名古屋三左、加賀の八などと、七つ紋の菱にくみして身は酒にひたし、一条通夜更けて戻り橋、ある時は若衆出立、姿をかへて墨染めの長袖、又は立髪かづら、化物が通るとは誠にこれぞかし。それも彦七が顔して、願はくは噛殺されてもと通へば、なほ見捨て難くて、その頃名高き中にも、かづらき、かをる、三夕、思ひ思ひに身請けして、嵯峨に引込み、あるいは東山の片陰、又は藤の森、ひそかに住みなして、契りかさなりて、このうちの腹より生れて世之介と名によぶ。あらはに書きしるすまでもなし。知る人は知るぞかし。

번역

벚꽃도 지는 것을 슬퍼하는 달빛 가득한 이루사노야마(入佐山). 여기 다지마(但馬) 지방의 금광마을 부근에 세상일은 팽개쳐두고 밤낮으로 정사(情事, 남색과 여색)에 빠져 있는 유메스케(夢介)라 불리는 사람이 있었다. '나고야산자'나 '가가노야쓰' 등 패거리들과 함께 술에 빠져 있다가 이치조(一条)에서 밤을 새고 돌아가는 다리. 어느 때는 소년 모습의 복장이고, 또 어느 때는 모습을 바꾸어 검은 빛 중의 모습을 하거나 혹은 여장을 한 모습 또는 아이의 가발을 뒤집어 쓴 모습 등 그야말로 도깨비 같은 모습이었다. 게다가 히코시치(彦七)[88] 얼굴을 하면서도 원할 때는 죽더라도 정을 통하고자 하였고, 유녀들도 이를 내버려두지 않았다. 당시 명성이 높았던 유녀로는 '가쓰라기', '가오루', '산세키'가 있었는데, 너무도 사랑하여 몸값을 지불하고 기생호적에서 빼내와 정을 통하였다. 사가(嵯峨)에 틀어박혀 있거나, 혹은 히가시야마(東山)의 음침한 곳, 혹은 후지노모리(藤森)에 몰래 거처하면서 정을 쌓았고, 그중 한 사람의 배에서 아이가 태어나니 그 이름을 '요노스케(世之介)'라 지었다. 아마 아는 사람은 다 알고 있으리라.

또 하나 '조닌모노(町人物, 서민물)'의 대표작이라 할 수 있는 『세켄무네산요(世間胸算用, 세상의 속셈법)』(1692)도 주목되는 작품이다. 사이카쿠 생전에 간행된 마지막 작품인 『세켄무네산요(世間胸算用)』는 전 5권에 서민의 경제생활을 중심으로 세태를 묘사한 단편 25화가 수록되어 있는데, 여기에는 서민 경제의 수지결산일인 섣달 그믐날 채권채무관계를 배경으로 서민(町人)의 비애와 애환이 생생하게 묘사되어 있다. 그 이야기의 일부를 원문으로 감상해보자.

원문 『世間胸算用(세상의 속셈법)』「問屋の寬闊女(너그러운 도매상 여인)」

世の定めとて大晦日は闇なる事、天の岩戸の神代このかたしれたる事なる

---

88 히코시치(彦七) : 다이헤이키(太平記)의 주인공으로 길을 묻는 여자를 안내하다가 도깨비를 등에 업었다는 괴담에 등장하는 인물.

に、人みな常に渡世を油断して、毎年ひとつの胸算用
ちがひ、節季を仕廻ひかね迷惑するは、面々覺悟あし
き故なり。一日千金に替へがたし。錢銀なくては越され
ざる冬と春との峠、これ借錢の山高うしてのぼり兼ねた
るはだし。それぞれに子といふものに身代相應の費、
さし当って目には見えねど、年中につもりて、……

『世間胸算用』

번역

세상에서 정한 법칙으로 섣달 그믐날이 어둡다는 사실은 하늘이 열리고 신대(神代) 이래
로부터 잘 알려진 일이지만, 사람들은 모두 평상시의 세상살이에 방심하여, 매년 마음속
으로 하는 셈이 달라서 이다. 섣달 그믐날 정산하지 못하여 곤란에 처한 일은 저마다의 각
오가 바르지 않기 때문이다. 하루를 천금과도 바꾸기 어렵다는 겨울과 봄의 경계인 섣달
그믐날을 넘기 힘든 것은 빚 때문이라지만, 그 빚이 산처럼 쌓여 감다하기 어렵다. 자식이
라는 것은 사람들의 몸값에 상응하는 비용이 드는 것이다. 그것이 당장 눈에 보이지는 않
아도 1년이면 큰 액수가 되는데 ……

3.2 에도(江戸) 모노가타리(物語)

1) 요미혼(読本)

그림보다는 문장 중심이라는 의미의 '요미혼(読本)'은 '우키요
조시(浮世草子)'가 작품의 참신성을 상실하고 천편일률적으로 되
어가는 18세기 중엽에 가미가타(上方, 교토 오사카 지역)를 중심
으로 등장하기 시작하여 곧 에도로 확산되었다. 교토 오사카의 가
미가타를 중심으로 한 시기를 '전기요미혼', 에도(江戸)를 중심으
로 한 시기를 '후기요미혼'으로 구분한다.

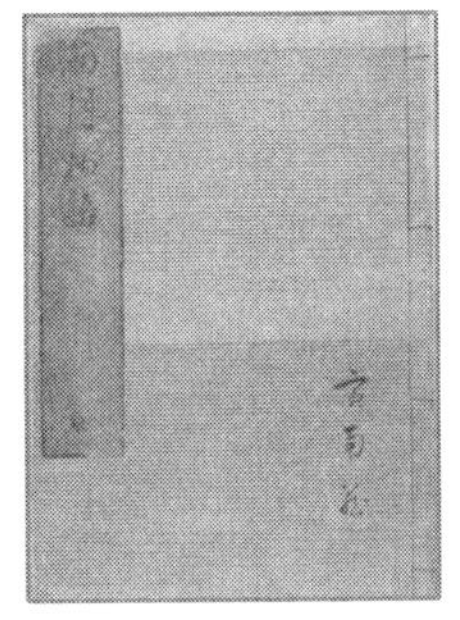

『雨月物語』

전기요미혼의 주요 작품으로는 쓰가 데이쇼(都賀庭鐘)의 『하나
부사조시(英草紙)』, 다케베 아야타리(建部綾足)의 『니시야마모노가타리(西山物語)』
(1768), 우에다 아키나리(上田秋成)의 『우게쓰모노가타리(雨月物語)』(1776)와 『하루
사메모노가타리(春雨物語)』(1808) 등을 들 수 있다.

그중 중국 백화소설에서 소재를 취한 단편 9편을 엮은 『우게쓰모노가타리(雨月物語)』는
번안의 수준을 넘어 완전히 일본화 된 문학세계를 구축하였다는 평가를 받고 있다. 각 편을 줄

거리로 감상해 보자.

줄거리

① 「시라미네(白峯)」 : 전쟁에 패배하여 비운에 간 스토쿠(崇德)상황의 능을 당대 유명한
가인이자, 한때 궁중의 무관이었던 사이교(西行)가 참배하는 데서 이야기가 전개된다.
마왕의 화신이 되어 화염 속에 모습을 드러낸 스토쿠상황이 유교의 역성혁명론으로 과
거 자신의 행위를 정당화하는 것에 대해 사이교는 불교의 인과론으로 대항한다. 스토
쿠상황은 현 정권에 저주의 말을 남기고 사라진다.

② 「중양절의 약속(菊花の約)」 : 중국의 백화소설집인 『고금소설』 속의 「범거경계서사생
교(範巨卿黍死生交)」를 번안한 것으로, 원작의 농민과 상인을 학자와 무사로, 사건의
배경을 일본의 전국시대로 대체하였다. 괴질에 걸려 죽어가는 생면부지의 한 무사와
그를 극진한 간호로 살려낸 한 학자가 국화가 피는 중양절에 재회를 약속하고 헤어졌
는데, 무사가 투옥되어 약속을 지킬 수 없게 되자, 자살하여 혼으로 나타나 약속을 지킨
다는 내용이다.

③ 「잡초우거진 폐가(淺茅が宿)」 : 중국의 괴담소설집인 『전등신화(剪燈新話)』 속의 「애
경전(愛卿傳)」에서 착상한 작품이다. 객지로 돈 벌러 나간 남편이 전란으로 인해 가을
에 반드시 돌아오겠다던 약속을 지키지 못하게 되고, 아내는 정절을 지키며 남편을 기
다리다 죽는다. 여러 해가 지나 남편이 집으로 돌아오게 되는데, 뜻밖에 아내가 남편을
맞이하게 되어 두 사람은 하룻밤을 같이 보냈는데, 다음날 깨보니 그 아내는 망령이었
다는 내용이다.

④ 「꿈속의 잉어(夢応の鯉漁)」 : 중국의 백화소설집인 『상세항언(醒世恒言)』 속의 「설록
사어복증선」과, 설화집 『고금설해(古今説海)』 속의 「어복기(漁服記)」, 그리고 『태평
광기』 속의 「설위」를 적절히 반영한 작품이다. 잉어 그림에 능한 스님이 병들어 반생반
사 상태에서 잉어로 화하여 물속에서 유영하다가 너무도 허기가 져서, 잉어가 되기 전
에 사람의 낚시에 조심하여야한다는 해신의 명을 잊고 낚싯줄에 걸려 도마에 오르는
순간, 깜짝 놀라 다시 환생한다는 이야기이다.

⑤ 「불법승(仏法僧)」 : 괴담소설집인 『괴담토노이부쿠로』 속의 「후시미모모야마 망령의
행렬에 관한 일」과 중국의 『전등신화(剪燈新話)』 속의 「용당영화록」 등에서 착상한 작
품으로, 한 부자가 한밤중에 영험한 산으로 아려진 고야산(高野山)에 올라, 도요토미
히데요시의 미움을 사서 자결한 히데요시의 양자이자 당대의 권력자였던 히데쓰구의
망령을 만난다는 내용이다.

⑥ 「기비쓰의 솥(吉備津の釜)」 : 남편에게 버림받은 아내가 망령이 되어서까지 처절한 복
수를 한다는 이야기이다. 괴담의 특징인 전율과 박진감이라는 관점에서 보는 한 『우게

쓰모노가타리』에 나오는 작품에서뿐만 아니라, 전 일본 문학 가운데서도 압권이라는 평가를 받고 있다.

⑦「음탕한 뱀(蛇性の婬)」: 중국 백화소설집『경세통언(警世通言)』의「백낭자영진뢰봉탑」을 번안한 것으로, 매우 감성적인 문학청년이 요염하고 아름다운 여인으로 둔갑한 백사(白蛇)에 홀려 애욕의 세계에서 벗어나지 못하고 여러 번 위기를 넘기다가 마지막에는 본정신을 찾아, 도조지(道成寺) 스님의 법력을 빌려 뱀을 퇴치한다는 이야기다.

⑧「청두건(青頭巾)」: 한 스님이 총애하던 미소년이 병으로 죽자, 소년을 너무 사랑한 나머지 매장도 하지 않고, 그 살과 뼈를 완전히 먹어치운 후, 인육의 맛을 못 잊어서 밤마다 마을로 내려와 시체를 먹는데, 끝내는 고승 가이안선사(快庵禅師)에 의해 성불하고, 그가 앉았던 자리에는 청두건과 뼈만 남게 된다는 이야기이다.

⑨「빈복론(貧福論)」: 재물을 중시하는 한 무사의 집에 어느 날 밤 황금의 정령이 나타나 무사를 상대로 경제나 빈부문제에 관한 인간사에 대해 의견을 교환한다는 이야기이다. 인간의 길흉화복이란 불교나 유교의 논리로는 풀 수 없다는 주제를 담고 있다.

우에다 아키나리(上田秋成)의 사후 요미혼(読本)의 중심은 에도로 이동하여 산토 교덴(山東京伝)에 의해 후기요미혼의 기반이 마련된다. 후기요미혼은 웅대한 구상과 복잡한 스토리의 전개를 특징으로 하고 있으며, 작품의 밑바탕에 유교의 권선징악과 불교의 인과응보 사상이 흐르고 있다. 산토 교덴(山東京伝)의『주신스이쿄덴(忠臣水滸伝)』과『사쿠라히메젠덴아케보노조시(櫻姫全伝曙草紙)』(1805), 또 교덴의 제자이면서 스승을 능가하여 요미혼의 대표적 작가로서 지위를 굳힌 다키자와 바킨(滝沢馬琴)의『진세쓰유미하리즈키(椿説弓張月)』(1807~1822),『난소사토미핫켄덴(南総里見八犬伝)』(1814~1842) 등이 대표적이다.

『南総里見八犬伝』

잘 짜인 구성과 문학성으로 후기 요미혼의 대표작으로 일컬어지는『난소사토미핫켄덴』은 다키자와 바킨(滝沢馬琴)이 중국 4대기서(四大奇書 ;『수호전』,『삼국지연의』,『서유기』,『금병매』)의 영향을 받아 1814년에 간행하기 시작하여 28년에 걸친 작업 끝에 1842년 완성한 전98권 106책의 대작이다. 작품 전체의 서사기법도 그렇지만, 특히 발단 부분의 구성이 『수호전(水滸傳)』과 매우 유사하다는 것을 엿볼 수 있다.

무로마치(室町)시대 말기를 배경으로 하여 인(仁)·의(義)·예(礼)·지(智)·충(忠)·신(信)·효(孝)·제(悌) 등 8개의 덕목을 표방하는 8명의 충신 핫켄시(八犬士)가 난소(南総) 지역 사토미(里見)가문의 부흥을 위해 활약하는 이야기가 유교적 도덕에 토대를 둔 권선징악이나 인과응보 형식으로 서술되고 있다.

『南総里見八犬伝』の八犬士たち

2) 구사조시(草双紙)

요미혼이 문장중심이었던 것에 비해 그림을 위주로 한 구사조시는 표지의 색에 따라 아카혼(赤本), 구로혼(黒本), 아오혼(青本), 기뵤시(黄表紙)로 불렸는데, 나중에 기뵤시를 합본하여 출판한 고칸(合巻)까지 총칭하여 구사조시라 하였다.

빨간색 표지의 아카혼은 주로 동화적인 소재를 다룬 어린이나 부녀자를 위한 그림책이었는데, 검은색 표지 구로혼과 파란색 표지 아오혼에 이르러 사담이나 괴담 등을 실어 줄거리가 복잡해지기 시작하면서 점차 독서력을 가진 성인을 대상으로 한 내용으로 변해가기 시작했다.

赤本·黒本·青本と黄表紙

노란색 표지인 기뵤시도 처음에는 어린이 대상의 그림책이었으나 18세기 후반 고이카
와 하루마치(恋川春町)의 『긴킨센세이에이가노유메(金金先生榮華夢)』(1775)가 출판
된 이후 성인취향의 그림책으로 바뀌었다. 이 책은 풍류의식인 샤레(洒落, 멋내기)나 풍
자, 골계를 주 내용으로 한데다 그림도 교묘하여 에도사람들에게 크게 호응을 얻었다. 산
토 교덴(山東京伝)의 『에도우마레우와키노카바야키(江戸生艶気樺焼)』에서 기뵤시는
전성기를 맞게 된다. 그러나 간세이개혁(寛政改革)에 의해 막부의 통제를 받게 되면서 복
수담이나 괴담 혹은 교훈을 위주로 내용이 바뀌고 형식도 장편화 되어 '고칸(合卷)'으로
이행하게 되었다.

3) 샤레본(洒落本)

샤레본이란 소재를 주로 유곽에서 취하
고 유녀와 유객을 중심으로 한 스토리의 전
개를 회화체 문장으로 엮어 가는 독특한 양
식의 소설이다. 문학사적으로는 우키요조
시의 호색물의 흐름에 연접하며 기뵤시와
병행하여 많은 작품이 출판되었다. 이나카
로진타다노지지(田舍老人多田爺)의 『유
시호겐(遊子方言)』(1770)에 의해 그 양식

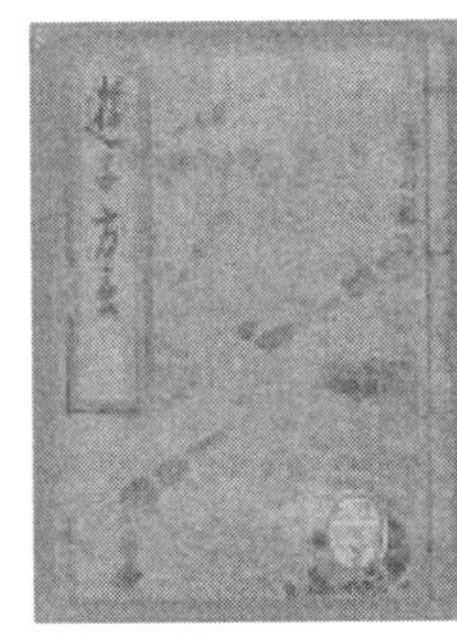

『遊子方言』と『傾城買四十八手』

이 확립된 이래 약 400여 편이 간행되었다. 대표작으로는 산토 교덴의 『쓰겐소마가키(通
言総籬)』(1787)와 『게이세이카이시주핫테(傾城買四十八手)』(1790)를 들 수 있다. 샤
레본은 간세이개혁(寛政改革) 이후 점차 쇠퇴의 길로 들어서게 되었고, 그 자리를 곳케이
본(滑稽本)과 닌조본(人情本)이 대신하게 되었다.

4) 곳케이본(滑稽本)

웃음을 목적으로 익살이나 우스꽝스러움에 주안을 둔 곳케이본은 교훈을 해학적으로
설명하는 단기본(談義本)[89]의 흐름을 이어받은 것으로, 시기에 따라 전·후기로 나누어 정

---

89 단기본(談義本) : 에도시대에 많이 간행된 우스갯거리를 담은 책으로, 곳케이본(滑稽本)의 선구적 장
르라 할 수 있다. 조칸보 고아(静觀坊好阿)의 『이마요헤타단기(當世下手談義)』에서 시작되었으며,
담의승(談義僧)이나 강담사(講談師) 등의 이야기 투를 흉내 내어, 우스갯거리에도 교훈적인 것을 섞

리되고 있다.

전기곳케이본(1752~1801년경)은 조칸보 고아(静観房好阿)의 『이마요헤타단기(當世下手談義)』(1752)를 시작으로 많은 모방작이 나왔다. 이후 독자의 취향에 따라 오락적 성격의 작품이 등장하게 되었다. 대표 작가로는 히라가 겐나이(平賀源内)이며, 대표작 『후류시도켄덴(風流志道軒傳)』(1763)은 선인으로부터 깃털부채를 물려받아 대인국과 소인국 등 기인들은 각처를 돌아다니다 뇨고노시마(女護島)에 표착하여 유곽을 연다는 내용이다.

후기 곳케이본(滑稽本)은 단기본(談義本)의 흐름을 이어 받은 짓펜샤 잇쿠(十返舎一九)의 『도카이도추히자쿠리게(東海道中膝栗毛)』(1802~1822)와 시키테이 산바(式亭三馬)의

『우키요부로(浮世風呂)』(1809~1813), 『우키요도코(浮世床)』(1813)가 대표적이다.

『도카이도추히자쿠리게』는 야지로베(弥次郎兵衛)와 기타하치(喜多八)가 도카이도(東海道) 여행 중에 있었던 우스꽝스런 이야기를 대화체로 표현하여 20여 년 동안이나 크게 인기를 얻었다. 그 서두부분을 원문으로 감상해보자.

『東海道中膝栗毛』

감상

[원문] 初編 – 「弥次郎兵衛と喜多八の東海道旅行(야지로베와 기타하치의 도카이도 여행)」

夫より二人とも、馬を下りてたどり行くほどに、金川の台に來る。ここは片側に茶屋軒をならべ、いづれも座敷二階造、欄干つきの廊下棧などわたして、浪うちぎはの景色いたつてよし。ちややのおおなかどに立て、「おやすみなさいやアせ。あつたかな冷飯もございやアす。煮たての肴のさめたのもございやアす。そばのふといのをあがりやアせ。うどんのおつきなのもございやアす。お休みなさいやアせ。」二人はここにていつぱい氣をつけんとちややへはいりながら、

弥次「きた八見さつつし、美しい太へもんだ。」

___

어, 사회의 갖가지 현상을 풍자하고 있다.

北八「ハヽアいかさか、いゝ娘だ。時になにがある。」ト北八そこらを見廻し、さ
かなをさしづして、さけをいいつける。むすめ前だれで手をふきふき、しおや
きのあぢをあたゝため、てうし盃を持り出し、

娘「これはお持ちどうさまでございやした。」

弥次「おめへの焼いた鯵なら味がろひ。」トむすめフンとわらいながら、おも
てのほうをむいてよびながらゆく。

번역

그곳에서 두 사람은 말을 내려 걸어서, 가
나가와(金川) 언덕에 다다랐다. 이곳은
한쪽으로 찻집이 늘어서 있었는데, 어느
곳이나 2층에 방을 만들고, 난간이 있는
복도에 다리는 놓아서 물가의 경치가 대
단히 멋지다.

찻집 여자가 모퉁이에 서서, "쉬었다 가
세요. 따뜻한 찬밥도 있어요. 방금 삶아

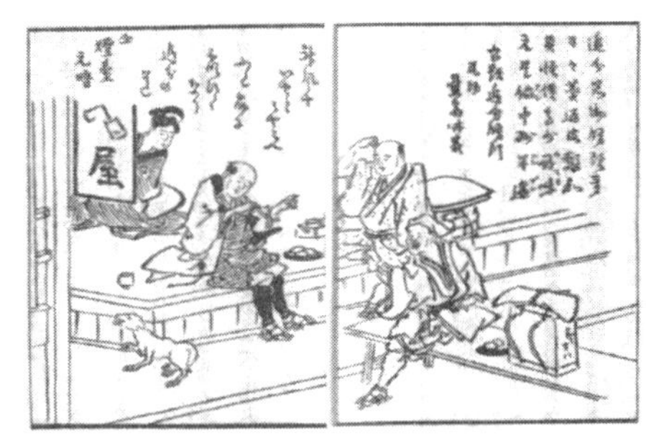

식힌 안주도 있어요. 소바도 드세요. 쉬었다 가세요."라 하자, 두 사람은 이곳에서 한잔 마
시고 힘을 내볼까 하고 찻집으로 들어가면서,

야지로베, "기타하지야 저기 봐라, 예쁘고 오동통한 아가씨다."

기타하치, "허허, 정말이네 예쁜 아가씨네! 이참에 뭔가 있으려나." 하며 기타하치가 그들을
둘러보더니, 안주를 시키고 술을 주문한다. 술집아가씨는 앞치마로 손을 닦고, 전갱이 소금
구이를 데워서, 술주전자와 술잔을 가지고 나온다.

술집아가씨, "자ㅡ! 기다리셨네요. 주문한 음식 나왔어요."라 한다.

야지로베, "아가씨가 구운 전갱이니까 맛이 좋겠지?"라 하니, 술집여자는, "오호옹"하고
웃으면서 대문 쪽을 향해 다른 손님을 부르며 간다.

  다음은 서민의 사교장이었던 대중목욕탕을 무대로 서민남녀의 풍속과 세태를 사실적
이고 유머러스하게 묘사한 『우키요부로』이다. 그 대의(大意)가 담겨있는 서두부분을 원
문으로 감상해보자.

원문 前編　巻之上　浮世風呂大意(우키요부로 대의)

熟監るに、銭湯ほど捷径の教諭なるはなし。其故如何となれば、賢愚邪正
貧福貴賤、湯を浴んとて裸形になるは、天地自然の道理、釈迦も孔子も

於三も権助も、産れたまゝの容にて、惜い欲いも西の海、さらりと無欲の形なり。欲垢と梵悩と洗ひ清めて浄湯を浴れば、旦那さまも折助も、孰が孰やら一般裸体。是乃ち生れた時の産湯から死だ時の葬瀧にて、暮に紅顔の酔客も、朝湯に醒酊となるが如く、生死一重が鳴呼まゝならぬ哉。

されば仏嫌の老人も風呂へ入れば吾しらず念仏をまうし、色好の壮夫も裸になれば前をおさへて己から恥を知り、猛き武士の頸から湯をかけられても、人込じやと堪忍をまもり、目に見えぬ鬼神を隻腕に雕たる侠客も、御免なさいと石榴口に屈むは銭湯の徳ならずや。

心ある人に私あれども、心なき湯に私なし。譬へば、人密かに湯の中にて撒屁をすれば、湯はぶくぶくと鳴て、忽ち泡を浮み出す。

번역

곰곰이 생각해 보면 공중목욕탕만큼 솔직하게 가르쳐주는 것이 없다. 그 이유가 왜 그런가하면, 현우사정(賢愚邪正 : 현명함, 어리석음, 그릇됨, 올바름)과 빈부귀천(貧富貴賤)을 불문하고, 목욕하기 위해 발가벗는 것은 천지자연의 이치이기 때문이다. 석가와 공자도 오산(於三)과 곤스케(権助)도 태어난 모습 그대로 아까운 것 원하는 것 모두 서쪽 바다에 흘려보내고, 산뜻하게 욕심이 없는 모습이 된다. 욕심의 때와 번뇌를 깨끗이 씻어내고 탕에서 나와 마지막으로 몸에 깨끗한 온수를 끼얹으면 주인도 하인도 모두 다 똑같은 알몸이 된다. 이것은 즉, 태어날 때는 갓난아이 목욕으로, 또 죽었을 때는 입관으로, 어젯밤 홍안의 취객도 아침 목욕에 맨얼굴이 되듯이, 사는 것도 죽는 것도 종이 한 장 차이처럼 마음대로 안 되는 것이다.

그러므로 부처를 싫어하는 노인도 목욕탕에 들어가면 나도 모르게 염불을 외우게 되고, 호색을 좋아하는 젊은이도 알몸이 되면 부끄러워 앞을 가리며, 용맹스런 무사도 머리에 목욕물 세례를 받으면 사람이 붐비기 때문이라며 참고, 한쪽 팔에 눈으로 볼 수 없는 귀신 문신을 새긴 난봉꾼도 미안한 듯 욕조 출입구에서 몸을 숙이는 것도 목욕탕의 미덕이 아닐까.

마음이 있는 사람에겐 나도 있지만, 무심한 목욕탕에는 나도 없다. 예를 들면 남몰래 탕 속에서 살그머니 방귀를 뀌면 거기서 보그르르 소리가 나면서 바로 거품이 떠오른다.

5) 닌조본(人情本)

샤레본이 쇠락의 길로 들어선 이후 무대를 서민의 일상으로
옮겨 조닌(町人)이나 일반서민의 연애와 치정(癡情)의 세계를
다룬 것이 닌조본(人情本)이다. 닌조본의 융성에 크게 기여한
작가는 다메나가 슌스이(爲永春水)이다.

그의 대표작 『슌쇼쿠우메고요미(春色梅児誉美)』는 에도
(江戶) 요시와라(吉原)를 배경으로 남녀 간의 복잡한 삼각관
계가 원색적으로 묘사되고 있다. 미남 단지로(丹次郎, 유곽 거
문고가게의 양자), 단지로의 약혼녀 오초(お長, 거문고가게 주
인 딸), 게이샤 요네하치(米八, 단지로를 사모하는 연인), 요네
하치의 동료 아다기치(仇吉, 훗날 단지로의 정부가 됨)가 등장
하여, 단지로를 중심으로 리얼하게 애정행각을 펼쳐나간다.
이의 초반부를 원문으로 감상해 보자.

丹次郎

[원문] 『春色梅児誉美(슌쇼쿠우메고요미)』 初編 巻之一

「米八その薬を茶碗についでくんな。胸がどきへするから(よね八はさしぐしで
男の髪をとかしながら)「ヲやそふかへどうせうねト、びっくりして薬を持来る「何
サ何でもねへがト(にっこりわらふ)「わりい事をしたねヘト(これもにっこりわら
ふ)「そりやァそふとアノお長はどふしたのふ「お長さんかエあの子も寔に苦労
しますヨ。それに鬼兵衛どんが、何かおかしらしいそふだから、猶心づかひ
してゐるようすサ。随分わちきも側で気を付てゐますげれども、何をいふにも
おまへはんのことを少はかんくつて居る(このかんくるとはすいりゃうしてゐると
いふぞくごなり)ものだから実にしにくふございまさアな「そふサあれも幼年中か
らあのよふに育合たから、かはひそふだヨト(すこしふさぐ)「さよふサネ、おさ
なは格別かわいゝそふだから、御尤でございますヨト(つんとする)

[번역]
"요네하치(米八)! 그 약을 그릇에 따라주게. 가슴이 두근거리네." (요네하치는 머리빗으
로 남자의 머리를 빗질하면서) "어머? 그래요. 어떻게 하죠?" 하며 깜짝 놀라 약을 가지고

온다. "아니야 대단치 않을 거야."라며(생긋 웃는다) "미안하게 되었네."하며(또 생긋 웃는다) "그건 그렇고 오초(お長)는 어떻게 된 거지?" "오초씨 말에요? 그 사람도 정말 고생이에요. 게다가 기헤이(鬼兵衛)님이 뭔가 이상한 것 같아서 더욱 마음을 쓰고 있는 것 같아서요. 몹시 옆에서 신경 쓰고 있지만도, 아무래도 당신 일을 조금 헤아리고 있어서(여기서 かんくる는 헤아리고 있다는 뜻의 속어이다) 정말 힘들어해요." "그래 그것도 어렸을 적부터 그렇게 길러져서 가엾지요."라 한다.(조금 우울해진다) "그래요 어릴 적에 맺은 허혼자는 각별히 마음이 쓰이니까요. 당연하지요."하고는 (뾰로통해진다)

丹次郎と米八

『슌쇼쿠우메고요미(春色梅児誉美)』(1832~33)가 대단한 인기를 얻자, 그 속편 격으로『슌쇼쿠타쓰미노소노(春色辰巳園)』(1833~35),『슌쇼쿠메구미노하나(春色恵之花)』(1836),『슌쇼쿠에이타이단고(春色英対暖語)』(1838),『슌쇼쿠우메미부네(春色梅美婦禰)』(1841) 등을 연달아 발표했다. 그러나 닌조본 역시 그 선정성이 문제가 되어 막부의 덴포(天保)개혁에 의해 절판을 명령받게 되고, 다메나가 슌스이도 50일 간 자택에 연금되어 데구사리(手鎖)[90] 처벌을 받게 되면서 점차 쇠퇴의 길로 접어들었다.

---

[90] 데구사리(手鎖) : 글을 쓰지 못하도록 손에 수갑을 채우는 형벌

Ⅱ 근현대의 소설(小說)

1. 근대 소설(小說)

메이지유신(明治維新) 이후 서양문명이 급속히 유입되면서 일본사회는 거의 모든 분야에 걸쳐 '서양의 모방' 혹은 '일본의 서양화'가 진행되었다. 문학부분에 있어서도 서구의 문학이 일본풍토에 이식되어 '번역' 혹은 '번안'이라는 방식으로 동서융합적 신문학 양상을 드러내고 있었다. 신문학의 태동은 문학과는 직접 관련이 없는 계몽학자 후쿠자와 유키치(福沢諭吉)에 의해 나타났다. 『분메이론노가이랴쿠(文明論之概略, 문명론의 개략)』(1875)은 계몽사조의 선구로서, 문인들에게 새로운 서양문물에 눈을 뜨고 깨우치는데 지대한 공헌을 하였다.

1.1 계몽기의 소설

1) 게사쿠(戱作)소설

메이지 초기의 문학은 정치나 경제의 근대화에 비해 전근대의 단계를 탈피하지 못하였다. 에도 말기의 게사쿠(戱作)문학의 형식을 그대로 유지하는 가운데 미지의 세계와도 같은 서양의 모습이 소개되는 정도의 서민층에서 있을법한 메이지 초기의 풍속을 재미있고 우스꽝스럽게 그려나가고 있었다.

『西洋道中膝栗毛』

그 대표적인 소설로 들 수 있는 것이 가나가키 로분(仮名垣魯文)의『세이요도추히자쿠리게(西洋道中膝栗毛)』와『아구라나베(安愚楽鍋)』이다.

『세이요도추히자쿠리게』는『도카이도추히자쿠리게(東海道中膝栗毛)』의 주인공이었던 야지로베(弥次郎兵衛)와 기타하치(喜多八)의 손자가 주인공으로 등장하여 영국의 '런던만국박람회'를 구경하기까지의 여행을 해학적으로 담아내고 있으며,『아구라나베

(安愚楽鍋)』(1871~1872)는 불교적 문화의 영향으로 쇠고기를 삼가던 일본인들이 서양 문명의 영향으로 쇠고기전골(鍋)을 즐겨먹게 되면서, 쇠고기전골을 만들어 파는 식당에 모여앉아 세상 돌아가는 이야기를 리얼하게 담아냈다. 그중『아구라나베(安愚楽鍋)』의 초편 서문을 원문으로 감상해보자.

『安愚楽鍋』

[원문] 初編自序(초편 작가 서문)

世界各国の諺に。仏蘭西の着倒れ。英吉利の食だふれと。食台に並べて譜ど。衣は肌を覆ふの器。食は命を繋ぐの鎖。心の猿の意馬止て。咲いた桜の花より団子。色即是食色気より。餐気を前の佳美肉食。牛にひかれて膳好方便。

仏徒家の五戒さらんパア。虚と実の内外を西洋風味に索混て。世に克熟し甘口とは。作者が例の自己味噌。家言もあしの不果放行。彼小便の十八町。慢々地急案即席調理。刻葱の五分ほども透ぬ測量のタレ按排。生肉の替りは後輯にして、一帙端を採給へと。文明開化開店の。告條めかして演述になん。

　　　　　　　　　明治四歳辛未の卯月 初の五日。

[번역]

세계 각국의 속담으로, "프랑스는 의복으로 망하고, 영국은 먹는 것으로 망했다."며 사람들은 테이블에 둘러 앉아 말하지만, 의복은 피부를 덮어주는 도구이며, 음식은 생명을 이어주는 쇠사슬이다. 번뇌와 욕정은 날뛰는 말과 소란 피우기를 멈추지 않는 원숭이처럼 억누르기 힘든 것이다. 금강산도 식후경이다. 물질적인 것은 곧 먹을 것으로 성적인 것보다도 우선한다.

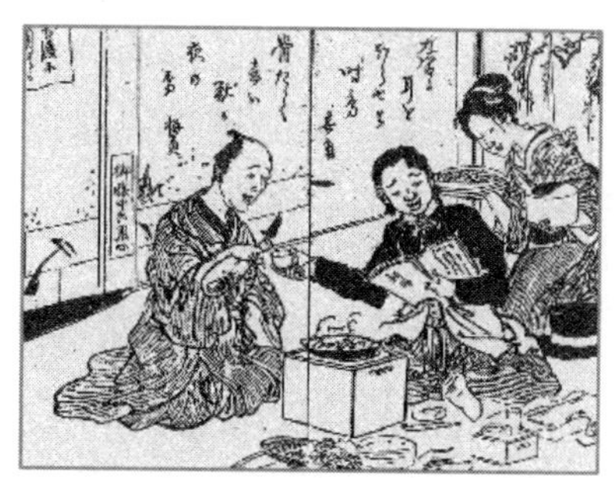

식욕이 먼저인데 맛있는 육식은 더욱 그러하다. 여러 가지 교묘한 방법으로 중생을 가르

쳐 이끌 듯 소에 이끌려서 센코지(善光寺) 방면으로 향한다.

부처의 오계(五戒)는 될 대로 되어라. 거짓과 진실의 안팎을 서양풍미로 뒤섞어 본다. 쇠고기 장국이 달콤하고 익숙한 것처럼 세상사를 잘 아는 내가 능숙하게 써 보려 하나 잘 진척되지 않는다. 소의 오줌이 길게 늘어지듯 늘어지던 중에 갑자기 작품 아이디어가 떠올라서 그것을 요리해 보았을 뿐이다. 쇠고기전골에 넣은 파 정도의 궁리에 지나지 않는다. 부족한 것은 나중으로 미루고 쇠고기전골을 맛보듯이 일단 이 책을 펼쳐 봐 주길. 문명개화 개점의 광고처럼 적어보았다.

1871년(M4) 신미년 4월 5일

2) 번역소설

근대 초기 서양문물의 유입에 따라 서양문학작품의 번역과 번안물이 유행하였다. 이러한 현상은 문학에 대한 흥미라기보다는 문명국의 풍속이나 인정(人情), 혹은 과학과 지리에 대한 지식을 공급받는다는 의미가 컸다. 쥘·베른 원작 가와시마 주노스케(川島忠之助)가 번역한『하치주니치칸노세카이잇슈(八十

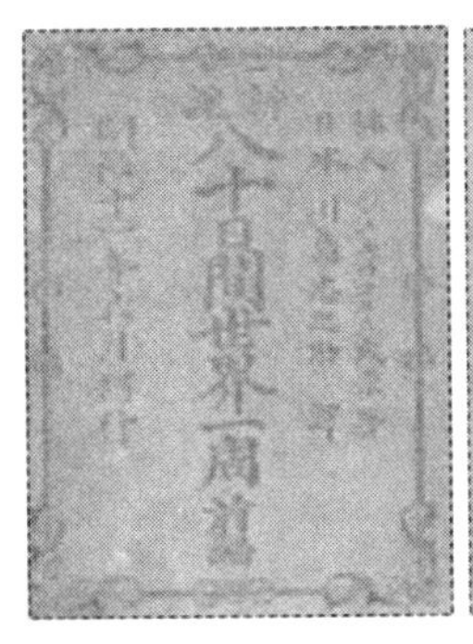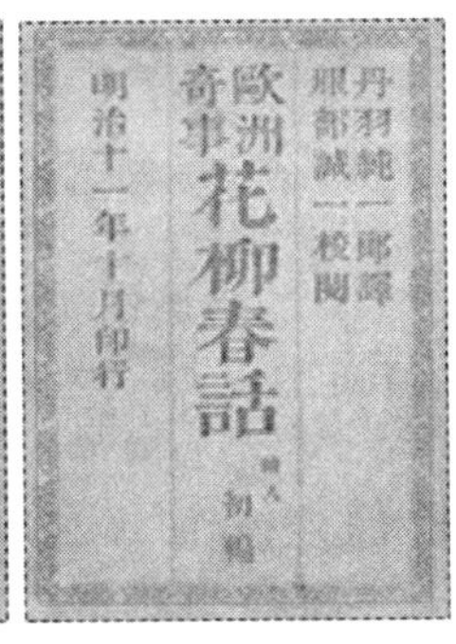

『八十日間世界一周』と『花柳春話』

日間世界一周, 80일간 세계일주)』,『쓰키노세카이료코(月世界旅行, 달세계여행)』, 리튼 원작 니와 준이치로(丹羽純一郎) 번역의『가류슌와(花柳春話, 화류춘화)』외에도 다니엘·데포의『로빈슨 크루소(ロビンソンクルーソー)』나 조나단·스위프트의『걸리버 여행기(ガリバー旅行記)』등 해양모험소설도 이시기에 번역 소개되었다. 초창기 번역소설은 문화적 차이로 인한 고심과 오역 오류에도 불구하고 일본문학의 근대화와 사상의 확대에 큰 영향을 끼쳤다.

3) 정치소설

1884년 이후 자유민권운동이 고조됨에 따라 이 시기를 기점으로 근대의 새로운 정치제도와 사회구조의 변화를 소재로 한 정치소설이 쓰이기 시작하였다. 이시기 정치소설의 목적은 내셔널리즘을 바탕으로 정치적 계몽을 실현하는데 있었다. 대표작으로는 야노 류케이(矢野竜渓)의『게이코쿠비단(経国美談, 경국미담)』과 스에히로 뎃초(末広鐵腸)의『셋

추바이(雪中梅, 설중매)』, 도카이 산시
(東海散士)의『가진노키구(佳人之奇遇,
가인의 기우)』등을 들 수 있는데, 대개
정치적 이상을 공유하는 지사(志士)와
가인(佳人)이 등장이 정치적 개혁에 대
한 국민적 시너지를 유도하는 내용으로
되어 있다. 서양 문명국의 정치사와 사상
을 선전 소개함으로써, 메이지 신정부가

『経国美談』と『雪中梅』

나아가야 할 방향을 제시하려는 점에서 다소 선동적인 면도 있지만, 지식인 남녀 간의 사
랑의 방식을 엿볼 수 있다는 점도 이채롭다. 이시기 정치소설은 진보한 지식과 사상의 습
득이 가능한 문화적 매체로서 인식시키는데 기여하여, 당대의 청년이나 지식층의 흥미와
관심을 소설로 끌어당기는 계기를 마련하기도 하였다.

1.2 문학적 자각기의 소설

1) 사실주의(寫實主義) 이론과 소설

일본문학의 근대화가 본격적으로 제기된 것은 서구문학이념의 도입, 즉 사실주의 문예
이론이 도입되면서부터이다. 이시기에 빼놓을 수 없는 인물이 쓰보우치 쇼요(坪内逍遥)
와 후타바테이 시메이(二葉亭四迷)이다. 쓰보우치 쇼요에 의해 사실주의의 서막이 열리
고, 후타바테이 시메이에 의해 인간심리의 객관적 묘사, 언문일치 등 근대소설의 이념이
정립되어갔다.

쓰보우치 쇼요(坪内逍遥)는 자신의 문학이론서『쇼세쓰신즈이(小説神髓, 소설신수)』
(1885)에 "소설에서 중요한 것은 인정(人情)이며, 그 다음이 세
태풍속"임을 주장하면서, 당치도 않은 황당한 이야기나 권선징
악적인 소설과는 달리 '사실주의 소설'을 역설하면서 근대소설
에 대한 자각을 일깨웠다. 그리고 이러한 소설관을 자신의 소설
『도세이쇼세이카타기(當世書生氣質, 당대서생기질)』(1885)
에 구체화하였는데, 이 작품은 쇼요 자신이 스스로 부정했던 전
근대적 게사쿠문학의 요소를 그대로 답습하였다는 평가를 받게
되었다.

坪内逍遥

쇼요(逍遥)가 남긴 과제는 그의 추천으로 소설을 쓰게 된 후타바테이 시메이(二葉亭四迷)에 의해 진보되어갔다. 후타바테이는 이듬해인 1886년에 발표한 『쇼세쓰소론(小說総論)』에서 "예술은 감정을 통해 진리를 추구하는 것"이라 규정하고, "모사라는 것은 실상을 빌려 허상을 묘사하는 것(模寫といへること는 実相を假りて虚相を寫すといふことなり。)"이라 하여, 허구(虛構, fiction)를 창작의 중심으로 인정하고, 인위적 구성에 의한 현실재현의 길을 열었다. 후타바테이도 자신의 문학이론을

『當世書生氣質』

『우키구모(浮雲, 뜬구름)』(1887)에서 구체화하였다. 쇼요의『도세이쇼세이카타기(當世書生氣質)』가 근대의 표피적이고 풍속적인 묘사에 머물러 있는데 반해,『우키구모(浮雲, 뜬구름)』는 주인공의 독백체 형식을 통해 근대적 인간의 '내면'을 묘사하는 데에 주력한 면을 보여준다.

二葉亭四迷

작품의 배경이 되는 1800년대는 입신출세에 집중된 사회구조 및 부패한 관료주의시스템의 부정적 측면이 드러나기 시작하면서 신구(新舊)사상의 대립이 치열하게 충돌하던 시기였는데, 작가는 이 혼란한 시대상을 청렴하고 성실하며 융통성 없는 주인공 우쓰미 분조(內海文三)와, 매사에 적극적이며 요령으로 출세가도를 달리는 혼다 노보루(本田昇)와, 지적 허영심이 강하고 변덕이 심한 분조의 사촌 여동생 오세이(お勢)등 3인의 청춘남녀와, 오세이의 어머니이자 분조의 숙모로 세속적이고 속물적인 성격의 오마사(お政)와의 갈등을 통해 메이지문명을 풍자하고 있다.

후타바테이는 이 작품에서 일본 최초의 언문일치[91]를 시도하였지만 완벽한 언문일치는 이루지 못한 채 마무리하였다. 이의 서문과 소로분(候文)[92]이 있는 어머니의 편지 부분을 감상해보자.

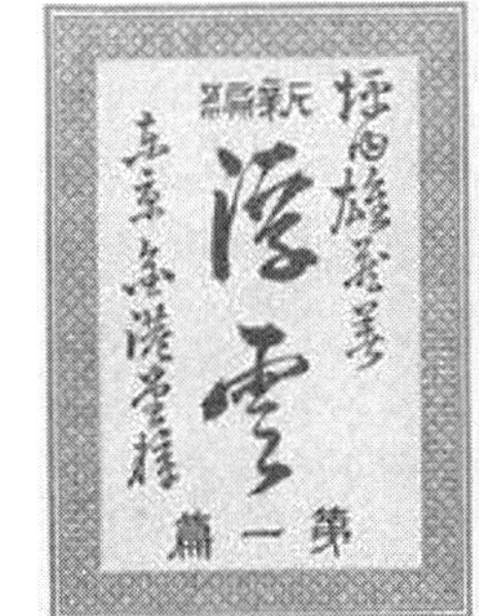

『浮雲』

---

91 언문일치(言文一致) : 1880년을 전후하여 후쿠자와 유키치(福沢諭吉), 니시 아마네(西周) 등 계몽사상가에 의해 처음 주창되었다. 대중을 상대로 근대교육을 단기간에 효율적으로 보급하기 위해서는 격식 차린 한문 투의 문장보다는 '입으로 말하는 대로 쓰는 것'이 필요하다는 생각에서였다. 이를 문학에서 처음 시도한 사람이 후타바테이 시메이(二葉亭四迷)이다. 이러한 구어문의 전개는 ~だ체, ~でありま す체, ~です~ます체, ~である체의 순서로 사용되다가 1900년 후반부터 ~である체가 압도적으로 사용되었는데, ~である체의 성립을 언문일치제의 완성으로 보고 있다.

［원문］『浮雲(뜬구름)』はじがき(서문)

薔薇の花は頭に咲て活人は絵となる世の中独り文章而已は黴(かび)の生え
た陳奮翰の四角張りたるに頬返しを附けかね又は舌足らずの物言を学びて
口に涎を流すは拙し。これはどうでも言文一途の事だと思立ては矢も楯もなく
文明の風改良の熱一度に寄せ来るどさくさ紛れお先真闇三宝荒神さまと春の
や先生を頼み奉り欠硯に朧の月の雫を受けて墨摺流す空のきおい夕立の雨
の一しきりさらさらさっと書流せばアラ無情始末にゆかぬ浮雲めが艶しき月の面
影を思い懸なく閉籠て黒白も分かぬ烏夜玉のやみらみっちゃな小説が出来しぞ
やと我ながら肝を潰(つぶ)してこの書の巻端に序するものは。　　明治丁亥初夏

［번역］

장미꽃 비녀를 머리에 꽂고 활인화도 나오는 세상에 오직 문장만은 시대에 뒤떨어져 이해
할 수 없는 케케묵은 한문체를 사용하고 있어 새 시대를 표현하기에 불충분하다. 이미 일
상어로부터 멀어져버린 구시대의 말투로 소설을 쓴다는 것은 역부족이라. 어떻게든 언문
일치를 해야 한다고 생각했다. 어느새 물밀 듯 밀려들어오는 문명의 바람과 개화의 열기
로 혼잡한 틈을 타, 한치 앞도 바라볼 수 없을 만큼 막막한 상황에서 하루노야(쓰보우치 쇼
요)선생님을 수호신으로 의지하여, 이 빠진 벼루에 어슴푸레한 달빛 물방울을 받아서 먹
을 갈아본다. 여름날 오후 쏟아지는 한줄기 소나기처럼 시원스럽게 글을 써내려갔으면 했
는데, 아아 한심하게 끝까지 가보지도 못한 '우키쿠모'가 청아한 달의 모습을 의외로 가려
버려서 형태도 알 수 없는 소설이 되어 버린듯하여 나 스스로도 놀랍고 두려운 마음으로
이 책의 첫머리에 서문을 붙인다.　　　　　　　　　　　　　　　메이지 20년 초여름

［원문］ 第一回 下. 아들 분조(内海文三)에게 보내는 어머니의 편지

一筆示し参らせ候、さても時候がら日増しにお寒う相成り候へども御無事に
お勤め被成候や、それのみあんじくらし参らせ候う。母事も此頃はめっきり年
をとり、髪の毛も大方は白髪になるにつき心まで愚癡に相成候と見え、今年
の晩には御地へ参られるとは知りつつも、何となう待遠にて、毎日ひにち指
のみ折暮らし参らせ候、どうぞどうぞ一日も早うお引取下され度念じ参らせ

---

92 소로분(候文、そうろうぶん) : 주로 편지글에 사용하는 '候(そうろ)う'를 사용하는 문어문(文語文)의 일종
이다.

候、さる二十四日は父上の……と読みさして覚えずも手紙を取落し、腕を組んでホツトため息。

번역

몇 자 적어 소식을 알린다. 바야흐로 절기도 갈수록 점점 추워지는데, 아무 탈 없이 근무하며 잘 지내고 있느냐? 오로지 그것만을 걱정하며 지내고 있단다. 에미도 근래에는 완연히 나이가 들었는지, 머리도 많이 희어져가니 마음까지도 바보스러워진 것 같구나. 금년 말에는 너 있는 곳으로 가게 될 것을 알고 있는데도, 어찌된 일인지 기다리기 힘들어 날이면 날마다 손꼽으며 지내고 있구나. 아무쪼록 하루라도 빨리 데려가기만을 고대하며 지내고 있다. 지난 24일은 돌아가신 아버님의……라 읽어가다가 무의식중에 편지를 떨어뜨리고, 팔짱을 끼고 '후-욱'하고 한숨.

2) 의고전주의(擬古典主義) 소설

의고전주의(擬古典主義) 경향은 오자키 고요(尾崎紅葉)의 주재로 결성된 최초의 문학결사인 <겐유사(硯友社)>[93]를 중심으로 활동한 작가들에 의해 받아들여졌다. 이들은 전통으로의 회귀를 추구하며 동인지 「가라쿠타분코(我楽多文庫)」를 발행하여 소위 에도적 요소가 강한 작품을 발표하였다. 그 대표적인 작품이 『곤지키야샤(金色夜叉)』이다. 그 대략의 줄거리와 작품 일부를 감상해보자.

『金色夜叉』

줄거리

15세에 부모를 여읜 '하자마 간이치(間貫一)'는 시기사와 류조(鴫沢隆三)의 집에서 거두어 第一高等中学校(旧制一高의 전신으로, 이 학교를 졸업하면 바로 도쿄대학으로 진학하게 됨)에 다니게 된다. 이런 경우 대학을 마치고 학사가 되면 대개 사위가 되어 처가의 가문을 잇게 되기도 하지만, '간이치'와 시기사와의 딸 '오미야(お宮)'는 서로 애틋하게 사랑하여 둘만의 행복한 미래를 꿈꾼다.

그러던 어느 날 오미야는 정월 가루타(카드) 모임에서 고가의 다이아몬드 반지를 자랑하던 은행가의 아들 '도미야마 다다쓰구(富山唯継)'와 마주치게 되고, 다다쓰구도 미모의 오미야에게 반하게 되어, 급기야 청혼을 받게 된다. 오미야의 부모는, 막대한 재산에 사회적 지위까지 지닌 도미야마(富山) 집안의 상속자인 다다쓰구의 구혼을 받아들이기로 하

---

93 겐유사(硯友社) : 1885년(M18) 2월, 오자키 고요(尾崎紅葉), 야마다 비묘(山田美妙) 등이 중심이 된 일본 최초의 문학결사. 에도적인 풍속취미를 살린 사실주의문학운동을 전개하였으며, 취미성(趣味性), 풍속성(風俗性)이 농후하다. 기관지로 「가라쿠타분코(我楽田文庫)」를 발행하였다.

고 미야를 설득하고, 오미야 역시 서양유학파인 다다쓰구의 이력과 집안의 재산에 마음이 흔들린다. 오미야는 결국 간이치를 서양에 유학시켜주는 것을 조건으로 다다쓰구의 청혼을 받아들인다.

오미야 아버지로부터 그간의 상황을 전해들은 간이치는 오미야의 본심을 확인하기 위해 그녀를 아타미(熱海)해안으로 불러낸다. 그러나 이미 마음이 다다쓰구에게 기울어져버린 오미야는 용서를 빌 뿐, 마음을 되돌리지는 못한다. 간이치는 미야를 붙들고 달래기도 하고 애원도 해 보았지만 끝내 거절당하고, 절망감과 배신감에 괴로워한다. 결국 간이치는 매달리며 용서를 비는 미야에게 발길질을 하고 떠나버린다.

이 모든 것이 돈 때문이라는 것을 깨달은 간이치는 돈을 벌기 위해 사채업자 와니부치(鰐淵)의 수하로 들어가, 사채업의 중간종업원으로 일하게 되면서 점점 인간성을 잃어간다. 그리고 그를 좋아하는 사채업자의 처 아카가시 미쓰에(赤樫満江)의 도움을 얻어 직접 사채업에 뛰어들어 더욱더 악랄한 행위를 서슴지 않는다.

한편 도미야마와 결혼한 오미야는 인간미라고는 찾아볼 수 없는 냉혹한 남편에게 시달리다가 급기야 버림받게 된다. 미야는 뒤늦게나마 처절하게 후회하고, 간이치에게 용서를 청하는 편지를 여러 차례 보내지만 간이치는 개봉도 하지 않는다. 그러다가 우연히 열어보게 된 한 통의 편지에 담긴 오미야의 가련한 처지를 확인한 간이치는 갈등한다.

(여기까지가 작가 '오자키 고요(尾崎紅葉)'의 미완성분이다.

오구리 후요(小栗風葉)의 완결부는 오미야의 남편 도미야마의 방탕한 사생활과 여자들의 허영심에 대한 이야기로 시작되어, 불행한 결혼생활, 주변의 몰이해, 간이치에 대한 생각으로 마침내 정신이상증세를 일으켜 고이시카와(小石川)뇌병원에 입원하게 된 오미야의 이야기로 이어진다.)

오미야는 병원에서 간이치의 이름만을 되뇌다가 자살을 시도하게 되고, 보다 못한 아버지는 간이치의 친구 아라오 조스케(荒尾譲介)를 찾아가 딸 오미야와 간이치 사이를 중재해 달라고 부탁한다. 아라오와 주변인물의 설득과 도움으로 간이치는 결국 병들어 이혼까지 당한 오미야를 용서하고, 고리대금업도 청산하게 된다. 그리고 그렇게 번 돈은 감당할 수 없는 빚 때문에 자살직전까지 이른 젊은 남녀의 채무를 갚아주거나, 자신에게 도움을 준 사람, 또는 유학 및 장학재단 출연금으로 사용한다. 그리고 간이치는 자신은 아직도 병중에 있는 오미야와 추억이 깃든 아타미에서 조용히 살아간다.

[원문] 도미야마 다다쓰구(富山唯継)의 등장 부분

「さあ、まあ、いらつしやいまし」

主の勧むる傍より、妻はお俊を促して、お俊は紳士を案内して、客間の床柱の前なる火鉢在る方に伴れぬ。妻は其処まで介添に附きたり。二人は家内の紳士を遇ふことの極めて鄭重なるを訝りて、彼の行くより坐るまで一挙一動も見脱さざりけり。その行く時彼の姿はあたかも左の半面を見せて、団欒の間を過ぎたりしが、無名指に輝ける物の凡ならず強き光は燈火に照添ひて、殆ど正く見る能はざるまでに眼を射られたるに呆れ惑へり。天上の最も明なる星は我手に在りと言はまほしげに、紳士は彼等の未だ曾て見ざりし大さの金剛石を飾れる黄金の指環を穿めたるなり。<略>

「金剛石！」

「うむ、金剛石だ」

「金剛石?」

「成程金剛石！」

「まあ、金剛石よ」

「あれが金剛石？」

「見給へ、金剛石」

「あら、まあ金剛石?」

「可感い金剛石」

「可恐い光るのね、金剛石」

「三百円の金剛石」

瞬く間に三十余人は相呼び相応じて紳士の富を謳へり。

彼は人々の更互におのれの方を眺むるを見て、その手に形好く葉巻を持たせて、右手を袖口に差入れ、少し懈げに床柱に靠れて、目鏡の下より下界を見遍すらんやうに目配してゐたり。かかる目印ある人の名は誰にも問はであるべきにあらず、洩れしはお俊の口よりなるべし。彼は富山唯継とて、一代分限ながら下谷区に聞ゆる資産家の家督なり。同じ区なる富山銀行はその父の私設する所にして、市会議員の中にも富山重平の名は見出さるべし。

"자- 자- 어서 들어오십시오."
주인이 권하는 곁에서 안주인은 오슌(お俊)을 재촉했고, 오슌은 신사를 안내하여 객실주

인이 권하는 옆 화로 쪽으로 데리고 갔다. 안주인은 그곳까지 시중을 들며 따라갔다. 두 사람은 안주인의 신사를 대하는 태도가 대단히 정중한 것을 의아하게 여기며, 그가 지나가는 것부터 자리에 앉을 때까지 일거수일투족을 지켜보았다. 그가 지나갈 때의 모습은 왼쪽 얼굴만 보이며 원탁 사이를 지나갔는데, 무명지에서 반짝거리는 어떤 범상치 않은 물건이 등불을 받아 너무도 아름답게 빛을 발하고 있어서 사람들 대부분은 똑바로 볼 수 없을 정도로 눈이 부셔서 어쩔 줄 몰라 했다. 천상에서 가장 밝은 별은 내손에 있다고 말하려는 듯, 신사는 사람들이 지금껏 보지 못한 커다란 다이아몬드가 장식된 황금반지를 끼고 있었다. <중략>

"다이아몬드!"

"음, 다이아몬드다."

"다이아몬드?"

"과연 다이아몬드네요."

"어머나, 다이아몬드야!"

"저것이 다이아몬드래?"

"봐요, 다이아몬드예요."

"어머, 정말 다이아몬드야?"

"멋지다 다이아몬드."

"엄청 반짝거리네. 다이아몬드."

"300엔짜리 다이아몬드래."

순식간에 30여 명이 서로 맞장구치며 그 신사가 부자인 것을 칭송했다.

그는 사람들이 번갈아가며 자기를 바라보는 것을 보고, 그 손에 폼 나게 담배를 끼고, 오른손은 소맷부리에 넣고, 조금 나른한 듯 마루기둥에 기대어, 안경 밑으로 지상세계를 내려다보듯 살피고 있었다. 이렇게 화제가 된 사람의 이름은 누가 묻지도 않았는데 오슌의 입에서 흘러나왔다. 그 사람은 도미야마 다다쓰구(富山唯継)로, 일대 갑부이자 시타야구(下谷区)에서 소문난 자산가의 장남이다. 같은 구에 소재한 도미야마은행은 그 아버지의 것이며, 시의원 중에서도 도미야마 주헤이(富山重平)란 이름은 쉽게 발견할 수 있다.

원문 간이치와 오미야의 아타미해변의 이별 장면

「宮さん、アイや、お宮。ダイヤモンドに目が眩み。よくも、よくも僕を裏切ってくれたな。」

「貫一さん」よよよと泣き崩れて貫一の足元にすがりつくお宮。

「離せ、この売女め。お前とは今宵かぎりだ。」

「貫一さん。別れろ切れろは女のときに言う言葉。今の私にはいっそ死ねと言って下さい。」

「ええい、離せ。離せというに。ダイヤに目が眩んで、あの成金の富山と身体を入れ替えたお前など、私が愛した宮さんではないわ。」

「そ、そんな。あなたの留学の資金にとしたことを、そこまでの言われよう。宮は、宮は悲しゅうございます。」<略>

「一月十七日、宮さん、善く覚えて置き。来年の今月今夜は、貫一は何処で此の月を見るのだか！再来年の今月今夜…… 十年後の今月今夜…… 一生を通じて僕は今月今夜を忘れん、忘れるものか、死んでも僕は忘れんよ！可いか、宮さん、一月の十七日だ。来年の今月今夜になったらば、僕の涙で必ず月は曇らして見せるから、月が… 月が… 月が… 曇ったらば、宮さん、貫一は何処かでお前を恨んで、今夜のように泣いて居ると思ってくれ。」

번역

"미야여, 사랑하는 오미야! 다이아몬드에 눈이 멀어서 그렇게도 쉽게 나를 배신한 것이오?"

"간이치씨!" 흑흑흑 쓰러져 울며 쓰러지며 간이치의 발아래 매달리는 오미야.

"저리가! 이 매춘부 같으니. 당신과는 오늘 밤으로 끝이오."

"간이치씨! 헤어지자 끝내자는 건 (당신의)여자일 때 하는 말이지요. 지금 내겐 차라리 죽으라고 말해주세요."

"에잇, 저리가! 저리가란 말야! 다이아몬드에 눈이 어두워 졸부인 도미야마에게 몸을 팔아버린 당신 따위는 내가 사랑했던 오미야가 아니오."

"그, 그건 당신의 유학자금으로 하려고 했던 것인데, 그것까지 말해야 하니, 미야는, 미야는 정말 슬프기 짝이 없습니다." <중략>

"1월 17일, 미야여! 잘 기억해두오. 내년 이 달 이날 밤의 간이치는 어디서 저 달을 볼 것인가! 내후년 이날 밤의 저 달…… 수십 년 후 이날 밤의 저 달 …… 평생토록 나는 이날 밤 저 달을 잊지 않을거요. 잊기는커녕 죽어도 난 잊지 못할거요! 알겠소? 미야여 1월 17일이오. 내년 이날 밤이 되면 저 달은 필시 내 눈물로 인해 흐려 보일 테니까. 달이… 달이… 달이… 흐려진다면, 미야여! 간이치는 어디선가 당신을 원망하며 오늘밤처럼 울고 있을 거라고 생각해주오."

오자키 고요와 더불어 고다 로한(幸田露伴)은 『후류부쓰(風流佛, 풍류불)』(1889)와 『고주노토(五重塔, 오층탑)』(1891)에서 예술의 영원성과 그것에 몰입하는 장인정신을 그린 독특한 작품세계를 펼쳐나갔다.

<겐유샤(硯友社)>의 의고전주의(擬古典主義)는 에도시대의 희극풍이 드러나는 가운데 사실주의의 영향을 받아 심리묘사 주체로 바꾸어가게 된다. 그것이 훗날 가와카미 비잔(川上眉山)이나 이즈미 교카(泉鏡花) 등에 의해 관념소설, 비참소설로 이어진다.

3) 낭만주의(浪漫主義) 소설

낭만주의란 18세기 말부터 19세기 초 유럽을 중심으로 고전주의에 대한 반발로 일어난, 인간의 지성, 규범 등을 절대시한 인간 내면의 진실과 감정을 중시하는 문예사조이다. 일본 사실주의 전개와 같은 시기에 모리 오가이(森鴎外)를 중심으로 낭만주의 운동이 일어나게 되었고, 기타무라 도코쿠(北村透谷)에 의해 창간된 잡지 「분가쿠카이(文学界)」의 젊은 작가들이 활약하게 되었다. 「분가쿠카이」는 봉건적이고 고전적인 것에 가치를 둔 <겐유샤>가 문단을 지배하던 때, 자아해방과 통일적 삶을 실현하고 초현실적인 것을 동경하는 낭만주의 작가들의 아지트 역할을 하면서, 시마자키 도손(島崎藤村), 히구치 이치요(樋口一葉), 구니기타 돗포(国木田独歩), 다야마 가타이(田山花袋) 등 당시의 젊은 작가들에게 중요한 활동무대를 제공하였다.

한편 청일전쟁 이후 자본주의가 급격히 발전함에 따라 점점 심각화 되는 사회적 모순에 착목한 심각소설(深刻小説)과, 갖가지 사회현상에 대하여 항의나 주장을 노골적으로 표현한 관념소설(観念小説)도 주목할 만하다. 히로쓰 류로(広津柳浪)는 『구로토카게(黒蜥蜴, 검은도마뱀)』(1895)로 심각소설의 전형을 보여주었고, 관념소설로는 구니기타 돗포(国木田独歩)의 『무사시노(武蔵野)』, 도쿠토미 로카(徳富蘆花)의 『호토토기스(不如帰, 불여귀)』, 이즈미 교카(泉鏡花)의 『야코준사(夜行巡査, 야행순사)』, 『고야히지리(高野聖)』, 『게카시쓰(外科室, 외과실)』 등을 들 수 있다. 그중 대표적인 관념소설이라 할 수 있는 이즈미 교카의 『게카시쓰(外科室)』를 감상해보자.

감상

줄거리

화가인 '나'는 호기심 때문에 절친한 친구 다카미네(高峰)를 졸라 그가 집도하는 수술 현장을 지켜보게 된다. 여러 대의 마차가 오가더니, 병원 복도에는 프록코트를 입은 신사, 제복차림의 군인 등이 서성이고 있다. 모두가 하나같이 지체가 높아 보이는 사람인 것으로 보아 대단한 가문의 부인인 듯 생각되었다.

수술실은 만반의 준비가 되어 있었고, 수술용 침대에는 기품 있고 정갈하고 아름다운 귀부인 환자가 누워 있다. 이윽고 간호부가 환자에게 마취제를 투약하려 하는데, 부인이 강하게 마취제를 거부한다. 부인은 마음속 깊은 곳에 간직해 온 비밀이 마취제로 인해 깊은 잠에 빠져들면 자신도 모르게 입 밖으로 새어나올 것이 두려워서 한사코 마취제를 거부하고 있는 것이다. 간호부의 간곡한 설득에도 부인은 엄청난 통증을 감당해야 하는 외과 수술에 끝내 마취제 투약을 거부한 채 수술집도를 기다리고 있다. 일각을 다투는 병이었기에 하는 수 없이 다카미네는 메스를 들고 부인의 몸에 그 메스를 댄다. 그 순간 발가락 하나 움직이지 않고 있던 부인이 애절하게 "당신은 나를 모르실거예요."라 하더니 갑자기 다카미네의 손에 든 메스를 힘껏 당겨서 자신의 가슴속 깊숙이 찔러 넣는다. 새파랗게 질린 다카미네가 바르르 떨면서 "잊지 않겠습니다. 그 목소리, 그 모습, 이 숨소리……"라 하자, 귀부인은 기쁜 듯 천진한 미소를 띠고는 풀썩 베게로 쓰러지더니 입술이 점점 파래진다. 그 부인은 9년 전 5월 5일 대학생 시절 둘이서 고이시가와(小石川) 식물원을 산책할 때 만개한 철쭉사이로 스쳐보았던, 당시 의대생이었던 다카미네가 '진정한 아름다움을 지닌 사람'이라 했던 기후네(貴船)백작부인이다. 그렇게 그 부인이 죽고 난 1년 후, 같은 날에 다카미네도 세상을 떠났다. 이런 숭고한 사랑을 곁에서 지켜본 '나'는 메이지시대 상류사회의 윤리도덕에 대해 질문을 던지게 된다.

[원문] 上 – 기후네백작 부인의 수술 장면

三秒にして渠が手術は、ハヤその佳境に進みつつ、メスが骨に達すと覚しきとき、「あ」と深刻なる声を絞りて、二十日以来寝返りさえもえせずと聞きたる、夫人は俄然器械のごとく、その半身を跳ね起きつつ、刀とう取れる高峰が右手めての腕かいなに両手をしかと取り縋がりぬ。

「痛みますか」

「いいえ、あなただから、あなただから」かく言い懸けて伯爵夫人は、がっくりと仰向きつつ、凄冷極まりなき最後の眼に、国手をじっと瞻まもりて、

「でも、貴下は、貴下は、私を知りますまい！」謂ふ時晩し、高峰が手にせる刀に片手を添へて、乳の下深く掻切りぬ。醫學士は真蒼になりて戦きつつ、

「忘れません。」

其声、其呼吸、其姿、其声、其呼吸、其姿。白爵婦人は嬉しげに、いとあどけなき微笑を含みて高峰の手より手をはなし、ばつたり、枕に伏すとぞ見えし、唇の色変りたり。其時の二人が狀、恰も二人の身辺には、天なく、地なく、社会なく、全く人なきが如くなりし。

[번역]

불과 몇 초 만에 수술은 어느덧 그 가경에 접어들면서 메스가 뼈에 닿자 부인은 "아-"하며 목을 쥐어짜는 듯한 소리를 냈다. 스무날 이상 돌아누울 수조차 없었다던 부인이 갑자기 상반신을 벌떡 일으키더니 메스를 든 다카미네의 오른팔을 자신의 양손으로 꼭 붙잡았다.

"아프십니까?"

"아뇨, 당신이니까. 당신이니까……"

이렇게 말하고 백작부인은 힘없이 쓰러지며 애절하기 그지없는 눈빛으로 다카미네를 바라보더니,

"하지만, 당신은, 당신은 나를 모를 거예요."

그 말과 동시에, 다카미네의 손에 든 메스를 한쪽 손으로 붙잡더니, 자신의 유방 아래로 깊이 찔러 넣었다. 다카미네는 새파랗게 전율하며,

"(부인의 사랑을 받아들여 영원토록) 잊지 않겠습니다."

'그 소리, 그 호흡, 그 모습, 그 소리, 그 호흡, 그 모습'이 순회하는 순간순간! 기후네 백작부인은 대단히 기쁜 듯이 천진난만한 미소를 띠고, 다카미네의 손을 놓으며, 베게로 풀썩 쓰러진 듯 보이더니, 입술 빛이 변했다.

이때 두 사람의 모습은? 마치 두 사람 주변에는, 하늘도 없고, 땅도 없으며, (기성도덕으로 굳어진)사회마저 없어서, 전혀 무인지경과도 같았더라.

[원문] 下 末 – 다카미네의 진정한 사랑을 언급하는 부분

其後九年を経て、病院の彼のことありしまで、高峰は彼の婦人のことにつきて、豫にすら一言をも語らざりしかど、年齢に於ても、地位に於ても、高峰は室あらざるべからざる身なるにも関わらず、家を納むる婦人なく、然も渠は學生たりし時代より品行一層謹嚴にてありしなり。豫は多くを謂はざるべし。青山の墓地と谷中の墓地と、所こそは変りたれ、同一日に前後して相逝けり。語を寄す、天下の宗教家、渠等二人は罪惡ありて、天にいくことを得ざるべきか。

[번역]

그 후 9년이 흐르고, 병원에서 흉부외과수술이 있을 때까지, 다카미네는 그 기후네 백작부인에 대해, 나에게마저 단 한마디도 언급하지 않았지만, 나이로나 지위를 보더라도 다카미네는 부인이 있어야 할 법 한데도 결혼을 하지 않았고, 더욱이 그는 학생시절 때보다 더욱 엄격히 품행을 지켰다. 나는 많은 말을 할 수 없었다.

아오야마(青山)의 묘지와 야나카(谷中)의 묘지로, 해(年)와 장소는 다르지만, 같은 날에

세상을 떠났더라! 세상에서 시시비비를 가려 말께나 한다는 천하의 종교가들이여! 과연 이들 기후네 백작부인과 다카미네 두 사람은 (불륜의) 죄가 있어서 천당에 갈 수 없다고 할 수 있겠는가?

『게카시쓰(外科室)』는 '나(豫)'의 등장으로 시작되고, '나'의 퇴장으로 끝맺음되는데, 이러한 설정은 '노(能)'의 서사기법과 유사하다. 등장인물의 구성도 그렇다. 와키(ワキ)역이 '나(豫)'라면, 시테(シテ)역은 '다카미네(高峰)'와 '기후네(貴船)백작 부인'이며, '백작(伯爵)'이 쓰레(ツレ)역으로 진행되는 노(能)와 유사한 구성을 취하고 있다.

1.3 성숙기의 소설

1) 자연주의(自然主義) 소설

러일전쟁의 여파로 자본주의가 급격하게 발전함에 따라 발생한 사회적 모순 속에서 서구의 자연주의, 즉 자연과학적 방법을 문학에 응용시켜 유전과 환경을 중시하는, 이른바 에밀 졸라(E·Zola)의 졸라이즘(zolaism)[94]이 일본문학계에 파장을 일으켰다. 그러나 일본에서의 자연주의는 서양의 자연주의와는 그 성격을 달리하여 사회문제보다는 주로 개인의 문제에 관심을 돌려 자아에 대한 충실을 기하는 자기고백, 인습타파 등을 내세웠다.

대표작으로는 단연 시마자키 도손(島崎藤村)의 『하카이(破戒, 파계)』(1906)와 다야마 가타이(田山花袋)의 『후톤(布団, 이불)』(1907)을 꼽을 수 있다.

먼저 차별받는 천민인 에타(穢多)출신 청년교사가 신분을 감추고 세상과 타협하며 살아가는 자기의 위선을 자각한 후 고백을 결심하기까지의 심리가 적나라하게 드러나 있는 『하카이(破戒)』를 감상해보자.

『破戒』

---

94 졸라이즘(zolaism) : 프랑스의 작가 에밀 졸라(1840~1902)의 문학 이론과 방법. 소설가의 사명은 인간과 사회를 과학적으로 분석하여, 임상의(臨床醫)적인 냉정한 태도로 관찰, 그 결과를 객관적으로 묘사하는 데 있다는 주장. 19세기 프랑스 자연주의 이론의 극점을 나타내는 것인데, 일본에는 메이지 30년대 중반인 1900년대 고스기 덴가이(小杉天外), 나가이 가후(永井荷風)에 의해 도입되어, 일본자연주의의 선구적 역할을 하였다.

줄거리

가장 하층 천민 계급인 에타(穢多)출신 세가와 우시마쓰(瀬川丑松)는 아버지로부터 어떠한 일이 있어도 태생과 신분을 숨기고 살라는 훈계를 귀에 못이 박히도록 주입받고 성장한다. 아버지는 틈만 나면 우시마쓰에게 만약 신분을 발설하게 되면 정상적인 사회인이 될 수 없고, 결국 사회에서 버려질 것이라는 이야기를 하였고, 우시마쓰는 이를 명심하고 살아간다. 사범학교를 졸업하고 소학교 교원이 된 우시마쓰는 하숙집에서 천민출신 하숙생이 출신 성분을 이유로 쫓겨나는 것을 목격하고, 부락민에 대한 사회의 편견과 차별의 불합리성을 실감한 후, 그 불합리와 타협하여 살아가는 자기모순에 고뇌한다.

사회적 차별에 맞서 용감하게 싸우는 같은 피차별 천민 출신의 해방운동가 이노코 렌타로(猪子蓮太郎)를 만나 따르게 되면서 자신의 출신을 밝히는 것에 대해 고민하게 된다. 그러던 중 아버지가 쇠뿔에 들이받혀 급사했다는 비보를 듣게 되고, 우시마쓰는 고향으로 가기 전에 이노코를 만나 자기 신분을 고백하려다가 결국 하지 못하고 고향에 내려가 아버지의 장례를 치른다. 장례를 마치고 학교로 돌아온 우시마쓰는 교사 중에 천민 출신자가 있다는 소문을 듣게 되고, 게다가 반대파의 습격을 받아 이노코가 사망하였다는 소식까지 듣고는 큰 충격을 받는다. 당당하게 싸우다 죽은 이노코의 삶에서 깨달음을 얻은 우시마쓰는 마침내 자신이 가르치는 학생들 앞에서 신분을 고백한 후 무릎 꿇고 용서를 빈다.

원문 우시마쓰가 학생들 앞에서 자기 출신성분을 고백하는 부분

「皆さんも御存じでせう。」と丑松は噛んで含めるやうに言つた。「是山国に住む人々を分けて見ると、大凡五通りに別れて居ます。それは旧士族と、町の商人と、お百姓と、僧侶と、それからまだ外に穢多といふ階級があります。御存じでせう、其穢多は今でも町はづれに一団に成つて居て、皆さんの履く麻裏を造つたり、靴や太鼓や三味線等を製へたり、あるものは又お百姓して生活を立てゝ居るといふことを。御存じでせう、其穢多は御出入と言つて、稲を一束づゝ持つて、皆さんの父親さんや祖父さんのところへ一年に一度は必ず御機嫌伺ひに行きましたことを。御存じでせう、其穢多が皆さんの御家へ行きますと、土間のところへ手を突いて、特別の茶椀で食物なぞを頂戴して、決して敷居から内部へは一歩も入られなかつたことを。皆さんの方から又、用事でもあつて穢多の部落へ御出になりますと、煙草は燐寸で喫んで頂いて、御茶は有ましても決して差上げないのが昔からの習慣です。まあ、穢多といふものは、其程卑賤しい階級としてあるのです。もし其穢多が斯の教室へやつて来て、皆さんに国語や地理を教へるとしましたら、其時皆さんは奈何思ひますか、皆さんの父親さんや母親さんは奈何思ひませうか―実は、私は其卑賤しい穢多の一人です。」

手も足も烈しく慄へて来た。丑松は立つて居られないといふ風で、そこに在る机に身を支へた。さあ、生徒は驚いたの驚かないのぢやない。いづれも顔を揚げたり、口を開いたりして、熱心な眸を注いだのである。

「皆さんも最早十五六―万更世情を知らないといふ年齢でも有ません。何卒私の言ふことを克く記憶えて置いて下さい。」と丑松は名残惜しさうに言葉を継いだ。

「これから将来、五年十年と経つて、稀に皆さんが小学校時代のことを考へて御覧なさる時に―あゝ、あの高等四年の教室で、瀬川といふ教員に習つたことが有つたつけ―あの穢多の教員が素性を告白けて、別離を述べて行く時に、正月になれば自分等と同じやうに屠蘇を祝ひ、天長節が来れば同じやうに君が代を歌つて、蔭ながら自分等の幸福を、出世を祈ると言つたツけ―斯う思出して頂きたいのです。私が今斯ういふことを告白けましたら、定めし皆さんは穢しいといふ感想を起すでせう。あゝ、仮令私は卑賤しい生れでも、すくなくも皆さんが立派な思想を御持ちなさるやうに、毎日其を心掛けて教へて上げた積りです。せめて其の骨折に免じて、今日迄のことは何卒許して下さい。」斯う言つて、生徒の机のところへ手を突いて、詫入るやうに頭を下げた。

「皆さんが御家へ御帰りに成りましたら、何卒父親さんや母親さんに私のこと
を話して下さい —— 今迄隠蔽して居たのは全く済まなかつた、と言つて、皆
さんの前に手を突いて、斯うして告白けたことを話して下さい —— 全く、私は
穢多です、調里です、不浄な人間です。」

[번역]

"여러분 알고 계시겠지요."라며 우시마쓰(丑松)는 곱씹어 말했다. "이 산간 지방에 사는
사람들을 나눠보면 크게 다섯으로 분류됩니다. 그것은 옛 무사와, 마을의 상인, 농민, 승
려, 그리고, 또 그 밖에 에타(穢多)라는 천민계급이 있습니다. 알고 있지요. 그 에타는 지금
도 마을에서 떨어진 곳에 하나의 집단을 이루고 살면서, 여러분이 신는 집신을 만들거나,
구두나 북 또는 샤미센 등을 만들며 생활하고, 또 어떤 사람은 또 농사지으며 살고 있다는
것을 알고 있지요, 그 에타는 '출입료'라 하여 벼를 한 다발씩 들고 여러분의 아버지나 할
아버지 집에 1년에 한 번씩은 반드시 인사를 하러 가는 것도 여러분은 알고 있겠지요. 그
에타가 여러분의 집에 가면 토방에 손을 짚고 별도의 그릇에 담긴 음식 따위를 먹고, 결코
문턱 안으로는 한발도 들어가지 못하는 것을! 여러분 또한 용무가 있어 에타 부락에 갔을
때도, 담배는 성냥을 켜서 피우고, 차가 있어도 결코 올리지 않는 것이 옛날부터의 관습입
니다. 에타는 그 정도로 비천한 계급인 것입니다. 혹시 에타가 이 교실에 와서 여러분에게
'국어'나 '지리'를 가르친다면, 그때 여러분은 어떤 생각을 하겠습니까? 여러분의 부모님
은 어떻게 생각할까요? 사실 나는 그 비천한 에타천민 중의 한 사람입니다."
손과 발이 심하게 떨려왔다. 우시마쓰는 서 있기가 어려워 그곳의 책상에 몸을 의지하였
다. 아— 학생들은 놀랐다거나 놀라지 않았다거나 할 정도가 아니었다. 모두가 얼굴을 쳐
들고 입은 쩍 벌리고 눈동자를 열심히 집중시키고 있었다.
"여러분도 이제 열대여섯 살. 세상물정을 아주 모르는 나이도 아닙니다. 부디 내가 하는
말을 잘 기억해 주세요."라 하고 우시마쓰는 아쉬운 듯 말을 이었다.
"지금부터 앞으로, 5년, 10년이 지나면 가끔 여러분이 소학교 시절의 일을 생각할 때……
아— 그 고등소학교 4학년 교실에서 세가와(瀬川)라는 선생에게 배운 적이 있었지……그
에타 천민출신 선생이 자신의 출신을 고백하고 이별을 고하고 떠나갈 때, 정월이 되면 자
신들도 도소주(屠蘇)로 축하하고, 덴초세쓰(天長節)가 되면 똑같이 '기미가요'를 부르며
뒤에서 자신들의 행복과 출세를 기도한다고 했었지……이렇게 기억해 주었으면 좋겠습
니다. 내가 지금 이런 이야기를 고백하면 틀림없이 여러분은 추하다고 느끼겠지요. 아—
설령 내가 비천하게 태어났다고 해도 적어도 여러분이 훌륭한 생각을 가질 수 있도록 매일
마음을 다해 가르쳤다고 생각합니다. 적어도 그 수고를 생각해서라도 지금까지의 일은 부
디 용서해 주세요." 이렇게 말하고 생도들 책상이 있는 곳에 손을 짚고 공손히 사과하듯 고
개를 숙였다.

"여러분이 집에 돌아가면, 아버지나 어머니에게 꼭 이 이야기해 주세요……. 지금까지 숨기고 있던 것은 정말 죄송했다고, 여러분 앞에서 손을 모으고 이렇게 고백했다는 것을 이야기해 주세요……. 사실 저는 천민에타입니다. 백정입니다. 부정한 인간입니다."

이어서 일본 자연주의 문학의 성격을 결정지은 사소설『후톤(布団)』(1907)을 감상해보자. 『후톤』은 다야마 가타이(田山花袋) 자신과 여제자 오카다 미치요(岡田美知代)를 모델로 한 작품으로, 스승과 여제자 사이의 노골적인 관계를 폭로함으로써 당시 사회와 문단에 커다란 반향을 불러일으킨 작품이다.

『布団』

줄거리

아내와 두 아이를 둔 34살 정도의 중년작가 다케나카 도키오(竹中時雄)는 요코야마 요시코(横山芳子)라는 여학생을 제자로 들인다. 처음엔 별로 맘이 가지 않았던 도키오였지만, 요시코와 편지를 주고받는 사이에 그 장래성을 전망하고 받아들이게 된 것이다. 그렇게 요시코가 상경하게 되고, 자주 만나는 동안 두 사람은 사제 이상의 관계로 발전한다. 도키오는 스스로 여제자 요시코를 애인으로 여기게 된다. 그런데 요시코의 연인 다나카 히데오(田中秀夫)가 요시코를 쫓아 상경하게 되자 도키오의 마음은 초조해진다. 도키오는 요시코를 감시하기 위해 자신의 집 2층에 살게 하지만, 요시코와 히데오 사이는 도키오의 상상 이상으로 진행되어버린다. 성난 도키오는 요시코의 애인 히데오를 질투하며 괴로워하다가 마침내 요시코를 파문하여 아버지와 함께 시골로 돌려보낸다. 그리고 나서 도키오는 요시코를 그리워하며 그녀가 사용하던 이불을 뒤집어쓰고 그녀의 체취를 맡으며 성욕과 비애와 절망에 싸여 눈물을 흘린다.

원문 요시코를 떠나보낸 도키오가 요시코의 체취를 그리워하는 부분

時雄は雪の深い十五里の山道と雪に埋れた山中の田舎町とを思い遣った。別れた後そのままにして置いた二階に上った。懐かしさ、恋しさの余り、微かに残ったその人の面影を偲ぼうと思ったのである。武蔵野の寒い風の盛んに吹く日で、裏の古樹には潮の鳴るような音が凄まじく聞えた。別れた日のように東の窓の雨戸を一枚明けると、光線は流るるように射し込んだ。机、本箱、罎、紅皿、依然として元のままで、恋しい人はいつもの様に学校に行っているのではないかと思われる。時雄は机の抽斗を明けてみた。古い油の染めたリボンがその中に捨ててあった。時雄はそれを取って匂を嗅いだ。暫くして立上って襖を明けてみた。大きな柳行李が三箇細引で送るばかりに絡げてあって、その向うに、芳子が常に用いて居た布団―― 萌黄唐草の敷布団と、綿の厚く入った同じ模樣の夜着とが重ねられてあった。時雄はそれを引出した。女のなつかしい油の匂いと汗の匂いとが言いも知らず時雄の胸をときめかした。夜着の襟の天鵞絨の際立って汚れて居るのに顔を押付けて、こころのゆくばかりなつかしい女の匂いを嗅いだ。

性慾と悲哀と絶望とが忽時雄の胸を襲った。時雄はその布団を敷き、夜着をかけ、冷めたい汚れた天鵞絨の襟に顔を埋めて泣いた。

薄暗い一室、戸外には風が吹暴れていた。

번역

도키오는 눈이 깊이 쌓인 150리 산길과 눈에 파묻힌 산속 시골마을이 염려스러웠다. 헤어진 후 그대로 방치해 둔 2층으로 올라갔다. 그리움과 지극한 사랑이 어렴풋이 남아있던 그 사람의 모습을 그려보려고 했다. 무사시노의 찬바람이 심하게 부는 날이라, 뒤뜰의 고목 나무 사이로 바닷물 소리가 굉장히 크게 들렸다. 헤어진 날처럼 동창의 덧문 한 장을 여니, 광선이 흐르듯이 비춰 들어왔다. 책상, 책장, 술병, 연지를 풀어쓰던 작은 접시가 의연하게 그대로 있어서, 사랑하는 사람은 평소처럼 학교에 가고 있는 것이 아닌가 생각되었다. 도키오는 책상 서랍을 열어 보았다. 낡은 손때 묻은 리본이 그 안에 버려져 있었다. 도키오는 그것을 집어들고 냄새를 맡았다. 잠시 후 일어서서 장지문을 열어 보았다. 보내질 큰 고리 짝 3개가 노끈으로 얽어매어 있었고, 그 맞은편에 요시코가 늘 쓰던 이불―― 연둣빛 당초 무늬의 요와, 도톰하게 솜이 들어간 같은 모양의 잠옷이 포개져 있었다. 도키오는 그것을 끄집어냈다. 여인의 그리운 체취가 무어라 형언할 수 없을 만큼 도키오를 두근거리게 하였다. 눈에 띠게 더럽혀져 있는 잠옷의 비로드 옷깃에 얼굴을 파묻고 마음 가는 대로 그리운 그녀의 체취를 실컷 맡았다.

성욕과 비애와 절망이 문득 도키오의 가슴을 덮쳤다. 도키오는 이불을 깔고 잠옷을 걸치고 식어버린 더러운 비로도 옷깃에 얼굴을 묻고 울었다.

어두운 방, 밖에서는 바람이 거칠게 불어대고 있었다.

2) 반자연주의(反自然主義) 소설 – 여유파(餘裕派)의 두 거장

자연주의 일색이었던 당시 문단에서 독자적 입장을 수립한 작가로 나쓰메 소세키(夏目

漱石)와 모리 오가이(森鴎外)가 있다. 제각기 영국과 독일유학을
경험한 이들은 여유를 가지고 인생을 관조하며 지성인다운 안목
으로 인간과 사회를 포착하여 자아개발과 이상을 추구하였다.

나쓰메 소세키(夏目漱石, 1867~1916)는 런던 유학에서 돌아
온 후 다카하마 교시(高浜虚子)의 권유로 하이쿠 잡지「호토토기
스(ホトトギス)」에『와가하이와네코데아루(吾輩は猫である, 나는
고양이로소이다)』를 발표하여 일약 유명해졌다. 이후 마쓰야마

夏目漱石

(松山)중학 영어교사 시절의 체험을 소재로 한『봇창(坊っちゃん, 도련님)』(1906), 유유
자적한 시정이 넘치는『구사마쿠라(草枕, 풀베게)』(1906)를 연이어 발표하였다. 초기의
대표작이자 '권선징악(勸善懲惡)'이라는 주제를 근대소설에 부활시킨 쾌작『봇창(坊っ
ちゃん)』을 감상해보자.

줄거리

어릴 때부터 엉뚱한 짓만 하여, 부모님의 속을 무던히도 썩인 나(おれ)를 하녀 기요(清)만
은 '도련님(坊っちゃん)'이라 부르며 두둔해 준 고마운 사람이다. 부모님이 돌아가시자 형
은 집과 땅을 전부 팔아 내 몫을 챙겨주었고, 나는 그 돈으로 물리학교를 졸업하고 시코쿠
(西国) 어느 중학교 수학교사로 부임하게 된다.
부임한 학교의 교장은 '다누키(狸, 너구리)', 교감은 '아카셔츠(赤シャツ, 빨간셔츠)', 영
어교사는 '우라나리(うらなり, 끝물가지)', 수학 주임교사는 '야마아라시(山嵐, 거센바람)',
미술교사는 노다이코(野だいこ, 알랑쇠)라는 별명을 가지고 있었는데, 성격과 꼭 맞는 별
명이다.
나는 부임하자마자 학생들에게 여러 가지 장난과 놀림을 당했고, 교감을 비롯한 동료교사
들도 나를 가만히 두지를 않았다. 어느 날은 교감에게 불려 배낚시를 따라 갔는데, 교감은
미술교사 알랑쇠와 둘이서, 슬며시 내가 학생들로부터 몇 번이나 장난을 당한 것이 수학
교사 야마아라시(山嵐)가 부추겼기 때문이라는 말을 했는데, 나는 그 말에 속아서 야마아
라시와 언쟁을 하게 된다. 그날 오후 학생들의 지나친 장난에 대한 감독과 처분에 대한 직
원회의가 열리게 되었고, 야마아라시의 주장에 따라 처벌이 결정된다. 그런데도 야마아라
시에 대한 심술이 남아있는 나는 하숙을 나와 버리는데, 내가 나오자 바로 알랑쇠가 그 하
숙으로 들어갔다는 말을 듣고 어이가 없어져 버린다. 영어교사의 소개로 나는 새로운 하
숙을 구하게 되는데, 하숙집 아주머니로부터 교감이 갖가지 수단을 부려 끝물의 약혼녀인
마돈나를 기어이 포섭했다는 이야기를 듣고 교감의 인격을 의심하게 된다.
어느 날, 교감이 나를 자택으로 불러 수학주임으로 승진시켜 주고 월급도 오르게끔 해준다
고 하면서, 영어교사 끝물이 교장에게 월급을 조금 올려 달라고 했다가 학교를 그만두게 되

었다는 말을 전하자 나는 바로 교감의 책략을 눈치 채고, 야마아라시와도 화해를 한다.
끝물의 송별회에서 교감이 "이 좋은 친구를 잃은 것은, 실로 내게 큰 불행이다."라는 내용
의 연설을 하자, 야마아라시는 교감에 대한 빈정거림으로 그 반대의 연설을 하는 바람에
송별회장이 엉망이 되어버린다.

학교가 쉬는 날, 학생들이 사범학교 학생들과 집단 패싸움을 하자 야마아라시와 내가 말
리러 간 일이 다음날 신문에 크게 실리게 되고, 야마아라시가 교장에게 불려가 사표제출
을 요구받게 된다. 내가 항의하러 가자, 교장은 어슬렁어슬렁 달아나 버린다. 야마아라시
는 이 모든 일이 교감의 소행이라 짐작하면서도 결국 사표를 내게 된다. 이후 우리는 온천
마을 건물 12층에 방을 빌려 미닫이의 구멍으로, 교감의 동정을 감시하기 시작한다. 드디
어 7일째 되는 날 홍등가에서 교감의 행위를 확인한 나는 야마아라시에게 현장을 잡아 족
치자고 제안을 하지만, 그는 느닷없이 뛰어 들어가 보았자, 몇 십 개나 되는 방 어느 곳에
있는지 모른다며 응하지 않는다.

때마침 두 사람이 함께 나간 것을 보고 뒤쫓아 간 나는 마을을 벗어난 지점에 이르자 교감
을 불러 세워놓고, "교사의 직을 가지고 있는 사람이, 유곽에 머물다니"라 힐책하자, 교감
은 "그것이 나쁘다는 규칙이 있습니까?"하며 오히려 반문한다. 야마아라시가 교감과 실
랑이를 하고 있는 틈에 나는 가지고 있던 달걀을 꺼내서 노다이코의 얼굴에 던져주고, 하
숙집으로 돌아와서 바로 짐을 싸고는, 사표를 써서 우편으로 교장 앞으로 보낸 후, 기요가
기다리는 도쿄로 돌아간다.

［원문］ 교사발령을 받고 떠나는 주인공과, 하녀 '기요(清)'의 이별부분

出立の日には朝から来て、色々世話をやいた。来る途中小間物屋で買つて
来た歯磨と楊子と手拭をズックの革鞄に入れて呉れた。そんな物は入らない
と云つても中々承知しない。車を並べて停車場へ着いて、プラットフオーム
の上へ出た時、車へ乗り込んだおれの顔をじつと見て、
「もう御別れになるかも知れません。随分御機嫌やう」と小さな声で云った。
目に涙が一杯たまつて居る。おれは泣かなかった。然しもう少しで泣く所で
あった。汽車が余つ程動き出してから、もう大丈夫だらうと思つて、窓から首
を出して、振り向いたら、矢つ張り立つて居た。何だか大変小さく見えた。

［번역］

출발하는 날에는 아침부터 와서, 이런 저런 것들을 챙겨주었다. 정거장에 가는 도중에 잡
화상에서 사온 치약 수건 등을 등에 메는 가방에 넣어주었다. 그런 것 따위 필요 없다고 해
도 전혀 먹혀들지 않는다. 기요와 인력거 두 대에 타고 정거장에 도착하여, 플랫폼에 들어

섰을 때, 기차에 올라탄 내 얼굴을 말끄러미 보고는,

"이젠 영영 이별일지도 모르겠어요. 아무쪼록 몸 건강하세요."라고 힘없는 목소리로 말했다. 눈에 눈물이 가득 고여 있었다. 나는 울지 않았다. 하지만 하마터면 울 뻔했다. 기차가 출발하여 상당히 갔기 때문에, 이젠 괜찮겠지 생각하고, 창에서 고개를 내밀고 뒤돌아 봤더니, 역시 그대로 서있었다. 왠지 대단히 작게 보였다.

모리 오가이(森鴎外, 1862~1922)는 군의관으로 독일 유학을 다녀온 후 여러 장르의 문학 활동을 전개하였다. 낭만주의 계통의 『마이히메(舞姫, 무희)』(1890) 이후 근대청년의 고뇌와 사랑을 그린 『세이넨(靑年, 청년)』(1910), 회고 취미의 명작 『간(雁, 기러기)』(1911) 이후 역사소설에 눈을 돌려 『아베이치조쿠(安部一族, 아베일족)』(1913), 『산쇼다유(山椒大夫)』(1915)와 『다카세부네(高瀬舟)』(1916)를 발표하여 주관적 역사관을 피력하였다. 그중 모리 오가이의 문학관이 가장 잘 드러나 있는 『다카세부네』를 감상해 보자.

森鴎外

줄거리

『다카세부네(高瀬舟)』의 무대는 에도시대 유배를 명받은 죄인을 교토에서 오사카로 호송하는 다카세부네 선상이다. 다카세부네에 타는 사람들은 근본적으로 죄질이 나쁜 악인이기보다는, 대부분이 순간의 잘못된 판단으로 생각지도 못한 죄를 저질러버린 사람들이다. 제각기 안타까운 사정이 있는데다 그 처지가 너무도 가엾어서, 동료들 간에 다카세부네에 타는 일을 기피하는 경우가 많을 정도이다.

어느 날, 교도소생활을 마치고 외딴섬으로 유배를 명받은 기스케(喜助)라는 청년이 다카세부네에 타게 된다. 이의 호송을 맡게 된 하네다 쇼베(羽田庄兵衛)는 살인죄를 짓고 외딴섬으로 유배되어 가는 길임에도 즐거운 얼굴을 하고 있는 기스케를 이상하게 여기고 바라보다가 마침내 그 까닭을 묻는다.

기스케는 어떠한 미지의 섬으로 유배된다 하여도 교토에서의 고통스런 삶보다는 나을 것이며, 게다가 품속에 지니고 있는 돈 200문(유배 가는 자에게 주는 돈)이 앞으로의 삶에 대한 희망을 갖게 한다는 대답을 한다. 쇼베는 기스케의 얘기를 듣고 자신의 급료에 아내와 네 아이에 노모까지 모두 7명의 생계가 달려있는 자신의 삶에 기스케의 신세를 대비해 본다. 만족이나 행복감을 느낀 적이 거의 없었던 자신에 비해, 유배 길에 있으면서도 기스케는 자신의 현실에 너무나 만족해하고 있는 기스케가 의아하다는 생각을 한 쇼베는 이렇듯 순수해 보이는 기스케가 정말 동생을 죽이는 끔찍한 일을 저질렀다는 것이 도저히 납득이 가지 않아, 왜 동생을 살해했는지를 재차 묻는다. 기스케는 잠시 머뭇거리더니 "어릴 때

부모님을 여의고 아픈 동생을 돌보며 살아가고 있었는데, 어느 날 집에 돌아와 보니 동생이 면도칼로 자신의 목을 찌르고 고통스러워하고 있었습니다. 형에게 폐를 끼치는 것이 너무 괴로워서 자해를 한 것인데, 고통이 점점 심해지자 필사적으로 면도칼을 뽑아달라고 애원했습니다. 동생의 고통을 보다 못한 저는 결국 면도칼을 뽑게 되었고, 때마침 이웃집 할머니가 그 광경을 보고 비명을 지르고는 뛰쳐나갔습니다. 손에 칼을 쥔 채 어리둥절하던 사이에 동생의 숨은 끊어졌고, 상처에서는 여전히 피가 흐르고 있었습니다. 마을 어르신이 와서 저를 관아로 데려갈 때까지 저는 칼을 옆에 두고 눈도 채 감지 못하고 죽어간 동생을 그저 바라볼 뿐이었습니다."라 대답한다.

쇼베는 그냥 내버려두어도 동생은 죽을 수밖에 없는 동생을 위해 칼을 뽑아준 것을 과연 살인이라고 할 수 있을지 의문을 떨칠 수가 없어 마음속으로 수차례 자문자답 해 보지만, 상관의 결정을 뒤집을 수 없었기에 일단 마치부교님이 내린 판결을 그대로 수용하기로 하지만, 왠지 석연치 않아 마치부교님에게 다시 한 번 물어보고 싶은 충동을 강하게 느낀다.

원문 기스케가 죄인이 된 연유를 말하는 부분

ある日いつものように何心なく帰って見ますと、弟はふとんの上に突っ伏していまして、周囲(まわり)は血だらけなのでございます。わたくしはびっくりいたして、手に持っていた竹の皮包みや何かを、そこへおっぽり出(だ)して、そばへ行って『どうしたどうした』と申しました。すると弟はまっ青な顔の、両方の頬(ほお)からあごへかけて血に染(そ)まったのをあげて、わたくしを見ましたが、物を言うことができませぬ。<略> 弟は目でわたくしのそばへ寄るのを留(た)めるようにして口をききました。ようよう物が言えるようになったのでございます。『すまない。どうぞ堪忍(かんにん)してくれ。どうせなおりそうにもない病気だから、早く死んで少しでも兄きにらく(し)がさせたいと思ったのだ。笛(ふえ)を切ったら、すぐ死ねるだろうと思ったが息がそこから漏(も)れるだけで死ねない。深く深くと思って、力いっぱい押し込むと、横(よこ)へすべってしまった。刃はこぼれはしなかったようだ。これをうまく抜(ぬ)いてくれたらおれは死(し)ねるだろうと思っている。物を言(い)うのがせつなくっていけない。どうぞ手を借(か)して抜いてくれ』と言うのでございます。弟が左の手をゆるめるとそこからまた息が漏(も)ります。わたくしはなんと言おうにも、声が出ませんので、黙って弟の喉(のど)の傷をのぞいて見ますと、なんでも右の手に剃刀(かみそり)を持って、横に笛を切ったが、それでは死に切れなかったので、そのまま剃刀を、えぐるように深く突っ込んだものと見えます。柄えがやっと二寸ばかり傷口から出ています。わたくしはそれだけの事を見て、どうしようという思案もつかずに、弟の顔を見ました。弟はじっとわたくしを見詰めています。わたくしはやっとの事で、『待っていてくれ、お医者を呼んで来るから』と申しました。弟は恨めしそうな目つきをいたしましたが、また左の手で喉をしっかり押えて、『医者がなんになる、あゝ苦しい、早く抜いてくれ、頼む』と言うのでございます。わたくしは途方に暮れたような心持ちになって、ただ弟の顔ばかり見ております。こんな時は、不思議なもので、目が物を言います。弟の目は『早くしろ、早くしろ』と言って、さも恨めしそうにわたくしを見ています。わたくしの頭の中では、なんだかこう車の輪のような物がぐるぐる回っているようでございましたが、弟の目は恐ろしい催促をやめません。それにその目の恨めしそうなのがだんだん険しくなって来て、とうとう敵の顔をでもにらむような、憎々しい目になってしまいます。それを見ていて、わたくしはとうとう、これは弟の言ったとおりにしてやらなくてはならないと思いました。わたくしは『しかたがない、抜いてやるぞ』と申しました。すると弟の目の色がからりと変わって、晴れやかに、さもうれしそうになりました。わたくしはなんでもひと思いにしなくてはと思ってひざを撞くようにしてからだを前へ乗り出しました。弟は突いていた右の手を放して、今まで喉を押えていた手のひじを床とこに突いて、横になりました。わたくしは剃刀の柄をしっかり握って、ずっと引きました。この時わたくしの内から締めておいた表口の戸をあけて、近所のばあさんがはいって来ました。留守の間、弟に薬を飲ませたり何かしてくれるように、わたくしの頼んでおいたばあさんなのでございます。もうだいぶ内のなかが暗くなっていましたから、わたくしにはばあさんがどれだけの事を見たのだかわかりませんでしたが、ばあさんはあっと言ったきり、表口をあけ放しにしておいて駆け出してしまいました。わたくしは剃刀を抜く時、手早く抜こう、まっすぐに抜こうというだけの用心はいたしましたが、どうも抜いた時の手ごたえは、今まで切れていなかった所を切ったように思われました。刃が外のほうへ向いていましたから、外のほうが切れたのでございましょう。わたくしは剃刀を握ったまま、ばあさんのはいって来てまた駆け出して行ったのを、ぼんやりして見ておりました。ばあさんが行ってしまってから、気がついて弟を見ますと、弟はもう息が切れておりました。傷口からはたいそうな血が出ておりました。それから年寄衆がおいでになって、役場へ連れてゆかれますまで、わたくしは剃刀をそばに置いて、目を半分あいたまま死んでいる弟の顔を見詰めていたのでございます。」

번역

어느 날, 여느 때와 마찬가지로 집에 돌아와 보니, 주변이 온통 피투성이가 된 채, 동생이 이불 위에 엎드려 있었습니다. 저는 그만 깜짝 놀라서 손에 들고 있던 대나무 껍질(보잘것없는 음식)이었는지 무엇인지를 내팽개치고는 동생 옆으로 가서 왜 이러냐고 소리쳤습니다. 동생은 양 볼에서 턱까지 피로 물든 창백한 얼굴로 저를 쳐다보았는데 아무 말도 하지 못했습니다. <중략> 동생은 눈빛으로 제가 옆에 오지 못하게 하더니, 입을 열었습니다. 겨우겨우 말은 할만 했던 것 같습니다. "미안해, 용서해줘… 도저히 나을 것 같지 않은 병이라서 빨리 죽는 편이 형을 도와주는 길이라고 생각했어. 숨통을 끊으면 바로 죽을 거라고 생각했는데 숨이 새어나올 뿐 죽지는 않았어. 더 깊이, 더 깊이 힘을 주어 들어가다 보니 칼이 옆으로 미끄러져 버리고 말았어. 칼날이 망가지지는 않았으니 이 걸 잘 뽑아내면 난 죽을 수 있을 거야… 말하기가 힘들어서 못 견디겠어, 제발 손을 써서 나를 죽여줘…"라 하는 것이었습니다. 동생의 왼손에 힘이 빠지면 거기서 또 숨이 새어나왔습니다.

저는 아무 말도 못하고 동생의 목에 난 상처를 살펴보았더니, 오른손으로 칼을 들고 가로로 숨통을 끊었지만 그렇게 죽음에는 이르지는 못하고 그대로 더 깊이 상처만 후벼 판 것으로 보입니다. 칼 손잡이가 상처 밖으로 조금 나와 있었습니다. 저는 그 것을 보고는 아무런 생각도 떠오르지 않아 그저 동생의 얼굴을 바라보고만 있었습니다. 동생도 꼼짝 않고 저를 응시하고 있었습니다. 저는 "가만히 있어봐, 의사를 불러올게!"라 겨우 말했습니다. 동생은 왼손으로 목을 누르면서 원망하는 듯한 눈빛으로 "의사가 무슨 소용이야! 아아… 더는 못 견디겠어, 빨리 칼을 뽑아줘, 제발…"이라 합니다. 저는 어떻게 해야 좋을지 몰라 쩔쩔매며 단지 동생의 얼굴을 바라보고 있었습니다.

이런 때는 참 이상하게도 눈이 모든 것을 말해줍니다. 동생은 "빨리 해, 빨리…"라 말하는 듯 원망스러운 눈초리로 저를 바라보고 있었습니다. 제 머리 속에는 갑자기 수레바퀴 같은 것이 빙글빙글 돌아가는 듯 하고, 동생의 눈은 무섭게 재촉하기를 멈추지 않습니다. 게다가 그 원망이 점점 거세져 원수의 얼굴을 노려보는 듯, 증오스러운 눈으로 변해있었습니다. 그걸 바라보면서 저는 점점 동생의 말대로 해주지 않으면 안 되겠다는 생각이 들었습니다. 저는 "어쩔 수 없구나... 칼을 빼줄게..."라고 말했습니다. 이내 동생의 눈빛이 환하게, 안심한 듯한 눈빛으로 바뀌었습니다. 저는 단숨에 뽑아야 한다는 마음으로 무릎을 꿇고 몸을 앞으로 내밀었습니다. 동생은 잡고 있던 오른손을 떨구고 지금까지 목의 상처를 지탱하고 있던 팔꿈치를 움직여 몸을 뉘었습니다. 저는 칼 손잡이를 단단히 부여잡고 끌어당겼습니다.

그 때, 방문을 열고 이웃의 할머니가 들어왔습니다. 제가 집을 비운 동안, 동생에게 약을 먹이고 보살펴 주시도록 부탁드린 분이셨습니다. 집 안이 꽤 어두워서 저는 할머니께서 언제부터 보고 계셨는지 알 수 없었지만 할머니는 악! 외마디 소리를 지르시고는 문을 열어 두신 채, 뛰쳐나가셨습니다. 저는 칼을 뽑을 때 재빨리, 곧장 뽑을 생각뿐이었습니다만, 뽑아냈을 때 손의 느낌은 지금껏 한 번도 베어보지 못한 것을 자른 듯한 느낌이었습니다. 칼이 바깥쪽을 향해 있어서 바깥 부분만 잘린 것 같았습니다. 저는 칼을 손에 꽉 쥔 채, 할머니가 들어왔다가 뛰쳐나가는 것을 멍하니 바라보고 있었습니다. 할머니가 나가버린 뒤, 정신을 차리고 동생을 바라보니 동생은 이미 숨이 끊어져 있었습니다. 상처에서는 몹시 피가 흐르고 있었습니다.

마을의 어르신께서 오셔서 저를 관아로 데려갈 때까지 저는 칼을 옆에 두고 눈도 채 감지 못하고 죽어간 동생을 그저 바라볼 뿐이었습니다."

3) 탐미주의(耽美主義) 소설

탐미주의 소설은, 자연주의 소설이 인생의 추악한 면을 파헤치는 것에 불만을 품은 작가들에 의해 미의 세계에 탐닉하며 예술지상주의적인 입장을 강하게 드러내고 있다. 대표작가로 나가이 가후(永井荷風)와 다나자키 준이치로(谷崎潤一郎)를 들 수 있다.

나가이 가후(永井荷風)는 『레이쇼(冷笑, 냉소)』(1910), 『스미다가와(すみだ川, 스미다강)』(1911), 『우데쿠라베(腕くらべ, 솜씨겨루기)』(1916) 등에서 에도적 화류계 사회를 소재로 관능적이고 향락적인 세계를 섬세하게 묘사하였다.

한편 다니자키 준이치로(谷崎潤一郎)는 주로 정신적 측면을 강조하면서 독특한 방법의식에 입각하여 악마적인 경향과 여성의 관능미를 찬양하는 작품으로 일관하였다. 먼저 그 악마적인 경향과 관능미의 극치를 드러낸 『시세이(刺青, 문신)』(1911)를 감상해 보자.

줄거리

때는 아름다운 사람이 강자요, 추한 사람이 약자로 여겨지던 에도 말기, 사람들은 아름다움을 추구한 나머지 몸에 갖가지 강렬하고 현란한 색깔을 입히게 되었다.

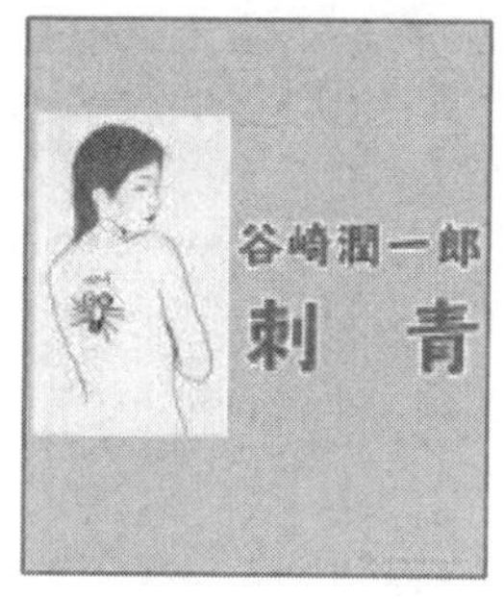

문신사 세이키치(清吉)는 문신을 새겨 넣을 때 피부를 찔려 괴로워하는 사람들의 모습을 보며 말할 수 없는 쾌락을 느낀다. 그의 숙원은 아름다운 미녀의 몸에 자신의 영혼을 새겨 넣는 것이었으나, 제 아무리 이름을 날리던 여인도 그의 눈을 만족시키지는 못했다. 어느 날 세이키치는 후카가와(深川)의 어느 한 요릿집 앞에서 자신이 찾던 아름다운 여자의 발을 발견하게 되지만 그만 놓쳐 버린다. 못내 아쉬워하던 세이키치의 여인에 대한 동경은 격렬한 사랑으로 변한다.

어느덧 한 해가 지나고, 우연히 그에게 심부름을 오게 된 그녀와 재회하게 된 그는 심부름을 끝내고 돌아가려는 그녀에게 「말희(末喜)」와 「비료(肥料)」라는 제목의 그림 2장을 보여준다. 첫 번째 그림은 말희(末喜)가 곧 처형당하려는 남자의 모습을 바라보고 있는데, 남자는 쇠사슬에 사지가 묶여 그녀 앞에서 고개를 떨어뜨리고 눈을 감고 있는 처참한 모습의 그림이었고, 두 번째 그림은 벚나무에 기대고 있는 여자가 그녀의 발아래 수많은 남자들의 시체가 쌓여있는 모습을 바라보는 그림이었다. 그녀는 잔인한 그림들을 어서 치워달라며 세이키치에게 사정하지만, 그림을 보던 중에 자신의 마음속 깊은 곳에 숨겨진 무엇인가를 발견한 듯한 느낌을 받는다. 세이키치는 그녀의 숨겨진 요부적 기질을 불러일으키며 이 나라에서 최고로 아름다운 여자, 모든 남자를 굴복시킬 수 있는 여자로 만들어 주겠다고 설득한다.

세이키치는 마침내 그녀에게 마취제를 놓고 그녀의 등에 커다란 무당거미를 새긴다. 문신 작업이 끝나자 거미문신은 살아 있는 듯이 그녀의 등에서 꿈틀대고, 그녀는 자신의 본성을 찾았다는 듯 지금까지의 모습과는 다른 태도를 보이며 칼날 같이 눈을 번뜩이며 그를 바라본다. 그리고 자신이 새겨 넣은 문신을 보여 달라는 세이키치에게 옷을 벗어 보여주는데, 때마침 비춰오는 아침햇살에 여자의 등은 찬란하게 빛난다.

[원문] 문신사 세이기치가 소녀에게 그림 2장을 보여주는 부분

娘は暫くこの奇怪な絵の面を見入って居たが、知らず識らず其の瞳は輝き其の唇は顫えた。怪しくも其の顔はだんだんと妃の顔に似通って来た。娘は其処に隠れたる真の「己」を見出した。

「この絵にはお前の心が映って居るぞ」こう云って、清吉は快げに笑いながら、娘の顔をのぞき込んだ。

「どうしてこんな恐ろしいものを、私にお見せなさるのです」

と、娘は青褪めた額を攤げて云った。

「この絵の女はお前なのだ。この女の血がお前の体に交って居る筈だ」と、彼は更に他の一本の畫幅を展げた。それは「肥料」と云う畫題であった。畫面の中央に、若い女が桜の幹へ身を倚せて、足下に累々と斃れて居る多くの男たちの屍骸を見つめて居る。女の身辺を舞いつゝ凱歌をうたう小鳥の群、女の瞳に溢れたる抑え難き誇りと歓びの色。それは戦の跡の景色か、花園の春の景色か。それを見せられた娘は、われとわが心の底に潜んで居た何物かを、探りあてたる心地であった。

「これはお前の未来を絵に現わしたのだ。此処に斃れて居る人達は、皆これからお前の為めに命を捨てるのだ」こう云って、清吉は娘の顔と寸分違わぬ畫面の女を指さした。

「後生だから、早く其の絵をしまって下さい」

と、娘は誘惑を避けるが如く、畫面に背いて畳の上へ突俯したが、やがて再び唇をわなゝかした。

「親方、白状します。私はお前さんのお察し通り、其の絵の女のような性分を持って居ますのさ。——だからもう堪忍して、其れを引っ込めてお呉んなさい」

「そんな卑怯なことを云わずと、もっとよく此の絵を見るがいゝ。それを恐ろしがるのも、まあ今のうちだろうよ」

こう云った清吉の顔には、いつもの意地の悪い笑いが漂って居た。

번역

소녀는 잠시 이 기괴한 그림을 응시하고 있었는데, 자신도 모르게 그 눈동자는 빛을 발하고 입술은 가늘게 떨고 있었다. 이상하게도 그 얼굴은 점점 왕비의 얼굴을 닮아갔다. 소녀는 그림 속에서 감추어 있던 진정한 자아를 찾아냈다.

"이 그림에는 네 마음이 투영되어 있어." 이렇게 말하고, 세이키치는 유쾌하게 웃으면서 소녀의 얼굴에 들이밀고 찬찬히 살펴보았다.

"왜 이런 무서운 그림을 제게 보여주시는 건가요?" 라며, 소녀는 새파랗게 질린 얼굴을 들어 올리며 물었다.

세이키치는 "이 그림 속의 여자는 너다. 이 여자의 피가 분명 네 몸에 섞여있다."고 말하며,

또 다른 그림을 펼쳐보였다. 그것은「비료」라는 제목의 그림이었다. 그림 한가운데 젊은 여자가 벚꽃 줄기에 몸을 기대고, 발밑에 쌓여있는 수많은 남자들의 시체를 바라보고 있는 그림이었다. 여자의 주변을 춤추며 노래하는 작은 새의 무리, 여자의 눈동자에 넘쳐나는 억제하기 어려운 자만심과 환희의 색깔. 그것은 전쟁의 흔적인지? 화원의 봄 풍경인지? 그것을 본 소녀는 나와 자신의 마음 깊은 곳에 잠재하고 있던 그 무언가를 더듬어 찾아내는 듯한 기분이 들었다.

"이것은 네 미래를 그림으로 나타낸 것이다. 여기에 쓰러져 있는 사람들은 모두 앞으로 너를 위해 목숨을 버릴 것이다."라고 말하고, 세이키치는 소녀의 얼굴과 조금도 다르지 않은 그림 속의 여자를 가리켰다.

"제발... 빨리 그 그림을 치워주세요." 하며, 소녀는 유혹을 피하기라도 하듯, 그림을 외면하고 다다미 위로 엎어졌다가, 바로 재차 입술을 떨었다.

"아저씨, 자백합니다. 저는 당신의 짐작대로 그 그림 속의 여자 같은 성품을 가지고 있어요.--- 하지만 이제 그만 그것을 거두어주세요"

"그런 비겁한 말을 하지 말고, 이 그림을 더 자세히 보아두는 게 좋아. 그걸 두려워하는 것도 지금뿐이겠지만"

이렇게 말한 세이기치의 얼굴에는 평소의 심술궂은 웃음이 감돌고 있었다.

이어서 페티시즘(*fetishism*)[95]이 돋보이는『후미코노아시(富美子の足, 후미코의 발)』(1919)이다.

감상

줄거리

에도시대부터 대대로 전당포를 운영하고 있는 60세의 쓰카고(塚越)노인은 16,7세 밖에 안 되는 게이샤 후미코(富美子)를 첩으로 맞아들인다. 이후 전당포를 양자에게 물려주고 집에 은거하게 된다. 그즈음 노인의 먼 친척쯤 되는 미술학도 우노키치(宇之吉)가 전당포로 찾아와 도움을 청한다. 이후 우노기치는 노인과 가까워지게 되어 노인의 집을 자주 왕래하게 된다. 우노키치가 노인의 집을 방문하는 것은 노인을 찾아가기 위한 것이기도 하지만, 후미코를 만나고 싶은 이유이기도 하다.

어느 날 노인은 우노키치에게 이나카겐지(田舍源氏)에 그려진 낡은 삽화 한 장을 보여주면서 그림 속의 여인과 같은 포즈를 한 후미코의 초상화를 그려줄 것을 부탁한다. 그 자세는 특히 발의 아름다움을 강조하기 위한 자세로, 후미코가 아니면 흉내 낼 수 없는 포즈였다. 우노키치는 초상화를 그리는 동안 후미코의 발에서 어린 날의 기억을 중첩시켜나가고, 노

---

95 페티시즘(*fetishism*) : 어떤 물체를 숭배하는 주물 숭배를 뜻하는 말이었지만 최근에는 신체 일부 혹은 특정 사물에 비정상적인 집착을 보이는 이상심리를 가리킨다. 그 결과로 나타나는 성도착, 변태 성욕이라는 의미도 포함한다. 대중문화로서 페티시즘은 도착적인 성 표현, 극단적 기호를 추구하는 경향을 뜻하는데 규범을 파괴하는 창조정신의 강렬한 발현이라는 점에서 이를 긍정적으로 바라보는 시각도 있다.

인도 자신과 마찬가지로 여성의 발에 집착하는 페티시스트(*fetishist*)인 것을 알게 된다. 어느덧 쓰카고 노인이 병이 들게 되는데, 노인은 임종을 자각하면서 후미코에게 "아— 이젠 틀린 것 같아. …난 이제 곧 숨을 거둘 것 같아. …후미코, 후미코, 내가 숨을 거둘 때까지 발을 얼굴에 올려놔다오. 나는 네 발에 밟힌 채 죽고 싶구나."라고 하자, 후미코는 노인의 이마에 2시간 반 동안이나 발을 올려놓는다. 노인은 후미코의 발에 밟힌 상태에서 무한한 환희를 느끼며 숨을 거둔다.

이러한 광경을 그대로 지켜본 우노키치는 이런 기묘한 이야기를 누구에겐가 털어놓지 않고는 견딜 수 없어, 이 이야기를 좋은 소설로 만들어 줄 것 같은 다니자키에게 편지를 보낸다.

[원문] 후미코의 발의 아름다움을 묘사한 부분

そのしなやかな、すっきりとした首と、細い柔らかい痩せぎすな胴とが、一つの波から次の波へゆらゆらと波紋が伝わって行くように動いたのです。＜略＞ お富美さんの足の趾は生まれながらにして一つ一つの宝石を持っているのです。もしその趾を足の甲から切り放して数珠に繋いだら、きっと素晴らしい女王の首飾が出来ることでしょう。＜略＞ その足は、白いといってもただ一面に白いのではなく。踵の周りや爪先の方がぽうと薔薇色に滲んで薄紅い縁を取っているのです。

[번역]

그 낭창낭창하고 산뜻한 발목과 가늘고 부드러운데다 야윈 종아리가 한줄기 파도에서 다음 파도로 하늘하늘 파문이 전해져 가게끔 움직이고 있는 것이다. ＜중략＞
후미코씨의 발가락은 천성적으로 제각각 보석을 지니고 있다. 만약 그 발가락을 발등에서 따로 떼어 염주로 꿴다면, 틀림없이 멋진 여왕의 목걸이를 만들 수 있겠지요. ＜중략＞ 그 발은 하얗다고 해도 전체가 하얀 것은 아니다. 발꿈치 주변과 발가락 끝이 장밋빛으로 물들어 발그스레한 윤곽을 지니고 있는 것이다.

4) 이상주의(理想主義) 소설

다이쇼시대 문단에서 가장 두드러진 현상으로는 메이지 말기 성행하였던 사소설적 자연주의에 반대적 성향을 지닌 '시라카바파(白樺派)'의 등장이라 할 수 있다. 나쓰메 소세키에 대한 친애감에서 출발한 시라카바파는 1910년 잡지 「시라카바(白樺)」를 중심으로 자연주의의 무이상, 무의지, 무해결의 태도를 비판하고 낙관적 이상주의를 추구하면서 다이쇼 문단에 신선한 바람을 일으켰다. 이를 주도한 문인은 톨스토이의 영향을 강하게 받아, 낙천적 삶의 방식을 추구한 무샤노코지 사네아쓰(武者小路実篤)였으며, 그를 중심으로 시가 나오야(志賀直哉), 아리시마 다케오(有島武郎), 사토미 돈(里見敦) 등 다수가 참여하였다. 이들은 한결같이 어두운 자연주의적 인생관을 배제하고, '인류' '우주' '개성' '자아'라는 용어를 즐겨 사용하며 개성적인 자아의 존중과 인간의 존엄성 회복을 지향하였다.

雜誌「白樺」

志賀直哉

이들 중 시가 나오야(志賀直哉)는 1901년에 터진 '아시오광독사건(足尾鑛毒事件)'[96]을 둘러싸고 광산의 고용주인 아버지와 크게 대립하였는데, 당시 부친과의 불화를 모티브로『오쓰준키치(大津順吉)』(1912),『와카이(和解, 화해)』(1917),『아루오토코(或る男, 어떤 남자)』(1920),『소노아네노시(其姉の死, 그 누이의 죽음)』(1920),『안야코로(暗夜行路, 암야행로)』(1921~1937) 등 일련의 작품을 발표하였다. 그중 유일한 장편소설인『안야코로(暗夜行路)』를 감상해 보자.

감상

줄거리

주인공 도키토 겐사쿠(時任謙作)는 어린 시절 어머니께 사랑받은 기억은 많았지만, 아버지께는 사랑받은 기억은커녕 자신에게 유독 냉담했던 기억을 지니고 있다. 소설가를 지향하던 그는 어머니가 사망하자 할아버지가 거두어 첩으로 삼았던 오에이(お栄)와 살면서 방탕한 나날을 보낸다.

어느 날 숙모의 딸에게 청혼을 했다가 거절당하고 깊은 상처를 입고, 그 즈음 가족의 행동에 의문을 품기 시작한다. 그즈음 그는 오노미치(尾道)로 여행을 떠나게 되고, 할아버지의 첩인 오에이와 결혼하고 싶다는 희망을 갖게 된다. 그 때, 사실 겐사쿠는 자신이 할아버지와 어머니 사이에서 태어난 부정한 아들이라는 것을 알게 된다. 이로 인한 엄청난 괴로움에서 간신히 회복한 그는 교토에서 나오코(直子)를 만나 결혼하게 되고, 오에이는 중국으로 건너간다.

---

96 아시오광독사건(足尾鑛毒事件) : 도치기현(栃木県) 서부에 위치한 아시오(足尾)의 동광산(銅鑛山)에서 흘러나온 광독성 물질이 강을 오염시켜 인체와 농작물에 큰 피해를 입힌 근대일본 최초로 사회문제가 된 공해사건이다.

겐사쿠는 나오코와의 사이에 자녀를 낳았는데, 이내 아이가 죽어버린다. 그즈음 겐사쿠는 오에이가 무일푼으로 조선에 있다는 것을 알게 된다. 겐사쿠가 오에이를 맞으러 경성(京城)에 가고 집을 비운 사이에 아내가 사촌형과 과오를 저지르자, 그로 인해 겐사쿠는 다시 불행에 휘말린다. 겐사쿠는 아내를 용서하고 싶지만 의심과 번민에 싸인 생활을 견디지 못하고 돗토리의 다이센(大山)으로 떠나게 된다. 그곳 대자연과 산사람들에게 감동을 받아 정신이 정화되어 모든 것을 용서하는 심경에 도달하게 된다.

원문 겐사쿠가 할아버지의 실체를 알게 되는 부분

私が自分に祖父のある事を知ったのは、私の母が産後の病気で死に、その後二月程経って、不意に祖父が私の前に現われて来た、その時であった。私の六歳の時であった。

或る夕方、私は一人、門の前で遊んでいると、見知らぬ老人が其処へ来て立った。眼の落ち窪んだ、猫背の何となく見すぼらしい老人だった。私は何という事なくそれに反感を持った。

老人は笑顔を作って何か私に話しかけようとした。然し私は一種の悪意から、それをはぐらかして下を向いて了った。釣上った口元、それを囲んだ深い皺、変に下品な印象を受けた。「早く行け」私は腹でそう思いながら、尚意固地に下を向いていた。

然し老人は中々その場を立ち去ろうとはしなかった。私は妙に居堪らない気持になって来た。私は不意に立上って門内へ駈け込んだ。その時、
「オイオイお前は謙作かネ」と老人が背後から云った。

私はその言葉で突きのめされたように感じた。そして立止った。振返った私は心では用心していたが、首はいつか音なしく点頭いて了った。
「お父さんは在宅かネ？」と老人が訊いた。

私は首を振った。然しこのうわ手な物言いが変に私を圧迫した。

老人は近寄って来て、私の頭へ手をやり、
「大きくなった」と云った。

この老人が何者であるか、私には解らなかった。然し或る不思議な本能で、

それが近い肉親である事を既に感じていた。 私は息苦しくなって来た。

번역

내가 내 할아버지의 실체를 알게 된 것은, 내 어머니가 산후병으로 사망한지 2개월 정도 지난 어느 날, 느닷없이 할아버지가 내 앞에 나타났던 바로 그 때였다. 내 나이 6살 때였다. 어느 날 저녁, 내가 홀로 문 앞에서 놀고 있을 때 잘 모르는 노인이 거기에 서 있었다. 움푹 패인 눈에 새우등처럼 등이 굽은 왠지 초라해 보이는 노인이었다. 나는 딱히 이유도 없이 그 노인에게 반감을 가졌다.

노인은 웃는 얼굴로 나에게 뭔가 말을 걸려고 하였다. 그러나 나는 일종의 악감정으로 그것을 따돌리고, 고개를 숙여 버리고 말았다. 치켜 올라간 입가와 그것을 둘러싼 깊은 주름, 이상하게 품위 없어 보이는 인상을 받았다. 나는 속으로 '빨리 가버리란 말야' 라는 심정으로 더욱 고집스럽게 아래만 내려다보았다.

그러나 노인은 좀처럼 그 자리를 떠나려고 하지 않았다. 나는 이상하게 더 이상 견딜 수 없는 기분이 되어버렸다. 나는 갑자기 일어나서 대문 안으로 뛰어 들어갔다. 그때, 노인이 뒤에서 "애야 애야 네가 겐사쿠냐?"라고 물었다.

나는 그 말에 고꾸라질 것만 같았다. 그리고 멈춰 섰다. 뒤돌아 선 나는 내심 경계하고 있었지만, 고개는 어느새 소리도 없이 끄덕이고 있었다.

"아버지는 계시냐?"고 노인이 물었다.

나는 고개를 저었다. 그러나 노인의 고단수의 말투가 이상하게 나를 압박했다.

노인은 다가와서 내 머리에 손을 얹고는,

"많이 컸구나."라고 말했다.

이 노인이 누구인지 나는 알지 못했다. 그러나 어떤 묘한 본능으로 그 사람이 내 가까운 육친이라는 것을 이미 느끼고 있었다. 나는 숨이 막혀왔다.

5) 신현실주의(新現實主義) 소설

잡지 「신시초(新思潮)」를 중심으로 결집된 '신사조파(新思潮派)'[97]는 자연주의의 자아에 집착하는 무해결의 태도와 시라카바파의 사회적 현실과 무관한 낙천적 경향에 문제의식을 제기한 문학그룹이다. 아쿠타가와 류노스케(芥川龍之介), 기쿠치 간(菊池寛), 구메 마사오(久米正雄), 야마모토 유조(山本有三) 등이 대표적인데, 이들은 냉철한 관찰로 인생의 현실을 이지적

雜誌 「新思潮」

---

97 신사조파(新思潮派) : 동인지 「신시초(新思潮)」를 중심으로 활동한 작가. 「신시초(新思潮)」는 1차~4차 동인이 있는데, 1차는 오사나이 가오루(小山内薫)를 중심으로 해외연극 번역 소개중심으로 일본 신극 운동의 선험적 역할을 하였으며, 2차 이후는 도쿄제국대학 문과계 학생이 중심이 되었다. 일반적으로 '신사조파'라 하면 3,4차 작가들을 말한다.

이고 기교적으로 묘사하여 신현실주의 또는 이지파(理知派)로 불렸다.

다양한 양식과 문체를 구사하여 단편소설의 완성자로 불리는 아쿠타가와 류노스케(芥川龍之介)는 특히 역사적 소재에 근대적인 심리해석을 덧붙여 명확한 주제를 재구성한 작가라고 할 수 있다. 『곤자쿠모노가타리슈(今昔物語集)』에서 소재를 얻은 『라쇼몬(羅生門)』(1915)과 『하나(鼻)』(1916)는 인간 내면의 에고이즘을 이지적으로 묘사해낸 걸작이다. 인간의 방관자적 이기주의를 섬세하게 묘사해 낸 『하나(鼻)』를 감상해보자.

芥川龍之介

줄거리

이케노오지(池の尾寺)의 승려인 젠치나이구(禅智内供)는 턱 아래까지 내려오는 흉측한 긴 코 때문에 불편함이란 이루 말할 수가 없다. 게다가 그 긴 코로 인해 많은 사람들의 놀리는 듯한 시선도 그렇고, 특히 어린 제자들에게까지 은근히 놀림 받고 있다는 것을 느낄 때마다 자존심이 상한 적이 이만저만이 아니다. 겉으로는 아무렇지도 않은 척 지내기는 하지만, 쓸데없이 긴 코로 인한 창피함이 하나 둘이 아닌지라 항상 코에 신경을 쓰지 않을 수 없는 상황이다. 그리하여 코를 짧게 하는 방법을 백방으로 수소문해 보았으나 특별한 효과를 얻지는 못한다.

그러던 어느 날 제자 중이 코를 짧게 축소시키는 비법을 전해주는데, 그 비법이란 바로 펄펄 끓는 물에서 나오는 수증기로 코를 푹 삶은 다음, 발로 코를 밟아 짓이겨서 축소시킨다는 것이다.

나이구는 주저하면서도 어쩔 수 없이 그 비법을 시도해보기로 하였고, 그렇게 시행한 결과 과연 코가 정상인처럼 짧아지게 된다. 이제 어느 누구라도 자신의 긴 코를 비웃지 않을 것이라 여긴 나이구는 당당하게 거리를 활보하지만, 이상하게도 히죽거리는 사람들이 더 많아졌고, 그 때문에 나이구는 크게 마음의 상처를 입는다.

어느 날 아침 일찍 일어나 보니 나이구의 코는 원래의 긴 코로 되돌려져 있었고, 그제서야 나이구는 비로소 마음의 평안을 찾는다.

원문 제자승의 비법을 시행한 후 코가 짧아진 부분

弟子の僧は、内供が板敷の穴から鼻をぬくと、そのまだ湯気の立っている鼻を、両足に力を入れながら、踏みはじめた。内供は横になって、鼻を床板の上へのばしながら、弟子の僧の足が上下に動くのを目の前に見ているのであ

る。弟子の僧は、時々気の毒そうな顔をして、内供の禿げ頭を見下しなが
ら、……＜略＞ さて二度目に茹でた鼻を出して見ると、成程、何時になく短
くなっている。これではあたりまえの鍵鼻と大した変りはない。内供はその短く
なった鼻を撫でながら、弟子の僧の出してくれる鏡を、極りが悪そうにおづお
づ覗いて見た。鼻は……あの顎の下まで下がっていた鼻は、殆嘘のように萎
縮して、今は僅に上唇の上で意気地なく残喘を保っている。所々まだらに赤
くなっているのは、恐らく踏まれた時の痕であろう。こうなれば、もう誰も晒ふ
ものはないのにちがいない。……<u>鏡の中にある内供の顔は、鏡の外にある内
供の顔を見て、満足さうに目をしばたたいた。</u>

> **번역**
>
> 제자 중은, 나이구스님이 판자 뚜껑의 구멍에서 코를 빼자, 아직 김이 서리고 있는 코를, 두 발로 힘껏 밟기 시작했다. 나이구스님은 코를 바닥에 늘어뜨리고 옆으로 누워서, 제자 중의 발이 위아래로 움직이는 것을 눈앞에서 보고 있는 것이다. 제자 중은 가끔 미안한 듯한 얼굴로, 나이구의 벗겨진 머리를 내려다보면서……＜중략＞ 헌데 두 번째로 삶은 코를 꺼내어보니, 과연 어느 틈엔지 짧아져 있었다. 이 정도라면 분명 매부리코와 크게 다를 바 없다. 나이구스님은 그렇게 짧아진 코를 만지면서, 제자 중이 내밀어 준 거울을 내키지 않다는 듯 머뭇거리며 들여다보았다. 코는…… 턱 아래까지 내려와 있던 코는, 마치 거짓말처럼 줄어들어, 이젠 고작 윗입술 위에 힘없이 모양만 남아있다. 군데군데 얼룩얼룩 붉어진 곳은 아마도 밟혔을 때의 흔적일 것이다. 이렇게 되었으니 이젠 누구도 비웃을 사람이 없을 것임에 틀림없다.…… <u>거울 속에 있는 나이구의 얼굴은, 거울 밖에 있는 나이구의 얼굴을 보고, 만족스러운 듯이 눈을 깜빡거리고 있다.</u>

밑줄 부분은 나이구스님이 거울을 통해 짧아진 코를 확인하고 기뻐하는 장면이다. 이는 지극히 역설적(逆説的)인 표현으로, 나이구스님 자신을 거울 속 타인의 만족으로 치환한 아쿠타가와만의 절묘한 서사를 엿볼 수 있다.

또 하나『조타이(女体, 여체)』(1917)도 아쿠타가와의 섬세하고 날카로운 관찰력이 돋보이는 흥미로운 작품이다. '이(虱)'라는 작은 동물의 촉감과 시선으로 여체를 묘사하고 있는데, 매우 짧은 단편이므로 작품전체를 감상해보자.

[원문] 『女体(여체)』 全文

楊某と云う支那人が、ある夏の夜、あまり蒸暑いのに眼がさめて、頬杖をつきながら腹んばいになって、とりとめのない妄想に耽っていると、ふと一匹の虱が寝床の縁を這っているのに気がついた。部屋の中にともした、うす暗い灯の光で、虱は小さな背中を銀の粉のように光らせながら、隣に寝ている細君の肩を目がけて、もずもず這って行くらしい。細君は、裸のまま、さっきから楊の方へ顔を向けて、安らかな寝息を立てているのである。

楊は、その虱ののろくさい歩みを眺めながら、こんな虫の世界はどんなだろうと思った。自分が二足か三足で行ける所も、虱には一時間もかからなければ、歩けない。しかもその歩きまわる所が、せいぜい寝床の上だけである。自分も虱に生れたら、さぞ退屈だった事であろう。……

そんな事を漫然と考えている中に、楊の意識は次第に朧げになって来た。勿論夢ではない。そうかと云ってまた、現でもない。ただ、妙に恍惚たる心もちの底へ、沈むともなく沈んで行くのである。それがやがて、はっと眼がさめたような気に帰ったと思うと、いつか楊の魂はあの虱の体へはいって、汗臭い寝床の上を、蠕々然として歩いている。楊は余りに事が意外なので、思わず茫然と立ちすくんだ。が、彼を驚かしたのは、独りそればかりではない。――

彼の行く手には、一座の高い山があった。それがまた自らな円みを暖く抱いて、眼のとどかない上の方から、眼の先の寝床の上まで、大きな鍾乳石のように垂れ下っている。その寝床についている部分は、中に火気を蔵しているかと思うほど、うす赤い柘榴の実の形を造っているが、そこを除いては、山一円、どこを見ても白くない所はない。その白さがまた、凝脂のような柔らかみのある、滑な色の白さで、山腹のなだらかなくぼみでさえ、丁度雪にさす月の光のような、かすかに青い影を湛えているだけである。まして光をうけている部分は、融けるような鼈甲色の光沢を帯びて、どこの山脈にも見られない、美しい弓なりの曲線を、遥な天際に描いている。

楊は驚嘆の眼を見開いて、この美しい山の姿を眺めた。が、その山が彼の細君の乳の一つだと云う事を知った時に、彼の驚きは果してどれくらいだった事であろう。彼は、愛も憎みも、乃至また性欲も忘れて、この象牙の山のような、巨大な乳房を見守った。そうして、驚嘆の余り、寝床の汗臭い匂も忘れたのか、いつまでも凝固まったように動かなかった。――楊は、虱になって始めて、細君の肉体の美しさを、如実に観ずる事が出来たのである。しかし、芸術の士にとって、虱の如く見る可きものは、独り女体の美しさばかりではない。

번역

어느 여름밤, '양(楊)' 아무개라는 중국 사람이 찜통더위에 잠이 깨 턱을 괴고 엎드려 이런 저런 망상에 빠져 있었다. 그러다 이불자락에 '이(虱)' 한 마리가 기어가는 것을 발견하였다. 방을 밝히는 희미한 전등 불빛에 그 작은 등을 은가루처럼 반짝거리며, 옆에 잠들어 있는 마누라 어깨 쪽으로 슬금슬금 기어가고 있었다. 알몸으로 잠이 든 마누라는 그가 엎드려 있는 쪽으로 얼굴을 향한 채 편안하게 잠들어 있었다.

양(楊)은 느릿느릿 기어가는 '이'를 바라보며 '이런 벌레의 세계는 과연 어떤 것일까?'라는 생각을 했다. 내가 두세 걸음에 갈 수 있는 거리도 '이'는 한 시간 이상 기어가야 한다. 더구나 '이'가 다닐 수 있는 곳은 기껏해야 이불 위 정도이다. 나도 '이'로 태어났다면 꽤 따분한 인생을 보냈겠지?

그런 쓸데없는 생각을 하던 중, 양(楊)의 의식은 점점 몽롱해졌다. 물론 꿈은 아니다. 그렇다고 현실도 아니다. 그저 묘한 황홀경 속으로 희미하게 빠져들어 갔다. 그러다 이윽고 잠에서 깬 것처럼 갑자기 정신이 들면서, 어느새 양(楊)의 영혼은 그 '이'의 몸속으로 들어가 땀내 나는 이불 위를 자유분방하게 기어 다니고 있는 것이 아닌가? 양(楊)은 이 황당한 현실에 놀라 망연자실 그 자리에 멈춰 섰다. 허나 그를 놀라게 한 것은 그뿐만이 아니었다.

그가 가는 곳에 커다란 산 하나가 있었다. 그것은 또한 가늠할 수도 없는 높은 곳에서 바로 눈앞 이불 위로 부드럽고 둥근 곡선을 그리며, 눈앞 침대 위까지 마치 커다란 종유석처럼 늘어져 있었다. 이불에 닿은 부분은, 안에 불덩어리라도 품고 있는 것처럼 불그스름한 석류 열매의 모양을 하고 있으며, 그곳을 제외한 산 전체가 어디 하나 하얗지 않은 곳이 없었다.

그 색은 마치 부드러운 살갗처럼 매끄럽고 윤기 있는 흰색으로, 산중턱의 완만한 골짜기마저도 달빛에 비치는 쌓인 눈과도 같이 어렴풋이 푸르스름한 그림자를 드리우고 있었다. 게다가 빛이 닿은 곳은 녹아내릴 듯이 황갈색 광택을 띠고, 그 어떤 산맥에서도 볼 수 없는 활모양의 아름다운 곡선을 먼 하

『女体』

늘 끝자락에 그리고 있다.

그는 놀란 눈을 크게 뜨고 그 아름다운 산의 자태를 바라보았다. 하지만 그 커다란 산이 아내의 젖가슴이라는 것을 알아차렸을 때, 그가 얼마나 놀랐는지는 가히 짐작할 수 있다. 그는 사랑도 미움도 또 성욕마저도 잊은 채, 그 상아(象牙)산과 같이 불쑥 솟아 있는 거대한 젖가슴을 바라보았다. 그리고 경탄한 나머지 이불에 밴 땀내도 잊은 채 얼어붙은 듯 꼼짝도 할 수 없었다. ── 양(楊)은 '이'가 되고나서야 비로소 아내의 육체가 이토록 아름답다는 것을 깨달았다. 그렇지만 예술가에게서 '이'의 눈으로 볼 수 있는 것은, 단지 여체의 아름다움 뿐만은 아닐 것이다.

이어서 소개하는 『미칸(蜜柑, 귤)』(1919)은 아쿠타가와의 잔잔한 감성을 엿볼 수 있어서 이전과는 다른 반전을 보여준다. 작가가 해군기관학교(海軍機關學校)에서 일하던 시절, 가마쿠라(鎌倉)의 하숙집으로 가기 위한 요코스카(橫須賀)발 기차 안에서 있었던 일을 소재로 한 작품인데, 이 역시 아주 짧은 단편이므로 작품 전체를 감상해보자.

『蜜柑』

[원문] 『蜜柑(귤)』全文

或曇つた冬の日暮である。私は橫須賀發上り二等客車の隅に腰を下して、ぼんやり發車の笛を待つてゐた。とうに電燈のついた客車の中には、珍らしく私の外に一人も乗客はゐなかつた。外を覗くと、うす暗いプラツトフオオムにも、今日は珍しく見送りの人影さへ跡を絶つて、唯、檻に入れられた小犬が一匹、時々悲しさうに、吠え立ててゐた。これらはその時の私の心もちと、不思議な位似つかはしい景色だつた。私の頭の中には云ひやうのない疲労と倦怠とが、まるで雪曇りの空のやうなどんよりした影を落してゐた。私は外套のポツケツトへぢつと両手をつつこんだ儘、そこにはいつてゐる夕刊を出して見ようと云ふ元気さへ起らなかつた。

が、やがて發車の笛が鳴つた。私はかすかな心の寛ぎを感じながら、後の窓枠へ頭をもたせて、眼の前の停車場がずるずると後ずさりを始めるのを待つともなく待ちかまへてゐた。所がそれよりも先にけたたましい日和下駄の音が、改札口の方から聞え出したと思ふと、間もなく車掌の何か云ひ罵る声と共に、私の乗つてゐる二等室の戸ががらりと開いて、十三四の小娘が一人、慌しく中へはいつて来た、と同時に一つづしりと揺れて、徐ろに汽車は動き出した。一本づつ眼をくぎつて行くプラツトフオオムの柱、置き忘れたやうな運水車、それから車内の誰かに祝儀の礼を云つてゐる赤帽——さう云ふすべては、窓へ吹きつける煤煙の中に、未練がましく後へ倒れて行つた。私は漸くほつとした心もちになつて、巻煙草に火をつけながら、始めて懶い眶をあげて、前の席に腰を下してゐた小娘の顔を一瞥した。

それは油気のない髪をひつつめの銀杏返しに結つて、横なでの痕のある皸だらけの両頬を気持の悪い程赤く火照せた、如何にも田舎者らしい娘だつた。しかも垢じみた萌黄色の毛糸の襟巻がだらりと垂れ下つた膝の上には、大きな風呂敷包みがあつた。その又包みを抱いた霜焼けの手の中には、三等の赤切符が大事さうにしつかり握られてゐた。私はこの小娘の下品な顔だちを好まなかつた。それから彼女の服装が不潔なのもやはり不快だつた。最後にその二等と三等との区別さへも弁へない愚鈍な心が腹立たしかつた。だから巻煙草に火をつけた私は、一つにはこの小娘の存在を忘れたいと云ふ心もちもあつて、今度はポツケツトの夕刊を漫然と膝の上へひろげて見た。すると其時夕刊の紙面に落ちてゐた外光が、突然電燈の光に変つて、刷の悪い何欄かの活字が意外な位鮮かに私の眼の前へ浮んで来た。云ふまでもなく汽車は今、横須賀線に多い隧道の最初のそれへはいつたのである。しかしその電燈の光に照らされた夕刊の紙面を見渡しても、やはり私の憂欝を慰むべく、世間は余りに平凡な出来事ばかりで持ち切つてゐた。講和問題、新婦新郎、涜職事件、死亡広告——私は隧道へはいつた一瞬間、汽車の走つてゐる方向が逆になつたやうな錯覚を感じながら、それらの索漠とした記事から記事へ殆ど機械的に眼を通した。が、その間も勿論あの小娘が、

恰も卑俗な現実を人間にしたやうな面持ちで、私の前に坐つてゐる事を絶え
ず意識せずにはゐられなかつた。この隧道の中の汽車と、この田舎者の小
娘と、さうして又この平凡な記事に埋つてゐる夕刊と、――これが象徴でなく
て何であらう。不可解な、下等な、退屈な人生の象徴でなくて何であらう。私
は一切がくだらなくなつて、読みかけた夕刊を抛り出すと、又窓枠に頭を靠
せながら、死んだやうに眼をつぶつて、うつらうつらし始めた。

それから幾分か過ぎた後であつた。ふと何かに脅されたやうな心もちがして、
思はずあたりを見まはすと、何時の間にか例の小娘が、向う側から席を私の
隣へ移して、頻に窓を開けようとしてゐる。が、重い硝子戸は中々思ふやう
にあがらないらしい。あの皸だらけの頬は愈赤くなつて、時々鼻洟をすすりこ
む音が、小さな息の切れる声と一しよに、せはしなく耳へはいつて来る。これ
は勿論私にも、幾分ながら同情を惹くに足るものには相違なかつた。しかし
汽車が今将まさに隧道の口へさしかからうとしてゐる事は、暮色の中に枯草ば
かり明い両側の山腹が、間近く窓側に迫つて来たのでも、すぐに合点の行く
事であつた。にも関らずこの小娘は、わざわざしめてある窓の戸を下さうとす
る、――その理由が私には呑みこめなかつた。いや、それが私には、単にこ
の小娘の気まぐれだとしか考へられなかつた。だから私は腹の底に依然とし
て険しい感情を蓄へながら、あの霜焼けの手が硝子戸を擡げようとして
悪戦苦闘する容子を、まるでそれが永久に成功しない事でも祈るやうな冷酷
な眼で眺めてゐた。すると間もなく凄じい音をはためかせて、汽車が隧道へ
なだれこむと同時に、小娘の開けようとした硝子戸は、とうとうばたりと下へ落
ちた。さうしてその四角な穴の中から、煤を溶したやうなどす黒い空気が、俄
に息苦しい煙になつて、濛々と車内へ漲り出した。元来咽喉を害してゐた私
は、手巾を顔に当てる暇さへなく、この煙を満面に浴びせられたおかげで、
殆ど息もつけない程咳こまなければならなかつた。が、小娘は私に頓着する
気色も見えず、窓から外へ首をのばして、闇を吹く風に銀杏返しの鬢の毛を

戦がせながら、ぢつと汽車の進む方向を見やつてゐる。その姿を煤煙と電燈の光との中に眺めた時、もう窓の外が見る見る明くなつて、そこから土の匂や枯草の匂や水の匂が冷やかに流れこんで来なかつたなら、漸く咳きやんだ私は、この見知らない小娘を頭ごなしに叱りつけてでも、又元の通り窓の戸をしめさせたのに相違なかつたのである。

しかし汽車はその時分には、もう安々と隧道を辷りぬけて、枯草の山と山との間に挾まれた、或貧しい町はづれの踏切りに通りかかつてゐた。踏切りの近くには、いづれも見すぼらしい藁屋根や瓦屋根がごみごみと狭苦しく建てこんで、踏切り番が振るのであらう、唯一旒のうす白い旗が懶げに暮色を揺つてゐた。やつと隧道を出たと思ふ——その時その蕭索とした踏切りの柵の向うに、私は頬の赤い三人の男の子が、目白押しに並んで立つてゐるのを見た。彼等は皆、この曇天に押しすくめられたかと思ふ程、揃つて背が低かつた。さうして又この町はづれの陰惨たる風物と同じやうな色の着物を着てゐた。それが汽車の通るのを仰ぎ見ながら、一斉に手を挙げるが早いか、いたいけな喉を高く反らせて、何とも意味の分らない喊声を一生懸命に迸らせた。するとその瞬間である。窓から半身を乗り出してゐた例の娘が、あの霜焼けの手をつとのばして、勢よく左右に振つたと思ふと、忽ち心を躍らすばかり暖な日の色に染まつてゐる蜜柑が凡そ五つ六つ、汽車を見送つた子供たちの上へばらばらと空から降つて来た。私は思はず息を呑んだ。さうして刹那に一切を了解した。小娘は、恐らくはこれから奉公先へ赴かうとしてゐる小娘は、その懐に蔵してゐた幾顆の蜜柑を窓から投げて、わざわざ踏切りまで見送りに来た弟たちの労に報いたのである。

×　×　×

暮色を帯びた町はづれの踏切りと、小鳥のやうに声を挙げた三人の子供たちと、さうして<u>その上に乱落する鮮な蜜柑の色</u>と——すべては汽車の窓の外に、瞬く暇もなく通り過ぎた。が、私の心の上には、切ない程はつきりと、この光景が焼きつけられた。さうしてそこから、或得体の知れない朗な心もちが湧き上つて来るのを意識した。私は昂然と頭を挙げて、まるで別人を見るやうにあの小娘を注視した。小娘は何時かもう私の前の席に返つて、不相変皸だらけの頬を萌黄色の毛糸の襟巻に埋めながら、大きな風呂敷包みを抱へた手に、しつかりと三等切符を握つてゐる。

私はこの時始めて、云ひやうのない疲労と倦怠とを、さうして又不可解な、下等な、退屈な人生を僅に忘れる事が出来たのである。

번역

어느 흐린 겨울날 해 질 무렵이다. 나는 요코스카(横須賀)발 상행열차 2등 객실 한편에 앉아서 출발신호가 울리기만을 기다리고 있었다. 이미 전등불이 켜진 열차 안에는 그날따라 승객이 나 혼자뿐이었다. 창밖으로 보이는 어슴푸레한 플랫폼에는 배웅 나온 사람들의 인기척도 끊어지고, 이따금 개 한 마리가 짖어대는 소리만이 쓸쓸하게 울려 퍼졌다. 이 모든 풍경은 그때의 내 심정과 너무도 닮아있었다. 내 머릿속은 말로 표현할 수 없는 피로와 권태감으로 마치 찌푸린 하늘처럼 어두침침한 그림자를 드리우고 있었다. 나는 외투 주머니에 두 손을 넣은 채, 주머니 안에 들어 있는 석간을 꺼내 읽을 마음조차 들지 않았다. 이윽고 출발을 알리는 기적이 울렸다. 나는 희미하게나마 마음이 평온해지는 것을 느끼며 창가에 머리를 기대고 플랫폼이 천천히 뒷걸음치며 멀어지기를 기다리고 있었다. 그런데 갑자기 개찰구 쪽에서 요란한 히요리게타(맑은 날 신는 나막신)소리가 들리는가 싶더니, 역무원의 고함치는 소리와 함께 내가 타고 있는 2등칸 문이 드르륵 열리면서 13, 4세 쯤 되어 보이는 여자아이가 후다닥 뛰어 들어왔다. 동시에 열차가 크게 한번 흔들리더니 천천히 움직이기 시작했다.

한 컷 한 컷 필름처럼 스쳐지나가는 플랫폼의 기둥과 잊혀진 듯 덩그러니 놓여 있는 물차(運水車), 열차 안 누군가에게 정중하게 인사하는 짐꾼.... 이런 모든 광경이 창에 부딪히는 연기 속으로 아쉬움만 남긴 채 멀어져갔다.

나는 그제야 겨우 마음이 안정되어 담배에 불을 붙이고 비로소 무거운 눈꺼풀을 올려 앞좌석에 앉아있는 여자아이 얼굴을 바라보았다. 윤기하나 없는 머리는 묶어 올리고, 터서 시뻘게진 두 뺨에는 콧물자국이 그대로 남아있는, 그야말로 시골뜨기 소녀였다. 더구나 때에 찌든 연두색 털목도리를 축 늘어뜨린 무릎위에는 커다란 보자기꾸러미가 놓여 있고, 그 보자기를 끌어안고 있는 잔뜩 튼 손에는 빨간색 3등칸 기차표가 꼭 쥐여있었다. 나는 이 아이의 천박한 얼굴이 아주 싫었다. 그리고 지저분한 옷차림도 불쾌했다. 더군다나 2등 칸과 3등 칸도 구분 못하는 아둔함에 화가 치밀었다.

담배에 불을 붙이고 이 여자아이의 존재를 잊으려는 마음으로 주머니에 있는 석간을 무심코 무릎위에 펼쳤다. 그때 신문의 지면을 비추고 있던 빛이 갑자기 전등불로 바뀌어 희미하게 보이던 활자가 아주 선명하게 눈에 들어왔다. 기차는 지금 요코스카선 수많은 터널 가운데 첫 번째 터널로 진입하고 있었다. 그러나 그 전등불이 비춰주는 신문을 들여다보아도 나의 우울한 마음을 마치 조롱이라도 하듯 세상은 일상적인 것들뿐이었다. 안보문제, 결혼문제, 독직사건, 부음……

나는 한순간 기차가 마치 거꾸로 달리는 듯한 착각을 하면서 신문에 실린 삭막한 기사들을 건성으로 훑어보고 있었다. 물론 그 사이에도 척박한 현실을 담고 있는 모습의 이 아이가 내 앞에 앉아있다는 사실을 끊임없이 의식할 수밖에 없었다.

이 터널을 달리는 기차와 시골뜨기 소녀, 그리고 진부한 기사로 채워진 석간, 이것이 모든 것을 상징하고 있었다. 납득할 수 없고 척박하고 따분하기 그지없는 인생을 상징하는 바로 그것이 아니고 무엇이란 말인가.

나는 모든 것이 하찮고 시시하다는 생각이 들어, 읽고 있던 신문을 던져놓고 다시 창가에 머리를 기대고 죽은 듯이 눈을 감고 꾸벅거리기 시작했다. 그리고 몇 분이 지났을까. 갑자기 무언가에 놀라 눈을 뜨고 주위를 둘러보니, 그 여자아이가 어느새 내 옆자리로 와서 닫혀있는 창문을 열려고 하고 있었다. 계속 애를 쓰고 있었는데 무거운 창문은 좀처럼 열리지 않았다. 잔뜩 튼 두 뺨이 더욱 시뻘게지고 가끔 콧물 훌쩍거리는 소리가 가쁜 숨소리와 함께 계속해서 내 귀로 들려왔다. 물론 나도 어느 정도 동정하는 면이 없진 않았다. 하지만 기차가 이제 막 터널에 진입했다는 것은 사방이 어슴푸레한 가운데 마른 풀만 눈에 들어오는 산자락이 창가에 바짝 다가온 것만 보아도 금방 알 수 있는 일이다. 그런데도 이 아이는 애써 창문을 열려고 하는 것이다. 도저히 이해할 수 가 없었다. 아니, 나로서는 시골뜨기의 이런 행동이 단지 이 아이의 변덕으로밖에 생각되지 않았다.

나는 여전히 화가 치미는 것을 꾹 참으며 튼 손으로 창문을 열려고 애쓰는 모습을, 영원히 성공하지 못하기를 바라기라도 하듯 냉혹한 시선으로 바라보았다.

그때 엄청난 굉음과 함께 기차가 터널로 빨려 들어간 것과 동시에 여자아이가 열려고 애쓰던 창문이 덜컥 하며 아래로 내려앉으며 열렸다. 뒤이어 그 네모난 창구멍에서 그을음을 녹여낸 듯한 시커먼 공기가 순식간에 객실 안으로 들이닥쳤다. 원래부터 목이 좋지 않았던 나는 손수건으로 입을 가릴 틈도 없이 연기가 얼굴전체를 덮어버리는 바람에 숨도 쉬지 못할 정도로 기침을 해댔다. 그런 나를 아랑곳하지 않은 채, 여자아이는 창문 밖으로 목을 내밀고 어둠속에서 들이치는 바람에 묶은 머리카락을 날리며 기차가 달리는 방향을 뚫어져라 바라보고 있었다.

그 모습을 매연과 전등불 속에서 바라보고 있을 때 창밖이 점점 밝아지면서 흙냄새와 풀냄새, 물 냄새가 찬 공기와 함께 들어오지 않았다면, 겨우 기침이 멎은 나는 잘 모르는 이 아이에게 호통이라도 쳐서 창문을 닫게 했을 것이다.

하지만 기차는 이미 쏜살같이 터널을 빠져나와 마른 초목으로 덮인 산골짜기 어느 초라한 마을 변두리의 건널목에 다다르고 있었다. 주위에는 하나같이 초라한 초가지붕과 벽돌지붕이 다닥다닥 붙어있었으며, 철도원이 흔들고 있는 하얀 빛바랜 깃발만이 저물어가는 하늘을 물결치듯 가르고 있었다.

터널을 다 빠져나왔다고 생각한 그 순간 쓸쓸한 건널목 울타리 너머로 양 볼이 새빨간 사내아이 3명이 참새들처럼 나란히 서 있는 것이 눈에 띄었다. 아이들은 모두 잔뜩 찌푸린 날씨에 짓눌린   것처럼 하나같이 키가 작았다. 그리고 이 마을 변두리의 음산한 분위기와 흡사한 색의 옷을 입고 있었다.

사내아이들은 기차가 지나가는 것을 올려다보며 일제히 손을 드는가 싶었는데, 목청껏 알 수 없는 함성을 지르고 있었다. 그 순간이었다. 창문 밖으로 몸을 반쯤 내밀고 있던 여자아이가 튼 손을 쭉 내밀고 힘차게 흔드는가 싶더니, 순식간에 햇살에 물든 황금빛 귤 5~6개가 기차를 향해 손을 흔드는 사내아이들 머리위로 떨어졌다. 나는 숨을 삼켰다. 그리고 순간 모든 것을 이해할 수 있었다. 소녀는, 아마 이제부터 남의집살이 하러가는 이 시골뜨기는 가슴에 품고 있던 귤 몇 개를 창밖으로 던져 건널목까지 배웅 나온 동생들의 수고에 보답한 것이었다.

x x x

어둠이 내리기 시작한 마을 변두리 건널목에서 참새들처럼 소리치던 사내아이 3명, 그리고 그 아이들 머리 위로 떨어지는 선명한 황금빛 귤(*'하늘에서 떨어지는 선물'*로 여겨지는)--하지만 내 마음 속에는 이 광경이 안타까우리만치 선명하게 각인되었다. 그리고 그 순간부터 정체모를 상쾌한 기운이 솟구쳐 오르는 것을 느꼈다.

나는 고개를 들고 마치 딴 사람을 보듯 소녀를 보았다. 아이는 어느새 자신이 앉았던 자리로 돌아가서 시뻘겋게 튼 뺨을 연두색 털목도리에 파묻고, 커다란 보따리를 품에 안은 튼 손에 3등 칸 기차표를 꼭 쥐고 있었다.

나는 이때 처음으로 말로 표현할 수 없는 피로와 권태감, 그리고 알 수 없는 척박하고 따분한 인생을 조금이나마 잊을 수 있었다.

아쿠타가와와 함께 신사조파의 중심작가였던 기쿠치 간(菊池寬, 1888~1948)의 당시 작품도 주목해볼 필요가 있다. 승부욕이 유난히도 강한 남자가 도박에 빠져드는 과정과, 그로 인해 조상대대로 물려받은 논밭과 재산을 탕진해버리고 후손에게 가난을 물려줄 수밖에 없었던 할아버지의 이야기를 다룬『쇼부코토(勝負事, 도박)』이다.

줄거리

'내기'라고 하면 아무리 사소한 것이라도 금지하였던 아버지로 인해 나는 어렸을 적 누구나 하였을 법한 딱지치기 한 번 해본 적이 없었는데, 그 까닭을 열서너 살이 되어서야 할아버지의 도박 때문이었다는 것을 알게 된다.

우리 집안에 양자로 들어온 할아버지는 30세 전후까지는 성실했었는데, 한번 도박에 빠지게 되면서 밤낮없이 도박장에서 지내기 일쑤였다는 것이다. 어딘가 좋은 도박판이 벌어지기라도 하면 50리길 100리길도 마다않을 정도였던지라, 결국은 빚을 지게 되었고, 그 빚을 갚기 위해 급기야 천석이나 되는 논을 모두 날려 버렸고, 종국에는 할머니의 빗이나 비녀에 조상 대대로 지켜온 저택까지 남의 손으로 넘어가게 된 것이다. 그 지경이 되었는데도 할아버지는 그럴싸한 큰 도박장에 못가더라도 마부들이나 공사판 일꾼들이 모여드는 작은 도박장을 드나들었다. 결국 우리 집안이 한 마지기(一町)정도의 소작농으로 전락한 것도, 내가 여비 5엔이 없어서 모두가 가는 수학여행을 못 가게 된 것도 할아버지의 도박 때문이었다.

그런 할아버지가 정신을 차리고 도박을 그만둔 것은 예순을 넘긴 이후였다. 할머니가 임종할 때 할아버지 손을 붙잡고 몇 번이고 설득한 것이 먹혀들었는지, 양자로 들어온 집안을 뿌리째 망가뜨려 버린 것을 후회하는 마음이 생겼는지, 아니면 나이가 나이인지라 그리 생각을 하였는지, 그 이후로는 일절 도박을 하지 않았다.

그러나 할아버지는 도박을 끊고부터는 왠지 정신을 놓은 사람처럼 기억도 잘 못하고, 일하다가도 멍하니 생각에 빠진 적이 많았다. 그래도 한번 마음을 고쳐먹은 이상 두 번 다시 그런 도박을 하지 않았다.

다만 할아버지가 돌아가시기 3개월 전에 이런 일은 있었다.

청명한 가을날 오후, 어머니가 벼를 베고 난 논에서 쟁기질을 하고 계실 할아버지를 위한 새참을 내어 왔는데, 할아버지가 양지 바른 볏단 아래서 다섯 살 난 손자를 상대로 볏단 속에서 뽑아낸 낟가리의 길이로 내기를 하고 있는 것이었다. 할아버지의 마지막 도박 상대였던 그 손자가 지금의 '나'인 것은 말할 나위도 없다.

[원문] 할아버지의 생애 마지막 도박 부분

祖父が死ぬ三月ぐらい前のことです。秋の小春日和の午後に、私の母が働いている祖父に、お八つの茶を持って行ったことがあるのです。見ると、稲を刈った後の田を、鋤き返しているはずの祖父の姿が見えないのです。多分田の向うの藁堆の陰で、日向ぼっこをしているのだろうと思って、その方へ行ってみますと、果して祖父の声がきこえてくるのです。

「今度は、俺が勝ちだ」と、いいながら祖父は声高く笑ったそうです。その声をきくと私の母は、はっと胸を打たれたそうです。きっと、古い賭博打ちの仲間が来て、祖父を唆して何かの勝負をしているに違いない、と思うと、手も足も付けられなかった祖父の、昔の生活が頭の中に浮んできて、ぞっと身が震うほど、情なく思ったそうです。せっかく慎んでいてくれたのにと思うと、いったい父を誘った相手は、どこのどいつだろうと、そっと足音を忍ばせて近づいてみたそうです。

見ると、ぽかぽかと日の当っている藁堆の陰で、祖父とその五つになる孫とが、相対して蹲っていたそうです。何をしているのかと思ってじっと見ていると、祖父が積み重っている藁の中から、一本の藁を抜いたそうです。すると、孫が同じように、一本の藁を抜き出したそうです。二人はその長さを比べました。祖父が抜いた方が一寸ばかり長かったそうです。

「今度も、わしが勝ちじゃぞ、ははははは」と、祖父は前よりも、高々と笑ったそうです。

번역

할아버지가 돌아가시기 석 달 전의 일이다. 날씨 좋은 가을날 오후에 어머니가 일하시는 할아버지에게 새참을 가져간 적이 있었다. 그런데 벼를 베고 난 논에서 쟁기질을 하고 계실 할아버지의 모습이 보이지 않는 것이다. 논 저쪽의 볏단 나래에서 따뜻한 햇볕을 쬐고 계실 것이라 생각하고 그쪽으로 가 보니, 역시나 그곳에서 할아버지의 목소리가 들렸다. "이번엔 내가 이겼어!" 라며 할아버지는 큰소리로 웃고 계셨고, 그 소리를 들은 어머니는 가슴이 철렁 내려앉았다는 것이다. 분명 옛 도박 친구들이 찾아와 할아버지를 부추겨 무슨 내기를 하고 있음에 틀림없다고 생각했다. 이러지도 저러지도 못했고, 할아버지의 옛 생활이 떠올라 소름이 끼칠 정도로 한심스러웠다는 것이었다. 어렵사리 도박을 끊었는데! 도대체 아버님을 꼬드긴 사람이 어디의 누구일까 하고 조용히 발소리를 죽이고 다가가 보았다고 한다.

가서 보니 따뜻한 양지 바른 곳에 볏단 아래서 할아버지가 다섯 살 된 손자를 상대로 쪼그리고 앉아 계셨다. 무얼 하는가 하고 유심히 보았더니, 쌓아 올린 볏단에서 할아버지가 낟가리 하나를 뽑으면 손자가 똑같이 낟가리 하나를 뽑고 있었다. 그리고 두 사람은 그 길이를 비교해 보았다. 할아버지가 뽑은 것이 한 치 정도 길었다.

"이번에도 내가 이겼다. 하하하."하며 할아버지는 이전보다 더 크게 웃었다.

6) 프롤레타리아 소설

제1차 세계대전(1914~1918)과 러시아혁명(1917)의 여파로 사회주의사상이 확산되어감에 따라 노사대립이 빈번해지고, 문학예술계에서는 노동문학과 민중예술론이 대두되게 되었다. 프롤레타리아문학운동은 잡지 「다네마쿠히토(種蒔く人)」의 창간(1921)으로 시작되어 「분게이센센(文芸戦線)」 발간(1924)과 더불어 활성화되어갔다.

雑紙「種蒔く人」と「文芸戦線」

프롤레타리아문학의 초기작은 하야마 요시키(葉山嘉樹)의 『세멘토타루노나카노테가미(セメント樽の中の手紙, 시멘트 통 속의 편지)』(1926)와 『우미니이쿠루히토비토(海に生くる人々, 바다에 사는 사람들)』(1926)이다. 이후 <전일본무산자예술연맹(NAPF)>이 결성되고(1928) 기관지로 「센키(戦旗)」가 창간되었다. 이의 지도자 구라하라 고레히토(蔵原惟人)의 문학이론은 예술보다 정치가 우선하며 지금까지의 문학이 추구해 온 개인적 문제보다는 사회적 관심을 중시하는데 있었다. 이 이론을 바탕으로 도쿠나가 스나오(徳永直)는 『다이요노나이마치(太陽のない街, 태양이 없는 거리)』(1929)를, 고바야시 다키지(小林多喜二)는 『가니코센(蟹工船, 게공선)』(1929) 등을 발표하였다.

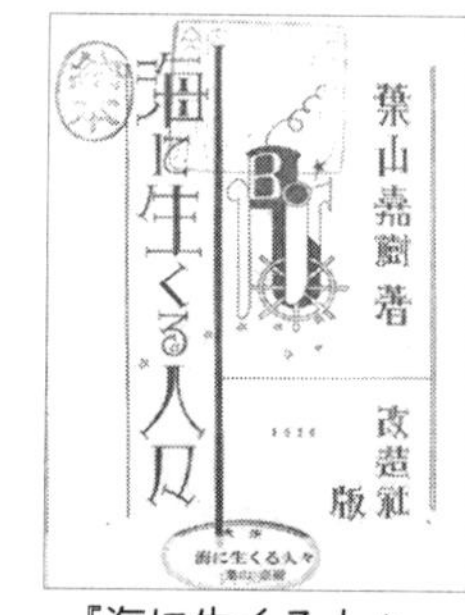

『海に生くる人々』

먼저 프롤레타리아문학의 초기작으로, 작가 하야마 요시키의 체험과 노동운동이 투영된 『우미니이쿠루히토비토』를 감상해 보자.

감상

줄거리

기선 만슈마루(万壽丸)는, 그 배(腹) 안에 3,000톤의 석탄을 채우고 눈보라를 헤치고 요코하마(横浜)를 향해 간다. 홋카이도 무로란(室蘭)항을 출항한 후부터 날씨는 험악하고, 게다가 수습선원이 큰 부상을 입었는데 선장과 1등 항해사(*chief*)는 제대로 치료도 해주지 않고 좁디좁은 선원실에 방치했다. 또 난파선으로부터 구조요청 신호가 와도 선장의 명령에 따라 그냥 지나치기 일쑤다.

선원수첩은 이미 회사 사무실로부터 회수당한 상태라, 하급선원들은 인간으로서 생존권

마저 주장할 수 없다. 게다가 배에서 일어난 모든 일은 선장만이 알고 있어, 노동자들은 회사에서 주는 식비가 얼마인지도 모르고, 혹한과 폭풍우에 끊임없이 생명의 위협을 당하면서도 항해를 계속할 수밖에 없다.

요코하마에 도착하자 선장은 하급선원들에게 엄청난 파도 속에서 전마선[98]에서 일하게 하고 자기는 살그머니 집에 가고, 홋카이도에 상륙하면 재빨리 첩이 있는 곳으로 달려가기 일쑤다.

가혹한 노동조건에 대한 선원들의 불만과 분노가 극심해지자, 노동운동 경험이 있는 창고지기 후지와라(藤原)가 이들을 조직화 하여 무로란 항구에서 부상당한 수습선원의 부상수당을 요구하자, 그날도 선장은 이들의 요구를 일축하고 첩이 있는 곳으로 가버린다. 마침내 선박 노동자들은 한 덩어리가 되어 선장이 새해를 요코하마에서 보내기 위해 서둘러 무로란을 출항하는 날, 8시간 노동제, 임금인상, 산업재해수당의 회사부담 등등 7개의 요구를 들고 선장을 압박하여 스트라이크는 일단 승리하게 된다. 그런데 배가 요코하마에 도착하자마자 스트라이크 지도자들은 항만경찰서 소속 경찰에 연행·체포된다. 이들은 퇴직, 유치장, 미결감, 감옥행이라는 처분이 기다리고 있을 뿐이다.

[원문] 스트라이크 이후 선원들이 당할 처분을 암시하는 부분

船長は、水夫らの「不都合なる行為」について厳罰を与えようと、室蘭においてすでに決心していた。で、彼は会社から来た社員に対して、簡単に「水夫たちがいかに不当な要求を、横着な態度でした」かを話した。だから、彼ら、水夫ら全部を下船させると同時に、引っ縛ってやる必要がある。「ついでに三上の伝馬事件も告発するつもりである」ことを、彼は告げた。

水上署のランチは、チーフメーツと共に、屈強なる巡査五、六名を載せて、威勢よく出動した。ランチは万寿丸のタラップについた。チーフメーツは警官たちをサロンに案内した。そこで、巡査諸君は、りんごと、菓子と、コーヒーとの「前で」しばらく待たなければならなかった。

水夫たちは、ウインチに油をさしたり、種々な道具類を片づけたりしていた。そして彼らは、「その夜は、明日の朝まで、つまり正月の朝まで帰らないでい

い上陸ができる」と考えて、愉快な気持ちになって働いていた。確かに、彼ら
は、当分、船に帰らないでもいい上陸によって、待ち受けられていたのだ。
船長は、今は、前航海の、夜中におけるサンパンの中の船長でも、出船前
の室蘭における彼でもなかった。彼は今は暴力的であり得た。最も露骨なタ
イラントだった。

船長の命を受けたとものボーイは、おもてへ来た。そして、ボースンに言った。
「ボースン、荷物を片づけて、下船の用意をして、ボースンと、藤原と、波田
と、西沢と、小倉と、宇野と、サロンまで来いと、船長がいったよ。それから
ね、オイ」彼は今度は彼自身の部分の話に移った。「水上署の巡査が十五、
六人サロンへ来て待ってるぜ、きっと波田があばれると思って連れて来たんだ
ぜ。すこしあばれた方がいいんだ全く。皆にそういってくれよ、いいかい」彼
は、ともへと帰って行った。

そのことは、もう皆に特に通知するまでもなかった。とものボーイが来れば、
何かの命令だということはわかるので、水夫たちはボースンの室の前で立って
聞いていた。

「まずかった！」藤原は感じた。「しかし、これほど徹底的だとは思わなかっ
た。これじゃまるで船はカラッポだ！　だが！」彼はじっと我慢した。彼にはもう
彼が歩いて行く道筋がハッキリわかっていた。それは白くかわいた埃っぽい道
である。沙漠のように、人類を飢餓と渇とに追いやるところの道であった。
波田もさとった。おれたちは「それでは行くんだな」と思った。「おれたちの行く
道は、右は餓死だ、左は牢獄だ」彼は吐き出すようにいった。

선장은 선원들의 '불합리한 행위'에 대해 엄벌하려고 무로란에서부터 이미 결심하고 있
었다. 해서 그는 회사에서 온 직원들에게 대략 "뱃사람들이 얼마나 부당한 요구를 했는지,
얼마나 무례한 태도를 보였는지"를 말하고, 선원들을 전부 하선시킴과 동시에 연행시킬
필요가 있다며, 이 기회에 미카미(三上)의 전마선(伝馬船)사건도 함께 고발 할 것이라 했
다. <중략>

수상경찰서의 론치(소형증기선)는 1등 항해사 메쓰와 함께 순사 대여섯 명을 싣고, 위세 좋게 출동했다. 론치는 만슈마루의 트랩에 닿았다. 1등 항해사 메쓰는 경찰들을 살롱으로 안내했다. 그곳에서 순사들은 사과와 과자와 커피를 앞에 두고 잠시 기다려야했다.

뱃사람들은 윈치에 기름을 바르거나 잡다한 도구류를 정리하고 있었다. 그들은 "그 밤은 내일 아침까지, 즉 설날 아침까지 돌아오지 않아도 되는 상륙을 할 수 있다."는 생각에 유쾌한 기분으로 일하고 있었다. 사실, 그들은 당분간 배로 돌아가지 않아도 되는 상륙 채비를 하고 있었다.

선장은 지난번 항해 때 한밤중에 거룻배 안에서도, 출항 전 무로란에서도 없었다. 그는 이제 폭력적이란 불명예를 얻었다. 가장 노골적인 폭군이었다.

선장의 목숨을 넘겨받은 보이가 앞으로 왔다. 그리고 보슨에게 말했다. "보슨, 짐을 정리하고 하선 준비를 해서 보슨, 후지와라, 하타, 니시자와(西沢), 오구라(小倉), 우노(宇野)와 함께 살롱까지 오라고, 선장이 말했소. 그리고 나서 뒤따라가겠소."

그는 이번엔 그 자신의 이야기로 옮겨졌다. "수상경찰서 순사가 15, 6명 살롱에 와서 기다릴거요. 필시 하타가 난폭하게 굴거라 생각하고 데려온 거요. 조금 날뛰는 편이 완전 좋겠다. 모두에게 그렇게 말해 줘요. 됐소?" 그는 고물로 돌아갔다.

그 일은 특별히 다른 사람에게 통지할 필요도 없었다. 고물의 보이가 오면, 뭔가 명령이라는 것은 알 수 있었기에 선원들은 보슨의 방 앞에 서서 듣고 있었다.

"틀렸구나!" 후지와라는 느꼈다. "하지만 이정도로 철저하리라고는 생각하지 못했다. 이거야 마치 배는 텅 빈 꼴이다! 하지만!" 그는 가만히 참았다. 그에게는 이제 그가 걸어갈 길을 확실히 알 수 있었다. 그것은 하얗게 마른 먼지투성이 길이다. 사막처럼 인류를 기아와 갈증으로 내몰아 가는 지점의 길이었다. 하타도 깨달았다. 우리들은 "그럼 가는구나."라 생각했다. "우리들의 갈 길은 오른쪽은 굶어죽는 길이고, 왼쪽은 감옥이다." 그는 토해내듯 말했다.

이어서 고바야시 다키지(小林多喜二)의『가니코센(蟹工船)』이다.『가니코센』은 오호츠크해까지 출어하여 대게(蟹)를 잡아서 바로 통조림으로 만들어내는 폐선직전의 낡은 공장선에서의 이야기로,『우미니이쿠루히토비토』의 영향을 크게 받은 작품이다.

줄거리

오호츠크해 캄차카반도 앞바다에서 대게를 잡아 통조림으로 만드는 낡아빠진 대게가공선(蟹工船). 그 악취 나는 배 밑 선실에서 누에잠을 자며, 혹독한 추위와 최악의 환경에서 생활하는 노동자들이 있다. 이 배의 감독 아사카와(浅川)는 폭력적이고 비인간적인 인물로, 노동자들에게 폭력과 학대를 가하기 일쑤다. 열악한 환경 탓에 병든 노동자들이 속출하였지만 감독은 아랑곳없이 병자들에게도 일을 시켰고, 그로 인해 각기병을 앓던 27세 젊은 노동자가 죽게 된다. 이를 살해당한 것으로 여긴 노동자들은 마침내 동맹파업을 일으키게 된다. 노동자들은 동맹파업이 그들의 뜻대로 진행되어가는 것으로 알고 있었는데, 구축함이 나타나 대표 9명을 체포해 간 이후, 끌려간 대표들은 감감무소식이고 노동은 한층 더 가혹해졌다. 뭔가를 깨달은 노동자들은 이제 대표를 뽑지 않고 모두가 한 덩어리로 뭉쳐 또다시 동맹파업을 단행키로 한다.

[원문] 동맹파업을 위해 노동자들이 결단하는 부분

雑夫達は全部漁夫のところに連れ込まれた。一時間程するうちに、火夫と水夫も加わってきた。皆甲板に集った。「要求事項」は、吃り、学生、芝浦、威張んなが集ってきめた。それを皆の面前で、彼等につきつけることにした。

監督達は、漁夫等が騒ぎ出したのを知ると―それからちっとも姿を見せなかった。

「おかしいな」

「これア、おかしい」

「ピストル持ってたって、こうなったら駄目だべよ」

吃りの漁夫が、一寸高い処に上った。皆は手を拍いた。

「諸君、とうとう来た！　長い間、長い間俺達は待っていた。俺達は半殺しにされながらも、待っていた。今に見ろ、と。しかし、とうとう来た。

「諸君、まず第一に、俺達は力を合わせることだ。俺達は何があろうと、仲間を裏切らないことだ。これだけさえ、しっかりつかんでいれば、彼奴等如きをモミつぶすは、虫ケラより容易いことだ。―そんならば、第二には何か。諸君、第二にも力を合わせることだ。落伍者を一人も出さないということだ。一人の裏切者、一人の寝がえり者を出さないということだ。たった一人の寝がえりものは、三百人の命を殺すということを知らなければならない。一人の寝がえり……（「分った、分った」「大丈夫だ」「心配しないで、やってくれ」）……

「俺達の交渉が彼奴等をタタキのめせるか、その職分を完全につくせるかどうかは、一に諸君の団結の力に依るのだ」

번역

잡부들이 모두 어부들 있는 곳으로 모여들었다. 1시간 정도 사이에 화부와 뱃사람들도 가담했다. 모두가 갑판으로 모였다. '요구사항'은 말더듬이, 학생, 시바우라, 뽐내기가 모여서 결정했다. 그것을 모두의 면전에서 그들에게 들이밀기로 하였다.

감독들은 어부들이 떠들어대기 시작한 것을 알고, 그때부터 모습을 감추었다.

"재미있군!"

"이거, 재밌어."

"권총을 가지고 있다한들 이렇게 되면 아무 쓸모가 없잖나."

말더듬이 어부가 조금 높은 곳으로 올라갔다. 모두 박수를 쳤다.

"여러분! 드디어 때가 왔습니다. 오랫동안, 정말 오랫동안 기다려 왔습니다. 우리들은 초죽음 당해가면서도 기다리고 있었습니다. '두고 보자'면서. 그런데 드디어 때가 온 것입니다."

"여러분! 우선 첫째로, 우리들은 힘을 합쳐야 합니다. 우리들은 무슨 일이 있어도 동료를 배신하지 않아야 합니다. 이것만 명심하고 있으면, 그놈들을 비벼 죽이는 일은 버러지보다도 쉬운 일입니다. 그러면 둘째는 무엇인가. 여러분, 둘째도 힘을 합치는 것입니다. 한 사람의 낙오자도 내지 않는 것입니다. 한 사람의 배신자, 한 사람의 배반자를 내지 않는다는 것입니다. 단 한사람의 배반자가 300명의 목숨을 죽인다는 것을 알지 못하면 안 됩니다. 한 사람의 배반자가…… ("알았어, 알았어." "괜찮아." "걱정하지 마, 계속해!")…"

"우리들의 교섭이 그놈들을 때려눕힐 수 있을 것인지, 그 직분을 완전히 다할 수 있을지 어떨지는 모두 우리들의 단결 여부에 달려 있습니다."

이 외에도 여성작가 미야모토 유리코(宮本百合子)는 자전소설『노부코(伸子)』(1924)에서 사회와 제도로부터 소외된 여성의 희생을 구체적으로 그려냄으로써 여성들의 각성을 촉구하였으며, 사타 이네코(佐多稻子)는『캬라메루코조카라(キャラメル工場から, 캐러멜공장에서)』(1928)에서 여성노동자가 처한 열악한 환경을 고발함으로써, 이들의 각성과 계급투쟁을 유도함으로써 프로문학에 합류하였다.

1.4 전시체제하의 소설

1931년 만주사변에서부터 1945년 패전까지는 흔히 '15년 전쟁기'로 일컬어진다. 만주사변을 계기로 일본은 경제적 공황에서 벗어나 일시적 안정기에 접어든 반면, 군국주의가 고양되면서 사회주의에 대한 탄압이 강화되어 프롤레타리아 문학은 점차 쇠퇴하게 되었다. 이즈음 문단의 추이는 기성작가들의 활약과 신인작가의 등장이 두드러진 한편, 전향(轉向)과 전쟁을 다룬 작품으로 이어졌다.

1) 신감각파의 소설

신감각파는 프롤레타리아문학과는 대립적 입장을 취한 작가들이, 식상한 리얼리즘이나 작가 자신의 평범한 일상사를 다루는 사소설(私小說)에 혁신을 가하고자 순수예술을 지향한 작가이다. 이들 신감각파 문인들은 잡지 「분게이지다이(文芸時代)」를 중심으로 활동했는데, 인생에 대한 주관적 해석과, 서구의 영향을 받은 표현 기교를 감각적 문체로 참신하게 표현해내었다. 대표작가로는 요코미쓰 리이치(横光利一), 가와바타 야스나리(川端康成), 가타오카 뎃페이(片岡鉄兵) 등이 있다.

특히 가와바타 야스나리(川端康成)는 초기작 『이즈노오도리코(伊豆の踊子, 이즈의 무희)』(1926)에서부터 예민한 감각과 서정미를 드러내다가, 『유키구니(雪国, 눈고장)』(1935~37)에 이르러 허무적 비애감과 서정미가 어우러진 미의식의 절정을 이루었다. 작품 곳곳에 가와바타 야스나리 특유의 신비로운 감각적 서사기법이 곳곳에 투사되어 있어, 신감각파 작가로서의 면모를 유감없이 발휘하고 있다. 대표작 『유키구니(雪国)』를 감상해보자.

줄거리

서양무용에 관심이 있는 시마무라(島村)가 지난해 5월 에치고(越後) 유자와(湯沢)의 '다카한(タカハン)'이라는 온천여관에 숙박하면서, 그곳에서 샤미센 연주와 춤을 배우는 고마코(駒子)를 만나 하룻밤을 보낸다.

그로부터 반년이 지난 12월, 시마무라는 고마코를 만나기 위해 다시 에치고의 온천여관을 찾아간다.

가는 도중 열차 안에서 병약자 유키오(行男)와 그를 돌보는 요코(葉子)를 만나게 되고, 온천이 있는 역에서 함께 내리게 된다. 온천장에 도착한 시마무라는 고마코로부터 요코에 대한 이야기를 듣게 된다. 이듬해 가을 시마무라는 다시 온천장을 찾아 고마코를 만난다. 온천장을 떠나기 전날 밤 누에고치 창고에 불이 나고, 2층에서 어떤 여자가 떨어지는 것을 보게 된 순간 고마코가 뛰쳐나가서 요코를 받아 안는다. 뒤따라간 시마무라는 뛰어내린 요코를 끌어안고 있는 고마코를 지켜본다.

원문 소설의 시작부분 – 몽환적인 분위기를 자아내는 눈고장의 정경

国境の長いトンネルを抜けると雪国であった。夜の底が白くなった。信号所に汽車が止った。向側の座席から娘が立ってきて、島村の前のガラス窓を落した。雪の冷気が流れこんだ。娘は窓いっぱいに乗り出して、遠くへ叫ぶやうに、

「駅長さあん、駅長さあん。」

明りをさげてゆっくり雪を踏んで来た男は襟巻で鼻の上まで包み、耳に帽子の毛皮を垂れてゐた。

もうそんな寒さかと島村は外を眺めると、鉄道の官舎らしいバラックが山裾に寒々と散らばってゐるだけで、雪の色はそこまで行かぬうちに闇に呑まれてゐた。

「駅長さん、私です、御機嫌よろしゅうございます」

「ああ、葉子さんじゃないか。お帰りかい。また寒くなったよ」

「弟が今度こちらに勤めさせていただいておりますのですってね。お世話さまですわ」

「こんなところ、今に寂しくて参るだろうよ。若いのに可哀想だな」

「ほんの子供ですから、駅長さんからよく教えてやっていただいて、よろしくお願いいたしますわ」

「よろしい。元気で働いてるよ。これからいそがしくなる。去年は大雪だったよ。よく雪崩れてね、汽車が立往生するんで、村も炊出しがいそがしかったよ」

「駅長さんずいぶん厚着に見えますわ。弟の手紙には、まだチョッキも着ていないようなことを書いてありましたけれど」

「私は着物を四枚重ねだ。若い者は寒いと酒ばかり飲んでいるよ。それでごろごろあすこにぶっ倒れてるのさ、風邪を引いてね」

駅長は宿舎の方へ手の明かりを振り向けた。 <以下 四行 省略>

和服に外套の駅長は寒い立話をさっさと切り上げたいらしく、もう後姿を見せながら、

「それじゃまあ大事にいらっしゃい」

「駅長さん、弟は今出ておりませんの？」と葉子は雪の上を目探しして、

「駅長さん、弟をよく見てやって、お願いです」

悲しいほど美しい声であった。高い響きのまま夜の雪から木魂して来そうだった。

지방 경계의 긴 터널을 빠져나오자 눈고장이었다. 밤의 끝자락이 하얘졌다. 신호소에 기차가 멈추었다.

건너편 좌석에서 처녀가 일어나 오더니 시마무라 앞 유리창을 내렸다. 눈의 냉기가 흘러들어왔다. 처녀는 창문에 몸을 잔뜩 내밀고 멀리 외치듯이,

"역장님-! 역장니-임-!"

등불을 들고 천천히 눈을 밟으며 온 남자는 목도리로 코 위까지 감싸고 귀에 모자의 털가죽을 늘어뜨리고 있었다.

벌써 그런 추위인가 싶어 시마무라가 밖을 내다보니 철도 관사인 듯한 가건물이 산기슭에 을씨년스럽게 흩어져 있을 뿐 하얀 눈빛은 거기까지 가기 전에 어둠에 삼켜져 있었다.

"역장님! 접니다. 안녕하셨어요?"

"아아— 요코잖아. 어서 와. 다시 추워졌어."

"동생이 이번에 이쪽에서 근무하게 되서, 폐를 끼치네요."

"이런 곳, 금방 적적해질 거야. 젊은 나이인데 안됐지 뭐야."

"아직은 어리니까, 역장님께서 잘 가르쳐 주셔요. 잘 부탁드립니다."

"좋아, 건강하게 근무하고 있으니까. 이제부턴 바빠질 거야. 작년은 대설이었어. 자주 눈사태가 나서 기차가 오도 가도 못해서 마을에서도 밥을 지어 대느라 바빴지."

"역장님은 상당히 옷을 껴입은 것 같네요. 동생의 편지로는 아직 조끼도 입지 않은 것처럼 쓰여 있었는데."

"난 옷을 네 겹이나 껴입었지. 젊은 사람들은 추우면 술만 마시지. 그리고 빈둥빈둥 여기저기에 쓰러져서 감기에 걸리고 말이야."

역장은 손에 든 등불을 관사 쪽으로 돌렸다. < 중략>

기모노에 외투차림의 역장은 추운데 서서 이야기 하는 것을 끝내고 싶은 듯 뒷모습을 보이면서,

"그럼 자— 조심해서 가시게."

"역장님, 동생은 지금 나와 있지 않나요?"라면서 요코는 눈 위를 살펴보더니,

"역장님, 동생을 잘 봐주세요. 부탁드려요."

애처로우리만치 아름다운 목소리였다. 높은 울림 그대로 밤에 쌓인 눈에서 메아리쳐 올 것 같았다.

[원문] 소설의 마지막부분 - 요코가 온천장 2층에서 떨어지는 부분

幾年か前、島村がこの温泉場へ駒子に会いに来る汽車のなかで、葉子の顔のただなかに野山のともし火がともった時のさまをはっと思い出して、島村はまた胸が顫えた。一瞬に駒子との年月が照し出されたようだった。なにかせつない苦痛と悲哀もここにあった。

駒子が島村の傍から飛び出していた。駒子が叫んで眼をおさえるのと、ほとんど同じ瞬間のようだった。人垣があっと息を呑んだままの時だった。

水をあびて黒い焼屑が落ち散らばったなかに、駒子は芸者のながい裾を曳いてよろけた。葉子を胸の抱えてもどろうとした。その必死に踏ん張った顔の下に、葉子の昇天しそうにうつろな顔が垂れていた。駒子は自分の犠牲か刑罰かを抱いているように見えた。

人垣が口々に声をあげて崩れ出し、どっと二人を取りかこんだ。

「どいて、どいて頂戴。」駒子の叫びが島村に聞こえた。

「この子、気がちがうわ。気がちがうわ。」そう言う声が者狂わしい駒子に島村はつかづこうとして、葉子を駒子から抱き取ろうとする男達に押されてよろめいた。踏みこたえて目を上げた途端、さあと音を立てて天の河が島村のなかへ流れ落ちるようであった。

번역

몇 년 전엔가, 시마무라가 온천장에 고마코를 만나러 오는 기차 안에서, 요코의 얼굴 한가운데 야산의 등불이 켜졌을 때의 모습을 퍼뜩 기억해 내고, 시마무라는 또다시 가슴이 고동쳤다. 순식간에 고마코와의 세월이 비춰오는 것 같았다. 여기에 뭔가 안타까운 고통과 비애도 있었다.

고마코가 시마무라 곁에서 뛰어 나갔다. 고마코가 소리치며 눈을 가리고 있었던 것도 거의 같은 순간인 듯했다. 사람들이 앗! 하며 숨을 삼키던 바로 그때였다.

물을 뒤집어쓴 검은 불탄 물체가 떨어져 흩어진 중에, 고마코는 게이샤의 긴 옷자락을 끌며 휘청거렸다. 요코를 품에 안고 돌아 가려고 했다. 그 필사적으로 버티고 있는 얼굴 아래로 요코는 승천하는 듯한 공허한 얼굴이 드리워 있었다. 고마코는 자신의 희생인지 형벌인지를 안고 있는 듯이 보였다.

모여든 사람들이 입을 모아 소리 지르며 우르르 달려가, 두 사람을 에워쌌다.

"비켜요, 비켜주세요" 고마코의 외침이 시마무라의 귀에 들렸다.

"이 아이, 정신이 돌았네. 정신이 돌았어" 그런 소리가 들리자 시마무라는 정신 나간 듯한 고마코에게 다가가려 하는데, 요코를 고마코로부터 뺏어 안으려 하는 남자들에 밀려 휘청거렸다. 힘껏 버티고 눈을 든 순간, 은하수(天の河)가 쏴아- 소리 내며 시마무라에게 쏟아져 내리는 것 같았다.

2) 신흥예술파(新興芸術派)의 소설

「분게이지다이(文芸時代)」가 폐간되자 뒤이어 예술옹호를 외치며 반프롤레타리아문학 작가들의 대동단결을 도모한 것이 1930년 나카무라 무라오(中村武羅夫)와 후나하시 세이이치(船橋聖一) 등이 중심이 되어 결성된 신흥예술파(新興芸術派) 클럽이다. 이들은 프로문학에 압박받고 있던 작가들에게 자극이 되긴 하였으나 통일된 이론이나 방법을 찾지 못한 채 얼마 안 되어 해체되었다. 오히려 주류가 아니었던 이부세 마스지(井伏鱒二)와 가지이 모토지로(梶井基次郎) 등이 각자의 개성을 발휘하여 독자적인 작품활동을 전개하였다. 한 청년의 권태와 불안을 섬세한 감수성으로 그려낸 가지이 모토지로의 데뷔작이자 대표작인 산문시풍의 『레몬(檸檬)』(1925)을 감상해보자.

줄거리

정체를 알 수 없는 불길한 덩어리가 내 마음을 시종 짓누르고 있었다. 초조라 할까. 혐오라 할까. 그것은 지금도 주인공 '나'를 고민케 하는 폐렴이나 신경쇠약 혹은 빚 같은 것과는 별개의 것이었다. 무엇 때문인지 그 무렵 '나'는 초라하고 보잘 것 없는 아름다움에 대해 강한 매력을 느끼고 있었다. 허물어져가는 거리의 모습이라든가, 거리도 왠지 낯선 큰길보다는 더러운 세탁물이 걸려 있다든지 여기저기 잡동사니가 굴러다니거나 지저분한 방안을 엿볼 수도 있는 뒷골목 풍경을 좋아했다. '나'는 가능하면 교토(京都)에서 도망쳐 나와 아무도 모르는 곳으로 가버리고 싶었다. 조용하고 텅 빈 여관방에서 깨끗한 이부자리와 향기 좋은 모기장, 빳빳하게 풀 먹인 유카타(浴衣)를 입고 한 달쯤 아무 생각 없이 누워 지내고 싶었다.

가난하지 않았던 시절 나는 마루젠(丸善, 서적과 문방구를 취급하는 대형서점)을 좋아했다. 그곳에 진열되어 있는 붉은색과 노란색 오데코롱과 오데키닌, 세련된 유리 세공과 로코코 취미의 무늬를 새겨 넣은 향수병을 구경하는 것을 좋아했다.

그 무렵 '나'는 친구네 숙소를 전전하고 있었는데, 친구들이 모두 학교에 가버리고 나면 혼자만 남게 되어 거리를 배회하였다. 뒷골목을 걷기도 하고 싸구려 과자가게 앞을 서성이거나 건어물가게의 마른 새우나 대구포, 유부 따위를 바라보며 걸었다.

그러다 어느 과일가게 앞에서 발을 멈췄다. 그 가게는 결코 근사한 가게는 아니었지만 경사진 널빤지 진열대 위에 층층이 쌓아둔 과일은 고유의 아름다움을 뽐내고 있었다.

그날 '나'는 그 과일가게에서 레몬을 샀다. 그 가게에서는 보기 드문 레몬이 진열되어 있었기 때문이다. 원래 나는 레몬을 좋아했다. 엘로우 물감을 튜브에서 짜내어 응고시킨 것 같은 그 단순한 색깔도, 그리고 그 속이 꽉 찬 방추형 모양도 좋았다.

온종일 내 마음을 억누르고 있었던 불길한 응어리가 레몬을 손에 쥔 순간부터 다소 느슨해진 것 같았고 거리를 걷는 내내 무척 행복했다. 그토록 집요하게 따라다니던 우울감이 레몬 한 개로 사라져버리다니… '나'는 레몬 표면의 차가움과 향기를 느끼며 어느새 마루젠 앞에 다다랐다. 그러나 마루젠에 들어선 순간 그 충만했던 행복감이 어느 틈에 사라져 버렸다. 미술관련 서적이 있는 먼지투성이 책장이 그 원흉이었다. 화집을 빼어 보는 것조차 힘이 들어, 화집들을 들었다 놓기를 반복하다가 급기야 빼낸 화집을 제멋대로 쌓아놓고 그 위에 레몬을 놓고 그곳을 나왔다. 노란 레몬이 폭탄으로 변해서 답답한 마루젠이 산산 조각 나는 장면을 상상하면서…

［원문］ 레몬이 폭탄이 되어 서점을 폭발시키는 것을 상상하는 부분

以前にはあんなに私をひきつけた画本がどうしたことだろう。一枚一枚に眼を晒し終わって後、さてあまりに尋常な周囲を見廻すときのあの変にそぐわない気持を、私は以前には好んで味わっていたものであった。……

「あ、そうだそうだ」その時私は袂の中の檸檬を憶い出した。本の色彩をゴチャゴチャに積みあげて、一度この檸檬で試してみたら。そうだ」

私にまた先ほどの軽やかな昂奮が帰って来た。私は手当たり次第に積みあげ、また慌しく潰し、また慌しく築きあげた。新しく引き抜いてつけ加えたり、取り去ったりした。奇怪な幻想的な城が、そのたびに赤くなったり青くなったりした。

やっとそれはでき上がった。そして軽く跳あがる心を制しながら、その城壁の頂きに恐る恐る檸檬を据えつけた。そしてそれは上出来だった。

見わたすと、その檸檬の色彩はガチャガチャした色の階調をひっそりと紡錘形の身体の中へ吸収してしまって、カーンと冴えかえっていた。私は埃っぽい丸善の中の空気が、その檸檬の周囲だけ変に緊張しているような気がした。私はしばらくそれを眺めていた。不意に第二のアイディアが起こった。その奇妙なたくらみはむしろ私をぎょっとさせた。--それをそのままにしておいて私は、なに喰わぬ顔をして外へ出る。

私は変にくすぐったい気持がした。「出て行こうかなあ。そうだ出て行こう」そして私はすたすた出て行った。

変にくすぐったい気持が街の上の私を微笑ませた。丸善の棚へ黄金色に輝く
恐ろしい爆弾を仕掛けて来た奇怪な悪漢が私で、もう十分後にはあの丸善が
美術の棚を中心として大爆発をするのだったらどんなにおもしろいだろう。
私はこの想像を熱心に追求した。
「そうしたらあの気詰まりな丸善も粉葉みじんだろう」
そして私は活動寫眞の看板画が奇体趣きで街を彩っている京極を下って行った。

번역

이전에는 그렇게 나를 사로잡았던 화집(画本)이 어찌된 일인지. 한장 한장에 눈을 맞추고 난 후, 나는 너무나 평범한 주위를 둘러볼 때의, 그 이상하게 어울리지 않는 기분을, 이전에는 즐겨 누려왔었다.

"아, 그래, 그거야" 그 때 나는 소맷자락에 넣어둔 레몬을 생각해냈다. (서양)화집을 뒤범벅으로 쌓아 올리고, "이 레몬을 한 번 시험해 볼까나? 그렇다."

나는 다시 조금 전의 경쾌한 흥분으로 되돌아왔다. 나는 닥치는 대로 화집을 쌓아 올리고, 또 어수선하게 흐트러뜨리고, 또 부산하게 쌓아올렸다. 새로 뽑아서 보태기도 하고, 빼내기도 했다. 기괴한 환상적인 성이 그 때마다 빨개지기도 하고 파랗게 되기도 했다.

겨우 그것이 완성되었다. 그리고 경쾌하게 튀어 오르는 마음을 억제하면서, 그 성벽 꼭대기에 조심조심 레몬을 고정시켰다. 그리고 그것은 좋은 결과였다.

둘러보니 그 레몬의 색채는 뒤죽박죽 섞인 색의 바림(階調)을 조용히 방추형 몸뚱이 안으로 흡수해 버리고는, 짠- 하고 다시 선명해졌다. 나는 먼지투성이인 마루젠 안의 공기가 그 레몬의 주변만 이상하게 긴장하고 있는 듯한 느낌이었다. 나는 잠시 그것을 바라보고 있었다. 불현듯 두 번째 아이디어가 떠올랐다. 그 기묘한 음모는 오히려 나를 섬뜩하게 했다. - 그것을 그대로 두고 나는 아무렇지 않는 얼굴로 밖으로 나온다. -

나는 이상하게 겸연쩍은 기분이 들었다.

"나갈까? 그래 나가자." 나는 종종걸음으로 마루젠을 나왔다.

이상하게도 그 겸연쩍은 기분이 거리를 걷는 나를 미소 짓게 했다. 마루젠의 책장에 황금 빛 찬란한 무서운 폭탄을 설치하고 온 기괴한 악한이 바로 나다. 이제 10분 후에는 그 마루젠이 미술책장을 중심으로 대폭발 한다면 얼마나 재미있을까.

나는 열심히 이런 상상을 추구했다.

"그러면 그 답답한 마루젠도 산산조각이 나겠지."

그리고 나는 영화관 간판그림이 괴상한 느낌으로 거리를 물들이고 있는 교고쿠(京極)길을 내려가고 있다.

3) 전쟁문학과 국책문학

중일전쟁으로부터 태평양전쟁까지는 일본정부의 언론통제와 작가에 대한 탄압이 극도로 강화된 시기이다. 다수의 문학자들이 국책에 부응하여 '보도반원'으로 종군하게 되었고 거기서 소재를 얻어 전쟁의 참상과 죽음 앞에서도 꿋꿋이 싸우는 병사의 모습을 작품화하여 발표하였다.

히노 아시헤이(火野葦平)는 군보도원으로 중일전쟁에 참전하였던 체험을『무기토헤이타이(麦と兵隊, 보리와 병사)』(1938)에 담아내어, 전쟁터에서 살아가는 병사의 시선으로 생사의 경계와 전장(戰場)의 광활한 자연에 대한 영탄 등을 종군일기 형식으로 담아내어, 100만부가 팔리는 베스트셀러를 기록하였다. 뒤이어『쓰치토헤이타이(土と兵隊, 흙과 병사)』, 『하나토헤이타이(花と兵隊, 꽃과 병사)』 등의 '~と兵隊(~과 병사)' 시리즈물을 발표하였다. 그 중 대표작이라 할 수 있는『무기토헤이타이(麦と兵隊)』의 대략을 감상해 보자.

『麦と兵隊』と『土と兵隊』

감
상

줄거리

종군기자인 '나'는 이동한다. 이동 후 같은 종군기자를 만난다. 배를 타고 처음 양자강을 보았다. 항구에 도착하여 보도부의 차로 이동하는데, 보리밭이 많이 보였다. 차에서 현지인에게 손을 흔들자 저쪽 현지인도 손을 흔들었다. 오지(奧地)의 현지인은 아직 관대한 구석이 있었다. 군 보도부에 도착했다. 시간이 조

금 있어서 아버지와 류칸키치(劉寒吉)에게 간단하게 편지를 썼다. 이동 중에 4, 50명의 보병부대가 휴식하고 있는 것을 보았다. 다카하시(高橋)소령이 우리 보도원의 숙소를 할당해주었다. 당나귀가 밤새 울어서 잠이 오지 않았다.

다음날 '나'는 군인들과 함께 전진하다가 끝없이 펼쳐지는 보리밭에 압도되었다.

어느 때, 다카하시소령이 우리에게 뒤에서 중요한 일을 하고 있는 사람들이 있다며 그들에 대한 이야기를 보도해 주었으면 좋겠다고 했다.

오후에 이동하면서 길가에 중국군인 2명의 시체를 보았다.

다음날 보리밭에 가니 현지인이 웃으면서 다가오더니 음식을 제공해 주었다.

다음날 다카하시소령이 우리에게 전황을 보고하였다. 이동 중인 군인에 물을 주었더니 너무 기뻐하여 우리는 좋은 일을 했다는 생각에 감격했다.

다음날 이동 중 민가에 들어갔는데, 닭고기와 국수가 나와서 오랜만에 괜찮은 식사를 했다. 입구에 네 명의 포로가 있었지만 일본인과 얼굴이 비슷해서 싫은 기분이 오래 가지는 않았다. 그날 밤 이동했다. 민가로 가서 잠을 자는데, 군인이 화재를 일으켜서 당황해서 일어났다. 걷는데 물집이 생겼는지 매우 아팠다. 너무 목이 말라서 어쩔 수없이 생수를 마셨는데 맛이 있었다. 이동 중에 쉬고 있으니, 사이토 일병이 '나'에게 말을 걸어 왔다. '나'는 나라에 바친 목숨이지만, 그래도 소중히 간직하는 것이 좋다고 말했다.

다음날 우리는 갑작스런 습격을 당했다. 몇 명인가 부상당하고 나귀도 총을 맞아 죽었다. 장시간 공격을 받고 나니 이윽고 아군 전차가 왔다. '나'는 죽을 각오를 하면서 격하게 동요하고 있었다. 그리고 귀중한 생명을 위협하는 것에 분개하였고, 중국 병사에 대해 분노를 느꼈다. '나'는 평정을 가장하고 있었지만 내심 너무 무서웠다. 그러나 깨끗하게 죽을 수 없다면 사는 만큼 살아 보자는 생각이 들었다.

다음날 이동하는데 지쳐서 누워있는 말들이 너무 많아서 놀랐다. '나'는 민가로 돌아가 나카야마참모와 한참 이야기하는 동안 내 가족사진을 자랑하면서 크게 웃었다. 멀리서 들려오는 총성은 끊이지 않고 있는데 신문 기자가 원고를 가지고 들어왔다. 그날 밤 이동했다.

다음날 시미즈(清水)부대장이 있기에 다카하시소령과 함께 뵈러 갔는데 중국병사를 죽였다고 태연하게 말하는 것에 놀랐다. 그리고 보리밭을 보았는데, 피로 얼룩진 땅에서도 잘 자라고 있는 보리의 강한 생명력에 놀라 가슴을 때렸다. '나'는 돌계단 위에 서서 내려다보며 죽음을 극복했음을 느꼈다. 하지만 산더미 같은 시체를 보고도 안쓰러운 마음이 들지 않는 내 자신에게 아연했다. 현지인들은 일본인에게 친화적이기보다는 친절하게 대해서 빨리 몰아내는 것을 지혜로 여기는 것 같았다.

현지의 학교가 있어서 그 안을 들여다보았다. 패잔병들이 많이 있었는데 그중 3명이 반항적이었다. 일본군이 그 반항적인 3명을 데리고 나가서 칼로 목을 잘랐다. '나'는 그 순간에 눈을 딴 데로 돌렸기에, 아직은 악마가 되지 않았다는 것을 확신하고 안도했다.

중일전쟁을 배경으로 한 전쟁소설 가운데 주목되는 것은 이시카와 다쓰조(石川達三)의 『이키테이루헤이타이(生きてゐる兵隊, 살아있는 병사)』(1938)이다. 『이키테이루헤

이타이』는 일본군 한 사람을 주인공으로 설정하여 '난징사건 (南京事件)'을 리얼하게 그려내고 있는데, 이 소설은 전 국민이 총동원되어 치르는 전쟁에 군인으로서 비관하는 등 반국가적인 내용이 문제가 되어 작자, 편집자, 발행자 모두가 <신문지법> 위반혐의로 기소되었고, 발매금지 처분까지 받았다. 때문에 『이키테이루헤이타이』는 종전 후인 1946년 출판되었다. 출간에 즈음한 작가의 심정이 담긴 서문과, 내용 일부를 감상해보자.

『生きてゐる兵隊』

[원문] 『生きてゐる兵隊(살아있는 병사)』 初版の序(초편 서문)

此の作品が原文のままで刊行される日があらうとは私は考へて居なかつた。筆禍を蒙つて以来、原稿は証拠書類として裁判所に押収せられ、今春の戦災で恐らくは裁判所と共に焼失してしまつたであらう。到るところに削除の赤インキの入つた紙屑のやうな初校刷を中央公論社から貰ひ受け、爾来七年半、深く筐底に秘してゐた。誰にも見せることのできない作品であつたが、作者としては忘れ難い生涯の記念であつた。

原稿は昭和十三年二月一日から書きはじめ、紀元節の未明に脱稿した。その十日間は文字通り夜の目も寝ずに、眼のさめてゐる間は机に坐りつづけて三百三十枚を書き終つた。

この作品によつて刑罰を受けるなどとは予想もし得なかつた。若気の至りであつたかも知れない。ただ私としては、あるがままの戦争の姿を知らせることによつて、勝利に傲つた銃後の人々に大きな反省を求めようといふつもりであつたが、このやうな私の意図は葬られた。そして言論の自由を失つた銃後は官民ともに乱れに乱れて遂に国家の悲運を眼のあたりに見ることになつた。今さらながら口惜しい気もするのである。当時の社会情勢としてはこのやうな作品の発表が許されなかつたのも当然であつたらう。しかし私は自分の意図を信じ、自分の仕事を確信してゐた。

第一審の検事はその論告のなかで「この種犯罪の中に於ける最も悪質なるものであり、最も重く処刑すべし」と言つた。私はこの論告に憤然として「此の種犯罪の中に於ける最も良質なるものと確信する」と裁判長に向つて言つた。その目的に於て、動機に於て、責めらるべき筋のないものならば、たとひ結果がどうあらうとも「最も悪質」といふ結論が出てくる筈はない。作家は、彼が良心ある作家であるならば、たとひ生命を犠牲にしても「最も悪質」といふ論告をそのまま受け容れることは出来ない筈だ。私はたとひ十年の刑を受けようとも、国家社会に対する私の良心を擁護しなければならなかつた。作家が、拠て以て立つ自己の精神を守らなければならなかつた。

しかしこのやうな強情さは検事の理解するところとならなかつた。判決があつたその翌日、検事は直ちに控訴手続きをとつた。

第二審の判決は一審と同じであつた。私は三年の執行猶予を与へられた。

いま、国家の大転換に際会し、はからずもここに本書を刊行する機会が与へられて、感慨ふかいものがある。有罪の理由として判決書に記載されてゐる「皇軍兵士の非戦闘員殺戮、掠奪、軍紀弛緩の状況を記述したる安寧秩序を紊乱する事項」といふ点は私の作品を俟たずして世界にむかつて明白にされつつあり、「現に支那事変が継続中なる公知の事実を綜合して…」といふ理由は消滅した。今さら安寧秩序を紊すことも有るまいし、皇軍の作戦に不利益を生ずる畏れもない。

事新しくこの作品を刊行する理由があるかどうか、一応私は考へて見た。永い年月を経て読み返して見れば心に満たぬものも少くない。しかし、私は敢て出版書肆の求めに応じて刊行しようと思つた。

終戦に、何かしら釈然としない、拭ひ切れなかつた私の気持は、この原稿を読み返してみて何となくはつきりした。九年に亘る戦ひを最後に鳥瞰して、一種の理解を得たやうな気がするのである。これは私一個の主観にすぎないかも知れないが、戦場に於ける人間の在り方、兵隊の人間として生きる在る姿に対し、この作品を透して一層の理解と愛情とを感じて貰ふことが出来れば幸

である。<以下略>

번역

이 작품이 원문 그대로 간행되는 날이 있으리라고, 나는 생각하지 않았다. 필화사건(筆禍事件)을 당한 이후 원고는 증거서류로 재판소에 압수당하고, 올봄의 전화(戰禍)로 아마도 재판소와 함께 소실되어 버렸을 것이다. 곳곳에 삭제하라는 빨간 잉크로 물들인 휴지와도 같은 초판(初校刷)을 중앙공론사(中央公論社)에서 넘겨받은 이후 7년 반 동안이나 상자의 바닥 깊이 숨겨놓고 있었다. 아무에게도 보여줄 수없는 작품이었지만, 저자로서는 잊기 어려운 평생의 기념이었다.

원고는 1938년(쇼와13) 2월 1일부터 쓰기 시작하여 기원절(紀元節, 2월 11일) 새벽에 탈고했다. 그 열흘 동안은 말 그대로 밤에 눈도 못 붙이고, 깨어 있는 내내 책상에 앉아 계속해서 330매를 쓰고 마무리했다.

이 작품으로 인해 처벌 받으리라고는 상상도 못했다. 젊은 혈기의 끝판이었을지도 모른다. 다만 나로서는, 있는 그대로의 전쟁 양상을 알리는 것에 의해서, 승리에 도취된 후방의 사람들에게 크게 반성을 하게하려 할 생각이었지만, 이러한 나의 의도는 무시되었다. 그리고 언론의 자유를 잃은 후방은 관민(官民)은 모두 혼란에 빠진 끝에 국가의 비운을 눈앞에서 보게 되었다. 새삼스럽지만 억울한 마음도 든다. 당시의 사회정세로서는 이와 같은 작품의 발표를 허락할 수 없었던 것도 당연했을 것이다. 그러나 나는 내 자신의 의도를 믿었고, 내 자신의 작업을 확신하고 있었다.

제1심 검사는 그 논고에서, '이런 종류의 범죄 중에서 가장 악질적인 것이며, 가장 무겁게 처벌해야 한다.'고 했다. 나는 이 논고에 대하여 분연히, '이런 종류의 범죄 중에서 가장 양질인 것으로 확신한다.'고 재판장을 향해 말했다. 그 목적이나 동기에 있어서, 추궁당해야 할 근거가 없는 것이라면, 설령 어떤 결과라 하더라도, '가장 악질적'이라는 결론이 나올 리는 없다. 작가는, 그가 양심 있는 작가라면, 설령 생명을 희생하더라도 '가장 악질적'이라는 논고를 그대로 수용하는 것은 받아들일 수 없을 것이다. 나는 설령 10년형을 받는다 하더라도, 국가와 사회에 대한 나의 양심을 옹호하지 않을 수 없었다. 작가가, 작가로서 스스로 정신을 지켜내지 않으면 안 된다. 그러나 이러한 고집은 검사가 이해할 바가 아니었다. 판결이 있던 그 다음날 검찰은 즉시 공소 절차를 취했다.

제2심의 판결은 1심과 마찬가지였다. 나는 3년의 집행유예를 받았다.

지금, 국가의 대전환기에 즈음하여, 뜻밖에도 여기서 책을 간행할 기회가 주어져 감회가 깊다. 유죄의 이유로 판결서에 기재되어 있는 '황군병사의 비전투원 살육, 약탈, 군기문란의 상황을 기술한 안녕질서를 문란케 한 사항'이라는 점은 내 작품과는 상관없이 세계를 향해 명확해져가고 있으며, '현재 중일전쟁이 진행 중이라는 공지의 사실을 종합하여…'라는 이유는 소멸되었다. 이제 와서 안녕질서를 문란할 일도 없을 것이고, 황군의 작전에 불이익이 발생할 우려도 없다.

새삼스럽게 이 작품을 출간 할 이유가 있는지 어떤지, 일단 나는 생각해보았다. 오랜 세월

을 거쳐 다시 읽어 보면 마음에 차지 못한 점도 적잖다. 하지만 나는 감히 출판사의 요구에
응하여 발행하려고 생각했다.

전쟁이 끝나고, 뭔가 석연치 않은, 씻을 수 없었던 내 감정은, 이 원고를 다시 읽어 보고 왠
지 명확해졌다. 9년에 걸친 싸움을 마지막으로 조감하여, 일종의 이해를 얻은 것 같은 기
분도 든다. 이것은 나 한 개인의 주관에 지나지 않을지도 모르겠지만, 전쟁터에서 인간의
존재양상, 군대의 인간으로서 살아가는 자세에 대하여, 이 작품을 통하여 한층 더 이해와
애정을 느껴주신다면 다행스럽겠다. (이하 인사말 생략)

[원문] 상부의 방침에 따라 가사하라(笠原)상병이 포로를 살해하는 부분

こういう追撃戦ではどの部隊でも捕虜の始末に困るのであった。自分たちがこ
れから必死な戦闘にかかるというのに警備をしながら捕虜を連れて歩くわけに
はいかない。最も簡単に処置をつける方法は殺すことである。しかし一旦つ
れて来ると殺すのにも気骨が折れてならない。「捕虜はとらえたらその場で殺
せ」それは特に命令というわけではなかったが、大体そういう方針が上部から
示された。

笠原伍長はこういう場合にあって、やはり勇敢にそれを実行した。彼は数珠
つなぎにした十三人を片ぱしから順々に斬っていった。

[번역]

이런 추격전에서는 어떤 부대일지라도 포로관리에 곤란해 했다. 자신들이 앞으로의 필사
적인 전투에 임하는데, 경비를 하면서 포로를 데리고 걸어 갈 수는 없다. 포로를 데리고 걸
어 갈리는 없다. 가장 쉽게 처리하는 방법은 죽이는 것이다. 그러나 일단 데리고 오면 죽이
는 일도 보통일은 아니다. "포로는 잡으면 그 자리에서 죽인다." 그것은 특히 명령이랄 수
는 없었지만, 대체로 그러한 방침이 상부
로부터 제시되어 있었다.

가사하라(笠原)상병은 이런 경우에 있어
서도, 역시 용감하게 그 일을 실행했다. 그
는 염주 엮듯이 묶어서 죽 늘어세운 13명
의 포로를 한쪽에서부터 차례차례 칼로 베
어 나갔다.

1942년에는 일련의 문학단체가 <일본문학보국회(日本文学保国会)>로 통합 결성되어 직접적인 문학통제가 실시되게 되자, 대다수의 작가들이 국가시책에 부응하여 전쟁의 욕을 고취시키는 이른바 '국책문학'으로 옮겨갔다. 대표적인 국책소설로는 다테노 노부유키(立野信之)의 『고호노쓰치(後方の土, 후방의 흙)』, 도쿠나가 스나오(德永直)의 『센켄타이(先遣隊, 선발대)』, 유아사 가쓰에(湯浅克衛)의 『센쿠이민(先駆移民, 선 이주민)』, 하시모토 에이키치(橋本英吉)의 『고도(坑道, 갱도)』 등을 들 수 있는데, 이러한 목적성이 짙은 소설에서는 문학적 순수성을 찾아보기 어렵다.

2. 현대 소설(小說)

전쟁이 종결되고 언론표현의 자유가 주어지자 문학계 역시 낡은 것의 부활과 새로운 것의 생장이 두드러지게 되었다. 이는 크게 '전통문학파', '민주주의문학파', '전후파'로 구분된다. 전시(戰時) 문화통제로 침묵으로 일관하던 '전통문학파'는 속속 새로운 작품을 발표하였고, '민주주의문학파'는 전시체제에서 탄압을 받았던 좌익문학세력을 모아 문단에 복귀하였다. 전후 저널리즘이 활기를 되찾게 되자 이러한 사회적 기운에 편승하여 등장한 '전후파' 작가들의 활약도 주목된다.

2.1 전후(前後)의 소설

1) 전통문학파의 소설

전시체제하 강력한 문화통제정책으로 장기간 침묵으로 일관하던 기성작가들은 전쟁이 종결되자 그동안에 써 두었던 작품을 속속 발표하였다.

시가 나오야(志賀直哉)는 전후(戰後) 황폐해진 도쿄 전차 안을 배경으로 아사(餓死) 직전에 있는 소년공이 잠든 채 노선을 일주하는 모습과 그 전차안의 다른 승객들의 모습에서 전후의 황폐하고 힘든 현실을 『하이이로노쓰키(灰色の月, 잿빛 달)』(1946)에 형상화하였다. 이후 이어지는 『지쓰보노테가미(実母の手紙, 생모의 편지)』(1948), 『야마하토(山鳩, 산비둘기)』(1949), 『아사노시샤카이(朝の試寫会, 아침 시사회)』(1951) 등에서는 전후세대에 대한 관심보다는 자신의 심경에 치중하여 섬세하고 치밀하게 묘사하였다.

나가이 가후(永井荷風)는 『우키시즈미(浮沈, 흥망)』(1946)에서, 전쟁 중 일상생활의 어려움 속에서도 그것과는 상관없이 음란한 생활을 그려내었고, 또 친분이 있었던 아사쿠사(浅草) 오페라극장의 작곡가, 가수, 무희들의 경험을 토대로『오도리코(踊子, 무희)』(1946)와『군쇼(勲章, 훈장)』(1946)를 발표하였다. 전쟁 중 언제 발표될지도 모르는 상황에서 집필된 작품으로 보인다.

다니자기 준이치로(谷崎潤一郎) 역시 전전(戦前)에 중단되었던『사사메유키(細雪, 세설)』를 지속적으로 집필하여, 1946년에 상권을, 1947년에 중권을, 1948년에 하권을 발표함으로써 마침내『사사메유키(細雪)』의 완성을 보게 되었다.『사사메유키』는 모든 일본인이 전쟁을 위하여 총동원되었던 1936년부터 1941년까지를 배경으로 갖가지 금지령과 상류층 가정의 자숙의 필요성, 외국인들의 동향 등을 서사하고 있다.

가와바타 야스나리(川端康成)는 "패전 후의 나는 일본 고래(古來)의 슬픔 속으로 돌아갈 뿐이다. 나는 전후의 세상이라는 것, 풍속이라는 것을 믿지 않는다. 현실이라는 것도 가끔은 믿지 않는다."는 식의 극심한 상실감으로 전후의 시공간을 보내다가, 허무와 아름다움이 자아내는 일본적 전통미에 이끌려 탐미적 경향을 강화한『센바즈루(千羽鶴, 종이학)』(1949)를 발표하였다. 뒤이어 발표한『야마노오토(山の音, 산소리)』(1949)에서는 일본의 전통문화를 자연 속에 배치하여 서정미의 극치를 보여주었다.

이 외에도 무샤노코지 사네아쓰(武者小路実篤)는『신리센세이(眞理先生, 진리선생)』(1949.1~1950.12)를 발표하여 건재함을 과시하였고, 이부세 마스지(井伏鱒二)는 전쟁으로 인한 상흔을 형상화 한『요하이타이초(遥拝隊長, 요배대장)』(1950)와『혼지쓰큐신(本日休診, 금일휴진)』(1950)을, 이토 세이(伊藤整)는『히노토리(火の鳥, 불새)』(1953)를 발표하여 중견작가들의 두드러진 활약을 보여주었다. 또한 사토미 돈(里見弴)의『미고토나슈분(美事な醜聞, 멋진 추문)』(1947), 다무라 다이지로(田村泰次郎)의『니쿠타이노몬(肉体の門, 육체의 문)』(1947)과 같은 풍속소설이 등장한 것도 전후문학의 또 다른 일면이라 하겠다.

2) 민주주의문학파의 소설

패전 후 가장 빠르게 활동을 개시한 작가들은 전쟁 중 더더욱 침묵을 강요당하였던 프롤레타리아 계열의 문학자였다. 미야모토 유리코(宮本百合子), 나카노 시게하루(中野重治), 구라하라 고레히토(蔵原惟人) 등이 중심이 되어 <신일본문학회(新日本文学会)>를 조직하고, 잡지「新日本文学」을 창간하여 민주주의문학을 목표로 활동하였다. 인민대중의 창조적 문학적 에너지의 앙양과 결집, 반동[99]적 문학이나 반동적 문화와의 투쟁, 진보적인 문학이나 진보적인 문화운동의 연락과 협동 등을 강령으로 한 '민주주의문학파'는 프롤레타리아계열 문학자들이 중심이 됨으로써 이데올로기적 당파문학으로 경도되었다.

3) 전후파(戰後派)의 소설

전후파가 형성된 기점은 1946년 1월 창간된 「긴다이분가쿠(近代文学)」이다. 「긴다이분가쿠」에 참여한 대다수의 작가들은 모두 청춘기에 프롤레타리아문학운동의 좌절을 체험하였고, 전쟁시기에는 극심한 자아의 굴절을 겪었던 30대 문학자들이었다. 전후의 사회를 맞이한 이들은 세대적·사상적 기반을 공유하며 나름의 문학적 사명감을 드러낸다.

(1) '무뢰파(無賴派) 작가'의 소설

패전직후 기존 가치관의 전도(顚倒)와 붕괴로 니힐리즘(*Nihilism*)[100]과 데카당스(*Decadence*)[101]로 치달은 파멸형 작가들을 일컬어 '무뢰파' 작가라 한다. 이들은 패전과 동시에 하루아침에 태도를 바꾸어 민주주의를 외치는 사회지도급 인사들에 대한 불신감에 의한 반동(反動)으로 믿을 수 있는 것을 찾

『墮落論』と『白痴』

---

99 반동(反動) : ① 어떤 작용이나 움직임에 대하여 그 반대로 일어나는 작용이나 움직임.(ex, 낭만주의(浪漫主義) 문학은 고전주의(古典主義) 문학에 대한 반동으로 일어난 문학 사조(文學思潮)이다.) ② 역사(歷史)의 진보나 발전에 역행하여 구체제를 유지 또는 회복하려는 입장이나 정치 행동. 또는 그러한 사람.(그는 아버지가 반동으로 몰려 처형을 당했다는 소식을 뒤늦게 들었다.) ③ 어떤 물체가 다른 물체에 힘을 작용시킬 때, 작용을 받은 물체가 똑같은 크기의 힘을 원래의 물체에 다시 미치는 작용.(ex, 널뛰기는 반동을 이용하여 높이 오르기를 겨루는 민속놀이다)

100 니힐리즘(*Nihilism*) : 라틴어로 '없음(無)'을 뜻하는 '니힐(Nihil)'에서 비롯된 말로, 허무주의(虛無主義)를 의미. 절대적인 진리나 도덕·가치 등은 존재하지 않는다고 보아 기존의 가치와 권위를 부정하고 허무의 심연을 직시하려는 입장이다. 절망적·수동적 니힐리즘은 인생에는 어떠한 의미도 없다고 보아 쾌락을 탐닉하거나 무관심(이기주의)하며, 반대로 능동적 니힐리즘은 무(無)를 무로서 인정함으로써 자유를 탐구한다.

101 데카당스(*Decadence*) : 병적인 감수성, 탐미적 경향, 전통의 부정, 비도덕성 등의 특징을 보이는 퇴폐주의. 데카당스는 프랑스어로 '퇴폐·쇠락'을 의미하며, 19세기 프랑스와 영국에서 일어났다. 지성보다는 관능에, 도덕·질서보다는 죄·퇴폐에 관심을 갖고 새로운 전위적인 미를 발견하려 하였다. 대표적인 작가로는 프랑스의 보들레르·랭보·베를렌과 영국의 오스카 와일드 등이 있다.

지 못한 채, 현실적 질서로 간주되고 있는 모든 것들의 허구성을 폭로하며 자학적인 파멸 속으로 스스로 몸을 내던진 작가들이다.

사카구치 안고(坂口安吾)는 『다라쿠론(墮落論, 타락론)』(1946)에서 "살아라. 살아라."하고 외쳐 반향(反響)을 불러일으켰으며, 이를 소설화 한 『하쿠치(白痴, 백치)』(1946)에서는 태평양전쟁 말기 인간과 가축이 동거하는 헛간과도 같은 집에 하숙하던 청년과 백치 소녀와의 관계 속에서 원형적 인간의 모습을 보여주었으며, 오다 사쿠노스케(織田作之助)는 『세소(世相, 세상)』(1946)에서 전후의 퇴폐를 긍정함으로써 패전직후 허탈감과 혼란감에 휩싸인 젊은이들의 심정을 대변하였다.

다자이 오사무(太宰治)는 『샤요(斜陽, 사양)』(1947)와 『닌겐싯카쿠(人間失格, 인간실격)』(1948)에서도 자신을 파멸시킴으로써 기성사회의 개념을 파괴하려는 처절한 싸움을 전개하였다. 이러한 작품을 이해하기 위해 다자이 오사무의 무뢰파 이전단계에서 발표한 짧은 단편 『아이캔스피크(*I can speak*)』를 먼저 살펴보고, 이어서 그의 자화상이라 할 수 있는 『닌겐싯카쿠』를 감상해보자.

『*I can speak*』と『人間失格』

감상 〔원문〕 『*I can speak*』 全文

くるしさは、忍従の夜。あきらめの朝。この世とは、あきらめの努めか。わびしさの堪えか。わかさ、かくて、日に虫食われゆき、仕合せも、陋巷の内に、見つけし、となむ。

わが歌、声を失い、しばらく東京で無為徒食して、そのうちに、何か、歌でなく、謂わば「生活のつぶやき」とでもいったようなものを、ぼそぼそ書きはじめて、自分の文学のすすむべき路すこしずつ、そのおのれの作品に依って知らされ、ま、こんなところかな？と多少、自信に似たものを得て、まえから腹案していた長い小説に取りかかった。

昨年、九月、甲州の御坂峠頂上の天下茶屋という茶店の二階を借りて、そこで少しずつ、その仕事をすすめて、どうやら百枚ちかくなって、読みかえしてみても、そんなに悪い出来ではない。あたらしく力を得て、とにかくこれを完成させぬうちは、東京へ帰るまい、と御坂の木枯つよい日に、勝手にひとりで約束した。ばかな約束をしたものである。九月、十月、十一月、御坂の寒気堪えがたくなった。あのころは、心細い夜がつづいた。どうしようかと、さんざ迷った。自分で勝手に、自分に約束して、いまさら、それを破れず、東京へ飛んで帰りたくても、何かそれは破戒のような気がして、峠のうえで、途方に暮れた。甲府へ降りようと思った。甲府なら、東京よりも温いほどで、この冬も大丈夫すごせると思った。

甲府へ降りた。たすかった。変なせきが出なくなった。甲府のまちはずれの下宿屋、日当りのいい一部屋かりて、机にむかって坐ってみて、よかったと思った。また、少しずつ仕事をすすめた。

おひるごろから、ひとりでぼそぼそ仕事をしていると、わかい女の合唱が聞えて来る。私はペンを休めて、耳傾ける。下宿と小路ひとつ距て製糸工場が在るのだ。そこの女工さんたちが、作業しながら、唄うのだ。なかにひとつ、際立っていい声が在って、そいつがリイドして唄うのだ。鶏群の一鶴、そんな感じだ。いい声だな、と思う。お礼を言いたいとさえ思った。工場の塀をよじのぼって、その声の主を、ひとめ見たいとさえ思った。

ここにひとり、わびしい男がいて、毎日毎日あなたの唄で、どんなに救われているかわからない、あなたは、それをご存じない、あなたは私を、私の仕事を、どんなに、けなげに、はげまして呉れたか、私は、しんからお礼を言いたい。そんなことを書き散らして、工場の窓から、投文しようかとも思った。

けれども、そんなことして、あの女工さん、おどろき、おそれてふっと声を失ったら、これは困る。無心の唄を、私のお礼が、かえって濁らせるようなことがあっては、罪悪である。私は、ひとりでやきもきしていた。

恋、かも知れなかった。二月、寒いしずかな夜である。工場の小路で、酔漢の荒い言葉が、突然起った。私は、耳をすました。

——ば、ばかにするなよ。何がおかしいんだ。たまに酒を呑んだからって、おらあ笑われるような覚えは無え。*I can speak English.* おれは、夜学へ行ってんだよ。姉さん知ってるかい？　知らねえだろう。おふくろにも内緒で、こっそり夜学へかよっているんだ。偉くならなければ、いけないからな。姉さん、何がおかしいんだ。何を、そんなに笑うんだ。こう、姉さん。おらあな、いまに出征するんだ。そのときは、おどろくなよ。のんだくれの弟だって、人なみの働きはできるさ。嘘だよ、まだ出征とは、きまってねえのだ。だけども、さ、*I can speak English. Can you speak English? Yes, I can.* いいなあ、英語って奴は。姉さん、はっきり言って呉れ、おらあ、いい子だな、な、いい子だろう？　おふくろなんて、なんにも判りゃしないのだ。……

私は、障子を少しあけて、小路を見おろす。はじめ、白梅かと思った。ちがった。その弟の白いレンコオトだった。

季節はずれのそのレンコオトを着て、弟は寒そうに、工場の塀にひたと脊中をくっつけて立っていて、その塀の上の、工場の窓から、ひとりの女工さんが、上半身乗り出し、酔った弟を、見つめている。

月が出ていたけれど、その弟の顔も、女工さんの顔も、はっきりとは見えなかった。姉の顔は、まるく、ほの白く、笑っているようである。弟の顔は、黒く、まだ幼い感じであった。*I can speak* というその酔漢の英語が、くるしいくらい私を撃った。はじめに言葉ありき。よろずのもの、これに拠りて成る。ふっと私は、忘れた歌を思い出したような気がした。たあいない風景ではあったが、けれども、私には忘れがたい。

あの夜の女工さんは、あのいい声のひとであるか、どうかは、それは、知らない。ちがうだろうね。

- 「若草」昭和十四年二月号 -

고통이란, 묵묵히 참으며 견뎌내는 밤이며, 체념의 아침이다. 세상은 체념의 반복인가? 외로움을 견디는 것이던가? 젊음은 이렇게 나날이 스러져 가고, 행복이란 것도 이 더러운 속세에서나 찾을 것인가?

내 노래는 목소리를 잃었고, 잠시 도쿄에서 무위도식하다가 뭔가 노래가 아닌 말하자면 '세상살이'같은 것을 끄적거리는 가운데 자신의 문학이 가야 할 길을 알아 가고, '뭐, 이정도면 되겠지?' 하는 자신감 비슷한 것도 조금 생겨 진작부터 생각해 왔던 장편소설에 손을 댔다.

작년 9월에 고슈(甲州)의 미사카(御坂)고갯마루에 있는 덴카찻집(天下茶屋)이란 곳의 2층을 얻어서 조금씩 글을 쓰기 시작했다. 어느새 백장 가까이 되어 읽어 보니 그리 나쁘지 않았다. 여기에 힘을 얻어 찬바람이 몰아치던 가을날 '이 작업을 다 마치기 전에는 도쿄로 돌아가지 않겠노라'고 스스로 약속했다. 바보 같은 약속을 한 것이다. 9월, 10월, 11월… 갈수록 미사카(御坂)의 추위는 견디기 힘들었고, 밤이 되면 마음이 흔들렸다. 어찌할까 고민에 고민을 거듭했다. 멋대로 자신에게 약속을 해 놓고 이제 와서 그 약속을 깨지도 못하고, 도쿄로 돌아가고 싶어도 파계(破戒)라도 하는 기분이 들어 미사카고개에서 오도가도 못 하고 있었다. 고후(甲府)로 내려가고픈 생각이 들었다. 그곳이라면 도쿄 못지않게 따뜻해서 올겨울도 지낼 수 있을 같았다.

고후(甲府)로 내려왔다. 살 것 같았다. 기분 나쁜 기침도 멈췄다. 읍내 변두리 하숙집에 볕이 잘 드는 방 한 칸을 빌려 책상머리에 앉고 보니 좋았다. 다시 조금씩 글을 쓰기 시작했다. 점심 무렵 혼자 글을 쓰고 있노라니 젊은 여자들의 합창 소리가 들려왔다. 나는 펜을 놓고 귀를 기울였다. 하숙집과 골목 하나를 사이에 두고 실 짜는 공장이 있었는데, 여공들이 작업하면서 노래를 부르는 것이었다. 그중 유난히 고운 목소리가 노래를 이끌어 가고 있었다. 군계일학이다. 얼마나 좋았든지, 나는 고마운 마음마저 들었다. 공장을 둘러싼 담을 타고 올라가 그 목소리의 주인공을 한 번 보고 싶은 정도였다.

'여기 외로운 한 남자가 매일 당신의 노래를 듣고 얼마나 위로를 받는지 모릅니다. 이 사실을 당신은 알고나 있는지…… 당신이 나에게 그리고 내 일에 얼마나 힘을 주고 있는지…… 진심으로 감사를 드리고 싶습니다.' 이런 마음을 적어 공장 창문에 던져 넣어 볼까도 했다. 허나 그런 짓을 해서 그 여공이 놀라고 무서워하여, 목소리를 잃기라도 한다면 큰일이다. 그저 편하게 부르고 즐기던 노래가 나의 괜한 짓으로 불편해진다면 내가 죄를 짓는 것이다. 나는 혼자 애만 태우고 있었다.

'사랑'일지도 몰랐다. 2월의 춥고 조용한 밤이었다. 공장 앞의 골목길에서 취한 사람의 목소리가 갑자기 들려왔다. 나는 귀를 기울였다.

"어어, 깔보지 마. 뭐가 그렇게 웃겨? 술 한번 마셨다고 그게 뭐 어떻다는 거야! *I can speak English.* 나 야학에 다니고 있단 말이야. 누나, 알고 있었어? 어때? 몰랐지? 어머니도 모르게 야학에 다니고 있다고. 나 출세할 거야. 누나, 뭐가 그렇게 우스워? 왜 그렇게 웃느냐고. 누나. 난 말이지, 곧 출정(出征)한단 말이야. 그때가 돼서 놀라진 마! 술 처먹는 동생이라도 남들처럼 제대로 일할 수 있다고…… 에이. 거짓말이야. 정해진 건 아니고. *English? Yes, I can.* 멋있지, 어때? 누나, 솔직히 말해 봐. 나 쓸 만하지? 그렇지? 괜찮은 놈이지? 맞지? 우리 어머니는 아무것도 몰라……"

나는 장지문을 조금 열고 골목을 내다보았다. 처음엔 흰 매화인 줄 알았다. 아니었다. 그 남동생의 하얀 레인코트였다. 철에 맞지 않은 레인코트를 입고 동생은 추운 듯이 공장의 담에 등을 바짝 대고 서 있고, 그 담 위의 공장 창가에서는 한 여공이 몸을 내밀어 술에 취한 동생을 내려다보고 있었다.

달에 떠 있기는 했어도 그 동생의 얼굴도, 여공의 얼굴도 또렷이 보이진 않았다. 누나의 희고 동그란 얼굴이 웃고 있는 것 같았다. 동생의 얼굴은 까맣고 아직 어린 티가 묻어 있었다. *I can speak* 라는 이 취객의 영어가 힘겹도록 내 가슴을 쳤다. 태초에 말씀이 있었노라. 세상 만물이, 그 말씀으로 이루어졌도다. 문득, 나는 잊고 있던 노래를 다시 찾은 것 같았다. 별거 아닌 풍경이었지만, 나에게는 잊혀지지 않는 모습이다. 그 날 밤의 여공이 저 고운 목소리의 그녀인지 그것은 알 수 없다. 아마 아닐 것이다.

줄거리 『人間失格(인간실격)』

* **제1의 수기** : '나'는 사람과는 다른 감각을 가지고 있어, 혼란스럽고 미칠 것만 같다. 그래서 사람들과 제대로 대화를 할 수 없어 인간에 대한 마지막 구애로 속임수 익살을 떨게 되었다. 하지만 나의 본성은 하녀와 하인에게 범하는 어른들의 잔혹한 범죄를 말하지 못하고 힘없이 웃고만 있는 인간이었다. 결과적으로 나는 서로 속이고 속는 인간들에 대한 난해함 끝에 차라리 고독을 선택한다.

* **제2의 수기** : 중학시절 '나'는 속임수 익살이라는 기술을 간파당하고, 인간에 대한 두려움을 느낀다. 그 후, 고등학교에서는 인간에 대한 두려움을 달래기 위해, 친구 호리키(堀木)의 소개로 술과 담배와 창녀와 좌익사상에 빠지게 되는데, 이들은 모두 '나'에게 추악해 보이는 인간의 행위에서 한때 해방감을 가져다주었다.

  그러나 급격하게 환경이 변화할수록 갖가지 굴레에서 벗어나기 어려워져서, 결과적으로 아내와의 따뜻한 하룻밤을 보낸 후, 그녀와 동반자살 미수사건을 일으킨다. 그러나 혼자 살아남은 '나'는 아내의 자살방조죄로 기소된다. 결국 아버지와 거래가 있는 남자를 통해 석방되긴 하지만, 혼란스런 정신 상태는 계속된다.

* **제3의 수기** : 이를 계기로 고등학교를 퇴학당하게 되고, 일시적으로 아버지와 거래가 있는 남자 집에 체류하게 되지만, 그 남자가 나를 앞으로 어떻게 할지 몰라서 '나'는 가출해버린다. 그것을 계기로 어린여성이나 술집마담 등과의 파괴적인 여성관계에 빠져들게 된다. '나'는 더 깊은 절망의 늪에 서게 된다.

  그러다 순수한 여성 요시코(良子)와 알게 되어, 일시적 행복을 얻는다. 나는 호리키와 반대말 놀이를 하던 중, '죄'의 반대말에 이르러 도스토엡스키의 『죄와 벌』을 떠올린다. 바로 그 후 요시코가 출입하던 상인에게 강간당한다. 너무나도 큰 절망에 빠져 폭음을 하게 되고, 결국 어느 날 밤 우연히 발견한 수면제를 복용하고 발작적으로 또다시 자살소동을 일으킨다. 어찌어찌 살아나긴 했지만, 그 후 몸이 쇠약해지고 더구나 술까지 마시는 바람에 끝내 각혈을 한다. 약국에서 처방해준 모르핀을 사용하자 급격히 상태가 좋아져 그것에 맛을 들여 남용하다가 마침내 모르핀 중독이 된다. 모르핀이 너무도 절실하여 수차례나 외상으로 약을 사는 동안 감당할 수 없는 금액이 되었고, 종국에는 약국의 부인 (소아마비로 목발을 한 과부)과 관계까지 맺기에 이른다. 그 죄의 무게를 견딜 수 없게 된 '나'는 고향의 부모님께 자신의 상황과 함께 돈을 보내달라는 내용의 편지를 보낸다.

이윽고 가족의 연락을 받은 듯한 남자와 호리키가 내게 와서 병원에 가자고 말한다. 행선지는 요양원이라 생각하고 있었는데 뇌병원에 입원시켜버린다. 다른 사람보다 더 미치광이로 낙인찍힌 것을 자각한 '나'는 이제 '인간을 실격한 놈'이라 확신하기에 이른다. 그리고 석 달 정도의 입원생활 끝에 고향으로 돌아온 폐인과 다름없는 나는 늙고 못생긴 가정부의 보살핌을 받으며 아무 생각 없이 살아간다.

원문 『人間失格(인간실격)』 はしがき(머리말)

私は、その男の写真を三葉、見たことがある。

一葉は、その男の、幼年時代、とでも言うべきであろうか、十歳前後かと推定される頃の写真であって、その子供が大勢の女のひとに取りかこまれ、(それは、その子供の姉たち、妹たち、それから、従姉妹いとこたちかと想像される)庭園の池のほとりに、荒い縞の袴はかまをはいて立ち、首を三十度ほど左に傾け、醜く笑っている写真である。醜くけれども、鈍い人たち(つまり、美醜などに関心を持たぬ人たち)は、面白くも何とも無いような顔をして、

「可愛い坊ちゃんですね」といい加減なお世辞を言っても、まんざら空からお世辞に聞えないくらいの、謂いわば通俗の「可愛らしさ」みたいな影もその子供の笑顔に無いわけではないのだが、しかし、いささかでも、美醜に就いての訓練を経て来たひとなら、ひとめ見てすぐ、

「なんて、いやな子供だ」と頗すこぶる不快そうに呟つぶやき、毛虫でも払いのける時のような手つきで、その写真をほうり投げるかも知れない。

まったく、その子供の笑顔は、よく見れば見るほど、何とも知れず、イヤな薄気味悪いものが感ぜられて来る。どだい、それは、笑顔でない。この子は、少しも笑ってはいないのだ。その証拠には、この子は、両方のこぶしを固く握って立っている。人間は、こぶしを固く握りながら笑えるものでは無いので

ある。猿だ。猿の笑顔だ。ただ、顔に醜い皺しわを寄せているだけなのである。「皺くちゃ坊ちゃん」とでも言いたくなるくらいの、まことに奇妙な、そうして、どこかけがらわしく、へんにひとをムカムカさせる表情の写真であった。私はこれまで、こんな不思議な表情の子供を見た事が、いちども無かった。第二葉の写真の顔は、これはまた、びっくりするくらいひどく変貌へんぼうしていた。学生の姿である。高等学校時代の写真か、大学時代の写真か、はっきりしないけれども、とにかく、おそろしく美貌の学生である。しかし、これもまた、不思議にも、生きている人間の感じはしなかった。学生服を着て、胸のポケットから白いハンケチを覗のぞかせ、籐椅子とういすに腰かけて足を組み、そうして、やはり、笑っている。こんどの笑顔は、皺くちゃの猿の笑いでなく、かなり巧みな微笑になってはいるが、しかし、人間の笑いと、どこやら違う。血の重さ、とでも言おうか、生命いのちの渋さ、とでも言おうか、そのような充実感は少しも無く、それこそ、鳥のようではなく、羽毛のように軽く、ただ白紙一枚、そうして、笑っている。つまり、一から十まで造り物の感じなのである。キザと言っても足りない。軽薄と言っても足りない。ニヤケと言っても足りない。おしゃれと言っても、もちろん足りない。しかも、よく見ていると、やはりこの美貌の学生にも、どこか怪談じみた気味悪いものが感ぜられて来るのである。私はこれまで、こんな不思議な美貌の青年を見た事が、いちども無かった。

번역

나는 이 사람의 사진을 세 장 본적이 있다.

한 장은 그 남자의 어린 시절이라고 할까. 열 살 전후 정도로 추정되는 사진이며, 그 아이가 많은 여자에게 둘러싸여(그것은 그 아이의 누나와 동생들, 그리고 사촌들이라고 생각된다) 정원의 연못가에 거친 줄무늬 하카마를 입고 서서 목을 30도 정도 왼쪽으로 기울여 보기 흉하게 웃고 있는 사진이다. 흉하지만 둔한 사람들(즉, 아름답고 추함에 관심을 가지지 않는 사람들)은 재미있는 듯 아무렇지 않은 듯한 얼굴을 하고,

"귀여운 도련님이네요." 라며 적당한 칭찬을 해도 전혀 공허한 칭찬으로 들리지 않을 정도로 이른바 통속적인 '귀여운' 모습도 그 아이 미소에 없는 것도 아니었지만, 그러나 조금

이라도 아름다움과 추함에 관한 훈련을 해 온 사람이라면 한눈에 바로,
"어머나, 거북한 아이야."라고, 매우 불쾌하게 중얼거리며, 벌레라도 쫓을 때의 손놀림으
로 그 사진을 집어 던질지도 모른다.
정말 그 아이의 미소는 자세히 보면 볼수록 누구에게도 알려지지 않은 섬뜩하고 싫은 느낌
이 든다. 뭐야— 이것은 미소가 아니야. 이 아이는 조금도 웃고 있지 않아. 그 증거로 이 아
이는 두 주먹을 꼭 쥐고 서있어. 인간은 주먹을 굳게 쥐고 웃지 않아. 원숭이야. 원숭이의
미소야. 단지 얼굴에 못생긴 주름이 있을 뿐이야. "주름투성이 도련님"이라고 말하고 싶
을 정도로 정말 기묘한 그리고 어딘가 추잡스럽고 이상하게 사람을 화나게 만드는 표정의
사진이었다. 나는 지금까지 이렇게 이상한 표정의 아이를 본 적이 한 번도 없었다.
두 번째 사진의 얼굴은, 이것 또한 깜짝 놀랄 정도로 심하게 변모해 있었다. 학생 모습이다.
고등학교 시절의 사진인지 대학시절의 사진인지 확실하진 않지만, 어쨌든 대단히 잘생긴
학생이다. 그러나 이것 또한 신기하게도, 살아있는 인간의 느낌은 들지 않았다. 교복을 입
고, 가슴 주머니에서 하얀 손수건을 살짝 드러내고, 등나무의자에 앉아 다리를 꼰 채로 역
시 웃고 있다. 이번 미소는 주름투성이 원숭이의 웃음이 아니라 상당히 정교한 미소였다.
그렇지만 인간의 웃음과는 어딘가 다르다. 혈액의 무게라고나 할까, 생명의 떫음이라고
할까, 그런 충만감은 조금도 없고, 그야말로 새보다도 깃털처럼 가벼운 단지 백지 한 장의
무게로 그렇게 웃고 있다. 즉, 하나에서 열까지 가짜 느낌이었던 것이다. 아니꼽다고 해도
모자라다. 경박하다고 해도 부족하다. 여자 같다고 해도 모자라다. 멋쟁이라고 해도 물론
부족하다. 게다가 잘 보면 역시 이 미모의 학생도 어딘가 괴기한 기분 나쁜 느낌이 드는 것
이다. 나는 지금까지 이런 이상한 미모의 청년을 본 적이 한 번도 없었다.

  무뢰파 작가들은 전전(戰前)에 제각각 다른 계통에서 등장하였고, 전후(戰後)에도 독
자적으로 활동하여 거의 교류가 없었지만, 작품 안에 자신의 허무와 파멸적인 입장을 강
하게 반영하고 있다는 공통점이 있다.
  이들의 삶 또한 소설 속 인물과 다르지 않다. 사카구치 안고(坂口安吾)와 오다 사쿠노
스케(織田作之助)는 소설 속 인물처럼 각성제를 상용하였고, 다자이 오사무는 전후 혼란
속에서 자신의 관념을 현실화하기 위해 자살하는 등 스스로 파멸에의 길을 선택하였다.
이들의 작품은 전력질주에 가까운 처절한 생활이 반영되었기에 지금도 많은 독자층을 확
보하고 있다.

(2) '제1차 전후파' 작가의 소설

  '제1차 전후파' 작가는 사양기 마르크시즘의 세례, 쇼와(昭和)초기의 공산주의 문학운
동, 전쟁과 패전이라는 체험을 공통분모로 하고 있다. 이들은 마르크스주의를 경험한 이

후 전향(轉向)체험이나 혹은 전쟁체험을 가지고 있
어 전후의 현실을 어둡고 폐쇄된 세계로 인식하고
자기부정을 드러낸 작가들이다.

노마 히로시(野間宏)는 암흑시기의 혁명과 자기
확충을 위한 통일의 길을 모색하는 청년을 그린『구
라이에(暗い絵, 어두운 그림)』(1946)와 군대 말단
기구인 병영생활을 묘사한『신쿠치타이(眞空地帶,

『暗い絵』と『眞空地帶』

진공지대)』(1952)에서 군국주의 일본 비판과 군대의 비인간성을 폭로하였고, 우메자키
하루오(梅崎春夫)는 1944년 29세에 징집당하여 사쿠라지마(桜島)에서 패전을 맞았던
자신의 전쟁체험을 바탕으로 군대생활의 부조리와 엄습해오는 패전의 공포심을 폭로한
『사쿠라지마(桜島)』(1946)를 발표하였으며, 시이나 린조(椎名麟三)는 사회밑바닥에서
자라나 오로지 혁명운동으로 보내고 교도소에서 그 고독한 관념을 반추한 사람들의 생각
을 담아낸『신야노슈엔(深夜の酒宴, 심야의 주연)』(1947)을 발표하였다. 또 다케다 다이
준(武田泰淳)은 전쟁 중의 중국체험과 일본의 패전체험을 토대로 인간 내부에 있는 선과
악 혹은 가해자와 피해자의 이중성 등 새로운 인간인식과 묵시록적인 벌(罰)에 대한 관념
을『신판(審判, 심판)』(1947)과『마무시노스에(蝮のすゑ, 살무사의 후예)』(1948)에 담
아내었다.

(3) '제2차 전후파' 작가의 소설

제1차 전후파 작가에 비해 해외에서의 전투체험으로 보다 확실한 전쟁에 의한 가해의
식과 자기붕괴를 체험한 작가들을 '제2차 전후파'라 하는데, 오오카 쇼헤이(大岡昇平),
시마오 도시오(島尾敏雄), 미시마 유키오(三島由紀夫), 아베 고보(安部公房), 나카무라
신이치로(中村真一郎) 등이 여기에 속한다. 제2차 전후파 문인들은 정신적으로나 물질
적으로나 모든 것을 상실한 폐허에서 출발해야 했기 때문에 오히려 관념이나 사상의 순수
배양이 가능하였다. 또한 해외에서의 전투체험은 시야의 확대와 함께 인간의 생존문제를
좀 더 근본적이고 진지하게 응시함으로써 실존주의 내지는 존재론적 경향을 관념적이고
사색적인 방향으로 소설에 반영하였다.

35세의 늦은 나이에 소집되어 1944년 필리핀 민드로섬에 파병되었던 오오카 쇼헤이
(大岡昇平)는 필리핀에서의 종군체험과 포로체험을『노비(野火, 들불)』(1951)와『후료

키(俘虜記, 포로기)』(1953)에 담아내었다.

『후료키(俘虜記)』는 크게 병사로서 필리핀 산속에서의 전투체험을 담은 전반부와, 미군의 포로가 되어 야전병원과 포로수용소의 생활을 담은 후반부로 나누어 볼 수 있다. 전반부는 발견한 미군에게 총을 쏘지 않은 사건에 대한 휴머니즘, 살인에 대한 혐오, 부성애, 신(神)의 섭리 등에 대한 다양한 분석을 통해 자신의 심리와 행동을 응시하고 있으며, 후반

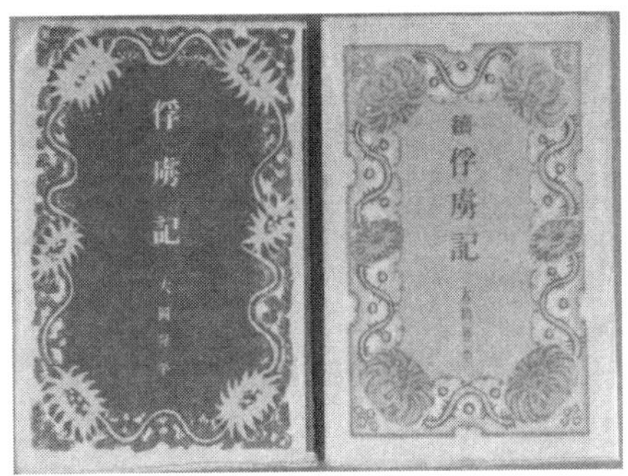

『俘虜記』と『續俘虜記』

부에서는 기약 없는 포로생활 속에서 점점 타락해가는 포로들의 심리변화를 다각적으로 묘사하고 있다. 이를 줄거리로 감상해보자.

줄거리

말라리아에 걸려 부대로부터 버림받은 나는 자결하려고 수류탄의 핀을 뽑았는데 불발되는 바람에 죽지도 못하고 물을 찾아 헤매던 끝에 미군의 포로가 되어 레이테(leyte) 기지의 포로병원에 수용된다.

레이테기지 포로병원의 미군들은 담배피우고 남은 꽁초를 환자가 줍기 쉬운 장소에 던져주기도 했는데, 일본인의 포로 가운데 선정된 식사배급원은 오히려 난폭하고 불친절하다. 나는 이따금 병원을 방문한 종군목사로부터 신약성서를 받아서 20년 만에 다시 성경을 읽다가 약 2개월 후 퇴원하였고, 1945년 3월 중순쯤 레이테섬[102]의 포로수용소로 들어가게 된다.

4월 미군이 오키나와에 상륙하는 등 전황은 악화되어갔지만 새로운 수용소로 이동한 나와 포로들은 새 셔츠와 팬츠에, 껌과 담배를 배급받게 되고, 노동을 했을 때는 임금이 적립되는 등 전시 일본시민의 생활보다 나은 생활을 하게 되자 한층 안정되게 된다. 그렇다 해도 수용소에서의 생활은 처절하다. '나'는 세부(Cebu)에서

부대와 행동을 함께한 여성종군간호사들이 음식을 얻기 위해서 직업적인 종군위안부 정도는 아니더라도 하루에 1회 정도 병사들의 성욕처리 상대를 하지 않으면 안 된다는 이야기나, 침대 밑에 구멍을 파고 드럼통 하나를 묻어놓고 그 안에 스웨터, 장갑, 화장품에서부

---

102 레이테(Leyte)섬 : 필리핀 중부 비사야스(Visayas)제도 동부에 위치한 섬이다. 미군은 이 레이테섬에 주요 기지를 두고 태평양 곳곳에서 일본군을 반격하여 고립시켜나갔고, 마침내 1944년 섬 인근의 레이테(Leyte)만에서 제2차 세계대전 중 가장 큰 해전으로 알려진 '레이테만 해전'을 승리로 이끌어냈다.

터 미군 여군의 생리용품까지 훔쳐다 감추어 놓는 등 제각각 살아남기 위해 전쟁 이상의 전력투구를 한다.

이윽고 히로시마에 원자폭탄이 투하되고, 소련이 참전한데 이어서 나가사키에까지 원자폭탄이 투하되어 일본이 항복했다는 소식이 들린다. 그런데도 대대본부에서는 확실한 보고가 있을 때까지 경거망동을 자제할 것과 특히 단체행동은 금할 것 등의 주의사항을 내놓을 뿐 일본군 포로에 대해서는 한마디로 무관심이다. 포로들은 "자살 하지 말 것"이라는 항목을 보고 크게 웃는다.

미군에 항복하는 일본군(필리핀 제40보병사단)

종전당시 이미 포로가 되어있던 사람은 레이테섬 제1수용소에는 7개 중대 2,000여명이 있었는데, 9월 중순부터는 종전 후 무장해제된 자들이 들어가서 중대의 수는 11개로 늘었다. 새로 포로가 된 어떤 소위가 포로들의 타락한 모습을 보고 "당신들 왜 할복하지 않소?"라고 소리치자, 우리들은 "뭐라고? 산 속으로 도망쳐 다닌 주제에…… 우린 최전선에 막 나섰다 부상당하고 어쩔 수없이 포로가 된 것이다."라고 되받아쳤다.

고참포로들은 새로 들어온 배고픈 포로들에게 담배나 통조림을 주고 대신 고장난 회중시계나 손목시계 등을 교환형태로 맞바꾼다. '나'는 동료들 사이에서 서로 식량을 나누지 않고, '잔인한 교역'에 종사했던 사람들 대부분이 점잖은 포로였다는 사실에 슬퍼하다가, 옆에 있던 중대장으로부터 "놈들이 가지고 있는 시계가 원래 수상한 대용품(병사의 유품이거나 필리핀 사람들에게 강탈한 물건)"이라는 말을 듣고 '이건 군대가 아니라 세상'이라고 기록한다.

오오카 쇼헤이는 이『후료키』를 통하여 자신을 절망적인 싸움터에 몰아넣은 군부에 대한 증오와, 이를 저지하기 위한 어떤 행동도 취하지 않았던 자신의 어리석음을 반추하고 있다.

한편 시마오 도시오(島尾敏雄)는 1945년 아마미제도의 가케로마(加計呂間)섬에서 특공대 발동명령을 받았지만 출격명령이 떨어지기 직전에 패전소식을 접하고, 죽음과 직면했던 시간을 『슛코토기(出孤島記, 출고도기)』(1946)에 담아내었으며, 훗날 이러한 체험을「슛파쓰와쓰이니오토즈레즈(出發は遂に訪れず, 출발은 끝내 오지않고)』(1962)에 형상화하였다.

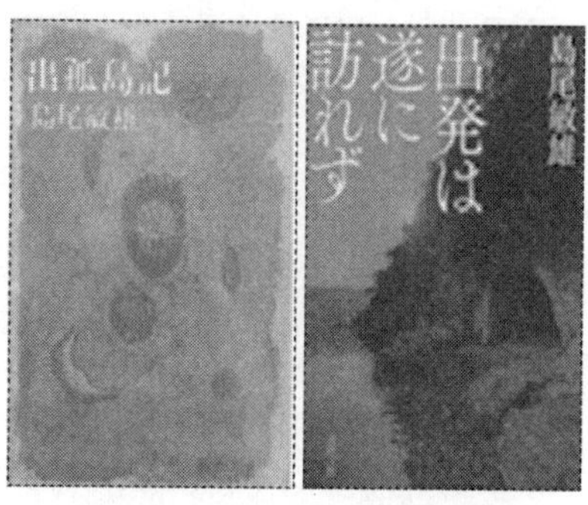

『出孤島記』と『出發は遂に訪れず』

2.2 고도성장기의 소설

1) 중간소설

순문학과 대중문학의 중간이라는 의미의 '중간소설'은 순문학이 갖는 예술성을 유지하면서 대중문학의 오락성을 발휘하는 소설로, 종래의 대중문학에 만족하지 못하고 이를 대신할 순문학의 예술적 요소를 가진 통속소설의 요구에 따라 발생한 시대의 산물이다. 전쟁문학으로 일관했던 히노 아시헤이(火野葦平)도 이시기에『하나토다쓰(花と竜, 꽃과 용)』(1952~1953)를, 하야시 후사오(林房雄)는『무스코노세이슌(息子の靑春, 아들의 청춘)』(1950)을 발표하여 이전과는 다른 면모를 보여주었다.

이시기 가장 주목되는 작가는 이시하라 신타로(石原愼太郎)이다. 당시 무명의 대학생 신분으로『다이요노기세쓰(太陽の季節, 태양의 계절)』(1955)를 발표하여 중간소설의 전형을 보여주었다. 유산층 부르주아 청년과 윤리부재인 여대생의 격정적인 행위와 성애(性愛)를 현시대적 감성으로 그려낸『다이요노기세쓰』를 감상해보자.

『太陽の季節』

줄거리

부유한 집안의 차남인 고등학생 쓰가와 다쓰야(津川竜哉)는 마작 판돈을 받으러 친구이자 권투 클럽 매니저인 에다(江田)를 만나러 갔다가 장난삼아 연습경기를 한 것을 계기로 권투에 흥미를 느끼고 그 세계에 열중하게 된다.

어느 날 다쓰야는 친구 에다(江田), 사하라(佐原)와 함께 긴자(銀座)로 나가 여자를 꾀어서 함께 놀기로 하고, 행동대 앞잡이를 뽑기로 한다. 뽑기에서 진 다쓰야는 쇼핑을 마치고 나오는 여자 세 명에게 말을 붙이는데 성공하자 함께 식사를 하게 된다. 다쓰야는 그들 중 에이코(英子)와 친해지고, 에이코는 다쓰야의 권투시합에 오기로 약속하고 헤어진다.

이윽고 시합 날이 되었고, 다쓰야는 TKO승으로 이기지만 부상을 당한다. 에이코는 자기 차로 다쓰야를 병원에 데리고 가면서 둘은 서로에게 관심을 갖는다.

여름이 오기 전에 에이코는 즈시(逗子)에 있는 다쓰야의 집을 방문한다. 다쓰야는 에이코와 요트를 즐기고 함께 집으로 돌아와 관계를 갖는다. 이전에도 많은 여자들을 상대해 왔던 다쓰야였지만, 에이코의 매력에 강하게 끌린 다쓰야는 그녀의 포로가 된 듯한 느낌을 받는다. 그리고 일주일 후, 다쓰야는 클럽에서 에이코가 어떤 남자와 춤추는 장면을 목격하고는 질투를 느낀다. 에이코는 과거 그녀가 마음속으로 사랑했던 사촌오빠 둘이 모두 전쟁에서 죽었고, 3년 전쯤에는 아버지의 허락까지 받은 사랑하는 남자가 차를 가지고 그녀와의 약속장소로 오다가 사고를 당한 일이 있었다. 자신의 모든 것을 바치려고 했던 사랑하는 사람들이 모두 그렇게 떠나가게 되자, 에이코는 주기보다는 뺏는 마음으로, 이 남자 저 남자와 육체관계를 맺게 된 것이다.

에이코가 클럽에서 다른 남자와 춤춘 것을 목격하고 나서 일주일 후, 다쓰야는 친구와 다시 그 클럽에 놀러갔다가 그 남자를 발견하고 그의 발을 밟으려하다가 오히려 그 남자에게 발을 밟히자, 친구의 벨트로 그 남자의 얼굴을 후려친다.

다시 여름이 되자, 다쓰야는 형 미치히사(道久)와 함께 정성들여 요트를 손질한다. 그리고 8월 어느 날 에이코와 함께 요트를 타고 먼 바다로 나간다. 요트 위에서 포옹한 두 사람은 비로소 서로에게 애정을 느낀다. 에이코도 서서히 마음의 문을 열고 다쓰야를 진심으로 사랑하게 된다. 그런데 에이코가 다쓰야를 좋아하면 할수록 다쓰야는 에이코가 번거롭고 귀찮아진다. 다쓰야는 일부러 다른 여자와 가깝게 지내며, 평소 에이코에게 관심을 보이던 형에게 5,000엔을 받고 에이코를 팔아넘긴다. 그 사실을 알게 된 에이코는 형에게 다시 5,000엔을 돌려준다. 그리고 울면서 자신을 사랑하지 않는 다쓰야에게 이제 겨우 다쓰야만은 사랑할 수 있게 되었음을 고백한다. 그러나 다쓰야는 몇 번이고 다시 에이코를 형에게 팔기를 되풀이하고, 에이코는 다쓰야가 자신을 받아들일 때까지 돈을 낼 것이라며 계속 돈을 돌려준다. 그 액수가 어느덧 2만 엔이 되었을 즈음 다쓰야는 에이코에게 감동을 받는다.

10월 중순 어느 토요일, 에이코는 다쓰야와 함께 요트를 타고 해안을 달리던 중에, 다쓰야에게 임신사실을 고백한다. 에이코는 아이를 낳고 싶다고 하고, 다쓰야 또한 자신이 아버지가 된다는 사실에 기뻐했다. 하지만 형의 반대에 부딪히고, 아직 아버지가 되는 것이 두려운 다쓰야는 아이를 지우라며 에이코를 병원에 입원시킨다. 임신 4개월의 에이코는 어쩔 수 없이 아이를 지우고 나흘 만에 복막염으로 죽는다. 장례식 날 에이코의 집에 찾아간 다쓰야는 영정 사진을 바라보다가 향로를 잡아 사진을 내리치며 "바보!"하고 소리친다. 그리고 곧바로 체육관에 와서 펀칭백을 정신없이 쳐댄다.

[원문] 다쓰야가 에이코에게 매료된 느낌을 설명하는 부분

竜哉が強く英子に魅かれたのは、彼が拳闘に魅かれる気持と同じようなものがあった。それには、リングで叩きのめされる瞬間、抵抗される人間だけが感じる、あの一種驚愕の入り混った快感に通じるものが確かにあった。

試合で打ち込まれ、ようやく立ち直ってステップを整える時、或いは、ラウンドの合間、次のゴングを待ちながら、肩を叩いて注意を与えるセコンドの言葉も忘れて、対角に座っている手強い相手を喘ぎながら睨めつける時、その度に彼は嘗て何事にも感じることのなかった、新しいギラギラするような喜びを感じる。

そしてゴングと共に飛び出して行く気負った自分を、軽くジャブを交しながら自制する時、その瞬間だけ、彼は始めて自分を取り戻し得たような満足を覚えた。その所為か各ラウンドの初め、ウィービングしながら相手を窺う竜哉は必ず嬉しそうに笑っていた。人はそれを不敵と見るのだ。

번역

다쓰야가 에이코에게 강하게 매료된 것은 그가 권투에 매료된 기분과 같은 것이었다. 그것은 링에서 두들겨 다운시킨 순간, 저항 받은 인간만이 느끼는 일종의 경악 섞인 쾌감과 통하는 것이 분명했다.

경기도중 휘청거리다 겨우 회복하여 스텝을 정돈할 때, 혹은 라운드 사이에 다음 공을 기다리면서 어깨를 두드리며 주의를 주는 코치의 말도 잊고, 대각선에 앉아 있는 강한 상대를 헐떡거리며 노려볼 때, 그 때마다 그는 이전에 매사에 느낄 수 없었던 새로운 반짝거리는 듯한 기쁨을 느낀다.

그리고 '땡' 하는 종소리와 함께 튀어나가 분발하는 자신을, 가볍게 잽을 주고받으면서 자제할 때, 그 순간만큼 그는 비로소 자신을 되찾은 것 같은 만족을 느꼈다. 그 때문인지 매 라운드를 시작할 때 위빙(권투에서 머리, 상체를 좌우로 흔들어 상대공격을 피하는 전법)하면서 상대를 엿보는 다쓰야는 반드시 기쁜 듯이 웃고 있다. 상대는 그것을 두려워하는 것이다.

2) '제3의 신인'의 소설

한국전쟁(1950~53)의 특수(特需)로 일본의 경제가 살아나면서 일본사회는 전후의 궁핍에서 탈피하여 풍요의 시대로 접어들게 된다. 그러나 전쟁기에 유소년기를 보내고 사상이나 행동의 지표가 없는 상태에서 사회의 중추로 성장한 젊은이들에게 경제적 풍요는 허무와 공허함을 초래하였다. 이 때 새롭게 등장한 작가들이 '제3의 신인'[103]이다. 이들은 마르크시즘과도 프로문학운동과도 무관한 세대로, 정치나 이데올로기에 혐오감 내지는 무관심을 보이며, 주로 사실적인 수법에 의해 일상의 공허함을 그려내었다.

---

103 제3의 신인 : 전후(戰後) 독자적인 상황에서 등장한 작가들을 그룹으로 묶어 구분한데서 비롯되고 있다. 제1차 전후파를 '제1의 신인', 제2차 전후파를 '제2의 신인'이라 한데 이어 3번째 그룹이라는 의미로 '제3의 신인'으로 구분하고 있다. 이들은 <아쿠타가와상(芥川賞)> 후보작이나 수상작으로 문단에 등장하였다는 공통점을 지니고 있다.

야스오카 쇼타로(安岡章太郎)는『인키나타
노시미(陰気な愉しみ, 음침한 즐거움)』(1953)
와 『와루이나카마(悪い仲間, 나쁜 동료)』
(1953)에서 지울 수 없는 굴욕감을 간직한 약
자로서의 '나'를 형상화하였고,『마쿠가오리
테카라(幕が下りてから, 막이 내리고 나서)』
(1967)에서는 주인공의 애매모호한 실존과
붕괴되어가는 가족개념의 실상을 리얼하게 묘사하였다.

『悪い仲間』と『幕が下りてから』

『アメリカン・スクール』と『抱擁家族』

고지마 노부오(小島信夫)는『아메리칸
스쿨(アメリカン・スクール)』(1954)에서 미국
학교를 방문한 일본인 영어교사들의 부조
리와 골계(滑稽)적인 체험을 통해 패전
이후의 미일관계를 예리하게 풍자하고 있
으며, 『호요가조쿠(抱擁家族, 포옹가족)』
(1965)에서는 아내의 불륜사실을 알게 된
남편이 오히려 반발하는 아내에게 어떻게

대응해야 할지에 대한 가치기준의 상실을 극명하게 보여주었다.

엔도 슈사쿠(遠藤周作)는 제2차 세계대전을 배경으로 신앙에 대한 회의와 사색을 담
아낸『시로이히토(白い人, 백인)』(1955), 미군포로 생체해부사건을 소재로 한『우미토
도쿠야쿠(海と毒薬, 바다와 독약)』(1957)가
있으며, 이후 발표한 역사소설『친모쿠(沈
黙, 침묵)』(1966)는 기독교 박해 시기에 배
교(背教)할 수밖에 없었던 신부 '로드리고'
의 내면세계를 섬세하게 묘사하여 호평을 받
았다. 가장 주목을 끈『친모쿠』를 감상해 보
겠다.

『白い人』『海と毒薬』『沈黙』

감상

줄거리

시마바라난(島原の乱)[104] 이후 가혹한 크리스천 탄압에 굴복하여 신부가 배교했다는 소
식이 로마에 알려지고, 세바스찬 로드리고가 마카오를 거쳐 일본에 들어오게 되었다. 마

카오에서 만난 일본인 기치지로(가톨릭신도이지만 순교한 형, 누나와 달리 배교한 후 마카오에서 체류함)를 데리고 들어왔는데, 기치지로의 밀고로 체포되고 말았다. 명예롭게 순교하리라 마음먹은 로드리고였지만, 자신 때문에 고문당하는 신자들과 그들의 고통스런 신음소리를 들으며 이러지도 저러지도 못하는 연약한 자신을 책망하며 크게 갈등하다가, 마침내 신자들의 고통을 덜어주고 실생활의 고통에서 벗어나게 하기 위한 불가피한 선택으로 배교(背敎)의 길을 택하기로 한다.

그러나 그것으로 끝은 아니었다. 그 사랑의 행위를 핑계로 자신의 연약함을 정당화했을지도 모른다는 생각, 눈꺼풀에 각인되어 있는 일본인 세공사가 눈동냥으로 제작한 너무도 야위고 지쳐있는 성화(聖畵)의 기억이 되살아나고, 게다가 너무나 많은 사람에게 밟혀져서 닳을대로 닳아버린 동판에 새겨진 예수님의 눈이 떠올라 로드리고는 너무도 고통스러워서 신에게 호소한다. 그러나 그 동판에 새겨진 움푹 패인 눈으로 자신을 올려다보며, '밟아도 된다. 밟아도 되느니라. 너희들에게 밟히기 위해 나는 존재하고 있는 것이니라.'라는 세미한 음성을 들려준다.

로드리고는 마침내 예수의 성화(聖畵)를 밟는다. 동판을 밟고 괴로워하는 중에, "나는 침묵하고 있었던 것이 아니다. 너희들과 함께 괴로워하고 있었다."라는 음성을 들려준다. 로드리고는 하나뿐인 독생자를 버리면서까지 인류에 베푼 하나님의 위대한 사랑과 그 가르침의 의미를 새삼 깨닫게 된다.

 신부 '로드리고'가 마침내 성화(聖畵, 踏絵)를 밟는 부분

その踏絵に私も足をかけた。あの時、この足は凹んだあの人の顔の上にあった。私が幾百回となく思い出した顔の上に。山中で、放浪の時、牢舎でそれを考えださぬことのなかった顔の上に。人間が生きている限り、善く美しいものの顔の上に。そして生涯愛そうと思った者の上に。その顔は今、踏絵の木のなかで摩滅し凹み、哀しそうな眼をしてこちらを向いている。(踏むがいい)と哀しそうな目差しは私にいった。

(踏むがいい。お前の足は今、痛いだろう。今日まで私の顔を踏んだ人間たちと同じように痛むだろう。だがその足の痛さだけでもう充分だ。私はお前たちのその痛さと苦しみをわかちあう。そのために私はいるのだから)

「主よ。あなたがいつも沈黙していられるのを恨んでいました」

---

104 시마바라난(島原の乱) : 1637~38년도 시마바라번(島原藩, 현 長崎)의 시마바라반도와 가라쓰번(唐津藩)의 아마쿠사제도(현 구마모토현)에서 영주(전임영주들은 모두 가톨릭 신자)들의 폭정(혹사와 가혹한 조세부담)에 가톨릭계 주민 37,000여명이 항거한 사건.

「私は沈黙していたのではない。一緒に苦しんでいたのに」

「しかし、あなたはユダに去れとおっしゃった。去って、なすことをなせと言われた。ユダはどうなるのですか」

「私はそう言わなかった。今、お前に踏絵を踏むがいいと言っているようにユダにもなすがいいと言ったのだ。お前の足が痛むようにユダの心も痛んだのだから」

その時彼は踏絵に血と埃とでよごれた足をおろした。五本の足指は愛するものの顔の真上を覆った。

번역

그 성화에 나도 발을 올렸다. 그때, 내 발은 움푹 패인 예수님의 얼굴 위에 있었다. 나는 수백 번 이상 떠올렸던 얼굴 위에. 산속에서 방황할 때나, 감옥에서 그것을 생각하지 않았던 적이 없었던 얼굴 위에. 인간이 살아가고 있는 한, 선하고 아름다운 얼굴 위에. 그리고 평생 사랑하리라고 생각했던 분의 위에. 그 얼굴은 지금 성화의 목판 안에서 닳아 없어져 가고, 움푹 패여 불쌍한 눈을 해서 이쪽을 향하고 있었다. '밟아도 된다.'며 애처로운 눈길로 나에게 말했다.

'밟아도 된다. 네 발은 지금 아플 것이다. 지금까지 내 얼굴을 밟았던 인간들과 마찬가지로 아플 것이다. 하지만 그 발의 아픔만으로 이미 충분하다. 나는 너희들의 그 아픔과 고통을 함께 하였다. 그러기 위해 내가 존재하니까.'

"주여 당신이 언제나 침묵하고 계시는 것을 원망했습니다."

"나는 침묵하고 있었던 것이 아니다. 함께 괴로워하고 있었느니."

"하지만 당신은 유다에게 떠나라고 말씀하셨습니다. 떠나가서 할 일을 하라고 말씀하셨습니다. 유다는 어떻게 된 것입니까?"

"나는 그렇게 말하지 않았다. 지금 너에게 성화를 밟는 것이 좋다고 말한 것처럼 유다에게도 그렇게 하는 것이 좋다고 말한 것이다. 네 발이 아픈 것처럼 유다의 마음도 아팠을 테니까." 그때 그는 성화에 피와 먼지로 더럽혀진 발을 내렸다. 내 다섯 발가락은 사랑하는 그분의 얼굴 한가운데를 덮쳤다.

3) 오에 겐자부로(大江健三郎)의 소설

전후 일본문학계에 오에 겐자부로(大江健三郎)의 등장은 여러 가지 측면에서 의미가 크다. 일본의 침략전쟁으로 인한 사회상을 적나라하게 파헤치는 사회파 작가로서 일본에 두 번째로 <노벨문학상>을 안겨주었기 때문이다. 『시샤노오고리(死者の奢り, 죽은자의

사치)』(1957)로 문단의 주목을 받기 시작한 오에 겐자부로는 문제작『시이쿠(飼育, 사육)』(1958)를 발표하여 제39회 <아쿠타가와상>을 수상하였다. 전쟁의 파장이 거의 미치지 않는 산골마을에 헬리콥터의 추락으로 사로잡힌 흑인병사와 그를 둘러싼 소년들의 시선, 마을 사람들의 반응을 소재로 한『시이쿠(飼育)』를 감상해 보자.

『死者の奢り』と『飼育』

줄거리

어느 날 새벽, 전쟁의 영향을 거의 받지 않던 산골마을에 미군비행기가 추락하여 불타고, 낙하산으로 탈출한 흑인병사 한 명만이 살아남아 마을로 끌려온다. 마을사람들은 그 흑인병사를 어떻게 처치할 것인가를 결정하지 못하고, 읍사무소의 지시가 내려질 동안 마을 중앙에 있는 지하창고에 가둔다. 이 공동창고의 2층에 아버지와 나와 동생이 살고 있었기 때문에 흑인병사의 음식 제공은 '나'와 마을 아이들이 맡게 되었다. 처음에는 모두들 그 흑인병사를 두려워했는데, 음식을 나르게 되면서 조금씩 친해졌다. '나'는 열쇠를 꺼내어 올가미를 풀어주고 밖으로 데리고 나가 산책도 시켜주고 목욕도 하게 하였다. 흑인 병사는 읍내 서기의 고장 난 의족을 고쳐주기도 하고, 아이들과 함께 대장간을 구경 가기도 하고, 물놀이를 하는 등 친해지게 되고, '나'도 그 흑인병사에게 점점 관심을 갖게 된다.
이윽고 흑인병사의 연행지시가 하달되고, 마을 사람들이 그를 읍내로 호송할 준비를 하였다. 이에 놀란 '나'는 흑인병사에게 이 일을 알려주러 갔는데, 공포에 질린 흑인병사가 '나'를 인질삼아 지하창고로 들어가 농성을 하기 시작하자, 한때나마 친구였던 흑인병사의 배반에 크게 마음의 상처를 입는다. 한참 후에 아버지와 마을사람들이 '나'를 구하기 위해 창고입구의 널빤지를 부수고, 흑인병사의 방어 과정에서 '나'는 몸을 다치고 의식을 잃게 된다. 아버지는 흑인병사와 한 덩어리가 되어 있는 나를 구하기 위해 손도끼로 흑인병사의 머리를 내리친다. 흑인병사는 두개골을 맞고 비참한 최후를 맞게 되었고, 며칠 후에 의식을 차린 '나'는 흑인병사의 사망소식을 듣게 된다. 먼 나라 일처럼만 느껴왔던 전쟁이 나의 신상에 덮쳐 왔다는 사실에 놀라움을 느낀다.

[원문] 산촌 아이들이 포로가 된 흑인병사에게 유대감을 느끼는 부분

それから急に彼は黒く輝く額（ひたい）をあげて僕を見つめ、身ぶりで彼の要求を示した。僕は兎口（いぐち）と顔を見合わせながら、頬をゆるめときほぐす喜びを押さえることができない。黒人兵（こくじん）が僕らに語りかける、家畜（かちく）が僕らに語りかけるように、黒人兵が語（かた）りかける。

僕らは駈けて部落長の家へ行き、村の共有財産の一つの道具箱を土間から
かつぎ出して地下倉へ運んだ。その中には武器として使えるものが含まれて
いたが僕らはそれを黒人兵にゆだねることをためらわなかった。僕らにとって
家畜のような黒人兵が、かつて戦う兵士であったということは信じられない、あ
らゆる空想を拒んでしまう。黒人兵は道具箱を見つめ、それから僕たちの眼
を見つめた。僕らはぞくぞくする喜びに躰をほてらせて黒人兵を見守ってい
た。

「あいつ、人間みたいに」と兎口が低い声で僕にいった時、僕は弟の尻を
突っつきながら笑いで躰をよじるほど幸福で得意な気持だった。明りとりから
は子供らの驚嘆の吐息が霧のように勢よく吹きこんでくるのだった。
朝食の籠を運びかえり、僕ら自身の朝食をすましてから、僕らが再び地下層
へ戻って見ると黒人兵は道具箱からスパナーや小型のハンマーを取り出し、
床にしいた南京袋の上に規則正しくならべていた。傍に坐る僕らを見て、黒
人兵の黄色く汚れてきた大きい歯が剥き出され頬がゆるむと、僕らは衝撃の
ように黒人兵も笑うということを知ったのだった。そして僕らは黒人兵と急激に
深く激しい、殆ど《人間的》なきずなで結びついたことに気づくのだった。

그리고 그는 별안간 검게 빛나는 이마를 들어 나를 주시하며, 몸짓으로 자신의 요구를 나
타냈다. 나는 언청이와 얼굴을 서로 마주보면서 긴장이 풀린 기쁨을 억제 할 수 없었다. 흑
인병사가 우리에게 말을 건다. 짐승이 우리에게 말을 하는 것처럼, 흑인병사가 말을 건다.
우리들은 촌장 집으로 달려가 마을 재산 중 하나인 연장통을 토방에서 메고 나와 지하창고
로 옮겼다. 그곳엔 무기로 사용되는 것도 포함되어 있었는데, 우리들은 그것을 흑인병사
에게 맡기는 것을 개의치 않았다. 우리들로서는 가축과도 같은 흑인병사가 한때는 전투하
는 군인이었다는 사실을 믿을 수 없어, 모든 상상을 거부해버렸다. 흑인병사는 연장통을
응시하고 이어서 우리들의 눈을 주시했다. 우리들은 밀려드는 쾌감으로 몸이 달아올라 흑
인 병사를 지켜보고 있었다.
"이놈 봐라! 사람 같은 짓을!"이라고 언청이가 낮은 목소리로 내게 말했을 때, 나는 동생
엉덩이를 찌르며, 웃음이 나서 몸이 꼬일 정도로 행복감에 우쭐한 기분이 되었다. 들창에
서는 아이들의 탄성의 입김이 안개처럼 기세 좋게 불어 들어왔다.

아침식사 소쿠리를 날라주고 돌아간 우리들은 아침을 먹고 나서, 다시 지하창고로 돌아가 보니, 흑인병사는 연장통에서 스패너와 소형망치를 꺼내서 바닥에 깔아놓은 곡물부대 위에 규칙적으로 쭉 늘어놓았다. 옆에 앉은 우리들을 보고 흑인병사가 누렇고 지저분한 큰 이빨을 드러내놓고 웃자, 우리들은 충격 받은 듯이 흑인병사도 웃는다는 것을 알았다. 그리고 우리들은 급작스럽게 흑인병사와 깊이 열렬하게 거의 '인간적'인 유대로 결합되었음을 깨달았다.

오에 겐자부로의 태평양전쟁 여파에 대한 지대한 관심은『히로시마 노트(ヒロシマ·ノート)』(1965)와『오키나와 노트(沖縄ノート)』로 출간되었다. 뒤이어 발표된『만엔간넨노훗토보루(万延元年のフットボール, 만엔 원년의 풋볼)』(1967)는 비행동적인 형과, 폭동을 원하는 동생의 갈등을 통하여 전후(戰後) 일본인의 역사인식에 대한 복안을 제시하고 있다. 전후문학의 최고봉으로 일컬어지는『만엔간넨노훗토보루』의 줄거리와 서두부분을 감상해 보자.

줄거리

중증 정신장애를 앓고 있는 아이의 아버지이자, 친구를 자살로 잃은 네도코로 미쓰사부로(根所蜜三郎)는 1960년의 안보투쟁으로 인해 좌절한다. 그때, 유학차 도미(渡美)해 있던 동생 다카네(鷹四)가 귀국한다. 상심해 있던 미쓰사부로는 동생의 권유에 따라 시코쿠(四國) 산속의 고향마을로 내려간다. 의지력 회복과 재생의 길을 찾고자 고향에서 자신의 '뿌리'를 확인하던 차, 증조부는 에도막부 말기 이 마을의 촌장이었고, 증조부의 동생이 만엔 원년(万延元年, 1860)에 있었던 농민봉기 때, 지도자였다는 것을 알게 된다.

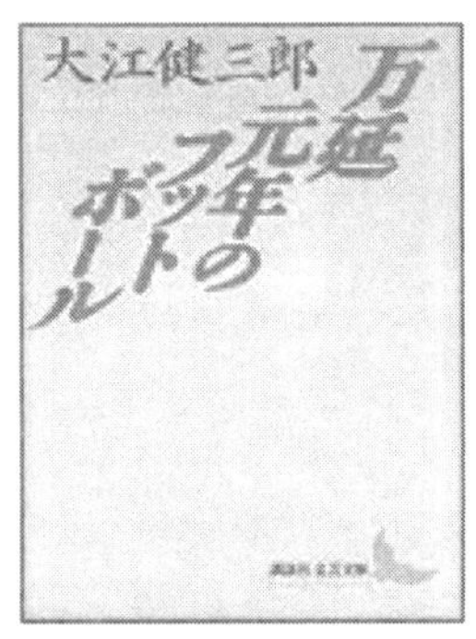

『万延元年のフットボール』

미쓰사부로 형제는 100년 전에 있었던 증조부 형제의 모습에, 현재의 자신들을 오버랩(중첩)시키고, 동생을 100년 전 증조부의 동생이 일으켰던 농민봉기를 모방하여 자신과 억압받는 주민의 해방을 목표로 폭동을 일으킨다. 동생은 슈퍼마켓 약탈 등 소동을 선동하지만, 끝내 주민을 해방시키지 못하고 자살한다. 동생의 죽음으로 인해 형은 투쟁에 대해 자각하게 된다.

원문 서두부분, 자아를 확인하는 부분

一、死者にみちびかれて

夜明けまえの暗闇に眼ざめながら、熱い「期待」の感覚をもとめて、辛い夢の気分の残っている意識を手さぐりする。内臓を燃えあがらせて嚥下されるウイスキーの存在感のように、熱い「期待」の感覚が確実に躰の内奥に回復してきているのを、おちつかぬ気持で望んでいる手さぐりは、いつまでもむなしいままだ。力をうしなった指を閉じる。そして、躰のあらゆる場所で、肉と骨のそれぞれの重みが区別して自覚され、しかもその自覚が鈍い痛みにかわってゆくのを、明るみにむかっていやいやながらあとずさりに進んでゆく意識が認める。そのような、躰の各部分において鈍く痛み。連続性の感じられない重い肉体を、僕自身があきらめの感情において再び引きうける。そらがいったいどのようなものの、どのようなときの姿勢であるか思いだすことを、あきらかに自分の望まない、そういう姿勢で、手足をねじまげて僕は眠っていたのである。

<中略>

眠った人間を模倣したまま、僕は立ちあがり、渋滞しながら暗闇のなかを歩く。眼をつむり、躰のさまざまな部分を、ドア、壁、家具にうちつけては苦しい譫言じみた呻き声を発する。もっとも、僕の右眼は、真昼に強く見ひらかれても視力をもたない。右眼がそのようになった事情の奥底にひそむものを僕はいつ理解できるだろう？

それは厭らしく無意味な事故である。ある朝、僕が街を歩いていると、怯えと怒りのパニックにおちいった小学校の一団が石礫を投げてきた。僕は片眼を撃たれて舗道に倒れたまま、この事故についてなにひとつ理解することがなかった。僕の右眼は、白眼の部分から黒眼の部分にまたがって横に裂け、視力をうしなった。現在にいたるまで、あの事故の本当の意味を理解したと感じたことはない。いかにもそれを理解することを惧れる気持がある。もしあなたが右眼を掌でおおって歩くなら、あなたは右前方に待ち伏せるじつに多くのものに出会わなければならないだろう。あなたは突然に衝突する。あなたはくりかえし頭を、顔を強打する。そのようにして、僕の頭と顔の右半分は、生ま傷のたえまがなく、僕は醜い。しかも僕は眼の負傷以前から、それは母親が、美しくなるであろう弟に比較しながら、僕の成人後の容貌について予言した言葉をたびたび思い出させたのであるが、したいに自分にそなわっている醜さの特性をあきらかにしていた。失われた眼が、醜さを日々更新し、つねになまなましく強調しつづけているにすぎない。生来の醜さは日蔭にひそんで沈黙していようとする。

번역

1. 죽은 자에 이끌려

새벽녘 동트기 전의 어둠에서 잠이 깨면서, 뜨거운 '기대' 감각을 찾아, 쓰라린 꿈에 대한 기분이 남아 있는 의식을 더듬는다. 내장을 불태우며 삼켜지는 위스키의 존재감처럼, 뜨거운 '기대' 감각이 확실히 몸 깊숙한 곳에서 회복해 오는 것을, 진정되지 않은 기분으로 바라는 모색은 언제까지라도 공허하다. 힘이 빠진 손가락을 접는다. 그리고 몸 전체에서 뼈와 살 각각의 무게가 구별되어 자각되고, 게다가 그 자각이 둔한 통증으로 변해가는 것을, 빛을 향해 마지못해 뒷걸음질 해나가는 의식이 인지된다. 신체 각 부분의 묵직한 아픔. 연속성이 느껴지지 않는 무거운 육체를 나 자신이 포기하는 감정으로 다시 떠맡는다. 그것이 도대체 어떤 것인지, 어떤 때의 자세인지 생각해내는 것을, 분명히 원치 않는다. 그런 자세로 손발을 비틀어 구부리며 나는 자고 있었다. <중략>

잠든 인간을 모방한 채, 나는 일어서서 정체된 어둠 속을 걷는다. 눈을 감고, 몸의 여러 부분을 문과 벽과 가구에 부딪히고는 고통스런 잠꼬대처럼 중얼거린다. 무엇보다 내 오른쪽 눈은 한낮에 크게 떠도 시력이 없는 모양이다. 오른쪽 눈이 그렇게 된 깊은 사연을 나는 언제 받아들일 수 있을까?

그것은 불쾌하고 무의미한 사고이다. 어느 날 아침, 내가 거리를 걷고 있을 때 무서움과 분노로 패닉상태에 빠진 초등학생 한 무리가 내게 돌멩이를 던졌다. 나는 한쪽 눈을 맞고 신작로에 쓰러진 채, 이 사고에 대해 뭐 하나 이해할 수 없었다. 내 오른쪽 눈은 흰자위에서 검은자위까지 옆으로 찢어졌고, 결국 시력을 잃었다. 현재에 이르기까지 그 사고의 진의를 이해했다고 느낀 것은 아니다. 아무래도 그것을 이해하는 것을 두려워하는 마음이 있다. 만약 당신이 오른쪽 눈을 손바닥으로 가리고 걷는다면, 당신은 오른쪽 전방에서 숨어 대기하고 있는, 실로 많은 물체를 맞닥뜨리지 않으면 안 되겠지요. 당신은 갑자기 충돌한다. 당신은 반복해서 머리를, 얼굴을 강타 당한다. 그렇게 해서 내 머리와 얼굴 오른쪽은 끊임없이 생채기가 날 것이고 나는 흉해진다. 게다가 나는 눈 부상 이전부터, 어머니가 잘생긴 남동생과 비교해서 내가 어른이 된 이후의 외모에 대해 예언한 말씀을 종종 떠올리곤 했는데, 점차 내가 지니고 있는 추함의 특성을 확실하게 하고 있었다. 잃어버린 눈이 그 추함을 나날이 바꾸어가며 마침내 생생하게 강조되어진 것에 지나지 않는다. 타고난 추함은 음지에 숨어 침묵하고 있으려 한다.

오에 겐자부로는 70년대 이후 그 특유의 진솔함에 고도의 기교가 더해진『도지다이게임(同時代ゲーム, 동시대 게임)』(1979), 『아타라시이히토요메자메요(新しい人よ目覺めよ, 신세대여 각성하라)』(1983)를 발표하였고, 마침내 1994년 12월 <노벨문학상>을 수상하게 된다. 그는 수상소감「아이마이나니혼토와타시(曖昧な日本と私, 애매한 일본과 나)」에서, "일본이 특히 아시아인들에게 큰 잘못을 저질렀다는 것은 명백한 사실이다. …… 전쟁 중의 잔학행위를 책임져야 하며 위험스럽고 기괴한 국가의 출현을 막기 위해 평화체제를 유지해야 한다."는 내용으로 침략전쟁에 대하여 시사점을 남겼다.

4) 내향(內向)세대의 소설

1970년대 중반의 일본사회는 경이적인 고도성장으로 인한 급속한 도시화와 대중화 이면에 사회적 소외감과 일상의 붕괴에 대한 위기감이 대두되게 된다. 이시기 불확실한 일상이나 인간관계를 치밀하게 묘사한 작가군을 '내향의 세대'라고 한다. '내향의 세대'에 속한 작가군은 변화와 혼미를 거듭하는 시기의 인간의 깊숙한 내면을 파악하고 형상화하고자 하였다. 구로이 센지(黑井千次)의『하시루카조쿠(走る家族, 달리는 가족)』(1970), 아베 아키라(安部昭)의『시레이노큐카(司令の休暇, 사령의 휴가)』(1970), 고토 메이세이(後藤明生)의『가카레나이호코쿠(書かれない報告, 쓰이지 못한 보고)』(1971) 등은 자아의 공동(空洞)에 시달리는 의식의 흐름에만 주력하였다. 또 후루이 요시키치(古井由吉)의 경우도『요코(香子)』(1971)에서, 왜곡된 세상에서 시종일관 자기의 불확실한 위상 정립을 위해 시달리는 면을 드러내고 있다. 때문에 이 시기의 소설은 본격소설이 갖추어야 할 구성이나 긴장감은 찾아보기 어렵다.

2.3 1980년대 이후의 소설

1980년대 일본문학계는 팍스 아메리카니즘(*Pax Americanism*)[105]체제하에서 국제화 고도정보화 사회로 급변하는 시대를 살아가면서 국적(國籍)을 못 느끼는 신세대작가들의 부상이 두드러진다. 이들 대부분은 전후(戰後)에 출생한 작가들로, 국가나 사회조직의

---

[105] 팍스 아메리카니즘(*Pax Americanism*) : 미국의 지배에 의해 세계의 평화질서가 유지되는 상황을 함축적으로 표현하는 용어이다.

인식이 희박해지면서 탈정치·탈역사적 성향을 드러낸다. 이들 신세대 작가들은 예술의 순수함과, 작가의 주관이나 철학이 담긴 작품을 쓴 기존 문인들에 비해, 엔터테인먼트로서의 오락적인 작가관을 지니고 세계 공통적인 라이프스타일을 추구하는 가운데 기호학을 사용하여 영상세대 다운 측면을 드러내기도 한다.

1) 무라카미 류(村上竜)의 소설

무라카미 류(村上龍)는 마약과 섹스에 탐닉하는 청년의 일상을 통하여 일본 근대화가 빚어낸 상실감을 그려낸 『가기리나쿠토메이니치카이부루(限りなく透明に近いブルー, 한없이 투명에 가까운 블루)』(1976)로 데뷔한 이후 물질만능주의와 인간성 상실의 시대를 비판하는 『코인로카 베이비즈(コインロッカー・ベイビーズ)』(1980)로 급부상한 작가이다. 이후 학원투쟁이나 미국의 팝스타에 열광하던 1969년을 배경으로 한 『식스티나인(69, *sixty nine*)』(1987)에서는 당대 청년들의 세태를 리얼하게 표현해냈다. 그중 『식스티나인』을 감상해 보자.

감상

줄거리

베트남전쟁과 학생운동으로 요동하던 1969년, 규슈(九州)의 맨 서쪽 나가사키(長崎) 사세보북고(佐世保北高) 3학년생인 야자키 겐스케(矢崎剣介)는 에너지 넘치는 문제아이다. 내 친구 야마다 다다시(山田正)는 프랑스 가수 아다모와 닮아서 아다마(アダマ)로 불린다. 겐스케는 평소와 마찬가지로 오늘도 청소를 땡땡이 치고 친구들과 함께 옥상으로 올라가서 매스게임 연습을 하고 있는 여학생들을 훔쳐보고 있었다. 친구 아다마가 "뭔가를 강요당하는 집단은 역겨워…"라 하자 겐스케는 기다렸다는 듯이 "맞아 맞아. 17세 소녀들에게 우중충한 체육복은 안 어울려. 좋다, 그녀들을 해방시키자!"하며 영화, 연극, 로큰롤을 종합한 페스티벌을 개최하자고 선동한다. 이러한 선동에는 겐스케의 불순한 의도가 숨겨져 있었다. 북고 최고의 얼짱인 마쓰이 가즈코(松井和子, 닉네임; '레이디 제인')를 주인공으로 영화를 찍고, 또 그녀와 가까워지고 싶은 속셈이 있었던 것이다. 겐스케의 이러한 망상과 계획이 점점 부풀어 오르면서 "데모하거나 바리케이드 치는 사람, 멋져!"라 했던 마쓰이의 목소리가 겐스케의 머릿속을 맴돌자, 겐스케는 충동적으로 친구들에게 바리게이트로 학교를 봉쇄하자고 제안한다. 이 제안은 바로 실행에 옮겨지고, 이들은 무한한 성취감을 맛본다. 그러나 이 바리케이드 소동은 결국 경찰이 알게 되고 겐스케는 친구들과 함께 정학처분을 받게 된다.

그런데도 겐스케의 에너지는 멈추지 않는다. 정학이 해제되자 겐스케와 친구들은 이번에는 페스티벌을 위한 준비에 착수한다. 도중에 나가야마 미에(長山ミエ)를 유혹한 것 때문에 공업고등학교의 보스에게 찍히게 되는데, 친구의 도움으로 궁지를 벗어나게 되고, 축제는 대성공을 거둔다.

[**원문**] 주인공이 마쓰이(레이디 제인)와 헤어지고, 그녀를 생각하는 부분

天使レディ・ジェーン(松井和子)との恋は、一九七〇年の二月、雨の降る日曜日に、一方的な彼女の心変りによって終わった。

天使には年上のボーイ・フレンドができたのだった。

そのボーイ・フレンドは九大の医学部へ行き、天使はトンタンへ行ったから、僕達は吉祥寺を中心に、醒めた関係になっても、何度かデートをした。井の頭公園の桜が散ってしまった頃、天使は、ボーイ・フレンドと結婚するつもりだと言った。その挽僕はサントリーの角を一本とホワイトを半分と赤玉ポートワインを一本飲み、カレーライスと牛丼を二杯ずつ食べて、夜中にフルートを吹きまくり、同じアパートの若いヤクザから「うるせえ」と四発殴られた。

僕が小説家になってから、何度か手紙が来て、一度だけ電話があった。電話があった時、僕はボズ・スキャッグスの『ウイー・アー・オール・アローン』を聞いていた。

「あ、ボズ・スキャッグスやろ？」

「うん、そう」

「まだ、ポール・サイモンとか聞きよる？」

「いや、もう聞かん」

「そうやろね、うちはたまに聞くけど」

「元気？」

天使は答えなかった。その電話の後で、手紙が来た。

……ボズ・スキャッグスが流れてて、ヤザキさんの声を聞くと、ふいに高校の頃に戻った感じがしました。わたしもボズ・スキャッグスは好きですが、聞きません、去年から今年にかけて、いやなことばかりありました、だから、今はよくトム・ウェイツを聞きます、いやなことを忘れようと思うのですが、本当にいやなことを忘れようと思ったら、別の生き方が必要でしょう？……」

手紙の最後には、ポール・サイモンの詞がタイプで打ってあった。

Still crazy after all these years……

きっとレディ・ジェーンは、ブライアン・ジョーンズのチェンバロの音のような感じ

でずっと生きていくことだろう。

번역

천사 레이디·제인(마쓰이 가즈코)과의 사랑은 1970년 2월, 비가 내리는 일요일 그녀의 일방적인 변심으로 끝났다.

천사에게는 연상의 보이프랜드가 생긴 것 같았다.

그 보이프랜드는 규슈대학 의학부에 진학하고, 천사는 돈탄(トンタン)에 갔기 때문에, 우리들은 식어버린 관계가 되어서도 길상사(吉祥寺)를 중심으로 몇 번인가 데이트를 했다. 이노카시라(井の頭)공원의 벚꽃이 떨어질 무렵, 천사는 보이프랜드와 결혼할 생각이라고 말했다. 그날 밤 나는 산토리 위스키 한 병과 화이트와인 절반과 적포도주 포트와인 한 병을 마시고, 카레라이스와 소고기 덮밥을 두 그릇씩이나 먹고, 한밤중에 플루트를 마구 불어대서 같은 아파트의 야쿠자들에게 "시끄럽다."며 네 방이나 맞았다.

내가 소설가가 된 이후, 몇 번인가 편지가 왔었고, 단 한 번 전화가 왔다. 전화가 왔을 때, 나는 보즈 스캑스(*Boz Scaggs*)의 '*We're All Alone*'을 듣고 있었다.

"아-, 보즈 스캑스지?"

"응, 그래."

"아직, 폴 사이먼도 들어?"

"아냐, 이제 안 들어."

"그러네. 우린 가끔 듣는데."

"잘 지내?"

천사는 대답하지 않았다. 그 전화 후에 편지가 왔다.

「……보즈 스캑스가 흘러나오고, 야자키(矢崎)씨 목소리를 들으니, 문득 고등학교 시절로 돌아간 느낌이 들었습니다. 나도 보즈 스캑스는 좋아하지만, 듣지는 않습니다. 작년부터 금년까지는 싫은 일만 있었습니다. 그래서 지금은 자주 톰 웨이츠(*Tom Waits*)를 듣습니다. 싫은 일은 잊으려고 합니다만, 정말 나쁜 일을 잊으려고 하면 다른 삶의 방식이 필요하겠죠?……」

편지의 마지막에는 폴 사이먼(*P·Simon*)의 노래가사가 타이핑되어 있었다.

Still crazy after all these years…….

필시 레이디 제인은 브라이언 존스의 쳄발로 소리같은 느낌으로 계속 살아가게 될 것이다.

무라카미 류는 그의 작품에서, 특히 일본사회에서 금기시하는 마약, 섹스, 폭력 등을 과

감하게 다루면서 일본의 전통적 가치관을 통렬하게 뒤집고 있다. 다소 거친 방법으로 세상에 대한 '반항'과 '적의'를 표현하고는 있지만, 그 안에 희망과 재생의 메시지, 인간에 대한 따뜻한 시선을 전제하고 있는 것이 특징이다.

2) 무라카미 하루키(村上春樹)의 소설

『가제노우타오키케(風の歌を聞け, 바람의 노래를 들어라)』(1970)로 등단한 무라카미 하루키(村上春樹)는 현대 젊은이들의 감성을 일깨우는『노르웨이노모리(ノルウェイの森, Norwegian Wood, 노르웨이의 숲)』(1988)로 크게 각광을 받으며, 1980년대를 대표하는 작가로 부상하였다. 『노르웨이노모리(ノルウェイの森)』는 공허함과 상실감으로 가득 차있는 듯하면서도, 툭툭 던지는 듯한 경쾌한 문체가 압권이다. 이전에는 찾아볼 수 없었던 서양 팝스타일의 문명에 호응함으로써 1980년대 일본문학계에 새로운 패러다임을 제시하고 있는 것이다. 이에 주목하여『노르웨이노모리』를 감상해보자.

감상

줄거리

독일 함부르크공항의 기내에서 비틀즈의 '노르웨이의 숲'을 듣고 있던 37세의 나는 18년 전, 막 스물이 되려던 시절의 기억 속으로 빠져든다.

17세 어린나이에 가스자살로 생을 마감한 내 고등학교 친구 '기즈키(キズキ)'로 인해 '나'는 삶 속에서 항상 죽음을 의식하고 있었다. '기즈키'와의 추억을 매개로 한때 '기즈키'의 애인이었던 '나오코(直子)'를 만나 가까워지게 되지만, '나오코'는 '나'보다도 '기즈키'와의 관계가 훨씬 깊다. 그녀는 대학에 다니면서 나를 통해서 간신히 현실에 발을 딛고 있었지만, 얼마 안 되어 정신의 균열로 요양소에 입원하게 된다. 나는 '나오코'가 있는 요양소를 찾아가서 중년 여인 '레이코(レイコ)'를 만나게 되고, '나오코'가 치료에 전념하는 모습을 지켜본다.

도쿄로 돌아온 나는 대학에서 만난 '미도리(綠)'와 급속히 가까워지면서 그녀를 통해 또 다른 외부세계를 알게 된다. 사립학교 시절부터 다른 학생들과 이질감을 느끼면서 일찍부터 자립적으로 성장한 '미도리'는 병상에 있는 아버지의 간호를 직접 해 낼만큼 현실을 대상적으로 파악하고 있는 여성으로, 현실적 압박감으로 인한 정신적 허전함을 나를 통해서 채우곤 했다. 그런 '미도리'와 '나오코' 사이에서 고민하던 나는 요양소의 레이코에게 편지를 보낸다. 그러나 '나오코'는 그 사실을 모른 채 자살해버린다. 나는 나오코의 내면을 알지 못하여 그녀에게 현실과의 연결고리가 되어주지 못했던 점에서 자책감을 느끼게 된다.

나오코의 죽음으로 모든 것이 끝났다고 생각한 '나'는, '기즈키'의 순수성과 그 순수성을 성숙으로 끌어가지 못하고 자살해버린 '나오코'를 떠올리며 '미도리'에게 전화를 한다.

[원문] 주인공이 '미도리'에게 전화하는 부분

僕は緑に電話をかけ、君とどうしても話がしたいんだ。話すことがいっぱいある。話さなくちゃいけないことがいっぱいある。世界中に君以外に求めるのは何もない。君と会って話したい。何もかも君と二人で最初から始めたい、といった。緑は長いあいだ電話の向こうで黙っていた。まるで世界中の細かい雨が世界中の芝生に降っているようなそんな沈黙がつづいた。僕はそのあいだガラス窓にずっと額を押しつけて目を閉じていた。それからやがて緑が口を開いた。「あなた、今どこにいるの？」と彼女は静かな声で言った。僕は今どこにいるのだ？

僕は受話器を持ったまま顔を上げ、電話ボックスのまわりをぐるりと見まわして見た。僕は今どこにいるのだ？ でもそこがどこなのか僕にはわからなかった。見当もつかなかった。いったいここはどこなんだ？ 僕の目にうつるのはいずこへともなく歩きすぎていく無数の人々の姿だけだった。僕はどこでもない場所のまん中から緑を呼びつづけていた。

[번역]

나는 미도리(緑)에게 전화를 걸어서, "너와 꼭 이야기하고 싶어. 이야기할 것들이 너무 많아. 이야기하지 않으면 안 될 게 엄청 많아. 온 세상에서 너 이외에 원하는 건 아무것도 없어. 너와 만나서 이야기하고 싶어. 뭐가 되었건 너와 둘이서 처음부터 시작하고 싶다."라고 말했다.

미도리는 오래도록 전화기 저쪽에서 말이 없었다. 마치 온 세상의 가랑비가 온 세상 잔디에 내리고 있는 듯한 그런 침묵이 계속되었다. 그러는 동안 나는 내내 전화 부스 유리창에 이마를 대고 눈을 감고 있었다. 그 후 이윽고 미도리가 입을 열었다.

"와타나베, 지금 어디 있어요?"하고 그녀는 나지막한 목소리로 물었다.

'난 지금 어디에 있는 걸까?'

나는 수화기를 잡은 채 얼굴을 들어, 전화 부스 주변을 휙 둘러보았다.

'나는 지금 어디에 있는 거지?' 하지만 거기가 어디인지 나로서는 알 수 없었다. 짐작도 할 수 없었다. 도대체 여기는 어디란 말인가? 내 눈에 비친 것은 행선지도 없이 지나쳐가는 무수한 사람들의 모습뿐이었다. 나는 그 어떤 좌표도 없는 장소의 한가운데서 계속해서 미도리를 부르고 있었다.

이처럼『노르웨이노모리』는 평이한 문체로 고도의 내용을 취급하며 현실세계와 비현실의 세계를 소통하는 특이한 작풍을 보여주고 있다. 이런 까닭에 일본뿐만 아니라 해외에서도 '하루키 열풍'을 일으켰으며, '하루키칠드런'이라 불리는 작가들에게 많은 영향을 끼치고 있다.

3) 요시모토 바나나(吉本バナナ)의 소설

요시모토 바나나(吉本バナナ)는 등단작『키친(キッチン)』(1987)부터 베스트셀러를 기록하면서 문학상 수상작가 대열에 오른 여성작가이다. 자신이 좋아하는 열대지역에서 피는 빨간 바나나 꽃에 착안하여 국제적 감각을 지향하기 위해 '바나나'라는 성별불명, 국적불명의 필명을 생각해냈다는 그녀의 작품은 자신의 의도대로 전 세계 20여 나라에서 번역 출판되어 호평을 받고 있다. 그녀의 소설은 대체적으로 삶과 죽음, 현실과 초현실, 그리고 동성애, 성전환 등 일반적인 것과 이질적인 것이 서로 다른 영역과 가치를 지닌 채 포용되고 있다. 특히 젊은 여성들의 일상적인 언어와 문체, 소녀 취향의 만화처럼 친밀감 있는 표현이 돋보이는『키친(キッチン)』을 감상해 보자.

줄거리

이 세상 어느 곳보다도 부엌을 사랑하는 사쿠라이 미카게(桜井みかげ)는 어릴 적에 부모와 사별하고, 지금 다시 할머니의 죽음을 맞아 마침내 천애고아가 되어 비탄에 빠진다. 어느 날 대학 친구 다나베 유이치(田辺雄一)가 미카게를 찾아와 슬픔이 치유될 때까지 자기 집에서 함께 살 것을 권유한다. 그의 어머니 에리코(えり子)도 미카게를 찾아와서 함께 살 것을 제의하자, 미카게는 그 제의를 받아들인다.

이렇게 세 사람의 기묘한 공동생활이 시작되는데, 실제로 에리코는 유이치의 어머니가 아닌 유이치의 아버지 '유지(雄司)'이다. 아버지는 사랑하는 아내가 사망하자, 여자가 되기 위해

『キッチン』

성전환수술을 받고 유이치의 어머니로 살아온 것이다. 그런 에리코(えり子)의 눈부신 아름다움과 아들 유이치에 대한 사랑에 미카게는 매료된다. 이들 덕분에 고독과 무위의 시간에서 어느 정도 벗어나게 되자, 미카게는 유이치의 집을 나와 요리연구가의 보조역으로 홀로서기를 시도한다.

그러던 어느 날, 미카게는 에리코의 급작스런 부음 소식을 접하게 된다. 미카게는 어머니를 잃고 슬픔에 빠져 있는 유이치를 위로하기 위해 프로요리사가 만든 호화메뉴를 대접하

지만, 이런 미카게의 노력에도 유이치는 초췌한 모습을 떨쳐내지 못한다.

유이치의 그런 모습에 마음이 날로 약해지던 미카게는 여행을 떠나게 되고, 여행 중에 최고급 돈가스덮밥을 만나게 되자 유이치가 떠올라 심야에 택시를 타고 달려간다. 이런 미카게의 호의로 인해 유이치는 식욕과 미각을 되찾게 되고, 죽음의 심연 가까이까지 갔던 두 사람은 이후 함께 음식을 먹는 행위를 반복함으로써 자신들이 위기를 완전히 극복하였음을 실감하게 된다.

[원문] 미카게가 슬픔과 고독을 떨쳐내고 일어서는 부분

「みかげは、みどころありそうだから、ふと言いたくなったのよ。あたしだって、雄一を抱えて育ててるうちに、そのことがわかってきたのよ。つらいこともたくさん、たくさんあったわ。本当にひとり立ちしたい人は、なにかを育てるといいのよね。子供とかさ、鉢植えとかね。そうすると、自分の限界がわかるのよ。そこからがはじまりなのよ。」歌うような調子で、彼女は彼女の人生哲学を語った。

「いろいろ、苦労があるのね。」感動して私が言うと、

「まあね、でも人生は本当にいっぺん絶望しないと、そこで本当に捨てらんないのは自分のどこなのかをわかんないと、本当に楽しいことがなにかわかんないうちに大っきくなっちゃうと思うの。あたしは、よかったわ。」と彼女はいった。

肩にかかる髪がさらさら揺れた。いやなことはくさるほどあり、道は目をそむけたいくらい険しい……と思う日のなんと多いことでしょう。愛すら、すべてを救ってはくれない。それでも黄昏の西日に包まれて、この人は細い手で草木に水をやっている。透明な水の流れに、虹の輪ができそうな輝く甘い光の中で。

「わかる気がするわ。」私は言った。

「みかげの素直な心が、とても好きよ。きっと、あなたを育てたおばあちゃんもすてきな人だったのね。」とヒズ・マザーは言った。

「自慢の祖母でした。」私は笑い、

「いいわねえ。」と彼女が背中で笑った。

ここにだって、いつまでもいられない ── 雑誌に目を戻して私は思う。ちょっとくらっとするくらいつらいけれど、それは確かなことだ。

いつか別々の所でここをなつかしく思うのだろうか。それともいつかまた同じ台所に立つこともあるのだろうか。でも今、この実力派のお母さんと、あのやさしい目をした男の子と、私は同じ所にいる。それがすべてだ。もっともっと大きくなり、いろんなことがあって、何度も底まで沈み込む。何度も苦しみ何度でもカムバックする。負けはしない。力は抜かない。

번역

"미카게가 장래성이 있어보여서, 문득 말하고 싶어졌어요. 나도 유이치를 품에 안고 키우는 사이에 그것을 알게 되었죠. 정말 힘든 일도 많았지요. 진정으로 독립하고 싶은 사람이라면 무엇이든 키우는 게 좋아요. 아이라든지, 화분이라든지. 그러면 자신의 한계를 알 수 있지요. 거기서 시작되는 거죠." 노래하는 듯한 태도로, 그녀는 자신의 인생철학을 말했다.

"여러 가지로 고생이 많았나 봐요." 내가 감동하여 말하자,

"응― 하지만 인생이란 정말이지 한번 절망해 봐야 알아, 거기서 정말 버리지 못하는 것이 자신의 무엇인지를 모른다면, 즐거운 일이 무엇인지도 모르는 사이에 성장해버린다고 생각해요. 나는 다행인 셈이지."라고 그녀는 말했다.

어깨에 늘어진 머리카락이 살랑살랑 흔들렸다. 싫은 것이 지천으로 널려 있고, 길은 외면하고 싶을 정도로 험난하다……고 생각한 날이 얼마나 많았는지. 사랑조차 모든 것을 구해주지 않는다. 그럼에도 황혼의 석양을 휘감고 이 사람은 가냘픈 손으로 나무에 물을 주고 있다. 투명한 물줄기에 무지개가 생겨날 것 같은 찬란하고 달콤한 빛 가운데서.

"알 것 같네요." 나는 말했다.

"미카게의 솔직한 마음이 아주 좋아요. 필시 당신을 키워준 할머니도 멋진 사람이었겠죠."라고 그의 어머니가 말했다.

"자랑스러운 할머니였습니다." 나는 웃었다.

"좋았겠네요." 라며 그녀가 등 뒤에서 웃었다.

언제까지나 이곳에서 머물 수는 없다 ― 잡지에 눈을 돌린 나는 생각했다. 조금 휘청거릴 정도로 괴롭긴 하지만, 그것은 누구에게나 있는 일이다.

언젠가 또 다른 곳에서 이곳을 그리워하게 되려나. 아니면 언젠가는 또다시 같은 부엌에 서 있는 일도 있으려나. 허나 지금 실력파인 어머니와, 부드러운 눈을 가진 그 남자와 나는 같은 곳에 있다. 그게 전부이다. 훨씬 더 성장하여서, 여러 가지 일이 있고, 몇 번이나 바닥까지 가라앉는다. 몇 번이나 고통스러워하고 몇 번이나 다시 일어설 것이다. 지지는 않는다. 힘 빠지지도 않는다.

제4부

희곡(劇文學)부

Ⅰ 극문학(劇文學)의 구성원칙

극문학이란 무대 상연이나, 혹은 스크린 상영을 위해 집필한 문학으로, 대개 각본(脚本) 혹은 희곡(戱曲)으로 일컬어진다.

희곡(戱曲)이란 명칭은 중국에서 나온 것으로, 희(戱)는 일본에서 말하는 극(劇)의 의미이고, 곡(曲)은 가곡, 가사의 의미이다. 희곡(戱曲)은 고대 중국에서는 '연극 중에서 불리어지는 가사(歌詞)'를 가리켰는데, 이것은 극전체가 운문으로 구성되어 있는 시극(詩劇)의 경우 등은 대본 그 자체의 의미로도 전화(轉化)되어 이용되고 있었으며, 더욱이 산문에 의한 과백극(科白劇, 음악이나 무용이 없는 순수한 대사극)의 대본까지 넓게 희곡으로 통일 되어 있었다. 일본에서는 이러한 중국방식이 그대로 전달되어 이상과 같은 명칭으로 정착되었다.

각본이나 희곡은 탄탄한 구성을 기본으로 하며, 원인(발단), 발전(전개), 정점(클라이맥스), 결말(대단원)의 구성원칙에 의해 통일되지 않으면 안 된다. 이는 중국의 '한시(漢詩)', 일본의 '노가쿠(能樂)', 서양음악의 '소나타형식'[106]에서도 기본적으로 적용되는 극의 진행법과 연관되어 있는다.

'한시(漢詩), 노가쿠(能樂), 소나타형식'의 진행법

장르 \ 구분	원인(原因) 발단(發端)	발전(發展) 전개(展開)	정점(頂点) 클라이맥스	결말(結末) 대단원(大團圓)
한시(漢詩)	기(起)	승(承)	전(轉)	결(結)
노가쿠(能樂)	서(序)	파(破)		급(急)
소나타형식	서주부 (序奏部)	제시부 (提示部)	전개부 (展開部) / 재현부 (再現部)	종미부 (終尾部)

---

106 소나타형식(*Sonata form*) : 기악곡에서 하나 이상의 악기를 위한 악장을 구성할 때 가장 많이 쓰이는 악곡 형식으로, 리듬과 색채는 대조적이지만 조성적으로 연관된 3~4개의 악장으로 이루어져 있다. '소리내다'라는 뜻의 이탈리아어 '소나레(*sonare*)'에서 유래되었으며, '노래 부르다'라는 뜻의 '칸타타(*cantata*)'와는 반대 개념이다. 이 용어는 13세기에 처음 쓰기 시작했으며, 기악곡이 상당량 작곡되기 시작한 16세기 말에 가서 널리 쓰이게 되었다. 소나타형식이라는 말은 한 악장 안에서의 음구성과 각 악장 사이의 관계를 모두 뜻한다.

에도(江戸)의 짧은 노동요(勞動謠) 한 편을 예로 들어, 위 한시(漢詩)에 대입하여 기승전결(起承轉結)의 구성원칙에 적용해 보겠다.

起 : 大阪本町糸屋の娘　　　(오사카 본정통 실집 아가씨)

承 : 姉は十六、妹が十四　　(언니는 열여섯, 여동생이 열네살)

轉 : 諸国大名は弓矢で殺す　(각 지방의 다이묘는 화살로 죽이고)

結 : 糸屋の娘は目で殺す　　(실집 아가씨는 눈으로 죽이네)

이 경우, '기(起)'의 '大阪本町糸屋の娘(오사카 본정통 실집 아가씨)'에서, '오사카 본정통 실집'의 주소를 발단으로, '승(承)'의 '姉は十六、妹が十四(언니는 열여섯, 여동생이 열네 살)'에서, '(실집의)언니와 동생 즉, 자매의 나이'로 이어받았는데, '전(轉)'에서는 '기(起), 승(承)'과는 전혀 상관없는 내용으로 반전된다. 그것이 '전(轉)'의 '諸国大名は弓矢で殺す(각 지방의 다이묘는 화살로 (사람을)죽이고)'이다. 그러나 '결(結)'에서는 다시 '기(起), 승(承)'의 내용을 이어받아, '糸屋の娘は目で殺す(실집 아가씨는 눈으로 (사람을)죽이네)'라는 내용으로 마무리하면서 실집 자매의 아름다움이 보다 강조되고 있다.

Ⅱ 전근대의 극문학(劇文學)

전근대의 무대에서 상연되는 예술로는 춤(舞), 기술(奇術), 곡예(曲芸), 흉내 내기(物真似) 등이 있었는데, 중세 이전까지는 극문학(劇文學)으로 간주하기에는 미흡했다. 중세에 들어 연극이 빠른 속도로 발전하여 줄거리와 대본을 갖추게 되면서 비로소 극문학으로서의 모양새를 갖추게 되었다. 노(能)는 여러 가지의 연극적인 요소를 갖춘 종합적인 무대예술로서, 노(能)의 대본(詞章)인 요쿄쿠(謠曲)가 극문학으로 간주된다.

1. 노(能)와 교겐(狂言)

노(能)와 교겐(狂言)의 원류는 나라시대(710~794)에 중국에서 전래된 산가쿠(散楽)에서 찾을 수 있다. 산가쿠는 원래 중앙아시아에서 비롯된 예능으로 곡예, 요술, 흉내 내기, 가무 등을 내용으로 한다. 이 중에서 익살스러운 촌극 형태의 연희(演戲)가 중심이 되어 헤이안시대(794~1192)에 '사루가쿠(猿楽)'라는 예능으로 발전하게 되었고, 그것이 중세 이후 노(能)와 교겐(狂言)으로 분화되게 된다.

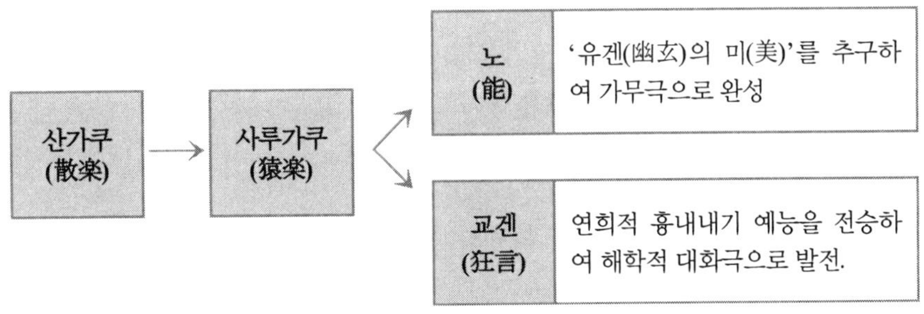

'노(能)'는 사루가쿠의 가무적인 요소를 계승하고 종교적인 면을 첨가하여 몽환(夢幻)의 세계를 추구하는 가무극으로 발전한 반면, '교겐(狂言)'은 사루가쿠 본래의 골계적이고 익살스러운 예풍을 그대로 계승하게 된다.

1.1 노(能)

노(能)는 14세기 후반 무로마치시대에 무대예술로 정립되어, 에도시대를 거쳐 현재까지 전승되어 온 일본의 대표적인 전통극이다.

원래 사루가쿠의 예능은 사실적인 모방극이 주류를 이루었는데, 중세에 이르러 간아미 기요쓰구(觀阿弥淸次, 1333~1384)에 의해 '사루가쿠의 노(能)'라는 가무극이 탄생되었다. 간아미는 종래의 대화 위주의 촌극을 지양하고 서사시(敍事詩)적 요소를 가미하여 노(能)의 대본인 요쿄쿠(謠曲)를 만들고, 서사적인 대사를 표현하기에 적합한 음곡(音曲)을 혁신하여 정취 있는 춤(舞)으로 발전시킴으로써 사루가쿠의 면모를 새롭게 하였다. 이러한 간아미의 작업을 계승하여 노(能)를 대성시킨 사람은 아들 제아미 모토키요(世阿弥元淸, 1363~1443)이다. 제아미는 무가사회의 후원을 받으며 노의 예풍을 중시하여 서민적 유흥극에서 고매한 정취가 있는 귀족적인 감상극으로의 전환을 꾀하였다. 제아미가 추구하는 노의 궁극적 이념은 '유겐(幽玄)의 미'를 구현하는 데 있었으며, 그것이 몽환극(夢幻劇)으로 창출되었다. 이후 수많은 요쿄쿠의 창작과 예도(禮道)의 올바른 전승을 위한 제아미의 끊임없는 노력은 '노가쿠(能楽)의 미학'[107]으로서 오늘에까지 전승되고 있다.

'노'는 거의 아무런 사건도 일어나지 않기 때문에, 전체적 효과를 내는 것은 진행되는 행위보다는 주로 직유(直喩)나 은유(隱喩)에 의한 것이 대부분이다. 때문에 배우들은 서구적 의미의 배우나 연기자와는 달리, 이야기의 내용을 연기한다기보다는 이야기의 핵심적 요소를 암시하기 위해 주로 시각적 외양과 동작들을 사용한다. 노의 줄거리는 보편적으로 잘 알려져 있는 것이기 때문에 관객들은 배우들의 대사와 동작 속에서 일본 전통문화에 대한 상징과 미묘한 암시를 감상할 수 있다. 무겐노(夢幻能)의 전형이라 할 수 있는 제아미의 『다카사고(高砂)』를 감상해 보자.

---

107 노가쿠(能楽)의 미학 : 제아미는 수세기에 걸쳐서 '노' 연기자들이 따랐던 원칙들을 체계화시켜나갔다. 그는 자신이 쓴 『가쿄(花鏡)』(1424)에서 창작법, 낭송법, 배우들의 몸짓·춤, 연출지침을 상세하게 밝혀놓았다. 이것들이 '노'의 첫번째 주요원칙이 되었으며 제아미는 이를 모노마네(物眞似), 즉 '사물의 모방'이라고 표현했다. 그는 묘사할 인물로서 전설이나 전기에서 고전적인 인물을 적절하게 고르도록 권했으며, 시각적 선율적 언어적인 것을 적절히 통합시킴으로써, 마음의 눈과 귀를 열어 지고한 아름다움인 유겐(幽玄)의 경지에 이르게 할 것을 강조했다. 유겐은 그가 노의 2번째 주요 원칙으로 구체화시킨 것이다. 문자 그대로 '어둡고 어렴풋하다'는 뜻의 유겐은 관객이 한눈에는 거의 알아볼 수 없고 단지 부분적으로만 깨닫게 되는 아름다움을 암시하고 있다.

감상

등장인물 간누시(神主) 도모나리(友成) - 와키(ワキ)
종자 - 와키쓰레(ワキツレ)
노인 - 시테(ミテ)
노파 - 쓰레(ツレ)

줄거리

60대 다이고(醍醐) 천황 치세인 엔기(延喜)년의 일이다. 규슈의 아소신사(阿蘇神社)의 간누시(神主) 도모나리(友成)가 도성을 구경하던 중, 종자를 데리고 하리마노쿠니(播磨国)의 명소 다카사고(高砂)포구에 들른다.

도모나리가 마을 사람을 기다리는 곳에 정갈한 모습의 노부부가 나타난다. 소나무 그늘을 깨끗이 쓸어내는 노부부에게 도모나리는 다카사고의 소나무에 대해 묻는다. 노부부는 도모나리에게 이 소나무야말로 다카사고의 소나무이며, 멀리 스미요시(住吉) 있는 스미노에(住の江) 소나무와 함께 '상생의 소나무(相生の松)'로 불리는 까닭을 말해준다. 그리고 『만요슈』의 때처럼 현 황제의 치세에 와카가 번창하고 있다는 것을 다카사고(高砂)와 스미노에(住の江) 소나무에 비유하고 칭송한다. 그리고 노부부는 도모나리에게 자신들은 다카사고와 스미요시의 '상생의 소나무(相生の松)'의 화신이라 말한 후, 스미요시에서의 재회를 기약하고 저녁파도가 밀려드는 물가에서 조각배를 타고 그대로 바람과 함께 사라져버린다.

남겨진 도모나리 일행은 늙은 부부의 뒤를 쫓아 월출과 함께 작은 배를 내어 스미요시로 향한다. 스미요시의 해안에 도착하자 남자 몸을 한 스미요시의 신이 모습을 드러낸다. 달빛 아래 스미요시의 신은 거룩한 춤으로 악마를 물리치고 마을 백성의 장수를 기원한다.

원문 간누시 도모나리가 종자와 함께 다카사고에 들러 노부부를 만나는 장면.

ワキ・ワキツレ	(次第) 今を始めの旅衣、今を始めの旅衣、日も行末ぞ久しき。
ワキ	(名ノリ) そもそもこれは九州肥後國、阿蘇の宮の神主友成とはわが事なり。われいまだ都を見ず候ふほどに、このたび思ひ立ち都に上り候。またよきついでなれば、播州高砂の浦をも一見せばやと存じ候。
ワキ・ワキツレ	(上歌) 旅衣、末はるばるの都路を、末はるばるの都路を、今日思ひ立つ浦の波、船路のどけき春風も、幾日来ぬらん跡末も、いさ白雲のはるばると、さしも思いひし播磨潟、高砂の

浦に着きにけり。

ワキ　　　　　　(着キゼリフ) いそぎ候ふほどに、播州高砂の浦に着きて候。

人来つて松の謂れを尋ねうずるにて候。

ワキツレ　　　　しかるべう候。

ミテ・ツレ　　　(一セイ) 高砂の、松の春風吹き暮れて、尾上の鐘も、響くなり。

ツレ　　　　　　波は霞の磯がくれ。

ミテ・ツレ　　　音こそ潮の、滿干なれ。

번역

와키·와키쓰레(도모나리·종자)	이제 여행의 시작, 행장을 꾸려 떠나는 날, 갈 길이 멀어 여러 날 걸릴 것 같습니다.
와키(도모나리)	저는 본시 규슈 히고지방(肥後国) 아소궁의 간누시(神主)인 도모나리(友成)라 합니다. 전 아직 교토(京都)를 가보지 못해서 이 기회에 작심하고 상경합니다. 좋은 기회인지라 가는 길에 반슈(播州)에 있는 다카사고(高砂) 포구도 한번 보고 싶습니다.
와키·와키쓰레(도모나리·종자)	행장을 꾸리고 머나먼 교토 길을, 오늘에야 작심하고 배에 오르니, 뱃길은 유유자적 춘풍도 나긋나긋. 벌써 며칠이나 지난 걸까, 지나온 느낌도 확실치 않구나. 여러 날 걸린다고, 흰 구름 건너라며 당초 그렇게도 멀게만 느꼈던 하리마가타(播磨潟)의 다카사고 포구에 도착한 것일세.
와키(도모나리)	서둘러 와서 반슈의 다카사고 포구에 도착했습니다. 사람이 오면 소나무의 내력을 물어보렵니다.
와키쓰레(종자)	그렇게 하시는 것이 좋겠습니다.
시테·쓰레(노인·노파)	다카사고 포구의 소나무에 봄바람이 불어, 날도 저물어가고, 오노에(尾上)의 종도 울리는구나.
쓰레(노파)	밀려오는 파도는 바다의 안개 속으로 숨고!
시테·쓰레(노인·노파)	파도소리가 밀물 때를 알려주는구나.

1.2 교겐(狂言)

불교어인 '교겐키고(狂言綺語, 광언기어)'의 준말인 '교겐(狂言)'은 글자 그대로 '허튼소리'라는 뜻으로, '거짓을 보태고 꾸며서 그럴듯하게 하는 이야기'라는 부정적인 의미를 지닌다. 그러다 상식의 궤도를 벗어난 이야기, 혹은 우스갯소리라는 뜻을 내포하며 골계(滑稽)와 풍자(諷刺)를 특징으로 하는 극문학의 명칭으로 정착되었다.

노(能)와 거의 같은 시대에 발생한 '교겐(狂言)'은 사루가쿠 중의 흉내 내기(物真似) 부분에서 발달한 예능으로, 5막으로 구성되어 있는 노(能)의 사이사이에 상연되기 때문에 '아이쿄겐(間狂言)'이라고도 하며, 그래서 4막으로 구성되어 있다. 구어체를 사용하고 있으며, 독특한 대화와 독백으로 이어지는 것이 특징이다.

교겐은 노와 같은 무대에서 공연되기는 하지만, 노와는 연극적 성격이나 주제가 전혀 다르다. 노가 '유현(幽玄)의 미'를 추구하여 가무극으로 완성되었기에 장중하며 우아한 세계를 추구하는데 반해, 교겐은 사루가쿠 본래의 특성인 연희(演戲)적인 흉내내기(物真似)에서 전승되었기 때문에 해학적인 대화극으로 발전하였다.

1578년 채록된 현존하는 최고의 교겐집 『덴쇼교겐본(天正狂言本)』에 의하면, 당시의 교겐은 공연에 앞서 연기자 간에 대략의 줄거리와 대사 및 동작 등을 간단한 협의로 정하는 등 대본이 정립되지 않은 구전(口傳)의 예능으로 기록되어 있는 것으로 보아, 상당기간 동안 즉흥성과 유동성, 대중성에 의존하고 있었던 것으로 보인다.

『天正狂言本』

무로마치 말기에 이르러서야 오쿠라류(大藏流), 사기류(鷺流), 이즈미류(和泉流)와 같은 유파(流波)가 성립됨으로써 교겐계에도 각 유의(流儀)를 확립해가는 기초가 형성되기 시작하였다.

1642년 오쿠라류(大藏流)는 최초의 교겐집 『오쿠라토라아키라본(大藏虎明本)』을 발행하였으며, 사기류(鷺流)는 『야스노리본(保教本)』, 이즈미류(和泉流)는 『교겐리쿠기(狂言六義)』 등 교겐집을 발행하여 교겐의 형식을 정비해 나갔다. 이후 에도(江戶)시대 중기에 이르러 『오쿠라토라히로본(大藏虎寬本)』(1792)이 발행됨에 따라 교겐의 고정화가 이루어지게 되었다. 이 교겐본은 전대(前代)의 교겐본과 비교할 때 작품 기재에 생략이 없고, 연출의 지시도 한가지로 고정되어 있으며, 외설스러운 작품이나 연출법은 삭제하고 간결하고

산뜻한 유머를 구사하도록 하고 있다. 본래의 교겐이 당대의 사회상을 풍자적으로 반영하며 웃음으로 처리하는 단순한 모방극으로 출발하였지만, 점차 유현(幽玄)의 미를 지향하는 '노'와의 공연에 조화를 이루고, 상류사회의 취향에 부응하기 위해 세련된 예능으로 발전시켜 나갔다.

교겐은 대개 주제나 등장인물(특히 주인공)에 따라 다음과 같이 분류되고 있다.

교겐의 분류

분 류	분 류 기 준	대 표 작
와키교겐 (脇狂言)	처음 상연되는 교겐	『후쿠노카미(福の神)』, 『에비스다이코쿠(夷大黒)』 『스에히로가리(末広がり)』, 『산본바시라(三本柱)』 등
다이묘교겐 (大名狂言)	다이묘가 주인공인 교겐	『후즈모(文相撲)』, 『우쓰보사루(靭猿)』, 『하기다이묘(萩大名)』 등
쇼묘교겐 (小名狂言)	하인 다로카자(太郎冠者)가 주인공인 교겐	『보시바리(棒縛)』, 『부스(附子)』, 『스오오토시(素袍落)』, 『구리야키(栗焼)』, 『가네노네(鐘の音)』 등
무코교겐 (聟狂言)	어수룩한 사위가 주인공인 교겐	『후나와타시무코(船渡聟)』, 『후타리바카마(二人袴)』 등
온나교겐 (女狂言)	못생긴 부인이 등장하는 교겐	『쓰리바리(釣針)』, 『가가미오토코(鏡男)』, 『미카즈키(箕被)』, 『가마바라(鎌腹)』, 『돈타로(鈍太郎)』 등
오니교겐 (鬼狂言)	귀신이 등장하는 교겐	『아사히나(朝比奈)』, 『세쓰분(節分)』, 『가미나리(神鳴)』 등
야마부시 (山伏狂言)	수행자가 주인공인 교겐	『가니야마부시(蟹山伏)』, 『구사비라(菌)』, 『가키야마부시(柿山伏)』, 『가규(蝸牛)』 등
슛케교겐 (出家狂言)	무지하고 탐욕스런 승려가 주인공인 교겐	『슈론(宗論)』, 『사쓰마노카미(薩摩守)』, 『아쿠타로(悪太郎)』, 『오차노미즈(お茶の水)』 등
자토교겐 (座頭狂言)	맹인이 주인공인 교겐	『쓰키미자토(月見座頭)』, 『가와카미(川上)』 등
자쓰교겐 (雜狂言)	위의 분류에 들어가지 않는 교겐	『우리누스비토(瓜盗人)』, 『렌가누스비토(連歌盗人)』, 『자쓰보(茶壷)』, 『후미야마다치(文山立)』 등

2. 조루리(淨瑠璃)와 가부키(歌舞伎)

2.1 조루리(淨瑠璃)

무로마치 말기의 낭독용 연애이야기인 '조루리모노가타리(淨瑠璃物語)'를 기원으로 한 조루리는 처음에는 자토(座頭, 맹인연주가)가 쥘부채와 비파(琵琶)를 곁들여 낭독하는 단순한 것이었는데, 훗날 샤미센과 인형이 결합하여 '닌교조루리(人形淨瑠璃)'로 완성되었다.

1) 지다이모노(時代物)

1705년 다케모토 극단 흥행 책임자의 직책을 맡은 다케다 이즈모(竹田出雲)는 지카마쓰 몬자에몬(近松門左衛門, 1653~1724)을 극장 전속작가로 초빙하여 다케모토 극단의 재출발을 시도한 이래, 1715년『고쿠센야갓센(国姓爺合戦)』이 상연되기까지 10여년에 걸쳐 지다이조루리(時代淨瑠璃)의 정형을 완성하였다. 지카마쓰의 지다이모노(時代物)는 기본적으로 다음과 같은 정형적 구성을 취하고 있다.

近松門左衛門

初段 : 작품구조의 기본이 되는 극의 대립이 크게는 천하, 작게는 한 나라(一国) 내부의 반역 혹은 중심인물 사이의 불화라는 질서의 위기를 초래한다.

二段 : 초단의 위기를 받아서 악인의 공격이 진행되고 선의 저항이나 질서 회복의 노력이 이루어지지만 성공하지는 못한다.

三段 : 비극장면을 절정으로 전제하고 그 앞에 1~2건의 발단이 되는 장면을 절정에 넣어 통일된 구성을 취한다.

四段 : 대부분은 미치유키(道行)[108]나 게이고토(景事)[109] 등의 내용으로 약속한 것으로, 그 외에 볼 만한 장면이나 들을 만한 장면이 전개된다.

五段 : 대상황을 종결시키는 내용으로 작품 세계의 질서를 회복하거나 회복을 예고하

---

108 미치유키(道行) : 조루리나 가부키에서 주로 남녀가 여행하는 장면이나 그 동작. 남녀가 함께 아반도 주하건 정사(情死) 등의 경우가 많다.
109 게이고토(景事) : 조루리에서 어느 명소 주위의 경치를 말로 늘어놓는 것.

는 형태로 대단원을 이룬다.

지카마쓰의 조루리는 이러한 비극적 구성의 핵을 '인정(人情)'과 '의리(義理)'의 갈등에 둔 점을 특징으로 하고 있다. 의리란 성실성에 기초한 공동체내의 인간관계가 뒷받침된 도덕이므로, 희곡작가가 의리를 핵으로 극적인 모순을 찾으려 할 때 반드시 수치를 느끼는 의식과의 일체화를 도모하기도 한다. 『가나데혼추신구라(仮名手本忠臣蔵)』는 1701~1702년 에도성에서 실제로 일어난 무사 47인의 할복사건인 '아코사건(赤穂事件)'[110]을 재구성하여 극화한 지다이모노(時代物)의 대표작이다. 총11단으로 되어있는 『가나데혼추신구라』를 감상해보자.

[등장인물] 판관 '엔야(鹽谷)' / 그의 처 '가오요(顔世)'
엔야의 가로(家老) '유라노스케(由良之介)' / 그의 처(妻) '오이시(お石)' / 장인 '기헤이(義平)'
'와카사노스케(若狭之助)' / 그의 가로(家老) '혼조(本藏)'
유라노스케의 원수 '모로나오(師直)' 등

[줄거리]

大序 1338년 2월 하순, 아시카가 다카우지(足利尊氏)는 닛타 요시사다(新田義貞)를 토벌하고 교토에 거처를 마련하였다. 다카우지는 가마쿠라에 스루가오카하치만구(鶴岡八幡宮)신사를 짓고 자기 대신 동생 아시카가 다다요시(足利直義)를 가마쿠라로 보낸다. 그를 모로나오(師直)와 와카사노스케(若狭之助), 엔야(鹽谷)판관이 맞이한다. 적장인 닛타 요시사다(新田義貞)의 투구를 봉납하려는데, 진품을 몰라 대립하는 가운데 모로나오가 와카사노스케를 모욕하는 일이 발생한다.

二段 와카사노스케의 가로(家奴)인 혼조(本藏)의 거처로 혼조의 딸 고나미(小浪)의 약혼자 리키야(力弥)가 엔야 판관의 사자로 찾아온다. 이후 와카사노스케는 혼조에게 자신을 모욕한 모로나오를 죽이겠다고 말하고, 혼조도 이에 동조한다.

三段 주군의 성격을 잘 아는 혼조는 성으로 가는 모로나오에게 뇌물을 주었고, 모로나오는 태도를 바꾸어 와카사노스케에게 아부한다. 그리고 가오요에게 거절의 편

---

110 아코사건(赤穂事件) : 1701년 3월 14일 에도성에서 아코번의 번주 아사노 나가노리(浅野長矩)가 막부(幕府)의 의전을 맡은 기라 요시나카(吉良義央)를 칼로 내리쳐 상처를 입히는 사건이 발생하였다. 당시 5대 쇼군이었던 쓰나요시(網吉)는 중요한 칙사를 대접하는 성내에서의 칼부림에 크게 진노한 나머지, '싸움은 양쪽 모두 처벌'이라는 무가사회의 대원칙을 무시하고 '아사노는 할복, 기라는 무죄'라는 불공평한 판결을 내렸다. 이에 아사노의 가신 오이시 구라노스케(大石内藏之助)가 중심이 된 47인의 무사들은 주군의 한을 풀기 위하여 기라를 습격하는 복수극을 벌였고, 이듬해 2월 막부(幕府)로부터 전원 할복할 것을 명받게 되어 전원 할복자살한 사건을 말한다.

지를 받은 화풀이로 엔야 판관을 모욕하자 엔야 판관이 칼로 모로나오를 내리치는데, 혼조의 제지로 가벼운 상처만 입힌다. 그러나 성 안에서의 싸움은 중죄에 해당되므로 엔야 가문은 폐문 당한다.

四段 폐문당한 엔야의 집에 사자가 도착하여 할복을 명한다. 엔야는 가로(家老) 유라노스케(由良之介)가 오기를 기다렸으나, 유라노스케는 엔야가 할복한 후 도착하고.... 주군의 피 묻은 칼을 보며 유라노스케는 절치부심하며 사후처리를 마친 후 동지들과 함께 복수를 맹세한다.

五段 오카루의 집에서 사냥꾼 생활을 하던 간페이(勘平)는 우연히 옛 동료인 야고로(弥五郎)를 만나 복수계획을 알게 되어, 주군의 석비 건립자금을 약속한다. 오카루의 아버지는 자금조달 때문에 오카루를 기온의 유곽에 100냥을 받

고 팔아서 우선 50냥을 가지고 오다가 산적을 만나 죽임당하고, 그 산적은 간페이가 쏜 총에 맞는다. 간페이는 그 돈을 야고로에게 전달한다.

六段 자신의 실수로 장인을 죽였다고 생각한 간페이는 때마침 방문한 야고로와 고에몬이 자신을 책망하고 할복하도록 하자, 간페이는 할복한다. 그러나 야고로가 장인 시신의 상처가 총이 아니라 칼에 의한 것임을 말하자, 살인죄에서 벗어난 간페이는 복수를 맹세하는 연판장에 혈판하고 죽는다.

七段 이후 유라노스케는 유곽에서 방탕한 생활을 하고, 모로나오는 유라노스케의 본심을 알기 위해 구다유(九太夫)를 보내어 여러 가지로 시험해본다.

八段 고나미의 어머니 도나세(戸無瀬)는 딸 고나미를 데리고 리키야가 있는 야마나시로 여행을 떠난다.

九段 유라노스케의 처 오이시(お石)는 혼조 때문에 엔야가 모로나오를 죽이지 못했다며 리키야와 고나미의 결혼을 허락하지 않는다. 이에 도나세는 죽기를 각오하고 먼저 딸을 죽이려하자 오이시는 혼조의 목숨을 조건으로 결혼을 허락한다. 몰래 지켜보고 있던 혼조는 모로나오의 집 도면을 결혼선물로 남기고 리키야의 창에 일부러 찔려 죽는다.

十段 유라노스케는 장인 기헤이(義平)에게 복수를 위한 무기를 만들게 한다. 그리고 그를 시험하기 위해

가신을 포졸로 변장시켜 보낸다. 그러나 기헤이는 미동도 하지 않는다.

十一段　눈 내리는 밤 모로나오의 집에 쳐들어간 유라노스케와 동지들은 그의 목을 치고 주군 엔야의 위폐에 분향하고 나서 주군을 모신 고묘지(光明寺)로 향한다.

［원문］ 제6단 – 야고로와 고에몬이 자신을 책망하자, 간페이가 할복하는 부분

まず弥五郎が声を荒げ、「ヤイ勘平、義理や道理に外れた手段まで弄して得た金で、自分の罪の詫びをせよなどは言っていないぞ。お前のような人非人には、武士の道を説いたところで耳には入るまい。親同然の舅を殺し、金を盗んだ重罪人は、大身の槍で田楽刺しのするのが相應。拙者が手ずから成敗してつかわそう」とはったと睨むと、郷右衛門も、「渇しても盗泉の水を飲まずという「言葉は、義を尊ぶ者の教え。それに背いて、舅を殺して取った金が亡君の御用金となり得ようか。生來お前の身についた不忠不意の根性で調達した金と推察して突き戻した由良之介の眼力は、さすがさすが、しかしながら、アア何とも情けないことは、このことが世間に知れわたって、『鹽谷判官の家来の早野勘平が非義非道を行なった』ということにでもなれば、お前一人の恥ではなく、亡君の御恥辱にもなるということに気づかぬのか、愚か者め。これほどに分別のないお前ではなかったが、一體どんな天魔が取りついたのか」と、鋭いその目に涙を浮かべ、条理を盡くし道理を説いて咎めると、たまりかねて勘平は、兩肌をぐいと脱ぎ、脇指を抜くが早いか腹にぐっと突き立て、……

［번역］

먼저 야고로가 고함을 치며 "야잇 간페이, 의리와 도리를 벗어난 짓까지 해서 얻은 돈으로 자기 죄를 용서해 달라는 것은 아니겠지? 너 같은 인간 같지도 않은 놈에게 무사의 도리를 설명한들 귀에 들어가지도 않겠지. 어버이와도 같은 장인을 살해하고 돈을 훔친 중죄인은 대창으로 찔러 죽이는 것이 도리겠지. 내가 직접 심판해주겠다."며 눈을 부릅뜨고 쏘아보니, 고에몬도 "아무리 목이 말라도 도둑질한 물은 마시지 말라는 말은 도의를 존중하는 자의 가르침인데, 그것을 배반하고 장인을 죽여 취한 돈이 어찌 돌아가신 주군의 일에 사용될 수 있겠는가. 본시 네놈의 불충불의한 심성으로 마련한 돈이라는 것을 알아차리고 바로 돌려보낸 유라노스케의 안목이 대단하구만. 그렇지만 무엇보다도 한심한 것은 이 일이 세상에 알려져

서 '엔야판관의 부하 하야노 간페이가 비의비도(非義非道)를 저질렀다.'는 소문이라도 난다면, 자네 한 사람의 수치가 아니라 돌아가신 주군에게 치욕이 된다는 것을 어찌 모른단 말인가, 이 어리석은 사람아, 이정도로 분별없는 자네가 아니었거늘 대체 무슨 귀신에 씌었느냐?"며 날카로운 눈에 눈물을 머금으며 조리를 다해 도의를 말하며 책망하자, 간페이는 더 이상 견디기 힘들어 앞섶을 헤치더니 칼을 뽑기가 무섭게 그대로 배에 찌르고는 ……

에도시대에는 동시대의 정치적 사건을 각본화(脚本化)하는 것이 엄하게 금지되었으므로, 에도시대에 일어났던 실제사건을 가마쿠라나 무로마치시대의 사건으로 각색하여 재구성하는 방식을 취하였다. 때문에 1701~1702년에 발생한 '아코사건'을 극화한 『가나데혼추신구라(仮名手本忠臣蔵)』의 시대배경도 무로마치(室町)시대인 1338년으로, 등장인물의 이름과 관직명도 시대에 맞게 재구성한 것이다.

2) 세와모노(世話物)

세와모노(世話物)는 에도시대 상공인의 생활과 풍속을 배경으로 서민의 실생활과 관련된 사건, 즉 의리(義理), 인정(人情), 금전(金錢)관계로 인한 갈등을 주제로 하며 대중성에 기반을 두고 있다. 5단(段)구성의 지다이모노(時代物)에 비해 상·중·하 3단으로 구성되는 경우가 많고 진행속도도 빠르다.

세와모노의 주제는 의리(義理)와 인정(人情)의 묘사이다.

가장 인기 있는 테마는 역시 남녀 간의 사랑이다. 에도시대는 젊은이들의 순수한 사랑이 주변의 한계에 부딪쳤을 때 '신주(心中, 동반정사)'를 선택하는 경우가 있었는데, 당시 젊은이들 사이에 이를 '멋있는 일', '용기 있는 일'로 여기는 풍조가 만연하여 한때 '동반정사'가 유행되기도 하였다. 지카마쓰 몬자에몬은 이런 사회적인 분위기에 편승하여, 실화를 바탕으로 한 『소네자키신주(曾根崎心中)』(1703)를 발표하고,[111] 이를 무대에 올렸다.

---

111 『소네자키신주(曾根崎心中)』처럼 실제사건을 주제로 하는 세와모노(世話物)는 시사성과 더불어 극적효과를 더했다. 관객들은 대도시의 항간에 일어난 동반정사(同伴情死)사건이나 치정에 얽힌 살인사건을 사건발생 수일 만에 연극형식을 통하여 감상하며 최신 뉴스를 접하는 효과를 누릴 수 있었다. 그러나 이러한 주제가 일으킨 사회적 파장도 컸다. 당시 교토와 오사카를 중심으로 유행병처럼 동반정사사건이 빈번해지게 되자, 마침내 막부에서 1722년 '신주금지령'을 내리기까지 하였다. 그럼에도 이를 주제로 한 세와모노는 관객들의 정서와 맞물려 지속적인 인기를 유지하며, 성실한 처를 두고도 유녀와의 사랑 끝에 자살하는 남편의 이야기를 담은 『신주가사네이즈쓰(心中重井筒)』, 효(孝)와 사랑을 양립시키려 하였으나 성사하지 못하고 결국 파멸하는 모습을 그린 『신주요이고신(心中宵庚申)』 등으로 이어졌다.

[등장인물] 간장가게 히라노야(平野屋)의 점원 '도쿠베(德兵衛)'
덴만야(天満屋)의 기생 '오하쓰(お初)'
도쿠베의 친구 '구헤이지(九平次)'

[줄거리]

숙부가 경영하는 간장가게 히라노야(平野屋)의 점원인 도쿠베(德兵衛)는 덴만야(天満屋)의 기생 오하쓰(お初)와 깊은 사랑을 하게 된다. 그러던 어느 날 도쿠베는 가게주인인 숙부로부터 혼담을 권유받고 의리와 연정 사이에서 번민한다. 도쿠베는 결국 의리보다는 연인 오하쓰를 택한다.

한편 오하쓰는 시골출신 손님을 따라 오사카(大阪) 33개소의 관음사찰을 순례하던 중 어느 찻집에 들러 잠시 쉬고 있었는데, 그곳에 숙부에게 쫓겨난 도쿠베가 와 있었다. 도쿠베는 숙부의 혼담을 거절한 대가로 당장 은(銀) 2관을 반납해야만 했기에 평생 동안 모아왔던 돈으로 해결하려고 했는데, 기름가게에서 일하는 친구 구헤이지(九平次)의 잔꾀에 말려 그 돈을 몽땅 떼여버리고 잠시 피신해 있는 중이라며 슬퍼했다. 그 사정을 알게 된 오하쓰는 도쿠베를 위로한다.

……이쿠다마진자(生玉神社)에서 우연히 구헤이지를 만난 도쿠베는 차용증서를 들이대며 돈 갚을 것을 요구한다. 그런데 구헤이지는 오히려 잃어버린 자신의 도장으로 차용증서를 날조하여 빌리지도 않은 돈을 요구한다는 오명을 뒤집어씌운다. 궁지에 몰린 도쿠베는 야밤에 오하쓰의 옷 속에 숨어 덴만야의 마루 밑으로 잠입한다. 그 곳으로 찾아온 구헤이지가 툇마루에 앉아있는 오하쓰에게 도쿠베의 욕을 하자, 둘은 발 신호로 동반자살 할 것을 결심한다. 모두가 잠든 깊은 밤에 둘은 몰래 덴만야를 빠져나와 소네자키 숲으로 간다. 먼동이 터 가는 밤의 끝자락에서 두 사람은 죽음을 맞는다.

[원문] 주인공 도쿠베(德兵衛)와 오하쓰(お初)의 동반자살 장면

いつまで言うて詮(せん)もなし。はやはや、殺して殺してと、最期(さいご)を急(いそ)げな、心得たりと、脇差(わきざし)するりと拔放し、サアただ今ぞ。南無阿彌陀(なむあみた)、南無阿彌陀(なむあみた)と、言へどもさすがこの年月、いとし、かはいと締めて寝し、肌(はだ)に刃(やば)が當てられうかと、眼(まなこ)もくらみ、手も震(ふる)ひ、弱る心を引(ひ)き直(なほ)し、取り直してもなほ震ひ、突くとはすれど、切先(きっさき)は、あなたへはづれ、こなたへそれ、二、三度ひらめく劍(つるぎ)の刃、あつとばかりに喉笛(のどぶえ)に、ぐっと通るが、南無阿彌陀(なむあみた)、南無阿彌陀(なむあみた)、南無阿彌陀(なむあみた)と。

번역

(오하쓰가) "언제까지 말해봐야 소용없어요. 빨리 빨리요, 죽여요 죽이라니까요."라며 최후를 재촉하자, (도쿠베가) "알겠소."하며, 허리춤의 작은 칼을 스윽 뽑더니 "자, 지금이다."하고 "나무아미타불, 나무아미타불"이라고는 했지만, 과연 요 몇 년 동안 귀엽다 사랑스럽다며 보듬고 잤던 살갗에 칼날을 댈 수 있을까 생각하니, 눈앞이 캄캄하고 손도 떨린다. 약해지는 마음을 다잡고 다시 칼을 잡았는데, 손이 떨려서 찌르려고 해도 칼끝이 이쪽으로 빠지고, 저쪽으로 빗나가기만 한다. 두세 번 번쩍이는 칼날, "앗"하는 소리와 함께 숨통으로 푹 들어가기가 무섭게 "나무아미타불, 나무아미타불"을 외친다.

2.2 가부키(歌舞伎)

가부키는 에도막부가 설립되던 해인 1603년, 이즈모(出雲)지방의 무녀 오쿠니(阿国)가 교토의 어느 강변에 판자로 가설극장을 세워 춤과 촌극을 공연한 것을 기원으로 한다. 신기한 차림의 오쿠니가 추는 새로운 춤은 삽시간에 대중을 매료시켜 크게 유행되었고, 이후 오쿠니가 추는 새로운 춤을 '가부키오도리(歌舞伎踊り)'라 부르게 되었다.

이후 오쿠니의 공연을 모방한 여성극단이 잇달아 생겨나게 되었다. 이러한 여성들에 의한 가부키를 온나가부키(女歌舞伎)라고 한다. 온나가부키는 오늘날의 가부키와는 다르게 연극의 내용보다는 관능미를 내세운 춤과 음악이 중심이었기에, 풍속을 문란하게 하고 사회질서를 어지럽힌다는 이유로 1629년에 금지되게 된다.

온나가부키 금지령을 계기로 여자역할은 미소년이 담당하게 되었는데, 이를 소년가부키, 즉 와카슈가부키(若衆歌舞伎)라고 한다. 온나가부키에서 남장을 한 여자배우들과는 달리 여장을 한 소년들의 미모와 미성을 내세운 춤, 노래, 곡예 등이 새로이 각광을 받게 되면서 온나가부키의 전성시대와 같이 큰 인기를 모았다. 그러나 그것이 극단의 내부분쟁을 초래한데다, 소년들이 남색의 대상이 되기도 하여 1652년 또 한 번의 가부키금지령이 내려지게 된다.

와카슈가부키가 금지된 후 한동안 가부키는 상연되지 못했다. 그러나 기존 수요층의 지속적인 가부키 부활운동과 탄원으로 '성인남자만 출연할 것', '구체적인 내용이 있는 연기 중심의 공연을 할 것' 등을 조건부로 공연허가를 받게 된다. 이처럼 성인 남자만 연기하는 가부키를 성인 남자의 머리형태 야로아타마(野郎頭)에서 파생되어 야로가부키(野郎歌舞伎)라 한다. 노래와 춤이 엄격하게 규제당한 가부키는 이후 내용의 충실과 배우들의 기예 연마를 통해 예술본위의 연극으로 발전하여 현재의 가부키로 정착하게 되었다.

가부키의 성립과 정착

가부키 역시 조루리와 마찬가지로 크게 지다이모노(時代物)와 세와모노(世話物)로 나뉘며, 작품에 따라서는 인형극인 닌교조루리(人形浄瑠璃)로 상연한 작품을 가부키화한 '마루혼모노(丸本物)', 처음부터 가부키를 위해서 집필한 '준가부키(純歌舞伎)', 그리고 가부키의 무용적인 부분에 중점을 둔 '쇼사고토(所作事)'로 구분하기도 한다. 마루혼모노(丸本物)는 작가가 풍부한 구상으로 만들었기 때문에 희곡으로서의 골격이 튼튼하고 세밀한 구조를 가지며 문학성도 높은 것이 특징이며, 준가부키(純歌舞伎)는 원칙적으로 상연할 때마다 새롭게 창작하였기 때문에 마루혼모노에 비해 연기나 연출의 세부적인 면이 다소 떨어지는 경향이 있다.

괴담 '도이타가에시(戸板返し)사건'[112]을 소재로 한 쓰루야 난보쿠(鶴屋南北)[113]의 『도카이도요쓰야카이단(東海道四谷怪談)』(1825)은 당시 세간에 화제가 되었던 사건을 소재로 하고 있기에 세와모노로 분류되며, 가부키 상연을 목적으로 하고 있어 준가부키에 해당된다 하겠다. 에도(江戸) 나카무라자(中村座)에서 초연된 『도카이도요쓰야카이단』을 감상해보자.

감상

[등장인물] 주인공 다미야 이에몬(民谷伊右衛門)
이에몬의 아내 오이와(お岩) / 오이와의 동생 오소데(お袖)
이에몬을 짝사랑하는 기헤에(喜兵衛)의 손녀 오우메(お梅)
오소데의 남편 사토 요모시치(佐藤与茂七)
약장수 나오스케(直助) / 안마사 다쿠에쓰(宅悦)

[무대] 에도(江戸) 조시가야(雑司ヶ谷) 요쓰야마치(四谷町)

---

112 도이타가에시(戸板返し)사건 : 야마노테(山手)에 사는 하타모토(畑本)가 서방질 한 첩과 하급무사(中間, 주겐)를 덧문짝에 못 박아 지요다구(千代田區) 간다강(神田川)에 흘려보낸 사건으로, 4대 쓰루야 난보쿠에 의해 『도카이도요쓰야카이단(東海道四谷怪談)』 제3막 「隠亡堀の場」에 그대로 반영되었다.
113 쓰루야 난보쿠(鶴屋南北, 1755~1829) : 에도시대 후기에 활약한 가부키 교겐의 작가. 쓰루야 난보쿠를 계승한 사람은 5명이지만, 흔히 '쓰루야 난보쿠'라 하면 일반적으로 4대 쓰루야 난보쿠를 말한다.

줄거리 〈序幕–아사쿠사(浅草)관음 경내, 안마사 다쿠에쓰(宅悦)의 매춘업소의 場〉

엔야(塩冶)가문의 낭인 다미야 이에몬(民谷伊右衛門)은 부정을 저지르다 장인 요쓰야 사몬(四谷左門)에게 발각되고, 이에몬의 아내 오이와(お岩)는 이로 인해 친정에 와 있다. 이에몬은 장인 요쓰야 사몬을 찾아와 오이와와 다시 살게 해달라고 간청하다가 거절당하자 장인인 사몬을 죽일 것을 계획한다. 이에몬의 아내 오이와(お岩)에게는 오소데(お袖)라는 여동생이 있는데, 오소데는 가난한 낭인의 살림을 돕기 위해 낮에는 이쑤시개공장에서 일하고, 밤에는 몰래 매춘을 나간다. 오소데에 홀려있던 약장수 나오스케(直助)는 안마사 다쿠에쓰(宅悦)의 매춘업소에 들어갔다가, 그 곳에 온 오소데의 남편이자 엔야가문의 낭인인 사토 요모시치(佐藤与茂七)에게 수치를 당한다. 나오스케는 사랑의 원한으로 요모시치를 죽여 버리려고 생각한다. (★ 앞의 구성형식 표에 의하면 여기까지가 '서(序)' = '기(起)' = '서주부(序奏部)'에 해당된다.)

〈제1막 : '우라탄보(裏田圃)의 場'〉

요모시치는 같은 엔야가문의 낭인 오쿠다 쇼자부로(奥田庄三郎)와 서로의 모습을 바꾸어 떠난다. 그렇게 된 것을 모른 나오스케는 어둠 속에서 쇼자부로를 요모시치라 생각하고 죽인 후, 증거가 남지 않도록 얼굴 피부를 벗겨낸다. 이에몬도 같은 장소에서 장인인 사몬에게 일격을 가하여 죽인다. 이곳에 온 오이와와 오소데가 사몬과 요모시치의 시신을 발견하고 슬퍼하자 이에몬과 나오스케는 복수를 해주겠다면서 두 사람을 달랜다. 이후 이에몬은 오이와와 다시 부부로 살게 되고, 오소데는 남편의 원수를 갚기 위해 나오스케와 임시로 부부생활을 하게 된다.(★ 여기까지 '서(序)'를 이어받은 '파(破)'의 전반 = '승(承)' = '제시부(提示部)'에 해당된다.)

〈제2막 ; 이에몬의 집·이토 기헤에(伊藤喜兵衛) 자택의 場〉

오이와와 다시 살게 된 이에몬은 오이와가 출산 후 자주 병치레를 하자 점점 멀리하기 시작한다. 이즈음 이에몬의 이웃에 사는 이토 기헤에(伊藤喜兵衛)의 손녀 오우메(お梅)가 자기를 짝사랑하고 있는 것을 눈치 채고 기헤에의 주군 고노 모로나오(高師直)의 가신이 되는 조건으로 기헤에의 사위가 되려고 한다. 기헤에도 손녀를 위해 이에몬을 데릴사위로 삼을 생각을 한다. 이에몬은 안마사 다쿠에쓰(宅悦)를 협박하여 오이와와 불륜을 저지르게 하여, 그것을 핑계로 오이와를 내칠 계획을 세우고, 기헤에는 산후 치료약으로 위장하여 독약을 오이와에게 보낸다. 독약인줄도 모르고 기헤에가 보내준 약을 복용한 오이와는 고통스러워하다가 얼굴이 흉측하게 변해버리고, 이에몬은 그런 오이와에게 난폭한 작태를 부리다 떠나버린다. 다쿠에쓰는 오이와와의 불륜을 꾀하다 이에몬의 계획을 실토하게 되고, 그간의 모든 진상을 알게 된 오이와는 괴로워하다가 실수로 이에몬의 칼에 목을 베어 죽는다. 이후 집으로 돌아온 이에몬은 약을 훔쳤다는 이유로 그의 집에 붙잡혀 있던 고보토케 고헤이(小仏小平)를 죽인 후 부하를 시켜서 오이와와 고헤이의 시체를 덧문짝 양면에 각각 못박아서 강에 흘려보내게 한다. 그러고 나서 기헤이의 데릴사위로 들어갔는데, 첫날밤에 유령을 보고 착란상태에 빠져 기헤에와 오우메를 죽이고 도망쳐 버린다. (★ 여기까지는 '파(破)'의 중반 = '전(轉)'의 上 = '전개부(展開部)'에 해당된 다.)

〈제3막 ; 砂村隠亡堀の場 - 이에몬이 강위로 떠오른 덧문짝을 끌어올리는 장면〉

곤베에(権兵衛)로 개명한 나오스케는 이에몬과 재회한다. 나오스케는 거기서 이에몬이 떨어뜨린, 오이와의 빗을 주워가지고 돌아온다.
한편 이토의 딸 오유미(お弓)가 오우메의 복수를 하려고 이에몬 앞에 나타나자 이에몬은 오유미마저 죽여 버린다. 혼자 남은 이에몬은 강 위로 흘러오는 낯익은 문짝을 발견하고 끌어올리는데, 문짝에 박혀있던 오이와의 시신이 "원망스럽다. 이토집안이 원망스럽다." 고 한다. 이에몬이 섬뜩하여 재빨리 문짝을 뒤집자 반대쪽에 박혀있던 고헤이의 시체가 "약을 달라."며 원망을 토로한다.

〈제4막 ; 深川三角屋敷の場 - 오소데가 나오스케에게 복수하는 장면〉

나오스케는 가지고 온 빗을 오소데에게 주고, 이를 본 오소데는 그것이 언니의 빗이라는 걸 금방 알아차린다. 오소데는 다쿠에쓰로부터 언니가 죽었다는 사실을 듣게 되고, 그런 상황에서 죽은 줄로 알았던 남편 요모시치까지 나타난다. 혼란스러운 오소데는 나오스케 에게는 요시모치를 칠 것이라고 말하고, 요시모치에게도 나오스케를 칠 것을 맹세한다. 신호는 모두 등불을 끄는 것으로 하였다. 신호에 따라 두 남자가 찌른 것은 오소데였다. 오 소데는 빈사상태에서 자신의 출생 증거인 탯줄을 나오스케에게 전하고, 그것으로 나오스 케는 오소데가 자신의 동생이라는 것을 알게 된다. 나오스케는 오소데를 찔렀던 식칼로 자신의 배를 찌르고 죽어간다. (★ 제3막과 제4막은 '파(破)'의 후반 = '전(轉)'의 하 = '재 현부(再現部)'에 해당된다.)

〈제5막 ; 夢の場, 蛇山庵室の場 - 요모시치가 이에몬에게 복수하는 장면〉

이에몬은 칠석날 저녁에 어쩌다 들어오게 된 집에서 미모의 여인에게 대접을 받는다. 그런데 이 여인의 얼굴은 어느 새 오이와의 얼굴로 바뀐다. 여인의 얼굴뿐만 아니라 방 안에 놓인 호박도 오이와의 얼굴로 바뀌고, 등불에서도 오이와의 얼굴이 나타난다. 시 도 때도 없이 나타나는 오이와의 원령에 무서움을 느낀 이에몬은 염불을 외러 떠난다. 그러나 아무런 효과 없이 계속해서 오이와의 얼굴이 나타나 점점 정신적으로 궁지에 내 몰리게 된다. 그러다 결국 이에몬은 모든 일의 전말을 알고 여러 사람의 복수를 갚기 위 해 그에게 온 요모시치의 손에 죽게 된다. 요모시치는 오이와의 망령의 힘을 빌려 이에 몬에게 멋지게 복수한다. (★ 이 부분은 '급(急)' = '결(結)' = '종미부(終尾部)'에 해당 된다.)

Ⅲ 근현대의 극문학(劇文學)

1. 근대 신극(新劇)운동과 발전양상

1.1 근대의 신극(新劇)운동

메이지 초기의 연극은 가부키(歌舞伎)를 중심으로 이어져갔다. 가와다케 모쿠아미(河竹黙阿弥)는 잔기리모노(散切物)[114]에 의해 개화의 세태를 반영하여, 새로운 바람을 일으켰다. 1880년경에는 연극개량의 기운이 높아지면서 후쿠치 오치(福地桜痴) 등에 의한 가쓰레키모노(活歴物)[115]가 시도되었다.

1890년대 들어 모리 오가이(森鴎外)는 서구연극의 소개에 힘쓰고, 문학으로서 희곡(戯曲)의 독립을 주장하였고, 쓰보우치 쇼요(坪内逍遥)는 사실(史實)의 내면적 해석과 인물의 성격표현을 추구하는 신사극(新史劇)을 추진하여 가부키계를 크게 자극하였다. 종래의 가부키에 대한 불만은 가와카미 오토지로(川上音二郎)의 소시시바이(壮士芝居)[116]를 거쳐, 이이 요호(伊井蓉峰) 등에 의해 신파극(新派劇)[117] 탄생으로 이어지긴 하였지만, 근대극으로 보기에는 아무래도 미흡하였다.

그 가운데 오카모토 기도(岡本綺堂)[118]가 1911년 1월 「분케이쿠라부(文芸倶楽部)」에 발표한 1막 3장의 『슈젠지모노가타리(修禅寺物語)』는 근대 신가부키(新歌舞伎)의 발전

---

114 잔기리모노(散切物) : 메이지 4년(1871)의 단발령(斷髮令)에 의해 행해진 삭발머리(散切頭)에 상징된 문명개화의 세태(世態)와 풍속(風俗)을 묘사한 새로운 세태물(世話物). 외형적(外形的), 소재적(素材的)으로는 새로운 경향, 새로운 해석을 보이지만, 인물의 취급 등 본질적인 면에서는 구태의연했다.

115 가쓰레키모노(活歴物) : 메이지 초의 명배우 구다이메 단주로(九代目団十郎)가 종래의 황당무계한 역사극을 대신하여 사실(史實)을 중시하여 상연한 가부키를 말함.

116 소시시바이(壮士芝居) : 자유민권운동을 목표하여, 메이지 24년경(1891)부터 가와카미 오토지로(川上音二郎)・스도 데이켄(角藤定憲) 등이 시작한 일종의 신파연극(新派演劇), 서생연극(書生芝居)이라고도 함.

117 신파극(新派劇) : 청일전쟁 이후, 이제까지의 가부키의 온나가타(女方)에 불만을 가지고, 남녀합동으로 공연하는 것을 목표한 새로운 풍속극. 소시시바이(壮士芝居)의 연장선상에서, 이이 요호(伊井蓉峰), 가와이 다케오(河合武雄), 기타무라 로쿠로(喜多村緑郎) 등이 가담하여 완성하였다.

118 오카모토 기도(岡本綺堂, 1872~1939) : 소설가, 극작가, 비평가이다. 도쿄에서 중학을 졸업한 후 도쿄 《지지신포(日日新聞)》 기자로 입사한 이래 여러 신문사를 옮겨다니며 24년간 신문기자 생활을 했다. 기자로 근무하면서 첫 가부키 극본 『유신전후(維新前後)』를 집필하여 상연하였고, 이후 『슈젠지 모노가타리(修禪寺物語)』로 신가부키(新歌舞伎) 대표작가로 인정받았다. 1937년에는 극작가로는 처음으로 <일본예술원>의 회원이 되었고, 또 일본과 동서양의 괴담에도 정통하여 『세계괴담명작집(世界怪談名作集)』, 『중국괴기소설집(中國怪奇小說集)』 등을 번역 출판하기도 하였다.

을 촉진하였다. 동년 5월 메이지자(明治座)에서 2대 이치가와 단주로(市川団十郎) 주연으로 초연된『슈젠지모노가타리』는 가면제작자 '야샤오(夜叉王)'의 장인정신이 돋보이는 가부키극이다.『슈젠지모노가타리』를 전술한 희곡의 구성원칙에 대입해가며 감상해보자.

岡本綺堂と『修禅寺物語』

감상

[등장인물] 가면제작자 '야샤오(夜叉王)'
　　　　　야샤오의 장녀 '가쓰라(桂)'
　　　　　야샤오의 차녀 '가에데(楓)'
　　　　　막부의 장군 '미나모토노요리이에(源頼家)'
[때] 가마쿠라(鎌倉)시대
[장소] 이즈(伊豆)지방의 슈젠지무라(修禅寺村).

줄거리 〈제1장 ; 이즈(伊豆) 슈젠지무라(修禅寺村) '야샤오(夜叉王)'의 집〉

막이 오르고, 가쓰라(桂) 천변의 가면제작사 '야샤오(夜叉王)'의 집 앞마당에서 큰딸 '가쓰라(桂)'와 작은딸 '가에데(楓)'가 가면의 초벌제작을 위한 다듬이질을 하고 있다. 언니 가쓰라(桂)는 가업(家業)을 돕고는 있지만, 기능인의 삶을 싫어하여 지금까지 독신으로 살고 있으며, 여동생 가에데(楓)는 아버지의 제자 하루히코(春彦)를 남편으로 맞이하여, 분수에 만족하며 살고 있다. 이 두 자매의 성격과 삶을 나타내는 대사를 주고받는다.(★ 이 부분이, '서(序)' = '기(起)' = '서주부(序奏部)'에 해당된다.)

잠시 후 가마쿠라 막부의 2대장군 미나모토노요리이에(源頼家)가 부하를 데리고 나타나, 예전에 명령해두었던 자신의 탈(가면)을 재촉한다. 이에 야샤오는 지금까지 요리이에의 탈을 몇 번이고 만들어봤지만, 이상하게도 그 탈에 죽을상(死相)이 보였기 때문에, "아직 요리이에님께 올려드릴 만큼 잘된 것이 만들어지지 않았다."고 거짓말을 한다. 요리이에는 야샤오가 자신을 놀리는 것으로 알고, 분노하여 야샤오를 칼로 내려치려한다. 바로 그때, 큰딸 가쓰라(桂)가 작업장에서 전에 만들어놓은 요리이에의 탈을 가져와서, "여기 있어요! 이렇게 탈은 완성되어 있습니다."라며 탈을 내민다.

야샤오가 "그 탈은 잘못 만들어진 것입니다. 탈에 사상(死相)이 있습니다."라며 만류한다. 그럼에도 불구하고 요리이에는 죽을상(死相)이 보이는 그 탈을 만족스러운 듯이 가지고 돌아간다. 이 때 요리이에를 모시고 싶다는 가쓰라(桂)의 소원을 받아들여, 요리이에는 가쓰라를 데리고 자기 저택으로 간다.(★여기까지가 '서(序)'를 이어받은 '파(破)'의 전반 = '승(承)' = '제시부(提示部)'에 해당된다.)

〈제2장 ; 요리이에 측과 도키마사 측의 대립과 난투 장면〉

요리이에는 저택에서 가쓰라와 사랑을 속삭이면서 밤길을 걷는다. 그런데 갑자기 자객이 나타나 요리이에를 급습하려 하자, 요리이에의 부하들이 몰려와서 자객들과 난투장면이 벌어진다. 요리이에는 정적인 호조 도키마사(北条時政)가 보낸 자객이라는 것을 알아차리자, 이를 간파당한 자객은 "…다시 올 것이다."라는 말을 남기고 사라진다. 야샤오가 요리이에의 탈에 죽을상(死相)이 보인다고 말했던 것이 점점 뚜렷해지면서 뭔가 더 불길한 사건이 일어날 것만 같은 암시를 하고 있다.

얼마 후 밤이 깊어 가는데, 도키마사의 군대(軍隊)가 요리이에의 저택으로 다시 쳐들어온다. 마침 요리이에가 목욕 중이었던지라 당황한 가쓰라는 자진하여 요리이에의 옷을 입고 아버지가 만든 탈을 쓰고 도키마사의 군대로 뛰어 들어가 싸우다가 피투성이가 되어 도망친다. (★ 여기까지는 '파(破)'의 中間 = '전(轉)'의 上 = '전개부(展開部)'에 해당된다.)

〈제3장 : 가쓰라의 죽음과 아버지 '야샤오'의 장인정신〉

요리이에의 탈을 쓰고 남장(男裝)을 한 큰딸 가쓰라가 긴 칼을 든 채 피범벅이 되어 야샤오의 집으로 뛰어 들어온다. 작은딸 가에데가 쓰러진 언니 가쓰라를 붙잡아 일으키려하자, 가쓰라는 가에데를 향하여, "아냐! 괜찮아! 죽어도 후회는 없어. 천한 것이 초라한 오두막에서 하잘것없이 천년만년 산다한들 무슨 부귀영화가 있겠어? 설령 한날한시를 살더라도 미나모토 요리이에 장군을 곁에서 모시며 와카사노쓰보네(若狹の局)라는 이름까지 하사받았으니, 이것으로 나는 세상에 나온 보람을 이루었다. 죽어도 나는 만족해!"라 절규하며 숨을 거두려한다. (★ 이 부분은 '파(破)의 후반 = 전(轉)의 하 = 재현부(再現部)'에 해당된다.)

이를 본 야샤오는, "아무리 여러 번 고쳐 만들어도 탈에 죽을상(死相)이 완연하게 보였던 것은, 내가 잘못 만들어서도 아니고 둔해서도 아닌 것을! 미나모토 가문의 장군 요리이에님이 그렇게 되실 운명이었음을 지금 이 순간에 비로소 깨달았다. 신(神)이 아니고서는 알 수 없는 인간의 운명(運命)을, 먼저 나의 작품에 나타난 것은 자연의 감응(感應), 자연의 묘(妙), 기예(技芸)에 입신(入神)한 경지란 이런 상태일 것이다. 이즈(伊豆)의 야샤오(夜叉王)! 이래봬도 천하제일이로세!"라는 말을 토해낸다. 그리고는 회심의 미소를 흘리며, 죽어가는 가쓰라를 향하여, "단발마의 젊은 여자 탈! 후세의 견본으로 그려놓고 싶구나! 고통을 참고 잠시 기다려라."라 말하고, 붓과 종이를 가져와 죽어가며 고통스러워하는 딸의 얼굴을 사생한다. 옆에서 슈젠지 스님이 염불을 외고 있다. (★ 이 부분이 '급(急) = 결(結) = 종미부(終尾部)'이다.)

마지막으로 토해낸 야샤오의 대사와 동작은, 제1장에서 보인 그의 장인기질을 훌륭하게 통일시켜, 관객의 흥분을 최고조로 끌어올리면서 급템포로 매듭짓는다. 『슈젠지모노가타리』는 이러한 점에서 '원인(발단)→발전(전개)→정점(클라이막스)→결말(대단원)'이라는 구성의 치밀함이 돋보인다는 평가이다. 여기에 주인공 야샤오의 예술에 대한 열의, 헌신, 고뇌 등이 진하게 묘사된 점, 가쓰라의 최후의 절규, 친딸의 죽음을 눈앞에 대하고 있으면서도 예술지상주의를 신봉하는 야샤오의 장인정신과 예술가로서의 자긍심 등이 주제(主題)와 잘 조응(照應)되었던 점에서 이 작품의 우수성을 엿볼 수 있다.

1.2 근대 극문학의 발전·감상

근대극은 1900년대 초 자연주의 중심의 서구 근대극이 이입되면서 쓰보우치 쇼요, 시마무라 호게쓰(島村抱月), 오사나이 가오루(小山内薫)를 중심으로 신극운동이 일어나면서 비로소 근대극으로서의 면모가 드러나게 되었다.

1906년(M39) 쓰보우치 쇼요와 시마무라 호게쓰(島村抱月) 등 와세다파 문학자를 중심으로 <분게이쿄카이(文芸協会)>가 발족되고, 이들이 설립한 '연극연구회'를 통해 배우가 양성되어 쓰보우치 쇼요, 셰익스피어, 입센의 작품이 상연되었다. 그런데 시마무라 호게쓰와 여배우 마쓰이 스마코(松井須磨子)의 연애사건으로 인해 <분게이쿄카이>가 해산되게 되자, 호게쓰와 스마코는 동년 <게이주쓰자(芸術座)>를 결성하여 입센, 톨스토이 등의 작품을 상연하였다. 이후 1909년(M42) 2대 이치가와 단주로(市川団十郎)와 오사나이 가오루(小山内薫)가 <지유게키조(自由劇場)>를 창설하여 주로 셰익스피어, 입센, 호프만 등 서양연극과 요시이 이사무(吉井勇) 등의 신작을 상연하여 호평을 받게 되면서, 입센의 영향을 받은 문인들의 희곡 발표가 이어지게 된다.

자연주의 작가 마야마 세이카(眞山青果)는 『다이이치닌샤(第一人者, 제1인자)』를 발표하였고, 반자연주의 작가 기노시타 모쿠타로(木下杢太郎), 다니자키 준이치로(谷崎潤一郎)도 이와노 호메이(岩野泡鳴)와 마사무네 하쿠초(正宗白鳥)에 이어 희곡을 썼다.

시라카바파 작가 무샤노코지 사네아쓰(武者小路実篤)의 『소노이모토(その妹, 그 여동생)』(1915), 아리시마 다케오(有島武郎)의 『도모마타노시(ドも又の死, 도모마타의 죽음)』, 구라다 하쿠조(倉田百三)의 『슛케토소노데시(出家とその弟子, 출가와 그 제자)』 등과 신사조파 작가 기쿠치 간(菊池寛)의 『지치카에루(父帰る, 아버지 돌아오다)』[119](1917) 등은 이시기 대표적 희곡이다.

　그중 도락(道樂)에 빠져 재산을 탕진하고 가출했다가 20년 만에 돌아온 아버지와, 이로 인해 발생하는 가족 간의 소소한 대립과 화해를 주 내용으로 하고 있는 전1막의 『지치카에루(父帰る)』를 감상해 보자.

[등장인물] 주인공 구로다 겐이치로(黒田賢一郎, 28歲, 관청 급사)
　　　　　남동생 신지로(新二郎, 23歲, 초등학교 교사.)
　　　　　여동생 오타네(おたね, 20歲, 재봉을 잘함.)
　　　　　어머니 오타카(おたか, 51歲)와 아버지 구로다 소타로(黒田宗太郎)
[때]　　　1907년(메이지40년) 무렵
[장소]　　난카이도(南海道)[120] 해안에 있는 작은 도시

[줄거리]

장남 겐이치로(賢一郎)는 빈곤한 생활 때문에 여동생 오타네(おたね)를 부잣집에 시집보내려 하지만, 어머니는 도락(주색, 놀음)에 빠져 가족을 버린 남편을 떠올리며 사람 됨됨이가 중요하다는 생각을 한다. 어느 날 아버지가 나타났다는 소식을 듣게 된 가족들은 늙고 초췌한 모습으로 집으로 돌아온 아버지를 받아들일 것인가를 놓고 서로 언쟁을 하게 된다. 아버지를 도저히 용서할 수 없 다는 장남 겐이치로(賢一郎), 그래도 아버지를 용서하고 받아들이자는 차남 신지로(新二郎), 어머니 오타카(おたか), 여동생 오타네(おたね)와의 대립이다.
아버지는 자신의 때늦은 귀가로 인해 집안에 불화를 일으킨 미안함에 다시 가출해 버린다. 이후 마음을 돌이킨 장남 겐이치로는 동생 신지로에게 아버지를 찾아서 모셔오라고 한다. 그러나 어디에도 아버지의 모습은 보이지 않는다.

---

119 『지치카에루(父帰る, 아버지 돌아오다)』: 기쿠치 간(菊池寛)이 1917년 잡지 「신시초(新思潮)」에 발표한 희곡이다. 방탕한 생활 끝에 정부(情婦)와 종적을 감춘 아버지가 비참한 모습으로 돌아오는 일을 둘러싼 가족극으로, 발표 당시는 그다지 호평을 받지 못했지만, 1920년 무대에서 상연되면서 유명해졌다. 이후 영화로 상영되기도 하였다.
120 난카이도(南海道): 시코쿠(四國)에 인접한 혼슈의 남단 부근에 위치한 작은 도시.

원문 초췌한 모습으로 돌아온 아버지와 그로 인해 가족이 언쟁하는 장면

> *（二十年振りに帰れる父宗太郎、憔悴したる有様にて老いたる妻に導かれて室に入り来る、新二郎とおたねとは目をしばたたきながら、父の姿をしみじみ見つめていたが…）*

新二郎	お父さんですか、僕が新二郎です。
父	立派な男になったな、お前に別れた時はまだ碌に立てもしなかったが……。
おたね	お父さん、私がたねです。
父	女の子ということはきいていたが、ええ器量じゃなあ。
母	まあ、お前さん、何から話してええか。子供もこんなに大きゅうなってな、何より結構やと思うとんや。
父	親はなくとも子は育つというが、よういうてあるな、はははははは。

> *（しかし誰もその笑いに合せようとするものはない。賢一郎は卓に倚ったまま、下を向いて黙している）*

<略>

賢一郎	新二郎！お前はよくお父さんなどと空々しいことがいえるな。見も知らない他人がひょっくり入ってきて、俺たちの親じゃというたからとて、すぐに父に対する感情を持つことができるんか。
新二郎	しかし兄さん、肉親の子として、親がどうあろうとも養うて行く…。
賢一郎	義務があるというのか。自分でさんざん面白いことをしておいて、年が寄って動けなくなったというて帰ってくる。俺はお前がなんといっても父親はない。
父	*（憤然として物をいう、しかしそれは飾った怒りでなんの力も伴っていない）* 賢一郎！お前は生みの親に対してよくそんな口が利けるのう。

賢一郎　　　生みの親というのですか。あなたが生んだという賢一郎は二十
　　　　　　年も前に築港で死んでいる。あなたは二十年前に父としての権
　　　　　　利を自分で捨てている。今のわしは自分で築きあげたわし
　　　　　　じゃ。わしは誰にだって、世話になっておらん。

　　　　(すべて無言、おたかとおたねのすすりなきの声がきこえるばかり)

父　　　　　ええわ、出て行く。俺だって二万や三万の金は取り扱うてきた男
　　　　　　じゃ。どなに落ちぶれたかというて、食うくらいなことはできる
　　　　　　わ。えろう邪魔したな。(悄然と行かんとす)

번역　(이십 년 만에 집에 돌아온 아버지 소타로(宗太郞), 초췌한 모습으로 늙은 아내에 이끌려 방으로 들어온다. 차남 신지로(新二郞)와 딸 오타네는 눈을 반짝이면서 아버지의 모습을 찬찬히 바라보고 있는데…)

신지로　아버지세요? 제가 신지로입니다.

아버지　멋진 청년이 되었구나. 너와 헤어질 땐 아직 제대로 서지도 못했었는데 ……。

오타네　아버지, 제가 다네입니다.

아버지　여자아이라고 듣긴 했다만, 그래 잘 자라서 예쁘구나.

어머니　글쎄, 당신, 무엇부터 이야기해야 좋을까요? 아이들도 이렇게 성장했으니, 무엇보다 다행스럽게 생각해요.

아버지　애비가 없어도 아이들은 자란다더니, 바로 이렇게 말이오. 하하하하.

　　　　(그러나 누구도 그 웃음에 맞장구치려는 사람은 없다. 겐이치로는 탁자에 기댄 채, 고개를 아래로 향하고 잠자코 있다)

<중략>

겐이치로　신지로! 너는 넉살 좋게도 '아버지'라는 말을 잘도 하는구나! 본적도 없고 알지도 못하는 타인이 불쑥 찾아와서, 우리들 아버지라고 한다 해서, 곧바로 아버지에 대한 감정을 가질 수 있냐?

신지로　하지만 형, 육친의 자식으로서 아버지가 어떻게 했건 부양해야 할……。

겐이치로　의무가 있단 말이냐? 당신 스스로 실컷 재미보고 살다가 나이가 들어 활동할 수 없게 되어서야 돌아왔다. 난 네가 뭐라 해도 내겐 아버지가 없다.

아버지　(분개하여 뭐라 말한다. 하지만 그것은 의도된 분노로 아무런 힘도 실려 있지 않다) 겐이치로! 너는 널 낳아준 부모에게 그렇게밖에 말을 못하겠냐?

겐이치로　낳아준 부모가 다 무엇입니까? 당신이 낳았다는 겐이치로는 20년도 전에 뚝방에서 죽었어요. 당신은 20년 전에 아버지로서의 권리를 스스로 내팽개쳤습니다. 지금의 나는 내 스스로 쌓아올린 내가 아닙니까? 나는 그 누구의 신세도 지지 않았습니다.

(모두가 말이 없다. 어머니 오타카와 딸 오타네의 흐느끼는 소리만 들릴 뿐이다)

아버지   그래, 나가겠다. 나도 2만이나 3만 엔 정도의 돈은 취급해온 남자다. 아무리 망했다고 해도 먹고 살 정도는 할 수 있다. 거참 미안하구만. *(처연하게 나가려한다)*

한편 1914년 오사나이 가오루(小山内薫), 히지카타 요시(土方与志) 등에 의해 탄생한 <쓰키치(築地)소극장>은 새로운 신극운동으로 이어져 다이쇼기(大正期) 신극(新劇)은 비약적인 발전을 하였다. 그러나 쇼와기(昭和期) 들어 '예술파(芸術派)'와 '프롤레타리아파(プロレタリア派)'로 분열·해산된 이후, 프롤레타리아파는 1928년 오사나이 가오루가 사망하자 급속히 좌경화되었으며, 예술파는 도모타 교스케(友田恭助) 부부에 의해 <쓰키지자(築地座)>가 창립되고, 잡지 「게키사쿠(劇作)」의 발행에 의해 일시적 저조에서 벗어나 부활하게 되었다. 또 가와구치 마쓰타로(川口松太郎)를 중심으로 신생 신파(新派)가 결성되어 이전의 인기를 회복했다.

1937년 <쓰키지자>가 해산되자 도모타 교스케(友田恭助)는 이듬해 새로 <분가쿠자(文学座)>를 결성하였다. 이시기의 희곡작품으로는 특히 미요시 주로(三好十郎)의 반파시즘 계열 『후효(浮漂, 부표)』와 무라야마 도모요시(村山知義)의 프롤레타리아 계열 『보료쿠단키(暴力團記, 폭력단기)』가 주목된다.

2. 현대의 극문학

2.1 현대 극문학의 발전

전후(戰後)의 신극(新劇)은 체호프 작 『사쿠라노소노(桜の園, 벚꽃정원)』의 합동공연을 시작으로 각 연극집단이 활발한 행동을 개시함으로써 부활의 조짐이 일어났다. 전쟁기에도 비교적 탄압이 적었던 가부키와 신파(新派)는 그대로 활동을 확대하였고, 신극은 합동공연을 계기로 살아남은 <분가쿠자>와 전쟁 중 결성된 <하이유자(俳優座)>, 부활한

<신협극단(新協劇團)> 외에도 <극단민예(劇團民芸)>, <극단사계(劇團四季)> 등 새로운 그룹이 활동하였다. 이시기 마후네 유타카(真船豊), 미시마 유키오(三島有紀夫), 아베 고보(安部公房) 등은 이러한 신극운동과 상관없이 다수의 희곡작품을 발표하였다.

1960년대에 이르면 작가가 연출을 겸하거나 때로는 주인공을 겸하는 소극장운동이 일어나게 된다. 각각의 소극장 주최자가 거의 희곡작가인 셈이다. 이후 텔레비전이라는 새로운 미디어의 등장으로 2시간 드라마, 대하드라마, 애니메이션 등 신종용어가 정착되게 되고, 희곡작가들도 시나리오 작가로 새로운 변신을 시도하여 현재에 이르게 된다.

2.2 현대 극문학 감상

1) 민화(民話)의 재탄생 –『유즈루(夕鶴)』

오늘날 연극계에서 1,000여 차례를 훨씬 상회하는 상연(上演)기록을 보유한 기노시타 준지(木下順二)[121]가 1949년 발표한 『유즈루(夕鶴)』는 『사도가시마무카시바나시슈(佐渡島昔話集)』(1942, 三省堂)에 수록된 '학의 보은담'을 제재(題材)로 쓴 『쓰루뇨보(鶴女房, 학각시)』를 골자로 하고 있다.

'학의 보은담'은 중국을 비롯한 동양권 여러 지역의 민화(民話)에서 흔히 접할 수 있지만, 작가 기노시타 준지(木下順二)가 은(銀)광산이 소재한 사도가시마(佐渡島)의 민화를 채택한 이유는 은광산을 둘러싸고 벌어지는 착취와 인간성상실 그리고 이에 대한 농민들의 반항이 잘 반영되어 있기 때문이다. 기노시타 준지의 『유즈루(夕鶴)』를 감상해 보자.

등장인물	요효(与ひょう, 베짜는 여인)
	쓰(つう, 인간으로 변신한 鶴)
	그 외 마을사람 소도(惣ど), 운즈(運ず)와 아이들
장소	사도가시마(佐渡島)의 어느 마을

줄거리

사도가시마(佐渡島) 어느 마을에서 베 짜는 일을 하는 '요효(与ひょう)'는 병든 학을 보살펴준 일이 있었는데, 어느 날 '쓰(つう)'라는 여인이 찾아와 하녀로 삼아줄 것을 부탁한다. 동네 아이들은 '쓰(つう)'와 놀고 싶어 눈 속에 덩그러니 서 있는 초가집으로 찾아온다. '요효'와 '쓰'의 사는 모습을 보고 있던 '소도(惣ど)'와 '운즈(運ず)'는 '쓰'가 짜고 있는 센바

---

[121] 기노시타 준지(木下順二, 1914~2006) : 전후 일본의 대표적인 극작가이자 평론가.

오리(千羽織) 비단이 욕심나, '요효'를 꾀어 '쓰'에게 많은 비단을 짜서 가져오도록 한다.
이들의 꼬임에 빠져 이미 돈맛을 알아버린 '요효'는 '쓰'의 망설임에도 아랑곳하지 않고,
'쓰'에게 비단을 짤 것을 종용한다. '쓰'는 '요효'를 위해 마지막으로 한 번만 더 비단을 짜
기로 하고, 그 대신 자신이 비단 짜는 모습을 절대로 보지 않을 것을 부탁한다. 이 사실을
안 '소도'와 '운즈'는 '쓰'가 비단 짜는 작업실을 몰래 들여다보는데, 한 마리의 학이 자신
의 깃털을 뽑아서 비단을 짜고 있는 모습을 본다. '쓰'가 좀처럼 작업실에서 나오지 않자
불안해진 요효도 그 곳을 들여다보는데, '쓰' 대신 한 마리의 학을 발견한다. '쓰'를 찾으
러 돌아다니다 쓰러진 '요효'를 '소도'와 '운즈'가 집으로 데리고 오자 '쓰'가 여윈 모습으
로 비단 두 장을 들고 나타난다. '요효'에게 보지 않기로 한 약속을 어긴 것을 책망한 후,
'비단 한 장만은 남겨두라'는 말을 남기고 사라진다. 이 때 아이들이 '쓰'에게 놀러왔다가
학이 날아가는 것을 보게 된다. '소도'와 '운즈'는 '요효'가 들고 있는 비단을 빼앗으려 하
나 '요효'는 '쓰'의 이름을 되뇌면서 '쓰'가 남긴 비단을 움켜쥐고 결코 놓치지 않는다.

<u>**원문**</u> 동네아이들이 요효의 집에 놀러와서 노는 장면

子供たち　　(声をそろえて、うたちょうに) おばさん、おばさん、うた唄うてけれ。

　　　　　　おばさん、おばさん、遊んでけれ。おばさん、おばさん、うた唄

　　　　　　うてけれ。

与ひょう　　(眼を覚して) 何だ何だ。

子供たち　　おばさん遊ぼう。うた唄うてけれ。おばさん、おばさん。

与ひょう　　何だつうか？　つうはおらんでよ。

子供たち　　おらんのけ？　本当け？　つまらんのう。どこさ行ったんけ？

与ひょう　　どこだやら、おら知らんわ。

子供たち　　どこさ行ったんけ？　いつ帰るんけ？よう、よう、与ひょうどんよう。

与ひょう　　ええう　やかましのう。(立つ)

子供たち　　(逃げながら) わあいわあい、与ひょうどんが怒ったぞう。

　　　　　　与ひょう。与ひょう。与ひょうのばか。

与ひょう　　えへへへ。逃げんな逃げんな。おらもいっしょに遊ぶでよう。

子供たち　　何して遊ぶ。

与ひょう　　何して遊ぶ。

子供たち　　ねんがら。[122]

与ひょう　　ようし、ねんがら。

子供たち　　唄。

与ひょう　　ようし、唄。

子供たち　　雪投げ。

与ひょう　　ようし、雪投げ。*(いいながら子供の中にはいる)*

子供たち　　かごめかごめ。[123]

与ひょう　　ようし、かごめかごめ。

子供たち　　鹿、鹿、角何本。

与ひょう　　ようし、鹿、鹿、角何本。さあ行くぞ行くぞ。

子供たち　　鹿、鹿、角何本。*(くり返しつつ駆けて去る)*

与ひょう　　*(行きかけて)* そうだ、つうが戻って来て汁が冷えとってはかわいそ
　　　　　　うだ。大事な大事なつうだけにな。*(鍋を火に掛けている)*
　　　　　　(つうが奥からすっと出る。)

つう　　　　与ひょう、まあ、あんた……

与ひょう　　つう、どこさ行ってた？

つう　　　　ううん、ちょっと。……そんなこと、あんた……

与ひょう　　えへへ。つうが戻って来て汁が冷えとってはかわいそうだけに、
　　　　　　火に掛けといてやった。えへへ。

つう　　　　ありがとよ。さ、ごはんの支度をしてあげlike ような。

与ひょう　　うん。なら、おら遊んで来る。ねんがらをするだ。

つう　　　　まあ、ねんがら？

与ひょう　　それから雪投げ。それから唄。

つう　　　　それから……かごめかごめ。それから鹿、鹿、角何本、でしょう？

---

122 넨가라(ねんがら) : 지방아이들의 놀이. 끝을 뾰족하게 깎은 나무막대기를 땅에 꽂고, 상대의 막대기를
쓰러뜨리는 놀이.

123 가고메카고메(かごめかごめ) : 술래잡기. 술래가 눈 가리고 쭈그려 앉아있으면 다른 아이들이 노래 부
르며 돌다가 노래가 끝났을 때 술래에게 등 뒤의 아이를 알아맞히게 하고, 맞으면 그 아이가 술래가 되
는 놀이.

与ひょう　　そうだ、鹿、鹿、角何本。つうも来い。

つう　　　　行きたいな。でもごはんの支度をしなけりゃ……

与ひょう　　ええで。来い。*(引っぱる)*

つう　　　　だめよ。

與ひょう　　来いちゅうたら来い。さあ、いっしょに遊ぶだ。

つう　　　　だめよ。だめよ。だめだったら。*(笑いながら引かれて去る)*

번역

아이들　　*(소리 맞추어, 노래 부르듯이)* 아줌마, 아줌마, 노래불러줘요. 아줌마, 아줌마, 놀아 줘요. 아줌마, 아줌마, 노래불러줘요.

요효　　　*(낮잠에서 깨어나)* 뭐야? 뭐야?

아이들　　아줌마 놀아요. 노래불러주세요. 아줌마, 아줌마.

요효　　　누구? '쓰' 말이니? 쓰는 없는데.

아이들　　없어요? 정말? 심심하잖아요. 어디 간 거죠?

요효　　　어디 갔는지 난 몰라.

아이들　　어디 갔어요? 언제 돌아와요? 요, 요, 요효님.

요효　　　에이 시끄러워. *(일어선다)*

아이들　　*(도망치면서)* 와-, 와-. 요효님 화났네. 와- 와- 요효 바보.

요효　　　에헤헤헤, 도망가지 마, 도망가지 마. 나랑 같이 놀자.

아이들　　뭐하고 놀지?

요효　　　뭐하고 놀지?

아이들　　자치기.

요효　　　좋아, 자치기.

아이들　　노래 부르기.

요효　　　좋아 노래 부르기.

아이들　　눈싸움.

요효　　　좋아 눈싸움. *(말하면서 아이들 사이로 들어온다)*

아이들　　술래잡기, 술래잡기.

요효　　　좋아, 술래잡기.

아이들　　꼭꼭 숨어라 머리카락 보일라. 빨리빨리 숨자

요효　　　좋아, 무궁화 꽃이 피었습니다. 어서어서 숨어라. 자 찾으러 간다.

아이들　　꼭꼭 숨어라 머리카락 보일라. *(반복하면서 뜀박질하여 사라진다)*

요효　　　*(뛰어가다가)* 그렇지, 쓰가 돌아와서 국이 식어 있으면 가엾지, 내게 너무나도 소중한 '쓰'니까. *(냄비를 화로위에 올린다.)*

(쓰가 안에서 스윽 나온다.)

쓰   요효, 아 요효님!……

요효   쓰, 어디 갔었어?

쓰   으응 잠간. …… 일이 있어서…… 요효님……

요효   에헤, 쓰가 돌아와서 국이 식어있으면 안 되니까. 불에 올려놓았지. 에헷.

쓰   고마워요. 그럼 식사준비 해야겠네.

요효   응. 그러면 난 놀다 올게. 자치기 할거다.

쓰   으응? 자치기?

요효   그 다음엔 눈싸움. 그다음엔 노래 부르기.

쓰   그 다음엔……술래잡기, 술래잡기 그 다음엔 '무궁화 꽃이 피었습니다.' 이죠?

요효   그래, '무궁화 꽃이 피었습니다.' 쓰도 이리 와. ……

쓰   가고싶어! 하지만 식사준비를 하지 않으면 안 돼……

요효   괜찮아. 어서와.*(잡아끈다)*

쓰   안 돼요.

요효   오라면 올 것이지! 자 – 함께 노는 거야.

쓰   안 돼, 안 돼, 안된다니까.*(웃으면서 끌려 나간다)*

2) 애니메이션 –『도나리노토토로(となりのトトロ, 이웃집 도토로)』

현대의 극문학으로 애니메이션(*animation*)[124]의 영향도 간과할 수 없다. '영상세대'라 불리는 1970년대 이후 세대의 대다수가 영상을 통해 애니메이션을 경험하였고, 그 상영 작품들을 통해 자연과 우주, 사랑과 우정, 정의와 용기 등에 관한 것을 배웠다.

일본 애니메이션의 거장 미야자키 하야오(宮崎駿, 1941.1~   )[125]가 1988년에 발표한『도 나리노토토로(となりのトトロ, 이웃집 도토로)』는 1950년대 일본농촌을 배경으로 한 자연친 화적인 작품이다. 울창한 숲, 맑은 물로 상징되는 일본의 자연이 그대로 살아 있는 가운데,

---

124 애니메이션(*animation*) : 동작이나 모양을 조금씩 달리한 그림이나 인형을 연속시켜, 마치 살아 있는 것처럼 보이게 촬영한 영화.

125 미야자키 하야오(宮崎駿) : 1941년 1월 도쿄에서 출생한 일본의 애니메이션 감독 겸 제작자. 집안이 군수공장인 미야자키비행기를 운영하고 있었기에 어릴 적부터 비행기와 만화책에 심취할 수 있었고, 본격적으로 만화가가 되기로 결심한 고교시절부터 재능을 발휘하기 시작하여 다양한 활동을 거쳐 마 침내 그 꿈을 이루게 된다. 1978년『미래소년 코난(未来少年コナン)』으로 유명해진 그는 1984년 '스 튜디오 지브리'를 설립하여 제작자이자 감독으로 숱한 걸작들을 내놓으며 애니메이션계의 신화적인 기록을 세웠는데, 그의 작품은 대부분 생태주의적인 관점에서 '인간과 자연의 공존'이라는 자연친화 적인 메시지를 투영하고 있다.『천공의 성 라퓨타(天空の城ラピュタ)』(1986),『이웃집 토토로(となりのトト ロ)』(1988),『모노노케 히메(もののけ姫)』(1997),『센과 치히로의 행방불명(千と千尋の神隠し)』(2001) 외에도 다수의 작품이 있으며, <일본아카데미 올해의 영화상>(もののけ姫, 1997) 외에도, <베를린영 화제 금곰상>, <미국아카데미 장편 애니메이션상>(千と千尋の神隠し, 2001), <베니스영화제 기술공 헌상>(ハウルの動く城, 2004) 등 세계적인 영화제에서의 수상경력이 있다.

주인공 '사쓰키' '메이'와 정령(もののけ) '도토로'와의 교감에 주목하면서 감상해 보자.

[등장인물] 11세의 '사쓰키(サツキ)'
4세의 '메이(メイ)'
숲의 정령 '도토로(トトロ)'
아버지 '구사카베(草壁)'와 어머니
그 외 다수.

[줄거리]

이삿짐을 가득 실은 트럭이 지나간다. 고고학자 구사카베(草壁)가 병원에서 요양 중인 아내와 가까이 있기 위해 초등학생 '사쓰키(サツキ)'와 어린 '메이(メイ)'를 데리고 시골로 이사하는 길이다. 새로 이사한 빈집에는 작고 검은 도깨비가 많이 살고 있었는데, 그것은 아이들에게만 보이는, 아무런 피해를 주지 않는 도깨비로, 사람이 살기 시작하면 어느새 없어지는 것이었다. 두 딸은 입원해있는 어머니가 도깨비를 싫어하는 것을 걱정하면서도 도깨비 이야기를 했다. 어머니는 조금도 무서워하지 않고, "나도 도깨비를 만나고 싶다."고 한다. 그렇게 말해주는 어머니에게 든든함을 느낀 두 딸은 어머니가 일찍 퇴원해서 함께 살 수 있기를 소원한다.

어느 날 사쓰키가 학교에 간 뒤, 혼자서 놀고 있던 메이는 정원에서 이상한 생물체를 발견한다. 그 생물체를 쫓아 숲으로 들어가자, 거기에는 생물체가 누워있었다. 그 생물체에게 메이가 이름을 묻자 '도토로'라고 대답한 것처럼 들렸다. 메이는 언니 사쓰키와 아버지에게도 도토로를 보여 주고 싶었는데, 도토로가 자고 있던 장소를 찾을 수 없었다. 정말 도토로를 보았다고 우기는 메이에게 아버지는 "도토로는 필시 숲의 주인일거야. 언제나 만날 수 있는 건 아닐 거야."라며 부드럽게 설득한다.

장마철이 되고 어느 날 밤, 사쓰키와 메이가 숲에 있는 버스정류장에서 아버지의 귀가를 기다리고 있는데, 그곳으로 도토로가 온다. 사쓰키가 도토로에게 우산을 빌려 주자, 도토로는 답례로 나무 열매를 건네고는, 버스 모습을 한 고양이(고양이 버스)를 타고 가버린다. 둘은 나무 열매를 정원에 심었는데 좀처럼 싹은 나오지 않고, 도토로의 꿈을 꾼다. 꿈속에서 열매는 거목으로 성장하고 두 사람은 도토로와 함께 하늘을 난다. 꿈에서 깨어보니 거목은 사라졌는데, 대신에 어린 싹이 나고 있었다. 그것을 본 두 사람은 꿈이지만 꿈이 아니었다며 크게 기뻐한다.

어느 여름 날, 둘이서 옥수수를 따고 있는데, 병원에서 뜻밖의 연락이 왔다. 어머니의 컨디션이 좋지 않아 퇴원이 미뤄졌다는 것이다. 불안해진 사쓰키는 어머니가 죽을지도 모른다며 울음을 터뜨렸고, 그것을 본 메이는 혼자서 병원을 향해 나가버린다. 온 마을사람들이 메이를 찾아다녔지만 메이는 보이지 않았다. 당황한 사쓰키가 도토로에 도움을 요청하자 도토로가 고양이버스를 불러주었다. 사쓰키를 태운 고양이버스는 바람처럼 달려, 길을 잃고 헤매던 메이를 발견한다. 메이는 어머니에게 옥수수를 가져다주고 싶었다고 한다. 고양이버스는 둘을 병원으로 데려다주었다.
그곳에 건강해 보이는 어머니가 아버지와 이야기하고 있어서 둘은 안심한다. 어머니는 두 딸의 인기척을 느끼게 되는데, 거기에는 메이가 가져온 옥수수가 놓여 있다.

원문 사쓰키 가족이 시골 농촌마을로 이사하는 장면

歩こう　歩こう　私は　元気
歩くの　大好き　どんどん　行こう

坂道　トンネル　くさっぱら
一本橋の　でこぼこ　じゃりみち
蜘蛛の巣　くぐって　下り道

歩こう　歩こう　私は　元気
歩くの　大好き　どんどん　行こう

蜜蜂　ぶんぶん　花畑
日向に　とかげ　蛇は　昼寝
ばったが　飛んで　曲がり道

歩こう　歩こう　私は　元気
歩くの　大好き　どんどん　行こう

狐も　狼も　出ておいて
探険しよう　林の奥まで
友だち　たくさん　うれしいな
友だち　たくさん　うれしいな

サツキ　　　　　お父さん、キャラメル
父　　　　　　　お、ありがとう。くたびれたかい？

サツキ	う　うん。
父	もうじきだよ。
サツキ	ハッ、メイ、隠れて！　おまわりさんじゃなかった。おーい！

(管理人の家)

父	お家の方、どなたかいらっしゃいませんか？
	あ、どうも。草壁です。引っ越して来ました。よろしくお願いします。
男子	ご苦労さまです。
父	どうもありがとう。

(家)

父	さあ、ついたよ。
サツキ	はあ？？
メイ	あ、まって!
サツキ	メイ、橋が　あるよ！
メイ	はし……！？

サツキ	魚！　はら、また光った！
父	どうだい、気に入ったかい？
サツキ	お父さん、素敵ね！
メイ	木のトンネル！！
サツキ	ハア、あのうち？
メイ	はあ、はははは！
サツキ	早く！

サツキ	はあ、ぼろ！
メイ	ぼろー！

サツキ	お化け屋敷みたい！
メイ	オバケ！？
サツキとメイ	あはははは！　きゃはは？
メイ	壊れる！　壊れる！
サツキとメイ	あはははは！
サツキ	メイ、見てごらん！
メイ	うん？
サツキ	ほら！　大きいねー。お父さん、すごい木！
父	あ、楠だよ。
サツキ	楠……
メイ	クスノキ！？
父	おっと！
サツキ	どんぐり！
メイ	はあ、見せて！
サツキ	はあ、また！
メイ	うん！　はあ、あった！
父	こらこら、雨戸があけられないじゃないか？
メイ	どんぐり！
サツキ	部屋の中にどんぐりが落ちてるの！
メイ	上から落ちてきたよ！
父	うむ、りすでもいるのかな？
サツキとメイ	りす！？
父	それとも、どんぐり好きのねずみかな？
サツキ	へえ？？
メイ	メイ、りすがいい！

人夫	これ、どこへ運びます？
父	あ、ここへ。いま開けます。サツキ、裏の勝手口開けて。
サツキ	はい！

번역

걷자! 걷자! 나는 씩씩해
걷는 게 참 좋아 계속 가자

언덕길 터널 풀밭
외나무다리에 울퉁불퉁 자갈길
거미집 헤치고 내리막길

걷자! 걷자! 나는 씩씩해
걷는 게 참 좋아 계속 가자

꿀벌은 붕붕 꽃밭에
양지의 도마뱀 뱀은 낮잠
메뚜기가 뛰어다니네, 꼬부랑길

걷자! 걷자! 나는 씩씩해
걷는 게 너무 좋아 계속 가자

여우도 승냥이도 이리 와
탐험가자 숲 속 깊은 곳까지
친구들이 많아서 즐거워
친구들이 많아서 기쁘다

사쓰키	아빠 캐러멜.
아버지	아- 고맙다. 피곤하지?
사쓰키	으응.
아버지	이제 금방이야.
사쓰키	아앗, 메이야 숨어라!! 경찰이 아니었네, 안녕~!!

(관리인의 집)

아버지	여기 아무도 안계십니까?
	아, 실례합니다. 구사카베(草壁)입니다. 이사 왔는데, 잘 부탁드립니다.
남자	고생하셨습니다.
아버지	고맙습니다.

(집)

아버지	이제 도착했구나.
사쓰키	어라?
메이	아- 기다려줘!
사쓰키	메이, 다리가 있구나!
메이	다리……!?
사쓰키	물고기! 이것 봐! 또 반짝였어!
아버지	어떠냐? 마음에 드냐?
사쓰키	아빠, 멋있어요!
메이	나무터널!!
사쓰키	헤-, 저 집!?
메이	으응, 하하하하!
사쓰키	빨리!
사쓰키	에이 엉망이잖아!
메이	엉망이라고?
사쓰키	도깨비집 같아!
사쓰키	도깨비!?
메이	아하하하하! 썩었잖아!
사쓰키와 메이	아하하하하! 캬아-??
메이	부서진다! 부서져!!
사쓰키와 메이	아하하하!!
사쓰키	메이, 이것 봐!
메이	뭘?
사쓰키	봐봐! 크잖아. 아빠 굉장히 큰 나무예요!
아버지	아-, 녹나무란다.
사쓰키	녹나무……
메이	녹나무!?
아버지	어이쿠!
사쓰키	도토리!!
메이	어디? 보여 줘!
사쓰키	야-아, 또 있다.
메이	응! 그래, 또 있네!
아버지	이봐, 그러면 덧문을 못 열잖아!
메이	도토리!!

사쓰키	방안에 도토리가 떨어져 있어요!
메이	위에서 떨어졌어!
아버지	그렇구나! 다람쥐라도 있는 걸까?
사쓰키와 메이	다람쥐요?
아버지	아니면 도토리를 좋아하는 쥐가 있나?
사쓰키	뭐라구요??
메이	메이는 다람쥐가 좋아요!
인부	이거 어디로 옮길까요?
아버지	아— 이쪽으로. 지금 열어놓을게. 사쓰키! 부엌문 좀 열어라.
사쓰키	네!

| 참고문헌 |

| 한국논저 |

강지현(2012)『일본 대중문예의 시원』, 소명출판
권태민(2006)『일본근대와 근대문학』, 불이문화
김상규(2012)『일본문학의 이해와 감상』, 도서출판 책사랑
김석자(1999)『현대 일본문학 100선』, 단국대학교출판부
_____(2003)『일본 근·현대작가와 작품연구』, 제이앤씨
김숙자 외(2010)『일본문화』, 시사일본어사
김순전(2007)『일본의 사회와 문화』, 제이앤씨
_____(2014)『한일 경향소설의 선형적 비교연구』, 제이앤씨
_____ 외 6인(2015)『제국의 전시가요 연구』, 제이앤씨
김순전·사희영·박경수(2015)『한국인을 위한 일본소설 개설』, 제이앤씨
김순전·박경수·사희영(2016)『한국인을 위한 일본문학 개설』, 제이앤씨
김태연(2005)『일본문학 입문』, 제이앤씨
나카무라미쓰오 著·고재석 외 譯(2001)『일본메이지문학사』, 동국대학교 출판부
민병훈(2013)『한 권으로 읽는 일본문학사』, 한국학술정보
박순애(1998)『일본의 문화와 사회』, 시사일본어사
박전열 외(2000)『일본의 문화와 예술』, 한누리 미디어
신현하(2000)『日本文学史』, 보고사
안영희(2006)『일본의사소설』, 살림
이기섭(2008)『신일본문학사』, 시간의 물레
이애숙·김종덕(2003)『일본문학산책』한국방송대학출판부
이일숙(2002)『시대별 일본문학사』, 제이앤씨
이일숙·임태균(2009)『포인트 일본 문학사』, 제이앤씨
이토세이 著·유은경 譯(1993)『일본문학의 이해』, 새문사
임종석(2004)『일본문학사』, 제이앤씨
장남호(2007)『일본 근현대문학 입문』, 충남대학교출판부
장남호·이상복(2008)『일본 근·현대 문학사』, 어문학사
정인문(2003)『한일 근대문학 교류사』, 제이앤씨
정인문(2005)『일본근대문학의 어제와 오늘』, 제이앤씨
조양욱(1996)『日本, 키워드77 이것이 일본이다』, 고려원
추석민(2003)『日本近代文学の理解と鑑賞』, 제이앤씨
한국일본학회 著(2001)『新日本文学의 理解』, 시사일본어사
호쇼마사오 著·고재석 譯(1998)『일본현대문학사』, 문학과 지성사

| 일본논저 |

加藤周一(1980)『日本文学史序説』上・下、筑摩書房
高崎正秀(1968)『国文学史の整理法』、学習研究社
久保田淳 外(1997)『日本文学史』、岩波書店
久松潜一 編(1971)『国文学史』、至文堂
国文学編輯部 編(1993)『近代文学作中人物事典』、学燈社
供田武嘉津(1998)『日本音樂敎育史』、音樂之友社
島田良夫(1981)『文法全解 方丈記・無名抄』、旺文社
三木卓監修(2001)『日本の名作文学案内』、集英社
小西甚一(1993)『日本文学史』、講談社学術文庫
小田切秀雄(1984)『女性のための文学入門』、オリジン出版センター
＿＿＿＿＿＿(1990)『社会文学・社会主義文学研究』、勁草書房
小出 光(1968)『文法全解 徒然草』、旺文社
松原新一・礒田光一・秋山駿(1978)『戦後日本文学史・年表』、講談社
松井嘉一・松本圭司(1995)『日本語学習者のための日本文化史』、凡人社
漱沼茂樹 外(1977)『近代文学論文必携』、学燈社
神保五弥(1978)『近世日本文学史』、有斐閣雙書
安西廸夫(1968)『文法全解 枕草子』、旺文社
巖淵宏子・北田幸惠(2005)『はじめの学ぶ日本女性文学史-近代編』、ミネルヴァ書房
酒井茂之(1988)『一冊で日本の名著100冊を讀む』、友人社
竹田青嗣(1991)『戦後史大事典』、三省堂
中野幸一(1899)『常用源氏物語要覧』、武蔵野書院
清水孝一(1993)『近代文学作中人物事典』、学燈社
村松定孝(1985)『文学概論』、双文社
秋山虔・三好行雄(2005)『日本文学史』、文英堂
平岡敏夫・東郷克美 編(1979)『日本文学史概論』、有精堂
平塚寛太郎(1974)『平家物語解釋の基礎』、研數書院
丸山顕徳 外(2007)『新編これからの日本文学』、金寿堂出版有限会社
後藤祥子 外(2003)『はじめの学ぶ日本 女性文学史-古典編』、ミネルヴァ書房

|부록 1|
日本文學의 人名·作品·事項 해설

□ **가가미 시코**(各務支考, かがみしこう) ; 1665~1731. 에도 후기의 하이진(俳人).

□ **가게로닛키**(かげろふ日記) ; 헤이안 중기의 일기. 후지와라노미치즈나(藤原道綱, ふじわらのみち
  づな)의 어머니 후지와라노미치즈나노하하(藤原道綱母, ふじわらのみちづなのはは) 작
  품. 상·중·하 3권. 여류 일기문학의 선구.

□ **가구라우타**(神楽歌, かぐらうた) ; 신에게 제사지낼 때 부르는 가요. 헤이안시대에 발달.

□ **가나가키 로분**(仮名垣魯文, かながきろぶん) ; 1829~1894. 게사쿠(戯作)작자. 대표작으로『아구
  라나베(安愚楽鍋, あぐらなべ)』,『세이요도추히자쿠리게(西洋道中膝栗毛, せいようどう
  ちゅうひざくりげ)』등이 있음.

□ **가나조시**(仮名草子, かなぞうし) ; 에도 초기, 평이한 가나문(仮名文)으로 쓰인 소설류의 총칭. ⓐ교
  훈적인 것 :『가쇼키(可笑記)』,『니닌비구니(二人比丘尼)』,『이소호모노가타리(伊曾保
  物語)』등, ⓑ 오락적인 것 :『오토기보코(伽婢子)』,『세이스이쇼(醒睡笑)』등, ⓒ 실용적
  인 것 :『지쿠사이(竹齋)』,『도카이도메이쇼키(東海道名所記)』등이 있음.

□ **가라스마루 미쓰히로**(烏丸光広, からすまるみつひろ) ; 1579~1638. 에도 초기의 가인(歌人). 교시
  (狂詩)에 능통하고, 서가(書家)로도 유명함.

□ **가루미**(かるみ) ; 마쓰오 바쇼(松尾芭蕉, まつおばしょう) 만년의 하이카이(俳諧) 이념. 심원한 시
  (詩) 정신에 근거한 평명솔직(平明率直)한 표현에 의한 새로운 풍조.

□ **가마쿠라**(鎌倉, かまくら)**시대** ; 가마쿠라에 막부(幕府)를 두고 무사정치를 행하던 1192년부터
  1333년까지를 말함.

□ **가모노마부치**(賀茂真淵, かものまぶち) ; 1697~1769. 에도 중기의 국학자(國學者), 가인(歌人).『만
  요슈(万葉集)』연구에 큰 업적을 남김.

□ **가모노초메이**(鴨長明, かものちょうめい) ; 1155(?)~1216. 가마쿠라 전기의 가인(歌人). 은자(隱
  者)문학의 대표 작가. 수필『호조키(方丈記, ほうじょうき)』. 가론서(歌論書)『무메이쇼(無
  名抄, むめいしょう)』, 불교설화집『홋신슈(發心集, ほっしんしゅう)』등이 있음.

□ **가부키**(歌舞伎, かぶき) ; 근세 초기 춤으로 시작되어 크게 유행한 일본의 대표적인 연극. 성립과
  정착에 따라 ⓐ 온나가부키(女歌舞伎) ⓑ 와카슈가부키(若衆歌舞伎) ⓒ 야로가부키(野
  郎歌舞伎)로, 주제에 따라 ⓐ 지다이모노(時代物) ⓑ 세와모노(世話物) ⓒ 오이에모노
  (お家物) 등으로 분류됨.

□ **가사노카나무라**(笠金村, かさのかなむら) ; 생몰년 미상. 나라(奈良) 초중기의 가인(歌人). 궁정가

인으로 천황의 행행(行幸)에 따른 작품이 많음.

□ **가쓰레키(活曆, かつれき)** ; 가부키와 교겐의 연출양식의 하나. 종래 사극(史劇)의 황당무계함을 배제하고, 사실(事實)을 중요시하는 메이지(明治)시대의 연극개량운동에서 실현함.

□ **가와바타 야스나리(川端康成, かわばたやすなり)** ; 1899~1972. 소설가. 잡지「文芸時代」창간에 참여함. 2차 세계대전 후에는 일본미의 전통을 잇는 자세를 강하게 표출함. 1968년 노벨 문학상 수상. 작품으로는『이즈노오도리코(伊豆の踊子, いずのおどりこ)』,『유키구니(雪国, ゆきぐに)』,『야마노오토(山の音)』,『센바즈루(千羽鶴, せんばづる)』등이 있음.

□ **가와타케 모쿠아미(河竹黙阿弥, かわたけもくあみ)** ; 1816~1893. 에도 후기의 가부키 각본작가. 에도가부키 최후의 집대성자로 약 360편의 작품이 있음.

□ **가이라이자(傀儡者, かいらいじゃ)** ; 여러 곳을 돌아다니면서 인형을 조종하는 마술사.

□ **가이후소(懷風藻, かいふうそう)** ; 나라(奈良)시대의 한시집(漢詩集). 751년 완성됨. 작자미상.

□ **가제니쓰레나키모노가타리(風につれなき物語)** ; 가마쿠라 시대의 모노가타리. 내용이 상당부분 없어진 채로 전해져 오는 귀족이야기.

□ **가쿄(花鏡, かきょう)** ; 노가쿠쇼(能楽書). 1424년 제아미 지음. 선문후견(先聞後見), 서파급(序破急, じょはきゅう) 유겐(幽玄), 고(劫, こう) 등의 문제를 논한 책.

□ **가쿄효시키(歌経標式, かきょうひょうしき)** ; 나라(奈良) 후기 일본 최고(最古)의 가학서(歌學書). 772년 완성됨.

□ **가키노모토노히토마로(柿本人麻呂, かきのもとのひとまろ 또는 かきもとひとまろ)** ; 생몰년 미상. 만요슈(万葉集)의 가인(歌人). 덴무(天武)・지토(持統)・몬무(文武) 삼조(三朝)에 걸쳐 근무한 하급관리로, 서사(序詞), 대구(對句) 등 화려한 수사기교를 구사한 중후한 가풍(歌風)으로, 가성(歌聖)으로 숭앙받음.

□ **간아미(観阿彌, かんあみ)** ; 생몰년 미상. 남북조시대의 노배우(能役者)이자 노작자(能作者). 야마토사루가쿠(大和猿楽)의 간제자(観世座)를 창설하여 간제류(観世流)의 원조로서 활약함.

□ **게사쿠쇼세쓰(戯作小説, げさくしょうせつ)** ; 희작소설. 희작소설의 등장인물은 특히 유형적(類型的)이어서 선인(善人)은 어디까지나 좋게, 악인(惡人)은 끝까지 악인이며, 권선징악의 흐름을 중시함.

□ **게이코쿠슈(經國集, けいこくしゅう)** ; 827년 헤이안 초기의 칙찬한시집(勅撰漢詩集). 20권

□ **겐유샤(硯友社, けんゆしゃ)** ; 근대 일본최초의 문학결사. 1885년 2월 도쿄대학 예비문(제일고등학교)의 학생이었던 오자키 고요(尾崎紅葉), 야마다 비묘(山田微妙), 이시바시 시안(石橋思案) 등에 의해 발족. 가와카미 비잔(川上眉山), 이와야 사자나미(巖屋小波) 등의 문학동호회에서 출발하여, 영원한 펜클럽 친구라는 의미로, 겐유샤(硯友社)로 칭함.「가라쿠타분코(我楽多文庫, からくたぶんこ)」를 발간하고, 이를 중심으로 활동함. 취미성(趣味性), 풍속성(風俗性)이 농후한 문학으로 문단에서 큰 영향을 끼침. 1903년 10월 오자

키 고요의 사망으로 해체됨.

□ **겐지모노가타리(源氏物語, げんじものがたり)** ; 헤이안 중기의 장편 모노가타리. 54권. 무라사키 시키부(紫式部) 지음. 11세기 초기 성립. 제왕 4대 70여 년간에 걸친 인생사를 3부로 나누어 묘사함. 제1부는 주인공 히카루 겐지(光源氏)의 사랑과 영달을, 제2부는 히카루 겐지와 그를 둘러싼 사람들의 현세 생활의 파탄과 고뇌의 모습을, 제3부는 히카루 겐지 사후(死後)의 이야기로, 유려하고 밀도 높은 문체에 의한 모노가타리 최고의 걸작으로 평가받음. 'あはれ' 문학이념의 기반이 됨.

□ **고다 로한(幸田露伴, こうだろはん)** ; 1867~1947. 소설가. 고증학자. 처음에는 이상주의적 경향을 나타내는 소설을 썼지만, 후에는 고증(考證), 평석(評釋)에 전념하여 훌륭한 사전(史傳)과 역사소설을 발표했다. 대표작으로 『고주노토(五重塔, ごじゅうのとう)』, 『쓰유단단(露団々)』 등이 있음.

□ **고라이후테이쇼(古来風体抄, こらいふうていしょう)** ; 후지와라노도시나리(藤原俊成, ふじわらのとしなり)의 가론서(歌論書). 2권. 와카시(和歌史)를 서술하고, 『만요슈(万葉集, まんようしゅう)』부터 『센자이슈(千載集, せんざいしゅう)』까지 뛰어난 우타(歌)를 논평함.

□ **고문사학파(古文辭學派)** ; 일본에서 근세 중기에 일어난 고학(古學)의 하나. 중국의 고문사학(古文辭學)의 학문을 발전시킨 오규 소라이(萩生徂徠, おぎゅうそらい)를 중심으로 한 학파.

□ **고바야시 잇사(小林一茶, こばやしいっさ)** ; 1763~1827. 에도 후기의 가인(歌人). 고아근성으로 약자에 대한 관심이 많아 대개 주관적인 구(句)를 많이 읊은 개성적인 가인.

□ **고쇼쿠이치다이오토코(好色一代男, こうしょくいちだいおとこ)** ; 이하라 사이카쿠(井原西鶴, いはらさいかく)의 우키요조시(浮世草子, うきよぞうし). 8권. 주인공 요노스케(世之介, よのすけ)의 호색적 생애를 54장의 단편으로 묘사한 작품.

□ **고쇼쿠이치다이온나(好色一代女, こうしょくいちだいおんな)** ; 이하라 사이카쿠(井原西鶴)의 우키요조시(浮世草子). 6권. 24장. 여주인공의 호색적 생애를 한 노녀(老女)의 참회 이야기 형식으로 묘사한 작품.

□ **고스기 덴가이(小杉天外, こすぎてんがい)** ; 1865~1952. 소설가. 프랑스 에밀 졸라의 영향을 받아 자연주의 소설을 썼으나 후에는 통속소설로 전환함.

□ **고실(故實, こじつ)** ; 옛날의 의식, 복장, 예법 등의 규칙. 습관 사례.

□ **고실가(故實家, こじつか)** ; 옛날의 의식, 복장, 의례 등의 규정, 습관, 사례에 능통한 사람.

□ **고와카마이(幸若舞, こうわかまい)** ; 중세기에 만들어진 예능의 하나. 군키모노(軍記物) 등에 곡을 붙여 노래하며 간단한 춤동작도 행함.

□ **고우타(小歌, こうた)** ; 헤이안시대부터 근세에 걸쳐 민간에 유행한 가요. 당초 남성의 오우타(大歌)에 대해 궁녀들이 불렀던 가요였는데, 나중에는 민간에서 불린 당세풍(當世風)의 유행가요를 칭하게 됨. 『간긴슈(閑吟集)』가 대표적임.

□ **고지키(古事記, こじき)** ; 일본 최고(最高)의 역사서. 오노 야스마로(太安万侶, おおのやすまろ)

편, 712년 완성.

□ **고케노고로모**(苔の衣, こけのころも) ; 가마쿠라시대의 모노가타리. 4권. 3대에 걸친 귀족의 이야기를 그린 작품.

□ **고콘초몬주**(古今著聞集, ここんちょうもんじゅう) ; 가마쿠라 중기의 설화집. 20권. 다치바나노나리스에(橘成季, たちばなのなりすえ) 편. 고금(古今)의 설화 약 700화를 내용별로 30편으로 분류하고, 시대별로 분류함. 설화집 중에서 가장 형식이 잘 정리된 설화집.

□ **고쿠가쿠**(国学, こくがく) ; 근세에 발흥한 일본 고유의 학문.『고지키(古事記)』,『니혼쇼키(日本書紀)』,『만요슈(万葉集)』등 일본고전을 문헌학적으로 연구하고, 유불(儒佛) 도래(渡來) 이전의 일본고유의 정신을 분명히 정리한 학문.

□ **고쿠사쿠분가쿠**(国策文学, こくさくぶんがく) ; 국책문학, 전시의 국가적 정책에 부응한 문학.

□ **고킨와카슈**(古今和歌集, こきんわかしゅう) ; 헤이안 초기 최초의 조쿠센와카슈(勅撰和歌集, ちょくせんわかしゅう). 줄여서『고킨슈(古今集, こきんしゅう)』라고도 함. 총 20권.『만요슈』이후 뛰어난 와카 약 1,100수를 편집. 가풍은 우미섬세(優美纖細)하고 지적이고 기교적임.

□ **고토바인고쿠덴**(後鳥羽院御口伝, ことばいんごくでん) ; 고토바인(後鳥羽院)이 쓴 가론서(歌論書).

□ **곤자쿠모노가타리슈**(今昔物語集, こんじゃくものがたりしゅう) ; 작자미상. 헤이안 후기의 불화(佛話) 설화(說話) 민화(民話) 등을 묶어놓은 설화집. 31권. 인도, 중국, 일본의 3부로 나누어 1,065화를 수록한 일본 최대 최고의 설화문학집.

□ **관백**(関白, かんぱく) ; 천황을 도와 국가를 다스리는 최고의 직위.

□ **교겐**(狂言, きょうげん) ; 일본 전통예능의 하나. 노가쿠(能楽) 사이에 끼여 연출되는 대사(臺詞) 중심의 희극.

□ **교시**(狂詩, きょうし) ; 에도 중기부터 메이지시대에 걸쳐 행해진 골계문학(滑稽文學, こっけいぶんがく)의 한 양식. 한시(漢詩)의 형식으로 속어, 속훈(俗訓)을 이용하여, 비속한 사물형상을 해학적으로 읊은 것.

□ **교쿠요와카슈**(玉葉和歌集, きょくようわかしゅう) ; 가마쿠라 후기의 조쿠센와카슈(勅撰和歌集). 20권. 예리한 자연관조에 의한 서경(敍景)적 특색이 있음.

□ **구칸쇼**(愚管抄, ぐかんしょう) ; 가마쿠라 전기의 역사서. 지엔(慈円) 지음. 진무(神武)천황부터 준토쿠(順徳)천황까지의 역사를 도리의 전개라는 관념으로 기술함.

□ **규사이법사**(救済法師, きゅうさいほうし) ; 1283(?)~1376(?). 가마쿠라(鎌倉)시대~남북조(南北朝)시대의 렌가시(連歌師, れんがし). 후세 렌가(連歌)의 선구자로 추앙받음.

□ **기노시타 모쿠타로**(木下杢太郎, きのしたもくたろう) ; 1885~1945. 시인. 극작가. 국학자(國學者). 탐미주의를 대표하는 문인.

□ **기노쓰라유키**(紀貫之, きのつらゆき) ; 868(?)~945(?). 헤이안 전기의 가인.『도사닛키(土佐日記, どさにっき)』의 작자. 삼십육가선의 한 사람.『고킨와카슈(古今和歌集)』의 중심 찬자(撰

者)로 가나서문(仮名序)을 집필함. 가풍은 이지적이고 기교적이며 '고킨조(古今調)'를 대표하는 유려한 문체의 가인임.

☐ **기쿠치 간**(菊池寬, **きくちかん**) ; 1888~1948. '기쿠치 히로시'라고도 함. 소설가. 극작가. 잡지「분게이슌주(文芸春秋)」를 창간하고, 절친한 문우 아쿠타가와 류노스케를 기념한 아쿠타가와상(芥川賞)에 이어, 나오키상(直木賞) 등을 제정하여 신진작가의 등용문을 마련함.

☐ **기키**(記紀, **きき**) ;『고지키(古事記)』(712)와『니혼쇼키(日本書紀)』(720)를 함께 표현할 때 통용되는 용어.

☐ **기타무라 도코쿠**(北村透谷, **きたむらとうこく**) ; 1868~1894. 시인, 평론가, 희곡작가. 자유민권운동에 좌절하여, '정치에서 문학(政治から文学へ)'으로 전향한 작가.

☐ **기타하라 하쿠슈**(北原白秋, **きたはらはくしゅう**) ; 1885~1942. 시인. 가인. 대표작『자슈몬(邪宗門, じゃしゅうもん)』, 처음에는 탐미적인 경향을 나타냈지만, 나중에는 자연찬미로 전향함.

☐ **긴요와카슈**(金葉和歌集, **きんようわかしゅう**) ; 헤이안 후기의 조쿠센와카슈(勅撰和歌集). 10권.

☐ **긴키**(近畿, **きんき**)**지방** ; 일본 본토의 중서부에 위치한 지방. 교토(京都) 오사카(大阪) 미에(三重) 사가(佐賀) 효고(兵庫) 나라(奈良) 와카야마현(和歌山県)을 일컬음.

☐ **나가이 가후**(永井荷風, **ながいかふう**) ; 1879~1959. 소설가. 처음에는 에밀 졸라의 영향을 크게 받았지만, 나중에는 에도정서에 탐닉하여 탐미파(眈美派)의 대표작가로 부상함.

☐ **나라**(奈良, **なら**)**시대** ; 수도가 나라(奈良)에 있었던 시대(710~784).

☐ **나미키 고헤이**(並木五瓶, **なみきごへい**) ; 1747~1808. 나미키 쇼조(並木正三, なみきしょうぞう) 문하의 가부키 각본가. 합리성에 뛰어난 작풍으로, 1772~1801년에 걸쳐 교토 오사카, 에도 양쪽에서 활약함. 지다이모노(時代物, じだいもの)과 세와모노(世話物, せわもの)를 독립시키는 방법을 창시함.

☐ **나미키 쇼조**(並木正三, **なみきしょうぞう**) ; 1730~1773. 가부키 각본 작가. 1751~1781년에 걸쳐서 교토, 오사카 극단의 제1인자. 조루리(浄瑠璃)적인 수법으로, 웅대한 구상의 지다이모노를 주로 창작함.

☐ **나쓰메 소세키**(夏目漱石, **なつめそうせき**) ; 1867~1916. 영문학자. 소설가. 일본의 근대를 깊이 통찰하여, 지식인의 내면을 묘사했으며, 일본 근대문학의 확립에 크게 공헌한 작가. 대표작으로『와가하이와네코데아루(わが輩は猫である』,『봇창(坊っちゃん)』,『구사마쿠라(草枕)』,『소레카라(それから)』,『몬(門)』,『고코로(こころ)』,『메이안(明暗)』등이 있음.

☐ **나이코노지다이**(内向の時代, **ないこうのじだい**) ; 내향의 시대. 1970년대 중반 불확실한 일상이나 인간관계를 치밀하게 묘사하려는 작가들이 활동한 시대.

☐ **나카가와 오쓰유**(中川乙由, **なかがわおつゆう**) ; 1675~1739. 에도 후기의 하이진(俳人).

☐ **나카쓰카사노나이시노닛키**(中務内侍日記, **なかつかさのないしのにっき**) ; 가마쿠라 중기 나카쓰카사노나이시(中務内侍, なかつかさのないし)가 후시미(伏見, ふしみ)천황의 뇨보(女房, にょ

うぼう)로 근무하던 시절의 회상기.

□ **난소사토미핫켄덴(南総里見八犬伝, なんそうさとみはっけんでん)** ; 다키자와 바킨(滝沢馬琴)의 요미혼(読本). 중국 4대기서(四大奇書: 수호지, 삼국지연의, 서유기, 금병매)의 영향을 받아 1814년에 간행하기 시작하여 28년에 걸친 작업 끝에 1842년 완성한 전98권 106책의 대작. 특히 잘 짜인 구성과 문학성으로 후기 요미혼(読本)의 대표작으로 일컬어지며, 발단 부분의 구성이 『수호전(水滸傳)』과 매우 유사함. 무로마치(室町)시대 말기를 배경으로 하여 인(仁)·의(義)·예(礼)·지(智)·충(忠)·신(信)·효(孝)·제(悌) 등 8개의 덕목을 표방하는 8명의 충신 핫켄시(八犬士)가 난소(南総)지역 사토미(里見)가문의 부흥을 위해 활약하는 이야기가 유교적 도덕에 토대를 둔 권선징악이나 인과응보 형식으로 서술됨.

□ **노(能, のう)** ; 춤을 주체로 표현하는 무대예술. 나라시대의 산가쿠(散楽), 헤이안시대의 사루가쿠(猿楽)를 거쳐, 무로마치(室町, むろまち)시대에 간아미(観阿彌, かんあみ), 제아미(世阿彌, ぜあみ) 부자(父子)에 의해 대성하게 됨.

□ **노가쿠(能楽, のうがく)** ; 피리, 북 등의 반주에 맞추어 요교쿠(謡曲, ようきょく)를 부르면서 탈(가면)을 쓰고 춤을 추는 예능(藝能).

□ **노리토(祝詞, のりと)** ; 고대의 제사 때, 신전(神殿)에서 부르는 노래.

□ **노인(能因, のういん)** ; 헤이안 중기의 가인. 속명(俗名)은 다치바나노나가야스(橘永愷, たちばなのながやす). 우타마쿠라(歌枕, うたまくら, 우타를 짓는 수사법의 하나)를 동경하고, 여행과 우타를 사랑하여, 많은 일화를 남김.

□ **뇨보(女房, にょうぼう)** ; 옛날, 일본의 궁중에서 한 직책을 부여받은 여성고관 또는 귀족의 시중을 들던 여성.

□ **누카타노오키미(額田女王, ぬかたのおおきみ)** ; 생몰년 미상. 만요슈 초기의 대표적 궁정 여류 가인(歌人). 풍부한 정감과 정확한 기교를 구사한 가인으로, 『만요슈(萬葉集)』에 장가(長歌, ちょうか), 단가(短歌, たんか) 합하여 11수가 있다.

□ **니조 요시모토(二条良基, にじょうよしもと)** ; 1320~1388. 남북조(南北朝)시대의 정치가. 문화인.

□ **니혼료이키(日本靈異記, にほんりょういき)** ; 헤이안 전기의 일본 최고의 불교 설화집. 찬자(撰者)는 승려 교카이(景戒). 민간의 고전승(古傳承), 인과응보, 설화 등 116화를 연대순으로 배열한 작품.

□ **니혼쇼키(日本書紀, にほんしょき)** ; 일본 최초의 칙찬(勅撰, 천왕의 지시에 의한) 역사서. 도네리신노(舍人親王)가 편집지휘함. 720년 완성.

□ **닌토쿠(仁德, にんとく)천황** ; ?~399. 16대 천황. 나니와(難波, 현 오사카)에 도읍을 정하고 외교와 농업을 장려한 천황. 백성들의 어려움을 살펴 세금을 면제하여 성군으로 추앙받음.

□ **닛폰에이다이쿠라(日本永代蔵, にっぽんえいだいくら)** ; 이하라 사이카쿠(井原西鶴)의 우키요조시(浮世草子). 세상의 부(富)에 관해 교훈을 섞어 묘사한 조닌모노(町人物, ちょうにんもの)의 제1작품. 6권 6책. 단편 30화.

□ **다누마(田沼, たぬま)시대** ; 도쿠가와(德川, とくがわ) 10대 장군 이에하루(家治, いえはる)의 시대 (1767~1786)를 말함.

□ **다니자키 준이치로(谷崎潤一郎, たにざきじゅんいちろう)** ; 1886~1965. 소설가. 탐미적, 악마주의적인 작풍을 나타내며, 전통적인 일본문화와 고전문학을 원천으로 하여, 모노가타리(物語)성이 풍부한 세계를 구축한 작품을 많이 씀. 대표작으로『시세이(刺青, しせい)』,『슌킨쇼(春琴抄, しゅんきんしょう)』,『지진노아이(痴人の愛, ちじんのあい)』,『사사메유키(細雪, ささめゆき)』 등이 있음.

□ **다메나가 슌스이(為永春水, ためながしゅんすい)** ; 1790~1843. 닌조본(人情本, にんじょうぼん)의 대표작가. 대표작으로『슌쇼쿠우메고요미(春色梅兒誉美, しゅんしょくうめごよみ)』,『슌쇼쿠타쓰미노소노(春色辰巳園, しゅんしょくたつみのその)』 등이 있음.

□ **다야마 가타이(田山花袋, たやまかたい)** ; 1871~1930. 소설가. 자연주의문학을 주창하고, 추진한 작가. 대표작으로『로코쓰나루뵤샤(露骨なる描写)』,『후톤(布団, ふとん)』,『이나카교시(田舍教師, いなかきょうし)』,『닛페이소쓰(一兵卒, いっぺいそつ)』 등이 있음.

□ **다이니혼홋케켄키(大日本法華驗記, たいにほんほっけけんき)** ; 헤이안 중기에 쓰여진 불교 법화경 (法華経)의 효험설화집. 상·중·하 3권.

□ **다이산노신진(第三の新人, だいさんのしんじん)** ; 제3의 신인. 1953년부터 1955년 경 문단에 등장한 신인작가. 야스오카 쇼타로(安岡章太郎), 요시유기 준노스케(吉行淳之介), 엔도 슈사쿠((遠藤周作) 등이 대표적 작가로, 제1차, 제2차 전후파가 본격적인 유럽풍 장편소설을 지향한 것에 대하여 전전(戰前)에 주류를 이루던 사소설, 단편소설로 회기하려는 특색이 있음.

□ **다이카개신(大化改新, たいかかいしん)** ; 645년에 시작된 일본의 고대정치개혁. 율령을 바탕으로 중앙집권국가 수립을 도모한 혁신운동.

□ **다이키(台記)** ; 헤이안(平安)시대 말기의 한문일기. 12권. 후지와라노요리나가(藤原賴長, ふじわらのよりなが) 지음. 셋칸(摂関, 摂政関白)정치사 연구의 근본 자료.

□ **다치바 후카쿠(立羽不角, たちばふかく)** ; 1662~1753. 에도 중기의 하이진(俳人).

□ **다카무라 고타로(高村光太郎、たかむらこうたろう)** ; 1883~1956. 번역가. 시인. 아버지의 뜻에 따라 초기에는 미술(조각)공부를 하다가 프랑스 시인들의 시에 심취하여 시작(詩作)에 전념하여 일본 자연주의 시단에 크게 영향을 끼침. 대표시집으로 처녀시집『도테이(道程)』(1914), 시문집『지에코초(智惠子抄)』(1941),『지에코초소노고(智惠子抄その後)』(1950) 등이 있음.

□ **다카하마 교시(高浜虛子, たかはまきょし)** ; 1874~1959. 하이진(俳人). 마사오카 시키(正岡子規, まさおかしき) 이후의 하이단(俳壇) 최대의 지도자. 객관사생(客觀寫生)을 중시하여, 하이쿠(俳句)를 화조풍영(花鳥諷詠)의 시라고 주창함.

□ **다케루노미코토(倭建命, たけるのみこと)** ; 야마토(大和, やまと)국 성립기의 전설적 영웅.

□ **다케타카시**(たけたかし) ; 가론(歌論) 등에서 격조가 높고 장대한 미를 일컬음.

□ **다케토리모노가타리**(竹取物語, たけとりものがたり) ; 헤이안 전기에 성립된 현존하는 최고(最古)의 전기(傳奇)모노가타리.

□ **다키자와 바킨**(滝沢馬琴, たきざわばきん) ; 1767~1848. 에도 말기의 게사쿠(戯作)작가. 산토 교덴(山東京伝, さんとうきょうでん)에게 사사(師事)받고 기뵤시(黄表紙, きびょうし)와 고칸(合巻, ごうかん) 등을 저술했지만, 요미혼(読本, よみほん)에 뛰어난 작품이 많다. 대표작 『난소사토미핫켄덴(南総里見八犬伝, なんそうさとみはっけんでん)』은 권선징악을 중심이념으로 웅대한 구상과 복잡한 내용을 아속절충(雅俗折衷, がぞくせっちゅう)의 유려한 문체가 돋보임.

□ **단가**(短歌, たんか) ; 상대말엽인 7세기경 성립 정착된 와카(和歌)형식의 하나. 5·7·5·7·7의 5句 31音으로 이루어지는 우타(歌). N(5+7)+7, N=2일 경우 단카(短歌), N>2일 경우 조카(長歌).

□ **단나슈**(旦那衆, たんなしゅう) ; 부(富)와 권력이 있는 사람.

□ **단린**(談林, だんりん) ; 니시야마 소인(西山宗因, にしやまそういん)을 중심으로 1673~1684년에 유행한 하이카이의 한 유파. 데이몬풍(貞門風)의 보수적 경향에 비해, 현실에 대한 관심과 수법의 자유분방함을 내세웠지만, 지나치게 기발하여 바쇼풍(芭蕉風)이 유행함과 동시에 붕괴됨.

□ **데이몬**(貞門, ていもん) ; 마쓰나가 데이토쿠(松永貞徳)를 중심으로 1624~1673년에 유행한 하이카이의 한 유파.

□ **덴무**(天武, てんむ)천황 ; 일본 40대 천황. 천황중심의 율령체제를 완성함.

□ **덴치**(天智, てんち)천황 ; 일본 38대 천황. 호적을 만들고, 율령을 새로이 하여 내정을 정비함.

□ **덴코분가쿠**(転向文学, てんこうぶんがく) ; 전향문학. 주로 '천황을 부정했던 프롤레타리아문학에서, 천황을 중심으로 국가가 나아가야 함.'을 중심이념으로 하는 문학을 지칭함.

□ **도리카에바야모노가타리**(とりかえばや物語) ; 헤이안 말기의 모노가타리. 현존본은 가마쿠라 초기의 개작(改作). 작자미상. 곤다이나곤(権大納言)은 남성적인 딸과 여성적인 아들을 서로 남녀를 뒤바꾸어 양육한 결과 두 사람 모두 파탄하여, 결국 본래의 성으로 돌아와 행복하게 되었다는 내용의 모노가타리.

□ **도사닛키**(土佐日記, とさにっき) ; 헤이안 중기에 기노쓰라유키(紀貫之, きのつらゆき)가 가나(仮名)로 쓴 일기. 일본 최초의 일기문학. 1권.

□ **도야마 마사카즈**(外山正一, とやままさかず) ; 1848~1900. 교육자. 정치가. 시인. 야타베 료키치(矢田部良吉), 이노우에 데쓰지로(井上哲次郎)와 함께 새시대의 시(詩) 형식을 모색하여 근대문학에 크게 영향을 끼쳤으며, 근대 일본의 군사제도 확립에도 기여함. 대표작으로 일본 최초의 군가로 일컬어지는 「밧토타이(抜刀隊)와 『신타이시초(新体詩抄)』가 있음.

□ **도이 반스이**(土井晩翠, どいばんすい) ; 1871~1952. 시인. 영문학자. 대표작으로 『덴지유조(天地

有情, てんちゆうじよう)』, 『고조노쓰키(荒城の月, こうじようつき)』 등이 있음.

□ 도카이 산시(東海散士, とうかいさんし) ; 1852~1922. 메이지 중기 정치소설가. 대표작으로 사소설적 정치소설인 『가진노기구(佳人之奇遇, かじんのきぐう)』 등이 있음.

□ 도쿠토미 로카(德富蘆花, とくとみろか) ; 1868~1927. 소설가. 근대일본의 계몽가 도쿠토미 소호(德富蘇峰)의 동생. 대표작으로 청일전쟁을 배경으로 한 가정소설 『호토도기스(不如帰, ほととぎす)』, 자연을 관조한 수필집 『시젠토진세이(自然と人生)』 등이 있음.

□ 란가쿠(蘭学, らんがく) ; 에도 중기 이후, 네덜란드 서적을 통하여 서양학문을 닦으려했던 학문. 스기타 겐파쿠(杉田幻白, すぎたげんぱく)의 활약이 돋보임.

□ 레키시모노가타리(歴史物語, れきしものがたり) ; 가나(仮名)문으로 쓰인 모노가타리풍의 역사적 사실을 제재(題材)로 하여 서술한 역사서.

□ 롯뱌쿠반우타아와세(六百番歌合, ろっぴゃくばんうたあわせ) ; 1193년 가을, 후지와라노요시쓰네(藤原良経, ふじわらのよしつね)의 집에서 행하여진 육백번의 노래경합(歌合, うたあわせ).

□ 료운슈(凌雲集, りょううんしゅう) ; 헤이안 초기에 성립된 일본 최초의 칙찬한시집(勅撰漢詩集). 한시문(漢詩文) 전성기를 상징하는 화려하고 웅장한 작품이 상당수 수록됨. 1권.

□ 료진히쇼(梁塵秘抄, りょうじんひしょう) ; 헤이안 후기의 가요집. 고시라 가와인(小白河院) 편저. 20권.

□ 마사시칸(摩詞止観, まさしかん) ; 중국 수나라시대의 불교서. 20권. 수행의 실천법을 설파하고, 천태교학(天台教學)의 비법을 전하는 내용.

□ 마사오카 시키(正岡子規, まさおかしき) ; 1867~1902. 하이진. 가인. 국학연구가. 메이지기 하이쿠(俳句), 단카(短歌), 신체시(新体詩), 수필 등 다방면에서 창작활동을 함. 특히 사생(寫生)을 도모하는 하이카이혁신에 성공하여 '아라라기파(アララギ派)'의 기초를 세움.

□ 마스카가미(増鏡, ますかがみ) ; 남북조 시대의 역사모노가타리. 17권. 82대 고토바(後鳥羽) 천황부터 96대 고다이고(後醍醐) 천황까지의 15대 154년간의 궁정 역사를 편년체로 기술.

□ 마쓰나가 데이토쿠(松永貞德, まつながていとく) ; 1571~1653. 에도 초기의 하이진(俳人).

□ 마쓰오 바쇼(松尾芭蕉, まつおばしょう) ; 1644~1694. 에도 전기의 하이진(俳人), 기행수필가. 바쇼풍(芭蕉風)의 우타(歌)로 하이카이를 혁신하고 대성시킴. 수많은 하이카이 외에도 『노자라시기코(野ざらし紀行, のざらしきこう)』, 『오이노코부미(笈の小文, おいのごぶみ)』, 『사라시나기코(更科紀行, さらしなきこう)』, 『오쿠노호소미치(奥の細道, おくのほそみち)』 등 기행수필을 남겼음.

□ 마쓰우라미야모노가타리(松浦宮物語, まつうらみやものがたり) ; 가마쿠라 초기의 모노가타리. 3권. 작자미상. 환상적이고 요염한 이야기. 헤이안시대의 『우쓰호모노가타리(宇津保物語, うつぼものがたり)』를 모방한 것으로, 『하마마쓰추나곤모노가타리(浜松中納言物語, はままつちゅうなごんものがたり)』와도 유사함.

□ **마쓰이 스마코**(松井須摩子, まついすまこ) ; 1886~1919. 신극배우. 연극『인형의집(人形の家)』에서 '노라' 역으로 각광을 받으며, 새로운 시대의 여배우로 활약함.

□ **마쓰키 단탄**(松木淡淡, まつきたんたん) ; 1674~1761. 에도 후기의 하이진(俳人).

□ **마에쓰케쿠**(前付句, まえつけく) ; 7·7의 2구(句)의 쓰케쿠를 주제로, 그 앞에 5·7·5의 3구(句) 17자 하이구의 앞의 구를 붙이는 형식으로, 센류(川柳)의 전신.

□ **마이게쓰쇼**(毎月抄, まいげつしょう) ; 후지와라노데이카(藤原定家, ふじわらのていか)의 서간체 가론서. 어느 귀족의 노래에 자신의 가론을 첨삭하여 덧붙임.

□ **마치부교쇼**(町奉行所, まちぶぎょうしょ) ; 에도시대에 에도, 교토, 오사카, 시즈오카 등에 설치되어 경찰, 행정, 재판 등을 담당하던 관서.

□ **마쿠라노소시**(枕草子, まくらのそうし) ; 헤이안시대 수필문학. 세이 쇼나곤(淸少納言, せいしょうなごん)이 지음. 'おかし'의 문학이념이 담겨 있음.

□ **마쿠라코토바**(枕詞, まくらことば) ; 수사법의 하나로, 주제와는 상관없이, 어떤 말 앞에 도입적으로 이용되는 일정한 표현. 5音이 가장 많으며, 간혹 4, 3, 6音의 것도 있다.

□ **만요슈**(万葉集, まんようしゅう) ; 현존하는 일본 최고(最古)의 와카집. 전 20권에 약 4,500수의 우타(歌)가 수록되어있음. 대개 759년 전후에 성립되었을 것으로 추측되며, 내용별로 조카(雑歌, ぞうか), 소몬카(相聞歌, そうもんか), 반카(挽歌, ばんか) 등으로 분류됨.

□ **메이지유신**(明治維新, めいじいしん) ; 19세기 후반, 에도시대 막번(幕潘, ばくはん)체제의 붕괴로부터 메이지 신정부의 근대국가가 성립되기까지의 정치개혁.

□ **모노가타리**(物語, ものがたり) ; 일본 헤이안시대에 발생한 산문문학의 한 양식으로, 내용과 성격에 따라 쓰쿠리모노가타리(作り物語), 우타모노가타리(歌物語), 레키시모노가타리(歴史物語), 세쓰와모노가타리説話物語, 군키모노가타리(軍記物語), 기코모노가타리(擬古物語) 등으로 분류됨.

□ **모리 오가이**(森鴎外, もりおうがい) ; 1862~1922. 소설가. 번역가. 평론가. 일본 근대문학의 확립에 공헌한 군의관 출신 문학자. 대표작으로『마이히메(舞姫, まいひめ)』,『아소비(あそび)』,『세이넨(青年, せいねん)』,『간(雁, がん)』,『산쇼다유(山椒大夫, さんしょうだゆう)』,『다카세부네(高瀬舟, たかせぶね)』등이 있음.

□ **모모야마**(桃山, ももやま)시대 ; 도요토미 히데요시(豊臣秀吉, とよとみひでよし)가 전국(全國)을 통일하고, 문화를 꽃피우던 시대(1582~1600).

□ **몬토쿠**(文徳, もんとく)천황 ; 일본 55대 천황.

□ **무라사키 시키부**(紫式部, むらさきしきぶ) ; 헤이안 중기의 여류 문학자. 가인(歌人). 일본 고전의 최고봉으로 일컬어지는『겐지모노가타리(源氏物語)』의 작자. 이 외에도『무라사키시키부닛키(紫式部日記)』와『무라사키시키부슈(紫式部集)』등이 있음.

□ **무라사키시키부닛키**(紫式部日記, むらさきしきぶにっき) ; 무라사키 시키부가 궁정에 근무한 기록.

전편은 아쓰히라황태자(敦成親王, あつひらしんのう)의 탄생 전후의 기록이 대부분이고, 후편은 수상(隨想)적임. 소식문에 기탁하여 인생론과 인물론을 서술함.

□ 무라카미 류(村上龍, むらかみりゅう) ; 1952.2.19~ . 소설가. 영화감독. 나가사키(長崎)현 사세보 (佐世保)시 출신. 히피문화의 영향을 강하게 받은 작가로, 무사시노(武蔵野)미술대학 재학 중인 1976년 마약과 섹스에 탐닉하여 타락한 젊은이들을 묘사한『가기리나쿠토메이니치카이블루(限りなく透明に近いブルー)』로 <군조(群像) 신인문학상>, <아쿠타카와상(芥川賞)>을 수상함. 대표작으로『코인롯카·베이비즈(コインロッカー·ベイビーズ)』,『아이토겐소노파시즘(愛と幻想のファシズム)』,『고훈고노세카이(五分後の世界)』,『기보노쿠니노엑소더스(希望の国のエクスダス)』등이 있으며, 자신의 소설을 근간으로 영화도 제작함.

□ 무라카미 하루키(村上春樹, むらかみはるき) ; 1949.1.12.~ . 소설가. 미국문학 번역가. 교토(京都)후 후시미(伏見)구에서 태어나, 효고(兵庫)현 니시미야(西宮)시와 아시야(芦屋)시에서 성장. 와세다(早稲田)대학 재학 중 재즈카페를 열었음. 1979년『가제노우타오키케(風の歌を聴け)』로 <군조(群像)신인문학상>을 수상함. 1987년에 발표한『노르웨이노모리(ノルウェイの森)』는 430만부의 매출을 올리는 베스트셀러가 되어 무라카미 하루키 붐을 유발함. 그 밖의 주요 작품으로『히쓰지오메구루보켄(羊をめぐる冒険)』,『세카이노오와리토하드보일드·원더랜드(世界の終りとハードボイルド·ワンダーランド)』,『네지마키토리크로니쿨(ねじまき鳥クロニクル)』,『이치큐하치욘(1Q84, いちきゅうはちよん)』등이 있는데, 세계 여러 나라에서도 번역 소개되는 등 높은 인기를 구가함.

□ 무로마치(室町, むろまち)시대 ; 교토(京都, きょうとう)의 무로마치에 막부(幕府, ばくふ)를 두고 정치하던 시대(1336~1573).

□ 무묘조시(無名草子, むみょうぞうし) ; 가마쿠라 전기의 논평(論評)문학. 작자미상.「겐지모노가타리(源氏物語)」이후의 모노가타리를 비평하고 여류 문학자론에도 언급한 최초의 모노가타리 평론서.

□ 무샤노코지 사네아쓰(武者小路実篤, むしゃのこうじさねあつ) ; 1661~1738. 소설가. 극작가. 시인. 화가. 쉽고 청신한 문체로 솔직한 자기긍정의 사상을 묘사. 대표작으로 『아다라시키무라(新しき村, あたらしきむら)』,『닌겐반자이(人間萬歳, にんげんばんざい)』,『아이요쿠(愛慾, あいよく)』등이 있음.

□ 미나모토노사네토모(源実朝, みなもとのさねとも) ; 1192~1219. 가마쿠라막부의 3대 장군. 미나모토노요리토모(源頼朝, みなもとのよりとも)의 차남으로 와카에 뛰어남. 긴카이와카슈(金塊和歌集, きんかいわかしゅう)를 편찬함.

□ 미야자키 하야오(宮崎駿, みやざきはやお) ; 1941. 1~ . 일본애니메이션 감독 겸 제작자. 고교시절부터 재능을 발휘하기 시작하여『미라이쇼넨코난(未来少年コナン)』(1978)으로 유명해진 후, 1984년 '스튜디오 지브리'를 설립하여 제작자이자 감독으로 활약함. 대다수의 작품에 '인간과 자연의 공존'이라는 자연친화적인 메시지를 투영함. 대표작으로『덴쿠노

시로라퓨타(天空の城ラピュタ)』(1986), 『도나리노토토로(となりのトトロ)』(1988), 『모노
노케히메(もののけ姫)』(1997), 『센토치히로노가미가쿠시(千と千尋の神隠し)』(2001)
『하우루노우고쿠시로(ハウルの動く城,)』등이 있는데, 이들 작품이 <일본아카데미 올해
의 영화상>(もののけ姫, 1997), <베를린영화제 금곰상>, <미국아카데미 장편애니메이
션상>(千と千尋の神隠し, 2001), <베니스영화제 기술공헌상>(ハウルの動く城, 2004)
등을 수상하여 일본애니메이션의 위상을 드높임.

□ **미즈마 센토쿠(水間占徳, みずませんとく)** ; 1662~1726. 에도 후기의 하이진(俳人).

□ **민유샤(民友社, みんゆうしゃ)** ; 메이지 20년(1887) 도쿠토미 소호(德富蘇峰, とくとみそほう)가 창
설하고 주재(主宰)한 출판결사. 기관지로 「고쿠민노토모(国民之友, こくみんのとも)」를
발간함.

□ **방하사(放下師)** ; 방하(放下, 중세에서 근세에 걸쳐 큰 대로에서 벌이는 마술이나 곡예 등 일종의
잡기)를 연기하는 예능인. 주로 승려(僧)의 모습을 한 사람이 많음.

□ **벤나이시닛키(辨内侍日記, べんないしにっき)** ; 가마쿠라 중기의 여류가인 벤나이시의 일기. 2권.
궁정에 봉사하던 6년간의 생활을 와카를 곁들여 기록함.

□ **분카슈레이슈(文華秀麗集, ぶんかしゅうれいしゅう)** ; 818년 성립된 헤이안 초기의 칙찬한시집(勅
撰漢詩集). 3권

□ **분쿄히후론(文鏡秘府論, ぶんきょうひふろん)** ; 헤이안 초기에 편찬된 문학이론서. 중국(唐)에 유학
했던 승려 구카이(空海)가 귀국 후 완성함. 육조시대로부터 당(唐)대에 이르는 시문(時
文)이론을 종합 정리한 시학서(詩學書). 6권.

□ **불역유행설(不易流行說)** ; 쇼후(蕉風)하이카이(俳諧)의 근본이념. '불역(不易)'은 시적(詩的) 생
명의 영원성, 불변성이고, '유행(流行)'은 시대와 함께 변화한다는 유동성을 말함.

□ **비와호시(琵琶法師, びわほうし)** ; 비파(琵琶, 현악기의 일종)를 켜면서 서사시를 낭송하는 것을
생업(生業)으로 한 승려. 가마쿠라 시대 이후에는 군키모노(軍記物), 특히 『헤이케모노
가타리(平家物語, へいけものがたり)』를 즐겨 읊음.

□ **빈궁문답가(貧窮問答歌)** ; 야마노우에노오쿠라(山上憶良, やまのうえのおくら)의 장가(長歌) 및
반가(挽歌, ばんか).『만요슈(万葉集)』5권 소재의 빈자(貧者)의 생활과 괴로움을 문답
형식으로 호소한 작품.

□ **사가(嵯峨, さが)천황** ; 일본 제52대 천황.

□ **사고로모모노가타리(狭衣物語, さごろもものがたり)** ; 헤이안 후기 로쿠조사이인노센지(六条斎院
宣旨)가 쓴 모노가타리. 4권.『겐지모노가타리(源氏物語)』의 영향이 강함. 겐지노미야
(源氏宮)와의 이룰 수 없는 사랑에 고뇌하는 사고로모대장(狭衣大将)이 신탁(神託)에
의해 제위(帝位)에 오르는 반생(半生)을 그려냄.

□ **사누키노스케닛키(讃岐典侍日記, さぬきのすけにっき)** ; 헤이안 후기 사누키노스케(讃岐典侍)의
일기. 73대 호리카와(堀河) 천황의 발병에서 승하할 때까지와, 74대 어린 도바(鳥羽)천

황에 봉사한 일을 기록한 일기. 2권.

□ **사라시나닛키**(更級日記, さらしなにっき) ; 헤이안 중기 스가와라노다카스에노무스메(菅原孝標女, すがわらのたかすえのむすめ)의 일기. 궁정세계에 대한 동경과 회한을 중심으로, 자신의 생애를 회고한 작품. 1권.

□ **사비**(さび) ; 쇼후(蕉風)하이카이의 근본이념의 하나로, 중세의 대표적 미의 이념인 '유겐(幽玄, ゆうげん)'의 발전으로 형성된 미의식. 한적(閑寂), 고담(枯淡)의 경지를 말하고, 구(句) 의 정조(情調)로써 중시함.

□ **사쓰마 조운**(薩摩浄雲, さつまじょううん) ; 1595~1672. 고조루리(古浄瑠璃)의 이야기하는 사람(語 り部). 사카이(堺) 출신으로, 1624년경에 에도에 나와 꼭두각시 연극을 흥행시킴.

□ **사요고로모**(小夜衣, さよごろも) ; 가마쿠라시대의 모노가타리. 3권. 왕조모노가타리(王朝物語, おうちょうものがたり)의 영향이 현저한 작품.

□ **사이교호시**(西行法師, さいぎょうほうし) ; 1118~1190. 헤이안 말기, 가마쿠라 초기의 가인. 23세에 출가하여 초암과 행각의 감회를 우타(歌)로 표현함, 작풍(作風)은 자유청명하고 주정 적(主情的)임.

□ **사이바라**(催馬楽, さいばら) ; 나라시대 민요를 헤이안시대에 아악형식으로 가곡화한 것. 귀족의 향연 등에 이용됨.

□ **사토무라 조하**(里村絶巴, さとむらじょうは) ; ??~1602. 무로마치 말기의 렌가시(連歌師).

□ **산가쿠**(散楽, さんがく) ; 일본 고대 예능의 하나. 중국에서 나라(奈良)시대에 전래된 곡예(曲藝), 경업(輕業), 흉내 등 잡예(雜藝)의 총칭. 헤이안시대에 사루가쿠(猿楽), 무로마치시대에 노(能)로 발전됨.

□ **산다이지쓰로쿠**(三代実録, さんだいじつろく) ; 헤이안 초기의 역사서. 50권.

□ **산보에**(三宝絵, さんぼうえ) ; 헤이안 중기의 불교설화집. 불·법·승(仏·法·僧)의 세가지 보물을 상·중·하 3권으로 편집. 『산보에코토바(三宝絵詞, さんぼうえことば)』라고도 함.

□ **샤레풍**(酒落風, しゃれふう) ; 시류에 맞는 세련된 감각이나 말(語).

□ **세카이구니즈쿠시**(世界國盡, せかいぐにづくし) ; 1869년 후쿠자와 유기치(福沢諭吉)가 쓴 세계지 리 입문서. 세계를 크게 5대주 다섯 지역(아시아, 아프리카, 유럽, 남·북아메리카)과 大洋 州(호주를 비롯한 주변의 섬)로 구분하여 세계각지의 사정을 일본 전통시가 음수율인 7· 5조 율격으로 기술함.

□ **세와모노**(世話物, せわもの) ; 닌교조루리(人形浄瑠璃, にんぎょうじょうるり)나 가부키(歌舞伎, か ぶき)에서, 유명한 소문이나 세상의 사건 등을 각색한 작품 또는 그 공연양식. 사실성이 특징임.

□ **세이 쇼나곤**(清少納言, せいしょうなごん) ; 생몰년미상. 헤이안 중기의 여류 수필가. 가인(歌人). 명 민한 재기와 기지에 한시문의 소양을 갖춘 뇨보(女房). 대표작으로 수필『마쿠라노소시

(枕草子, まくらのそうし)』, 『세이쇼나곤슈(清少納言集)』 등이 있음.

□ **세이와(清和, せいわ)천황** ; 일본 56대 천황

□ **세이지쇼세쓰(政治小説, せいじしょうせつ)** ; 정치소설. 메이지 초·중기 자유민권운동의 여파로 쓰인 소설. 대표작으로 야노 류게이(矢野龍渓)의 『게이코쿠비단(経国美談)』, 도카이 산시(東海散士)의 『가진노기구(佳人之奇遇)』, 스에히로 뎃초(末広鉄腸)의 『셋추바이(雪中梅)』 등이 있음.

□ **세켄무스코카타기(世間息子気質, せけんむすこかたぎ)** ; 에지마 기세키(絵島其磧)의 우키요조시(浮世草子). 6권.

□ **센고하쿠반우타아와세(千五百番歌合, せんごひゃくばんうたあわせ)** ; 1201년 고토바인(御鳥羽院)이 30명에게 노래(우타)를 지어 바치게 한 백수가(百首歌)를 노래경합(歌合)으로 한 것.

□ **센류(川柳, せんりゅう)** ; 5·7·5의 3구(句) 17자의 하이쿠(俳句)에 기고(季語) 기레지(切字)의 규제가 없이, 기지에 의해 인정(人情)의 기미(氣味)를 표현하며, 풍자(諷刺)와 골계(滑稽)를 주로 하는 에도 서민문예.

□ **센묘(宣命, せんみょう)** ; 천황의 명령을 전달하는 문서. 조칙(詔勅)의 한 형식으로 센묘타이(宣命體)로 쓰임.

□ **센소분가쿠(戰爭文學, せんそうぶんがく)** ; 전쟁문학. 전시상황을 선전 선동하는 문학. 국민으로 하여금 전쟁에 협조하게 하기 위하여 문학으로 승화시킨 것.

□ **센키모노가타리(戰記物語, せんきものがたり)** ; 전쟁담(合戰譚). 전쟁(合戰)모노가타리 등을 구성요소로 하여 성립한 서사시적인 문학형태. 특히 중세시대에 뛰어난 작품들이 많음.

□ **셋칸정치(攝關政治)** ; 딸을 천황의 부인으로 들이고 거기서 태어난 황자로 황위를 계승하게 함으로써 천황의 외조부가 되어 실권을 장악하는 정치형태를 말함. 셋칸(攝關)이란 어린 천황을 대신하여 정무를 돌보는 '셋쇼(攝政)'와, 천황이 성장한 이후에는 천황을 보좌하여 정무를 돌보는 '간파쿠(關白)'의 첫 음을 따서 '셋칸(攝關)'으로 만들어진 용어임.

□ **소기(宗祇, そうぎ)** ; 1421~1502. 이이오 소기(飯尾宗祇, いいおそうぎ). 무로마치 후기의 고전학자. 렌가시(連歌師). 렌가(連歌) 최고의 명예적인 종장(宗匠)에 임명되어, 렌가집 『신센쓰쿠바슈(新撰菟玖波集, しんせんつくばしゅう)』를 편찬함.

□ **소네노요시타다(曽禰好忠, そねのよしただ)** ; 생몰년미상. 헤이안 중기의 가인. 고어(古語)와 속어(俗語), 신기(新奇)한 표현 등을 이용한 우타가 많고, 가풍(歌風)이 청신함.

□ **소에다 아젠보(添田啞蟬坊, そえだあぜんぼう)** ; 1872~1944. 엔카시(演歌師). 메이지기~다이쇼기에 활동한 독보적인 엔카시로, 모순된 사회와 실생활에서 소재를 얻어 180여곡에 가까운 엔카를 만들어 직접 보급함. 대표작으로 「스트라이크부시(ストライキ節)」, 「샤카이도랏파부시(社會黨ラッパ節)」, 「마메카스송(豆粕ソング)」, 「데모크라시부시(デモクラシー節)」 등이 있음.

□ **소초(宗長, そうちょう)** ; 1448~1532. 무로마치 말기에 활동한 렌가시(連歌師).

□ **소칸**(宗鑑, そうかん) ; 1465~1553. 야마자키 소칸(山崎宗鑑). 무로마치 말기의 렌가시(連歌師), 하이카이(俳諧) 작자.

□ **쇼보겐조**(正法眼蔵, しょうぼうげんぞう) ; 도겐(道元, どうげん)이 지은 선서(禪書). 1231~1253년 사이에 일본어로 법어(法語)를 정리한 조동종(曹洞宗)의 근본교리서. 95권.

□ **쇼세쓰신즈이**(小説神髄, しょうせつしんずい) ; 쓰보우치 쇼요(坪内逍遙, つぼうちしょうよう)의 문학론. 권선징악주의 소설을 배제하고 사실주의를 제창. 일본 최초의 근대소설 이론서.

□ **쇼쿠고슈이와카슈**(続後拾遺和歌集, しょくごしゅういわかしゅう) ; 가마쿠라 전기의 조쿠센와카슈(勅撰和歌集).

□ **쇼쿠센자이와카슈**(続千載和歌集, しょくせんざいわかしゅう) ; 가마쿠라 전기의 조쿠센와카슈(勅撰和歌集).

□ **쇼쿠슈이와카슈**(続拾遺和歌集, しょくしゅういわかしゅう) ; 가마쿠라 전기의 조쿠센와카슈(勅撰和歌集).

□ **수령**(首領, しゅりょう) ; 국사(國司)의 별칭. 일반적으로 임지에 부임하여 실제로 행정을 담당한 지방관.

□ **슈이슈**(拾遺集, しゅういしゅう) ; 헤이안 중기 세 번째 조쿠센와카슈(勅撰和歌集). 20권

□ **스미요시모노가타리**(住吉物語, すみよしものがたり) ; 가마쿠라 초기의 기코모노가타리(擬古物語). 2권. 작자미상. 계모(繼母)이야기의 대표작.

□ **스사노오노미코토**(素盞嗚尊, すさのおのみこと) ; 일본신화에 나오는 신. 폭풍의 신.

□ **스에히로 뎃초**(末広鉄腸, すえひろてっちょう) ; 1849~1896. 메이지기 정치소설가. 대표작으로 『셋추바이(雪中梅, せっちゅうばい)』가 있음.

□ **스즈키 쇼산**(鈴木正三, すずきしょうさん) ; 1579~1655. 에도 전기의 승려(僧)이자 가나조시(仮名草子, かなぞうし) 작가.

□ **시가 나오야**(志賀直哉, しがなおや) ; 1883~1971. 소설가. 강렬한 자아의식과 결백한 감성을 바탕으로 정교한 리얼리즘을 확립한 작가. 대표작으로 『기노사키니테(城崎にて)』, 『안야코로(暗夜行路, あんやこうろ)』 등이 있음.

□ **시대물**(時代物, じだいもの) ; 닌교조루리(人形浄瑠璃, にんぎょうじょうるり)나 가부키(歌舞伎, かぶき)에서 역사적 사건 또는 역사적 인물을 제재(題材)로 한 것.

□ **시라카바파**(白樺派, しらかばは) ; 메이지(明治)말~다이쇼(大正)초기 문예동인. 자아와 개성존중, 인도주의를 주창함. 기관지 『시라카바(白樺)』(1910년 창간하여 1923년 폐간됨)를 중심으로 활동 함.

□ **시마자키 도손**(島崎藤村, しまざきとうそん) ; 1872~1943. 시인, 소설가, 자연주의 문학의 제1인자. 대표작으로 『하카이(破戒, はかい)』, 『봄(春, はる)』, 『이에(家, いえ)』, 『신세이(新生, しんせい)』 등의 소설과, 시집으로 『와카나슈(若菜集, わかなしゅう)』, 『라쿠바이슈(落梅

集, らくばいしゅう)』 등이 있음.

□ **시키테이 산바**(**式亭三馬, しきていさんば**) ; 1776~1822. 근세(近世)의 게사쿠(戲作)작가. 대표작
　으로 『우키요후로(浮世風呂, うきよふろ)』, 『우키요도코(浮世床, うきよとこ)』 등이 있음.

□ **시테**(**シテ**) ; 노가쿠(能楽)에서 주역이 되는 등장인물.

□ **신고센와카슈**(**新後撰和歌集, しんごせんわかしゅう**) ; 가마쿠라 전기의 조쿠센와카슈(勅撰和歌集).

□ **신고킨와카슈**(**新古今和歌集, しんこきんわかしゅう**) ; 가마쿠라 전기의 여덟 번째 조쿠센와카슈(勅
　撰和歌集). 『신고킨슈(新古今集, しんこきんしゅう)』라고도 함. 전20권에 약 1,980수의 와
　카가 수록됨. 『만요슈(万葉集)』, 『고킨와카슈(古今和歌集)』와 함께 세 가풍(歌風)의 전
　형(典型)을 이룬 와카슈(和歌集).

□ **신니혼분가쿠카이**(**新日本文學會, しんにほんぶんがくかい**) ; 민주주의문학을 기치로, 전후(戰後)문
　학의 리더를 지향한 사회주의 계통의 문학결사. 태평양전쟁 직후인 1945년 12월 프롤레
　타리아 계열의 나카노 시게하루(中野重治), 구라하라 고레히토(蔵原惟人), 도쿠나가 스
　나오(德永直), 미야모토 유리코(宮本百合子) 등이 발기인으로 결성된 문예동인. 1946
　년 3월 잡지 「신니혼분가쿠(新日本文學)」를 창간하여 활동함.

□ **신사루갓키**(**新猿楽記, しんさるがっき**) ; 가장 오래된 사루가쿠(猿楽)에 관한 기록서. 1권.

□ **신조쿠센와카슈**(**新勅撰和歌集, しんちょくせんわかしゅう**) ; 86대 고호리가와(後堀川)천황의 칙명
　(勅命)에 의해 후지와라노데이카(藤原定家, ふじわらのていか)가 찬진(撰進, 천황에게
　지어올림)한 조쿠센와카슈(勅撰和歌集). 무가(武家)의 우타(歌)가 많음.

□ **신케이**(**心敬, しんけい**) ; 1406~1475. 무로마치 중기의 가인(歌人)이자 렌가시(連歌師).

□ **신체시**(**新體詩, しんたいし**) ; 메이지 초기 기존의 전통시(和歌, 俳諧, 漢詩)에 만족할 수 없는 정신
　적 요구에서 시도된 새로운 형식의 시(詩) 형태로, 일본문학사에서 일본근대시의 출발점
　이 됨.

□ **쓰레즈레구사**(**徒然草, つれづれぐさ**) ; 요시다겐코(吉田兼好)법사가 쓴 수필. 2권. 세이쇼나곤(清
　少納言)의 『마쿠라노소시(枕草子, まくらのそうし)』와 함께 고전수필의 대표작으로 일컬
　어짐.

□ **쓰루야 난보쿠**(**鶴屋南北, つるやなんぼく**) ; 1755~1829(4대). 교겐(狂言) 작자. 3대 째까지는 배우,
　4대 째는 가부키 각본 작자.

□ **쓰보우치 쇼요**(**坪内逍遙, つぼうちしょうよう**) ; 1859~1935. 영문학자. 극작가. 소설가. 평론가. 와세
　다(早稲田)대학 교수. 근대일본 최초의 소설이론서『쇼세쓰신즈이(小説神髄, しょうせつ
　しんずい)』와 게사쿠(戲作)소설 『도세이쇼세이카타기(当世書生気質, とうせいしょせい
　かたぎ)』의 작자.

□ **쓰쓰미추나곤모노가타리**(**堤中納言物語, つつみちゅうなごんものがたり**) ; 헤이안 후기 일본최초의 단
　편 모노가타리집. 단편 10편(編)으로 구성되어 있음. 1편만 고시키부(小式部)가 지었고,
　나머지 작품은 작자미상. 뛰어난 재기와 감각이 엿보이며, 기발한 취향을 섞어 인생의 단

면을 묘사한 작품.

□ 쓰케아이(付合, つけあい) ; 렌가(連歌), 하이카이(俳諧)에서 두 사람 이상이 앞의 구(句)를 이어받아 맞추어 짓는 일.

□ 쓰쿠리모노가타리(作り物語, つくりものがたり) ; 헤이안 초기의 문학형식의 하나로, 허구를 가미하여 만들어진 모노가타리.

□ 아라고토(荒事, あらごと) ; 닌교조루리(人形浄瑠璃)나 가부키(歌舞伎)에서 배우가 얼굴에 남색(藍色)계열의 물감으로 선을 그리고, 과장된 연기로 초인적인 강인함을 표현하는 것.

□ 아라라기(アララギ) ; 1908년 창간된 단가(短歌) 전문 잡지. 사생단가(寫生短歌)를 표방함. 시마키 아카히코(島木赤彦, しまきあかひこ), 사이토 모키치(斎藤茂吉, さいとうもきち) 등을 배출함.

□ 아라키다 모리다케(荒木田守武, あらきだもりたけ) ; 1473~1549. 무로마치 말기의 렌가시. 하이카이(俳諧) 작자.『모리다케센쿠(守武千句, もりだけせんく)』로서 하이카이 형식을 확립하여 하이카이 문예의 기초를 세움.

□ 아리시마 다케오(有島武郎, ありしまたけお) ; 1878~1923. 소설가. 다이쇼기(大正期) 시라카바파(白樺派)를 대표하는 사상성 풍부한 작가. 대표작으로『카인의 후예(カインの末裔)』,『아루온나(或る女)』등이 있음.

□ 아리와라노나리히라(在原業平, ありわらのなりひら) ; 825~880. 헤이안 초기의 가인. 육가선(六歌仙), 삽십육가선(三十六歌仙)의 한 사람. 미모의 가재(歌才), 불우한 생애, 분방한 연애 등으로 유명함.

□ 아카조메 에몬(赤染衛門, あかぞめえもん) ; 생몰년미상. 재학(才學)과 가재(歌才)에 뛰어난 헤이안 중기의 여류 가인. 어릴 때부터 와카에 뛰어나 세이 쇼나곤(清少納言)이나 이즈미 시키부(和泉式部)와도 교류가 있었고, 그들과 나란히 평가받음.

□ 아쿠다가와 류노스케(芥川竜之介, あくたがわりゅうのすけ) ; 1892~1927. 소설가. 다이쇼기(大正期)의 시민문학을 대표하는 작가로, 나쓰메 소세케(夏目漱石)에게 사사받음. 대표작으로『라쇼몬(羅生門, らしょうもん)』,『지고쿠헨(地獄変, ちごくへん)』,『갓파(河童, かっぱ)』,『하나(鼻, はな)』,『하구루마(歯車, はぐるま)』등이 있음.

□ 야노 류게이(矢野竜渓, やのりゅうけい) ; 1850~1931. 메이지기 정치소설가. 대표작으로『게이코쿠비단(経国美談, けいこくびだん)』이 있음.

□ 야리쿠(遣句, やりく) ; 렌가 하이카이에서 마에쿠(前句, まえく 앞구)가 어려워서 쓰케쿠(付句, つけく 다음구)를 붙이기 어려울 때, 쓰케쿠를 붙이기 쉽도록 가볍게 붙이는 구(句).

□ 야마노우에노오쿠라(山上憶良, やまのうえのおくら) ; 660~733. 나라(奈良)시대 전기『만요슈(万葉集)』의 가인(歌人). 유교, 불교 등의 지식을 갖춘 사상가로서, 노병빈사(老病貧死) 등 인생 고난과 자식에 대한 애정을 노래한 작품이 많음.

□ 야마모토 유조(山本有三, やまもとゆうぞう) ; 1887~1974. 다이쇼기(大正期)에서 쇼와기(昭和期)

에 걸쳐 활약한 소설가. 극작가. 정치가. 대표작으로『여자의 일생(女の一生)』이 있음.

□ **야마베노아카히토(山部赤人, やまべのあきひと)** ; 생몰년 미상. 나라(奈良)시대 전기의 가인(歌人). 궁정가인으로 맑고 깨끗한 자연미를 단정하게 노래한 서경(敍景)적 가인.

□ **야마지노쓰유(山路の露, やまじのつゆ)** ; 가마쿠라시대의 모노가타리.『겐지모노가타리(源氏物語)』의 보조작(補助作)중 가장 오래된 작품.

□ **야마토모노가타리(大和物語, やまとものがたり)** ; 헤이안 중기의 우타모노가타리(歌物語). 173단. 전반부는 가인(歌人)의 이야기, 후반부는 모노가타리(物語)적 설화로 구성됨.

□ **야마토조정(大和朝廷)** ; 야마토 지방에 근거를 둔 일본 최초의 통일정권(645~672).

□ **에도(江戸)시대** ; 에도(현재의 도쿄)에 정치적 중심을 두었던 시대(1603~1867).

□ **에이가모노가타리(栄華物語, えいがものがたり)** ; 헤이안시대에 성립된 일본 최초의 레키시모노가타리(歴史物語). 전 40권. 작자미상. 59대 우다(宇田)천황으로부터 73대 호리가와(堀河)천황까지 15대 약200년의 궁정을 중심으로 한 귀족사회의 역사를, 가나(仮名)문에 의한 편년체(編年體)로 서술함.

□ **엔기시키(延喜式)** ; 헤이안시대 중기 율령의 시행세칙. 율령정치의 기본이 된 것으로, 궁정의 연중의식과 제도 등에 대하여 기록함. 50권.

□ **엔기카쿠(延喜格, えんぎきゃく)** ; 헤이안시대의 법전. 처음엔 10권이었으나. 2권이 추가되어 12권.

□ **엔쿄쿠(宴曲, えんきょく)** ; 가마쿠라 시대부터 무로마치시대에 유행한 서사적 장편노래로, 무사(武士)를 중심으로 주로 연회석에서 불리어 소카(早歌)라고도 함.

□ **오구리 후요(小栗風葉, おぐりふうよう)** ; 1875~1926. 오자키 고요(尾崎紅葉) 문하에서 활약한 소설가. 오자키 고요가 미완성으로 남겨둔『곤지키야샤(金色夜叉, こんじきやしゃ)』를 완성시킨 작가.

□ **오노노고마치(小野小町, おののこまち)** ; 생몰년 미상. 헤이안 전기의 여류가인. 육가선, 삼십육가선의 한 명. 애조를 띤 정감 넘치는 가풍을 드러냄.

□ **오사나이 가오루(小山内薫, おさないかおる)** ; 1881~1928. 신극운동의 선구자. 자유극장과 쓰키지(築地)극장을 창립하고 주재하면서, 외국연극을 소개하고, 연출의 분야를 확립하였을 뿐 아니라 소설, 희곡을 창작하고, 연극평론과 영화에도 큰 공적을 남김.

□ **오산문예(五山文藝, ごさんぶんげい)** ; 가마쿠라 말기부터 무로마치시대에, 교토·가마쿠라의 오산(五山)을 중심으로 한 선승(禪僧)의 한시문(漢詩文)·주석(註釋)·어록(語錄)의 종류를 말함.

□ **오자키 고요(尾崎紅葉, おざきこうよう)** ; 1867~1903. 소설가. 1885년 문학결사 <겐유샤(硯友社)>를 결성하여 근세문학과 근대문학의 가교 역할을 한 작가. 대표작으로『곤지키야샤(金色夜叉, こんじきやしゃ)』,『다조다콘(多情多恨, たじょうたこん)』 등이 있음.

□ **오치쿠보모노가타리(落窪物語, おちくぼものがたり)** ; 헤이안시대의 모노가타리. 4권. 계모가 의붓

자식을 학대한다는 내용으로, 서양의 『신데렐라』, 한국의 『콩쥐팥쥐』 계통의 이야기.

□ **오카가미**(大鏡, おおかがみ) ; 헤이안 후기의 역사를 이야기 방식으로 정리한 역사서. 작자미상. 55대 몬토쿠(文徳)천황으로부터 68대 고이치조(後一条)천황까지의 14대 170여년의 역사를 기전체(紀傳體)로 서술함. 역사물(鏡物)의 선구.

□ **오카모토 기도**(岡本綺堂, おかもとぎどう) ; 1872~1939. 신극운동가, 신극창작자. 대표작으로 『슈젠지모노가타리(修善寺物語, しゅうぜんじものがたり)』가 있음.

□ **오토기조시**(お伽草子, おとぎぞうし) ; 가마쿠라 말기에서 무로마치시대에 걸쳐, 기코모노가타리(擬古物語)의 형태를 빌려 민간적인 소재나 전승 등을 소재로 만들어진 단편 통속소설의 총칭. 귀족, 서민, 무사, 상인, 장인 등 다양한 계층의 인물이 등장하여 광범위한 독자층을 형성함. 근세 초기 가나조시(假名草子)로 옮겨가는 과도기적 소설의 한 장르로, 『잇슨보시(一寸法師)』, 『분쇼조시(文正草子)』 등이 대표적임.

□ **오토모노다비토**(大伴旅人, おおとものたびと) ; ??~731. 나라(奈良)시대 전기의 무장(武将)이자 가인(歌人). 오토모노야카모치(大伴家持)의 아버지로, 타고난 서정시인으로 불림.

□ **오토모노야카모치**(大伴家持, おおとものやかもち) ; ??~785. 나라(奈良)시대 후기의 가인. 오토모노다비토(大伴旅人)의 아들로, 섬세한 감성을 살려 해맑고 요염한 미를 추구함.

□ **와카**(和歌, わか) ; 중국의 한시(漢詩)에 대응한 일본 고유시(大和の歌)의 총칭. 특히 5·7·5·7·7의 5구 31음의 음수율을 가진 단가(短歌)가 이를 대표함.

□ **와칸로에이슈**(倭漢朗詠集, わかんろうえいしゅう) ; 헤이안 중기의 가요집. 후지와라노킨토(藤原公任, ふじわらのきんとう)가 1018년경 완성한 시문집. 2권.

□ **와키**(ワキ) ; 와키야쿠(わき役). 노가쿠(能樂)에서 조역, 무대와 청중을 연결시켜주는 내레이터(語り部) 역할을 하는 인물.

□ **요미혼**(読本, よみほん) ; 에도 후기 소설의 한 종류. 그림을 주제로 한 구사조(舊思潮)의 와카(和歌)에 대해 대칭적으로, 읽기 위주의 산문(散文)형식의 책.

□ **요사노 뎃칸**(与謝野鉄幹, よさのてっかん) ; 1873~1935. 요사노 히로시(与謝野寛)라고도 함. 메이지기의 가인(歌人). 단가(短歌)혁신운동을 추진, <신시사(新詩社, しんししゃ, SSS)>를 창립하고, 잡지 「묘조(明星, みょうじょう)」를 창간했으며, 부인 요사노 아키코(与謝野晶子, よさのあきこ)와 함께 낭만주의 운동을 전개함.

□ **요사 부손**(与謝蕪村, よさぶそん) ; 1716~1783. 에도 중기의 하이진(俳人), 화가. 중흥기 하이단(俳壇)의 중심작가. 청신하고 낭만적이며 유미적(唯美的)인 작풍(作風)을 추구함.

□ **요시노**(吉野)**시대** ; 남북조(南北朝, 1336~1392)시대의 별칭.

□ **요시다 겐코**(吉田兼好, よしだけんこう) ; 1283(?)~1350(?). 가마쿠라 말기~남북조 초기의 가인(歌人). 수필 「쓰레즈레구사(徒然草, つれづれぐさ)」의 작자.

□ **요엔**(妖艶, ようえん) ; 상냥하고 기품이 있는 아름다운 것 또는 모습.

□ **요와노네자메(夜半寝覚, よわのねざめ)** ; 헤이안 후기의 모노가타리. 5권. 자신의 숙명에 고뇌하는 여주인공의 이야기. '요루노네자메(夜の寝覚, よるのねざめ)'라고도 함.

□ **요코미쓰 리이치(横光利一, よこみつりいち)** ; 1898~1947. 소설가. 신감각파의 대표작가. 가와바다 야스나리(川端康成)와 함께 잡지 「분게이지다이(文芸時代)」를 창간하여 활동함.

□ **요쿄쿠(謡曲, ようきょく)** ; 노가쿠(能楽)에서, 소리에 의한 선율적인 부분인 가락과 대본에 해당하는 내용을 말함. 「요쿄쿠(謡曲)」를 무대에 올리면 노가쿠(能楽)가 됨.

□ **우게쓰모노가타리(雨月物語, うげつものがたり)** ; 요미혼(読本). 5권. 우에다 아키나리(上田秋成, うえだあきなり) 지음. 중국의 소설을 번안한 괴이소설 9편이 수록됨.

□ **우신(有心, うしん)** ; 와카에서 의미내용과 사상의 깊이를 나타내는 미적 이념으로서, 이 이념에 합치하는 것을 '우신타이(有心体, うしんたい)'라고 함.

□ **우쓰호모노가타리(宇津保物語, うつほものがたり)** ; 헤이안 전기의 모노가타리. 20권. 고토(琴, 한국의 거문고와 비슷한 현악기)의 전수에 대한 이야기와 사다이진(左大臣)의 딸 아테미야(貴宮)를 둘러싼 구혼이야기로 전개됨.

□ **우에다 아키나리(上田秋成, うえだあきなり)** ; 1734~1809. 에도 후기의 가인(歌人), 하이진(俳人), 국학자(國學者). 요미혼(讀本) 작자. 하치몬지야본(八文字屋本, はちもんじやぼん)의 작자. 대표작으로 『우게쓰모노가타리(雨月物語, うげつものがたり)』, 『하루사메모노가타리(春雨物語, はるさめものがたり)』 등이 있음.

□ **우지슈이모노가타리(宇治拾遺物語, うじしゅういものがたり)** ; 가마쿠라 전기의 설화집. 작자미상. 15권에 196화가 수록됨.

□ **우키구모(浮雲, うきぐも)** ; 후타바테이 시메이(二葉亭四迷, ふたばていしめい)의 소설. 1897~1899년에 걸쳐 1(1897), 2(1898), 3(1899)편을 쓴 미완성 소설. 'だ調'에 의한 언문일치체(言文一致體)의 소설. 당시의 지식인(知識人)과 세태(世態)를 부각시킨 일본 최초의 근대소설.

□ **우키요조시(浮世草子, うきよぞうし)** ; 겐로쿠(元禄, 1688~1704)시대에서 메이와(名和, 1704~1772)시대까지 약 100여 년간 가미가타(上方, 오사카지방)를 중심으로 성행한 서민적이고 현실적인 산문문학. 1682년 이하라 사이카쿠(井原西鶴)의 『고쇼쿠이치다이오토코(好色一代男, こうしょくいちだいおとこ)』이후, 약 80년간 가미가다(上方, 교토 오사카)를 중심으로 크게 유행함.

□ **우타(歌, うた)** ; 일본 운문문학의 한 형식. 중국 한시(漢詩)의 대칭적 개념인 와카(和歌) 또는 센류(川柳), 하이쿠(俳句) 등 일본의 운문(韻文)을 일컬음.

□ **우타닛키(歌日記, うたにっき)** ; 우타(歌)가 중심이 되어, 그 우타(歌)를 짓게 된 배경이 설명 되어 있는 일기.

□ **우타모노가타리(歌物語, うたものがたり)** ; 헤이안 초기의 문학 형식의 하나. 『이세모노가타리(伊勢物語, いせものがたり)』등과 같이 우타(歌)를 중심으로 한 모노카타리.

□ **우타아와세(歌合, うたあわせ)** ; 가인(歌人)이 좌우로 나뉘어 와카(和歌)의 우열을 겨루는 문학적 유희. 헤이안시대 이후 궁정과 귀족 사이에서 유행함.

□ **우타타네노키(うたた寝の記, うたたねのき)** ; 가마쿠라 중기의 일기문학. 아부쓰니(阿佛尼, あぶつに) 지음. 아부쓰니가 출가하기 전의 불꽃같은 사랑을 그린 작품.

□ **유겐(幽玄, ゆうげん)** ; 그윽하고 미묘하며, 측량할 수 없는 것 또는 모습. 깊은 맛이 있는 것. 일본 고전문학과 예술에서 미적 이념의 하나. 특히 가론(歌論) 등에서는 신비적이고 언어 밖에 맴도는 서정이 있는 미의식.

□ **이노우에 데쓰지로(井上哲次郎, いのうえてつじろう)** ; 1856~1944. 철학자. 교육자. 신체시(新體詩) 운동의 선구자로 야타베 료키치(矢田部良吉), 도야마 마사카즈(外山正一)와 함께 『신타 이시쇼(新体詩抄)』(1882)를 펴냈으며, 『신타이시쇼』의 서문에 신체시의 의미를 담아냄.

□ **이누쓰쿠바슈(犬筑波集, いぬつくばしゅう)** ; 하이카이렌가(俳諧連歌)의 선집(選集). 렌가에 대해 하이카이를 비하(卑下)하여 '이누(犬)'를 붙인 하이카이렌가집.

□ **이마카가미(今鏡, いまかがみ)** ; 헤이안 후기의 역사 모노가타리. 10권. 제68대 고이치조(後一条) 천황부터 제80대 다카쿠라(高倉)천황까지 13대 약 150년에 걸친 궁정사(宮廷史)를 기술한 역사서.

□ **이세모노가타리(伊勢物語, いせものがたり)** ; 현존하는 최고의 우타모노가타리(歌物語), 헤이안 전기 우타를 중심으로 한 단편 모노가타리로, 125단(段)으로 구성됨.

□ **이와시미즈모노가타리(石清水物語, いわしみずものがたり)** ; 작자미상. 가마쿠라시대 무사의 사랑 과 출가(出家)를 다룬 모노가타리. 2권.

□ **이자요이닛키(十六夜日記, いざよいにっき)** ; 가마쿠라 중기 아부쓰니(阿佛尼)가 쓴 일기문학. 죽 은 남편의 유산상속을 둘러싸고 그 소송을 위해 가마쿠라로 향하는 도중의 여행과 가마 쿠라 체재중의 여러 가지 사정을 기록한 기행일기.

□ **이자와 슈지(伊沢修二, いさわしゅうじ)** ; 1851~1917. 교육자. 정치가. 작곡가. 문부성 음악담당관 으로 재직하면서 서양음악을 일본에 이식하여 근대 음악교육에 크게 기여함. 의식창가 「기간세쓰(紀元節)」, 군가 「올테면 와라(来たれや来たれ)」 등의 작곡하였으며, 대표 저작물로 『쇼가쿠쇼카슈(小學唱歌集)』, 『교육학(教育学)』, 『학교관리법(学校管理法)』 등이 있음.

□ **이즈미 교카(泉鏡花, いずみきょうか)** ; 1873~1939. 소설가. 오자키 고요(尾崎紅葉, おざきこうよう) 의 문하생(門下生)으로 특이한 작품을 표방하여 제1인자가 됨. 대표작으로 『고야히지리 (高野聖, こうやひじり)』, 『우타안돈(歌行灯, うたあんどん)』, 『게카시쓰(外科室, げかしつ)』 등이 있음.

□ **이즈미 시키부(和泉式部, いずみしきぶ)** ; 생몰년미상. 헤이안 중기의 여류 가인. 파란만장한 생애 를 보냈으며, 정열적이고 자유분방한 서정가(抒情歌), 연애가(戀愛歌)는 헤이안시대 제 1의 여류가인으로 평가됨.

□ **이치카와 사단지(市川左団次, いちかわさだんじ)** ; 1880~1940(2대). 일본 연극의 근대화에 공헌한 가부키 배우. 오사나이 가오루(小山内薫)와 자유극장을 결성한 신극(新劇)의 선구자로서, 오카모토 기도(岡本綺堂, おかもときとう) 등과 신가부키(新歌舞伎)를 확립한 인물.

□ **이하라 사이카쿠(井原西鶴, いはらさいかく)** ; 1642~1693. 에도 전기의 하이카이시(俳諧師, はいかいし). 우키요조시(浮世草子, うきよぞうし) 작자. 대표작으로 『고쇼쿠이치다이오토코(好色一代男)』, 『고쇼쿠이치다이온나(好色一代女)』, 『닛폰에이타이구라(日本永代蔵, にっぽんえいだいくら)』,『세켄무네산요(世間胸算用, せけんむねさんよう)』 등이 있음.

□ **인세이(院政, いんせい)** ; 천황이 양위 후에 상황(上皇) 또는 법황(法皇)으로서 국정을 행하는 정치 형태.

□ **임신의난(壬申の乱, にんしんのらん)** ; 672년 제38대 덴지(天智)천황의 아들 오토모황자(大友皇子)와 천황의 동생 오아마노미코(大海人)의 사이에 일어난 내란. 오토모황자는 자살하고 오아마노미코가 즉위하여 덴무천황이 됨.

□ **자(座, ざ)** ; 절이나 신사(神社) 또는 귀족의 보호 아래 가마쿠라(鎌倉), 무로마치(室町)시대에 발달한 상공업자의 동업조직.

□ **잔기리모노(散切物, ざんぎりもの)** ; 가부키(歌舞伎)에서 세와모노(世話物)의 일종. 메이지(明治) 초기 새로운 풍속의 세태극.

□ **잣파이(雑俳, ざっぱい)** ; 에도시대의 서민 사회에서 유행된 언어 유희적인 문예.

□ **장가(長歌, ちょうか)** ; 와카(和歌) 형식의 하나. 5음(五音)과 7음(七音) 즉 5·7음을 3회 이상 반복하면서 마지막에 추가로 7로 끝맺는 우타(歌). 이로서 장가(長歌)는 최소 43음 이상으로 구성된다. n(5+7)+7, n=2로 5+7+5+7+7=31음일 때 단가(短歌)로, n > 2로 5+7+5+7+5+7+7음 일 때 장가(長歌)로 일컬음.

□ **제아미(世阿彌, ぜあみ)** ; 1363~1443. 무로마치 초기의 노작자(能作者)이자 노배우(能役者). 사루가쿠(猿楽, さるがく)를 유겐(幽玄, ゆうげん)한 무겐노(夢幻能, むげんのう)로 이끌어 대성시킴.

□ **조게이슈(雑芸集, ぞうげいしゅう)** ; 헤이안 후기부터 가마쿠라 시대에 걸쳐서 유행한 신흥가요를 모은 책.

□ **조닌(町人, ちょうにん)** ; 에도시대 도시나 도시근교에 사는 기술자와 상인.

□ **조루리(浄瑠璃, じょうるり)** ; 이야기로서의 조루리와 샤미센(三味線)반주에 인형조종이 어우러진 종합연극. 무로마치 말기의 낭독용 연애이야기인 「조루리모노가타리(浄瑠璃物語)」를 기원으로 함. 당초 자토(座頭, 맹인연주가)가 쥘부채와 비파(琵琶)를 곁들여 낭독하는 단순한 것에서 샤미센과 인형이 결합하여 닌교조루리(人形浄瑠璃)로 발전함.

□ **지카마쓰 몬자에몬(近松門左衛門, ちかまつもんざえもん)** ; 1653~1725. 에도 중기의 조루리(浄瑠璃) 가부키(歌舞伎)의 작자. 『소네자키신주(曾根崎心中, そねざきしんじゅう)』를 저술함.

□ **지테이키(池亭記, ちていき)** ; 요시시게 야스타네(慶滋保胤, よししげやすたね)의 한문체 수필.

□ **지토(持統)천황** ; 일본 41대 천황. 덴무천황의 황후로, 덴무천황 사후에 즉위한 여성천황.

□ **짓킨쇼(十訓抄, じっきんしょう)** ; 가마쿠라 중기의 설화집. 3권. 작자미상. 주로 연소자에게 교훈을 주고 계몽하기 위해 10개의 덕목을 예를 들어 설명한 교훈서.

□ **짓펜샤 잇쿠(十返舍一九, じっぺんしゃいっく)** ; 1765~1831. 곳게이본(滑稽本)작가. 대표작으로『도카이도추히자쿠리게(東海道中膝栗毛, とうかいどうちゅうひざくりげ)』가 있음.

□ **태평기(太平記, たいへいき)** ; 군키모노가타리(軍記物語, ぐんきものがたり). 40권. 고지마 호시(小島法師) 지음. 남북조(南北朝)의 항쟁을 간결한 와칸콘코분(和漢混淆文, わかんこんこうぶん)으로 서술함.

□ **평판기(評判記, ひょうばんき)** ; 에도시대에 창작된 각 분야의 비평과 선전을 위한 작은 책자.

□ **프롤레타리아(プロレタリア)문학** ; 기관지 「다네마쿠히토(種蒔く人)」와 「분게이센센(文芸戦線, ぶんげいせんせん」, 「센키(戦旗, せんき)」를 중심으로 활동함. 대표작가와 작품으로 하야마 요시키(葉山嘉樹, はやまよしき)의『우미니이쿠루히토비토(海に生くる人々)』, 고바야시 다키지(小林多喜二, こばやしたきじ)의『가니코센(蟹工船, かにこうせん)』, 도쿠나가 스나오(德永直, とくながすなお)의『다이요노나이마치(太陽のない街)』등이 있음.

□ **하기와라 사쿠타로(萩原朔太郎, はぎわらさくたろう)** ; 1886~1942. 구어자유시의 완성자. 구어에 의한 시적 음악성을 추구함. 대표작으로『쓰키니호에루(月に吠える)』가 있음.

□ **하마마쓰추나곤모노가타리(浜松中納言物語, はままつちゅうなごんものがたり)** ; 헤이안 후기의 모노가타리.『겐지모노가타리(源氏物語)』중 특히 「우지주조(宇治十帖)」의 영향을 강하게 받은 작품. 꿈의 계시(啓示)나 윤회전생(輪廻転生)을 축으로, 일본뿐만 아니라 중국을 무대로 이야기가 전개됨.

□ **하이분(俳文, はいぶん)** ; 기지(機知), 골계(滑稽), 주탈(酒脱), 경묘(輕妙)라는 하이카이(俳諧)의 정신과 풍미(風味)를 지닌 문장.

□ **하이카이(俳諧, はいかい)** ; 골계(滑稽), 기지(機知)를 특색으로 한 하이카이렌가(俳諧連歌)에서 독자적으로 성장하여 에도(江戸)시대에 서민문예로서 독립 발전함.

□ **하치몬지야본(八文字屋本, はちもんじやぼん)** ; 에도 중기 교토(京都)의 서점 하치몬지야(八文字屋)에서 출판된 서책.

□ **헤이안(平安, へいあん)시대** ; 수도가 교토(京都)에 있었던 시대(794~1192).

□ **헤이지모노가타리(平治物語, へいじものがたり)** ; 작자미상. 가마쿠라 초기의 군키모노가타리. 3권.『헤이지의 난(平治の乱)』의 전말을 그린 군키모노(軍記物).

□ **헤이추모노가타리(平中物語, へいちゅうものがたり)** ; 헤이안 중기의 우타모노가타리(歌物語).

□ **헤이케모노가타리(平家物語, へいけものがたり)** ; 작자미상. 가마쿠라 전기의 군키모노가타리(軍記物語). 12권. 헤이케(平家)가문의 영고성쇠(榮枯盛衰)를 중심으로 전개되는 군키모노(軍記物).

□ **호겐모노가타리(保元物語, ほげんものがたり)** ; 작자미상. 가마쿠라 초기의 군키모노가타리(軍記物語). 3권. '호겐의 난(保元の乱)'을 그린 군키모노(軍記物).

□ **호소카와 유사이(細川幽済, ほそかわゆうさい)** ; 1534~1610. 아즈치모모야마(安土桃山, あづちももやま)시대의 무장. 가인(歌人)으로도 유명하여 근대 가학(歌學)의 선조로 불림.

□ **호조키(方丈記, ほうじょうき)** ; 가마쿠라 초기인 1212년에 가모노초메이(鴨長明, かものちょうめい)가 쓴 수필. 1권. 중세의 염세적 은자문학의 대표작 중 하나임.

□ **혼카도리(本歌取(ほんかどり)** ; 잘 알려진 고가(古歌)의 한 구(句) 또는 몇구(數句)를 인용하여 와카를 짓는 기교적 수사법.

□ **홋쿠(発句, ほっく)** ; 렌가(連歌)와 하이카이(俳諧)의 연구(連句)의 제1구. 5·7·5의 17음으로, 원칙으로서 기고(季語, きご), 기레지(切れ字, 하이쿠 등에서 한 구(句)의 매듭에 쓰는 조사나 조동사)를 포함.

□ **효시키(拍子木, ひょうしぎ)** ; 밤에 순찰을 알리며 치는 두 개의 긴 박자목.

□ **환골탈태(換骨奪胎)** ; 옛사람의 시문(詩文)의 어구(語句)와 내용을 살리면서, 표현을 변화시켜 새로운 것을 만들어 내는 것.

□ **후가와카슈(風雅和歌集, ふうがわかしゆう)** ; 남북조 초기의 17번째 조쿠센와카슈(勅撰和歌集). 20권.

□ **후도키(風土記, ふうどき)** ; 각 지방별로 풍토(風土) 문화 그 밖의 정서를 기록한 것. 713년 완성.

□ **후시카덴(風姿花伝, ふうしかでん)** ; 노가쿠예술론집(能楽芸術論集). 제아미 지음. 노(能)를 대성시킨 간아미(観阿彌), 제아미(世阿彌) 부자의 예술론을 집대성한 책.

□ **후지와라노긴토(藤原公任, ふじわらのきんとう)** ; 966~1041. 헤이안 중기의 가인. 가학(歌學)자. 박학다재(博學多才)로 이치조초(一条朝) 문화의 중심적 존재.

□ **후지와라노다메카네(藤原為兼, ふじわらのためかね)** ; 1254~1332. 가마쿠라 후기의 가인. 혁신적인 가풍(歌風)과 가론(歌論)으로 가단(歌壇)에 새로운 바람을 일으킴. 교고쿠 다메카네(京極為兼, きょうごくためかね)라고도 함.

□ **후지와라노데이카(藤原定家, ふじわらのていか, ふじわらのさだいえ 라고도)** ; 1162~1241. 가마쿠라 전기의 가인. 고전학자. 요염하고 화려하며 교묘한 가풍(歌風)으로 신고킨(新古今)풍을 대표함. 『오구라햐쿠닌잇슈(小倉百人一首, おぐらひゃくにんいっしゅ)』의 찬자(撰者).

□ **후지와라노도시나리(藤原俊成, ふじわらのとしなり)** ; 1114~1204. 헤이안 말~가마쿠라(鎌倉) 초기의 가인. 후지와라노데이카(藤原定家)의 부친. 가풍(歌風)은 온화하고 서경적 경향이 강하며, 유겐체(幽玄体)를 이상으로 가마쿠라 초기의 와카(和歌)계를 지도함.

□ **후지와라노미치나가(藤原道長, ふじわらのみちなが)** ; 966~1027. 헤이안 중기의 귀족. 세 명의 딸을 황후로, 세 명의 천황의 외척으로 섭정이 되어 후지와라(藤原)가문의 전성기를 일구어 낸 정치가.

□ **후지와라노아키히라**(藤原明衡, ふじわらのあきひら) ; ?? ~1066. 헤이안 중기의 한시인(漢詩人). 문장박사(文章博士)를 역임하고 학자의 가문을 확립함.

□ **후지와라노요리미치**(藤原頼通, ふじわらのよりみち) ; 992~1074. 헤이안 중기의 귀족. 후지와라노미치나가(藤原道長)의 장자(長子).

□ **후쿠자와 유키치**(福沢諭吉, ふくざわゆきち) ; 1835~1901. 메이지시대의 계몽사상가. 게이오대학(慶應大学)의 전신인 게이오의숙(慶応義塾)의 창설자. 대표작으로『세카이구니즈쿠시(世界国尽, せかいくにづくし)』,『가쿠몬노스스메(学問のススメ)』등이 있음.

□ **후타바테이 시메이**(二葉亭四迷, ふたばていしめい) ; 1864~1909. 소설가. 러시아문학 번역가. 언문일치체(言文一致體)에 의한 근대 사실주의 소설의 개척자. 대표작『쇼세쓰소론(小説総論, しょうせつそうろん)』.『우키구모(浮雲, うきぐも)』등이 있음.

□ **후톤**(布団, ふとん) ; 다야마 가타이(田山花袋)의 소설. 1907년 발표. 중년 작가가 그의 여제자와의 사랑과 비애를 적나라하게 묘사하여, 일본 자연주의 문학 방향을 결정지은 작품.

□ **히로쓰 류로**(広津柳浪, ひろつりゅうろう) ; 1861~1928. 소설가. 인생의 어두운 면을 그린 비참소설로 유명함.

□ **히키우타**(引歌, ひきうた) ; 고가(古歌)를 우타와 문장 등에 인용하는 것. 또는 그 고가(古歌).

| 부록 2 |

日本文學의 장르별 계보도

Ⅰ. 韻文部(詩歌)

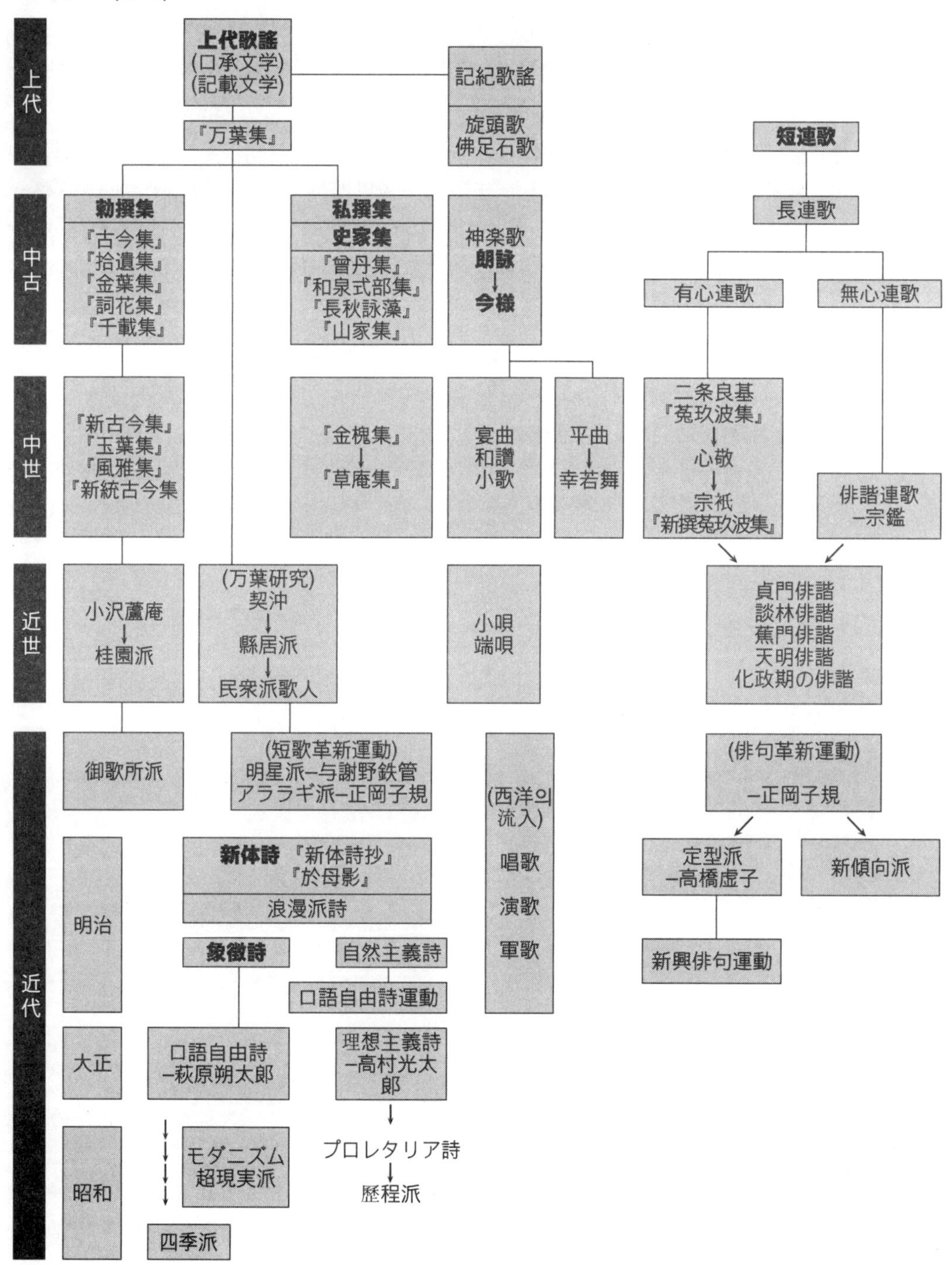

Ⅱ. 散文部

1. 日記·紀行·隨筆

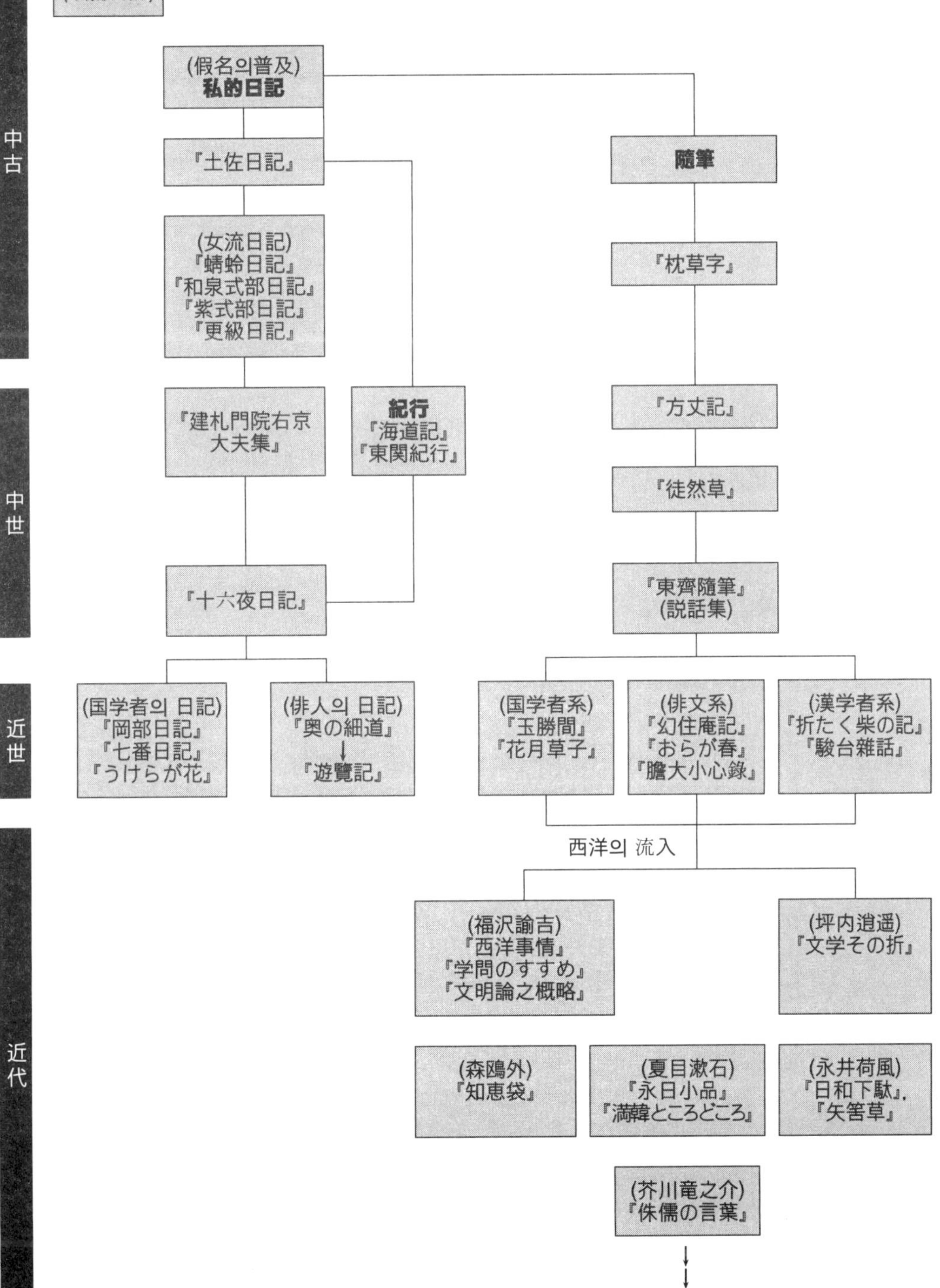

2. 物語·小説

① 前近代의 物語

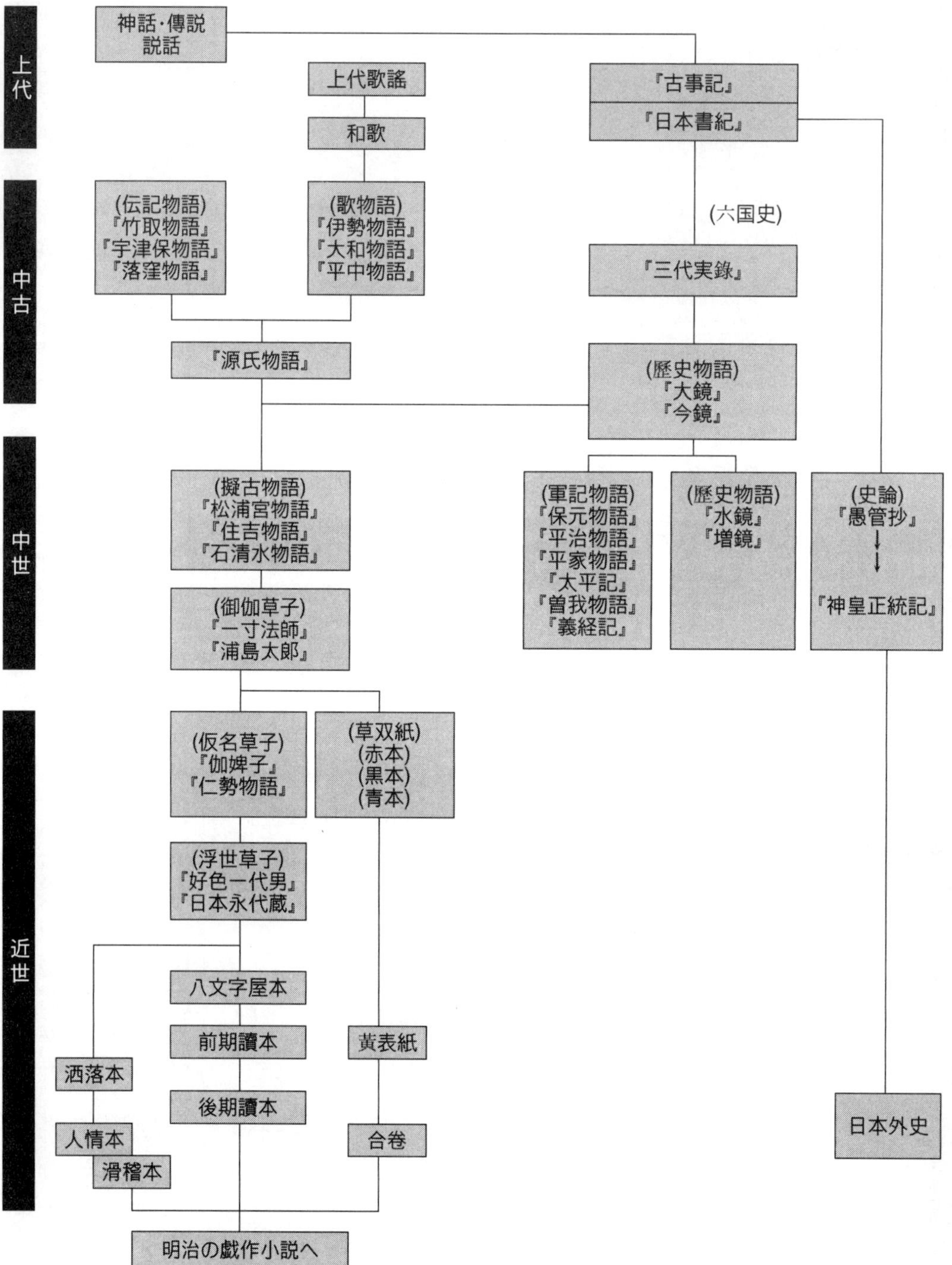

② 近現代의 小説

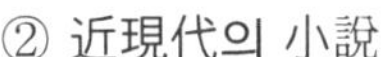

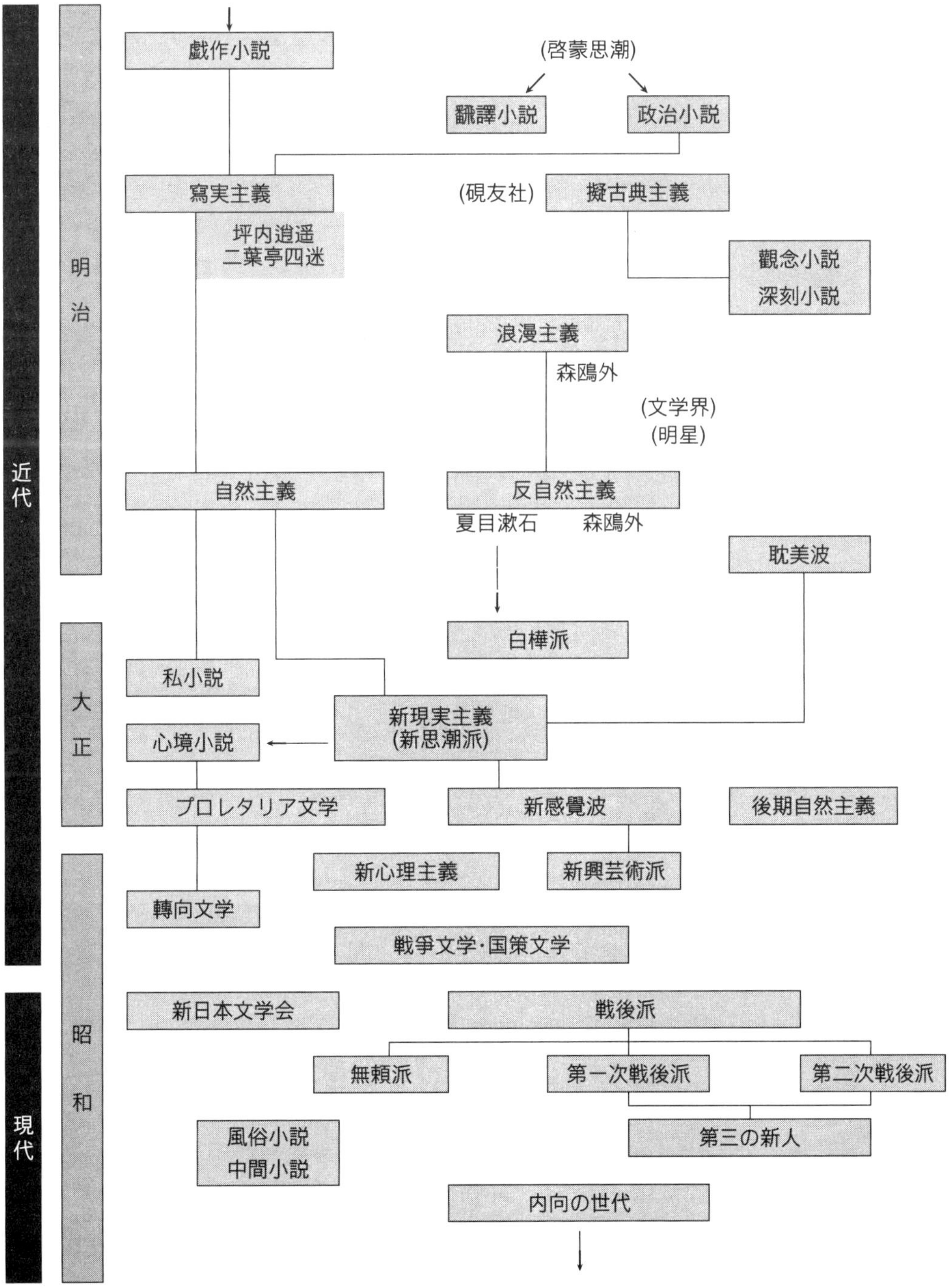
近代
現代
明治
大正
昭和
戯作小説
(啓蒙思潮)
飜譯小説
政治小説
寫実主義
坪内逍遥
二葉亭四迷
(硯友社)
擬古典主義
觀念小説
深刻小説
浪漫主義
森鴎外
(文学界)
(明星)
自然主義
反自然主義
夏目漱石
森鴎外
耽美派
白樺派
私小説
新現実主義
(新思潮派)
心境小説
プロレタリア文学
新感覺波
後期自然主義
新心理主義
新興芸術派
轉向文学
戦争文学·国策文学
新日本文学会
戦後派
無頼派
第一次戦後派
第二次戦後派
風俗小説
中間小説
第三の新人
内向の世代

Ⅲ. 戲曲(劇文學)部

上代
中古
中世
近世
近代
明治
大正
昭和
散楽
猿楽
田楽
平曲
能楽
狂言
幸若舞
念仏踊り
落ち落語
古象瑠璃
阿国歌舞伎
はなし
落しばなし
軽口
滑稽ばなし
新象瑠璃
(義太夫節)
近松門左衛門
竹田出雲
近松半二
野郎歌舞伎
近松門左衛門
並木正三
桜井治助
並木五瓶
鶴屋南北
河竹黙阿弥
演劇改良会
新劇運動(新派劇)
落語
(文芸協会)
坪内逍遥
島村抱月
(芸術座)
自由劇場
築地小劇場
芸術派
築地座
プロレタリア波
文学座
(古傳落語)
(新作落語)

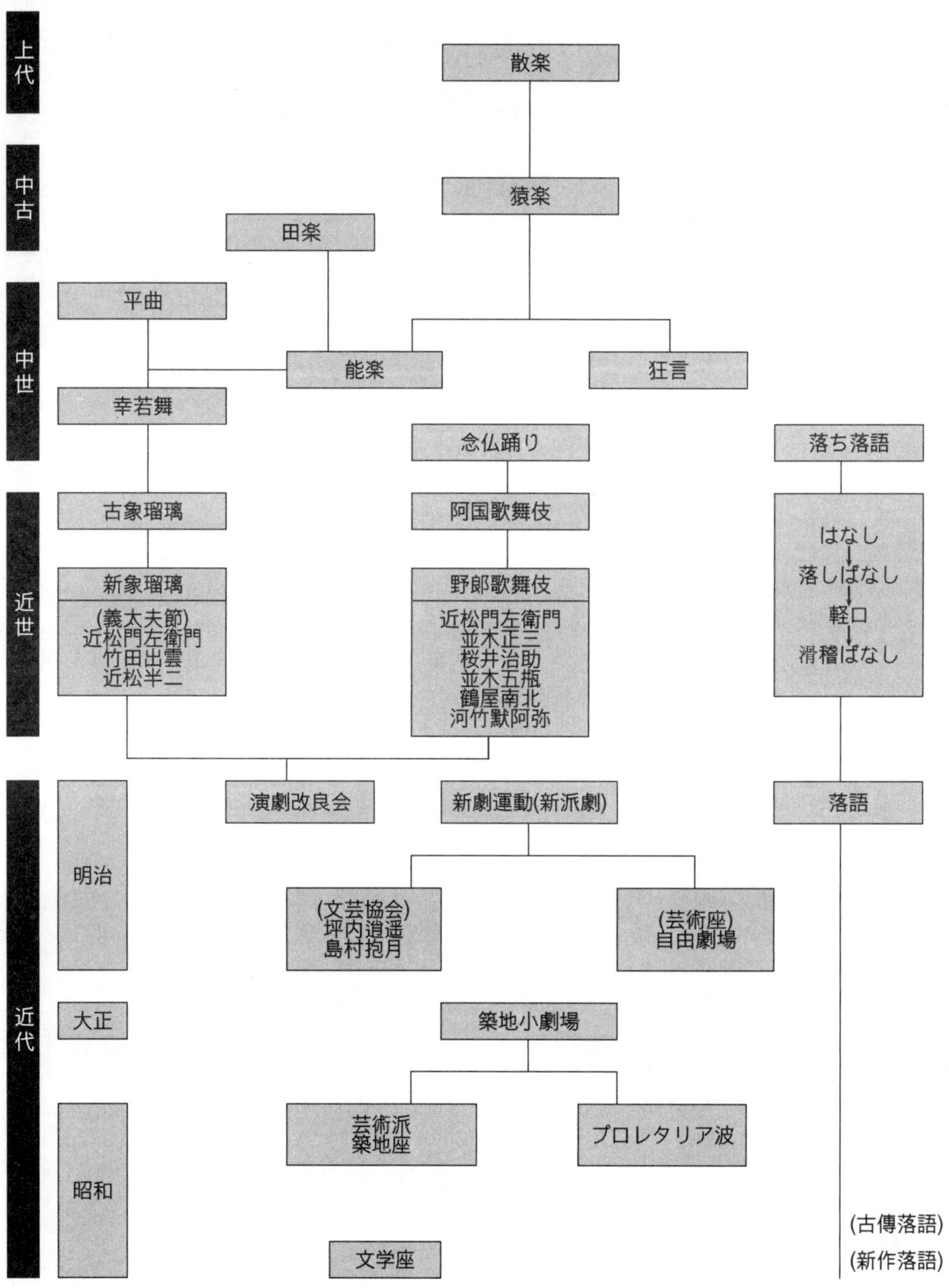

| 찾아보기 |

저 자 약 력

김순전(金順槇)

전남대 일어일문학과 교수 / 한일비교문학·일본근현대문학 전공

저서 『일본의 사회와 문화』(제이앤씨, 2011)

『한일 경향소설의 선형적 비교연구』(제이앤씨, 2014)

『한국인을 위한 일본소설 개설』(제이앤씨, 2015)

『한국인을 위한 일본문학 개설』(제이앤씨, 2016) 외 저서 및 논문 다수

박경수(朴京洙)

전남대 일어일문학과 강사 / 일본학·일본근현대문학 전공

논문 「엔카와 大正데모크라시의 영향관계 고찰 ― 添田唖蟬坊의 엔카를 중심으로 ―」(『日本語文學』제67집, 日本語文學會, 2014. 11.) 외 다수

저서 『정인택, 그 생존의 방정식』(제이앤씨, 2011)

『제국의 전시가요 연구』(제이앤씨, 2015) 외 다수

역서 『정인택의 일본어소설 완역』(제이앤씨, 2014)

이 책은 **2017**년도 한국연구재단 대학 인문역량 강화사업(**CORE**) 지원에 의해 출판되었음.

한국인을 위한 **일본문학 감상**

초 판 인 쇄	2018년 02월 19일
초 판 발 행	2018년 02월 27일
저　　　자	김순전·박경수
발 행 인	윤석현
발 행 처	제이앤씨
책 임 편 집	최인노
등 록 번 호	제7-220호
우 편 주 소	서울시 도봉구 우이천로 353 성주빌딩 3층
대 표 전 화	02) 992 / 3253
전　　　송	02) 991 / 1285
홈 페 이 지	http://www.jncbms.co.kr
전 자 우 편	jncbook@hanmail.net

ⓒ 김순전·박경수 2018 Printed in KOREA.

ISBN 979-11-5917-092-8　　13830　　　　　　　　　　　　정가 23,000원